# 長恨歌

The Song of Everlasting Sorrow

王安憶　飯塚容訳

# 長恨歌

カバー作品：塩月 悠《crystal thought》2023／ミクストメディア
Photography by KIOKU Keizo

装幀：水崎真奈美（BOTANICA）

# 目次

# 第一部


第一章
1 弄堂 12
2 流言 18
3 閨閣 24
4 ハト 31
5 王琦瑶 37
第二章
6 映画製作所 44
7 アクション 54
8 写真 61
9 「上海の淑女」 68
10 ミス上海 82
11 ミス三女 100
第三章
12 程さん 112
13 李主任 137
第四章
14 アリス・アパート 159
15 アリスとの別れ 166

# 第二部

## 第一章


1 鄔橋 206
2 外祖母 213
3 阿二 220
4 阿二の気持ち 227
5 上海 233


## 第二章


6 平安里 239
7 馴染みの客 246
8 マージャンの友 258
9 午後のお茶 279
10 ストーブを囲んで 291


## 第三章


11 康明遜 304
12 サーシャ 335
13 再びの程さん 355


## 第四章


14 出産 376
15 昔人は已に黄鶴に乗りて去る 393
16 此の地、空しく余す、黄鶴楼 419

# 第三部


第一章

1 薇薇 430

2 薇薇の時代 441

3 薇薇の女友だち 449

4 薇薇の男友だち 468

第二章

5 ダンスパーティー 480

6 旅行 487

7 クリスマス 495

8 婚礼 503

9 渡米 514

第三章

10 老克臘 527

11 足長 554

第四章

12 内輪もめ 571

13 大空の果て、黄泉の国 599

二十八年を振り返って――日本語版後記　王安憶　622
『長恨歌』と王安憶について――解説　飯塚容　626

# 主な登場人物

王琦瑤（ワン・チーヤオ）…ヒロイン

呉佩珍（ウー・ペイチェン）…王琦瑤の女友だち

蔣麗莉（ジアン・リーリー）…王琦瑤の女友だち

程（チョン）さん…カメラマン

李（リー）主任…軍政界の大物

阿二（アーアル）…鄔橋の豆腐屋の次男

厳《イエン》夫人……王琦瑶宅の常連客
毛毛《マオマオ》おじさん／康明遜《カン・ミンシュン》……厳夫人の従弟
サーシャ……マージャンの友
薇薇《ウェイウェイ》……王琦瑶の娘
張永紅《ジャン・ヨンホン》……薇薇の同級生
林《リン》君……薇薇の男友だち
老克臘《ラオコーラー》……懐古趣味の青年
足長……張永紅の男友だち

The Song of Everlasting Sorrow

# 第一部

# 第一章

## 1
## 弄堂

高いところに立って上海の街を眺めると、弄堂《ロンタン》（伝統的な住居が建ち並ぶ上海の横町）の景観がすばらしい。それは、この都市の背景のようなものだ。建物と街路が点と線になって、浮き出して見える。まさに中国画の皴法《しゅんぽう》という画法（山や岩の凹凸を墨の使い方で表現する）で、空白を埋め尽くしている。日が暮れて明かりが灯るころ、これらの点と線はみな光を帯びる。この光の背後にある暗闇の大きな塊が、上海の弄堂なのだ。暗闇は湧き起こる波のように、光の点と線を押し流そうとしている。暗闇には体積がある。点と線は、その上に浮かんで体積を区分し、文章における標点の役割を果たしていた。暗闇は深淵のように底なしで、大きな山でさえ飲み込んでしまう。その中には暗礁が隠れていて、注意を怠った船は転覆する。上海の光の点と線は、数十年にわたって、この暗闇に支えられてきた。東洋のパリと呼ばれる都市の輝きは、数十年にわたって、この暗闇を背景にして広がっている。

いま、あらゆるものが過去となり、少しずつ真の姿を現す。朝の光が差し込むにつれて、灯火は一つまた一つと消えていく。まっすぐな光を浴びて、薄い霧の中から細密画のような輪郭が浮かび上がった。最初に姿を現したのは、旧式弄堂の屋根の斜面に突き出した天窓だ。朝霧の中の精緻な窓枠には、細かい彫刻が施されている。屋根瓦はきちんと並び、窓辺に置かれた植木鉢のコウシンバラも手入れが行き届いていた。次に現れたのはバルコニーだ。夜通し干してあった服は、絵に描いたもののように動かない。バルコニーの低い塀のコンクリートが剥《は》がれ、むき出しになった赤レンガも精巧な写実画のように見える。さらに、外壁に走る亀裂や点在する苔も姿を現した。ひんやりした感触が伝わってくる。外壁に最初の朝日が当たったところは美しい一幅の絵のようで、華やかさと同時に物寂しさを感じさせる。新鮮であると同時に、歴史の重みがあった。このときはまだ、弄堂の奥までは見通せない。手前より奥のほうが霧が濃いからだ。

新式弄堂では、バルコニーの手すりに日が当たり、大きな窓に光が反射している。これは決定的な瞬間で、一日の幕開け、昼夜の切り分けを意味している。霧はついに陽光によって追い散らされた。あらゆるものが色彩を取り戻す。苔の色は黒っぽい。窓枠の木も黒ずんでいる。バルコニーの鉄製の手すりには、錆が浮いていた。外壁の亀裂には、緑色の草が生えている。空を飛ぶハトは灰色に見えた。

上海の弄堂はいろいろな種類があり、それぞれ雰囲気が違う。ときによって様々な表情を見せるので、ひと言で説明することはできない。だが、形は違っても、その精神は一貫している。最終的な結論は同じで、千差万別と見えても、心は一致していた。石庫門《シークーメン》弄堂（十九世紀の中葉以降、租界地に建てられた中洋折衷の住居）は、最も格調が高い。旧家の大邸宅の遺伝子を持っていて、大物官僚を思わせる威厳がある。その重量感はすべて、入口の門と塀に由来していた。だが、門を入ると前庭と玄関ホールは奥行きがなく、二、三歩で通り抜けてしまう。木造の階段をまっすぐ上がった二階の部屋は、閨閣《けいかく》（嫁入り前の娘の部屋）だった。二階の通りに面した窓からは、ロマンスがあふれ出す。

　東地区の新式弄堂は気取っていない。鉄製の低い門には透かし彫りがある。二階の窓から身を乗り出すだけでは物足りず、外に出て街を眺められるようにバルコニーがついている。前庭の夾竹桃《きょうちくとう》は春の喜びを抑えきれずに、塀の外まで枝を伸ばしていた。しかし、やはり本能的な防犯意識が働いているらしい。裏門の錠前はドイツ製のバネ式で、一階の窓には鉄格子が取り付けられていた。鉄製の扉の上部には鋭い突起があり、前庭に入ったら二度と出てこられないように思われる。

　西地区のアパート式住宅の弄堂は、さらに防犯意識が強い。部屋は一区画ごとに分かれていて、扉を閉めれば誰も入り込むことはできない。ニワトリや犬の鳴き声も聞こえないように、壁に防音加工が施されている。部屋と部屋の間隔が離れていて、お互いに一切干渉しない。このような防犯意識は民主的な欧米の基準で、住民のプライバシーを守ることを目的としている。だが実際は、どんな悪事もやりたい放題で、誰も止めることはできない。

　バラックが乱立する弄堂は、あけっぴろげだ。牛毛フェルトを敷いた屋根は雨漏りがするし、板壁は隙間風が入る。扉や窓はしっかり閉まらない。このような弄堂の家屋は不揃いで、密集している。豆粒ほどの明かりが点々と灯る。光は弱いが数が多く、鍋に入った粥のように見えた。大河の無数の支流、大樹の数えきれない枝、縦横に広がる大きな網のようでもある。表面上はすべてが一目瞭然だが、実際は神秘的で奥が深い。複雑な内実が隠されているのだ。

夕方、ハトの群れが上海の空を旋回し、帰るべきねぐらを捜している。起伏する家々の屋根は、どの角度から見ても山並みのようだ。高いところに立って眺めると、すべてが一つに連なって、どこまでも果てしなく、方角さえわからなくなる。家々は流水のように、あらゆる隙間を埋めている。乱雑に見えるが、実際はそれなりに秩序が保たれていた。広大であると同時に充実している。農民が苗を植え、豊かな収穫をもたらした麦畑のようだ。自ら再生を繰り返す原始林のようでもある。その景観は本当に美しい。

上海の弄堂は色っぽい。肌に触れたような感覚がある。冷たさも、温もりも伝わってくる。それは個人的な感情に起因するものだ。油にまみれた台所の裏窓の内と外で、女中たちが雑談をしている。窓辺の裏門は、お嬢さんがカバンを提げて通学するとき、男の人と密会するために出て行くときに利用する。表門はめったに開かないが、大事なときには賓客が出入りし、冠婚葬祭の告示が貼り出される。表門はいつも興奮を抑えきれず、張り切って、余計な口出しをするのだ。バルコニーや窓辺では、内緒話が聞こえる。夜間にはノックの音も響く。

再び高いところに立ち、眺めのよい角度から観察してみよう。路地に突き出ている物干し竿の洗濯物は、プライバシーを感じさせる。植木鉢のホウセンカ、石蓮花、ネギ、ニンニクもプライバシーの性質を帯びている。屋根の上の空っぽのハトの籠は、飼い主の空っぽの心を物語っていた。ずれたり欠けたりしている瓦からも、住人の心と体の状態がうかがえる。谷底のような弄堂の突き当たりに続く道は、コンクリート舗装または玉石が敷き詰められていた。コンクリートの場合は違和感があるが、玉石の場合はふんわりして気持ちがいい。足音も違う。前者は大きな音が響くが、後者は音が吸収されて、体の中に伝わってくる。前者は紋切り型の挨拶、後者は心に染みる言葉のようだった。だが、いずれも堅苦しい文章語ではない。日常生活に欠かせない世間話だ。

上海の弄堂の路地裏は、一度見たら忘れられない。路面には亀裂が走り、排水溝には魚のうろこや菜っ葉の切れ端が浮かんでいる。台所からは熱気が伝わってくる。そこは汚くて、物が散らかっていた。最も知られたくないプライバシーでさえ、人目にさらされてしまう。理屈が通用しない。そして、いつも薄暗かった。午後三時にようやく太陽の光が届くが、間もなく日は暮れてしまう。わずかな日差しはむしろ、色彩を曖昧《あいまい》にする。壁は黄色っぽく、表面の粗さが目立つ。窓ガラスも黄ばんで、汚れが花模様に見えた。この時間の太陽はもう明らかに疲れていて、最後に残った光をすべて絞り出している。その光の中には沈殿物が含まれ、ねっとりして、少し薄汚れていた。ハトの群れが飛んでいるのは路地の表側のほうで、裏路地では夕日を受けて埃が漂っているだけだ。野良猫も、このあたりに出没する。これらの光景は心に染みついていて、もはや親近感を超越し、むしろ食傷気味だった。だが、ひそかに畏敬の念も湧いてきて、全身が震えるほどの感動を覚えるときもある。

　上海の弄堂が与える感動は、きわめて日常的な光景に由来する。急激に高まるものではなく、しみじみと感じるものだ。その感動は、生活感と人情に基づいている。路地の一つ一つに、情理にかなった予想外の出来事があふれていた。別に重大な事件ではないが、たとえ細かい砂でも集めれば高い塔になる。歴史とは関係なく、野史に記載されることもない、流言と呼ばれるような出来事だ。流言は上海の弄堂におけるもう一つの景観で、裏窓や裏門から漏れ出すのを見ることができる。表門とバルコニーから漏れ出すものは少しまともだったが、流言に変わりはない。これらの流言は歴史の一部ではないが、時間に沿って進行し、因果関係がある。これらの流言には肉付けが施されているので、古書の山のような退屈さはない。誤りがたくさんあっても、それとわかるものばかりだった。

　この都市の大通りにまばゆい明かりが灯るころ、弄堂は通常、曲がり角に一つ街灯がつくだけだ。ありふれた電灯の笠には錆が生じ、埃が積もっている。明かりは薄暗く、その下で煙霧のようなものが湧き起こっていた。このとき、まさに流言が大量生産される。説明のつかない不思議な時間帯で、人の心を悲しくさせた。籠の中のハトたちは、誰かの噂話をするように鳴いている。大通りの灯火は文字どおり明るかったが、横町に入ったとたん、暗闇に飲み込まれてしまう。

　玄関ホールと左右の脇部屋がある旧式弄堂から生まれる流言はクラシックで、香草の匂いがする。中二階と階段の踊り場のある新式弄堂から生まれる流言はモダンで、樟脳の匂いがした。しかし、どちらの流言も真剣そのもので、むき出しの感情の発露だと言える。手で水をすくい、半分はこぼれながらも器を満たそうとする人のように、あるいは泥をくわえ、半分は落としながらも巣作りをするツバメのように、弄堂の人々は少しも手抜きをせずに、休むことなく流言を作り出す。

上海の弄堂には、見るに忍びない情景もある。日陰に生えている苔は無数の傷跡のように、時間が痛みを癒やしてくれるのを待ち続けている。日陰にしか生えないのは、後ろ暗いことがあるからだろう。壁を伝うツタは陽気だが、時代を経た緞帳のように垂れ下がって何かを覆い隠していた。ハトの群れは空を飛びながら、波を打って連なる屋根瓦の海を見て、胸を痛めている。屋根の上から勢いよく降り注いだ太陽の光は、弄堂の中でゆがめられ、バラバラになった。このように、無数の断片が集まって弄堂の景観が形成され、無数の忍耐が重ねられて強い生命力が生み出されるのだ。

## 2 流言

流言には陰気さがつきまとう。この陰気さは、ときに左右の脇部屋の香草の匂い、ときに樟脳の匂い、あるいはまな板の臭いに起因している。タバコや葉巻の匂いではないし、殺虫剤の臭いでもない。そんなに強烈ではなく、もっと控えめな匂い、女の人の匂いだった。閨閣と台所の匂いが入り混じっている。脂粉の香り、油煙の臭いのほか、汗の臭いもした。

流言は雲に覆われ、不明瞭なところがある。息を吹きかけたガラス窓、埃をかぶったガラス窓のようなものだ。この都市の弄堂の数と同じだけ流言があり、数えることも語り尽くすこともできない。これらの流言は感染力が強く、真実を曖昧にしてしまう。その結果、どれが真実で、どれが流言なのか、区別がつかなくなる。流言の真偽を見極めるのは難しい。嘘の中に真があり、真の中に嘘があるので、一概に区分できない。荒唐無稽さもつきものだが、それは女たちの浅はかな知識に基づいている。見聞が狭いゆえの妄想である場合が多い。

流言は弄堂の裏門から裏門へと伝わり、あっという間に誰もが知っている話になる。音のしない電波のように都市の上空を飛び交う。形のない浮雲のように都市を覆い、噂の雨を降らせるのだ。それは豪雨ではなく梅雨のような雨で、激しさはないが空気を湿らせる。だから、流言は軽視できない。細かい雨となって、まとわりついてくる。

上海のどこの弄堂にも、このような悶着が起こりそうな空気が漂っている。西地区の弄堂の高級アパートは比較的空気が明るく、秋の空のような清潔感と透明感がある。新式弄堂の空気は少し劣る。不純物を含み、風向きが一定していない。さらに劣っているのは、旧式の石庫門弄堂の空気だ。風が感じられず、じめじめしていて、あちこちに汚れが目立つ。バラックが建ち並ぶ旧式弄堂は、濃い霧に包まれている。太陽が顔を出すとすぐに消えるような霧ではない。いまにも雨になりそうで、数歩先も見えない状態だった。

しかし、どのランクの弄堂にも、染みついた独特の空気がある。それが上海の弄堂が持っている性質なのかもしれない。もし、上海の弄堂が口を開けば、出てくるのは流言だろう。それが上海の弄堂の思想であり、昼夜を問わず拡散している。もし、上海の弄堂が夢を見るなら、それもまた流言であるはずだ。

流言は、つねに醜い。低俗な下心に由来しているので、卑しさに甘んじているところがある。下水溝の水のように、使用済みで薄汚れている。流言は正面切って語ることができず、裏でこっそり伝えるしかない。責任感がなく、結果を引き受けようとしない。勝手気ままで、流れに身を任せている。流言は推敲を経ていない。誰も流言に推敲を加えようとは思わないだろう。言語のゴミのようなものだが、ときにはゴミの中から本物が見つかる場合もある。

流言は真面目な話の残りかす、黄ばんだ菜っ葉の切れ端、米に混じっている稗《ひえ》のようなものだ。まともなところがなく、悪いことばかりで、よいことは少ない。清潔さのない汚物と言っていい。最も低劣な材料で作られている。これらの低劣な材料は、西地区のアパートのお嬢さんでさえ、多少は持っていた。しかし、これらの低劣で恥ずかしい材料の中にも本音が含まれている。これらの本音は体面を汚すものなので、自分でも認めたくない。そこで、流言という形を取るのだ。

流言に利点があるとすれば、この本音という部分だろう。だが、本音は偽の体面に守られている。嘘の中の真、虚の中の実であり、うわべを取り繕い、遠回しな表現を使う。この本音には人間としての覚悟、醜態をさらしてもいいという覚悟がある。幽鬼となることも辞さない、反逆の覚悟である。この覚悟は一抹の悲哀を帯びている。意のままにならない、願いがかなわない悲哀で、怒りの感情も含まれていた。悲哀には違いないが、それは高望みをして報われなかった結果である。だから、この悲哀は低俗で、唐詩や宋詞のようなものではなく、市井《しせい》の隠語に類するものだ。この悲哀には重量があり、沈殿している。水に浮かぶ雪月花とは違う。

流言もまた沈殿物である。洗浄と鍛錬を重ねてきたものではない。もともとあったもので、これからも存在するだろう。洗い清めることも、鍛え上げることもできない。人間の粘り強さを示している。骨を折られても、歯を折られてもめげない、厚かましいほどの粘り強さだ。流言は虚勢を張ったり、他人を驚かせたりして、魑魅魍魎《ちみもうりょう》を呼び寄せる。風に任せて動き回るので、つかみどころがない。ところが、この都市の本心は流言の中に隠されている。この都市の外見がいかに華やかであろうと、心は低俗で、流言を拠りどころにしていた。そして、その流言が拠りどころにしているのが上海の弄堂だった。東洋のパリと呼ばれるこの都市には、極東の神秘的な伝説があふれている。だが、その核心にあるのは流言なのだ。真珠が砂の粒から生成されるように、上海もまた、流言という砂の粒からできている。

流言は耳目を惑わす。小さなところから着手して、歴史を書き直そうとする。シロアリが家を蝕《むしば》むように、書物の記載を少しずつ浸食する。段取りを踏まず、ルールを無視して、チンピラのように勝手に振る舞う。大きな議論はしないし、細かい計算もしない。出し抜けに背後から襲いかかってくるが、振り向くと姿を消している。決して尻尾をつかませない。大きな動きは見せず、少しずつの積み重ねで、支流が本流と一つになる。いわゆる「蜂の巣をつついたような騒ぎ」というやつだ。確かに、蜂の羽音のように騒がしい。下劣であると同時に、勤勉さも感じさせる。マッチ棒を拾って火をつけたり、糸を拾って針に通したりしなければならない。迷惑であると同時に、必死さも伝わってくる。周到に準備されたデマで、不遜さはない。根拠はないけれども、情けにあふれている。それぞれに主張があり、世論とは別の見方を示す。

政治的見解の違いではない。流言は政治的見解を持たず、まったく政治には疎《うと》い。何の接点もない。社会と対立することも同意することもなく、独自の世界を形成している。完全に社会の傍流であり、警戒もされない。だから、ひそかに悪事を働いても、明るみに出ることはないのだ。それらは、無視できない力を持っている。「アリの穴から堤《つつみ》も崩れる」と言うではないか。それらは伝統的な道徳に背いているが、反封建が目的ではない。良俗を乱す、典型的な下種《げす》野郎なのだ。王朝を崩壊させる力があるが、共和や民主を主張するわけではない。単なるチンピラで、やはり典型的な下種野郎なのだ。革命だろうが、反革命だろうが関係ない。両方の勢力から唾棄され、無視されている。真面目さがあれば世論を味方につけて、堂々と戦えただろうが、いまは人の目を盗んで小細工することしかできない。何を言われても、どこ吹く風で、まったく気にしない。もともと流浪の身で、偉業を成し遂げるつもりはさらさらないのだ。野心も抱負もなく、頭が悪い。騒ぎを起こす本能があるだけで、漫然と成長と繁殖を続けている。繁殖のスピードは驚くほどで、魚類に匹敵する。繁殖の方法も多様で、連続ドラマ、シリーズ、サスペンス、劇中劇などの形式がある。それらは、身寄りのない放浪者のように、この都市の中を徘徊している。だが、一方で流言はまさしく、この都市のロマンの一つなのだ。

流言のロマンは、どこまでも自由に広がる想像力にある。この想像力によって、栄光をつかむことも、屈辱に耐えることもできる。何の規制も戒律もない。流言は話をでっち上げ、口から出まかせを言う。無限の活力があり、息の根を止めることはできない。春風を受けた野火のように燃え盛る。石の割れ目に根を生やした草のように花を咲かせる。神出鬼没で、閨閣のような秘められた場所にも出入りする。お嬢さんの刺繍針にも、女学生の読む恋愛小説にも付きまとう。恋愛小説のページには、涙の跡があった。チクタクと時を刻む置時計からも、化粧を洗い落とす洗面器からも、流言は生まれる。

　秘められた場所が、流言の発生源なのだ。プライバシーを栄養として流言は育つ。上海の弄堂はプライバシーの宝庫なので、流言があふれている。夜になって家々の明かりが消えても、ひと筋の光が漏れている扉がある。それが、まさに流言の源なのだった。ベッドの前の月の光、刺繍のあるスリッパも流言の一つである。女中は髪結いを頼まれたと偽って、櫛箱を手に外出し、流言を拡散する。若奥さんたちのマージャンの音は、流言のささやきのようだ。誰もいない冬の日の午後、中庭ではスズメが集まって、鳥たちの言葉で流言を伝え合っていた。

　流言には「私的」な要素が含まれ、そこに表現しがたい苦悩がある。それは、楊貴妃に対する玄宗皇帝の苦悩や、虞姫《ぐき》（項羽《こうう》の愛妾）に対する項羽の苦悩とは違う。それほど壮大で涙を誘う、悲痛な物語ではない。けち臭くて、とりとめのない、細々した噂話だ。上海の弄堂に大きな苦悩はあり得ない。細かく分割されるので、一人一人が背負う苦悩は、たかが知れている。悲しさも悔しさも、胸の中に収めておけばいい。芝居にして人に見せる価値も、歌詞にして歌う価値もない。一部始終は本人だけが知っていて、苦しむのも自分だけだ。これこそが「私的」な要素で、本当の苦悩にほかならない。

だから、流言は必然的に痛みを伴う。場違いな痛みではあるが、胸に突き刺さる。痛みは人それぞれで、共感は得られず、同情を引くこともない。孤独な痛みで、これもまた流言の魅力の一つである。流言が生まれるのは、人が真剣に生きていこうとするときだ。上海の弄堂の人たちは真剣に生きている。全身全霊を捧げ、自分だけを見つめ、わき目も振らない。歴史を創造しようなどとは思わず、自己実現だけを考える。大きな志はないが、つねに全力を尽くす。その力も、各人に平均して与えられたものだった。

## 3 閨閣

上海の弄堂の閨閣は通常、脇部屋もしくは中二階にある。目立たない位置に窓があり、レースのカーテンが掛かっていた。カーテンを開けると、裏の家の玄関ホールが見えて、旦那さんと奥さんが出入りしている。さらに、中庭の夾竹桃も見える。閨閣と呼ばれているが、箱入り娘を守るような環境にはない。隣の中二階には外国商社の実習生、大学出の失業者、さらには接客を始めたばかりのダンスホールの踊り子が住んでいた。弄堂の奥のほうは、いっそう汚濁に満ちている。女中の田舎言葉、人力車夫の俗語が飛び交う。隣の大学生の悪友たちが一日に三回も訪れ、踊り子の仲間たちも三日に一度はやってくる。夜になると、裏門のあたりの物音が気になる。いまにも、そこで何か珍妙な事件が起こりそうだった。例えば、向かいの家の旦那さんと奥さんは夫婦を装っているが、怪しい関係かもしれない。そのうちに誰かが殴り込みに来て、窓ガラスや食器を叩き割ってしまうのではないか。もっと恐ろしいのは、いちばん奥に住んでいる裕福な一家だ。お嬢さんがいて、西洋式の名門女学校に通っている。黒いペンキを塗った門を自家用車が出入りし、クリスマスや誕生日にはパーティーが開かれて、ピアノの音が聞こえてきた。同じお嬢さんでも雲泥の差があるので、そこに焼きもちが生まれ、欲望の炎が燃え上がる。焼きもちと欲望は、閨閣の娘たちにとっては禁物で、トラブルの種だ。もともと花蕊《かずい》のように純真無垢であるはずの閨閣が、このように騒がしく不潔な場所になれば、どんな災難に見舞われるかわからない。

　月の光がレースのカーテンに影を作り、美しさと温もりを感じさせる。雲のない夜には、月の光は特に室内を明るく照らし出した。その明るさは、さえぎるもののない昼間の明るさとは違う。紗《しゃ》がかかったような、朦朧とした明るさだ。壁紙の百合の花も、布団カバーの金絲草（イタチガヤ）も、細い筆で描いた絵のように、くっきりと見える。蓄音機からは、周璇《ジョウ・シュワン》（一九二〇～五七、映画女優、歌手）が歌う『四季の調べ』（一九三七年の映画『街角の天使』の挿入歌）がかすかに聞こえてきた。

　どんなに騒がしく不潔な弄堂でも、閨閣にだけは静けさがあった。臭い消しの線香は、半分燃えて灰になっている。十二時を知らせる自鳴鐘《じめいしょう》は、六回鳴ったところで夢の世界に入ってしまった。夢の中には言葉がない。弄堂の奥の真っ暗な窓のどれかに、このような純真無垢な夢がはめ込まれている。夢は俗世の上空に浮かぶ雲のように短命でぼんやりしているが、自分の命の短さを知らず、夜ごと夜ごとに訪れた。刺繍糸の一本一本、書物の一字一句に、びっしりと心の願いが込められている。語るほどの願いではない。月の光を浴びると人目を引くが、とても遠慮深く、どこから語ればいいのかわからない様子だった。

月が西に傾いた夜明け前の漆黒の闇の中で、夢と願いは動きを止め、朝日が昇るころには跡形もなくなる。それは物音一つしない夜における、ささやかな躍動だ。優雅な躍動、谷川のせせらぎのような躍動である。これもまた、俗世の上空の浮雲に似ていた。

朝になって開けられたカーテンに半分隠れている窓は、人待ち顔をしている。ひと晩じゅう待ちわびていたようだ。窓ガラスには、汚れ一つない。窓の中に人影は見えないが、待ちわびている感じが伝わってくる。目的も理由もわからずに待っている。結局は空振りに終わっても、恨んだり悲しんだりしない。慌ただしくて、奮闘精神が高まる朝なのに、ただひたすら待っている。孤独で、何のあてもないが、情熱がみなぎっていた。この情熱は、実を結ばない花だ。その他のものは、すべて花のない果実だった。このあてのない情熱が、上海の弄堂の純粋な心を示している。

屋根の上で飼っているハトには、少年の心の願いが託される。娘たちの心の願いは、閨閣の中に宿っていた。西に傾いた太陽の光が、ようやく窓から差し込む。その日差しは挽歌を歌っているようでもあり、一日の終わりに思いの丈をぶちまけているようでもあった。昼下がりは誰もが張り切っている時間帯なのに、少しやるせない気分になる。時代遅れのやるせなさは、琴や笛の伴奏に合わせて詩を吟詠するのに適している。だが、いまどき誰がそれを聞いてくれるだろう。俗世の上空の浮雲ほどの価値もない。浮雲は風雨を呼ぶが、これはただの煙で、簡単に吹き飛ばされて影も形もなくなる。上海の弄堂の閨閣も、蜃気楼のようなものだ。きらびやかに見えるが、一瞬のうちに消え去ってしまう。

上海の弄堂の閨閣は、実を言えば本来の姿からかけ離れている。上海の閨閣は、見聞きしたものをすぐに取り入れる。向上心はあるが、取捨選択の基準がない。まったく元手なしに何でも受け入れてきた。貞女の物語とハリウッドのラブロマンスがどちらも好きで、インダンスレン染料を使った青色のチャイナドレスとハイヒール、クラシックとモダンを両立させている。「潯陽江頭《じんようこうとう》、夜客を送る。楓葉荻花《ふうようてきか》、秋索索《さくさく》たり」（白居易の詩『琵琶行』の冒頭の二句）を朗誦するし、「若かりし日」（一九三八年のアメリカ映画『グレート・ワルツ』の挿入歌）も歌う。「男女席を同じゅうせず」を力説する一方で、「女性解放」を主張する。家を出たノラ（イプセン『人形の家』の主人公）を精神的支柱にしているが、心の底では『西廂記《せいそうき》』（元代の王実甫の戯曲）のヒロイン鶯鶯《おうおう》（紆余曲折の末、相思相愛の張生と結ばれる）にあこがれていた。苦労はあっても、意志の強い男に一生ついていくのが賢明である。

取捨選択の基準はないわけではなく、大ざっぱなのだ。基準は説明できないが、選んだものをうまく組み合わせている。それで、上海の閨閣はいろいろな要素が融合されたものとなった。嘘偽りはなく、真心がこもっている。朝から晩まで農民が畑を耕すように、閨閣の娘たちは生活を営んでいた。

家柄も品行も気にしない。いちばん奥の黒塗りの門の家に住むお嬢さんと隣の中二階に住む踊り子は、どちらも彼女たちの手本だった。高貴なのがいいか、色っぽいのがいいか、彼女たちは気ままに選ぶことができた。女中はよい嫁ぎ先を見つけることを勧め、男たちは独立精神を植えつけようとし、牧師は神に帰依《きえ》するように説得する。ショーウインドーに並んだおしゃれな服も、銀幕のスターも、連載小説のヒロインも、彼女たちに手招きしている。彼女たちは閨閣の中にすわっていても、心は四方八方に散っていた。足元には何千何万もの道筋があるが、結局は河の流れが海に注ぐように、同じところにたどり着く。彼女たちは横文字の言葉を口にする一方、チャイナドレスの生地にこだわっている。世界を渡り歩こうという野望を持っているのに、実はとても臆病で、夜の映画を見に行くのにも女中の付き添いが必要だった。通学も集団登校によって、かろうじてビクビクしながら大通りを歩くことができる。見知らぬ人に出会うと、顔も上げられない。ならず者に冷やかされ、悔しさで涙を流すこともあった。つまり、彼女たちは自己矛盾を起こして、自分で自分を苦しめているのだ。

昼下がりの閨閣では、イライラすることがたくさんある。春と夏は窓を開け放っているので、プラタナスの木に止まった蝉の声、弄堂の入口から聞こえてくる路面電車の音、甘いものを売りに来た行商人の拍子木の音、隣家の蓄音機から流れる歌声が侵入してきて、気持ちをかき乱す。最も耐えがたいのは、かすかに聞こえる細かい音声だった。何の音なのか、どこから聞こえてくるのか、わからない。ざわざわという曖昧な音声で、何かを語ろうとしてやめてしまったかのようだ。追い払うことも、捕まえることもできない。昼下がりは比較的暇なので、心がすべてこの不明な音で満たされ、ますますイライラしてしまう。

秋と冬は、曇り空がずっと続く。江南地方の曇り空はどんよりとして、重く胸にのしかかる。静けさの中で、ため息も飲み込まれ、それがまたどんよりとした空に吐き出される。火鉢の炎は本来、この曇り空を吹き飛ばすためのものである。しかし、垂れこめた雲に抑えつけられ、炭火はくすぶったままだった。

晴れの日も曇りの日も、暖かい日も寒い日も、昼下がりは気持ちを滅入らせる。起きていれば目と耳が疲れるし、寝ていれば不安な夢を見る。針仕事ははかどらないし、本を読もうとしても字句が頭に入らない。誰かと話をしているうちに、言葉が出てこなくなることもある。

昼下がりは一日の半分が過ぎ、その日に託した希望の結果が見えてくるときだ。焦燥と落胆に襲われ、希望が失望に変わる。昼下がりは閨閣の娘たちの寂しい晩年で、心が老け込んでしまう。しかし、彼女たちの人生はまだ始まっていない。そう考えると、胸が苦しくなる。この気持ちは説明が難しく、誰にもわかってもらえない。

上海の弄堂の閨閣は惨めで、見るに忍びない。裏の家の庭の夾竹桃は赤い花を見事に咲かせているが、自分の部屋から見えるプラタナスは寂しそうだった。上海の夜空はネオンで明るく輝いているが、自分の部屋には電球が一つ灯るだけだ。置き時計が歳月を数えるように、チクタクと鳴っている。だが、どんなに華やかな歳月でも、数えることには意味がない。

昼下がりは閨閣の娘たちにとって、多事多難のときである。焦って無茶な選択をし、破れかぶれで強引な行動に出てしまう。大きな災いを招いても気にしないし、一生を台無しにしても悔いはない。「飛んで火に入る夏の虫」のようなものだ。だから、昼下がりは一種の落とし穴で、美しく見えるが危険も大きい。昼下がりの美しさは不吉で、悪巧みが隠されている。風や日影が心地よく、つい警戒を怠ってしまう。蓄音機から流れる周璇の『四季の調べ』は、四季折々のすばらしい景色を歌っている。美しいことばかり並べ立て、人の心を惑わせる。屋根の上から放たれたハトは、閨閣から放たれた心でもある。高く飛び上がるハト、レースのカーテンの下がった窓は、「別るる時は容易にして、見《まみ》ゆる時は難《かた》し」（「別れるのは容易でも、再び会うのは難しい」、李煜《りいく》の詞『浪淘沙《ろうとうさ》』の一句）、あるいは「高き処《ところ》は、寒に勝《た》えざらん」（「あまりにも高くて、寒さに耐えられない」、蘇軾《そしょく》の詞『水調歌頭《すいちょうかとう》』の一句）という趣《おもむき》を感じさせる。

上海の弄堂の閨閣は、四方八方から風を受け、いつも落ち着きのない憂いに満ちている。弄堂の奥に降る雨は、憂いとなって閨閣の窓に貼りつく。弄堂の奥に漂う霧は曖昧な憂いで、何かを催促している。何を催促しているのかはわからないが、娘たちの忍耐力、人生の忍耐力を消耗させる。その憂いは放たれようとしている矢、小箱の中に保管されている簪《かんざし》のように、活躍の機会をうかがっている。憂いに満ちた閨閣の日々は、耐え忍ぶことが難しい。だが、振り返ってみると、時が経つのは早いものだ。どうしたらいいのか、わからない。

閨閣は、上海の弄堂の純情な一面を示している。一夜のうちに、幼い娘が成熟する。それが永遠に繰り返され、代々受け継がれていく。閨閣は、上海の弄堂の幻覚でもある。雲間から太陽が顔を出すと、塵も煙も消え去る。だが、これも同じことの繰り返しで、永遠に終わりがない。

## 4 ハト

ハトは、この都市の精霊である。毎朝、たくさんのハトが波のように連なる屋根の上空を飛んで行く。この都市を俯瞰できる唯一の生き物なのだ。この都市を誰よりも明瞭に見ることができるから、迷宮入りの事件の証人にもなり得る。ハトの目には、どれだけ多くの秘密が収められているのだろう？　家々の窓をかすめて飛び、室内の情景を次々と目に焼き付ける。どれも日常のありふれた光景だが、数が多いので、それをつなぎ合わせると迫力が出る。こうして彼らは、この都市の真の姿を明察することができた。ハトは朝から晩まで活動し、見聞を広める。しかも、記憶力がとてもいい。見たことを忘れない。道を覚える能力が、それを証明している。どうやって道を識別しているのかは、よくわからない。

ハトはこの都市の隅々まで熟知している。先に「高いところ」と述べたのは、実を言えばハトの視点だった。その視点の高さに、我々人類は及びもつかない。二本足で歩行する我々人類の行動範囲は限られていて、心も制約を受けている。視界も哀れなほど狭い。我々は同類の中で生活していると、目にするものもすべて同じになり、新しい発展がない。好奇心が湧かず、何もかも理解している気になってしまう。特別なものを目にしないからだ。ハトは違う。毎日、夕方には見聞を満載して帰ってくる。この都市の上空に、どれだけ多くのハトの目があることか！

大通りの景色は毎日同じで、変化に乏しい。芝居臭く、様式化している。色とりどりで華やかだが、新味がない。ネオンの海も、千変万化のショーウインドーも、まったく新味に欠けていた。街を行く人たちはみな、仮面をつけている。屋外でパーティーをしている人は作り笑いを浮かべ、社交辞令を口にし、新味がないどころか、様式すら確立されていない。

一方、弄堂の景色には真実味がある。大通りの景色とは正反対だ。一見すると画一的で、どの建物もよく似ていて区別がつかない。だが、新味がないように見えて、実は様々なスタイルを取り入れている。それぞれの弄堂が変化に富んでいて、その極意を理解するのが難しい。塀を一つ隔てると別世界で、事情がまったく違う。いったい誰が、それを理解できるだろう。

弄堂では次々に迷宮入りの事件が起こっている。事件に関する流言は見掛け倒しで、いざ真相を解明しようというときには役に立たない。相変わらず、真相はやぶの中だ。弄堂の事件の当事者は、立場によって様々な主張をする。公平な判断基準は存在せず、真相は明らかにならない。それで、ますます流言が飛び交い、混乱が深まることになる。このように、弄堂の景色は表向き明晰だが、内実は複雑で、混乱をきわめている。謎を解き明かすことはできない。弄堂で暮らす人たちは当事者であるにもかかわらず、最も事情に疎い。経験を重ねるうちに感覚が麻痺して、何も目に入らなくなる。

結局、すべてを見逃さないのは、やはり空を飛ぶハトだけだ。雲や霧の間を縫って、どこへでも行く。ハトたちは本当に自由だ！　この自由は本当に羨ましい。彼らは大通りの景色には目もくれない。その鋭い視線は、特別な出来事だけを察知する。真偽を見分け、意義を見出すこともできる。感受性にすぐれていて、古い慣習の束縛を受けない。この都市の唯一の自然児と言っていいだろう。ハトたちは密集した屋根の上空を旋回する。幸いにして災難を逃れて生き残った鳥が、廃墟の瓦礫《がれき》の山の上を旋回するかのように。空を飛び回るハトたちには、絶望の影がつきまとう。だから、その目に焼き付けられた様々な光景も、悲哀を帯びることになる。

この都市には、もう一種類の鳥がいる。それはスズメだ。しかし、スズメは俗世の鳥で、高く飛ぶことができない。隣のバルコニーから中庭に飛んできて、コンクリートの割れ目に落ちていた食べ物のかすをついばんでいる。類を以て集まり、悪さをしているように見える。弄堂の常客であるが、歓迎されない。人に追い払われ、自らを卑下している。賢さがないので、鳥の中では低俗な部類に入る。

スズメは物を観察する能力も人間に劣る。人類の文明に寄与したことがない。生まれつき、才能がないのだ。ハトと同列に扱うことはできない。霊と肉に分けるなら、ハトは前者、スズメは後者に属する。スズメは弄堂の中を飛び回るのが相応しい。弄堂は彼らの家だ。度胸がなく、チュンチュンと鳴くばかりで、流言の罠《わな》にはまって身動きが取れなくなる。弄堂の陰気さの一因は、スズメたちにある。スズメが弄堂の低俗さを助長するのだ。

ハトは弄堂の奥に寄り集まったりしない。バルコニーや窓辺や中庭で、人間に近づき媚《こび》を売ることもない。ハトはいつも空高く舞い上がり、この都市の屋根を見下ろす。軽蔑の表情を浮かべながら羽ばたいて、空を飛んで行く。なんと誇り高いことだろう。しかし、人情味がないわけではない。その証拠に、ハトはどんなに遠くまで行っても、また血の涙を流しながら帰ってくる。ハトは人類の本当の友だちである。私利私欲による結びつきではない。相手を理解し、同情を寄せ、いたわり、愛するのだ。夕方、ハトの群れを呼び戻すために、竹竿の先につけられた赤い布が風に揺れているのを見れば、そのことがわかるだろう。これは暗黙の約束、子どもじみた約束である。

ハトたちは人間の秘密を知れば知るほど、人間への同情が深まる。人間に同情すればするほど、人間への信頼が深まった。ハトは、この都市において最も情緒あふれる存在である。上海の弄堂においては比較的明るい存在でもある。屋根の上に飼育箱を作り、朝ハトを送り出して、夕方帰ってくるのを迎える。それは、この都市の恋心の象徴であると同時に、この都市のやさしさの象徴でもあった。

この都市の秘められた罪と罰、災いと幸福は、いずれもハトたちの目を欺《あざむ》けない。上空をハトの群れが旋回して飛び去ろうとしないときは、罪と罰、災いと幸福に関わる出来事が必ず発生している。青空に湧き起こる雨雲、あるいは太陽の黒点のように、ハトの群れは突然現れた。このコンクリートの下界には、見るに忍びない情景がたくさんある。見つからなければいいが、ハトの群れの目を逃れることはできない。彼らはこの情景を見て驚きの表情を浮かべ、懸命に涙をこらえている。

空の下のコンクリートの都市には弄堂が交錯し、大きな深淵のように見える。そこで人々はアリのごとく、生命をすり減らしている。空気中を踊るように漂っている塵が、この天地の主人となった。あちこちから聞こえる細々した物音も、この天地の主人である。空を飛ぶハトが鳴らす笛の音が聞こえた。絹を引き裂くような音が、眠っていた天地を目覚めさせる。

この都市の屋根の上を別の物が、ハトと一緒に飛ぶことがある。それは凧《たこ》だ。網のような電線に引っ掛かって糸が切れたり、屋根にぶつかって骨が折れたりする。そして最後は、電線や屋根の上から、ハトの群れをじっと見つめている。凧はハトのまねをしても、スズメにさえ及ばない。だが、それでも人類は無邪気な望みを凧に託す。凧を作ったのは子ども、あるいは遊び人である。遊び人も子ども、年を取った子どもだ。子どもと遊び人は凧の糸を引き、懸命に走る。凧を空高く揚げようとするのだが、いつも途中で挫折してしまう。最終的に高く揚がる凧は、ほんのわずかだった。凧はハトの群れと一緒に空を飛んだとき、笛の音と一緒に空を飛んだとき、どんなにうれしいことか！

清明節（二十四節気の一つ、新暦の四月五日ごろ）のころ、屋根の上で風雨にさらされている多くの凧の残骸は、まるで愛のために殉死したかのように見えた。残骸はやがて屋根の上の泥土に混じり、弱々しいエノコログサの栄養になる。糸が切れて空の彼方に消える凧もあった。まず黒い点に変わり、最後は影も形もなくなってしまう。これは一種の逃亡、決死の覚悟を持った逃亡だろう。

人類に対して操《みさお》を守り通すのは、ハトだけである。ハトはこの都市を慰めるように、空を駆け巡る。この都市は、水が干上がった海のようだ。家屋は岩礁あるいは座礁した船である。どれだけ多くの生き物が、苦難にあえいでいるのだろう！　ハトたちは、その生き物を見捨てることができない。

この無神論の都市において、ハトは神のような存在である。だが、誰もこの神を信じてくれない。ハトたちの神業は、ハトたちだけが知っている。人間は、彼らがどんなに遠くまで行っても血の涙を流しながら帰ってくることしか知らない。彼らを見て、安らぎを感じるだけだ。特に、最上階に住んでいる人は、帰ってきたハトが自分の家の天窓をかすめるとき、彼らの存在を身近に感じることができる。この都市には祖廟《そびょう》もあれば教会もあるが、祖廟は祖廟、教会は教会、そして弄堂の人間は弄堂の人間で、何の関わりもない。湧き起こる波のような弄堂の中で人間はちっぽけな存在で、流れのままに生きている。上空では朝から晩まで、心やさしいハトが笛の音を響かせながら、人々を見守っていた。

いま、太陽は屋根瓦の海から勢いよく顔を出し、金色の光を撒《ま》き散らしている。ハトが翼を輝かせながら飛び立った。高い建物は、さながら海上のブイだ。あらゆるものが活動を始め、海鳴りのような音を響かせている。塵も舞い上がり、都市は煙霧に包まれた。街は落ち着きを失い、様々な事件がまさに発生しようとしている。早くも激しい感情が動き出す。

数々の扉と窓が押し開けられると、ひと晩じゅう閉じ込められていた重苦しい空気が流れ出し、互いに混じり合う。そのため、陽光に陰りが生じ、空が少し暗くなり、塵の動きがゆっくりになった。空気がよどみ、それが激しい感情を抑制する。新鮮な朝が沈鬱なムードに変わり、心の衝動を抑え込む。しかし、事件は相変わらず、起こるべくして起ころうとしている。太陽がいつもの軌道を通って、光と影を移動させて行く。すると、日常のすべてが塵埃とともに動き出すのだ。このような日々が、一日また一日、一年また一年と永遠に続く。あらゆるロマンスが過ぎ去ったあと、ハトの群れは薄雲がかかった空の彼方へ姿を消す。

## 5　王琦瑤

王琦瑤《ワン・チーヤオ》は典型的な上海の弄堂のお嬢さんである。毎朝、花柄の学生カバンを提げて、裏門を押し開けて出てくるのが王琦瑤だ。午後、隣の家の蓄音機に合わせて『四季の調べ』を口ずさむのも王琦瑤だし、友だちと一緒に映画館へビビアン・リー主演の『風と共に去りぬ』を見に行くのはみんな王琦瑤、写真館へ行ってスナップ写真を撮る仲良しの二人はどちらも王琦瑤だ。脇部屋や中二階には、必ず王琦瑤がすわっている。

王琦瑤の家の玄関ホールには、決まって紫檀の家具が一式あるいは数点置いてあった。母屋は日当たりがよくない。日差しは窓枠のあたりで躊躇して、室内まで入ってこなかった。三面鏡の付いた化粧台の上に置かれた白粉《おしろい》は湿気のせいで、しっとりしている。ヘアクリームは、逆に干からびていた。衣装箱の錠前はピカピカに光っており、つねに開け閉めしていることがわかる。ラジオからは評弾《ひょうだん》（蘇州の語り物）や越劇《えつげき》（浙江省の地方劇）、それに株式市況が流れている。いつも周波数が不安定で、雑音が混じっていた。

王琦瑶の家の女中は、階段下の三角形の部屋に寝泊まりしている。ベッドを一つ置くだけの広さしかなかった。女中は、雇い主の足湯の世話までしなければならない。雇い主は賃金の利息を取り立てるかのように、女中をこき使う。女中は朝から晩まで忙しいが、それでも雇い主の悪口を言いふらしに出かけたり、隣の人力車夫と密会に出かけたりする時間はあった。

王琦瑶の父親は、大半が恐妻家で、妻の言うなりになっている。そうすることで王琦瑶に対して、女性尊重の手本を見せているのだ。上海の朝、王琦瑶の父親は路面電車に乗って出勤する。午後、輪タクでチャイナドレスの生地を買いに行くのは、王琦瑶の母親である。王琦瑶の家の床下には、夜になるとネズミが出没する。ネズミを撃退するために猫を飼ったので、室内は少し小便臭くなってしまった。王琦瑶は長女である場合が多い。幼いころから母親とは一心同体になり、母親が新調した服の共布で仕立てたドレスを着て、一緒に親戚や友人を訪ね歩く。そして母親たちが、彼女の父親を生きた教材として、男の品性について嘆くのを聞いて育つのだ。

王琦瑶は典型的な年ごろの娘である。外国商社の実習生がチラチラ見るのは、王琦瑶に決まっていた。真夏の晴れた日に、母親が衣装箱から服を取り出して天日干しするのを見て、王琦瑶は自分の嫁入りを想像して幸せな気分になる。写真館のショーウインドーに飾られているのは、ウエディングドレス姿の王琦瑶の結婚写真だ。王琦瑶は花も恥じらう乙女で、インダンスレン染料を使った藍色のチャイナドレスを着ていた。しなやかな身のこなし、漆黒の前髪が生き生きとした瞳を覆い隠している。王琦瑶は流行にうまく乗り、落伍することも先走ることもない。多数派を占めるモダンガールだ。彼女は、教科書どおりに流行に合わせる。個人の意見は述べず、流行の分析をせず、全面的に受け入れた。上海のファッションは、王琦瑶たちがいなければ始まらないが、彼女たちが流行を広めるわけではない。それは彼女たちの任務ではないだろう。発明や創造の才能はないし、独立した自由な個性もない。彼女たちは真面目で忠誠心が強く、流れに逆らわなかった。

彼女たちは何の抵抗もなく、時代精神を身につけている。それは、この都市が発する宣言のようなものだ。この都市にスターが誕生すれば、それがどのジャンルのスターであろうと、彼女たちは崇拝者、追随者となる。彼女たちは、新聞の文芸欄の恋愛小説の熱心な読者でもある。中には身の程をわきまえず、スターや作者に手紙を出す者もいた。サインだけでももらえれば、それで十分満足だった。流行の先端をいく社会において、彼女たちは基礎の部分を担っている。

王琦瑶は例外なく感傷主義者である。時流に乗った感傷主義で、やり方は誰かのまねだった。落ち葉を本の間に挟んだり、死んだ蝶をルージュの箱に入れたりする。自分で自分の涙を誘う。その涙も時流に乗ったものだ。その感傷主義は、形が先で心があとからついてくる。すべてが嘘だとは言えない。順序が逆なだけで、真情にあふれている。

この感傷主義には様々な手本があり、先導者がいた。王琦瑶のまなざしは暗く、いつも影に覆われている。感傷主義の影だ。彼女たちは哀れで、それがますます人の心を引きつける。猫のように食が細く、歩き方も猫に似ている。抜けるように色が白く、青い静脈が透けて見えた。彼女たちは、夏に必ず暑気あたりし、冬は必ず冷え性に悩む。滋養強壮の漢方薬を飲まなければならず、いつも薬の匂いを漂わせている。これらはすべて風雅な才子たちが新聞紙上や演劇を通じて広めた流行で、それが王琦瑶の心境にぴったり合ったのだ。つまり、この流行には同情の余地がある。

王琦瑶と王琦瑶は、姉妹の友情を結ぶ。この友情は一生続くこともあった。どんなときでも、彼女たちが集まれば閨閣の生活風景が見えてくる。お互いが人生の道しるべ、記念碑となる。自分の人生を見届けてくれる相手がいることで、時間の流れを引き留めることができるような気がした。一生のうちに多くのものが移り変わっていくが、姉妹の友情だけは永遠に続く。姉妹の友情は、実に不思議だ。苦楽をともにするわけではない。互いに助け合うわけでもない。恩も恨みもなければ、それほど強い執着もない。家も財産もないし、何の束縛も保障もないのだ。気心が知れているわけだが、そもそも彼女たちにどんな私心があるのか。

彼女たちは、単なる道連れにすぎない。重要な同行者ではなく、学校の行き帰りを一緒にするだけだった。同じ髪型をして、同じ靴と靴下を履き、恋人同士のように手をつなぐ。街でこのような少女二人を見ても、双子の姉妹だと思ってはいけない。それは姉妹の友情で結ばれた王琦瑶たちなのだ。お互いに寄り添って、大げさな振る舞いをしているように見える。だが、彼女たちの表情は真剣そのもので、思わず見るほうも真剣になってしまう。彼女たちは道連れになることで、余計に寂しさが増し、やるせなさが募った。お互いに、手助けすることができない。それで、逆に功名心が消え、単純な間柄になる。

どの王琦瑶も、もう一人の王琦瑶を道連れにしていた。同級生の場合もあれば、隣人の場合もある。また、従姉妹《いとこ》の場合もあった。これは単調な閨閣の生活における社交の機会だった。彼女たちの社交の機会は、あまりにも少ない。彼女たちはそこに全力を傾け、社交の結果として友情が生まれるのだ。

王琦瑶たちは友情を重んじる。流行を追い求めているように見えて、義理堅いところもあった。姉妹の友情は、真心と真心の交流である。きわめて単純な真心だけれども。一人の王琦瑶が嫁ぐときには、もう一人の王琦瑶が介添え役を務めた。亡き人を弔《とむら》い、見送るという意味合いもある。介添えを務める王琦瑶は、引き立て役に甘んじていた。服の色はワントーンで暗く、デザインもひと昔前のものである。化粧もいつもより薄い。すべてにおいて控えめで、自分を犠牲にしようという悲壮感が漂っていた。これが姉妹の友情というものだ。

上海の弄堂のあらゆる門の中に王琦瑶がいて、本を読んだり、刺繍をしたり、姉妹たちとひそひそ話をしたりしている。あるいは、両親と衝突して涙を流していた。上海の弄堂には、必ず少女の表情がある。その表情の名前が、まさしく王琦瑶なのだ。優美な表情だが、高嶺の花というわけではない。親しみやすく、愛らしい。謙虚で、温かみがあった。多少あざとさを感じさせるが、何とか気に入られようという努力なので、許容できる。王琦瑶は大らかさと上品さに欠けている。叙事詩のようなスケールの大きい話に興味がないからだ。むしろ、庶民的なもの、生活感のあるものを好む。社交的だが、軽薄さはない。見識が不足していても、話の理屈は通っている。些末な話題が多いが、説教臭いのよりはいい。手練手管を弄することもあったが、それはそれで面白く、日常生活に彩りを与えていた。多少野暮ったいが、一応文明の洗礼を受けている。浮ついたように見えても、そこには実用的な裏付けがあった。

弄堂の塀の上の明るい月に、王琦瑶の名前がある。夾竹桃の赤い花にも、レースのカーテンの奥で揺れている明かりにも、王琦瑶の名前があった。ときどき蘇州なまりが混じる、ねちねちした上海語を話すのも、王琦瑶である。桂花粥《グイホアジョウ》（モクセイの花の香りをつけた粥）を売りに来た男が鳴らす拍子木の音は、王琦瑶のために時刻を知らせているかのようだ。屋根裏部屋に住み、定食屋で食事をする文学青年は、王琦瑶に捧げる詩を書いている。プラタナスの木を濡らす夜露は、王琦瑶の涙だ。密会に出かけていた女中が、裏門から入ってきた。一方、王琦瑶はすでに夢の世界に入っている。

上海の弄堂は、王琦瑶がいるからこそ風情がある。この風情は、日常生活の中からあふれ出たものらしい。塀の隙間で黄色い花を咲かせる野草に似ている。こぼれた種が勝手に花を咲かせたのだ。この風情は苔植物のように、風に負けず、塀に沿って繁茂する。一面に広がる緑の苔は、小さな火花が広野を焼き尽くすような勢いがあった。そこには、消すことのできない苦悩を伴った不屈の戦いがある。上海の弄堂の風情にも、この苦悩が付きまとっている。この苦悩もまた、王琦瑶と名付けることにしよう。

上海の弄堂には、ツタに覆われている塀がある。ツタには、老人のような長寿の風情があった。だが、長寿に伴う痛みは尽きることがない。そこには時間の刻印が押されている。積もり積もった歳月の残骸に圧迫されて、息が苦しくなる。この尽きることのない痛みも、王琦瑶のものだった。

# 第二章

## 6　映画製作所

四十年にわたる物語は、映画製作所へ行った日から始まる。その前日、呉佩珍《ウー・ペイチェン》は王琦瑶を映画製作所へ遊びに連れて行くと約束した。呉佩珍はがさつな性格だった。不器量な少女は卑屈になりがちだが、彼女は家が裕福なので人から寵愛《ちょうあい》を受け、明るく単純な少女に育ち、卑屈さが謙虚さに変わった。この謙虚さの中には、現実に向き合う精神が含まれている。謙虚さから出発して、彼女はいつも無意識のうちに他人の長所を誇張し、心から崇拝し、つねに誠意を捧げる準備ができていた。

王琦瑶は、呉佩珍の嫉妬に警戒する必要がなかった。また、呉佩珍に嫉妬する必要もなかった。むしろ、呉佩珍の不器量に同情を寄せていた。この同情によって、王琦瑶は寛大になった。もちろん、その寛大さは呉佩珍に対してのみ示される。呉佩珍のがさつさは、ただ気にしないということだけで、王琦瑶の寛大さをしっかり理解し、その恩に報いるため、ますます王琦瑶に尽くすようになった。

そのうちに、二人は親密な関係を築いた。王琦瑶は呉佩珍と親友になったことで、人生の難題を呉佩珍に押しつけた。彼女の美貌が呉佩珍の不器量を際立たせ、彼女の繊細さが呉佩珍のがさつさを際立たせ、彼女の寛大さが呉佩珍に恩義と負い目を感じさせた。幸い、呉佩珍は難題を受け止める度量があった。人生に課せられた期待も、王琦瑶ほど大きくはない。恵まれた環境で育ったので、サバサバしている。もともと身軽で、王琦瑶の難題を分担することが本望なのだ。それによって、二人はバランスが取れて、しだいに友情を深めた。

呉佩珍の従兄は、映画製作所の照明係だった。遊びに来るときには、いつも得意げに、金属のボタンがついたカーキ色の制服を着ていた。呉佩珍は、もともと彼に興味がなかった。仲良くしているのは、すべて王琦瑶のためである。映画製作所は、女学生たちが心を惹かれる場所だ。そこにはロマンスが生まれる。一つはスクリーン上のロマンスで、誰もが知っている映画の中の物語である。もう一つはスクリーンの裏のロマンスで、スターたちに関する噂話だった。前者は偽物だが、本物らしく見える。後者は本物だが、偽物に見えた。映画製作所の中の人生は、普通の二倍も豊かである。呉佩珍のような、よく食べてよく寝る少女には、夢などない。彼女は兄と弟がいるだけで、姉や妹がいなかったため、幼いころから男の子の遊びしかしてこなかった。だから、乙女心がわからない。しかし、王琦瑶と友だちになってから、彼女は気配りを覚えた。映画製作所を王琦瑶へのプレゼントにしたのだ。

彼女は入念に計画を立て、日にちを設定して王琦瑶に告げた。ところが思いがけないことに、王琦瑶は乗り気にならず、その日はあいにく先約があるので、従兄に謝っておいてほしいと言った。そこで呉佩珍は、従兄が日ごろ吹聴している話に自分の想像も付け加えて、ひたすら王琦瑶に映画製作所の魅力を紹介した。いつの間にか立場が逆転し、映画製作所へ行きたい呉佩珍が王琦瑶を誘っているかのようだった。最終的に王琦瑶が根負けして、別の日に見学に行くことを約束したとき、呉佩珍は恵みを得たかのように大喜びして、日程の変更を従兄と相談しに行った。

だが実のところ、王琦瑶はその日、何の予定もなかった。映画製作所に興味がなかったわけでもない。これが彼女の流儀で、心が躍るようなことであればなおさら、もったいぶった態度を示す。自己防衛のためだろうか？　それとも、相手をじらす戦略なのだろうか？　いずれにせよ、何か理由がある。呉佩珍がそれを習得しようと思っても無理だろう。従兄のところへ行く途中、彼女は心の中でずっと、王琦瑶がメンツを立ててくれたことに感謝していた。

従兄は、彼女の母方の叔父の子どもだった。叔父は放蕩《ほうとう》息子で、杭州の養蚕業の身代を持ち崩し、どこかへ出奔してしまった。彼女の母親は普段から、叔父の家族を警戒していた。金銭や食料の無心にやってくるたびに、厳しいことを言い、要求を拒否するうちに、だんだん来訪が減り、関係が断たれた。ところが、ある日突然、従兄が現れた。金属のボタンがついたカーキ色の制服を着て、菓子折りを持参し、何かを宣言しにやってきたようだった。その後、彼は一、二か月に一度、彼女の家を訪れ、映画製作所のエピソードを語った。家族の反応は冷淡だったが、呉佩珍だけは心を動かされた。

彼女は聞いていた住所を頼りに、肇嘉浜《ジャオジアバン》（現在も上海の徐匯《じょかい》区に肇嘉浜路がある）に住む従兄を訪ねた。あばら家が建ち並ぶ道が、右に左に入り組んで、迷宮のようになっている。一見してよそ者とわかるので、人々の目が彼女に集中した。だが、彼女が道を尋ねようとすると、人々は目をそらしてしまう。ついに家を訪ね当てたが、従兄は不在だった。同居する青年はメガネをかけ、作業服を着ていた。上がって待つように言われ、彼女は当惑してしまった。戸口に立っていると、また好奇の視線が注がれた。日が暮れるころ、ようやく従兄がくねくねした道を歩いて帰ってきた。手には油がにじみ出した紙包みを提げている。豚の頭の肉か何かだろう。

彼女が帰宅したときには、すでに夕食が始まっていた。両親に嘘をついて、遅くなった理由を説明するのは、ひと苦労だった。しかし、彼女は少しも気にすることなく、寝る前に足を洗ったときに足の裏の豆を見つけても、それだけの価値はあったと思った。

この夜、呉佩珍は映画製作所の夢を見た。水銀灯の下で、盛装した女優が立っている。振り向いて笑顔を見せたのは、なんと王琦瑶だった。彼女は感動して目を覚ました。彼女の王琦瑶に対する感情は、少年が少女に寄せる思いに似ていた。欲望とは無縁の愛情で、相手のためなら何でもする。彼女は真っ暗な部屋の中で、目を開けたまま想像した。映画製作所とは、どんなところなのだろう？

その日、映画製作所へ行く時間になると、呉佩珍の興奮は王琦瑶をはるかに上回り、ほとんど抑えようがなかった。二人でどこへ行くのかと友だちに尋ねられ、呉佩珍は別にどこへも行かないわと言いながら、王琦瑶の腕をつねった。そして、王琦瑶を引きずるように足取りを速めた。まるで、その友だちが追いかけてきて、彼女たちの喜びを横取りするかのように。呉佩珍は道々大声でしゃべり続けたので、通行人が二人を振り返って見た。王琦瑶が何度も注意したが、効き目はなかった。ついに王琦瑶は立ち止まり、映画製作所に着く前に大恥をかいたから、もう行くのはやめたと言った。呉佩珍は、それでようやく態度を改めた。

二人は電車を乗り継いで、映画製作所に到着した。従兄が門の前で、彼女たちを待っていた。彼女たちはそれぞれ、胸の前に名札を下げた。関係者に与えられる名札で、これがあれば所内を自由に歩き回れる。名札を下げた彼女たちは、従兄のあとについて所内に入った。まず、空き地の至るところに、板や布が放置してある。レンガや瓦の破片もあり、まるでゴミ捨て場、あるいは工事現場のようだった。すれ違う人たちは、みな忙しそうで、わき目もふらずに歩いている。従兄の足取りも速く、急用があるみたいだ。彼女たちは置き去りにされ、手をつないで懸命について行った。

午後の三時、四時の太陽は元気がない。風が出てきて、彼女たちのスカートの裾を揺らした。気分が盛り上がらず、呉佩珍も寡黙になった。三人は所内を歩き回ったが、数百歩の距離が果てしない道に感じられた。彼女たちは、もう耐えられないと思った。従兄は歩く速度を緩め、とりとめもなく映画製作所の雑事を語り出した。これらの雑事は表面上、本当らしく聞こえるが、実のところ噂話で当てにならない。二人は呆然としてしまった。

その後、倉庫のような広い建物に入った。見渡すと、制服を着たスタッフが大声を上げながら、行ったり来たりしている。映画スターらしき人物は見当たらない。彼女たちは従兄のあとについて、頭上や足元に注意しながら動くうちに、方向がわからなくなった。頭上や足元にはロープなどが散乱し、照明がときどき暗くなる。彼女たちは、ここに来た目的も、ここがどこなのかも忘れ、ただひたすら歩いて行った。再び果てしない道を踏破したと思ったとき、従兄は足を止めた。そして、ここで見学していなさいと言い残し、自分は仕事に行ってしまった。

彼女たちが立っていた場所は賑やかだった。みんな忙しそうに、彼女たちのすぐ前や後ろを通り過ぎて行く。何度も邪魔しそうになって身をかわし、逆に別の人にぶつかってしまうこともあった。だが、相変わらず映画スターは一人も現れない。二人ともがっかりして、来るんじゃなかったと思った。特に呉佩珍は申し訳ない気持ちで、王琦瑶の顔をまともに見られなかった。

このとき、照明がついた。十数個の太陽が一斉に昇ったように、光がまぶしい。彼女たちはようやく、目の前に部屋があることに気づいた。三面を壁で囲まれた部屋は、いかにもセットに見える。しかし、そこに置かれている小道具は、いずれも真に迫っていた。ベッドの布団は適度に使われた形跡がある。灰皿には吸いさしのタバコが置かれ、枕元の棚の上のハンカチはもみくちゃになっていた。まるで誰かがここで暮らしているのに、突然手前の壁を取り払い、人目にさらしてしまったかのようだ。それを見ると面白いと思う反面、何となく嫌な予感がした。

彼女たちは少し離れて立っていたので、女優のセリフは聞こえなかった。ネグリジェを着た女優がベッドに横たわり、いくつかのポーズを取っている。一度は横向き、一度は仰向《あおむ》けになり、さらには体を半分ずつベッドと床に預けるポーズも取った。半透明のネグリジェが女優の体を包み、ベッドのシーツは皺くちゃになっている。これにも、何となく嫌な予感を覚えた。ライトは何度か点滅を繰り返した。最後にポーズが決まり、女優が動きを止めると、ライトがまた消えた。再びライトがついたときの照明は、それまでとは違った。それまでは、さえぎるもののない完全な明るさだったが、今回は特殊な照明である。夜、外が暗くなり、室内だけが明るいときのようだ。その部屋のセットは、少し遠のいた感じがしたが、逆にリアルになったとも言える。どこかで見たことがあるような気がした。

王琦瑶はセットの電灯に注目した。蓮の花のような笠の下で本物の光を放ち、三面の壁に波模様の影を作っている。昔の光景を再現しているようだったが、いつの光景なのか、どこの光景なのかは思い出せない。王琦瑶は視線を電灯の下の女優に移した。そして突然、女優が演じているのは死者だということに気づいた。自殺なのか、他殺なのかはわからないが。不思議なのは、この情景が恐怖ではなく、むしろ見覚えがあるような嫌な予感を与えたことだ。王琦瑶には、女優の顔が見えなかった。ベッドの足側にあるボサボサの頭しか見えない。女優が枕元に足を向けて横たわったからだ。スリッパは、別々の方向に脱ぎ捨てられている。

映画製作所は騒がしく、まるで貨物の積み下ろしをする埠頭のようだった。「アクション」「カット」という声が飛び交う。女優だけは動きがなく、千年万年経っても目覚めそうにない。呉佩珍が先に我慢できなくなり、また大胆さもあったので、王琦瑶の手を引いて別の現場を見に行った。

次の現場では、平手打ちのシーンを撮っていた。場面はレストランで、やはり三面が壁で囲まれている。全員が洋服と革靴という正装だった。そこへ貧乏人が乱入してきて、パーティーの主催者を平手打ちするのだ。演技は滑稽で、自分の手を叩いて音を立てたあと相手の顔を叩くのだが、まったくわざとらしさがない。呉佩珍はこれが気に入った。何回見ても飽きることなく、しきりに面白がっている。だが、王琦瑶は耐えがたかった。やはり、先ほどのシリアスなシーンのほうが見ごたえがあると言った。こちらはドタバタで、まるで猿芝居だ。

二人が先ほどのセットに戻ると、思いがけないことに、撮影は終わっていた。ベッドも撤収され、残った人たちが後片付けをしている。場所を間違えたのかと思って移動しようとしたとき、従兄に呼び止められた。後片付けをしているスタッフの一人が、従兄だったのだ。従兄は彼女たちに、ほかの場所へ連れて行くから、しばらく待ってくれと言った。今日は特撮シーンの収録があるのだという。彼女たちは仕方なく、立って待っていた。誰かが従兄に、彼女たちのことを尋ねた。従兄が答えると、その人はさらに学校の名前を尋ねた。従兄に代わって、呉佩珍が自分で答えたので、その人は彼女たちに笑いかけた。暗闇の中で、白い歯が光って見えた。

あとで従兄が教えてくれた。その人は監督で、海外留学の経験がある。シナリオも手掛け、今日の撮影では、監督兼脚本家だった。説明を終えると、従兄は彼女たちを特撮の現場に連れて行った。煙や火が使われ、幽霊が出る。すべて裏方がセッティングして、俳優の演技は一瞬で終わった。

呉佩珍はさらに、スターに会わせてほしいと頼んだが、従兄は難色を示した。今日はどの現場でも、スターの出番はないという。スターは毎日、撮影に来るわけではない。どの日に撮影できるかは、スターの予定しだいなのだ。すると呉佩珍は、内輪の話をさらけ出した。毎日、誰それに会えるって言ってたじゃないの？　王琦瑶は従兄の困った顔を見て、とりなすように言った。また今度にしましょう。日も暮れたし、家族が待ってるから。そこで、従兄は彼女たちを外へ案内した。途中でまた、あの監督に出会った。彼女たちの学校の名前を覚えていて、ユーモアたっぷりに女学生さんと呼びかけたので、二人は顔を赤くした。

帰りの電車で、二人は話をする気力がなく、ただ電車のガタゴトという音を聞いていた。電車は比較的すいている。仕事帰りの人たちはもう家に着き、夜の活動をする人たちはまだ出かける時間にならない。映画製作所の見学は、少し予想と違っていた。落胆したとも満足したとも言えないが、とにかく疲れた。呉佩珍はもともと、映画製作所に何の予備知識もなかった。あこがれを抱いたのは、王琦瑶があこがれていたからだ。当然のことながら、映画製作所がすばらしいところであることを望んだが、どんなすばらしさなのかは見当がつかなかった。だから、王琦瑶の反応を見てから、自分の意見を決めようと思っていた。

王琦瑶の映画製作所に対する感想は複雑だった。想像していたような神秘性はなかったが、普通だったからこそ、容易に手が届くという印象を持った。何に手が届くというのか？　それはまだわからない。当初の期待ははずれたが、期待の中の緊張は消えた。映画製作所から帰ってきて数日の間、彼女は何の反応も示さなかった。それで呉佩珍は、王琦瑶は映画製作所が気に入らなかったのだろうと思い、彼女を連れて行ったのは余計なお節介だったと後悔した。

ある日、呉佩珍は申し訳なさそうに王琦瑶に言った。従兄がまた私たちを映画製作所に誘ったけど、断っておいたわ。王琦瑶は振り向いて、意外な返事をした。どうして、そんな好意を無にするようなことを言ったの？　呉佩珍は目を丸くして、信じられないという顔で王琦瑶を見た。王琦瑶はきまりが悪くなり、顔をそむけて言った。メンツをつぶしちゃいけないでしょう。あの人はあなたの親戚なんだから！　今度は呉佩珍も、王琦瑶が本当は行きたいのにそう言わない気持ちを理解した。ひねくれ者と思うどころか、可愛いという気持ちが湧いた。王琦瑶は大人のように見えるが、実はまだ子どもなのだ。このとき、呉佩珍は王琦瑶に対して、母親のような寛大な気持ちを抱いていた。

その後、彼女たちはしばしば映画製作所へ出かけるようになった。映画撮影のノウハウもかなり覚えた。撮影はプロットの順序どおりに進むわけではない。ワンカットずつ別々に撮り、最後につなぎ合わせる。撮影現場はひどく雑然としているが、カメラに収められた画像は整然として美しい。飛ぶ鳥を落とす勢いの大スターにも何度か出会ったが、まるで大道具のように、カメラの前で何の動きも見せなかった。映画のシナリオは随時変更が可能で、あっという間に死んだ人間も生き返る。彼女たちは映画界の裏側に首を突っ込み、神秘のからくりに触れたことで、内心に変化が生じた。映画製作所の経験は、確かに普通の経験ではない。人生の奥深い意味が含まれている。彼女たちの年齢では、虚実や真偽の見分けが難しい。また、その時代の映画は我々の生活において、重要な部分を占めていた。

## 7 アクション

王琦瑶は、映画撮影で最も肝心な瞬間は「アクション」の声が掛かるときだと知った。それまでのすべては、準備と伏線なのだ。その後は？ 永遠の終わりである。彼女は、「アクション」という声が持つ特別な意味、もうすぐクライマックスが訪れるということに気づいていた。あの監督はときどき、彼女たちにカメラをのぞかせてくれた。レンズを通した映像は美しく、散らかっているものにも汚れているものにもフィルターが掛けられる。暗いものでさえ、輝きを増した。カメラの中は別世界で、製作の過程で修正が加えられ、美しく華やかになる。

あの監督とは、すっかり親しくなった。顔を合わせても、彼女たちが赤面することはない。従兄がいないときは直接、監督を訪ねることもあった。彼は独断で、彼女たちをそれぞれ「珍珍《ジェンジェン》」「瑶《ヤオ》瑶《ヤオ》」と呼んだ。まるで二人が彼の映画の登場人物になったかのように。彼は内緒で、スタッフにこう話した。珍珍は侍女のタイプだ。栄国府《えいこくふ》の賈母《かぼ》（小説『紅楼夢』の主人公・賈宝玉の母親）の身の回りの世話をする傻大姐《さだいしゃ》（馬鹿ねえや）に似ている。瑶瑶はお嬢様のタイプだ。ただし、分家のお嬢様で、祝英台《しゅくえいだい》（民間説話『梁山泊と祝英台』のヒロイン）に近い。

彼は呉佩珍を子ども扱いし、よく冗談を言ってからかった。王琦瑶に対しては、機会があったら一度、出演してみないかと誘った。彼女の目元が阮玲玉《ロアン・リンユイ》（一九一〇～一九三五、映画女優、人気絶頂の中で自殺した）に少し似ているからだ。映画ファンが阮玲玉を懐かしんでいる気運に乗じて、スターになれるかもしれないという。半分は冗談だが、含蓄のある言葉だった。王琦瑶も本気にはせず、ただ自分が阮玲玉に似ていると言われたことに喜びを感じていた。

ところがある日、監督は本当に電話をかけてきて、カメラテストをすると言った。王琦瑶は胸がドキドキして、手のひらが冷たくなった。これがチャンスなのかどうか、彼女にはわからない。チャンスはこんなに簡単に訪れるものなのだろうか？　彼女は信じられず、また信じないわけにいかず、心の中で葛藤を続けた。最初、呉佩珍には言わないことにした。一人でこっそり行き、こっそり帰ってくれば、結果が出なくても自分が知っているだけで、何もなかったことにできる。しかし直前になって、彼女はやはり呉佩珍を誘った。付き添ってもらったほうが心強いと思ったのだ。前の晩、彼女は眠れず、目の下に隈《くま》ができ、あごも少しとがったようだった。呉佩珍は当然、大喜びで、勝手に想像をふくらませ、すでに王琦瑶のために記者会見を開く計画を立てていた。王琦瑶はそれを聞いて、やはり伝えるべきではなかったと後悔した。

この日の授業は、二人とも上の空で、心がどこかへ飛んでしまっていた。ようやく授業が終わり、二人はすぐに校門を出て電車に乗った。その時間の電車の乗客は多くが家庭の主婦で、布の袋を提げていた。チャイナドレスには皺があり、ストッキングの縫い目がよじれている。髪は乱れている人もいれば、ヘアサロンに行ったばかりでヘルメットのような髪型をしている人もいた。無表情で、何事にも関心がない様子だ。電車はレールの上をゴトゴトと走り、やはり表情が乏しい。この無表情の中で、彼女たちだけが活動的だった。主婦たちと同様に無口だが、数百年に一度の大事件を心に秘めていた。

午後三時の大通りには疲労感が漂い、間もなく一日が終わり、仕事を切り上げる気分になっている。太陽は通りの西側の家屋の上にあり、熟しきった実のように見えた。しかし、彼女たちの新しい一日は、いま始まろうとしている。二人の心の中には、多くの期待があった。

監督は二人をまずメイク室に案内し、王琦瑶にプロの化粧をさせた。王琦瑶は鏡に映った自分の姿を見た。顔は小さく、目鼻立ちは平凡で、奇跡が起こるとは思えない。気持ちが落ち込んでしまった。彼女はすべてをメイク係に委ね、成り行きに任せることにした。しばらく目を閉じて、鏡を見ようとしなかった。とても耐えられない。早く終わってほしい。考えすぎかもしれないが、メイク係も早く終えようとしているらしく、手の動きがせわしく荒っぽいように感じた。

彼女は目を開けて鏡を見た。鏡の中の自分は無様で、目も鼻も救いようがなかった。メイク室は十分な明るさがあり、光が均等に当たるようになっている。明るさにむらがなく、ありのままの姿がさらされてしまう。王琦瑶は自信を失ったが、逆に開き直り、目を見開いてメイク係の技術に注目した。少しずつ自分が自分でなくなり、見知らぬ人に変身する。

彼女は冷静になり、気持ちに余裕ができた。メイク係が仕事を終えて立ち去ると、呉佩珍にユーモアを交えて冗談さえ言った。呉佩珍が、王琦瑶は下界に降りた嫦娥《じょうが》（中国神話で月に住むとされる仙女）のようだと言ったのに対して、月餅の箱に描かれた嫦娥でしょうと返したのだ。そこで、二人は大笑いした。笑うと表情が和らいで、脂粉の色が映《は》え、活気が生まれてくる。改めて鏡の中の美女を見ると、もう違和感はなかった。

しばらくすると、監督の使いが彼女を呼びに来た。呉佩珍も当然、ついて行った。撮影現場ではすでに、照明機材がセッティングしてあった。呉佩珍の従兄が高いところから、彼女に微笑みかけた。監督は逆に厳しい顔つきで、私情を排除している様子だ。彼女にベッドにすわるように指示を与えた。それは寧式《ねいしき》（浙江省寧波《ねいは》に伝わる明清時代の家具の様式）のベッドで、天蓋がついている。枠板には彫刻が施され、鏡がはめ込まれていた。田舎者が好むような派手さである。

監督は彼女に告げた。役柄は伝統的な結婚式における花嫁で、赤い布を頭にかぶっている。その後、新郎がやってきて赤い布をはずし、少しずつ顔が見えてくる。監督は彼女に、恥じらい、あでやかさ、あこがれと不安を要求した。これらの要素をすべて、顔で表現しなければならない。王琦瑶はうなずいたが、見当がつかず、ぼんやりして、どうしていいかわからなかった。しかし、彼女は捨て身になることで気持ちが落ち着き、周囲を観察できた。隣のセットからは、「アクション」という掛け声が聞こえる。

続いて、赤い布が頭にかぶせられ、目の前が暗くなった。すると、王琦瑶は胸がドキドキし始めた。ついに、このときが来たのだ。恐ろしさで、膝がかすかに震えている。照明が一斉について、暗かった目の前が一面の赤色に変わった。光が当たっているのだが、それは得体の知れない光だった。王琦瑶は発熱したかのようで、震えが膝から上がってきて、歯もガチガチ鳴り出した。映画製作所の神秘が、光の中に集まり、何かを待っている。誰かが近づいてきて、彼女の服を直し、また去って行った。風圧で赤い布が動き、彼女の顔をなでた。それで、この午後の緊張が少し癒やされた。

周囲で「ＯＫ」という声が、連続して聞こえた。興奮を秘めたリズミカルな秒読みで、一つの目標に向かっている。そして、最後の掛け声が「アクション」だった。王琦瑶は呼吸を止めた。カメラが回る音がする。その音がすべてを覆い尽くし、彼女は自分が何をするべきかを完全に忘れてしまった。赤い布が取り払われたとき、彼女は驚いて、身を引いた。監督の「カット」の声が飛び、カメラが止まった。ライトが消え、赤い布を掛け直し、最初から取り直しだ。

二回目は感覚が違った。多くの情景は遠ざかり、もう目の前に現れなくなった。もともと、それは幻覚のようなものだった。王琦瑶は覚醒し、震えも止まり、胸の高鳴りも収まった。赤い布に覆われた暗さにも慣れて、人の動きがわかる。ライトがつき、型どおりに撮影が始まった。「ＯＫ」の連続も型どおり、「アクション」の声も型どおりで、相変わらず心が震えるような権威を感じさせた。

彼女は監督の指示に沿って、顔を作ろうとした。しかし、どのように恥じらい、どのようにあでやかさを出し、どのようにあこがれと不安を表現すればいいのかがわからない。喜怒哀楽には決まりがなく、模倣のしようもなかった。赤い布が取り払われたとき、彼女の顔は平板で、生まれつきのあでやかさも消えていた。

監督はレンズを通して、自分の失敗に気づいた。王琦瑶の美しさは、芸術的な美しさではなかった。日常的な美しさであり、客間で内輪の人たちに見せるものだ。生活の匂いがしている。彼女には、ブームを巻き起こすような美しさはない。融通のきかない美しさなのだ。彼女の美しさには、詩的なムードが乏しい。むしろ、誠実で真面目な美しさだった。彼女の美しさは、ドラマチックというよりも生活感にあふれている。道を歩いているときに人の注目を集め、写真館のショーウインドーに飾られるような美しさなのだ。レンズを通して見ると、普通すぎる。

監督は残念だった。王琦瑶のために、惜しいと思ったのだ。彼女の美しさは、世に埋もれてしまうのだろう。その後、埋め合わせのために、監督は友人のカメラマンに頼んで、王琦瑶のポートレートを何枚か撮った。これらの写真は確かに秀逸で、そのうちの一枚は『上海生活』という雑誌の表紙裏に掲載され、「上海の淑女」というキャプションがついた。

カメラテストの体験は、こうして終わりを告げた。映画製作所にとっては、取るに足らない出来事だった。王琦瑶はその後、二度と映画製作所へ行かなかった。彼女はこのことを忘れたかった。できれば、なかったことにしたかった。しかし、赤い布をかぶり、ライトを一斉に浴びた情景は、長く心に残っていた。目を閉じると、すぐによみがえるのだ。その情景には、予想外の刺激があった。王琦瑶の静かな生活の中では珍しい、ドラマチックなひとときだった。それは一瞬のうちに過ぎ去り、王琦瑶の心の中に物悲しい気分を残した。放課後、家に帰る途中の予期せぬときに、カメラテストをした午後の記憶がよみがえった。

　王琦瑶はその年、まだ十六歳だったが、この出来事によって人生の波乱万丈を体験したような気がした。彼女は、自分がたった十六歳だとはとても思えなかった。そして、呉佩珍のことを避けるようになった。何か内情を知られてしまったように思ったのだ。放課後、呉佩珍がどこかへ行こうと誘っても、十中八九、理由をつけて断った。呉佩珍が何度か、彼女の家まで遊びに来ても、王琦瑶は女中に居留守を使わせた。呉佩珍は王琦瑶が自分を避けていることに気づき、意気消沈した。だが、自信を失うことはなかった。どんなに時間がかかっても、いずれ王琦瑶は自分のところに帰ってくると思っていた。友情を大切にして待つことにした。新しい友人を作ろうともしない。他人に王琦瑶の位置を占めさせたくないからだ。呉佩珍は、王琦瑶が自分を避ける理由にも、うすうす気づいていた。失敗に終わったカメラテストと関係があるのだろう。それで、もう映画製作所へ行くことはなくなり、従兄との付き合いも断った。

　カメラテストによって彼女たちの間にわだかまりが生まれ、二人とも挫折感を味わった。その後、彼女たちはあまり話もしなくなった。たまたま行き合うと、ばつが悪そうに慌てて相手を避けた。彼女たちは教室の両端にすわり、目を合わせることはなかったが、お互いの存在を意識していた。ある種の同情に似た気持ちが、二人の間に生まれた。映画製作所の体験は「アクション」の声で終わったが、映像の「一時停止」という効果もあった。二度と戻らないと同時に、永遠に記憶に残ったのだった。

いま、学校以外の生活は元に戻った。だが、そこにはまた新しい喪失感があり、二人の心は傷ついていた。しかし、傷がどこにあるのかは、わからなかった。本来、些細なことでも大騒ぎになる女学校で、王琦瑶がカメラテストを受けたという事実は、まったく漏れることなく、厳重に隠されていた。二人は示し合わせたわけではないが、期せずして沈黙を守った。実のところ、一般の女学生から見れば、映画監督のカメラテストを受けること自体、十分な栄誉である。それで採用されるなどというのは、贅沢《ぜいたく》な望みだ。これは王琦瑶たちの当初の目論見《もくろみ》でもあった。しかし、こうなった以上、情勢は変わり、本人の考えも変わった。代価を支払い、損失を被《こうむ》った結果だった。呉佩珍のような、親身になってくれる第三者でなければ、その心境は理解できないだろう。

## 8　写真

監督が写真撮影の件で王琦瑶に電話をしたのは、一か月後のことだった。監督の電話を受けた王琦瑶は、思わず口調がぎこちなくなり、いくぶん皮肉も込めて、何のご用件でしょうかと尋ねた。監督は言った。程《チョン》さんというカメラマンの友人がいて、きみの写真を撮りたいそうだ。王琦瑶は言った。私は写真映りがよくないので、別の人を探すように伝えてください。監督は笑って言った。瑶瑶、怒っているようだね。そう言われて、王琦瑶は断れなくなった。

翌日、程さん自身が電話をかけてきて、時間と場所が決まった。王琦瑶は程さんに言われたとおり、数着のチャイナドレスと洋服を持って、教えられた住所を訪ねた。程さんは外灘《ワイタン》（黄浦江《こうほこう》西岸の地区、租界時代には政治・経済の中心地）にあるアパートの一室に住んでいた。最上階の部屋をスタジオに改装し、カーテンで区切って、洋風の邸宅や中国式の楼閣などの背景を取り揃えている。奥には暗室とメイク室があった。

程さんは二十六歳の青年で、金縁のメガネをかけていた。白いシャツの裾をサスペンダー付きのズボンの中に入れ、いかにも仕事ができそうに見える。彼は王琦瑶をメイク室に案内して着替えさせ、自分は表の部屋で照明をセットした。王琦瑶はメイク室の窓から、白い帯のように広がる外灘の景色を眺めた。日曜日の午前で、日差しがとても暖かい。税関ビルの鐘の音が空に響き渡り、幽玄の境地に人をいざなう。黄浦江畔の人の姿は豆粒ほどで、きらきら光りながら移動していた。

窓から視線を戻すと、王琦瑶は急に呆然としてしまった。自分がなぜ、ここへ来たのかがわからない。彼女は無意識のうちに自分の希望を抑え、その希望が成長しないようにした。挫折を経験しているので、気持ちが盛り上がらない。だが、その希望を失った自分がむしろ好きだった。哀れな自分に酔っていた。程さんのところへ来たのは監督の顔を立てるためで、どうせ他人の引き立て役になるだけだから、別にどうでもいいと自分に言い聞かせた。彼女は鏡を見ながら適当に口紅を塗り、着替えもせずにメイク室を出た。

程さんは、すでに照明のセットを終えていた。背景はオレンジ色のカーテンで、カーテンの前には小さい机が置かれ、馬蹄蓮（オランダカイウ）の花が飾られている。程さんは王琦瑶を机の横に立たせ、後ろへ下がったり前へ出たりしながら入念に観察した。王琦瑶は、いくら見られても平然としていた。経験を積んでいるかのようで、まったく物怖じしない。だが、その「経験」は子どもっぽい見栄にすぎず、ひそかな努力と誇張の産物だった。

程さんの目のつけどころは、監督と違う。監督は性格の表現を求めたが、程さんは美だけを求めた。程さんから見た王琦瑶は、ほとんど完全無欠で、典型的な美人である。どの角度から見ても、美しさがあった。彼女は撮影慣れしたモデルと違って、矯正不可能な悪い癖がついていない。一枚の白紙のようで、描きたい図柄を描くことができる。一方、彼女には落ち着きもあり、まったく気後れしない。彼女の落ち着きは、カメラテストの経験を契機に鍛え上げられたものだった。失敗に終わったおかげで、その落ち着きの中に謙虚さと恥じらいもあり、魅力が増している。

程さんは、友人である監督の推薦に満足していた。このスタジオに、どれだけ多くの美人が訪れたかわからないが、いずれも型にはまった美人だった。すでに完成した写真のようで、彼は複製を作ることしかできなかった。この日、彼は心の中に感動を覚えた。その気持ちは、王琦瑶にも伝わったようだ。ライトがついた瞬間、なぜかかすかな希望が湧いてきた。控えめな希望だが、やはり心が躍った。程さんのスタジオは当然、映画製作所とは比べものにならない。小さすぎて、活気が欠けている。しかし、真面目さと誠実さが感じられた。コツコツと地道に努力しているという雰囲気は、人を協力的にさせる。王琦瑶は投げやりな態度を改め、興味と情熱を抱くようになった。

王琦瑶のように自分が美しいことを知っている少女は、どんなに正直でも、あざとさが付きまとう。この年齢では、あざとさは稚拙で、度が過ぎたり的外れだったりした結果、むしろ逆効果になってしまう。ところが、王琦瑶は例外で、そんな間違いを犯さなかった。彼女は聡明で、生まれつき冷静だった。さらに映画製作所での経験が加わったことで、思慮深さと落ち着きを身につけた。あざとさは彼女にもあるが、それを感じさせないあざとさだった。控えめで、写真撮影に相応しい。程さんは、夢中になって写真を撮り続けた。王琦瑶も、水を得た魚のようだった。少し暑くなり、目が輝きを増し、顔色もよくなった。彼女は持参したすべての衣装を順番に着替え、程さんは背景を順番に変えた。彼女は外国娘になったり、中国のお嬢様になったりする。最後の撮影が終わり、メイク室に着替えに戻ったときには、もう正午になっていた。黄浦江は光り輝いている。水面に映る金銀のまだら模様は、飛翔する水鳥たちだ。自動車が江畔の道から、薄暗い日陰の直線道路に入って行く。ビル街の道路は、まるで峡谷のようだった。

王琦瑶は着てきた服を再び身にまとい、その他の衣装を一枚ずつ丹念に折りたたんだ。気分は爽やかで、撮り終わった写真のことはもう考えなかった。結果はどうでもいいと自分に言い聞かせた。荷物を持ってメイク室を出るとき、彼女は思った。この部屋の外灘に面した窓は、とても面白かった。窓は建物の角にあり、江畔の道と狭い直線道路の交差点に面している。高さもあるので、視界をさえぎるものはなかった。彼女はメイク室から出て、程さんに別れを告げると、ドアを開けて廊下に出た。そして、エレベーターのボタンを押した。エレベーターは音もなく上がってくる。彼女が乗り込み、振り返ったとき、程さんはドアのわきに立ち、黙って彼女を見送っていた。

その後、『上海生活』の表紙裏に、普段着の花柄のチャイナドレスを着た王琦瑶の写真が掲載された。彼女は石のテーブルの前にある石の腰掛けにすわっている。顔を少し横に向け、写真の枠の外にいる誰かと対話をしていた。相手の話に耳を傾けているらしい。背後に丸窓があり、花と枝葉の影が映っていた。一見して、紙で作られた背景だとわかる。戸外の景色なのに、照明は屋内の人工的な光である。彼女のポーズも、作られたものだった。対話というのも、見せるための対話であろう。

この写真は何の変哲もないものだった。どの写真館のショーウインドーの中にも、必ず一枚はあるような写真だ。少し月並みで、美しいと言っても絶世の美女というわけではない。しかし、この一枚の写真には人の心に染みるものがあった。写真の中の王琦瑶は、「愛嬌」のひと言で形容できる。その愛嬌は人を魅了するもので、男性の心も女性の心も虜《とりこ》にした。彼女の目鼻立ち、しぐさには愛嬌があった。彼女のチャイナドレスも細かい花柄で、愛嬌を感じさせ、親しみが湧いた。

背景も照明もポーズも嘘で、写真自体が大嘘だったが、その嘘のおかげで被写体の王琦瑶はむしろ自然に見えた。写真の中の彼女は、みんなとぐるになって嘘を真実だと偽ろうとしていない。嘘を嘘と認め、正直に事実をさらけ出している。写真の王琦瑶は、美しいというより可愛らしい感じだった。美しさは凛然《りんぜん》としていて、攻撃的で近寄りがたい。可愛らしさはやさしく穏やかで、度量が広い。彼女を見ると気持ちがよくなる。親しみやすく、すぐ知り合いになれそうだった。映画スターやモデルは確かに輝いて見えるが、かけ離れていて、手が届かない存在である。一方、王琦瑶は人なつこい。写真の明るさも適切で、王琦瑶は生き生きして見える。瞳に人影が映り、服のひだにも動きが感じられた。

この写真は家庭のアルバムに収められるべきもので、ガラスケースに入れて壁にかけるアイドル写真ではない。この写真をもし広告に使うとしたら、「味の素」や洗剤などが相応しい。ブルジョワの香水「ソワール・ド・パリ」やロンジンの女性用腕時計には向いていない。この写真は実用品で、贅沢品ではなかった。あでやかさはあるが、通俗的なあでやかさだ。甘さもあるが、それは桂花粥のかすかな甘さだった。人々を驚かせるような、一度見たら忘れられない写真ではない。思い出すことはないが、また見れば好きになる。見飽きないけれども、手放せないというほどでもない。とにかく、それは適度で、落ち着きがあり、有益で無害な写真だった。これを選んだ『上海生活』は、目の付けどころがいい。この写真は「上海生活」という雑誌名にぴったりで、因縁を感じさせる。「上海生活」に加えられた注釈のようなものだ。身なりや食事に気を遣いながら、地道な暮らしを続けていくという「上海生活」の本質を反映するのに、これほど適切な写真はないだろう。

だが、王琦瑶はこの写真が選ばれた理由がわからなかった。念入りにポーズを考えて、全精力を傾けた写真がたくさんあったのに、それらは採用されなかった。この一枚をどうやって撮ったのかも、覚えていない。気にも留めない一枚だったのだろう。映っているのは、彼女が好む自分の姿ではなかった。少し野暮ったいし、貧相な感じがする。彼女が想像する自分の姿とは、かけ離れていた。それで彼女は失望し、ショックを受けた。喜ぶべきことなのに、むしろ気分が落ち込んでしまった。彼女は思った。自分はこのレベルなのだろうか？　カメラテストはあのような結果になり、写真撮影もこのような結果になった。どちらも思い描いていたものとは違う。彼女は『上海生活』を枕の下に押し込み、二度と見ようとしなかった。心の中に、言葉にできない落胆が生まれた。見せたくないところをさらしてしまった気がする。自分がどんな姿なのかも、わからなくなった。失望しただけでなく、当惑と不安も感じていた。

再び鏡の前にすわり、これまでのことを違う角度から改めて考えてみた。写真撮影とは、皮を剥がれ、体をバラバラにして組み立て直すようなものだ。あの「アクション」は、いったい何だったのか？　その先に別の人生が待っていたのだろうか？　王琦瑶はまた、気持ちが落ち込んだ。『上海生活』に写真が掲載されたことは、大した喜びではなかった。複雑な思いが入り混じって、彼女はまた別のつらさを感じていた。

今回の撮影のことは隠しようがなかった。全校生が王琦瑶を知り、他校の女学生までもが、彼女を見にやってきた。どこを歩いていても、立ち止まって振り返る人がいた。女学生は一般に、自分の目を信じない。周囲の人たちの噂になることで、ようやく根拠があると思うのだ。これまで王琦瑶を可愛いと思っていなかった人たちは、噂を聞いて心服した。逆に彼女を可愛いと思っていた人たちは不満を抱き、対抗意識をむき出しにした。そこで、流言が生まれた。例えば、王琦瑶の従兄が『上海生活』で仕事をしているので、そのコネを使ったに違いないというような噂である。

王琦瑶は、羨望のまなざしも、根も葉もない流言もまったく気にしなかった。なぜなら、彼女には一般の女学生を上回る人生経験と信念があったからだ。噂話はすべてバカげている。王琦瑶は騒ぎの渦中にありながら、まったく別次元のことを考えていた。『上海生活』は、彼女を女学校の有名人に変えた。先生も生徒も、彼女のことを知るようになった。しかし、彼女は自分を見失った。あの写真のせいで本来の姿が奪われ、まるで関係のない別人に置き換えられてしまった。それを受け入れるかどうかの選択の自由も、彼女にはないのだ。

## 9 「上海の淑女」

「上海の淑女」という称号は、王琦瑶のために考案されたものである。彼女は映画スターでもないし、名家のお嬢様でもない。ましてや、世間を騒がせる社交界の花ではない。それでも社会進出のためには、名目が必要だ。その名目が「上海の淑女」だった。この称号は大衆的で、偏りがなく、誰もが参加する権利を持っている。そして王琦瑶は、最も多く大衆の支持を受けたのだった。

彼女のチャイナドレスの柄も、毛先にパーマをかけたショートヘアも、最新の流行だった。彼女は「上海の淑女」という称号を実像に変えた。「上海の淑女」は、平常心の中のかすかな虚栄、身分相応の中のかすかな自己顕示である。それは慈善行為のように人々に夢を与える。

一九四五年末の上海は華やかで、毎夜の娯楽活動も日本の投降によって大義名分を取り戻し、堂々と行われていた。だが、それらの娯楽は時局を考慮せず、ひたすら快楽を求めている。ショーウインドーに飾られた流行の服、新聞の文芸欄の連載小説、ネオンの明かり、映画のポスター、安売りの横断幕、開店祝いの花籠、すべてが快楽の歌を大合唱している。この都市は、歓喜のあまり我を失っていた。

「上海の淑女」も快楽の歌の一つだった。普通の娘たちのための娯楽で、上海という都市の寛容さを示している。誰にでも栄光をつかむチャンスがあるのだ。上海は栄光を作り出す都市でもある。規格にこだわらず、発想が自由だ。華麗さや輝きが足りないことだけを恐れている。農民が作物を植えるように栄光の種を蒔《ま》き、華麗な花を咲かせていた。「上海の淑女」という名前は、「海上に明月が昇る」場面を想像させる。海は人の海、月はありふれた月だった。

ところが、ある写真館が王琦瑶を撮影したいと言ってきた。夜、営業が終了したあと、母親は女中を付き添わせ、衣装の包みを持たせて、輪タクで写真館へ行かせた。そこのスタジオは、程さんのところよりも本格的だった。ライトも多いし、照明と背景を専門に担当する人、着替えとメイクを手伝う人がいた。三、四人が王琦瑶の周囲を動き回り、月を取り巻く星のようだった。

階下の店は閉まっていて、外の大通りと同様に静かだった。何重もの静けさに包まれて、スタジオには神聖な雰囲気がある。カーテンで覆われた裏窓の下の弄堂からは、「火の用心」の拍子木の音が、まるで別世界からのように聞こえてくる。ライトを体に浴びると、熱さで体が焼かれる気がした。自分でも、目が輝いていることがわかる。周囲は闇で、闇の中にもまた別世界があった。

写真館のショーウインドーに並ぶ写真は、夜会に参加するときの衣装で、華麗さが要求される。しかし、この華麗さは大衆的で、貸衣装のウエディングドレスに似ている。明らかに偽物の華麗さだが、誰もが知っているので、人を騙《だま》すわけではない。この写真館のショーウインドーの中の華麗さには、果たせぬ夢、淑女の夢が託されていた。さらに、栄光への努力、淑女の努力も含まれている。『上海生活』の表紙裏の王琦瑶は生活感にあふれていたが、ショーウインドーの中の王琦瑶は幻想的だ。どちらも真に迫っている。前者は人の心に染みる王琦瑶、後者は人の目を引く王琦瑶で、それぞれ持ち味があった。ショーウインドーの王琦瑶は、感じのいい愛嬌を心の奥に隠している。プライドが表情に現れ、お高くとまっているような印象を与えた。だが、顔は冷ややかでも心は熱く、人に好かれたいという思いが伝わってくる。王琦瑶は、そんな自分が好きだった。好みにぴったりで、自信が持てる。自分の写真が飾られたショーウインドーの前を通ることは避けた。それも、彼女のプライドである。大きな写真には、「上海の淑女、王琦瑶」という標題が掲げられ、彼女の名前は広く知られるようになった。

だが、王琦瑶は自分を失わなかった。夜は撮影で遅くなっても、翌朝はいつもどおりに学校へ行った。学校の懇親会で、卒業生に花束を贈る役を頼まれても、固辞して別の同級生に譲った。好奇心あふれる友だちに撮影の詳細を尋ねられたときは、ありのままを答えた。誇張を交えて自慢したり、わざと煙《けむ》に巻いたりしない。誰に対しても、何事に対しても、以前と変わりなかった。出しゃばらず、後れを取らず、節度をわきまえていた。それで、彼女を妬《ねた》んでいた女学生たちも、しだいに偏見を捨て、態度を軟化させた。

すべて以前のままだったが、もちろん心情は違う。かつては慎み深さの中に、悔しさと腹立たしさが隠れていた。いまは気持ちが前向きになった。心に余裕がある。その余裕は成功に裏打ちされたものだった。収穫があったので、どんな譲歩も受け入れた。夜に写真館でちやほやされたおかげで、退屈な昼間も輝かしいものになった。ショーウインドーに写真が飾られたことで、彼女は黙っていても存在感を持つようになった。この点で、王琦瑶は一般の女学生に勝っていた。人一倍、場をわきまえることができる。淑女の典型と言えるだろう。王琦瑶はいつも穏やかだった。以前の穏やかさはやむを得ずのものだったが、いまの穏やかさは希望に後押しされている。ただし、いずれの穏やかさも忍耐を伴っていた。王琦瑶には忍耐力がある。場をわきまえることができるのも、忍耐力のおかげだった。忍耐とは不屈の精神であり、順境でも逆境でも、それは役に立つ。か弱い王琦瑶にとって、忍耐以外に手に入る武器があるだろうか？　成功したときはもちろん、失敗したときでも、忍耐は犠牲を最小限に抑えてくれる。

穏やかさも淑女の品格である。王琦瑶は以前と変わりなかったが、一つだけ取り戻せないものがあった。それは呉佩珍との友情である。二人はいまや、見知らぬ相手よりも距離を置いていた。見知らぬ相手なら、避けなくてもいい。だが、二人はお互いを避けた。呉佩珍は、王琦瑶の写真が飾られている写真館を迂回《うかい》した。写真の王琦瑶とも会いたくなかったのだ。お互いに口にできない苦しみを抱え、それを思うと悲しくなった。

いま、呉佩珍の位置を占めようとする同級生は数人いた。登校時に王琦瑶を誘いに来る者もいれば、放課後に王琦瑶を映画に誘う者もいる。王琦瑶は一律に、つかず離れずのスタンスで、卑屈にもならず高慢にもならなかった。そのうちに相手は興ざめして、あきらめるしかなくなった。

ある日、王琦瑶は教科書に封筒が挟まれているのを発見した。開けてみると、招待状のほかに便箋が一枚添えられていた。女学生の間で流行している文体で、王琦瑶に対する好意を伝え、誕生日会に招待している。署名は蒋麗莉《ジアン・リーリー》とあった。蒋麗莉はこれまで、王琦瑶とあまり付き合いがないし、ほかに特に親しい友人もいないようだった。工場主の家庭に育ち、同級生の中では比較的裕福な部類に入る。成績は人並みだが、休み時間によく小説を読んでいた。それで近視になり、度の強いメガネをかけているため、ますます近寄りがたい印象を与えた。小説に影響を受けて作文の言葉遣いが華麗で、まるで悲恋物語の模倣のようだった。

王琦瑶は誕生日の夜会への誘いを受け入れた。一つの理由は蒋麗莉の好意を無にしたくなかったから、もう一つは好奇心である。半分は蒋麗莉に対する好奇心、半分は夜会に対する好奇心だった。同級生の間では、蒋麗莉の家の豪華さが噂になっていた。これまで、同級生を誰も家に連れて行かなかったせいで、ますます神秘さが募った。以前なら、どんなに好奇心があっても、王琦瑶の選択は拒絶しかあり得なかった。他人が主役の集まりに陪席するはずはない。しかし、いまはもう気にならなかった。それに、どんな展開になるかは誰にもわからない。他人の集まりで、逆に自分が主役になれるかもしれないではないか。

王琦瑶は誕生日の夜会に参加することに決め、蒋麗莉にそれを伝えようと思った。だが、蒋麗莉は明らかに彼女を避けていて、授業が終わるとすぐに教室を出て行った。机の上に、開いた本を一冊だけ残して。その開いている本のページは、王琦瑶に返事の便箋を求めているようだ。王琦瑶はその手に乗らなかった。このような文学少女を気取ったやり方は我慢ならない。便箋に書かれた歯が浮くような言葉にはぞっとする。教室に戻ってきた蔣麗莉は、本のページに何もないのを見て、失望の表情を浮かべた。それを見た王琦瑶は心の中で、ほくそ笑んだ。

放課後、蔣麗莉は真っ先に教室を出て、振り向きもせずに帰り道を急いだ。王琦瑶が追いかけて行って声を掛けた。蔣麗莉は、さっと顔を赤らめ、困ったような、ぎこちない表情を見せ、断られることを覚悟した様子だった。ところが思いがけないことに、王琦瑶は必ず誕生祝いに行くと言い、夜会への招待に感謝した。それを聞いて、蔣麗莉の顔はさらに赤くなった。その目には、うっすら涙が浮かんでいた。

翌日、王琦瑶はまた、教科書に挟まれた一枚の便箋を見つけた。空色の便箋で、隅に模様が入っている。詩の一節のような文章で、昨晩の月を称えていた。王琦瑶は思わず、嫌な気分になった。

数日が過ぎ、誕生日会の夜になった。王琦瑶は、お下げ髪を束ねる一対のリボンをプレゼントとして用意し、落ち着いた色のチャイナドレスに格子柄の薄手のコートを羽織った。髪に赤いリボンを結ぶと、ワンポイントの効果が生まれた。八時にようやく家を出た。長居はせず、すぐに帰ってくるつもりだった。

この日になって、王琦瑶は急に自信を失ってしまった。何が自分を待っているのだろう？ 蔣麗莉と親しいわけでもない。せめて呉佩珍が一緒に行ってくれればよかったのに。呉佩珍の存在は、はるか昔のことのようで、思い出すと悲しい気持ちになった。王琦瑶は北向きの自分の部屋で、八時になるのを待った。この時間、弄堂はもう静寂に包まれていた。夜にしか聞こえない物音がする。中庭の井戸の水音、自鳴鐘が時を告げる音、ラジオから流れる夜想曲。この一瞬の静けさは、人に寂しさと疲れを感じさせる。一日が終わりに近づいているのに、まだやり残したことがあるのだ。

八時に家を出たとき、弄堂の電灯の明かりは薄暗く、夜の色をしていた。街灯には、弄堂に立ち込める闇を追い払う力がない。ネオンは夜空に浮かぶ雲で、人間はその明かりが映す影だ。蔣麗莉の家は、閑静な地区にあった。道幅の広い弄堂の両側に建つのは二階家で、庭園と車庫がある。やはり闇と静けさに包まれていたが、趣はまるで違う。蔣麗莉の家の窓には、カーテンが掛かっていた。カーテンに映る影の動きが、ほかの家にはない活気を感じさせる。王琦瑶は、夜会に遅刻するのは自分だけだろうと思っていたが、自動車が彼女を追い抜いて行って蔣麗莉の家の前で停まった。家の門は開いていて、ひと晩じゅう来客を迎えようとしているようだった。

王琦瑶は門を入ると、コートを玄関ロビーの衣装掛けに掛け、ハンドバッグとプレゼントを手に持った。応接間の来客は少なく、それぞれ勝手な話をしていた。長いテーブルに果物と軽食が並んでいるが、中央のケーキを置くべき場所はまだ空いている。ケーキは、これから運ばれてくるのだろう。蔣麗莉は一人で応接間の一角にすわって、途切れ途切れにピアノを弾いていた。服装も普段着だし、表情も冴えず、まるで他人の誕生日のようだ。王琦瑶を見ると、その顔が輝いた。蔣麗莉は立ち上がり、ピアノを弾くのをやめて、王琦瑶のほうへやってきて手を握った。王琦瑶も、思わず感激した。蒋麗莉は、この場において唯一の知り合いで、親しみが湧いた。そこで、やはり手を強く握り返した。

蒋麗莉は彼女の手を取って、応接間の外へ連れ出すと、そのまま二階へ上がって自分の部屋に案内した。室内のカーテン、ベッドカバーはピンク色で、鏡台もピンク色の布で覆われていた。そのせいで、むしろ蒋麗莉自身が地味で古臭く見える。しかも、蒋麗莉は部屋の雰囲気をわざと台無しにしているようだ。ベッドや床に積み上げられた本は、汚れたり破れたりしているし、湯飲みには褐色の茶渋がついていた。レコードには傷があり、乱雑に放置されている服の色は、すべて黒かグレーだった。王琦瑶は、この部屋を褒《ほ》めるつもりだったが、言葉が出てこなかった。この部屋自体が不満をため込み、悔しい思いをしているような気がする。蒋麗莉は王琦瑶を部屋に入れたあと、自分はベッドの縁にすわり、床を見つめたまま口を開かなかった。王琦瑶はどうしたらいいのかわからず、この奇妙な状況に戸惑っていた。

突然、階下が騒がしくなった。洋菓子屋がケーキを届けてきたのだろう。何度も歓声が上がり、来客も多くなった様子だ。王琦瑶は蒋麗莉に一階へ行こうと言おうとした。ところが、蒋麗莉が泣いていることに気づいた。メガネの奥の両目から流れ出た涙が、顔じゅうを濡らしている。

王琦瑶は尋ねた。蒋麗莉、どうしたの？　今日はあなたの誕生日でしょう？　主役を務める日に、どうしてご機嫌斜めなの？　蒋麗莉は答えず、泣きながら首を振った。駄々をこねているみたいだ。王琦瑶は耐えがたさをこらえ、再度下へ行こうと誘った。しかし、蒋麗莉はますます言うことを聞こうとしない。とうとう王琦瑶は向きを変え、一人で階下へ行こうとした。階段を途中まで下りたとき、蒋麗莉が涙に濡れた顔のままで、あとを追ってきた。それを見て、王琦瑶はおかしくもあり、腹立たしくもあった。同時に、一種の感動、迫られて生じた仕方なしの感動も覚えた。彼女は振り向いて、蒋麗莉に言った。着替えもしてないし、お化粧もしてないじゃないの。せめて顔を洗ってきなさいよ！　この言葉には、思いやりが感じられた。仕方なしの思いやりである。蒋麗莉は聞き分けよく、洗面所へ行った。出てきたときには、顔色が少しましになっていた。王琦瑶からプレゼントのリボンの入った箱を受け取り、蒋麗莉は言った。私へのプレゼントなのね！　その顔には、心の琴線に触れたという表情が浮かんでいた。王琦瑶は、その顔を見ようとせず、早足で客間へ向かった。蒋麗莉は追いつこうとしたが、親戚や友人たちに囲まれてしまった。

ひと晩じゅう、蒋麗莉は王琦瑶と手をつないで移動していた。王琦瑶のことを知っている人もいて、挨拶を交わし、まるで知り合いのように微笑みながら彼女と話を始めた。王琦瑶はしだいに気持ちが楽になり、愉快さを感じた。しかし、つないでいる手は鎖のようで、放すことができなかった。

蒋麗莉はときどき、手に力を込めた。二人だけで通じ合う秘密があるかのように。この突然の親密さは、王琦瑶を困惑させた。しかし、表情には出さず、いかにも仲良さそうに振る舞った。蒋麗莉が学校にいるときとはまるで別人になっていることが理解できない。だが、深く考える余裕はなく、目の前のことに対応するのがやっとだった。目の前に続々と人が現れるが、具体的な印象は残らなかった。色とりどりに着飾って、華麗な光景を繰り広げているだけだ。部屋の隅のピアノは、次々と演奏者が変わる。水の流れのようで、明るく美しい音が、絶え間なく続いていた。

その後、客間の中が少し暑くなったので、床まである大きな窓が開けられた。窓の外にはテラスがあり、化粧レンガが敷き詰められている。石段を下りると、その先は庭園だった。テラスに明かりが灯り、庭園のリラの枝がぼんやりと見える。花と葉がすべて散って、ごちゃごちゃした塊になっていた。蒋麗莉は王琦瑶の手を引いてテラスに出たが、何も言わず、ただ薄暗い庭園を眺めている。王琦瑶はこの奇妙な状況に気づき、寒いから中へ入りましょうと言って、室内に戻った。

応接間は賑やかで、ひと組の若い男女を取り囲んだ人たちが早く結婚しろとからかっていた。誕生祝いのケーキはすでに切り分けられ、残骸がシャンデリアの明かりを浴びている。クリームが薄汚れて見えた。コーヒーカップも、飲み残しが入った状態で、あちらこちらに置かれていた。夜会は終わりに近づいている。最後の盛り上がりを迎えて、来客たちは羽目を外しているようだ。一人の青年が王琦瑶のところへ駆け寄ってきて、お世辞を並べ立てた。その芝居じみた様子を見て、王琦瑶は顔を赤らめ、どうすればいいのかわからなくなった。蒋麗莉はすぐに、怖い顔をして王琦瑶を守り、その青年に肘鉄《ひじてつ》を食らわせた。

その後、誰かが率先して別れを告げると、続いてみんなが雪崩《なだれ》を打ったように帰宅を始め、衣装掛けの前が大混雑となった。蒋麗莉は、ほかの来客にはかまわず、王琦瑶だけに別れを惜しんで言った。今日の誕生日は、私たち二人のお祝いの日になったわ。そして、つないでいた手を放し、つらそうな表情を浮かべて向きを変え、二階へ上がって行った。

王琦瑶は解放された気分で、思わず安堵の息をついた。衣装掛けの前の人も減ったが、まだ数人の年配の客が残り、蔣麗莉の母親と話をしていた。王琦瑶が自分のコートを手に取ったとき、母親が振り向き、わざわざ彼女に礼を言った。今日はありがとうございました。蔣麗莉がとても喜んでいましたよ。また、遊びにいらしてくださいね。母親は王琦瑶を門の外まで送りに出た。王琦瑶が遠ざかったあとも、門の前の明かりの下に、まだ母親の姿があった。

その晩から、王琦瑶と蔣麗莉は友だちになった。学校では以前と同じで、交際は私的なものだった。二人の関係は、普通の女学生とは違う。普通は仲良くなると、どこへ行くのも一緒で、ぺちゃくちゃと本音を語り合う。まさに王琦瑶と呉佩珍がそうだった。二人の交際が違う形になったのには、それぞれの理由がある。王琦瑶は、依怙贔屓《えこひいき》という印象を人に与えたくなかった。彼女自身は認めたくないだろうが、心の奥で呉佩珍に配慮していたのだ。一方、蔣麗莉はみんなと違うことを求めていた。すべてにおいて逆を行く。それが彼女の行動基準で、きわめて単純だった。

二人は友だち関係のあり方についても、一般の女学生とは違って、俗っぽさを嫌った。王琦瑶の場合は経験によるもの、蔣麗莉の場合は小説の影響である。前者は大人の女性、後者は文学少女で、本来まったく接点がない。ところが自分を騙しているうちに、まぐれ当たりで、結果が吉と出た。二人は学校内では別々に行動し、校門を出ると片時も離れなかった。

蔣麗莉は何をするにせよ、必ず王琦瑶を誘った。王琦瑶は蔣麗莉の母親に頼まれていたから、拒絶するわけにいかない。彼女はほとんど蔣家の一員になり、どこへ行くときも一緒だった。蔣麗莉の親戚や友人は、すぐに彼女と親しくなり、彼女自身の親戚や友人かと思われた。王琦瑶が多少なりとも有名人で、しかも分別があり礼儀正しかったため、誰もが蒋麗莉に対する以上の誠意を彼女に示した。ついには、蒋麗莉のために彼女を呼ぶのではなく、彼女を招くために蒋麗莉をダシに使うようになった。彼女は明らかに寵愛を受けていたが、有頂天になることはなかった。蒋麗莉に対する配慮は、以前よりも行き届いていた。

あの誕生日会のあと、続々と夜会の招待が届いた。あらゆる夜会には血縁関係があり、深いところでつながっているらしい。夜会に参加する人たちは互いに顔見知りで、みんなが親族のようだった。外見も職業も様々だが、初対面で親しくなれる。どんな夜会も大同小異で、形式が決まっていた。王琦瑶はすぐに、その真髄を理解した。夜会は賑やかなものであるからこそ、冷静さが際立つ。夜会は華やかで多彩であるからこそ、素朴さを保つことで注目される。また、夜会に参加する人はみな心が熱く、あふれんばかりの人情を言葉にして語る。これに対抗するには、さりげない真心を見せることが効果的だ。

彼女は生来、無理をすればボロが出ることを知っていた。自分の実力不足も、わきまえていた。だから、いつも持久戦に持ち込むことで勝機をつかんできた。目に見える効果は得られないが、少しずつ努力を重ね、徐々に相手の心をつかむ。彼女は、色とりどりに咲く花の中の白いシャクヤク、激しい管弦楽のあとの無伴奏独唱、熱弁の中の沈黙だった。

王琦瑶は、夜会に新しいものをもたらした。その新しいものには創造性がある。勝利を得るという決意、形勢を見極める冷静さも含まれていた。王琦瑶は夜会において、あてにできるのは自分だけという覚悟を持っていた。ほかの人たちはみな夜会のホストで、来たいときに来て、帰りたいときに帰る。彼女だけがお客さんで、来ることも帰ることも、自由に決められない。夜会において、蒋麗莉は唯一の身内である。だから二人は、つねに手をつなぎ合っていた。

蒋麗莉は、本心を言えば夜会が嫌いだった。しかし、王琦瑶と一緒にいるために、自分の感情を犠牲にした。二人は夜会の常連になった。夜会には必ず、彼女たちの姿があった。まれに彼女たちが欠席すると、あちらこちらでそれが話題になった。彼女たちの名前が、応接間の中を飛び交った。欠席も持久戦に持ち込むための極端な方策なのだった。

上海の夜は、夜会がなければ成り立たない。上海人は、夜会のことを「パーティー」と呼ぶ。ネオン、ダンスホールは不夜城の表の顔にすぎず、その本心は夜会にあった。夜会は都市の奥底、静かな並木道の背後、洋館の応接間にある。心に秘めた喜びの場所だ。夜会の照明は薄暗く、投げかけられた影が上海の本来の姿を物語っている。ヨーロッパの古典派、ロマン派を思わせる本来の姿だった。上海の夜会は、淑女がいなければ成り立たない。淑女は夜会の本心である。様々な情緒は言葉がなくても伝わり、豊かなロマンを秘めていた。

この情緒とロマンを四十年後に思い出そうとしても、想像しようとしても、それはできない。この情緒とロマンは、一つの時代を表している。この世のものとは思えない、輝かしい時代だ。上海の空は、この情緒とロマンの真髄を物語っている。上海の風は魅惑的で、透明な水にもルージュの色が移っていた。王琦瑶も、夜会の情緒とロマンの一部である。衆目を集める頂点の部分ではなく、基礎の部分を構成していた。核心的な位置にあるのに、決してその底力を露《あら》わにしない。王琦瑶がいないと、夜会は空っぽの夜会になり、華麗さも一瞬で消えてしまう。王琦瑶は情緒とロマンの重要な要素である。それは彼女の心の中の渇望に由来していた。渇望がなければ、情緒にもロマンにも根拠が失われる。いまは情緒とロマンに、それなりの理由があった。上海にムードを与え、一つ一つの景物が歌よりも感動的な言葉を語り出しそうだった。

王琦瑶は上海の夜の世界に足を踏み入れた。上海の夜の世界は、弄堂の奥の薄暗さと写真館のカーテンの前の照明を背景にしている。それはもう、都合のよい部分だけを切り取る写真のようなものではない。静止画ではなく、動画だった。この動画は映画製作所のカメラの中の動画ではない。カメラの中の動画は、他人の物語だ。夜の世界の動画は自分の物語で、成功もあれば失敗もあった。成功も失敗も自分のものだが、すべてを個人が主宰するわけではない。上海の街明かりを見下ろす天空、星の光の彼方の天空が主宰者だ。この都市をまるごと包み込み、昼と夜の入れ替わり、歳月の推移を操っている。この天空は高いビルに隠れたり街の明かりにさえぎられたりして、ときどき姿をくらます。しかし、どんな天変地異に見舞われても、どんな社会の激動が起こっても、この果てしない天空は人々の頭上に君臨していた。

# 10

## ミス上海

一九四六年は空前の和平ムードに包まれた。よいニュースばかりが伝えられ、悪いニュースはよいニュースの前置きでしかなかった。上海は楽観的な都市となり、何事もよい方向で解釈された。悪いことが、すべてよいことに変わった。上海は相変わらず快楽の都市で、楽しいことがないと毎日の生活が成り立たない。河南で水害があり、各地で救済支援の動きがあったとき、上海の義捐《ぎえん》活動はやはり情緒とロマンを伴うものだった。寄付を募るためのミス上海コンテストである。

このニュースは風よりも速く、あっという間に知れ渡った。「上海」はモダンの代名詞だが、「ミス上海」となればなおさらだ。上海において、「ミス」すなわち「お嬢様」以上にモダンな言葉があるだろうか？　これは快挙だ。上海では誰もがモダンを崇拝している。時計の鳴る音でさえ、モダンな足音に聞こえる。ミスコンテストは、市長選挙よりも人の心を惹きつけた。市長は人々と何の関係もない。だが、ミス上海は誰にとっても目の保養になる。このニュースを伝えた新聞は、一時間で売り切れた。空の雲を切り取って文字を書き、号外として出さなければ、増刷が間に合わなかった。

路面電車でも、このニュースが伝えられた。最高のロマンだ！　夢のような話がいま、実現しようとしている。誰もがすわっていられず、飛び上がらんばかりに喜んだ。胸がドキドキして、ワルツのリズムを刻んだ。灯火を見れば目がくらみ、頭がくらくらする。「ミス上海」以上に、この都市の心をつかむイベントはない。その心は子どものように無邪気だが、恥を知らない貪欲さも多少ある。誰もが投票に行くだろう。私心なく自分の意見を表明し、投票用紙に美を愛する気持ちを込める機会なのだった。

最初にコンテストへの参加を王琦瑶に提案したのは、カメラマンの程さんだった。程さんはその後も二回、野外で王琦瑶の写真を撮った。その二回で、王琦瑶も少し撮影に慣れたようだったが、何も口に出さなかった。彼女は、程さんの考えていることがわかるらしい。程さんが思いついたことを王琦瑶はすぐに実行に移した。王琦瑶の美しさは少しずつ蓄積されたもので、減ることはなく、増えるだけだった。最終的に、程さんの目に映る王琦瑶は、この世に二人といない天女となった。

程さんは本心から、王琦瑶に「ミス上海」コンテストへの参加を勧めた。彼は、このコンテストは王琦瑶のために開催されると思っていた。程さんの勧めだけだったら、王琦瑶は応募しなかっただろう。彼女は、自分に対する評価が程さんほど高くなかったから。また、当事者になるのは程さんではなく彼女だったから。彼女には成功と失敗の経験があり、その影響が残っているので、軽々しく行動に出ることはできない。だが、程さんの提案は確かに彼女の心を動かした。次々に夜会の誘いを受けるうちに、ためらいが生じるようになっていた。どうすればよいのだろう。程さんの提案によって、わずかながら彼女の心に光が差した。曖昧な光ではあったが。

ある日の夜、蒋麗莉の遠縁の従姉の結婚パーティーがあった。蒋麗莉はその席上で、程さんの提案を公《おおやけ》にした。実のところ、それは結婚パーティーに相応しくない話題で、主客転倒の嫌いがあった。衆目が王琦瑶に集まった。王琦瑶は腹立たしかったが、叱りつけるわけにもいかない。だが、おめでたい宴席で公になるのは、彼女にとって縁起のよいことだった。赤い提灯《ちょうちん》は彼女のために飾られているわけではないが、喜びは誰のものとも言えない。新郎新婦が結ばれる日だから縁起がいいし、グラスに注がれたワインや胸元に飾られたカーネーションも縁起がいい。大通りの街灯は明るく輝き、喜びにあふれている。街頭広告の美女たちは、和やかな表情を浮かべていた。王琦瑶は、全面的に蒋麗莉を責める気にはなれなかった。少しは感謝の気持ちがある。これはもしかすると、一つのチャンスなのではないか？　それは誰にもわからない。そこで、彼女は成り行きに任せることにした。

蒋麗莉は、まるで自分がコンテストに参加するかのように、早くも世話を焼き始めた。母親も動員して、王琦瑶のためにチャイナドレスを新調し、決勝の当日に着てもらうと言う。蒋麗莉は彼女を引き連れて、次々に夜会に顔を出した。巡回式の展示会のようだった。蒋麗莉は遠慮会釈もなく、いきなりコンテストの話をした。相手が王琦瑶を知っているかどうか、王琦瑶が気まずい思いをしていないかなど、一切お構いなしに。独断専行の性格を発揮する場、一方的な願望をかなえる機会が得られたのだ。

蒋麗莉は、「ミス上海」も王琦瑶も自分の管轄で、全権を委ねられているかのように、これらの準備を進めた。誠実さが表情にあふれているのが救いだった。そうでなければ、事態は悪化していただろう。蒋麗莉は本心から王琦瑶が美しいと思い、その美しさを社会全体に知らせたいと考えていた。美しい王琦瑶を親友に選んだことで、蒋麗莉の心も美しいものに変わったのだ。「ミス上海」という称号は、どうでもいい。重要なのは王琦瑶だった。王琦瑶の歓心を得たいという気持ちは、哀れなほど強かった。蒋麗莉にとって、両親と兄弟は仇敵のようなもので、心に秘めた思いを打ち明けられる相手は王琦瑶しかいない。愛を捧げる対象がようやく見つかった。この愛は蒋麗莉自身のものであると同時に、小説に描かれていたものでもある。王琦瑶がこれを受け止めることは、とても難しい。

王琦瑶は内心、蒋麗莉を哀れに思った。蒋麗莉は持っているものを大切にせず、持っていないものばかりを求めている。他人にも自分にも、余計な迷惑をかけているのではないか。それで、蒋麗莉の勝手な振る舞いがやり過ぎだと感じられ、文句を言いたくなる。すると蒋麗莉は、何を叱られたのかわからない子どものように、恐れと困惑の表情を見せた。その顔を見ると、また忍びなくなる。ある日、王琦瑶がまた腹を立てると、蒋麗莉はもみ手をしながら言った。王琦瑶、どうしたらあなたに喜んでもらえるのかしら？　これを聞いて、王琦瑶は呉佩珍を思い出し、一瞬暗い気持ちになった。呉佩珍は同様に気を遣ってくれたが、こういう歯が浮くようなセリフは口にしなかった。いま、蒋麗莉はすぐ近くにいるのに、どうしてこんなに遠く感じてしまうのだろう。

周囲は大騒ぎしていたが、王琦瑶本人はまだスナップ写真を送ることしかしていなかった。写真を送ったら、もうそれまでで、コンテストのことは忘れようと彼女は考えていた。しかし、蒋麗莉の宣伝活動は止められない。程さんも一日に何回か、情報を仕入れてくる。程さんには新聞社に知り合いがいて、ミス上海コンテストのことを新聞紙上で連日、取り上げていた。投票用紙も、新聞社を通じて配られた。しかし、程さんの新聞社の知り合いは、それほど親しい仲ではなかったので、もたらされる情報は真偽が定かでなかった。王琦瑶はまだいいが、蒋麗莉はこれらの情報にいつも一喜一憂した。

　ある日、程さんは業界のボスと呼ばれている某企業のオーナーの娘もコンテストに出ることになり、チャリティー委員会に巨額の寄付をしたと言った。それを聞いて、蒋麗莉もすぐにお金の都合をつけて寄付をすると言い出した。またある日、程さんは政界の要人が社交界の花をコンテストに参加させるため、わざわざ国際飯店（英語名はパークホテル、南京西路に現存する）で盛大なパーティーを開いたと言った。各界の著名人たちが招待されたという。それを聞いて、蒋麗莉もパーティーを開こうとした。王琦瑶にも当然、影響が及ぶ。放っておくわけにいかず、心が乱れた。興奮と忍耐の日々が続き、結果が出るのをひたすら待っていた。結果は賭けと同じで、いくら力があっても勝てるとは限らず、運を天に任せるしかない。そこで蒋麗莉は、教会へ祈りを捧げに行った。祈りの言葉は、抒情的な散文として発表できそうな内容だった。

　王琦瑶は当初、苛立《いらだ》ちを必死にこらえていた。しかし、蒋麗莉の大っぴらな振る舞いに苛立ちが募って嫌悪感が生じ、蒋麗莉と距離を取るようになった。すると蒋麗莉は、自分の働きがまだ足りないのだと思って、ますます行動をエスカレートさせた。王琦瑶は、いよいよ困ってしまった。蒋麗莉の好意はわかっている。だが、この好意は重荷となり、自由を束縛するので、思わず反抗したくなる。好意を名目にして人を欺いていて、そこに権力欲が感じられた。

コンテストはまだ具体化していないのに、噂が先に広まって、誰もが知るところとなっていた。王琦瑶は、身を隠す場所があれば、誰にも会わずに済むのにと思った。また、何も聞こえないふりができれば、あれこれ問われずに済むのにと思った。幸い、彼女たちはもう卒業して、学校へ行く必要はなかった。まだ在学中だったら、衆目にさらされていただろう。王琦瑶は、考えるのも恐ろしかった。しかし、家の中にいても、家族や親戚には対処しなければならない。それで彼女は、しばしば蒋麗莉の家へ行かざるを得なかった。いくら蒋麗莉がうるさくても、相手は一人だけだ。外に出れば、十人あるいは百人に対処しなければならない。その後、王琦瑶は思い切って、蒋麗莉の家で暮らすことにした。

蒋麗莉は以前から王琦瑶に、引っ越してきて一緒に住もうと誘っていた。王琦瑶はずっと断っていたが、ついに移り住むことに決めた。蒋麗莉は喜んで、三日前から部屋の片付けをした。蒋麗莉がうれしそうなのを見て、母親も乗り気になり、まるで貴賓を迎えようとしているかのように、女中にあれこれ指図した。

蒋麗莉の家には、母親と弟しか住んでいなかった。父親は抗日戦争中に工場を内陸に移転させ、戦争終結後もまだ帰ってきていない。実は内陸で妾《めかけ》を囲い、正月にも戻らないという状態だった。毎年、二人の子どもの誕生日にだけ帰ってくる。せめてもの親子の情の表現なのだろう。蒋麗莉の弟は中学生で、勉強が苦手だった。学校をサボっても、やることがなく、家でひたすらラジオを聞いていた。朝から晩まで、部屋のドアを閉ざして、三度の食事のときだけ出てくる。

蒋麗莉の家の人たちは、女中も含めて、おかしな癖を持っていた。何事もみな、あべこべなのだ。子どもたちは母親に対して礼儀作法を守らない。逆に、母親は子どもたちの機嫌を取っていた。生活費は一分《フェン》（分は元の百分の一）の支出にこだわる一方で、百元の使い道を気にしないこともある。この家の主人は、主人であることが苦痛で、使用人になりたいと思っているので、いつも女中にあごで使われている。

王琦瑶はこの家に移り住んだとたん、否応《いやおう》なしに一家の管理権を半分握るようになった。残り半分は相変わらず女中が握っていた。翌日の献立を決めるのは彼女だった。物の置き場所も、彼女が決めていた。女中が一日の支出を報告すると、彼女がそれを確認しなければならない。王琦瑶が来てから、女中は監督者ができた。夜、女中部屋でマージャンをすることも、客を招いて食事をすることも禁止された。外出は許可が必要で、時間が決められた。朝起きたら髪を整え、必ず靴と靴下を履く。一日じゅう下駄を鳴らして歩くことは許されなくなった。

こうして少しずつ、王琦瑶は半分女中が握っていた一家の管理権を完全に掌握した。それによって、彼女と蒋麗莉の関係は対等なものになった。蒋麗莉の好意を受け入れ、その支配欲も容認した。二人の間には、貸し借りがなくなり、上下関係もなくなった。ちょうどそのとき、王琦瑶は一次審査の通知書を受け取った。

一次審査はまさに美女の競演で、上海じゅうの器量良しが集まった。様々な新聞社の記者が取材に来て、特ダネを狙うと同時に目の保養を楽しんだ。記者は目を輝かせ、新聞記事は飾り罫で囲まれた。一次審査が行われるホテルの玄関には、輪タクと乗用車が次々に出入りした。お嬢さんたちは女中や女友だちを引き連れて、あるいは家族に伴われて、やってきた。仕立て屋や美容師が同行する場合もあった。

上海のお嬢様はただの娘とは違う。彼女たちの父や兄と同様、出世欲があり、虚栄心が強かった。行動が積極的で、口にしたことは必ず実行する。彼女たちは勇敢で、我慢強く、失敗や打撃を恐れない。上海という都市の繁華の少なくとも半分は、彼女たちの虚栄心に依拠している。この虚栄心がなければ、この都市の半分以上の店舗は倒産するだろう。

上海の繁華は女性の風貌をしている。風に運ばれてくるのは女性用の香水の匂いで、ショーウインドーに並ぶファッションは婦人物が紳士物よりも多い。プラタナスの樹影は女性的だし、庭園の夾竹桃やリラの花も女性を象徴している。梅雨の季節の湿った風は、女のわがまま、ささやくような上海語、女同士の内輪話に似ていた。この都市自体が、一人の女性だとも言える。霓裳《げいしょう》羽衣《うい》（天女の着る衣）を身にまとい、天空に金銀を撒き散らしている。五色の雲は、天空に飛んで行った女の服の袖のようだった。

この日は、さらに特別だった。お嬢様たちのお祭りで、太陽は彼女たちのために昇り、それぞれの家から出てくる彼女たちを照らした。花屋の花は、彼女たちの入選を祝うために売り切れた。彼女たちは最も美しいファッションを身につけ、最も高級なメイクを顔に施し、最もモダンなスタイルに髪をセットした。まるで女性の服飾の大博覧会で、彼女たちはモデルなのだ。みんな、ずば抜けた美貌の持ち主だった。一人ずつ見ると、誰が優勝してもおかしくない。個人審査のあと、もう一度全員が揃った。その光景の美しさは、まさに圧巻だった。彼女たちは、この都市の精髄、霊魂である。普段、彼女たちの美しさは空気中に溶け込み、散らばっている。ところが、今日という特別な日に、美しさを極めた彼女たちは一堂に会して、この都市の最も美しい絵となった。

一次審査に出場したことで、王琦瑶は少しホッとした。周囲の期待に対しても、自分に対しても申し開きができたと思った。だが、二次審査に進むと、意外な喜びが湧いてきた。このとき、ようやく王琦瑶は本気になった。それまでは、蔣麗莉に対する配慮、程さんに対する配慮にすぎなかった。彼女が本気にならなかったのは、一種の自己防衛で、自尊心を守るためである。蔣麗莉と程さんの本気さは、いずれ彼女の自尊心を傷つけるだろう。だから、彼女はできるだけ本気にならないようにするしかない。それによって、何とか傷つくことを回避できる。

思い返してみると、それは実に耐えがたい日々だった。蔣麗莉と程さんの期待と努力に応える責任は、彼女が負うしかなかった。成功するにせよ、失敗するにせよ、その結果は彼らではなく彼女が引き受けなければならない。彼らはいらぬ世話を焼いて、自分の願望を押しつけた。王琦瑶がもし本気になっていたら、彼らに対して腹を立て、友情が壊れていたに違いない。本気にならなかったおかげで、彼らとの友情は保たれた。いまは二次選考に進んだので、もう大丈夫だ。蔣麗莉と程さんも、これで満足だろう。

王琦瑶と蒋麗莉は、また各種の夜会に現れるようになった。どの夜会でも記者会見のように質問が相次ぎ、王琦瑶はそれに返答した。一方、蒋麗莉はすっかり高慢になり、十回に一回も返事をしなかった。程さんはまた、王琦瑶のために写真を撮った。他人のスタジオを借り、クローズアップの写真を撮り、彼女の顔をしっかり覚えてもらおうとした。さらに、新聞社の知り合いに頼んで、その写真を掲載してもらった。大手の新聞社ではないが、ミス上海コンテストの提灯持ちの記事で、広告としての効果があった。

ここまで事態が進展すると、王琦瑶は内心、少し恐ろしくなった。すべてが順調すぎて、この先に落とし穴があるような気がする。彼女は、物事は極点に達すると必ず反動があるという理論を信じていた。このとき、王琦瑶にも欲が湧いてきた。もともと心は躍っていたが、現実の制約を感じて、自分に冷や水を浴びせていた。彼女は知っていた。この世界には、たくさんの事物があふれているが、欲しいと思えば思うほど入手は困難になる。たとえわずかでも、自分が得ているものを確保しておくほうがいい。そのうちに、意外な収穫があるかもしれない。欲しいと思わなければ、むしろ簡単に手に入るのだ。

いま、意外なものが目の前にある。意識しないわけにはいかない。これは、ますます耐えがたい日々だった。以前が「防御」の耐えがたさだとすれば、今度は「前進」の耐えがたさである。二次審査を待つうちに、王琦瑶は憔悴《しょうすい》してしまった。

王琦瑶が住むことになった部屋は、一階の客間の隣にあった。元は書斎だったものを彼女のための寝室に改造したのだ。窓は庭園に面していて、揺れる月影を映し出す。ときどき、彼女は考えた。この月も、自分の家の月とは違う。自分の家の月は小さな窓から見る月で、台所の煙で燻《いぶ》された匂いがする。ここの月は小説に描かれた月で、花鳥風月という言葉を連想させた。

夜、眠れないと、彼女は起き上がって窓から外を見た。窓にはレースのカーテンが掛かっている。彼女は静夜の物音に耳を傾けた。名付けようのない音声で、彼女の家で聞こえるものとは違う。彼女の家で聞こえるのは、名前のある音声だった。誰かの家の子どもの泣き声、乳母《うば》が子どもを叱る声、ネズミが床下を走り回る音、水洗トイレの水漏れの音など。ここで唯一名前があって、最も存在感があるのは、振り子時計の音である。ボーンと時を告げる音が響くと、ほかの音を圧倒し、ほかのどんな音もその余韻にしか聞こえない。とても繊細な音で、瞑想にふけっている夜の息遣いのようだった。この夜の音には水のような浮力があり、人を持ち上げ、漂わせる。しばらく浮かんでいるうちに、人は空虚さを感じ、この夜の音に飲み込まれてしまう。

夜には浸食する力がある。夜は人の実感を浸食し、それを幻覚に置き換えてしまう。ここの夜色は透き通っていて、自分の家の窓の外に見える夜色とは違う。自分の家の夜色は不純物が混じって、汚れていた。ここの夜色は人の姿を映し出す。髪の毛の一本一本まで、はっきり見えた。手を伸ばすと、夜色は指の間から漏れていく。篩《ふるい》にかけたとしても、何も残らない。空一面の夜色が頭上に広がっていても、重苦しい感じはしない。蝉の薄い羽のようなものだ。

一つだけ形があるもの、それは月が投げかける影である。透明な夜色がその影を引き立てる。夜色の細やかな筆先が、夜の肌に触れているようだ。夜色は万物の間を行き来して、どこにでも入り込む。そして最終的に、万物はみな形と色を失う。夜色には溶かす力がある。物の実体を溶かし、空虚な形に変えてしまう。とにかく、ここの夜は魔術的だ。視覚と聴覚を惑わせて、人や物の本来の姿を失わせる。

二次審査の候補者リストが新聞に載った。勝敗はまだ決していないが、それだけでも名誉なことで、人々の注目が集まった。王琦瑶が蔣麗莉の家に住んでいることは、誰もが知っている。蔣麗莉の家は、門前市を成す賑わいを見せた。少しでも面識がある人は、みんなやってきて、あれこれ質問する。王琦瑶は蔣家に栄光をもたらした。蔣麗莉の母親は、一日じゅう彼女の客の接待に追われた。お茶とお菓子の準備に忙しかったが、それは喜びでもあった。弟だけは部屋に閉じこもり、何かをつぶやくようなラジオの音が聞こえていた。

三人の女たちは、朝起きると身なりを整え、客間にすわって呼び鈴が鳴るのを待つ。客を出迎える準備は、一分の隙もない。コンテストの瀬戸際が近づき、少しの油断も許されないことはわかっていた。夕刊紙の記者が取材に訪れ、書いた文章の中で、王琦瑶と蔣麗莉は姉妹のようだと紹介した。すると、蔣家の商工業界における地位のおかげで、王琦瑶の名前にも箔《はく》が付いた。

蔣麗莉の母親は、早くから王琦瑶を実の娘以上に可愛がっていた。実の娘は、いろいろな問題で母親に反抗する。王琦瑶はまったく逆で、何でも言うことを聞く。彼女は王琦瑶を後押しするため、重慶にいる夫に手紙を書いて、チャリティー委員会への寄付を迫った。蒋家の母娘は普段、退屈すぎて衝突が生じていた。いまは二人とも、コンテストのことで忙しい。共通の目的ができたため、いざこざは起こらず、心を合わせて協力するようになった。

二次審査まで、まだ数日あったが、誰もがすでに心づもりをしていた。一部の人たちは、明らかに勝ち目がなかった。一部の人たちは、明らかに決勝進出が確実で、二次審査は形だけにすぎない。この両者の中間にある人たちは、勝ち目がないわけでもないし、進出確定でもなく、これから競い合おうとしている。王琦瑶はまさに、その中の一人だった。実際のところ、コンテストを担っているのは、この種の人たちである。彼女たちは「ミス上海」の中核で、最も「ミス上海」の名に相応しい。彼女たちは、このコンテストのドラマの主役を演じていた。各段階の審査は彼女たちに対するものであり、優劣の判断は彼女たちに対して下される。最終的に難関をくぐり抜けた者こそが、本物のミス上海なのだった。

来客の中に、王琦瑶が予想もしなかった人物がいた。呉佩珍である。彼女が入ってきたのを見て、王琦瑶は思わず顔色を変えた。呉佩珍も少し慌てたようで、視線をそらし、間が持たない様子だった。二人はどうしていいのかわからず、しばらく立ち尽くしていた。呉佩珍がようやくポケットから手紙を取り出し、王琦瑶に手渡した。王琦瑶は何度も手紙を見て、よく理解できないようだった。おぼろげながら、それが映画製作所の監督からの招待状だということがわかった。呉佩珍が言った。行くかどうか、返事を聞かせて。王琦瑶はよく考えもせず、行くと答えた。すると呉佩珍は、さよならも言わずに立ち去った。

王琦瑶は、門の外まで追いかけて行った。呉佩珍が足取りを緩めたので、二人は肩を並べて歩き、弄堂を出た。しばらく歩くと、郵便ポストの前に着いた。呉佩珍は言った。帰って、ここでいいから。王琦瑶は言った。もう少し、送って行くわ。どうせ暇だから。二人は足を止めたが、お互いを見ようとしなかった。呉佩珍が、また言った。最初は手紙をこのポストに入れようと思ったんだけど、結局、自分で届けることにしたの。王琦瑶は何も言わず、そのポストを見つめていた。

しばらくして、二人は泣き出した。何を泣いているのか、どんな泣く理由があるのかはわからない。ただ、心の中にどうにもならない悲しみを感じていた。午前十時の陽光が、プラタナスの木の葉の間から彼女たちの体に降り注いでいる。水晶のように、あるいは水銀のように。何枚かの落葉が、彼女たちの足をかすめたあと、路上を転がって行った。彼女たちは涙をハンカチで拭いたが、それでも涙のわけはわからず、依然として悲しみが胸をふさいでいた。純粋で何の憂いもなかった彼女たちの閨閣での生活に関連するものが、永遠に失われてしまった。彼女たちは今後、より複雑な女に変わるのだ。

乗用車が彼女たちの背後から、音もなく近づいてきた。車体に陽光が反射して、水銀の流れのように見える。二人は、またしばらく泣いた。それから呉佩珍はゆっくりと向きを変え、うつむいて涙を拭い、立ち去った。王琦瑶は、その後ろ姿を見つめていた。しだいに涙は乾いたが、目が腫れぼったい。太陽がまぶしくて、目を開けていることができなかった。顔の皮膚も引きつれそうだ。彼女もゆっくりと向きを変え、引き返して行った。

監督が王琦瑶を食事に招待したのは、新亜《シンヤー》酒楼（北四川路のホテル、現在の新亜大酒店）だった。王琦瑶は、呉佩珍も来るのだろうと思って、蔣麗莉には言わなかった。蔣麗莉がついてくるのを恐れて、家に荷物を取りに帰るとだけ伝えた。ところが、呉佩珍の姿はなく、監督本人だけがいた。監督が彼女を見るとすぐに「瑶瑶」と呼びかけたので、王琦瑶は映画製作所のことを思い出した。まったく、隔世の感がある。監督は言った。瑶瑶、すっかり大人になったね！ この言葉には年長者の親しみがこもっていて、涙を誘った。王琦瑶はそれをこらえ、笑って言った。監督は、ますますお若くなってますね。監督は明らかに、王琦瑶がこんな世慣れした対応をすると思っていなかったので、びっくりした。少し間を置いて、王琦瑶は尋ねた。お招きいただいた、ご用件は何でしょう？ 監督は別に用件はないと言ったものの、心の中が混乱し、準備不足を後悔した。王琦瑶はもう、昔の王琦瑶ではない。

このとき、ボーイがメニューを持ってきた。監督は王琦瑶にも注文をさせた。彼女は少し遠慮して、二品だけ注文した。アヒルの水かきの粕漬《かすづけ》と揚州名物の乾絲《ガンスー》（乾燥豆腐の千切り）で、安くもないし高くもない。監督に散財させることも、メンツをつぶすこともない。これもまた、世慣れした対応だった。窓際のテーブルで、黒い窓ガラスにネオンが浮かび、花火が上がっているように見える。レストランの照明は壁のランプだけで、テーブルにロウソクが灯されていた。ロウソクの炎が揺れるたびに、二人の顔は明滅を繰り返す。頭がぼんやりして、相手が誰なのか、なぜ一緒にいるのか、わからなくなった。監督はさっき、別に用件はないと言ってしまったので、とりとめのない話をするしかなかった。王琦瑶は、用件がないはずはないと思っていたが、それが何なのかはわからない。二人とも耐えがたさを感じながら、口ではあれこれと昔の思い出を語ったり、近況を語ったりした。その後、話題が「ミス上海」に及び、二人は急に口を閉ざした。

料理が運ばれてきた。監督は少し遠慮したあと、食べることに没頭した。食べ始めると、話すべきことも忘れてしまったようだった。ひたすら食べ続けている。このとき、王琦瑶は監督の上着の袖がすり切れていることに気づいた。爪も伸びたままだ。それを見て彼女は気分が悪くなり、箸を置いた。

大皿の料理がほとんど出たところで、監督もようやく落ち着きを取り戻し、ゆっくりと箸を置いた。顔にもつやが出たようだ。彼は王琦瑶にタバコを勧め、改めて会話を始めようとした。王琦瑶は断って、監督のタバコに火をつけた。この仕草に監督は感激し、胸襟を開いて本音を語り出した。彼は言った。瑶瑶、きみはまだ勉学に集中すべき年齢なのに、どうして「ミス上海」コンテストに応募したの？　王琦瑶は言った。私が望んだわけじゃありません。成り行き任せで、結果はどちらでもいいと思っていました。監督は言った。瑶瑶、きみは教育を受けたんだから、女性解放の道理をわきまえ、目標を持っているはずだ。「ミス上海」コンテストは、高位高官やお金持ちが女性をもてあそぶイベントにすぎない。どうして、成り行き任せになんかしたんだ？　王琦瑶は言った。私の考えは違います。「ミス上海」コンテストは、まさに女性解放の催しです。女性に社会的地位を与えます。高位高官やお金持ちが女性をもてあそぶなんてことはありません。業界のトップのお嬢さんも参加しているんですから。自分の娘を踏みつけにするはずはないでしょう？　監督は言った。そのとおりだ。まさに「ミス上海」は、そういうお嬢さんたちのためにあるんだ。業界のトップが娘や愛人に贈る誕生日プレゼントさ。ほかの参加者は引き立て役にすぎない。結局のところ、もてあそばれているんだ。

これを聞くと、王琦瑶は表情を変え、冷笑しながら言った。そうは思いません。家にいれば娘で、外に出ればお嬢様なんですか？　どこに違いがあるんでしょう？　もし、あなたの言うとおりだとしても、私はもう撤退するわけにいきません。どこまでも張り合って、勝負を続けます。

彼女が本気で腹を立て、しかも筋の通ったことを言ったので、監督は動揺し、何を話せばいいのかわからなくなった。男女平等とか、女性の独立とか、言い古されたことを並べ立てたが、まるで文学青年の談義、あるいは映画のセリフのようだった。監督はさらに、若者に対する希望と理想を語った。国家の存亡に責任を持つべきだ。いまの中国は、先行きが見えない。アメリカ人から侮辱を受けているし、内戦も始まろうとしている。これもまた、文学青年の談義、左翼映画のセリフだった。

王琦瑶はもう何も言わず、勝手にしゃべらせておいた。彼の話がひと区切りしたところで、立ち上がって暇《いとま》を告げた。監督も仕方なく立ち上がり、また何か言おうとしたが、王琦瑶が先に口を開いた。監督、私が「ミス上海」コンテストに応募したのは、あなたのおかげでもあるんですよ。あなたの紹介で程さんが私の写真を撮って、『上海生活』に掲載されたんですから。それがなければ、その後の展開はなかったでしょう。コンテストも、程さんの提案でした。言い終わると、彼女は微笑んだ。多少、嘲笑気味に。

この笑顔は監督を刺激した。彼は突然、ひらめいて王琦瑶に言った。瑤瑤、いや、ミス王、「ミス上海」という称号は浮雲のようなものだよ。人の注目を浴びるが、すぐに消えてしまう。一瞬の煙にすぎない。ざるで水を汲むのと同じで、残せない風景なんだ。魅力的に見えても、いずれしっかり目を開ければ、影も形もなくなってしまう。私は長年、映画製作所で栄光というものを経験してきた。どんな大雨を降らせ、どんな大風を吹かせても、最終的には白黒が逆転したフィルムになるだけだ。幻覚はいくらでも作り出せる。まさに虚栄だ！　王琦瑶は彼が言い終わる前に、向きを変えて立ち去った。残された監督はまだ演説を続けていた。階下では新郎新婦の祝宴が行われていて、爆竹の音が鳴り響き、監督の声はかき消されてしまった。

監督は歴史的使命を背負って、王琦瑶に二次審査からの撤退を説き、「ミス上海」コンテストに批判と攻撃を加えた。一九四六年の上海において、映画界は左翼的で、革命を唱える人たちが勢力を伸ばしていた。女性の解放、青年の理想、腐敗の撲滅は、監督が書物で読んだ理論だった。後半の話は彼の見聞に基づき、人生経験も含まれていた。その経験は痛みや愛と引き換えに得たもので、正直な胸の内を示している。彼は、振り向きもせずに去って行く王琦瑶を見ていた。彼女の態度が頑《かたく》なだったので、その前途がますます心配になった。しかし、手助けしようと思っても方法がない。

喜びの爆竹が鳴り響き、ガラス窓には七色の灯火が映っている。この都市の夜は、なんと賑やかなことだろう！

## 11　ミス三女

監督の話は王琦瑶にとって、どこ吹く風だった。一方、呉佩珍と会ったことで、後戻りできないという気持ちになった。もう引き返すわけにはいかない。できるだけ早く、曖昧な前途を確実なものにする必要がある。それによって、代価を埋め合わせることができるのだ。いまのところ、代価は不確定な代価で、前途も不確定な前途だが、王琦瑶の心は冷静だった。彼女はもともと、あれこれ考えずに行動するタイプである。だが、境遇に影響されて、少し感傷的になった。感傷は無用の長物で、負担を増やすだけだ。王琦瑶は本来の前向きな気持ちを発揮して、それを排除することに努めた。

二次審査を通過して決勝に進むのは想定内のことで、彼女は望外の喜びとは思わなかった。決勝進出の資格を与えたのは他人ではなく、自分自身であるような気がした。彼女はもう奇跡を信じず、自分だけを信じた。決勝に進んだお嬢さんたちは、誰もがそれを当然のことと受け止めた。コンテストの段階が上がるにつれて、まぐれ当たりを期待する気持ちは消え、成功は本人しだいと考えるようになった。これも、上海のお嬢さんがほかのお嬢さんと違う点である。彼女たちは主導権を握り、自分の力を信じている。

決勝に残ったということは、そこそこの成功を収め、そこそこの有名人になったと言える。上海の老舗《しにせ》や名店が王琦瑶のもとを訪れ、無料で衣装を提供すると申し出た。決勝進出者のリストが発表されると同時に、決勝では三回、出場者のお披露目があることが伝えられた。一回目はチャイナドレス、二回目はイブニングドレス、三回目はウエディングドレスである。ウエディングドレスを着ると、お嬢さんたちは間もなく嫁入りするように見える。そこで世間では、彼女たちはすでに嫁ぎ先が決まっているという噂が流れた。誰と誰が婚約したか、実名も挙がっていた。

決勝の前、蒋家は門を閉ざして客を謝絶したが、程さんだけは例外だった。彼は外界との連絡役である。そのおかげで、家の中にいても、世間の動きを知ることができた。

王琦瑶と蒋家の母娘、それに程さんは四人で、三種類の衣装について何度も相談した。程さんは、最後がウエディングドレスというのは絶妙なアイデアだと考えていた。ウエディングドレスは大同小異で、写真館のショーウインドーに飾られている花嫁の写真は、みな同一人物に見える。俗っぽいのだ。だが、ウエディングドレスは純潔と高貴を象徴する最高の衣装で、優雅でもある。いかに婚礼衣装の精髄を表現するか、この三番目のドレスで真価が問われる。

三人の女たちは程さんの話を聞いて、呆然としてしまった。ドレスは女が身につけるものなのに、程さんはその心をすべて理解している。程さんは続けて言った。ウエディングドレスについては、なかなか手がかりがないが、まったく処置なしというわけでもない。少なくとも、できることが二つある。まず、対比を利用すること。一回目と二回目の衣装が、三回目のために道を開き、引き立て役になってくれる。ウエディングドレスは白と決まっている。だったら、先に華やかな色を見せておこう。ウエディングドレスは清純そのものだ。だったら、先に妖艶さを演出しておこう。ウエディングドレスは、浮世離れしている。だったら、先に親近感を出しておこう。まず、大々的に工夫を凝らし、そのあと静かに余韻を楽しむ——これが二つ目のポイントだ。王琦瑶は、最も素朴なウエディングドレスを着なければならない。最もありふれた、写真館のショーウインドーに飾られた花嫁が着ているようなものがいい。奥ゆかしさが大切である。ギャップが大きければ大きいほど、効果が出る。問題は、一回目と二回目の衣装をどのように多彩なものにするかだ。それに関しては、女性の意見を聞かなければならない。

三人の女たちは恥じ入り、意見など出せなかった。女としての心構えをすべて男の人に言われて、すっかり面目を失ってしまった。王琦瑶だけは、かろうじて自分の見解を示した。程さんの話を踏まえて、赤と緑を着ることにする。そうすれば、白のウエディングドレスが引き立つだろう。

それを聞いて程さんは、彼女が提案の趣旨をつかんだとわかった。ただし、方向性は合っているが、赤と緑の具体的な色がやはり違う。彼は言った。確かに赤と緑は、とてもきれいな色だ。しかし、どう配色するかを考えなければならない。王琦瑶の美しさは、さりげない美しさで、心静かに鑑賞したい。赤と緑はあまりにもはっきりした色で、見る人はじっくり味わう余裕がなく、すぐに目移りしてしまう。下手をすると、強烈な赤と緑は裏目に出るかもしれない。王琦瑶の清らかさが消えてしまう一方、赤と緑の鮮烈さも薄れて効果がなくなる。ここで一歩引いて控えめな色を使えば、その色と王琦瑶がお互いに馴染んで、相乗効果が生まれる。それによって、逆に強いインパクトが生まれるかもしれない。そこで程さんは提案した。赤は薄紅色にしよう。王琦瑶の色香と相まって、しとやかな魅力が伝わるだろう。緑は若草色にしよう。少し野暮ったいが、西洋風なデザインのイブニングドレスにすればカバーできる。王琦瑶の清新さと相まって、生き生きした魅力が伝わるだろう。

三人の女たちは、ずっと聞き役に徹し、まったく口を挟まなかった。こうして、三回の登場時に着る衣装が決まった。

そのころ、世間では「ミス上海」の上位三名までは、すでに金で決まったという噂が流れていた。一人目は大企業家の令嬢、二人目は軍政界の要人の情婦、三人目は社交界の花で、上海の誰もが知っていた。噂ではあるが、すでに小型新聞には諷刺を込めた論評が載った。「ミス上海」のはずが「ミセス上海」になってしまったという。続いて、さらにきつい冗談も掲載された。「ミセス上海」は、誰彼かまわず夫にする。三つ目の記事はデマを否定し、「ミス上海」は投票で決まる、金で買われることはないと述べた。四つ目の文章は、それに対する反論だった。語るに落ちるとはこのことだ。金で買われたのは、まさに投票用紙である。国民政府の官位も、抗日の英雄という称号も、金で買える。「ミス上海」が買えないはずがあるか？　この言葉は人を中傷するものだった。暗に名指しされたのは、賄賂《わいろ》を受け取った重慶政府の高官である。新聞各紙が応酬を続け、きな臭い感じになった。これもまた、決勝に向けた盛り上がりの一つなのだろう。コンテスト前の雰囲気は、ますます緊張感が強まった。

程さんは、いよいよ足繁く蔣家に出入りするようになった。朝早くやってきて、夜遅くまで滞在する。臨戦態勢に入ったのだ。雇われた仕立て屋はそのまま泊まり込んで、一日三回のご馳走が振る舞われ、まるで貴賓のような待遇だった。一方では小僧のようにも扱われ、何人もの現場監督に見張られていた。程さんを始め、蔣麗莉と母親も監督役になった。王琦瑶はとりわけ厳しく、ひと針のミスも許さない。あら捜しをしているうちに、彼女は少し切なくなってきた。これが私の人生なのだろうか？　こんなに些細で、どうでもいいことに気を遣って、神経をすり減らしている。彼女は、仕立て屋の仕事が申し分ないとわかっていながら、わざとケチをつけた。仕立て屋が困った顔をすれば、それで気が済むだろうと思ったが、むしろ申し訳なくて余計に切なさが募った。

薄紅色のチャイナドレスの刺繍は、彼女の気持ちを和らげた。細やかなストレッチ、きれいな玉縁《たまぶち》には彼女の希望が託されている。それを見ると、涙がこぼれそうになった。もし落選しても、このドレスのせいにはできない。若草色のイブニングドレスのスカートにはプリーツ加工が施され、とても洒落《しゃれ》ていた。カシミヤの生地には、控えめな光沢感と程よい重厚感があって、心を落ち着かせる。ウエディングドレスの白は、複雑な感情を呼び起こした。語りたいことが山ほどあったが、やはり口をつぐむしかない。それでも、人間と衣装はお互いに気持ちが通じ合っている。これらの衣装は、彼女と一緒に前線に赴く。孤独な彼女の伴侶であり、一心同体となっていた。

だが、それもまた切ないことだった。瀬戸際になっても助けてくれる人がおらず、捨て置かれたような気がする。決勝を間近にして他人の家に住んでいることが切ないし、新聞が伝えているデマはもっと切ない。蔣家の母娘と程さんが親身になってくれることが、切なさを倍増させた。これらの悔しさを彼女は心の奥に隠していたので、見たところ以前と変わらなかった。誰も気づかず、みんな思い思いに慌ただしく活動していた。王琦瑶だけが、騒ぎの中で冷静さを保った。新聞の論争、薄紅色と若草色の生地、心の中の切なさ、それらの中で決勝の日が、じわじわと迫っていた。

　投票の方法も凝っていて、とても風流だった。舞台の前に花籠が並んでいて、お嬢さんたちの名札が下がっている。手に持ったカーネーションを投票したいお嬢さんの籠に投げ入れるのだ。カーネーションは赤と白の二色がある。ロビーに並んでいて、一本百元だった。売り上げは河南の被災者に贈られる。この都市の花屋のカーネーションは、すべて新仙林《シンシエンリン》花園（南京西路にあったダンスホール）のロビーに集まっていた。まるでカーネーションのダンスホールだ。赤と白は風情のある色で、花の香りにも風情があった。その日の夜は、空の星もみなカーネーションに姿を変え、下界に風情を降り注いだ。

　その夜の街灯も、すばらしかった。人の心がわかるかのように、胸の内を語っている。街灯の下のプラタナスにも心が宿っていたが、語ることはしない。盛んに往来する車馬が、応援団のように励ましてくれる。車馬の流れは途絶えることがなく、人の気持ちも落ち着かなかった。この都市は、意欲にあふれている。世間の出来事を知らず、憂いもない。志を持ち、この世の快楽をすべて味わい尽くそうとしている。新仙林の門前の街灯も、ロビーのカーネーションも霧に包まれていた。さらに漂う霧が集まって、雲を形成している。新聞記者が稲光のようなカメラのフラッシュを焚くと、たちまち風流の雨が降り注いだ。

お嬢さんたちは乗用車でやってきた。一台ずつ到着した車から降りる場面が、最初のお披露目となった。人々は目をキョロキョロさせ、喝采し、一度目の盛り上がりを見せた。五色の雨のように、咲き乱れる花のように、美しいお嬢さんたちは一瞬で姿を消した。

新仙林の前に詰めかけている人々は、志願して集まったエキストラのようだった。気分を盛り上げるのが、彼らの仕事だ。ロビーでは長い行列を作り、カーネーションを買っている。カーネーションは、いくら摘んでも生えてくるかのように、尽きることがない。あっという間に、彼らはそれぞれ手に花を持ち、ロビー全体がカーネーションのダンスホールになった。今夜は、カーネーションの夜会のようだ。花が集まる日で、特に美しく咲いている。気持ちがこもっていて、狂い咲きという様相だった。なんとすばらしい情景だろう！　この華やかさは、四十年経っても余韻が残り、夢の中に現れるはずだ。

決勝では、歌と踊りが興を添えた。お嬢さんたちの三回の登場の合間に、歌と踊りと京劇の演目が披露され、前座の役割を果たした。演目の熱狂のあとで、お嬢さんたちが登場すると、静けさが訪れて誰もが息を飲む。注意力を一身に集め、まばたきする間も与えない。演目のあとにはカーテンコールがあり、歌の女王、踊りの女王、京劇の女王がそれぞれ選出されたが、それはお嬢さんたちの登場のための露払いにすぎない。女王の中の女王は、お嬢さんたちだった。

どれほどの栄光が彼女たちを待っているのか？　最大級の栄光は誰にもたらされるのか、それがいま決まろうとしている。なんと重大なときだろう。舞台の前の花籠に、カーネーションが増え始めた。一輪二輪、三輪四輪、真心を込めて花が投げ入れられた。思いがけず、籠の中の花は王琦瑶を引き立たせた。カーネーションの赤と白は、彼女のドレスの薄紅色と若草色のために用意されたかのようだ。そうでなければ、この二色の魅力は十分に伝わらず、効果が吹き飛んでしまったに違いない。この赤と白は、彼女の存在感を最大限に引き出していた。彼女が赤白二色のカーネーションの間に立つと、花の蕊《しべ》のようで、実になまめかしい。

王琦瑶は舞台に上がっても、人の目を奪おうとはしない。強引に勝利を奪おうともしない。収穫後の麦畑で落穂を拾う人のように、一歩ずつ前に進んで行く。やさしい言葉をかけたり、相手の話に耳を傾けたりしながら、じわじわと人々の心をつかむのだ。彼女の籠にも花は集まったが、爆発的な勢いはなかった。一輪ずつ、ゆっくりと途絶えることなく増えていった。そして、ついに籠はいっぱいになった。王琦瑶はいちばん目を引く候補ではなかったが、いちばん親しみやすい候補だった。三回登場するという形式は、まるで彼女のために用意されたもののように思われた。その美しさに気づき、記憶に留めてもらうには時間が必要だった。登場するたびに反響が高まり、三回目に登場したときには、もう確かな手ごたえがあった。

白いウエディングドレスが、ついに披露された。カーネーションの白は後退し、赤が躍り出て、彼女の白いドレスに映えた。王琦瑶はミス上海の女王になる前に、カーネーションの女王になった。彼女のウエディングドレスは、きわめて普通のシンプルな、きわめて普通のドレスである。ほかの人たちの豪華なドレスに比べると、控えめだった。ほかの人たちが婚礼の演技をするウエディングドレス姿のモデルであるのに対して、彼女だけは本物の花嫁に見えた。舞台上が白いドレスで埋め尽くされた中で、血が通っているのも王琦瑶だけだった。なまめかしさと恥じらいのほかに、嫁入りを前にした不安も感じさせた。

これが最後のお披露目で、コンテストも希望もクライマックスを迎えた。あらゆる準備と努力も、終わりに近づいている。この一瞬の輝きには、終焉《しゅうえん》を惜しむ悲しみが含まれていた。明日になれば、すべてが水に流されてしまう。王琦瑶はウエディングドレスも自分も、これで終わりだと思って憐れみを感じた。すると、喜びと悲しみ、そして切なさが込み上げてきた。

三種類の衣装は、王琦瑶のために順番が決められたもので、まるで彼女の心境を知っているかのようだった。ウエディングドレスを着た王琦瑶は、悲しい雰囲気を演出した。名残《なごり》を惜しむように、ゆっくりと客席を見回しながら別れを告げた。彼女は単純な美人ではない。哀愁を帯びた一つの情景となっている。そのとき、カーネーションが小雨のように、王琦瑶の籠の中に降り注いだ。王琦瑶はそれを見る余裕がなかった。目がくらみ、心は乱れていた。彼女は孤立無援で、死を覚悟し、気力を振り絞ることもできなかった。身につけているウエディングドレスだけが、彼女と運命をともにしてくれる。彼女は泣きそうになった。これからの人生は、どうなるのだろう。

彼女は、映画製作所で「アクション」の声が掛かった瞬間のことを思い出した。いまの心境と似ている。着ているのも同じ婚礼衣装だ。あの日は赤、今日は白、これは何かの暗示だろうか？　婚礼衣装を着るのは虚しい場面で、喪服を着るのと同じことなのかもしれない。王琦瑶は心が重くなり、目に涙が浮かんできた。

コンテストの最後に、カーネーションの雨が降った。誰が誰に票を投じたのか、定かでない。間違った籠に投げ入れられた花もあったようだ。これがクライマックスで、あとは勝敗が決定し、悲喜こもごもの場面がやってくる。お嬢さんたちは立ち尽くし、降り注いでいたカーネーションの雨も止んだ。音楽も停止し、胸の鼓動さえ止まった。間もなく、夢が覚めようとしていた。

なんとも静かな一瞬だった。街角で桂花粥を売る男が拍子木を叩いている音が聞こえてくる。特別な光景の中のありふれた日常の音だ。人々は少し気持ちが落ち着いたが、つまらない考えも浮かんで来た。細い糸のような花の破片が、灯火の中で舞っている。帰るところがない様子で、感傷を誘う。かすかに聞こえてくる鐘の音が、さらに運命を感じさせた。うるわしい夜が終わろうとしている。

この一瞬の静けさを上回るものはない。スカートの裾がすれる音まで聞こえる。それは、抑圧された胸の内を表していた。いまは不夜城の最も静かなときであり、ここは不夜城の最も静かな場所だ。あらゆる静けさが集まっている。力ずくで押さえつけた休止であり、万物は口をつぐんでいた。ロビーと花籠の中のカーネーションも、これ以上ないほどに咲き誇っていたが、やはり息をひそめている。照明ははるか頭上にあり、会場全体を包み込む。しかし、舞台の下には、深淵のような黒い塊が広がっていた。

この都市の興奮は極点に達し、静止も極点に達した。いま、静けさはまさに終わりを告げ、新しい動きが始まろうとしている。心が躍り、いまにも爆発しそうだった。雷のような拍手が響き、ライトがさらに明るくなって、舞台の下まで照らし出した。

女王が選出された。輝く金の冠が、その頭にのっている。目がくらみそうに、まぶしかった。他を圧倒する華麗さがあり、髪についた金色と銀色の紙吹雪が光っている。生まれつきの女王で、絶世の美女であることは疑いがない。金の冠は、ほかでもなく彼女のために作られたものだ。花籠も、彼女のものは大きいようだった。事前に予想されていたのだろう。それでも、入りきらない花の枝が、籠の縁に引っ掛かっていた。

準女王には、隠しきれないなまめかしさがあり、銀の冠が似合っている。花籠のカーネーションは、白が多く赤が少なかった。その意味でも、銀の冠が相応しい。目がうるんで、きらきら光っていて情欲をそそる。あらゆる風情を一身に集めた、とびきりの美女だった。

拍手が鳴りやまない。ライトがさらに明るさを増し、会場の隅々まで照らし出した。もうすぐ、コンテストはお開きになる。今夜は、他人のための夜だった。明日の朝も、他人のための朝になるのだろう。そのとき、王琦瑶は手を引かれ、舞台の中央に案内された。花の冠が頭にのせられる。耳元で拍手の音が響き、ほかの声は何も聞こえない。女王の金の冠と準女王の銀の冠がまぶしくて、目がくらんで何も見えなかった。彼女は呆然と立ち尽くしていたが、やがて導かれて女王の隣に並んだ。気を取り直して自分の花籠を見ると、カーネーションは赤と白が半々で山盛りになり、いまにもこぼれ落ちそうだった。ここまでの苦労が、これでようやく報われたのだ。

王琦瑶は第三位を獲得し、「ミス三女」という俗称で呼ばれるようになった。この呼称もまた、彼女の気質にぴったりだった。彼女のロマンと情緒は控えめで、女王とは呼べない。内輪で使われる「三女」という呼称がちょうどいい。「ミス三女」は欠かせない存在だ。身内のためを思い、みんなを支えてくれる。女王たちが美しく輝く上海の顔だとすれば、「ミス三女」はそれに負けないほど美しい上海の心である。彼女は、大多数を占める一般大衆の好みを反映していた。上海という都市のロマンと情緒は、この名もない一般大衆によって成り立っているのだ。

通りを歩いている美女は、みな「ミス三女」だ。女王と準女王は社交界で活躍し、お嬢さんたちと男社会の架け橋となっている。特別で盛大なイベント以外で、彼女たちを見かける機会はない。彼女たちは盛大なイベントの一部分となっている。一方、「ミス三女」は日常的な情景の一部分で、よく見かけるし親しみがある。彼女たちが着ているチャイナドレスの生地を見ると、やさしさを感じる。「ミス三女」は庶民の気持ちにしっかりと寄り添う。女王と準女王は手の届かないスターで、あこがれと崇拝の対象である。「ミス三女」のほうは、日常生活との結びつきが強い。彼女たちの結婚、生活、家庭を想像したくなるような存在だった。

# 第三章

## 12 程さん

　程さんが学校で学んだのは鉄道だが、本気で取り組んだのは写真だった。昼はある外国商社で働き、夜は自宅のスタジオで撮影や現像をした。女性の写真を撮ることが最も多く、この世でいちばん絵になるのは女性の写真だと思っていた。女性については、こだわりがあった。女性が輝きを見せるのは、十六歳から二十三歳までの間に限られる。若さと成熟が両立する時期なのだ。

　社員としての報酬は、すべて写真に費やした。幸い、ほかに道楽はないし、女性と付き合ったこともない。これまで、意中の人はいなかった。彼の意中の人は照明の下、レンズの中にいて、ファインダーに逆さまに映っていた。彼の意中の人は暗室の現像液の中にいて、赤い光を帯び、水面に浮かぶ蓮の花のように現れてきた。印画紙の中にしか存在しない。

美人を見すぎたせいなのか、大好きなカメラのレンズを隔てた美人に興味がないせいなのか、程さんはまったく結婚を意識したことがない。杭州の両親はときどき、手紙でその話題に触れた。だが、彼はそれを見てもすぐに忘れ、心に留めようとしなかった。彼の関心は、すべて写真に向けられていた。一人でスタジオにこもり、あれこれ作業をしていると、思わず喜びが湧いてくる。一つ一つの機械類が、どれも彼の話し相手で、心が通じ合っていた。

一九四〇年代において、写真はモダンな趣味で、程さん自身もモダン青年だった。しかし、すでに二十六歳なので、老青年と言える。もっと若いころは、確かにモダンなものが好きだった。上海で流行するものは、何でも試してみた。蓄音機、テニス、ハリウッド映画に夢中になった。すべてのモダン青年と同様、次々に気移りし、新しいものに飛びついた。

だが、カメラに夢中になってから、彼はほかの趣味をすべて放棄し、これだけに専念した。モダンだからこそ、カメラに引きつけられたのだが、好きになってしまうともう時流を追う気持ちはなくなった。意中の人に惚れ込むように、カメラに惚れ込んだ。突然、以前の道楽は間違いだったと思った。意味のない寄り道で、貴重な金銭と時間を無駄にしてしまった。幸いなことに、気づくのが早くて、まだ助かった。

カメラに夢中になってからの彼は、もうモダンを追求する青年ではない。しだいにモダンを追求する年齢を過ぎ、表面的な新奇さに心を動かされることがなくなった。彼が必要としているのは、本物の愛だった。彼の心は若いころのように移ろわない。心の虚しさや軽々しさに気づき、それを何かで埋めて落ち着こうと考えた。その何かが、本物の愛なのだ。

現在の程さんも、モダンな恰好をしていた。髪をきちんと左右に分け、金縁のメガネをかけ、三つ揃いのスーツを着ている。革靴はピカピカ、英語が流暢で、ハリウッドのスターの名前がすらすら出てくる。しかし、もう流行を追う気はなかった。彼を慕うモダンなお嬢さんたちは、それを知らない。彼女たちが肩透かしを食う理由も、そこにあった。

実のところ、程さんを慕う女性は多かった。適齢期を迎えたロマンチックなお嬢さんとその両親は、結婚相手としての彼に注目していた。彼には、まっとうな職業とかなりの収入がある。とても上品な趣味も持っている。だが哀れなことに、お嬢さんたちがカメラの前にすわって感情を伝えようとしても、まるで機械と向き合っているように程さんの反応は冷たく、人情味を感じさせない。程さんも気づいていないわけではないが、興味がないのだ。スタジオを訪れるお嬢さんたちは、彼の目からするとみんな人形で、生身の人間とは思えない。カメラに向かって表情を作っても、彼とは関係のないことだった。

二十六歳ともなると、ガードが固くなる。十七、八歳の少年ならば、どんな相手でも受け入れ、あとで身も心もズタズタになっても後悔はしないだろう。二十六歳の心は、隙間はあるが閉ざされつつある。三十六歳になると、隙間もなくなってしまう。程さんの心の隙間に潜り込めるのは誰だろう？　一人だけいる。それが王琦瑶だった。

あの日曜日の朝、王琦瑶は彼のスタジオに入った。最初、彼女は目立つ存在ではなかった。光線の具合で、表情が暗く見えた。ただし、柔和な暗さである。目立たない存在だったからこそ、程さんは気を緩めたのかもしれない。気づかないうちに、彼の心に入り込んできたのだ。当初は気が進まず、王琦瑶は街にあふれている女性たちの一人だと思って、創作意欲が湧かなかった。しかし、一枚撮り終わるごとに新しい発見があり、それを見極めるために次の一枚が必要になる。こうして、撮影は際限がなくなった。

最後の一枚を撮り終えても、彼はまだ心残りがあった。それはまさに、余韻というものだった。程さんは突然、写真の限界を感じた。写真は目の前の情景を残すことしかできず、「余韻」に対してはなすすべがない。彼は、自分の美に関する経験の乏しさにも気づいた。なんと美の中には、空気とともに伝わっていくものもあるのだ。写真という芸術には限界がある！　王琦瑶が帰るとき、彼はドアを開けて、もう一度彼女を見ずにはいられなかった。ちょうど彼女は、エレベーターに乗るところだった。エレベーターの柵ごしに見る彼女は、朧月《おぼろづき》のように霞んでいた。

その日の午後、程さんは暗室で、撮り終えた写真を現像した。時間を忘れ、税関ビルの鐘が鳴ったのにも気づかなかった。彼は初めて写真を学んだころの性急さで、現像液の中から浮かび上がってくる王琦瑶の顔を待っていた。かつての性急さは写真の技術に対するものだったが、このときの性急さは人間に対するものだ。印画紙に画像が少しずつ現れると、王琦瑶が彼に向かって歩いてくるようで、胸に痛みを感じた。

王琦瑶は多少なりとも、程さんの気持ちを乱した。彼女は程さんのカメラの被写体であるだけでなく、撮影以外でも意味のある存在になった。それならば、別の方法で獲得しなければならない。だが、程さんは何かを獲得するつもりがなかった。ただ、自分の心に隙間ができたような気がして、それを取り戻したいと思っただけだ。そこで、彼はいつも何かをしようと考えていた。実現のあてのない努力で、因果関係も明らかでない。

彼は王琦瑶の写真を『上海生活』に推薦したが、本当に掲載されるとは思っていなかった。彼は待ちきれず、手柄を自慢するかのように王琦瑶に電話をかけた。だが、新聞スタンドや書店で、写真が掲載された『上海生活』のページをめくっている人たちを目にしたとき、彼は何かしっくりこない感じがした。取り戻そうとしたものが手に入らず、逆に喪失感が強まってしまったようだ。その写真は本来、彼がいちばん好きだったものだが、いまはいちばん嫌いなものになってしまった。

王琦瑶の写真が飾られている写真館の前を彼は一度しか通ったことがない。しかも、それは夜中だった。人も車もまばらで、灯火も消えつつある。最終回の映画も終わってしまった。彼は写真館のショーウインドーの前に立った。写真の人物は、近そうで遠い。また彼は、何かしっくりこない感じがした。ショーウインドーに彼の姿が映っている。礼帽の下の顔は、哀愁に満ちていた。彼は両手をズボンのポケットに突っ込んだ。人気《ひとけ》のない大通りに立っていると、寂しさが募った。この不夜城においては、賑やかなところは賑やかだが、寂しいところは極端に寂しい。

その後、彼は二回、王琦瑶の写真を撮った。それが自分のやりたいことでないのは、よくわかっていた。しかし、写真を撮る以外、程さんに何ができただろう？　この二回の撮影によっても、何かを取り戻すことはできず、むしろ心の隙間は広がってしまった。そのときの王琦瑶が向き合っていたのは、程さんのカメラではなく、大衆の目だった。一つ一つの表情が次回、雑誌の表紙あるいは表紙裏に載ることを想定し、読者を意識したものに思われた。そこで、程さんも、自分の目は大衆レベルだと考えた。それ以来、程さんはもう写真を撮ると言わなくなった。

程さんはデートに誘おうと思ったが、口に出すことができなかった。映画のチケットを買い、電話をかけたこともあった。だが、王琦瑶が電話に出ると、まったく関係のない話をした。程さんは二十六歳で、知り合いに多くの美女がいた。だが、いずれも遠くから眺めるだけで、女性の扱い方は十六歳のころにも及ばない。十六歳のときは、まだ勇気があったが、いまはそれもなくなった。経験の蓄積もないから、まったくお手上げ状態だった。

デートという考えは、王琦瑶と蔣麗莉が友だちになったことによって、ようやく実現した。二人一緒に誘うからこそ、程さんは声を掛けることができた。程さんから誘われて王琦瑶は、顔には出さないがうれしかった。それも程さんに気があるわけではない。蔣麗莉と同じレベルに立てたからだ。彼女は蔣麗莉と友だちになってから、交友範囲を広げていたが、誘ってくれる人はまだいなかった。ちょうど程さんは、その空白を埋めてくれた。

その日、程さんは二人を原盤のアメリカ映画に誘った。程さんは早めに着いて、国泰《グオタイ》映画館（キャセイシアター）の入口で待っていた。二人の女学生が遠くから歩いてきた。日差しを浴びているプラタナスの並木道に現れた二人の姿は、とても趣があった。空は澄み切って、わずかな細い雲は気にならない。道沿いの塀に映った影は、絵に描いたようで、静と動を表している。紳士一人にお嬢さん二人のデートというのは、なんとも面白い人生のひとコマだ。恥じらいと荘厳さ、真面目さが入り混じって、心境は複雑だった。昼下がりの時間は、このようなデートに最適だった。曖昧な関係を演出し、気づかないふりをする。このような昼下がりには、偽りの無邪気さの裏に本物の恋情が隠されていた。

蔣麗莉は程さんを知っていたが、会うのは初めてだった。王琦瑶が紹介し、三人は一緒に映画館に入った。三人の座席は、蔣麗莉を挟んで王琦瑶と程さんが両側にすわるという形だった。この場合、両側の二人が互いに気があるというパターンが多い。真ん中にすわっている一人は、両方から話しかけられるが、実際はどちらとも関係がない。二人の防波堤であると同時に、架け橋でもあった。王琦瑶は程さんにオリーブの実を食べてもらおうとして、蔣麗莉に手渡した。程さんは映画の難しいセリフを翻訳して、蔣麗莉から王琦瑶に伝えてもらった。

映画を見ている間、王琦瑶はずっと蔣麗莉と手をつなぎ、まるで連合して程さんを孤立させているかのようだった。程さんのほうは、二人に均等に気を遣い、分け隔てしない姿勢を見せた。蔣麗莉がいるおかげで、本心を隠すことができたのだ。

映画館の中は真っ暗で、映写機から放たれた光の柱が頭上を旋回し、神秘的な世界を演出している。午後の映画館は、満席になることはない。まばらな観客は心ここにあらずで、それぞれ考えごとをしているようだ。スクリーンから出た音も、頭上でこだましている。とても大きな音で、鼓膜を震わせる。三人はある種の脅威を覚えて、身を寄せ合った。蒋麗莉は両側から息遣いが聞こえて、胸の鼓動も身近に感じられた。スクリーン上の物語をよく見ようともせず、彼女は二人のメガホン役に徹した。程さんは顔を寄せて、小声でつぶやく。王琦瑶に伝えたい話が、まず彼女の耳に入るのだ。

映画館を出て、日差しの明るい大通りまで行ってから、改めて程さんを見ると、様子がまったく違っていた。その後、彼らはコーヒーを飲みに行った。ボックス席に三人ですわる。彼女たちが並んですわり、程さんと向き合った。程さんは相変わらず王琦瑶に語りかけていたが、視線は蒋麗莉に向けている。王琦瑶は反応を示さず、蒋麗莉に代わりに答えさせた。特に大事な話ではなく、ただの雑談だったから、誰が答えても同じだ。しだいに蒋麗莉の口数が増え、個人的な話をするようになった。明らかに程さんは二人に聞いているのに、自分のことしか答えない。王琦瑶は黙ったままだ。程さんは仕方なく、話を合わせていた。

ついに、蒋麗莉と程さんは長年の友人のように、打ち解けた話をするようになった。王琦瑶は、完全に傍観者だった。程さんの心は王琦瑶に向かっていたが、残念ながら話しかけることも、視線を送ることもできない。蒋麗莉の話は流れる水のようで、使われる言葉は文学的だった。程さんは相手に視線を向けることができず、目を伏せて、コーヒーカップを見つめていた。カップの底に映っている王琦瑶は、相変わらず口を開かなかった。そのとき、蒋麗莉はようやく話をやめて、やはりコーヒーカップを見た。カップの底に映っている程さんは、目を伏せたまま押し黙っていた。

その後、程さんも彼女たちの夜会に参加するようになった。ボディーガードのように最後まで近くに貼りついて、夜会が終わると家まで送り届けた。程さんは、写真を撮ることを忘れ、カメラに埃が積もった。湿気が充満した暗室に入れば、わけもなく感慨が湧いてきた。心の中の本物の愛は、姿を変えたようだ。冷たかったものが熱を帯び、虚しかったものに実体ができた。その熱と実体が王琦瑶である。

もともと程さんは、夜会に積極的だった。夜会によって、独身男の寂しい夜を埋め合わせることができた。夜会を飽きるまで知り尽くす段階には至っていなかったから、しばらくは楽しさを味わえるはずだった。ところが、王琦瑶のお供で夜会に参加することに苦痛を感じる日が早くもやってきた。夜会に行くのは王琦瑶に近づくためだが、逆に距離が開いてしまうのだ。確かに夜会の席で、王琦瑶と話をする機会も、親密な行動を取る機会も増えた。それは、ほかの男が寄ってくるのを避けるためだった。しかし、いざとなると程さんは彼女に何も言えなかった。何か話しても、それはすべて自分の言いたいことではなく、まったく他人行儀な言葉になってしまった。

夜会のすべては、みんなが共有するものだ。笑うときも、騒ぐときも、集合と解散も、みんな一緒だった。まるで自由がなく、まるで私心がないのが夜会である。私心を抱いて夜会にやってきた程さんは当然、失望することになった。それでも、彼は参加しなければならない。たとえ王琦瑶が影であっても、それを追いかけなければならない。その影が風に吹かれて消えてしまっても、なお捜しに行かなければならなかった。夜会の始まりから終わりまで、彼は手にグラスを持って、ずっと壁の隅に立っていた。そこかしこに王琦瑶の気配を感じたが、目で追うことはできなかった。苦痛に満ちた夜だった。周囲の賑わいが彼を嘲笑し、刺激した。それでも彼は、退散しなかった。

蔣麗莉の目から見ると、夜会に参加した程さんも一種の影、魂が抜けた影だった。彼の魂を呼び戻そうと思って、あれこれ話しかけた。程さんは、それが煩わしく苦痛だった。だが、彼は生まれつき穏やかな性格で、相手に反駁《はんばく》することができない。何とかやり過ごすしかなかったが、それがストレスになって、ますます苦しさが募った。

蔣麗莉は程さんの憂い顔を見て、ますます気晴らしを試みた。程さんがなぜ、やつれてしまったのか、知らないわけではない。しかし、あえて目をそらした。程さんは硬い氷だとしても、熱い心で接すれば、それを融かすことは可能だろう。蔣麗莉は、これまで読んできた小説をヒントにして、やさしい気持ちと言葉遣いを心がけ、情勢を分析した。だが残念ながら、判断を誤った。最初のボタンの掛け違いが、全滅という結果を招いてしまった。自信も希望も、見当はずれだった。

夜会における程さんは、蔣麗莉に操ってもらうと、すべてがうまくいった。魂は抜けたままだったが、抜け殻だけでも蔣麗莉は満足だった。抜け殻も壊れたら、その破片を拾うつもりでいた。蔣麗莉は、夜会に参加するのは王琦瑶のためだと言っていたが、実は程さんが目当てだった。彼女は部外者のように、壁の隅に立っていた。部外者になりたかったわけではないが、程さんがそうしていたから、彼女もそうするより仕方なかった。程さんが苦しければ、彼女も苦しい。一心同体だったから。だが程さんは、まったく気づいてくれない。王琦瑶に心を奪われていた。毎晩の夜会において、程さんと蒋麗莉だけが生身の人間だった。ほかの人は、みんな仮面をつけている。本物の心を持っているのも二人だけだ。ほかの人たちの心は、本物とは認めがたい。だが残念なことに、二人の心は別の方向を向いていた。本物であるがゆえに、二人の心が一つになることはなかった。蒋麗莉が熱心に賛同したのは、半分は王琦瑶のため、半分は程さんのためである。王琦瑶にとっては苦難の日々だったが、程さんと蒋麗莉にとっては至福のときだ。三人は毎日のように会い、語り尽くせない話をした。王琦瑶が蒋麗莉の家に移って、程さんが訪ねてくるようになると、蒋麗莉の母親までもが喜んだ。来客は群れを成し、賑わいと静寂を交互にもたらした。程さんは常連で、賑わいと静寂のバランスを取ってくれる。客ではあるが温厚で、家族同然だった。蒋家の主人は長期にわたって不在だし、息子は未成年で何もわからない。何かを決めるときには、やはり程さんの意見が参考になる。たとえ意見を言わなくても、ただ客間にすわっているだけで心強かった。

「ミス上海」コンテストへの参加を提案したのは、程さんの王琦瑶に対する気遣いだった。

コンテストまでの間、程さんと蒋麗莉は強い思いのはけ口を得て、愉快な気分だった。共通の目的ができて、共通する話題もあった。だが、王琦瑶の立場は違う。彼らに反抗する態度を取った。心にわだかまりがあるので、抵抗を示さずにはいられなかった。二人が一致団結して機嫌を取ろうとすると、王琦瑶はますます反抗したくなる。三人は二対一に分かれ、王琦瑶は一人で二人に対抗した。自分を助けてくれていることはわかっていたが、ついわがままを言いたくなる。自信を強めるため、彼らに保証を求めたい気持ちもあった。だから、二対一に分かれても、彼らは心が通じていた。些細な感情の行き違いはあるが、このまま押し通そうと思っていたのだ。

紳士一人とお嬢さん二人のロマンスは一九四六年の上海で、ありふれた話だった。悲劇も喜劇も、そこから生まれる。真理と過《あやま》ちも、そこから生まれる。大通りの木陰で、一台の輪タクにお嬢さんが二人乗り、もう一台に紳士が一人乗って行くところから物語が始まる。その後どんな展開を見せるかは、誰にも予想がつかない。

決勝が近づくと、王琦瑶は程さんの来訪を心から歓迎するようになった。何も決まっていない中で、程さんだけは既知数だ。微力とは言え、それなりの安心感を与えてくれた。頼るものが何もない中での拠りどころである。自分の運命をどこまで預けていいのか、王琦瑶は深く考えようとしなかった。考えても結論は出ない。しかし、彼女は思っていた。どんなに譲歩したとしても、まだ程さんがいる。すべて失敗したとしても、まだ程さんがいる。とにかく、程さんは最後の砦《とりで》なのだ。

蔣麗莉の家に住むことで、王琦瑶は様々な恩恵を得たが、どれ一つとして自分のものはなかった。つつましく暮らしていたが、それは他人の暮らしである。他人の暮らしの片隅で、歳月を送っている。他人の歳月を盛り上げるため、端役を演じているようなものだ。自分の家に戻れば、主役になれるが、それも気が進まなかった。どう見ても体裁が悪く、他人の歳月の端役にも及ばない。そんな暮らしは、やはり我慢できなかった。一方、程さんとの歳月では、曲がりなりにも主役でいられる。理想的ではないが、許容範囲だった。

切ない気持ちになったとき、王琦瑶は何度か、程さんと単独で出かけた。程さんに付き添ってもらって、自分の家に荷物を取りに行ったのだ。程さんは弄堂に入らず、喫茶店で待っていた。ガラス窓の向こうに、大通りを歩く通行人が見える。程さんは自分に言った。このお嬢さんの後ろに、王琦瑶が現れるだろう。この紳士が通り過ぎたら、王琦瑶がやってくるだろう。コーヒーが冷めてしまっても、彼はそれに気づかなかった。路面電車が通り過ぎるゴトゴトという音は、穏やかな白昼の音楽だ。プラタナスの木の葉から漏れる日差しも、銀の鈴が鳴るような音楽を奏でている。王琦瑶がやってきて、最高に美しい絵画が出来上がった。光を受けて彼女の体は透き通り、いまにも空気の中に溶け込んでしまいそうだ。全力で彼女を引き留めたくなる。程さんは思わず、感動で胸が詰まった。彼のスタジオは埃が厚く積もり、暗室に残っていた現像液も変色してしまった。その部屋には、もう何日も足を踏み入れていない！　程さんも切なさを感じた。もはや退路は断たれた。どこまでも前に進むしかない。彼はコーヒーカップの冷たさに気づいた。

そのとき、王琦瑶が目の前に現れた。王琦瑶を見ると切なさは消え、前向きな気持ちになった。王琦瑶はすわらず、そのまま出て行こうとした。すわれば、何かを約束することになるかのように。ここが最後の砦だということはわかっているが、まだ譲歩する状況ではない。まだ、この先どうなるかわからないから、そっとしておくのがいい。そして、もう一つ、すわらない理由があった。それは蔣麗莉のためだった。

彼女は当然、蔣麗莉の気持ちを知っていた。王琦瑶のように敏感で、感情に左右されない性格の持ち主が気づかないはずがあろうか？　彼女は、蔣麗莉の母親の気持ちも見抜いていた。この無能な女性は、以前は何でも王琦瑶に相談していたが、いまは程さんを頼りにしている。先日、親戚の結婚披露宴があったとき、母親は王琦瑶の体調不良を口実にして、程さんに母娘の付き添いとして参加してほしいと頼んだ。この愚かで露骨なやり方を見て、王琦瑶は腹立たしくもあり、おかしくもあり、また哀れにも思った。このような場合、王琦瑶はいつも母娘のメンツを立てて、自ら身を引いた。しかし、彼女が行かなければ、程さんも行かないと言う。蔣麗莉の母親は体面を保つため、最終的に四人で行くことにした。

披露宴の夜、王琦瑶はずっと蔣麗莉の母親のそばから離れず、程さんの隣の席を蔣麗莉に譲った。王琦瑶がこのようにして蔣麗莉と程さんの仲を取り持ったのは、いずれこの三角関係から抜け出すため、そして蔣麗莉と母親への気遣いのためだった。他人の不幸を面白がる気持ちもあった。程さんの心は明らかに、自分に向けられている。それは誇らしいことに違いない。蔣麗莉が自ら窮地に陥るのを見るのは忍びなかったが、それによって胸の切なさが少し癒やされた気がした。

程さんは、どうしても王琦瑶の気持ちがつかめなかった。あまりにも複雑すぎる。それは境遇の複雑さによるもので、彼も複雑な境遇に追い込まれた。彼はいつも無意識のうちに、王琦瑶に引き寄せられる。だが結果的には、罠に掛かったかのように、蔣麗莉につかまってしまう。程さんはまっすぐな人なので、あれこれ情勢をうかがうことなく、蔣麗莉の熱意、そして蔣麗莉の母親の熱意を受け止めた。やや度が過ぎるとは思ったが、疑いを持たず、自分も熱意を返すうちに、道を誤ってしまった。

蒋麗莉は程さんのことで、もう何度泣いたかわからない。程さんが彼女を少し意識したことも、少し無視したことも、部屋に帰ってから涙を流す理由になった。部屋はすっかり片付いていた。本はきちんと積み重ねられ、湯飲みは毎日きれいに洗ってあった。レコードは古いものを処分し新しいもの、ロマンチックな小夜曲《セレナーデ》に変わっていた。枕元に掛かっている刺繍入りの匂い袋は、王琦瑶の手作りだった。タンスにも、色鮮やかな服が増えた。程さんが見立ててくれたものだ。この部屋は活気に満ちている。従順で穏やかな気性、前向きな姿勢が感じられる。彼女は人に見せられない文章をたくさん書いた。日記帳は赤い絹布で覆われていた。

蒋麗莉は状況をはっきりつかんでいなかった。半分は愛に盲目になっていたから、半分は権利意識があったからだ。彼女は王琦瑶に対して権利を持っていた。王琦瑶の友だちに対しても権利を持っているようだった。この権利にも、彼女は盲目になっていた。どれが名目で、どれが実体なのか、どれが彼女のもので、どれが前提を踏まえた取引なのか、それがわからなかった。これも幼いころに身についたわがままのせいで、最後にはバカを見ることになる。

蒋麗莉は、この精神的苦痛に耐えられなくなって、王琦瑶に心の底を打ち明けた。小説の一節のような表現を使ったが、ちぐはぐで意味が通じない部分にこそ感情がこもっていた。これを聞いた王琦瑶は、困ってしまった。何を言ったらいいのか、わからなかった。冷水を浴びせるわけにはいかないし、励ますわけにもいかない。状況分析はできないし、真相を告げるわけにもいかない。そこで彼女は、はっきりした態度を示さず、適当に話を合わせておいた。だが、蒋麗莉にしつこく意見を求められ、程さんの人柄は申し分ないと言った。さらに問われると、やむを得ず、少し鈍感なところがあると付け加えた。

蒋麗莉は、それは鈍感なのではなくて、上品なのだと反論した。王琦瑶は、その頑なな態度を見て、遠回しに言った。何事も縁が大切だ。縁がなければ、いくら頑張っても無駄よ。蒋麗莉はそれを聞いて、思わず顔をほころばせた。そのとおりね。よく思うんだけど、こんな偶然は珍しいわ。たまたま、あなたと友だちになって、あなたが程さんを連れてきてくれた。この偶然が、まさに縁でしょう！　王琦瑶は、ひそかにため息をつくと同時に、自分の責任は果たしたと思った。今後のことは、もう自分と関係ない。

決勝の日は、あらゆる努力の目的地だった。その日が来たら、すべてが明らかになる。だから、みんながその日に向かって突進して行った。直前になって、ようやく思い違いをしていたことに気づいた。だが、気づいたのは、数年が一瞬に、あるいは数十年が一瞬に相当するということだ。蚊《か》帳《や》の外に置かれた状態は、まだしばらく続くのだった。

その日の夜、彼ら三人のうち、一人は舞台上に、二人は舞台下にいた。長い間の努力と興奮が運命の成り行きに任されるのは、悲しいことでもあり、感動的なことでもある。舞台上には多くのお嬢さんたちが並んでいたが、舞台下の二人はひたすら一人に注目した。代価を支払ってきた立場があるので、お嬢さんたちを比較することも、判断を下すこともできなかった。三人とも何もできずに、運命の降臨を待っていた。

三度目の登場となって、ウエディングドレスを着ている王琦瑶を見ると、程さんの目に涙が湧いてきた。それは彼が思いこがれていた一幕、覚めないでほしい夢だった。蒋麗莉の目にも、涙が浮かんできた。ウエディングドレスを着ているのは王琦瑶ではなく、彼女自身であるような気がした。これは夢ではなく、未来の姿なのだ。このとき、彼ら三人は舞台の上と下で、涙をたたえた目を見合わせ、それぞれの思いに浸っていた。正念場を迎えて、蒋麗莉は思わず程さんの手を握った。程さんは、それを拒絶もせず、受け入れもしなかった。舞台上に全神経を集中させていたので、手だけでなく、体じゅうの感覚がなくなっていた。王琦瑶が第三位に選ばれたとき、程さんも感情を抑えられず、蒋麗莉の手を握り返した。それから手を放し、全力で拍手をした。蒋麗莉も拍手をしたが、胸が激しく高鳴り、顔が真っ赤だった。

この夜は一見すると、すべてが思いどおりになったようだった。ミス上海の栄誉は得られなかったが、むしろ第三位のほうが納得できた。恋をしている二人は、明るい希望を抱いた。この夜、王琦瑶たちは舞台上で記念撮影をして、インタビューを受けた。程さんと蒋麗莉は、ロビーで待っていた。ロビーに残っているカーネーションはしぼんで、色あせている。枝葉も元気がなく、左右に折れ曲がっていた。ドラマの終わりを象徴しているようだ。ロビーの前の灯火は最後の輝きを見せ、活気が失われつつあった。通りは、車がまばらになる一方、ワンタン屋が姿を見せ、静かな夜の景色が現出した。

翌朝、程さんは顔を輝かせ、こぎれいな服を着て、蒋麗莉の家へやってきた。母娘はとっくに化粧を終え、客間にすわっていた。三人とも夜更かししたせいで、目が赤く腫れている。湿気を含んだ陽光が、ワックスをかけた床を照らし、ワックスが溶け出しそうだった。蒋麗莉の母親が、自ら茶菓の用意をした。彼女も今日は新しい服に着替えている。ちょうど、旧正月の元旦のようだ。賑やかな大晦日《おおみそか》が過ぎ、散らかっていた爆竹の紙くずを掃除すると、年の初めにもかかわらず、少し気怠《けだる》い感じがする。めでたさは今後一年を明るく照らすはずだが、いくぶん力及ばずの嫌いもあった。

彼らは昨夜のことを思い出し、ぽつりぽつりと語り合った。お互いの記憶を訂正し、情景を再現しようとした。昨夜の灯火やカーネーションの話は、このような湿気の多い日の陽光の下で語っても真実味に欠ける。まるで幻のようだ。彼らは懸命に回想し、記憶を呼び戻そうとした。午前中いっぱいでも語り終わらず、食事の席まで持ち越しになった。食卓に並んだ料理も、正月のようだった。テーブルクロスが新しくなり、食器も正月用のものを使った。食卓の会話は弾んだが、何か物足りなさも残った。一日が半分過ぎたのに、何の進展もないのだ。

午後はいつものように気怠く、力が湧いてこない。すべてが、しっくりしなかった。陽光の中に浮かんでいる埃までもが湿気を帯びている。日差しは明らかに弱かった。話題がなくなったので、蒋麗莉は立ち上がり、部屋の隅へ行ってピアノを弾いた。思いつきのフレーズを弾いただけだったが、それでも美しい音色で、雰囲気が盛り上がった。手持ち無沙汰だった程さんもピアノのそばに行き、蒋麗莉にこれは弾けるか、あれは弾けるかと尋ねた。蒋麗莉は、弾いて見せることで、質問に答えた。いずれも弾けるのは全曲ではなく、一部だけだった。こうして問答を続けるうちに、二人は楽しさを感じるようになった。ピアノを弾くお嬢さんと傍らに立つ紳士という構図は、このような客間に最も相応しいものだった。

王琦瑶は部屋の反対側のソファーで二人を見ているうちに突然、自分がヒロインだった日々がもう終わったことに気づいた。あの昨夜の栄光！　まさに隔世の感がある。ピアノの音色は耳障りで、彼女の胸に突き刺さった。彼女の神経を逆なでするかのようだ。ピアノの前にすわっている蔣麗莉は、十人並みの容姿だが、とても優雅だった。いつの間にか、彼女とは距離ができて、程さんとも距離ができてしまった。王琦瑶は急に悲しくなった。これは大きな喜びのあとに、よくある心情なのだろう。大きな喜びというのは見掛け倒しで、度を越した期待であることが多い。

王琦瑶は、窓の外の冬の庭園を見た。リラの枝はからまり合って、解きほぐすことができない。太陽は元気を取り戻し、空気も爽やかになったようだ。昨夜のことは、もう考えないことにしよう。それで気持ちは軽くなると同時に、物寂しくなった。上海で起こることは、みな同じだ。いくら賑やかな出来事でも、一瞬で終わってしまう。王琦瑶は思った。そろそろ家に帰るべきときかもしれない。

このとき、程さんが振り向いて言った。王琦瑶、一曲歌ってくれよ！　王琦瑶はムッとして顔が赤くなったが、無理に笑顔を作って言った。私は蔣麗莉みたいに芸術の才能がないから、歌えるはずがないわ。蔣麗莉は、ピアノを弾くことに没頭していた。程さんは王琦瑶を心配し、戻ってきて提案した。映画でも見に行こうか？ 王琦瑶は不機嫌そうに言った。行かない。程さんは続けた。お二人に西洋料理をご馳走するよ。王琦瑶は、それでも行かないと言った。今度は顔をそむけ、目には涙をためていた。程さんは思いやりがある。しかし、その思いやりが王琦瑶の痛いところを突いた。二人は黙ったままで、すわっていた。蔣麗莉のピアノの音は、もはや耳障りではなく、しみじみと心に響いた。

この日から、王琦瑶は程さんとデートをするようになった。蔣麗莉には自宅へ帰ると言い、弄堂を出たところで方向転換した。二回ほど、映画を見に行って帰りが夜遅くになった。門を入る前から、蔣麗莉が弾くピアノの音が聞こえてきた。果てしない夜空の下で、その音は独り言のように聞こえた。あの日以来、蔣麗莉は改めてピアノのレッスンを始めた。程さんに喜んでもらえるから、そして自分の気持ちを表現することができるからだ。王琦瑶は階段を上がるとき、できるだけ音を立てないようにしたが、蔣麗莉に呼び止められてしまった。思いの丈を聞いてほしいと言う。大きな窓の外に見える満月も、蔣麗莉の気持ちを代弁していた。蔣麗莉は王琦瑶を親友だと思っている。王琦瑶は逃げるわけにいかなかった。

王琦瑶が自宅に戻ると言い出したとき、蔣麗莉は聞き入れようとせず、彼女が戻るなら自分もついて行く、離れ離れになることはできないと言った。蔣麗莉はいつも大げさだが、その言葉に嘘はない。それで、王琦瑶も真に受けるしかなかった。彼女は思った。自分は、程さんと何か約束をしたわけではない。しかし、確かに蔣麗莉の機会を横取りしてしまった。蔣麗莉の気持ちを知らなければよかったのだが、あいにく蒋麗莉は真っ先に自分に告げようとした。王琦瑶は蒋麗莉のように、たくさん小説を読んでいないので、人情に関する立派な理論を知らない。だが、人と人は平等で互いに助け合うべきだという原則や、義理を大切にして約束を必ず守ることはわきまえていた。彼女は蒋麗莉に負い目を感じ、以前よりもやさしく接して、姉妹のように仲良くした。

あるとき、蒋麗莉は言った。程さんは最近、どうして来ないのかしら。その失望した様子を見て、王琦瑶は程さんの誘いを断らざるを得なくなった。程さんは仕方なく、また蒋家を訪ねてきた。蒋麗莉は大喜びだった。王琦瑶は、罪作りなことをしたと思ったが、ほかにどうしようもなかった。自分の良心を慰める唯一の方策は、程さんと約束をしないことだった。このとき、王琦瑶はそれによってバランスを保った。約束をしないことは一本の細い綱で、彼女はその綱を渡ることになった。そのためには技術が欠かせないし、冷静と沈着も欠かせなかった。

ある日、程さんは恥じらいと緊張の面持ちで、王琦瑶に頼んだ。また、自分のスタジオで写真を撮らせてほしい。この依頼は意味深長だった。気づかぬふりをして、ごまかすことは可能だろう。断れば、意図があからさまになってしまう。王琦瑶は曖昧にしておきたかった。いずれにせよ、結論を出すのは早すぎる。心の奥の願望が、頭をもたげてきた。それは高望みで、程さんに一途な愛を捧げられて思い上がった結果かもしれない。程さんの一途な愛が底なしなので、王琦瑶はやや高慢になっていた。

再び程さんのスタジオを訪れたのも日曜日だった。前日に掃除が終わって、埃が拭き取られ、化粧台の上には花が挿してあった。バラが二本とカスミソウだ。反対側には、王琦瑶のスナップ写真が飾られていた。それは初めて来たときに撮影したもので、いまより数歳若く見える。初々《ういうい》しい感じだった。だが、撮ったのは一昨年である。窓の外の景色は、一昨年と変わりなかった。二年の歳月は、王琦瑶の体が覚えているだけで、ほかには何の痕跡もない。花と写真は、歓迎のしるしだろう。特に写真は、彼女が必ず来ることを想定して用意したに違いない。正直者の考えた策略だからこそ、意気込みが感じられた。だが、王琦瑶は気づかないふりをした。

簡単に化粧を直してメイク室を出ると、王琦瑶はカメラの前にすわった。ライトがつく。二人は同時に、一昨年の日曜日のことを思い出した。ライトはあの日も同じだったが、二人は見知らぬ同士で、階下にひしめいているアリのような人々の中の赤の他人だった。いまの二人は、将来どうなるかは別として、多少なりとも心が通じ合っている。この時世で、それは得がたいことだった。撮影は久しぶりだったが、特に不都合はなかった。すぐに慣れて、順調に撮影が進んでいった。

午前中は、いつも短く感じられる。厚いカーテンで覆われた窓の向こうでは時間が流れ、窓の内側ではライトがずっと光を放っていた。二人は空腹も忘れて、撮影を続けた。写真を撮りながら、とりとめのない話をした。面白い話題も、そのときは気に留めず、あとになって思い出すことが多い。彼らはまず、お互いによく知っていることを話題にした。その後は、それぞれが自分のことを語った。相手の話に夢中になって、撮影を忘れた。二人は背景の石段の高さの違う場所にすわっていた。ライトは消え、自然光が厚いカーテンから少しだけ漏れていた。

程さんは語った。彼は長沙《ちょうさ》の鉄道学校で学んでいたが、日本人が閘北《ざほく》（上海市の北部の蘇州河沿いの一帯、上海事変の主戦場となった）を爆撃したと聞いて、すぐに上海にいた家族のもとに帰ることにした。ところが、苦労して上海に戻ってみると、家族はすでに故郷の杭州に移っていた。自分も杭州へ行こうとしたが、上海はすでに孤島時期（日本の占領下にありながらも、租界の存在によって比較的自由な活動ができた時代）に入り、落ち着きを取り戻した。そこで、上海に留まり、八年が過ぎて、王琦瑶に出会ったのだ。

王琦瑶は語った。彼女の外祖母は蘇州に住んでいて、門の前にビャクランの木があった。外祖母は、モチモチとした弾力のあるチマキを作るのが得意だった。東山《とうざん》（蘇州郊外の太湖《たいこ》のほとりにあり、紫金庵《しきんあん》という仏教寺院の所在地として知られる）へお参りに行くと、縁日で木彫りの急須や茶碗を売っていた。手の爪ほどの小さい茶碗で、水を一滴だけ入れられる。最後に蘇州へ行ったのは、程さんと知り合う前の年だった。

二人は雰囲気に任せて、とりとめもなく、自由自在に話をした。時間を忘れ、責任を忘れ、一時の快楽に浸った。程さんは続けて、王琦瑶に初めて会ったときの印象を語った。この話は一種の告白だったが、二人はそう思わず、片方は率直に語り、片方は率直に耳を傾けた。相手をからかう場面もあった。程さんは言った。もし、自分の妹を選べるとしたら、王琦瑶みたいな人にしたい。すると、王琦瑶は言った。もし、お父さんの兄弟を選べるとしたら、程さんみたいな人がいいわ。この言葉には、婉曲な拒絶の意味が込められていた。しかし、二人とも気に留めず、片方は気軽に口にして、片方は気軽に聞き流した。

その後、二人は立ち上がった。至近距離で、きらきらした目を合わせ、それからまた視線をそらした。程さんはカーテンを開けた。陽光が室内に入り、細かい塵を包み込んだ。塵が光の柱の中を浮遊しているので、目を開けていられない。窓の下の河辺には、外国の汽船が停泊し、五色の旗をはためかせていた。人々はアリのように動き回り、集散を繰り返している。その動きには因果関係があり、始まりがあれば終わりもあった。黄浦江は上流も下流も、ぼんやり霞んで、空の果てに通じている。ここは、ただの通過点のようだ。

二人は窓辺に立った。税関ビルの大時計が鐘を二つ鳴らした。もう昼を過ぎ、二人の気持ちが通じ合う時刻になった。この時間には功利的な目的がなく、何らかの成果が出ることもない。忙しい人の世にあって、これは贅沢な時間で、一生の苦労と奔走の中のホッとする瞬間と言える。出世の妨げになるかもしれないが、終生忘れがたいひとときだった。

翌日、写真の現像ができた。それは、常識的な構図を一新する写真だった。雑談をしながら撮ったので、すべての写真が上出来ではないが、得がたい表情をとらえている。話をしているときの表情、相手の話を聞いているときの表情、どちらも真心にあふれている。二人だけにしか通じない話をしているのだ。これは内輪の写真で、陳列して見せるものではない。

二人は喫茶店で、この写真を一枚ずつ笑いながら見た。撮影時の会話が、ありありと浮かんでくる。程さんは言った。ほら、この顔！　王琦瑶は笑った。どうして、こんな顔になったのかしら。それから真剣に記憶をたどり、ついに思い出して言った。なるほど、そういうわけだったのね！　どの写真にも、エピソードがあった。バラバラで一貫性のないエピソードで、最終的に物語を構成できるかどうかはわからない。王琦瑶が一枚ずつ見終わると、程さんは裏を見るように言った。なんと、写真の裏には詩が書いてあった。

定型詩もあれば自由詩もあったが、最も多いのはどちらでもない程さんの自己流の詩だった。王琦瑶の美貌を描くと同時に、自分の本音を述べている。王琦瑶は感動したが、顔には出さなかった。わざと話をはぐらかし、からかうように言った。どうやら、蔣麗莉に感化されたようね。二人は蔣麗莉を思い出し、急に気まずくなって、口を閉ざした。

しばらくして、程さんが尋ねた。王琦瑶、きみは蔣麗莉の家にずっと住むわけにはいかないだろう？　この言葉は、自分の目的のために探りを入れたものだったが、期せずして王琦瑶の痛いところを突いた。彼女は表情を変え、冷笑して言った。家族から毎日、電話がかかってきて、帰るように言われているけど、蔣麗莉が放してくれないの。彼女の家は、私の家だって。彼女にはわからなくても、私にはちゃんとわかってるわ。蔣麗莉の家に住んでいる私は何なのかしら？　家政婦？それとも、お嬢さんの小間使い？　一生、お嫁に行けないの？　私は機会を待っている。蔣麗莉の気持ちを傷つけずに、この家を出る機会をね。

程さんは、王琦瑶が腹を立てたのを見て、自分の不用意な発言を後悔した。王琦瑶への配慮が足りなかった。だが、いくら悔やんでも取り返しはつかない。王琦瑶は、程さんが恐縮しているのを見て、自分が短気を起こしたことを反省し、態度を和らげた。二人はまた少し雑談をしたあと、別れを告げた。

ところが、わずか数日後、王琦瑶が蔣麗莉の家を出る機会が訪れた。ただし、それは予想外の事態で、誰もが頭を抱えてしまった。ある日の夜、王琦瑶の留守中に、蔣麗莉は貸していた小説を捜すために王琦瑶の部屋に入った。小説は見つからなかったが、枕元に置いてあった数枚の写真が目に入った。写真の裏には、題辞が添えられていた。

蔣麗莉はこれまで、程さんの王琦瑶に対する明らかな気遣いを見て見ぬふりをしてきた。しかし、これらの写真がついに霧を吹き払い、蔣麗莉に真相を見せつけた。長い間、心の底に抱いてきた疑いが突破口を見出し、事実が明らかになった。この事実が蔣麗莉の恋情を打ち砕き、友情も打ち砕いた。この二つは蔣麗莉が心から大切にしてきたものだ。一方的な思い込みで、人一倍心を尽くしてきたが、思いがけない結果になってしまった。

## 13

## 李主任

テープカットのセレモニーへの招待状が王琦瑶に届いたのは、ちょうど蔣家を出る日だった。もう輪タクに乗っていた王琦瑶のもとに、例の女中がやってきて招待状を手渡した。広東出身の女中の顔には、隠しきれない喜びが浮かんでいる。それを見て、王琦瑶は気づいた。自分がこの家を出て行くことは、この女の思うツボだったのだ。彼女は思った。どうしてわざわざ、関係のない人から目の敵《かたき》にされなければならないのか？　理由もなく、恨みを買うなんて。

蒋麗莉と母親は、見送りに出てこなかった。一人は大学の入学手続きに行くこと、もう一人は頭痛を口実にしていた。それで王琦瑶は、今度の引っ越しが敗退の意味を持つように感じた。王琦瑶は白っぽい絹のチャイナドレスを着て、初秋にもかかわらず強烈な日差しを扇子でさえぎった。蝉がまだ盛んに鳴いているのに、路上の木陰には秋の気配が感じられた。王琦瑶は気持ちが落ち着かず、招待状を開ける気になれなかった。

彼女は今回の出来事を程さんに話さなかった。この件は、なかなか言い出しにくい。彼女は意地を張って、わざと自分の境遇を悲惨なものにしようとした。それによって、気持ちがすっきりするかのように。彼女が乗った輪タクは、広い弄堂を走り抜けて行った。塀から伸びるリラの花が煙のように、芳香を漂わせている。弄堂から出ると、大通りも閑散としていて、やはり煙って見えた。

王琦瑶は、招待状の封筒を開けてみた。あるデパートの開業セレモニーで、彼女にテープカットを依頼する内容だった。彼女は特に喜ぶでもなく、むしろ不思議に思った。引き立て役の「ミス三女」が、開業セレモニーに花を添えることができるのだろうか？　おそらく、大したことのないデパートなのだろう。ミスや準ミスを呼べないので、彼女にお鉢が回ってきたのだ。今日はついていない。一つの時代が終わり、ケリがついたが、いろいろ後始末が残っている。そう思うと、また気持ちが落ち込んだ。

王琦瑶が家に着いたのは、昼食の時間だった。彼女は、もう食べたと嘘を言って、中二階に上がり本を読み始めた。中二階は薄暗く、灰汁《あく》で洗ったあとのように白っぽい。壁も床も白い粉を吹いていた。王琦瑶はとても冷静で、じっとしたまま、午後いっぱい本を読んでいた。

　夕方、電話が二本あった。一本は程さんからで、なぜ急に自宅に戻ったのかと尋ねられた。彼は蔣麗莉の家に行って、初めて事実を知ったのだった。彼女は、家に用事があって戻ったのだと言った。程さんは、どんな用事なのか、何か手伝おうかと聞く。彼女は笑って、大した用事ではない、それは口実にすぎないと言った。程さんはホッとした様子だったが、しばらくしてまた尋ねた。あの日の言葉が不適切だったかな？　それで急に引っ越しを決めたんじゃないか？　王琦瑶は問い返した。どの言葉が不適切だったの？　私にはわからないわ。だが、程さんは答えず、またしばらくして、会いに行くと言った。彼女は、戻ったばかりで雑用がたくさんあるから、後日にしましょうと言って電話を切った。

　二本目は、例のデパートからだった。当日は車でお迎えに上がるので、ぜひともミス三女にお越しいただきたいという。セレモニーのあと、小宴も予定されており、ご参加願いたい、もちろん帰りもご自宅までお送りしますということだった。相手側の口調はとても丁寧かつ必死で、彼女に断られるのを恐れているようだった。二本の電話を受けたあと、王琦瑶は心が少し和らいだ。どん底まで沈んでいた気持ちが、やや浮上してきた。断ろうと思っていた夕食を平らげ、蓮の実をつまみながら母親と話をした。それから二階に上がり、夜明けまでぐっすり眠った。

　テープカットの日、王琦瑶が選んだ服はコンテストの決勝で最初に着た、薄紅色のチャイナドレスだった。髪が伸びていたが、カットもパーマもしなかった。直前に美容院へ行き、髪をアップにして少し大人っぽい雰囲気を出した。投げやりな姿勢は、ずっと冷遇されていたことに対する反発だった。彼女は思った。彼らはどうしてミス三女を思い出したのだろう。自分自身でさえ、もう忘れかけていたのに。だが、適当に選んだ服が意外に似合っていた。薄紅色は彼女のトレードマークで、上品で清々しい。髪をアップにしたことも、彼女の現在の心境に相応しかった。若々しさの中に経験も感じさせる。とは言え、十八歳という年齢は隠しようがなかった。靴は買ったばかりの白いピンヒールで、王琦瑶の背を高く見せ、風の中に立つ樹木のような印象を与えた。

王琦瑶は、弄堂の表門のところで迎えの車に乗った。前後の窓から、野次馬の目が注がれている。それは洞察力のある目で、何も隠し立てできない。王琦瑶は悲しくて、車に乗ったあと、窓の外の街の風景を眺めていた。路面電車は永遠に、ゴトゴトと音を立てて走って行く。彼女の目は冷淡で、どうにでもなれという心境だった。だが、その冷淡さには挑戦的なところがある。一種の捨て身の精神で、運命に身を委ねようという覚悟ができていた。

現地に到着すると、彼女の目に驚きの色が浮かんだ。このデパートはここ数日、新聞やラジオで盛んに広告をしていた。セレモニーの規模も大きい。花籠が数十個、玄関前に並んでいた。彼女は準備もそこそこにやってきたことを少し後悔した。しかし、すぐに冷静さを取り戻し、感激した自分を笑いたくなった。いくら豪華だとしても、ひと回りして元の場所に戻るだけではないか？　このとき、王琦瑶は冷めていた。だが、勝負をあきらめたわけではない。むしろ逆で、形勢を見極め、自分のことも相手のことも知り尽くした上で、勝負をかけようとしていたのだ。彼女はコンパクトを取り出して容姿を確かめたあと、車を降りた。

　セレモニーには多くの要人が参加していた。何人かは新聞で写真を見たことがあるので、顔を知っている。だが王琦瑶は、紙の上で語られる政治や社会の問題に疎いので、ただ呆気に取られていた。セレモニーには、長々とした来賓挨拶が付きものだ。王琦瑶は静かに立ったまま、テープカットの出番を待っていた。初めての経験だが、映画や新聞、雑誌では目にしている。現場に来てみると興味は薄れ、お決まりの行事のような気がしてきた。自分の服装に不満があるので、早く終えて帰ることばかり考えていた。テープカットのときだけは、胸がドキドキした。衆目を集め、彼女が主役だったが、ほんの一瞬のことにすぎない。

　続いて、小宴が催された。大半の要人は公務があって帰ったが、何人かは残った。その中に李主《リー》任がいて、彼女の隣の席にすわった。軍人の風格があり、背筋が伸びている。無暗に、しゃべったり笑ったりしない。周囲の人たちは機嫌を取ろうとして、へりくだり、空気が張りつめている。だが、王琦瑶は何も気にせず、気ままに発言して、少し場を和ませた。彼女は、李主任はこのデパートの支配人か何かだと思って、化粧品のブランドのことについて質問した。彼が微笑を浮かべたので、自分の勘違いに気づいたが、取り返しはつかず、下を向いて食事を続けるしかなかった。彼女が顔を赤くしたのを見て、李主任はもう一度微笑んだ。その後、王琦瑶はようやく、李主任が軍政界の大物で、このデパートの株主でもあることを知った。彼女をテープカットに呼ぶというのも、李主任の発案だった。

李主任は「ミス上海」コンテストの決勝で王琦瑶を知った。彼は本来、準ミスの応援に来たのだが、最終的にカーネーションを王琦瑶の籠に入れた。王琦瑶が彼の気持ちを動かしたのは、美的基準によるものではなく、憐れみの心からだった。四十歳の男には、憐れみの心がある。実のところ、それは自分に向けられた憐れみの反映なのだ。四十歳の男の心は、いろいろな経験を積み、歳月の痕跡がいくつも残っている。ましてこの激動の時代において、李主任は波乱万丈の人生を送ってきた。他人は李主任が高位にいることだけを知っていて、その立場の孤独を知らない。様々な難問が、すべて彼の身に集中し、積み重なっていた。国と国から始まって、党と党、派閥と派閥、そして最後に個人と個人の問題がある。彼の一挙手一投足によって、全体が大きく動くのだ。他人は李主任が要人であることを知るだけで、それによって彼が標的になり、人々から狙われていることを知らない。

李主任は政治の表舞台に立つ人だ。政治の世界では、つねに争いごとがある。舞台上の人に対しても、舞台裏の人に対しても、警戒が必要だった。李主任はまるでゼンマイを巻かれた政治の機械で、片時も休むことなく動いている。唯一、自分が生身の人間であることを思い出すのは、女と一緒にいるときだった。

女は政治に関わらない。女の争いごとは遊びの一種で、子どもっぽい。人生の娯楽なのだ。女の企《たくら》みは、すべて愛から始まっている。愛が強いほど、企みは多彩になる。その愛は恒久的で、永遠に変わらない。女は重い存在ではなく、心を和ませてくれる。生死に関わるものではなく、人生の風景の一つにすぎない。李主任は心から女を愛するが、愛は李主任の人生の目標ではなかった。附属品とは言えず、むしろ贅沢品に近い。李主任は実力を備えているので、愛は正真正銘の贅沢品と言えるかもしれない。

李主任の正妻は故郷にいる。両親が決めた相手との結婚だった。ほかに側室が二人、北京と上海にいた。さらに、付き合いのある女は数えきれない。李主任は女の美しさを理解しているので、「ミス上海」コンテストでは審査員の一人だった。彼の年齢になると、目で女を見るのではなく、心で判断する。若いころには、彼も明眸皓歯《めいぼうこうし》の美人に夢中になった。「食べてしまいたいほど美しい」という言葉があるが、彼が重視したのはこの「食べてしまいたい」ということ、つまり官能的な満足だった。しかし、年を重ねるにつれて、また官能的な要求が満たされるにつれて、求めるものに変化が生じた。彼は心と心のつながりが欲しかった。

彼は多くの都市を訪れ、各地の女に出会った。北京の女の美しさは確実だが、豊かすぎて余韻に欠ける。上海の女の美しさには余韻があるが、霧の中にいるように空虚で、頼りない。

時代のムードのせいで、二大都市の女は流行を追い、千篇一律になってしまった。多少の違いはあっても元は同じで、ワンパターンに陥ってしまう。目にかなう女はいないし、心を打つ女はなおさら見当たらない。ここ数年、女に対する関心が薄れたように見えたが、実際はむしろ基準を厳しくしていた。本命に出会えない苦しさを味わっていたのだ。

ところが、王琦瑶は李主任の心を動かした。彼は本来、ピンク系の色を好まなかった。女らしさが強調され、なまめかしさが前面に出て、露骨な感じがする。しかし、王琦瑶が身につけた薄紅色は、絶妙な色合いで陳腐さを一掃した。その薄紅色もなまめかしさを前面に出しているが、素直で、純真無垢な印象を与えた。チャイナドレスの刺繍のひと針ひと針に誠実さが感じられた。

彼は、この色に偏見を持っていたことに気づいた。この色は、自然な女っぽさを表している。風があれば吹き飛ばされてしまうし、水があれば流されてしまう。悪いのは、街を行く女たちが着ている服だ。仕立て屋もひと役買って、その色をダメにしている。本来は目や心を楽しませる色なのに！

李主任は女の人をたくさん見てきたので、つい目移りがしてしまう。判断を下すとき、慎重になり迷いが生じる。カーネーションを王琦瑶の籠に投じたが、彼女を忘れられなくなったわけではない。様々な用事に追われ、女にも追われ、王琦瑶を気にかける暇はなかった。デパートの開業セレモニーへの出席を求められたとき、彼は何気なく、テープカットは誰がやるのかと尋ねた。まだ決定ではありませんがということで、ある女性の名前が出た。それは映画スターで、彼の意向に配慮した人選だった。一時期、李主任と親密な関係にあった女優だ。李主任は、それを聞いて言った。ミス三女を呼んだほうがいい！

こうして王琦瑶が呼ばれ、李主任の隣にすわることになった。薄紅色のチャイナドレスは、近くで見ると穏やかで、気持ちを和ませてくれる。アップにした髪は、年齢のわりに大人っぽく、理性と分別を感じさせた。彼女が化粧品のブランドについて質問すると、彼は会心の笑みを浮かべた。

とがめる気持ちはまったくなく、むしろ理想どおりだと思った。彼が求めていたのはまさしく、世間を知らない女だった。さらに、彼女が失言に気づいて黙ってしまったのを見て、憐れみの感情を抱き、彼はひそかにある決定をした。女を口説くとき、李主任はいつも決断が速かった。引き延ばしたり回り道したりせず、いきなり本題に入る。それは権力があるからで、また人生が短いからでもあった。

小宴のあと、彼は自分の車で彼女を家まで送ると言った。王琦瑶はどう返事をすればいいか、わからなかった。人々は道を開け、二人を取り囲むようにして玄関の外までついて行った。王琦瑶は人々のへりくだった態度を見て、虎の威を借る狐であることを承知した上で、やはり得意でならなかった。同時に、李主任に対する認識を新たにした。

車に乗るとき、李主任が自らドアを開け閉めしてくれたので、彼女は驚きと喜びを感じた。李主任も車に乗り込み、彼女の隣にすわった。背は高くないが、威厳があり、畏敬の気持ちが湧いてくる。李主任は権力の象徴だった。有無を言わせず、その意思を押し通す。どんな命令にも従うしかない。李主任は、ずっと黙っていた。車の窓はカーテンで閉ざされている。カーテンに映る灯火が、きらきらと光った。王琦瑶は思った。李主任は何を考えているのだろう？　先ほどから、王琦瑶はようやく希望に満ちた好奇心を抱くようになった。この一日は、どんな結末を迎えるのだろう？　車は大通りを走り、レースのカーテンの隙間から街の灯が流れ込んでくる。この不夜城は謎の塊だ。潮時が来なければ、その謎は明かされない。いつが潮時なのか？　それは誰も知らないのだった。

王琦瑶は不安だったが、運を天に任せていた。何かが彼女のために決定されている気がしたが、それは考えても仕方がない。相手は李主任で、程さんではないのだ。李主任はすべてを決定できる。一方、程さんは誰かが代わりに決定を下さなければならなかった。車が王琦瑶の家に着いたとき、李主任はようやく顔を向けて言った。明日の夜、食事をご馳走したい。来てくれるかな。謙遜した言い方だったが、李主任の言葉だから、権力者の謙遜である。決定権を与えているようで、実は与えていなかった。王琦瑶は慌ててうなずいた。李主任は、夜の七時に迎えに来ると付け加えたあと、手を伸ばして車のドアを開けてくれた。

王琦瑶は自分の家の前に立ち、車がスーッと弄堂から出て行くのを見ていた。まるで夢のようだ。初めて李主任に会ったが、彼は自分に対して絶対の自信を持っていた。彼はいったい何者なのだろう？　王琦瑶の世界は、とても狭かった。それは女の世界で、布地や脂粉で構成されている。栄光と言えば、豪華な布地や脂粉の栄光だった。広い世界から見れば、空に浮かぶ雲のようなものだ。程さんは男だが温厚な性格だし、王琦瑶に合わせようとして、まるで女になってしまった。王琦瑶の狭い世界の捕虜である。

李主任は、広い世界の男だった。広い世界のことは、王琦瑶にはわからない。しかし、狭い世界が広い世界によって操られていることは知っていた。広い世界は基礎であり、物事の立脚点となる。彼女が戸を押し開けて屋内に入ると、階下の玄関ホールは暗かった。料理の油の匂いがする。台所には明かりがついていて、おしゃべりにやってきた他家の女中が主人の悪口を言っていた。

彼女は二階の自分の部屋へ上がったが、すぐに寝る気にはなれず、すわって窓の外を眺めた。窓は隣の家の窓と向き合っていて、手を伸ばせば届く距離だ。レースのカーテンは閉まっていたが、中の生活は容易に想像できる。別に意外なことは何もない。王琦瑶は明日の夜に、理由のないあこがれを抱いていた。昨日のことはもう遠ざかり、もはや思い出せない。彼女は明日の計画を立てた。着て行く服、履いて行く靴、それに髪型。彼女はうすうす、李主任は自分に関心があると気づいていた。だが、どのような関心なのかはわからない。何に気をつけたらいいのかも、わからなかった。

彼女は、成り行きに任せればいいという信念を持っていた。何も変えないことで変化に対応するのだ。彼女は、何事も定められた天命があるので、無理をしてはいけないということを知っていた。人間は努力を惜しんではいけないという道理も知っていた。だから、何をする場合でも、三割の余地を残し、いつでも方向転換ができるようにした。しかし、努力すべき七割は誠心誠意、少しも気を抜いてはいけない。

翌日、王琦瑶は同じ髪型にした。服は縁取りのある白いチャイナドレスを着た。半分は普段着、半分はよそ行きという恰好だ。メイクは少し濃いめにした。真っ赤なチークとリップによって、白いドレスを寂しく感じさせないためだった。クリーム色のカシミヤのカーディガンを持ったのは、着るためではなく、色の取り合わせを考えたからである。

車はやはり弄堂の入口に停まった。運転手が車を降りて、王琦瑶の家の門を叩いた。軽く二回、いかにも品のよい叩き方だった。王琦瑶は中庭を抜けるとき、急に少し緊張した。李主任とは昨日出会ったばかりで、人柄も来歴もわからない。すべてが、あまりにも突然だった。彼女が車に乗り込むと、李主任は古馴染みのように微笑んだ。やはり会話は少なかったが、昨日よりは打ち解けて、親しみを感じるようになった。

途中で、李主任は彼女が膝の上にのせたハンドバッグに付いている真珠を見て、これは何かと尋ねた。王琦瑶は真面目に、真珠ですと答えた。李主任は初めて知ったかのように、ああ、そうかと言った。王琦瑶はそれを聞いて、冗談だったことに気づいた。そこで報復を試み、李主任の手の指輪を指して、これは何ですかと尋ねた。李主任は何も言わず、彼女の手を取って、その指に自分の指輪をはめた。王琦瑶は、また慌ててしまった。この冗談は度が過ぎている。だが、言ってしまったことは取り返しがつかないし、手を引っ込めるわけにもいかない。幸い、指輪は緩すぎて彼女の指にははまらなかった。李主任は仕方なく、あきらめて言った。明日、買いに行こう。

そのとき、車はすでに目的地の国際飯店に着いた。玄関にいた人たちは、みんな彼を知っていて、「李主任、いらっしゃいませ」と言って、店内に招じ入れた。エレベーターに乗って、一気に十一階まで上がると、ボーイが待ち構えていて、個室に案内してくれた。窓際の席で、外はネオンの海だった。

李主任は、王琦瑶に何が好きか聞かなかったが、注文した料理はすべて彼女の口に合った。女が好む味を熟知しているのだ。料理が出るまでの間、李主任はさりげなく、王琦瑶の年齢、読書の好み、父親の仕事を尋ねた。王琦瑶は一つ一つ答えながら、まるで戸籍調査のようだと思い、逆に同様の質問をした。答えを期待したわけではなく、いたずらのつもりだった。ところが、彼は意外にも真面目に返答した。そして、さらに王琦瑶の感想を尋ねた。王琦瑶は戸惑い、下を向いてお茶を飲んだ。

李主任は彼女をしばらく見つめてから尋ねた。勉強を続けるつもりは？　王琦瑶は顔を上げて言った。別に、私は蒋麗莉のように、女博士になるつもりはありませんから。李主任は、蒋麗莉というのは誰のことかと尋ねた。王琦瑶は、あなたの知らない私の同級生ですと答えた。李主任は、知らないから聞いたんだよと言った。王琦瑶は仕方なく、少し説明した。いずれも些末なことで、とりとめのない話だった。自分でもつまらなくなって、お話ししてもわからないでしょうと言った。ところが、李主任は彼女の手を握って言った。毎日、話をしてくれれば、理解できるようになるだろう？　王琦瑶は心臓が喉から飛び出しそうになった。顔は真っ赤で、困惑のせいで目に涙があふれた。李主任は手を放し、軽く付け加えた。子どもだなあ。王琦瑶は、思わず視線を上げた。李主任は窓の外を見ている。窓の外は、霧が立ち込める夜空だった。この都市を一望することができた。

その後、料理が運ばれてきた。王琦瑶はしだいに落ち着きを取り戻し、さっきの一幕を思い返してみた。自分の大げさな反応が、少し滑稽に思える。彼女には多少の経験があるし、程さんとの駆け引きでも鍛えられた。どうして、あんな醜態を演じたのか。そこで態勢を立て直し、話題を見つけて李主任に語りかけた。老練さを装うこと自体が子どもっぽいのだが、李主任はそれを指摘することはせず、問いかけに答えた。彼女は、毎日どれくらいの公文書を見て、どれくらいの公文書を書くのかと尋ねようと思ったが、考えてみれば、公文書はすべて秘書が書くはずだ。彼はサインをするだけでいい。そこで、一日にどれくらいの公文書にサインをするのか、と尋ねた。李主任は王琦瑶のハンドバッグからリップを取り出し、彼女の手の甲に印をつけて言った。これが、いちばん大切な公文書だ。

三日目、李主任は王琦瑶をまた食事に誘った。今度は昼食だった。食事のあとは、老鳳祥《ラオフォンシアン》宝飾店（南京東路にある一八四八年創業の老舗）へ行き、指輪を買った。先日の約束を実践したのだ。指輪を買ったあとは、彼女を家まで送った。スーッと遠ざかる車を見ながら、王琦瑶は少し気落ちした。李主任は来たいときに来て、帰りたいときに帰る。それを決めるのは彼女ではなく、李主任なのだ。それはわかっているのに、何かを期待してしまう。それは自信のない期待で、彼女は完全に受け身だった。

その後は数日、李主任から連絡がなく、存在すら疑わしく思えた。しかし、宝石がはめ込まれた指輪は、確かに彼女の手を飾っている。王琦瑶は、彼に会いたいとは思わなかった。彼は会いたいからと言って会ってくれるような男ではない。それでも、彼女は李主任の虜になった。彼がこうしようと言えば従い、彼がこうするなと言えば従った。それ以来、彼女は家から一歩も出ず、程さんの訪問も断った。相手を避けるというよりも、一人っきりになりたかった。一人っきりでいるとき、李主任の面影が浮かんでくる。それは曖昧な面影で、下を向いたまま横目で見たような感じだった。

王琦瑶は、彼を愛しているわけでもなかった。李主任は人の愛を受け入れるような男ではない。彼は人の運命を受け入れる。彼は人の運命を持ち去ると同時に、それぞれの相手に対する責任を負う。王琦瑶が求めていたのは、この責任を負う姿勢である。

ここ数日、王琦瑶の両親は彼女に気を遣っていた。いろいろ尋ねたいことがあっても我慢した。李主任の車のナンバープレートは、上海の誰もが知っていた。車が弄堂を出入りするたびに、様々な噂が飛び交った。王琦瑶が家から一歩も出なかった理由は、そこにある。上海の弄堂の父親と母親は、物分かりがよかった。特に王琦瑶のような娘に対しては、本来許せないことも許すしかなかった。嫁入り前なのに、半分お客さん扱いしていた。毎日、ご馳走を振る舞うだけでなく、娘のわがままを我慢しなければならない。母親は朝早くから窓辺に立ち、例の車を待ちわびると同時に恐れていた。電話のベルも、待ちわびると同時に恐れていた。家族みんなで日にちを数えながら、彼の到来を待っていたが、それを口に出すことはしなかった。

王琦瑶はこの数日、やけを起こして何度も程さんに電話しようと思った。しかし、持ち上げた受話器をまた置いた。やけを起こしてはいけない。こんな子どもっぽい反応は、李主任には通じない。李主任に対してやけを起こせば、負けるのは自分に決まっている。王琦瑶は、運を天に任せる以外に方策がないとわかった。そう思うと、気持ちが落ち着いてきた。仕方がない。試練を受けることにしよう。彼女は、成り行きに任せようと思うと同時に、何とかなると信じていた。ただし、忍耐が必要だ。ただ漠然と待つことになる。待ち続けても、報われるかどうか、それも漠然としている。結果がどんなものになるかも漠然としていた。しかし、待つ以外に何ができるだろう?

李主任が次に現れたのは、一か月後だった。王琦瑶はすでに意気消沈して、あきらめかけていた。

李主任は運転手に命じて、王琦瑶を迎えによこした。運転手は一階の玄関ホールで待っている。王琦瑶は中二階で慌てて化粧を整え、チャイナドレスに着替えて下りて行った。新調したドレスで、少し大きめだったが、気にしている余裕はなかった。前の日に髪を切ったばかりだが、パーマはかけていない。ヘアアイロンで、毛先をカールさせただけだった。ひと回り痩せたせいで、目が大きく少しくぼんで見え、恨めしそうな表情になっていた。

車は四川路のレストランに着いた。やはり個室で、部屋に入ると李主任がすわっていた。李主任に手を握られると、王琦瑶は涙を流した。言葉にできない切なさがあった。李主任は彼女を隣にすわらせ、肩を抱いた。二人は何も言わなかったが、お互いに通じ合うものがあった。李主任はしばらく会わないうちに、何か心労があったようで、髪に白いものが目立っていた。だが、心労と言っても彼女とはわけが違う。彼女のほうは単なる恋やつれだが、彼のほうは大きな重圧である。つねに身の危険にさらされているのだ。

二人とも、慰めを求めていた。王琦瑶が求めていた慰めは、一生涯の安定である。一方、李主任が求めていた慰めは、ほんの少しの癒やしだった。相手に求めるものは違うし、持っているエネルギーも違った。李主任の要求に対して、王琦瑶は全身全霊で応えなければならない。王琦瑶の胸いっぱいの要求に対して、李主任はわずかな努力で応えられる。だから、この二人は絶妙のカップルだった。

王琦瑶は李主任の胸に寄り添い、気持ちが落ち着いた。安心感があった。李主任の強い意志が、このとき打ち砕かれた。彼は思った。女はこの混乱と喧騒《けんそう》の俗世における唯一の清らかな声だ。王琦瑶は何も考えようとしなかった。李主任がいるだけで、すべてが満たされる気がした。しばらく抱き合ったあと、李主任は彼女と少し距離を取り、あごに手を当てて彼女の顔を見つめた。その無邪気な表情は、全面的に信頼を寄せていることを物語っていて、子どものようなか弱さを感じさせる。李主任は多くの女を見てきた。性格も姿形も様々だった。ところが、難題を抱える中年になって、このような内情も知らずに全面的に信頼を寄せる女に初めて出会った。甘くて苦い感情をかき立てられ、強い魅力を感じた。

李主任は再び王琦瑶を抱き寄せ、今日まで家で何をしていたのかと尋ねた。王琦瑶は、指折り数えていたと答えた。何を数えていたのかと聞かれると、王琦瑶は言った。あなたが戻ってくるまでの日にちを数えていたのよ！　李主任は、さらに強く彼女を抱きしめ、心の中で感嘆した。この娘《こ》は子どものように見えるが、女らしさをちゃんと備えている。しばらくして、王琦瑶も彼に、今日まで何をしていたのかと尋ねた。李主任は言った。公文書にサインしていたよ！　二人は笑った。王琦瑶は思った。彼はあの日の冗談を覚えていてくれた。これは心の中に、彼女がいる証拠ではないか。

四川路の夜は、平凡さと同時に確実さを感じさせた。まばらな街灯は、生活感にあふれている。レストランの料理も家庭的だった。多少脂っこいが食べやすい。ガラス窓は人の吐息で曇っていた。部屋の中は暖かく、同情心が湧き上がる。李主任は王琦瑶を抱いていた手を緩め、きちんと椅子にすわらせた。そして、王琦瑶のためにアパートを借りたので、そこに住んでもらうと言った。いつでも会いに行けるし、彼女が寂しいと思うなら、母親を呼んでもいい。女中を雇うこともできる。彼女が望むなら大学に入ってもいいが、女博士になるわけではないのだから、勉強はしなくてもいい。そこまで話すと、二人は微笑んで、また前回の会話を思い出した。

王琦瑶は話を聞き終わって、用意周到でまったく抜かりがないと思った。だが、すぐに受け入れるわけにはいかない。少し考えてから、帰って親に相談してみると言った。この女学生らしい返事を聞いて、李主任はまた笑った。そして手を伸ばし、彼女の頭をなでて言った。私のことを親だと思ってくれ。この言葉が、王琦瑶の涙を誘った。込み上げてきた切なさで、胸がいっぱいになった。李主任は沈黙していたが、その切なさがどこから来たのかを王琦瑶自身よりも、よくわかっていた。このような涙を彼は何度も見てきた。一時的に吹っ切れても、その切なさは心の底に沈殿し、些細なことでまたよみがえる。彼は若くて血気盛んだったころ、何でも自分の手で握りつぶせると思っていた。経験を重ねてからは、どんなに傲慢な人間も巨大な手の中にあり、いつでも握りつぶされるということがわかった。その巨大な手は、運命と呼ばれる。

王琦瑶の涙も彼のために流されたような気がして、李主任は感銘を受けた。王琦瑶はしばらくして泣きやみ、涙を拭った。目の周りは真っ赤だが、瞳は透き通り、人の影を映し出していた。むしろ表情はほぐれ、同時に決意を固め、これまでの自分に別れを告げたようだ。心の重荷を下ろして、これから新たな段階に進もうとしていた。彼女は、いつ引っ越せるのと尋ねた。李主任は意外だった。彼女はもっと駄々《だだ》をこねると思ったのに、こんなにあっさり受け入れるとは。彼は戸惑いながら、いつでもいいよと言った。王琦瑶は尋ねた。明日は？　これで李主任は主導権を奪われた。アパートの話は口にしてみただけで、まだ本当に借りたわけではなかったのだ。数日待ってくれと言って、王琦瑶をなだめるしかなかった。

その後の数日、李主任はほとんど毎日、食事をしたり京劇を見たり、彼女と一緒に過ごした。李主任は南方人だが、北京にいたときに京劇ファンになった。故郷の越劇《えつげき》（浙江省の地方劇）は好まず、一節聞いただけでうんざりしてしまう。映画もダメだった。京劇の中では、旦《ダン》（女性役）が主人公となる演目がいちばんのお気に入りで、しかも男旦《ナンダン》（男性が演じる女役）だけを好み、坤旦《クンダン》（女性が演じる女役）は好まなかった。彼は、男旦は女よりも女らしいと思っていた。男でなければ、女のよさがわからないからだ。女自身は、女のことがわからない。坤旦が演じるのは女の形であり、男旦が演じるのは女の心である。自分が当事者だと、本当の姿は見えない。冷静な判断ができるのは、部外者の目なのだ。

彼は映画を嫌った。特に、ハリウッド映画に登場する女が嫌いだった。自分が女であることを鼻にかけている女だ。女の軽薄さばかりをひけらかしている。京劇の男旦の深い理解力には、到底及ばない！　ときどき、彼は思った。もし自分が男旦だったら、世界一美しい女を演じることができるだろう。女の美しさは、女が自覚しているものとは違う。女が自覚していないもの、醜いと感じているものにこそ、美しさがあるのだ。男旦が表現する女は、実在する女ではなく、女の理想だと言える。男旦の動と静、顰《ひそ》みと笑みは、いずれも女に対する解釈で、教科書として学習する価値がある。
李主任が京劇を好むのは、女を好むことから始まっている。一方、彼が女を好むのは京劇と同様、美を鑑賞する活動の一つだった。王琦瑶はハリウッド映画で育った世代で、京劇の銅鑼《どら》や太鼓の伴奏を聞くと頭が痛くなる。しかし、いまは自分の好き嫌いを抑制することを覚えた。李主任に付き合って京劇を見るうちに、だんだん面白さがわかってきた。ときどき的《まと》を射た批評をすることもあり、李主任と話が合うようになった様子だった。一週間後、李主任は王琦瑶を連れて、家を見に行った。

家は静安寺《ジンアンスー》（旧フランス租界の市街地）地区にあった。百楽門《パイローメン》（パラマウント、当時上海最大のダンスホール）の斜め向かいの静かな通りにある小さい弄堂の中に、アパート形式の建物が並んでいる。名前は、アリス・アパートだった。李主任が借りたのは一階で、大きな客間のほかに、南向きの部屋が二つあって、寝室と書斎として使える。さらに、北向きの部屋には、女中を住まわせることができた。細いチーク材の床板は、茶褐色のワックスで、ピカピカに光っていた。家具はカリンの木を使った欧州風のものだ。カーテンは掛かっていたが、テーブルクロス、ソファーカバー、花瓶などの小物がまだない。それらを買い揃えることは王琦瑶の暇つぶしになるし、家の女主人としての楽しみを味わうこともできる。空っぽのタンスは、彼女が衣服を一枚ずつ、時間と一緒に詰め込むのを待っている。同じく空っぽの宝石箱は、李主任からのプレゼントで満たされることになるのだろう。

王琦瑶はこのアパートに足を踏み入れたとき、その大きさと空虚さだけを感じた。内部を歩き回るうちに、自分の小ささと頼りなさも感じた。落ち着くあてがないような気がする。これが本当のことだとは信じられなかった。しかし、本当でないとしたら嘘なのだろうか？　場所が一階で、カーテンが閉まり、しかも曇天だったので、アパートは暗くて見通しがきかなかった。明かりをつけると、夜が来たように感じた。

王琦瑶は寝室に入ってみた。ダブルベッドが置かれ、天井に照明が吊り下げられている。どこかで見た風景のような気がする。ずっと昔の記憶が突然、心に浮かんできた。彼女は向きを変えて、ほかの部屋を見に行こうと思ったが、そうすることができなかった。李主任が後ろから彼女を抱きしめ、ベッドのほうへ導いたからだ。彼女は少し抵抗したが、すぐにベッドに押し倒された。室内は暗かった。窓の外から鳥のさえずりが聞こえてきたので、かろうじてまだ白昼だということがわかった。

李主任は彼女の髪をかき乱し、顔の化粧も崩してしまった。その後、彼女の服のボタンをはずし始めた。彼女は静かに身を任せ、自ら服の袖から手を抜いた。彼女は思った。遅かれ早かれ、こういうときが来るのだ。彼女はもう十九歳になった。ちょうどよいタイミングではないか。そのときをいつ迎えるか、決める権利を委ねるとしたら李主任がいちばん相応しい。ほかの誰より、李主任が適任だった。これは考える必要も疑う余地もない帰結である。彼女は、新たに天井に塗られた漆《しっ》喰《くい》の匂いをはっきりと嗅ぎ取った。鼻を刺激する、ひんやりとした匂いだ。決定的な瞬間が来るのを前にして、彼女は少し心残りに思うことがあった。これまで、ウエディングドレスを二回も着た。

一度は映画撮影所、もう一度はコンテストの決勝の舞台だった。しかし、本当にウエディングドレスを着るべきとき、彼女はそれを着ることができなかった。

# 第四章

## 14　アリス・アパート

アリス・アパートは喧騒の中の静寂と言うべき場所で、あまり人に知られていなかった。大通りのはずれにあり、行き止まりかと思われたところを中に入ると、別天地が広がっていた。いつもカーテンが閉じていて、ひっそりと静まり返っている。住人はめったに外出しないし、女中も外の人と無闇に話をしない。夜になると鉄扉《てっぴ》が閉ざされる。通用門に明かりが灯るだけで、時間も場所も、どんな世界なのかもわからなくなった。

「アリス」という名前は、誰がどんな意図で付けたのだろう。「アリス」と聞くと、美人が思い浮かぶ。さらに、ロマンスを連想させる。この俗世間にあって、そこはまさに不思議の国だ。隣の国だとしても、隔たりはとても大きい。お互いに顔を合わせることはできない。閉ざされたカーテンの向こうでは、どんな物語が展開しているのだろう。それらの物語はこの都市の上空で、美しい嘘となる。知らなくてもよいが、知れば驚いて腰を抜かす。それはすべて女の冒険物語だった。愛という筏《いかだ》に乗って、女たちは漫遊の旅に出る。そして、「アリス」にたどり着く。

アリス・アパートは、この賑やかな都市の中で、最も静かな場所だった。この静けさは、世間の荒波を知らない乙女の静けさではない。「望夫石《ほうふせき》」（出征した夫を見送った妻がそのまま岩になったという伝説に基づく）のような、忍耐の果ての静けさである。それは打ち捨てられた青春と守り通した歳月の代価として得られた、この世の別天地だった。だが、この別天地は一日が百年に相当し、凡人が望んで得られる場所ではない。

平凡に甘んじることができず、夢のようなことばかり考える女は、みんな「アリス」になりたがる。この都市の大通りには、至るところに「アリス」がぞろぞろと歩いていた。この都市には様々な自由があるが、チャンスはさほどない。最終的にこのアパートにたどり着けるのは、「アリス」の中のエリートだと言っていい。

もしも「アリス」の屋根を剥がすことができれば、魅惑的な光景が目の前に広がることだろう。それは絹布と房飾りで作られた世界だ。ビロードも材料の一つになる。木製品であっても、絹のような光沢を放っている。この世界はちりめんの生地が天地を覆ったように、すべてが柔らかく、明るく輝いていた。バスタブの前のマット、ソファーの上のクッション、ベッドの天蓋カーテン、テーブルスカート、いずれにも刺繡が入っている。この世界は、刺繡のひと針ひと針からできているのだ。糸は色とりどりで、同じ赤でも百種類以上ある。

そこは花の世界でもあった。電灯の笠、タンスの枠、大きい窓ガラス、壁紙などに花があしらわれている。花瓶は言うまでもなく、ハンカチの中にもビャクランの花があった。湯飲みのお茶にはジャスミンの花びらが浮かび、香水はストックの匂いがした。ルージュはバラ色、マニキュアはホウセンカの赤だ。衣服からはヒナギクの清々しい香りが漂っている。

このようなあでやかさは、アリス・アパートにしかあり得ない。このような情趣も、アリス・アパートにしかあり得ない。女の極致だと言える。ここは女の国、女の天下なのだ。この鉄筋コンクリートの都市の中に、このように温かく穏やかな場所が「アリス」以外にあるだろうか？　「アリス」の照明は紗がかかったようで、何もかもがなまめかしく見える。幻想的で、柔らかい印象を与える。すべてが骨抜きにされ、手だけが動いている。手に握った水は、指の間から漏れ出してしまう。「アリス」のもう一つの特徴は、鏡が多いことだ。扉を開けると真正面に鏡があり、振り向くと扉の裏側にも鏡がある。ベッドの前、クローゼットの中にもある。浴室の中にあるのは髪の手入れをするための鏡、ドレッサーの前にあるのは化粧をするための鏡だ。コンパクトの中の鏡は、化粧を直すときに使う。枕元にあるのは、壁に影を映して遊ぶためのものだった。「アリス」の住人は、みんなカップルだった。影もカップル、うれしいときも寂しいときもカップルだった。すべてが対になっている。実と虚、真と偽。蓄音機の歌声も、音が二つ重なっていた。レコード針がすり減って、二つの溝をトレースしているのだ。夢は覚醒の影、暗さは明るさの影、何もかもが半分ずつだった。

「アリス」は女の心だ。何本もの細い糸のように、塀や壁の上、窓やカーテンにからみついている。床やベッドの上、テーブルや椅子の上に広がっている。針と糸の間に隠れ、ポーチの中に納まり、着ない服の隙間に入り、蓄えた金銀と一緒に置いてある。「アリス」はもともと、女の心の住み家だった。女の心は鳥のように、高く飛ぶことをやめない。危険を恐れない。「アリス」は高い枝の上の巣で、高く飛ぶ自由な心が安らぐ場所だ。ここまで飛べば、探していた家が見つかる。

「アリス」に住む女は、父親と母親に産み育てられたわけではない。自由な精霊で、大自然によって育《はぐく》まれた。彼女たちは、天が直接この都市に蒔いた種だ。風に漂い、運ばれた場所で生涯を過ごす。「アリス」は複雑な少女の心を象徴している。風に吹かれて成長し、土のあるところに根を生やす。少し野性的で、気まぐれで、規則を守らない。何とか生きていくことはできるし、別に死んでも悔いはなかった。このような心は、あまりにも自由奔放で、どこへ向かって行くのか漠然としている。放浪する心である。鳥が空から落ちるのは、放浪の結果だ。放浪が体力と自信、そして希望を消耗させてしまう。高く飛べば飛ぶほど、危険が大きくなるのだった。

「アリス」の静けさは表面的なもので、動揺を心に秘めていた。厚いカーテンの向こうから、電話のベルの音が漏れてくる。広々とした客間にベルの音がこだまして、絹織物の中を突き抜けて行く。柔らかな絹布にもまれて、低くて深みのある音になった。電話のベルが聞こえたので、ようやく「アリス」の動揺と不安が伝わった。それは、静かな河の底流のようなものだ。電話はアリス・アパートに欠かせない。動脈の役割を担い、活力を注入している。誰からの電話なのかは、追究する必要がない。誰がかけてきても同じことだ。呼びかけがあり、応答があって、「アリス」に活気が生まれる。ベルの音は深夜に響くこともあった。寂寞《せきばく》を突き破る、衝撃的な音だ。その後も、しばらくは平穏に戻らない。

玄関の呼び鈴も、動揺をもたらす。思い切りのいい音で、電話のベルのようにしつこく続くことはない。独断専行で、他人の口出しを許さない。静かな河の中の強い底流で、河の流れる方向を決める。ここが源流だと言うこともできる。誰が呼び鈴を鳴らしたのかも、追究する必要がない。いずれにせよ、その権利があり実行に移した人物だろう。

この二種類のベルの音は、部屋の主人が歩いて行くように、アリス・アパートの隅々にまで伝わっていく。夢の世界のように華やかな「アリス」は、このベルの音に支えられている。このベルの音の上に浮かび、つながって真珠のネックレスになる。

「アリス」にも、賑やかなときがある。あのベルの音が、その前触れとなる。「アリス」の賑わいは、厚いカーテンに隠されるが、それでも漏れ出す部分があった。目がくらむような賑わいで、忘れがたい。それは「アリス」のお祭りだが、日にちが決まっているわけではなく、独自のカレンダーに基づいていた。お祭りは数日に及ぶこともあれば、ひと晩で終わることもある。普段は笑いと賑わいを蓄積し、この日に備えた。涙も、この日に流すために蓄積した。女中も普段は仕事が暇だが、この日は忙しくなる。一人では手が回らないので、燕雲楼《イエンユンロウ》（南京東路の老舗北京料理店、一九三一年創業）にコックの派遣を依頼した。

それは喜びにあふれた日々で、赤い提灯が飾られ、赤いロウソクが灯された。オシドリの刺繍がある、正月にしか着ないような新しい服を着た。「アリス」の賑わいは、あなたから私、私から彼女へと引き継がれ、一年三百六十五日蓄積される。「アリス」の賑わいは途切れることなく、永遠に続くかのようだ。住人たちが力を合わせ、すばらしい生活風景を作り出していた。

斜め向かいの百楽門の賑わいは華やかな飾りつけによるものだが、「アリス」の賑わいは内輪のものだった。百楽門の賑わいは表面的で、その裏にどんなに暗くてみすぼらしい路地が隠れているかわからない。「アリス」の賑わいはささやかだが、表と裏が一致している。百楽門の賑わいは河の水のごとく、流れ去れば二度と戻ってこない。「アリス」の賑わいは河岸のごとく、人の帰りを待っていてくれる。百楽門は毎晩、歓楽に溺れていたが、空騒ぎにすぎず長続きしない。「アリス」は安心感に包まれ、昼も夜も秩序を守って、規則正しい生活が営まれていた。

この都市に「アリス」のようなアパートは、いくつあるのだろう。そこは、この都市の別天地だった。アパートでの生活は神秘的で、人に知られていないことがたくさんある。グレーのコンクリートの壁の向こうに、どんな美しい世界があるのか、想像もつかない。その世界は、この都市のあちこちに点々と存在し、アリの穴のように見える。貝殻ほどの薄い塀で隔てられていた。その美しさはホタルに似て、一昼夜しか寿命がない。一瞬の輝きである。だが、それは自由の精霊として、全力を尽くして光を放っているのだ。この都市には、ほかにも多くの目に触れない自由の精霊の残骸が存在する。それらは塀を伝うツタの肥やしになっている。ツタは精霊たちに哀悼の対聯《ついれん》を捧げていた。

　このようなアパートには、彼女たちの人生最大の喜びが託されている。それは寂しさを栄養として育つものだ。女としての思いは、すべて「アリス」のようなアパートで実現する。その思いは珍しくもなく、バラバラで、運命を左右する大きな理想の切れ端でしかない。切れ端とも呼べない、クズのような存在だった。しかし、心血を注いだ、一生の願いなのだ。「アリス」のようなアパートは、女の思いの墓場である。それらの思いを閉じ込めて、自分たちだけで楽しむ場所だった。自由のおかげで存在できたが、自由が尽きる場所でもある。自ら望んだ拘禁で、自分で自分を拘束しているのだ。ツタは彼女たちの残された渇望を象徴している。塀の隙間から漏れ出した瀬戸際の自由だった。だから、アリス・アパートは自らを犠牲にして、自由の女神の供え物となる。自分の身を捧げているのが「アリス」なのだ。

　このようなアパートには別名がある。「社交界の花アパート」だ。「社交界の花」は、この都市にしか存在しない。彼女たちは、高級娼婦でもなければ、妻や妾でもない。世間の常識にはこだわらず、実質的な生活を重んじる。最大限の自由を持っていて、都市の中で水草を追うような気ままな生活を送っている。アパートは彼女たちを様々な苦難から守り、力を与えてくれる避難場所だった。彼女たちは、その避難場所を美しく飾っている。

　彼女たちは美しく、しかも高貴だった。その美しさと高貴さは特別なもので、一般的な基準では判断できない。ひたすら女として存在し、妻でもないし母でもない。徹底的に美しさを追求している。彼女たちを「花」と呼んでも、まったく過言ではない。彼女たちの花のような美貌は、この都市の財産であり、誇りでもある。このような花を育てた人に感謝しなければならない。彼らは本当の女性美の形成のために尽力している。

彼女たちは、長い人生を短い花の季節だけに賭け、百年に一度の花を咲かせる。満開の花は、なんと美しいことか！　彼女たちは美の使者であり、この美しさは本当の栄光である。この栄光は浮雲だとしても、五色の彩雲であり、天地を覆い尽くす。その天地は自分たちのものではないが、彼女たちは甘んじて浮雲となる。あっという間に高いところに昇り、下界を見下ろすのだ。それがいかに空虚で、一瞬のことであろうと、彼女たちはその後、塀を伝うツタになってしまうことを厭《いと》わない。

## 15 アリスとの別れ

王琦瑶がアリス・アパートに移り住んだのは、一九四八年の春のことだった。それは、社会情勢がきわめて緊迫した一年である。内戦が起こり、先行きが見えなかった。しかし、「アリス」の世界はつねに夢の楽園で、贅沢な暮らしがいつまでも続くように思われた。この春、十九歳の王琦瑶は身を落ち着け、ついに自分の居場所を見つけたという実感があった。

彼女がここに引っ越したことは、家族以外、誰も知らなかった。実家を訪ねた程さんに対して、

と答えた。家族は蘇州の外祖母のところへ行ったと嘘をついた。いつ帰ってくるのかと尋ねると、わからない

さらに程さんは、蘇州にまで足を運んだ。ビャクランの花が咲く季節で、町じゅうに香りがあふれていた。ビャクランの花が咲く家の門を開ければ、きっと王琦瑶がいると思われたが、結果は違った。爪ほどの大きさの木彫りの急須と茶碗のセットが売られていた。そのセットを使ってままごと遊びをしている女の子は、みんな幼い王琦瑶に見えた。その女の子たちも大人になったら、ある日突然、姿を消すのだろう。でこぼこ道には、王琦瑶の足跡が残っているような気がしたが、追いつくことができないまま、それも消えてしまった。程さんは、わけがわからず蘇州へ行き、わけがわからないままに帰ってきた。上海に帰る夜汽車に乗ったとき、窓の外は暗闇で、心の中も暗闇だった。程さんは、思わず涙を流した。なぜこんなに悲しいのか、自分でもわからなかった。理屈では説明できないが、この悲しみを拒絶することはできなかった。

蘇州から帰ったあと、彼はもう王琦瑶を捜そうとせず、すっかり心を閉ざしてしまった。カメラのことも完全に忘れ、触れようともしなかった。朝晩、家を出入りするときには、スタジオを見ないようにして、まっすぐ寝室に入ったり、玄関を出たりした。それらはみな、見るに忍びなかった。この一年で彼は二十九歳になったが、独身のままだ。家庭を持つつもりはなかったし、仕事にも身が入らない。写真という趣味も、過去のものになった。彼はすべてを失い、失意のどん底にある様子だった。礼帽をかぶりステッキを持って、上海の大通りを歩くと、ヨーロッパのクラシックな光

景に見える。絶望は半ば本物で、半ば演技である。演技は自分に見せると同時に、他人に見せるものだ。演技しようとする気持ちの中には、まだ人生に対する興味と希望が含まれていた。

程さんが王琦瑶を捜していたころ、蒋麗莉は程さんを捜していた。途中で何度もくじけそうになったが、蒋麗莉はあきらめなかった。彼女はまず、程さんが働いている職場へ行った。職場の人によれば、程さんはずっと前に仕事をやめ、別の外国商社へ移ったという。そこで彼女は、別の外国商社へ行って尋ねた。そこの人は程さんの名前すら聞いたことがないと言うので、彼女は元の商社に戻って、程さんの住所を尋ねるしかなかった。職場の人は、同じ女が二度も程さんのことを聞きにきて、しかも焦っている様子なので、警戒して教えてくれなかった。程さんに迷惑がかかったり、自分に責任が生じたりするのを恐れたのだ。

蒋麗莉はそこで、王琦瑶を訪ねることにした。情理に反するとは思ったが、気にしてはいられない。ところが、王琦瑶も同時に姿を消してしまった。蒋麗莉は、二人が一緒に住んでいるのではないかと疑った。だが、よく考えてみると、それはあり得ない。程さんが結婚したという噂はないし、王琦瑶も同じだった。最後に、彼女は呉佩珍を通じて、例の監督から程さんの住所を聞き出した。呉佩珍に会ったとき、二人はお互いに王琦瑶の話題を避けた。心の中は、王琦瑶のことでいっぱいだったが。長いこと同級生だったにもかかわらず、彼女たちはほとんど接点がなかった。ところがいま、王琦瑶をめぐって、つながりができたのだ。王琦瑶は彼女たちの心に、傷跡を残していた。蒋麗莉は程さんに会いたい一心で、あらゆる障害を乗り越え、ついに住所を入手して、彼の家を訪ねた。

彼女はエレベーターで最上階まで昇ったが、程さんの部屋のドアは閉まっていた。呼び鈴を鳴らしても、応答がない。程さんはまだ帰宅していないようだ。彼女はドアの前で待つことにした。階段口の窓は黄浦江に面している。すでに黄昏どきで、河の水は暗紅色に見えた。船の汽笛が聞こえてくる。蔣麗莉は階段の欄干に寄りかかって、ぼんやりしながら立っていた。程さんはいつ、帰ってくるのだろう？　もう彼とはしばらく会っていない。最後に会ったときは、どんな状況だったか？初めて会ったときは、どんな状況だったか？　思い出すと複雑な気持ちになる。夕焼けで空の果ての雲が真っ赤に染まった。さらに雲の色は、急速に黒へと変わる。ハトが飛び立ち、どこか遠くへ姿を消した。

階段に明かりが灯ったが、程さんはまだ帰ってこない。蔣麗莉は足がだるくなってきた。寒気もしたが、空腹は感じない。エレベーターは上昇と下降を続けているが、この階までは上がってこなかった。かすかな音が、はっきりと耳に届く。一時は頻繁に動いていた。仕事を終えた人が帰宅する時間帯だろう。しかし、やはり最上階までは上がってこない。ついに蔣麗莉は階段にハンカチを広げ、すわって待つことにした。程さんが帰ってこないはずはない。程さんに会えないはずもないと彼女は思っていた。窓の外の夜空は、光が見えるが霧もあった。

このアパートは厳粛な空気に包まれている。ドアはぴったり閉ざされ、人の温もりは感じられない。たまたま誰かの家のドアが開くと、人の声と料理の匂いが漂ってきて、ようやく生活感を取り戻せたような気がする。蔣麗莉は、大理石から伝わってくる冷たさを感じ、両手で腕を抱えて、身を縮めた。もう時間のことは忘れよう。そう思った直後、エレベーターが最上階まで上がってくる音がした。

エレベーターから降りた程さんを蒋麗莉は見違えてしまった。自分の目が信じられなかった。もともと痩せていたが、いまは骨と皮ばかりだった。まるでコート掛けに礼帽と洋服が吊るされ、横にステッキが添えられているかのようだ。彼女は、程さんが誰のせいでこんなに憔悴してしまったのかを考えようとせず、ただ悲しみをこらえていた。「程さん」と声をかけただけで、涙が流れ出した。程さんは、しばらく呆気に取られていたが、やがて状況を理解した。目の前にいる人が誰なのかがわかって、昔のことがよみがえった。

再会を果たした程さんと蒋麗莉は、それぞれ挫折し失意を味わっていたので、久しぶりに相手の顔を見ると、前よりも親しみが湧いた。相思相愛の仲ではなかったが、広い世間における貴重な知り合いで、共通の思い出と共通の旧友を持っていた。二人が再会したことで、中断していた物語はまた動き出した。バラバラでまとまりがなかったが、それがむしろ感情を刺激し、胸が熱くなった。

程さんはドアを開け、電気をつけて、蒋麗莉を家の中に案内した。蒋麗莉は初めてスタジオを見て、とても驚いた。散らかっていたが、彼女にとっては別世界だった。彼女は機材に歩み寄り、あちこち手を触れると、埃まみれになってしまった。それを見ていた程さんは、急に情熱がよみがえり、ライトを覆っていた布を取り外した。すると、埃が小雨のように舞い落ちた。

彼は言った。蒋麗莉、すわって。写真を撮ってあげるから！　蒋麗莉はすわった。チャイナドレスも、埃まみれになった。ライトがついた瞬間、程さんは我を忘れ、目の前にいるのが王琦瑶であるような気がした。だが、よく見ると、それは蒋麗莉だった。彼女は姿勢を正してすわり、両手を膝の上に置いていた。顔には緊張と幸福の表情を浮かべている。彼女は全身全霊を程さんの視線に包み込まれ、勝手に動くことも笑うこともできなかった。彼女は、この一瞬が永遠に続くように願った。しかし、程さんがシャッターを切り、ライトが消えた。

彼女がまだ呆然としているうちに、程さんは王琦瑶に会ったかと尋ねた。蒋麗莉は興奮から覚め、ぎこちない口調で言った。程さん、私はまだ食事もしていないのよ！　程さんは呆然とした。彼女が食事をしていないのは、自分の責任なのだろうか。蒋麗莉は、さらに言った。午後、ここに来て、それからずっと待っていたんだから。程さんは申し訳なさそうに、下を向いた。まるで少年のようだ。蒋麗莉は思わず、語気を和らげて言った。程さん、夕食に付き合ってくれない？　程さんは同意し、二人は相前後して家を出た。

アパートを出ると、街灯と星の明かりが川面に反射して、車と人が活発に動いていた。それで、気分も高揚してきた。程さんは興奮気味に言った。蒋麗莉、面白い店に案内するよ。蒋麗莉は言った。あなたが連れて行ってくれるなら、どこへでもお供します。程さんは前を歩き、足取りを速めた。蒋麗莉は小走りになって、ついて行った。そのうちに、程さんは足取りを緩めた。何か思い出したらしい。蒋麗莉が尋ねても、彼は返事をしなかった。

こうして、小さなレストランに着いた。狭い階段を上がると、そこは普通の人家の二階だった。

レストランらしい飾りつけは何もない。窓際の席がちょうど空いたので、彼らはそこにすわった。階下は騒がしい通りで、露天の果物屋のライトとワンタン屋の湯気が混じり合って上がってくる。程さんは蒋麗莉の好みを聞くことなく、アヒルの水かきの粕漬けと乾絲など、いくつかの料理を注文したあと、窓の外を見ながら、ぼんやりしていた。しばらくして、彼は言った。王琦瑶とこの店に来たとき、急にミカンが食べたくなって、お金を包んだハンカチを紐に吊るして下ろしたんだ。そのあと、果物屋が包んでくれたミカンを引き上げたのさ。

程さんがしばらく王琦瑶に言及するのを控えていたのは、逃避であると同時に、痛みを倍加させる自虐行為でもあった。今日は蒋麗莉に出会ったので、思わず一度名前を出すと、止められなくなってしまった。彼は蒋麗莉の気持ちを考えず、感情の赴くままに放言した。自分が何を言っても、蒋麗莉は聞き役に徹するだろうとタカをくくっていた。

蒋麗莉は程さんと王琦瑶の関係を知っていたが、あからさまな話を程さんから聞くのは初めてだった。彼女は腹が立ち、イライラし、切なくなって、テーブルに突っ伏して泣き出した。程さんはようやく話をやめ、なすすべなく蒋麗莉を見つめていた。慰めの言葉をかけることもできなかった。

蒋麗莉はしばらくすると泣きやんで、メガネを外して拭いた。そして、無理に笑顔を作って言った。程さん、私が長い時間あなたを待ったのは、王琦瑶の話を聞くためだったの？　程さんはうつむき、テーブルの溝を見つめて放心している。蒋麗莉は、また言った。王琦瑶以外の話は、何もないの？ 程さんは恥じらいの笑みを浮かべた。蒋麗莉は横を向いて、窓の外を見た。果物屋で売っているのはミカンではなく、黄金色に輝くマクワ瓜だった。腹立ちまぎれに、王琦瑶のように瓜を買ってもらおうかと思ったが、二の舞を演じるのは意味がないと思い直した。

テーブルに並んだ料理も、王琦瑶の好物ばかりだった。程さんの心には、王琦瑶しかいない。しかし、王琦瑶はもう姿を消してしまった。いくら呼びかけても意味がない。王琦瑶の影を恐れる必要はないだろう。そう思うと蒋麗莉は少し元気が出て、笑いながら皮肉を込めて言った。あなたがいくら王琦瑶を気にかけても、王琦瑶はあなたのことを気にかけてくれないわよ。あなたの気遣いは、無駄じゃないかしら。この言葉は、程さんの痛いところを突いた。しかし、彼は男なので、涙を流すことはなく、ただ顔がテーブルにつくほどうなだれた。蒋麗莉は、また可哀そうになって、口調を変えて言った。私も王琦瑶を捜したけど、情報がなくて。家族はみんな口を閉ざして、本当のことを言わないのよ。程さんは顔を上げ、哀れっぽく言った。もう一度、聞きに行けば？ 何度も尋ねれば、何か教えてくれるかもしれない。きみは彼女の親友なんだから。

蒋麗莉は「親友」という言葉を聞くと、怒りが込み上げてきて、大声で言った。友だちなんて、一文の価値もないわ。友だちの言葉は、もう二度と信じない。嘘ばかりだから。親しくなればなるほど、ひどい罠を仕掛けてくるのよ。この言葉も急所をついていた。程さんは口出しできず、黙って聞いていた。蒋麗莉は鬱憤《うっぷん》をぶちまけたことで、だんだん気持ちが落ち着き、しばらくして言った。聞きに行ってもいいわ。本当は興味があるの。家族の秘密めいた様子からすると、驚くような事実があるんでしょうね。それを聞いて、程さんは聞きに行かせることが怖くなった。

王琦瑶が李主任の借りたアリス・アパートに住むようになったことは上海の一大ニュースで、当時の状況においては、乱世の中の平和なニュースだと言えた。しかし、程さんは住む世界がまったく違うし、傷心のあまり世間と距離を置いていた。蒋麗莉はと言えば、程さんを追いかけるのに夢中で、それ以外のことはどうでもよかった。冷静になり、少し注意力を働かせると、噂は自然に伝わってきた。

噂の元は、ほかでもなく蒋麗莉の母親だった。母親は言った。おまえの同級生、うちにしばらく住んでいたあの娘が、アパートの囲われ者になったらしいよ！　しかも、相手は李主任らしい。蒋麗莉は、李主任って誰なのと尋ねた。だが、母親も李主任のことをよく知らなかった。他人の受け売りで、誰もが知っている大物だとだけ言った。蒋麗莉は驚いた。王琦瑶はどうして、そんな道を選んだのだろう。王琦瑶の家族が口を濁した様子を思い出し、なるほどと合点がいった。母親は言った。ああいう出身の娘は、世間を知らなければそれまでだけれど、一度知ってしまうと行きつく先は決まっているんだね。この言葉は偏見に満ち、度量の狭いものだったが、多少の道理があった。しかし、蒋麗莉は聞く耳を持たず、さっとその場を立ち去った。

王琦瑶は彼女の心を傷つけた。彼女は王琦瑶が早く落ち着き先を決めて、程さんを譲ってくれることを期待していた。しかし、噂を聞いたあとも気は晴れず、まだ疑念が残っていた。彼女は思った。王琦瑶は教養があり、普段の会話でも自分の意見をしっかり持っている。こんな選択をするはずがない。自分から身を滅ぼすようなものではないか！

その後、彼女は噂の不確かさを証明するために、一歩踏み込んだ調査をしてみた。ところが、噂はだんだん確実なものとなってきた。王琦瑶が住んでいるというアパートも、実在していた。蒋麗莉は、それでも信じようとしなかった。彼女は思った。百聞は一見に如《し》かずだ。自分で足を運んで、王琦瑶に会ってみよう。もし噂が事実なら、程さんもあきらめがつくだろう。

このとき、彼女はようやく程さんを思い出した。もともと、程さんの依頼で調べ始めたことだが、いまは自分の問題のようになっていた。程さんは、どんなに悲しむことか！　そう思うと、彼女は胸が痛んだ。しばらく呆然としたあと、彼女は可哀そうなのは自分だと思い直した。子どものころから、彼女は周囲の人たちにちやほやされてきた。例外は二人だけ、彼女のほうが彼らに奉仕した。王琦瑶と程さんである。あいにく、この二人だけが、彼女に気を遣ってくれない。彼女をどうでもいい存在だと思っているのだ。

蒋麗莉はアリス・アパートという場所を聞いたことはあったが、行ったことはなかった。そこは神秘的な世界で、行くのは冒険のように思われた。どんな目に遭うか、わからない。しかも、スモッグがひどい午後で、黒い雲が垂れこめていた。気分も憂鬱になる。彼女は輪タクに乗った。輪タクの車夫にまで、変な目で見られたような気がした。百楽門の前を通りかかったとき、すでに異様な空気を感じた。輪タクは曲がり角で停まり、彼女は運賃を支払って車を降りた。そして背後に視線を感じながら、弄堂の鉄扉の中に入った。

弄堂の中は静まり返っていた。窓はぴったり閉ざされ、カーテンが引いてある。一つの窓のカーテンの柄は春の花で、無邪気な田舎臭さが感じられた。蒋麗莉は、王琦瑶の匂いがしたと思った。彼女は思った。王琦瑶は本当にここにいる！　少し怖気づきながら、呼び鈴を押した。王琦瑶がドアを開けることを期待する気持ちと恐れる気持ちが同居していた。空は水が絞れそうなほど湿気に満ちて、この上なく暗い。ドアが少し開き、人の顔がのぞいた。顔つきまではわからない。誰に御用ですかと尋ねる声には、浙江なまりがあった。蒋麗莉は言った。王琦瑶に会いに来ました。私は彼女の同級生だった蒋です。ドアは一度閉じたあと、また開いて、彼女を招じ入れた。

客間は暗かったが、ワックスがかかった床は茶褐色に輝いていた。客間の奥のドアは開いていて、光が漏れている。王琦瑶は、その光の中に立っていた。丈の長いガウンを着て、髪にパーマをかけているので、背丈が伸びたように見える。二人とも逆光で相手の顔が見えない。シルエットだけだと、見覚えがあるのかどうか、よくわからなかった。王琦瑶が言った。蒋麗莉、元気だった？　蒋麗莉も言った。王琦瑶、元気だった？　挨拶を交わしたあと、彼女たちは客間の中央のソファーのほうへ歩み寄った。このとき、あの浙江出身の女中がお茶を運んできて、二人は腰を下ろした。王琦瑶が尋ねた。蒋麗莉、お母さんは元気？　弟さんは？　蒋麗莉は、元気よと答えた。カーテンから日差しがこぼれ、王琦瑶の顔を照らしていた。以前よりふっくらして、血色もよいようだ。ガウンは薄紅色で、下のほうに大きな花の刺繡が入っている。ソファーカバーにも、電気スタンドの笠にも、大きな花の模様があった。蒋麗莉は、王琦瑶がかつて着ていた細かい柄のチャイナドレスを思い出した。花柄も女主人の出世につれて、豪華になるものらしい。

二人は向かい合ってすわったが、話題が見つからなかった。すべてが変わってしまったので、昔の話をするわけにもいかない。思い出すことすら、難しそうだった。しばらくして、蒋麗莉が言った。程さんに頼まれて、会いに来たのよ。王琦瑶は、かすかに笑って言った。程さんはどうしてる？　相変わらず、写真を撮って現像しているのかしら？　スタジオには、また新しい設備が増えたんでしょうね。ライトがいくつかダメになったから、買い替えると言ってたはずよ。蒋麗莉は言った。彼はもう、写真に興味を失っているわ。撮影用のライトどころか、部屋の電灯も切れてしまうでしょうね。王琦瑶は、また笑って言った。まったく、程さんって人は！　まるで、程さんが腕白小僧であるかのような言い方だ。

その後、彼女は蒋麗莉に尋ねた。あなたはいつ、博士の帽子をかぶるの？　今度は蒋麗莉までも、子ども扱いしている。王琦瑶はすっかり調子に乗り、続けて尋ねた。最近、詩は書いてる？　蒋麗莉は顔を曇らせた。なぜかわからないが、人をバカにしていると思った。そこで、問い返した。王琦瑶、あなたは？　うまくいってるの？　王琦瑶は、少しあごを突き出して言った。まあね。その表情は、いままで見せたことのないものだった。烈女のような興奮と勇ましさを感じさせる。王琦瑶は言った。あなたの考えていることは、わかってるわ。あなたのお母さんが考えていることもね。お母さんはきっと、お父さんの重慶の女の人と私を重ねて考えているはずよ。蒋麗莉、こんな話をしてしまって、悪く思わないでね。このことを先に全部しゃべってしまわないと、ほかの話題に移れないから。あなたからは話しにくいでしょう。あなたは、私の立場を気遣ってくれる。だったら、私から話すことにするわ。

蒋麗莉の顔は青くなったり赤くなったりした。穴があったら入りたい様子だった。だが、王琦瑶の鋭い指摘はまさに図星で、敬服せざるを得ない。王琦瑶は、話を続けた。説明の仕方が悪いかもしれないけど、許してね。例えば、あなたのお母さんは、名声のために生きている。いつも世間の目を気にしながら。いわゆる「体面」を保つことが第一なんでしょう。一方、あの重慶の女の人は、実体を重んじている。世間に認められることより、実益を第一に考えているのね。あなたのお母さんと重慶の人は、名と実をちょうど均等に分かち合っている。そのどちらを取るかは、自分で決めることができない。運命で決まっているのよ。

このとき、蒋麗莉はもう顔色を変えることも、気持ちが動揺することもなかった。自分の両親の話なのに、講義を受けているかのようだった。女の生き方についての解説だった。それは恋愛小説の美化された夢物語とは違う。はるかに率直で、説得力があった。王琦瑶のほうも、まるで自分と関係のない話をしている様子で、淡々と語り続けた。もちろん、名と実を両立できるのがいちばんで、それが理想的でしょう。でも、人の能力には限界がある。両方とも中途半端になるなら、片方を捨てたほうがいい。残りの片方が満たされていれば、両方が中途半端よりずっといいわ。それに、昔からよく言うでしょう。満月はいずれ欠けるものだし、満杯の水はいずれあふれ出すものよ。片方を捨てても、残りの片方をしっかりつかんでいれば、むしろより安全かもしれない。

蒋麗莉は、王琦瑶の話を聞いて思った。さっき子ども扱いされたのも仕方のないことだ。女の生き方についての解説は、母親の話よりもためになる。

まさに王琦瑶が予言したように、この話をしてしまうと、その後の会話はスムーズになった。最大のタブーも、口に出してしまえば大したことではなかった。まして、細々した不愉快な話題はどうでもいい。二人は気が楽になった。蒋麗莉は李主任のことを尋ね、王琦瑶も包み隠さず、これまでの経緯を話した。さらに、蒋麗莉のために部屋を案内した。寝室に入るとき、王琦瑶は先回りして、ベッドの上にあった何かをすばやく枕元の引き出しにしまった。顔を少し赤らめたので、蒋麗莉は彼女がもう処女ではないことを思い知った。二人の間に境界線ができて、お互いの距離が大きく広がったようだった。

部屋の見学が終わると、王琦瑶は浙江出身の女中に、カニ入り小籠包《ショーロンポー》を買ってくるように言いつけた。そして、それを食べながら、蒋麗莉に近所の噂話をした。上海で盛んに伝えられている流言が実証されると同時に、細部に修正が加えられた。このとき、空が少し晴れて明るくなった。二人は過去の時間の中に戻ったような気がしたが、不愉快な話題は避け、楽しいことだけを語った。したがって、程さんにはもう触れず、その存在を無視した。李主任に関する話が多かった。王琦瑶は李主任のパイプを持ってきて、蒋麗莉に見せた。大小様々な種類があり、金属製の箱に入っている。王琦瑶は一つ手に取って口にくわえ、タバコを吸うまねをした。とても子どもっぽい仕草だった。

蒋麗莉は立ち上がり、暇を告げた。王琦瑶は、ぜひ夕食をここで食べてほしいと強く引き留め、女中にあれこれとご馳走の準備をさせた。思えば蒋麗莉は初めての来客だったので、女主人も女中も興奮気味だった。夕食のテーブルにつくと、王琦瑶は感謝の気持ちを込めて蒋麗莉に言った。いつも、あなたの家で食事をご馳走になるばかりだったけど、ようやく今日、お返しができるわ。その言葉を聞いて、蒋麗莉はハッとした。自分の家に住んでいたときの王琦瑶の気持ちに、初めて気づいたのだ。これまでは、想像したことすらなかった。窓の外は真っ暗だが、客間は電灯が明るく灯っている。蓄音機からは梅蘭芳《メイ・ランファン》（著名な京劇俳優）の歌声が聞こえてきた。セリフは聞き取れず、歌っているようでもあり、泣いているようでもあった。電灯に照らされたグラスや食器から、平穏な暮らしがうかがえる。おいしい料理のほかに、温めた紹興酒が湯気を上げていた。

　蒋麗莉は、程さんにどう説明したらよいか、わからなかった。程さんのことも、心配でならない。彼はこのような打撃を受け止めきれないだろう。彼女は、自分のことも心配だった。もし程さんが完全に打ちのめされ、心が折れてしまったら、彼女の希望も消えてしまう。そこで、彼女は程さんを憐れむと同時に、自分を憐れんだ。二人とも完全に受け身で、決定権を持っていないのだ。

　ある日ついに、彼女は程さんと話をすることに決め、公園で待ち合わせた。遠くから、ポツンと立っている程さんの姿が見えた。自分が伝えようとしているのがどのような情報であるかを思うと、申し訳ない気持ちでいっぱいになった。彼女が輪タクを降りる前に、程さんは駆け寄ってきた。その後、二人は公園に入った。お互いに無言のまま、小道を歩いて行った。程さんは問いかけたいのに勇気が出ない。蒋麗莉は口を開こうとするのだが、どうしても切り出しにくかった。

二人は小道を一周したあと、湖畔に出てボートを借りた。船首と船尾にすわり、湖心へ漕ぎ出した。向かい合ってすわったが、間に王琦瑶がいるようで、気持ちが乱れた。しばらく櫂《かい》を漕いだあと、蒋麗莉が言った。程さん、覚えてる？ 前回、ここでボートに乗ったときは、三人だったわ。彼女はこの話をすることで、徐々に本題に入るための心の準備を程さんにしてもらうつもりだった。程さんは、何らかの災難が待っていることを察知したようで、思わず顔を赤らめた。そして話題をそらすため、蒋麗莉に言った。岸辺のしだれ柳を見てごらん。あれは絵になるな。

いつもなら、蒋麗莉は喜んでこの話題に飛びついたはずだ。しかし、今日は別の任務を果たさなければならない。彼女は程さんの話に乗らず、話題を変えた。お母さんが昨日、言ってたわ。王琦瑶が来なくなったと思ったら、程さんも来なくなったって。程さんは無理に笑い、はぐらかそうと思ったが、別の話題が見つからなかった。そこで、下を向いて水面を見つめた。

蒋麗莉は忍びがたかったが、長く苦しむより早く話を済ませたほうがいいと考え、思い切って言った。お母さんは、王琦瑶についての噂も聞かせてくれたの。程さんは危うく持っていた櫂を落としそうになり、青い顔をして言った。噂は信用できない。上海っていうところは、ろくでもない噂だらけじゃないか！ 反発を受けて、蒋麗莉は腹が立つやらおかしいやらで、思わず嫌味を言った。私はまだ、どういう噂か話してないのに、あなたは信じないって言うのね。メガネの奥で、程さんの目が光った。櫂を漕ぐことを忘れていたので、ボートはぐるぐる回っている。蒋麗莉は言葉に詰まったが、ここまできて話をやめたら、二度と機会はないと思った。そこで、淡々と一部始終を語った。

程さんは何も言わず、泣くこともなく、ひたすら櫂を漕いだ。まるで操り人形のように。彼はボートを岸に寄せ、岸辺の石にロープを巻き付けた。そして、蒋麗莉をボートに残したまま、岸に上がってしまった。蒋麗莉は、彼のステッキを持ち、何とか岸に這い上がった。程さんはすでに林の中に入り、一本の木と向き合って立っている。彼女が文句を言おうと思って近づいて行くと、彼は泣いていた。

程さん！　蒋麗莉は、そっと呼びかけた。彼は返事をしなかった。いや、聞こえなかったのだ。蒋麗莉が服の袖を軽く引っ張っても、彼は反応しなかった。いや、気づかなかったのだ。蒋麗莉は思わず、ため息をついて言った。そんなにつらいのね。私はどうすればいいの？　程さんはようやく振り向き、彼女を見て寂しそうに言った。死んだほうがましだ！　蒋麗莉は、さめざめと涙を流した。自分には死を防ぎ止める力もないのか。いたたまれない気持ちになったとき、思いがけず程さんは彼女を抱きしめ、顔を寄せてきた。彼女も無意識のうちに、程さんに抱きついた。彼の服は、かすかにヘアトニックの匂いがする。彼女の心に希望が芽生えた。それは程さんの絶望の中から絞り出されたものだったが、希望には違いなかった。

その後はもう、程さんも蒋麗莉も王琦瑶のことを話題にしなかった。二人は毎週、デートをした。食事をすることもあれば、映画を見ることもあった。食事と映画の場所は新たに選んだ。かつて三人でよく行ったところではない。程さんが王琦瑶と二人だけで行ったところでもなかった。王琦瑶を避けているようだったが、避けようとすればするほど難しくなる。会うたびに二人は、わけもなく緊張し、何か間違いを犯したような気分になった。

二人の心の大半は、王琦瑶が占めていた。だから、自分たちの関係を深める余地は、わずかな隙間しか残っていない。彼らは限界すれすれのところで、付き合うしかなかった。だが、限られた隙間の付き合いでも、真心はこもっていた。騙すことも偽ることもない。ありのままの姿を見せ合った。蔣麗莉はもちろん、程さんにぞっこんだった。程さんは少なくとも、蔣麗莉が嫌いではなかった。自分に対する思いやりと、王琦瑶に対する思いやりに、感謝していた。つまり、程さんにとって蔣麗莉は、妹あるいは友だちのような存在だった。気持ちを前向きにさせてくれる存在でもあった。

しばらくの間、彼らは親密な交際を続け、ほとんど毎日会っていた。一緒に友人たちの宴会やパーティーに出かけた。まるで恋人同士で、いずれ結婚するのだろうと思われた。ずっと二人の気持ちは落ち着いていた。将来のことはまだ話していなかったが、目前の予定についてはいつも二人で相談した。程さんは蔣家の上客となり、あの反応の鈍い弟でさえ、彼に会うときちんと挨拶をした。蔣麗莉の二十歳の誕生日には、父親が重慶から帰ってきて程さんと顔を合わせ、お互いに好印象を持った。程さんは正式なプロポーズをしなかったが、言葉の端々に自分が蔣家の身内だということを匂わせていた。蔣麗莉の母親は娘のために、結婚式の準備や披露宴で着るチャイナドレスの準備を始めた。同時に、自分が嫁いだときのことを思い出し、うれしいような悲しいような気持ちになった。

盛り上がった雰囲気の中で、蒋麗莉の心はむしろ冷めていた。程さんが明らかに彼女に接近したのに対して、彼女は逆に距離を感じるようになった。程さんが気持ちを寄せてくれるにつれて、だんだん不満が募った。蒋麗莉は欲が出てきたのだ。彼女は生まれつき、独占欲と利己心が強かった。これまで寛容さを見せてきたのは、やむを得ない状況のせいだ。その時々で人間の気持ちは変わる。ただ、蒋麗莉の場合、それが極端だった。完全に後退するか、完全に前進するかで、程々ということを知らない。彼女はしだいに、程さんに無茶なことを言うようになった。一瞬ぼんやりしていただけでも、彼女は許そうとしない。また、王琦瑶を意識しすぎて、何でも結びつけて考えた。最初は、心の中で思ったことを口に出さなかった。言っていいことと悪いことのけじめをつけていた。しかし、その後、彼女の様子が変わった。

ある日、二人は大通りを歩いていた。先施公司《シエンシーコンスー》（南京路の四大デパートの一つ、一九一七年創業）へ行って、友だちに贈る商品券を買うためだった。そのうちに、程さんは話のつじつまが合わなくなり、心ここにあらずの状態になった。彼の視線の先には輪タクがあり、たくさんの荷物と一緒に、マントを羽織った若い女が乗っていた。蒋麗莉は最初、わけがわからなかったが、よく見るとハッと気づき、会話を中断した。彼女が黙ったので、程さんは我に返り、どうして話をやめたのかと尋ねた。蒋麗莉は冷笑して言った。前から来た女の人が王琦瑶に見えて、どこまで話したか、忘れてしまったのよ。

程さんは突然、彼女に心の内を暴かれて、笑うことも怒ることもできず、黙るしかなかった。蒋麗莉は、あのボートに乗った日以来、初めて王琦瑶の名前を口にした。お互いに心の奥をさらけ出し、顔につけている仮面を剥ぎ取ろうとしたのだ。彼女は程さんが黙ったのを見て、彼は事実を認めたのだと思った。それでもまだ不満で、怒りがこみ上げ、買い物をする気がなくなってしまった。彼女はすぐに輪タクを呼び止め、程さんを大通りに残したまま、走り去った。程さんは恥をかかされたが、自分の不注意のせいだと思って我慢した。彼は一人で先施公司へ行って商品券を買い、さらに采芝斎《ツァイジージャイ》（茶菓子店）で蒋麗莉のために松仁糖《ソンレンタン》（松の実に飴をからめて固めた菓子）を買った。そして、電車に乗って蒋麗莉の家へ向かった。

　蒋麗莉は客間にいたが、彼が来ると二階に上がって部屋に入り、鍵をかけてしまった。程さんは大声を出すわけにいかず、低い声で呼びかけた。しかし、蒋麗莉はドアを開けようとしない。あきらめて立ち去ろうとしたとき、鍵をはずす音がした。ドアを押し開けると、蒋麗莉が目を泣き腫らして立っていた。程さんがあれこれと慰め、夕方近くになって、彼女はようやく機嫌を直した。

　一度あったことは二度ある。蒋麗莉はしだいに、何かにつけて王琦瑶のことを口にするようになった。的を射た指摘もあれば、見当違いのこともあった。いずれにしても、程さんは指摘を受け入れ、彼女に謝った。回数が増えるにつれて、程さんは自分でもわけがわからなくなり、本当に王琦瑶なしではいられないような気がしてきた。本来、時間とともに王琦瑶のことは忘れるはずだったが、繰り返し言及されると、強く記憶に刻まれてしまう。程さんは胸の痛みを経験しながらも、仕方なく王琦瑶がいない生活に慣れようとしていた。ところが、蒋麗莉のおかげで彼はいま、いくらでも王琦瑶を思い出せるようになった。王琦瑶は自分のそばに戻ってきて、朝から晩まで一緒にいるような気がした。しかも、以前のように気兼ねすることなく、どれほど王琦瑶に思いを寄せてもよいのだった。

彼は一人の時間を楽しむようになった。一人のときは、王琦瑶と一緒にいられる。彼はまたカメラを持ち出し、今度は景色、静物、建物などを熱心に撮った。人物を撮らないのは、王琦瑶のために残しておくためだ。一方、蔣麗莉はなおざりにされた。二人が会う機会も減った。最初、蔣麗莉は腹を立てて、自分から連絡せず、彼が電話してきたり訪ねてきたりしても、まともに相手をしなかった。ときには、はっきり拒絶した。それは駆け引きのようでもあり、本気で怒っているようでもあった。

その後、程さんは完全に連絡を絶った。さすがに蔣麗莉は慌て出し、程さんに電話をかけた。受話器から程さんの声が聞こえてくると、ホッとすると同時に、また怒りが湧いてきた。顔を合わせても、気まずいまま別れることになり、お互いに消耗した。そのうち、程さんは彼女の誘いをやんわり断るようになった。こうして事態は振り出しに戻った。二人の真剣な努力は水の泡となり、徒労感だけが残った。

蔣麗莉はあきらめず、事実を受け入れようとしなかった。程さんに断られると、逆に奮い立ち、二回三回と電話をかけた。彼女は再び謙虚さを発揮し、彼に会えるなら、あとのことはどうでもいいと思った。程さんのほうは少し及び腰で、彼女を避けていた。「及び腰」は蔣麗莉に対してだけでなく、男女の恋愛に対しても同じだ。程さんの二回の恋愛は、いずれも苦しいものだった。二回とも真心を捧げたが、真心には違いがあった。一つは恋情で、一つは人情である。どちらにも努力を惜しまなかったのに、その結果、何が得られたのか？ そこで彼は、相思相愛の関係を根本から疑い始めた。男女間の愛情は育てても、なかなか実を結ばない。実を結ばなければ苦しいし、実を結んでも苦しい思いをするのだ。

蒋麗莉が程さんに電話をしても、つながらなくなった。程さんの新しい会社に尋ねると、長期休暇を取って田舎に帰った、いつ上海に戻るかはわからないという。蒋麗莉は外灘のアパートの最上階の部屋にも行ってみた。書き置きなどの手がかりが見つかるかもしれないと思って。彼女はすでに部屋の合い鍵を持っていたが、ほとんど使ったことがなかった。程さんが彼女の家に来る機会が多かったからだ。エレベーターは音もなく、最上階まで上がって行った。アーチ形の天井の下には、荒涼とした空気がよどんでいた。人の気配は感じられず、空気中を埃が舞っている。彼女は鍵穴に鍵を差し込み、ドアを開けて室内に入った。

部屋の中は真っ暗で、カーテンが閉まっていた。カーテンの隙間から漏れる光の中で、埃が舞っている。しばらく立っているうちに、目が暗さに慣れてきたので、彼女は行動を起こした。床にも、カメラにも、テーブルと椅子にも、埃が積もっている。カバーをかぶせた左と右のライトにも、埃が積もっていた。彼女はその中間に足を進め、ライトがついている場面を想像した。胸の中にぽっかり穴があいたようで、拠りどころがない。気持ちがすっかり落ち込んでいた。撮影用の石段、小さい机と腰掛けは元のままで、物寂しい印象を与える。蒋麗莉はそれらを見つめながら、心に虚しさを感じていた。

蒋麗莉はメイク室に入り、化粧台の照明をつけた。化粧台の上はきれいに片付けられ、埃がうっすら積もっている。彼女は鏡の中の自分を見た。このアパートの最上階で、生きているのは彼女だけだ。しかし、心が空っぽで、抜け殻しか残っていない。彼女は明かりを消して、暗室に入った。意外にも、暗室の中は明るかった。どこから光が来るのだろう。針金に古いネガが留めてある。光に透かして見ると、人のいない風景だった。左と右に一枚ずつあって、放置された心のようだ。蒋麗莉は見る気になれず、暗室を出た。

そのあと、程さんの寝室へ行った。寝室にはベッドが一つ、タンスが一つ、ほかには衣裳掛けがあるだけだ。着て行かなかった上着が掛かっていて、触れると埃が舞った。室内はきれいに片付けられ、まるで表情が感じられない。言いたいことは何もないようだった。天井から埃が落ちてくる音さえ聞こえそうだ。蒋麗莉は、いくら呼びかけても程さんが二度と戻らないことを知った。今度こそ、完全に彼を失ってしまった。

蒋麗莉が程さんと山あり谷ありの付き合いを展開していたとき、王琦瑶にできるのは、ただ李主任の来訪を待つことだけだった。李主任は王琦瑶をアリス・アパートに住まわせてから半月、彼女と一緒に暮らした。李主任のような忙しい人物にとって、一日は二日に相当する。だから、二人は一か月の蜜月を過ごしたことになる。その後、李主任は慌ただしく来て、慌ただしく帰るようになった。ひと晩だけ、半日だけということもあった。

王琦瑶は李主任に、どこから帰って来たのかも、どこへ行くのかも、尋ねようとしなかった。政治のこと、公務のことはわからないし、興味もない。ほかの女のことは聞きにくいし、聞いても仕方ない。李主任は、こういう気にしない姿勢を好んだ。そこに女の自覚と悲哀を感じ、いとおしさが倍増した。忙しくて、ずっと一緒にいられないのが悩みだった。

当時の李主任は緊迫した立場、危機一髪の状態にあった。夜中でも飛び起きて、命令を下したり、命令を受け取ったりしなければならなかった。悪夢にうなされ、もだえたり叫んだりした。そんなとき、王琦瑶は彼を抱きしめ、しきりに慰めた。彼は大汗をかいて目覚め、逆に王琦瑶を抱き寄せた。それによって、心身の緊張が緩和された。また、彼は眠れない夜に一人でそっと起き上がり、客間にすわって梅蘭芳のレコードをかけた。王琦瑶の前で、李主任は無理をして心の疲れを隠した。しかし、梅蘭芳の歌声を聞くとき、彼は完全に武装を解除し、弱さを露わにした。李主任の心の内を知っているのは、蓄音機の中の梅蘭芳だけだった。知っていても、それを誰かに漏らすはずはない。王琦瑶はときどき夜明けまで眠って、隣に彼がいないことに気づいた。急いで寝室を出て見ると、李主任は一人でソファーにすわり、熟睡中だった。パイプのタバコはすべて灰になり、レコード針はレコード盤の上を空回りしていた。

李主任は毎回、去り際に今度いつ帰ってくるかを言わなかった。王琦瑶も指折り数える気はなく、カレンダーをめくろうとしなかった。時間は昼夜を問わず、一直線に進んで行った。食事をするにしろ、眠るにしろ、彼女の目的はただ一つ、李主任が帰ってくるのを待つことだ。王琦瑶は李主任と知り合って、世界がどれほど広いか、距離がどれほど遠いかを知った。十数日も帰ってこない可能性がある。また、王琦瑶は李主任と知り合って、世界との断絶を知った。路面電車の音も、はるか遠くから聞こえ、まったく関係がない。王琦瑶は李主任を待つうちに、出会いとは何か、別れとは何かを知り、その無常さを知った。

彼女は晴れの日には、雨が降れば李主任は来るだろうと思った。雨の日には、晴れれば李主任は来るだろうと思った。また、銅貨を投げて占った。表が出れば李主任は来る。裏が出れば李主任は来ない。花瓶のつぼみを見ると、花が咲けば李主任は来ると思った。日にちは数えなかったが、壁に映る影がこちらからあちらへ何回移動したかを数えた。彼女は思った。「光陰」という言葉は、「光と影」のことなのだ！　彼女はまた思った。時間は見えないものだなんて、誰が言ったのかしら？はっきり見えるじゃないの。

李主任を待つのは寂しい行為だが、寂しさを埋める行為でもあった。寂しさと寂しさがつながって、内も外も寂しくなった。彼女は、実家に帰ろうとは思わなかった。家族から、あれこれ聞かれるのが嫌だった。家族が訪ねてくることは、もっと望まない。やはり、あれこれ聞かれることになる。電話をかけるのも面倒で、ほとんど連絡を絶ってしまった。

蔣麗莉はその後、二回やってきて、一緒に映画を見に行った。それからは、もう来なくなった。誰も来ないし、自分も出かけない。自分が出かけないだけでなく、女中も外に出さなかった。買い物に行く時間も制限し、女中にも寂しさを味わわせた。だが、それは寂しさを募らせる結果になった。台所で火を使うことも稀《まれ》になり、王琦瑶は食事もとらなくなったようだった。せいぜい一日に一食で、何を食べたのかも覚えていない。

梅蘭芳のレコードを聴くこともあった。必死で李主任の心情を味わおうとした。李主任と会っているような気分になれると思ったが、むしろじれったくて、距離を感じてしまった。彼女は思った。李主任との関係は、待つことが運命づけられているのだろう。待つことから始まり、さらに待つことが続いた。待っている時間が圧倒的に多く、それが中心になった。アリス・アパートの各部屋に、様々な形で待つ女がいることを彼女は知らなかった。

李主任が帰ってきたとき、王琦瑶は涙を流さずにはいられなかった。何も言わなくても、李主任は彼女の切なさをわかっていた。わかっていても、ときが来れば出かけなければならない。李主任は、どうにもならないもどかしさを感じた。この気持ちは、いまこのとき、一人の人物に対して生じたものではない。これまでの年月と出来事が凝縮した結果だった。いつの間にか、李主任は「大胆さ」を失い、「難しさ」を第一に感じるようになっていた。彼は「大胆さ」ゆえに、世事の核心に足を踏み入れ、深みにはまって引き返すことができなくなった。いまは、前へ進むことも難しい。世間の人は、彼が権力を握っていると思っている。しかし、実際は自分に対する権利すら持っていないのだった。

李主任は王琦瑶を憐れみ、自分を憐れんだ。自分が哀れなので、ますます王琦瑶を哀れに思ったが、どうやさしくすればよいのかがわからなかった。すると、王琦瑶の彼に対する愛情はさらに強まった。ここに至って、二人は互いに夫婦の絆に近いものを感じるようになった。この絆は待つことを通じて生まれたもので、苦しみが多く楽しみは少なかったが、それでも一日また一日と、束の間の苦楽をともにすることができた。

王琦瑶は時局が緊迫していることを知らなかった。知っているのは、李主任の来訪が不規則になったことだけで、気持ちが動揺した。李主任が訪れるたびに憔悴し、老け込んでしまったことも知っていた。彼女は、世間との時間のずれを感じた。彼女は心配するだけで、何も手伝うことができない。李主任は激動の時代を生きている。ところが、彼女の住む世界は気ままで、浮世離れしていた。待つ以外に何ができるだろう？ 彼女が李主任に捧げられるものは、待つことしかなかった。李主任の世界は、彼女の目には見えないし、手も届かないところにあった。彼女はいつも、彼の乗った自動車が弄堂の入口で動き出し、あっという間に走り去る音を聞いていた。

ある日、李主任は愛を確かめ合ったあと、真顔になって言った。誰に対しても、おれとの関係を認めてはいけないよ。この家はおまえの名義で借りた。毎回、おれが訪ねてくることは、誰にも知られていない。上海では噂が盛んだが、噂はしょせん噂で、気にする必要はないさ。王琦瑶はベッドでこの話を聞き、彼は自分との関係を清算しようとしているのだと思って、冷笑して言った。李家と身分が違うことはわかってる。李家の一員になろうなんて、贅沢な望みは持っていません。誰かに二人の関係を明かしたこともない。だから、いまみたいな話は、まったく必要ないわ。

李主任は彼女が誤解していることに気づいたが、弁明するわけにもいかず、苦笑しながら言った。

おまえは面倒くさいことを言わない女だと思ったのに、そうでもないらしいな。王琦瑶は、彼の苦しい胸の内を理解した。彼の心配そうな表情と半分白くなった髪を見て、思わず後悔で胸が熱くなった。彼女は無理に笑って言った。いまのは冗談よ。

李主任は彼女を抱きしめ、思わず感動して言った。おれの人生は、薄氷を踏むような、深淵に臨むような危険なものだ。自分の命を保つことも難しい。おまえたちを巻き添えにしないほうがいい。おまえたちに罪はないんだから。そう言いながら、彼は目をうるませた。それは彼の本音だった。簡単に口にするようなことではない。いま、彼はそれを王琦瑶に聞かせると同時に、自分自身にも言い聞かせた。王琦瑶は、それを聞いて驚いた。しだいに不吉な話になるので、言葉をさえぎろうと思ったが声が出ず、涙が流れ出した。

あとから考えると、その夜は普通ではなかった。空はとても暗く、あたりはとても静かだった。桂花粥を売る男の拍子木の音も、百楽門の歌やダンスの音も聞こえなかった。室内も静かで、女中が自分の部屋で夢にうなされている声だけが、はっきりと聞こえた。彼ら二人は、ほとんど一睡もしなかった。最初は会話があったが、その後は横になったまま、それぞれの思いにふけっていた。二人とも感傷的になった。

李主任は王琦瑶のすすり泣きを聞いたが、耳に入らないふりをした。慰める気がなかったのではなく、慰めようがなかったのだ。何を言ったところで、約束は守れないのだから、言わないほうがましだ。王琦瑶は李主任がベッドから出て、客間を歩き回っているのを知ったが、気づかないふりをした。李主任は超人的な能力を持っている。彼の手に負えないことは、誰も手助けできない。それは、きわめて孤独な夜だった。二人で一緒にいても、お互いに相手を慰めることができない。それぞれが悲しみに浸っていた。二人とも予感がした。李主任の予感には根拠があったが、王琦瑶の予感は勝手な思い込みだった。彼女は何かが近づいてくることをぼんやり意識していた。だが、多くを考えようとはせず、自分に語りかけた。夜が明ければ、すべて解決するわ。

彼女は夜明けを期待するうちに、いつしか眠りについた。夢の中で蘇州の外祖母の家へ行こうとしたところで、揺り起こされた。室内は真っ暗なのに、李主任の顔がはっきり見えた。彼女を見下ろしている。スペイン風の彫刻のあるマホガニーの木箱を枕元に置き、彼女の手に鍵を握らせると、出かけるよと言った。車はすでに外で待っているのだ。王琦瑶は思わず彼の首に抱きつき、大声で泣き出した。こんな失態を演じたのは初めてだった。

彼女は子どものように、行かないでくれと彼に甘えた。いま行ってしまったら、次はいつ来られるかわからない。彼女はまた一日じゅう待ちわび、不安におびえ、壁に映る影を数えることになる。壁に映る影は、速く移動してほしいときはゆっくりで、ゆっくり移動してほしいときには速くなる。まったく気持ちをわかってくれない。プラタナスの木も気まぐれだ。秋風が吹かないうちに、もう葉をほとんど落としてしまった。王琦瑶は何時間、泣いていたのかわからない。李主任は彼女の腕から逃れ、アパートを出た。彼女はまだ泣いていた。この夜は、涙に溺れたまま過ぎて行った。最後に朝日が差し込み、部屋が明るくなったとき、王琦瑶も泣き疲れた。

王琦瑶はもう、アパートの室内にすわって李主任を待つことをやめた。外へ出て活動しなければ、身が持たない。彼女は身なりを整え、輪タクを呼び、車夫に行き先を告げた。彼女は輪タクに乗って、街の風景を眺めた。その風景は彼女の心とは隔たりがあったが、かまわずにその中を抜けて行った。振り向きもせずに。ショーウインドーの靴や帽子が、時代の進歩を教えてくれる。この進歩も、彼女とは関係がなかった。時代は他人のものなのだ。

映画館では、新作が上映されている。新しい男女の恋愛だが、彼女からすれば、ひと昔前のお話である。喫茶店で向かい合ってすわっている男女も、ひと昔前のお話だった。彼女はもう経験済みだ。陽光が木の葉の間から降り注ぎ、銀を撒き散らしたように見える。彼女の目をくらませるが、これもやはり意味がない。彼女は大通りを行く人たちを見ながら、心の中で不満を感じて言った。こんなに人がたくさんいるのに、どうして李主任はいないの？　指定した場所に着くと、彼女は輪タクを降りた。そして、自分に告げた。買い物に来たんだけど、何を買えばいいのかわからないわ。彼女は手ぶらで帰るときもあれば、理由もなく大量の買い物をするときもあった。輪タクに乗ると、心が少し晴れた。どこへ行くにしろ、前に進み、目的地に近づくからだ。街の両側の景色が後ろに飛び去り、時間が過ぎ去っていくことも実感できた。

王琦瑶が街をぶらついている間に、アリス・アパートから引っ越して行く人が相次ぎ、空室が増えた。王琦瑶はそれに気づかず、ただアパートがますます静かになり、ガランとしてしまったと思った。彼女は梅蘭芳のレコードをかけた。大きな音量で部屋を満たそうとしたが、思いがけずこだまが返ってきた。梅蘭芳の声に梅蘭芳が応じて、大きな音が空虚さを際立たせた。

ある日、彼女は窓を開けて空を見ようとした。ところが、二階のバルコニーの欄干にスズメがたくさん止まっているのが目に入った。そこで、ハッと気づいた。その部屋の女主人はもう引っ越してしまったのだ。改めて左右の部屋を見ると、戸や窓がぴったりと閉ざされ、活気が失われている。窓辺に落ち葉が降り積もり、空室であることが明らかだった。「アリス」はすでに零落し、彼女の心も零落していた。


彼女は自分を慰めた。李主任が来れば、すべてがよくなる。しかし、李主任はいつ帰ってくるのだろう？　彼女はさらに頻繁に外出した。ときには一日に三回、朝、昼、晩に出かけた。輪タクが遅いのを嫌って、自動車に負けないほど速く漕ぐよう車夫に命じた。彼女は急いで出かけ、急いで帰ってきた。大切な用事があるかのようだった。輪タクが大通りを走る間、彼女は四方に目を走らせた。人の群れの中から、李主任の姿を見つけようとしていたらしい。彼女は気持ちが焦り、唇がガサガサになった。今回、彼女は李主任が出かけてからの日にちを数えていた。もうまる半月になる。この半月は、半生よりも長かった。彼女の忍耐力は限界で、もはや一分でさえ待てなくなっていた。

ある日、彼女が出かけてすぐ、李主任がやってきた。焦った様子で、王琦瑶はどこへ行ったと女中に尋ねた。女中は、買い物に行きましたと答えた。さらに、何時間ぐらいで帰ってくるかと尋ねられ、女中は答えた。決まっていません。短い時間のときもあれば、長くかかるときもあります。そして、昼ご飯はどうしましょうか、と李主任に尋ねた。李主任は言った。昼までに、また出かけなければならない。今日は、暇を見つけて様子を見に来ただけだ。

彼は寝室に入った。寝室はカーテンが閉まっていて、王琦瑶の気配が残っていた。髭を剃るために洗面所に行くと、そこにも王琦瑶の気配が漂っていた。あちこちに、彼女が触れた痕跡がある。洗面台には水滴が残り、ブラシには数本の髪の毛がからまっていた。彼は髭を剃り、客間にすわって待った。だが、王琦瑶は帰ってこない。彼はすわっていられず、部屋を歩き回り、顔を上げて壁の時計を見た。もともと、今回はふらっと寄ってみただけだった。しかし、来てみると王琦瑶は不在で、どうしても会いたいという気持ちになった。いままで、こんなに王琦瑶に会いたいと思ったことはない。彼は渇望を我慢できなかった。

最後の一分になっても、王琦瑶は帰ってこなかった。彼は絶望的な心境になった。コートを着ながら、王琦瑶が現れるのを期待したが、裏切られた。アリス・アパートを出るとき、彼は悲しみを感じながら思った。いつになったら、彼女に会えるのだろう?

わずか十分後、彼は王琦瑶を見た。車の窓に掛かっているレースのカーテンの向こうに、疾走する輪タクが見えた。彼が乗っている自動車と、ほぼ平行して走っている。その輪タクに、王琦瑶が乗っていた。秋物のコートを着て、風で髪が少し乱れている。羊皮のハンドバッグを握りしめながら、前方を直視し、何かを追い求めていた。輪タクはしばらく並走していたが、やはり後方に取り残された。王琦瑶は、視界から消えた。

この予期しない遭遇は、李主任にとって慰めにならず、むしろ悲しみを倍加させた。それは乱世のひとコマで、茫漠とした人生のひとコマでもあった。彼は思った。自分たちは同じ運命を背負っている。二人の違いは、それを自覚しているかどうかだ。しかし、自覚していても仕方がない。どうせ、風とともに去る運命なのだ。彼ら二人は寄る辺がなく、自分だけが頼りだった。二つの孤独な魂で、いまは秋の日の落ち葉のように、風に舞っていた。たまたま巡り会うことがあっても、また別れなければならない。

彼が乗った車はクラクションを鳴らしながら、車の流れを縫うように走った。王琦瑶を待っていたせいで、予定より遅れてしまった。それは一九四八年の晩秋で、この都市に大きな変化が起ころうとしていた。しかし、それを意識することなく、繁華街には明かりが灯り、映画館ではハリウッドの新作が上映されている。ダンスホールでは新しい歌が流行し、新人の踊り子が人気ナンバーワンになった。王琦瑶は何も知らず、ひたすら李主任の帰りを待っていたが、せっかくの再会のチャンスを逃してしまった。

その日の夜、アリス・アパートをもう一人、呉佩珍が訪れた。黒いコートを着て、髪にパーマをかけ、唇にルージュを塗っている。若妻という雰囲気で、以前よりは少しきれいになり、女らしさが増していた。彼女が現れたのを見ても、王琦瑶は最初、誰だかわからず、わかったあとは驚いた。呉佩珍は、こんなにきれいだったろうか。以前はそれを隠していたのだとすれば、謙虚すぎるだろう。呉佩珍は自分の容姿を恥じて、きまり悪そうに、赤い顔をして言った。私、結婚したの。王琦瑶はショックを受けたが、口ではおめでとうと言った。目が虚《うつ》ろで、自分はすわったのに、呉佩珍に椅子を勧めることを忘れていた。

このとき、女中がお茶を運んできて言った。お嬢様、お茶をどうぞ。王琦瑶は厳しい声で言った。どう見ても、奥様でしょう。お嬢様だなんて、耳が遠いだけじゃなくて、目も悪いの？ 女中はいきなり叱責を受けて、さっぱりわけがわからなかった。だが、王琦瑶の機嫌が悪いことは確かだったので、逆らうことはせず、向きを変えて出て行った。

呉佩珍のほうが、ばつが悪くなった。彼女はもともと、賢い女だった。いまは人妻となったので、さらに物事の道理をわきまえ、義理人情に篤《あつ》くなった。彼女は王琦瑶が機嫌を損ねた理由に気づき、まず結婚のことを告げた自分を責めた。まるで、それをひけらかしに来たみたいではないか。結婚は、ひけらかすようなことだろうか？ 彼女は恥じらいを捨て、すわり直すと、顔を上げて王琦瑶に説明した。彼女が突然、ここへ来たのは、別れを告げるためである。最初は、邪魔をするつもりはなかったが、いざ上海を離れるとなると、ひと目会いたくなった。今度、いつ会えるかはわからない。王琦瑶は、たった一人の親友だったと言える。王琦瑶から見れば違うのかもしれないが、彼女にとって王琦瑶は確かにそういう存在だった。上海にいる人の中で別れがたいのは、家族を除けば王琦瑶だ。王琦瑶と友だちでいられた時間は、いちばん楽しくて、何も心配ごとがなかった。

いつもなら、こういう話は大げさに感じられるが、いまの呉佩珍の偽らざる気持ちだった。この憂い多き時代において、憂いは空気のようなもので、どこにでもある。意識しているかどうかにかかわらず、心配ごとが多く、将来の見通しはつかない。一方、過去の思い出のひとコマひとコマはすべて美しかった。

王琦瑶は呉佩珍の話を聞いているうちに呆然として、話の趣旨がつかめなくなってしまった。今日はあまりにも多くの複雑な出来事が重なって、頭の中が混乱していた。李主任は待っていても来なかった。待つのをやめたら彼は来た。帰ってきたとき、もう彼はいなかった。それで、頭が痛くなった。そこに呉佩珍が訪ねてきて、結婚したことを告げたあと、上海を離れると言った。ようやく頭の整理がついて、王琦瑶は尋ねた。どこへ行くの？

呉佩珍は話をさえぎられ、しばらく間を置いてから、香港へ行くと答えた。夫の家族と一緒だという。夫の家は中規模の企業を経営していて、事業を香港に移すことに決めた。船の切符は購入済みで、出発は明日だ。王琦瑶は、笑って言った。呉佩珍、意外だったわ。私たち三人の中で、あなたがいちばん幸せね！　呉佩珍は、戸惑って尋ねた。どの三人？　王琦瑶は答えた。あなたと私と蔣麗莉よ。

蔣麗莉の名前を聞いて、呉佩珍は気まずくなり、顔をそむけた。蔣麗莉が王琦瑶との友情を奪ったと思っていたからだ。すでに歳月が流れ、人妻になったが、女学生時代の感情はまだ残っている。女学生のときに生じた怨念は、年を取っても忘れられない。王琦瑶は呉佩珍の心情を察することなく、話を続けた。私も蔣麗莉も、あなたにはかなわないわ！　蔣麗莉は婚期を逃しそうだし、私は奥さんでもないしお妾さんでもない。あなただけよ。理想の結婚をして、栄耀栄華を手に入れたのは。

呉佩珍は、それを聞いて下を向き、何も言わなかった。王琦瑶は話をしているうちに興奮して、目を輝かせている。指先でソファーカバーを爪が折れそうなほど強くこすっていた。呉佩珍は彼女の手を握って言った。一緒に香港へ行きましょう！　王琦瑶は呆然として、言おうとしていたことを忘れてしまった。ようやく言葉の意味を理解すると、笑って言った。私が行って何をするの？女中になるの？　それとも、お妾さんになるの？　同じお妾さんなら、わざわざ場所を変えるより上海のほうがいいわ。呉佩珍は言った。そんな話はやめて。私の気持ちはわかるでしょう？　私はこれまで自分のことより、あなたのことを大切にしてきたのよ。

王琦瑶は身を震わせ、力が抜けてしまった。顔をそむけて壁を見たあと、また向き直ったときには、目に涙が浮かんでいた。彼女は言った。ありがとう、呉佩珍。私は行けないわ。ここに残って、彼を待つ。私が行ってしまったあと、彼が帰ってきたらどうするの？　私がいないのを知ったら、彼はきっと怒るわ。

翌日、呉佩珍が出発する時刻に、王琦瑶は離岸する船の汽笛を聞いたような気がした。呉佩珍と過ごした日々の情景が、次々に目に浮かんだ。あのころの二人は、真っ白な絹布のようだった。その後、少しずつ文字が書き入れられ、文字が文章になり、歴史になった。文字のなかった日々は身軽で自由な時代で、思いのままに行動できて、何の責任もなかった。悩みでさえ、何の責任もない悩みだった。彼女と呉佩珍の関係も、何の責任もない関係で、友情だけに基づいていた。

蒋麗莉との関係は違う。利害関係を伴っていた。もちろん、利害関係そのものが悪いわけではない。彼女と呉佩珍の関係は浮草が浮かぶ池のようなもので、「水、清くして魚住まず」という状態だった。一方、蒋麗莉との関係は蓮が浮かぶ沼のようなものだ。呉佩珍は、文字がなかったころの王琦瑶の歴史を切り取って持ち去った。残った部分には、すべて文字があり、混乱した文章が綴《つづ》られていた。あまりにも真面目に、力を入れて書かれたために、かえって自然さが失われてしまった。

王琦瑶は相変わらず、李主任を待っていた。李主任と行き違いになってしまったあの日以来、彼女はもう外出しなかった。隣近所の窓が閉ざされているのを見てから、彼女も窓を開けず、終日カーテンを下ろしていた。おかげで、壁に映る影を見ないで済んだ。アパートの室内は、昼間でも電灯をつけなければならない。昼と夜の境目がなくなり、振り子時計が止まり、時間の存在はどうでもよくなった。唯一の音は、蓄音機から流れてくる。梅蘭芳の歌声だけは、尽きることがなかった。

王琦瑶は一日じゅう、丈の長いガウンを着て、紐をゆるく締めていた。まるで舞台衣装をつけた梅蘭芳のようだ。役柄は『覇王別姫《はおうべっき》』（楚王・項羽の最期を描く）の虞姫である。彼女は思った。時間というものは、ないと思えばなくなるのだ。彼女はいま、気持ちが落ち着いた。梅蘭芳の歌の奥深さを理解し、虞姫の心の内もわかるようになった。まさに、李主任が好んでいたものだ。それは真綿に針を包むような、一見温和な女の戦意である。男に向けられた戦意であると同時に、この世界に向けられた戦意でもあった。それは、男にしかわからない。女自身は無自覚なのだった。男と女の間では、これを知音《ちいん》と呼ぶこともあった。

アパートの中は静かで、梅蘭芳の歌声はこの静けさを際立たせた。この静けさは、一九四八年の上海の奇観である。コンクリートで作られたアリの穴のような、この都市のアパートの区画の一つ一つが、こういう静けさを保っている。実際のところ、この静けさは大きな動きの中の小停止にすぎない。光が投げかけた影で、お互いに助け合い、利害をともにしているのだ。王琦瑶は、ほとんど外の世界のことを忘れていた。新聞も読まず、ラジオも聞かなかった。

当時、新聞は多くの混乱したニュースを伝えていた。淮海《わいかい》戦役（一九四八年十一月から翌年一月まで続いた国民党と共産党の戦闘）の開始、金の価格の暴騰、株価の大暴落、王孝和《ワン・シアオホー》（共産党の地下党員、上海の大規模ストライキのあと逮捕され処刑された）の銃殺、そして滬甬《こよう》線（上海と寧波を結ぶ海路）の客船・江亜《ジアンヤー》号の爆発炎上（日本軍が置き去りにした機雷に触れたためと伝えられる）によって二千六百八十五人が海底に沈んだことなど。また、北京から上海に向かっていた飛行機の墜落事故も報じられた。犠牲者の名簿の中に、張秉良《ジャン・ビンリアン》という成人男性の名前があった。それは、ほかならぬ李主任の偽名だった。

# 第二部

The Song of Everlasting Sorrow

# 第一章

## 1
### 鄔橋

鄔橋《ウーチアオ》は、動乱を避けるためにあるような町だ。六月にクチナシの花が咲くと霧のように、あたり一面に芳香が漂う。水路の水はいくつもの支流に分かれ、また合流し、人家の軒下を流れている。軒先には黒い瓦が、線描画のように一直線に並んでいた。水路にかかる橋は、いずれも同じアーチ形で、これも線描画に見えた。このような町は、江南に数えきれないほどあり、いずれも歴史を感じさせる。動乱が収まると、懐旧の念は尽きて、心機一転、再出発して頑張ろうという気持ちになる。

このような町は、絵で言えば水墨画で、色は二つしかない。一つは白で、色のない色。一つは黒で、すべての色を集めた色だ。何もかも覆い隠し、受け入れてくれる。万物を包み込み、一つの呼び名を与える。あるいは、万物を休ませて、終止符を打つ。「空」と「浄」を重んじるので、仏教的な世界観に通じるものがある。しかし、この「空」と「浄」は繊細な感触で表現され、西洋画の手法に近い。

緻密な感触は、きわめて日常的な光景に見られる。燃料、食糧、油、塩などの生活必需品、食事や衣服などだ。したがって、「空」の裏には「実」があり、「浄」の裏には「煩瑣《はんさ》」が隠れている。勤勉さがあるからこそ、のんびりできるのだ。都会の生存競争で傷ついた人の心を癒やし、休養を与えてくれる。このような町には神秘的な力があり、乱世を生きるための自覚が得られ、知恵がつく。人はみな悟りを開き、悲しみも喜びも、恨みも超越する。ありのままに身を任せ、無為自然を重んじるようになる。

この町は哲学書である。もともと文字はなく、よそから来た人が文字を書き入れるのだ。夜が明けると、朝日が光の雨のように鄔橋に降り注ぐ。だが、炊煙も立ち昇り、朝日と交錯する。木の葉に降りていた露も、蒸発して煙に変わる。鄔橋は光と煙に覆われて、音楽を奏でているかのようだった。

この町で最も多く見かけるのは橋で、最も含蓄がある。仏教で言う彼岸へと渡してくれるのが橋だ。したがって、橋はこの水郷の功徳《くどく》の象徴であり、この町の魂でもある。鄔橋は功徳に満ちている。橋の下を流れる水はつねに俗世の穢《けが》れを清め、空に浮かぶ雲はつねに風雨を招き寄せる。橋はアーチ形で、下を船が通り、上を人が歩く。どの家も軒先が長く、通行人は雨も日差しも避けることができた。

鄖橋の人が食べる米は、丹念に精米してもみ殻を飛ばし、篩《ふるい》にかけて糠《ぬか》を取り除いたあと、ざるに入れてきれいに研《と》いであった。鄖橋の人が使う薪《たきぎ》は、丹念に細く割ってから、よく乾燥させてあるので、燃えかすがあまり残らない。燃えかすは木炭にして、冬に手足をあぶるのに使う。鄖橋の石畳の道には、点々と裸足で歩いた足跡がついている。鄖橋の水辺は、あちらこちらで洗濯物を棒で叩く音が響く。鄖橋での歳月は、地道に淡々と過ぎていく。怠けることも、浪費することも、欲張ることもない。収入はわずかだが、支出もわずかで、さらに子孫のためにわずかな貯蓄もしている。鄖橋の道、橋、家、漬け物の甕《かめ》、地下で醸成される酒は、いずれも代々このようにして受け継がれてきたものだ。

鄖橋の炊煙は、つつましい暮らしの証《あかし》である。同じ時刻に立ち昇り、ご飯と漬け物の匂い、それに酒の香りが漂ってくる。これは努力すれば報われることを示すうるわしい光景で、人生における最高の善行である。鄖橋のニワトリが時をつくる声も、つつましい暮らしの証である。一羽のオンドリが首をもたげると、そのあと合唱が起こり、充実した日が始まる。これは、つつましい暮らしが永遠に続くという証である。歳月が流れ、時代がどんなに変わっても、その姿勢は微動だにしない。そこに、人間と歳月の真理があるのだろう。

鄖橋はすべての原点である。ここから出発して、万華鏡のようなきらびやかな世界に身を投じるが、やがて夢破れ転落し、また鄖橋へと戻ってくる。ここは万物の行き着く先であり、だからこそ功徳に満ちているのだ。鄖橋は大千世界の核心だと言ってよいだろう。すべてが消滅しても、ここは消滅することがない。時間の本質であるがゆえに、あらゆる物質の原点でもある。それは一種の砂時計で、砂が細い煙のように流れ落ちる。この時間は肉眼で見ることができる。その中にも、彼岸に通じる意味が込められていた。

鄖橋のような水郷の町では、すべての縁を水が結んでくれる。江南の水路は木の上の幹、幹の上の枝、枝の上の葉、葉の上の葉脈のように細かく分かれ、一から十、十から百と数えきれないほどの支流がある。交錯する水路に取り囲まれた町、それが鄖橋だが、海に浮かぶ島とは違う。島は俗世と隔絶していて、何の因縁も感じられない。だが、鄖橋は俗世の因縁に囲まれた清浄の地である。海は果てしなく混沌としているが、水路は人を前方へと導いてくれる。海に敵《かな》わないのは人間の宿命で、どうしようもない。水路はどうしようもないときに、希望を与えてくれる。宿命の中でも手を伸ばせばつかめる希望で、親しみやすい。鄖橋のような水郷は、海に浮かぶ島より物分かりがよく、通俗的で、融通がきく。だから、鄖橋は現《うつつ》に返る場所だとも言える。

それは人生に役立つ宗教で、俗世の快楽を尊重する。その快楽は俗世の最低限の快楽で、享楽とは程遠い。この快楽は歌舞や音楽から得られるものではなく、つつましい生活の中からあふれ出たものだ。水路によって引き離されたり導かれたりするため、鄖橋の町は俗世と仏教に対して、付かず離れずの関係を保持している。正と反があれば、反を正に変えたり、正を反に変えたりする。これは一つの奇跡であり、この世界の虚栄を抑制すると同時に、この世界の絶望を減らしている。それが媒介となって、世界の均衡を維持するのだ。

この奇跡は人生において、定期的あるいは不定期に何度か訪れ、調整を図ってくれる。表面的には休戦状態に見えるが、心の中は熱く燃えている。ちょうど煙霧に包まれている鄔橋そのものだ。ニワトリや犬の鳴き声がして、人々は農作業に励んでいる。鄔橋は、人の心を読み取ることができる。人の心のわだかまりを解きほぐし、奮起する理由と奮起しない理由、幸福の理由と不幸の理由をわからせてくれる。理由は簡単で、それは生きているからなのだ。

ほかの町から鄔橋にやってきた人たちはみな、魂が抜けたような表情をしている。彼らは心に傷を負い、無意識のうちにここへ来た。だが、この町の名前を知らず、勝手な呼び方をした。彼らの目からすると、ここは人里離れた荒野で、ここの住民は未開人なのだった。そこで、彼らはまったく外出しない。あるいは、得意満面で出歩く。おごり高ぶる人も、気弱な人も、軽薄さは共通していた。彼らが鄔橋を理解するのは、容易なことではない。相当な時間がかかる。そのときになって、感謝してももう遅い。最初のうち、鄔橋は彼らの軽薄さを容認してくれる。彼らは、それを鄔橋の朴訥《ぼくとつ》さだと誤解してしまう。実際は、本当の寛大さなのだ。人格者は、つまらない人間を責めたりしない。

鄔橋に他郷の人がいるのは、当たり前の風景である。いついかなるときも、何人かが鄔橋の町を歩いていた。外の世界では一年じゅう力比べが行われていて、戦いに敗れた人は、鄔橋のような町にやってくる。鄔橋の住人は、他郷の人を見かけても、別に驚かない。ごく自然に接する。何もわかっていないように見えるが、すべて理解していた。他郷の人の服はまるで仙女の羽衣で、夕焼けのように鮮やかだ。しかし、その衣装に包まれている心は、夕焼けとともに消える光で、あっという間に暗闇に沈んでしまう。他郷の人は船に乗って、ここへ来る。ここが世界の果てだと思っているらしい。その世界を彼らは恨みながらも愛している。手に入れることも捨て去ることもできず、悩んでいた。彼らは離別の苦しさで目の前が真っ暗になり、前途のあてもなく、曲がりくねった水路をたどってここへやってきた。

鄔橋は私たちの母親を育てた町である。一世代を隔てているため、最初は親しみを感じない。一世代が混在しているため、風貌にも差が生じ、赤の他人だと思ってしまう。だが、間違いなくルーツはここにある。鄔橋の橋は、どれもみな「おばちゃんの橋」と呼ばれている。だから、他郷の人が絶えず訪れる。他郷の人は紆余曲折《うよきょくせつ》を経て、結局は鄔橋のような町にたどり着くのだ。

他郷の人の心の中には必ず、それぞれの鄔橋がある。それは先祖の中で、いちばん世代が近くて、凡人でも手が届く。それは清明節のころに、高々と掲げられる幟《のぼり》のように立派なものではない。むしろ、米粉をこねて作った草団子で、暖衣飽食の生活を願って供えられる質素なものだ。働き者で口数が少ない身内のようなやさしさがある。正月に食べる肉の燻製の匂いにも、それが感じられる。手足をあぶる火鉢の温もりにも、それが感じられる。鋤《すき》を担ぎ稲を植え、投網を打って魚を捕るときも、それを感じる。橋を渡り船を操り、でこぼこ道を歩くときも、それを感じる。それは手のひらでも手の甲でも、体の内でも外でも感じるもので、押し返すことも避けることもできない。燗《かん》をつけている酒の中にも、鍋で煮ているクワイの中にも、六月のクチナシの花の中にも、十月のモクセイの花の中にもある。それは他郷の人にもまとわりつき、身内だと認めざるを得なくさせる。

江南は水路が網の目のように張りめぐらされ、鄖橋に似た町が数えきれないくらい点在している。どの町も木の上にある鳥の巣のようで、失意の人が羽を休めていた。失意の人は、やってきては立ち去り、立ち去ってはまたやってくる。日夜、満ち干《みひ》を繰り返す潮のようだった。彼らを見れば、外界の盛況や混乱の様子がわかる。外界の人たちの心の盛況と混乱もわかるのだ。

鄖橋は療養に適した場所だが、他郷の人は例外なく、傷が治れば痛みを忘れてしまう。それは、鄖橋の哲学が徹底していないせいだろう。いつも余地を残し、篤実な風格を保っている。鄖橋の哲学が果断さに欠けるせいもあるだろう。いつも相手に相談するような態度を取る。他郷の人の病気は根治しない。症状が重く、結局のところ治療は表面だけで奥まで届かない。しかし、それは別として、鄖橋はつねに休息と安らぎを与えてくれた。

烏篷船《うほうせん》（江南の水郷地帯特有の苫《とま》を黒く塗った船）は毎年、多くの悲しみを運んでくる。水路に流れているのは悲しみの涙だった。煙るような雨の日、鄖橋がだんだん近づいてくると、まずしだれ柳がカーテンのように揺れているのが目に入る。アーチ形の石橋を一つまた一つと抜けて別世界に入って行く。その後、しだれ柳のカーテンを抜け、水辺に家屋が現れた。水に濡れた石の土台には、緑の苔がびっしり生えている。水路に面した窓が開いていて、そこから色とりどりの服を干した竹竿が突き出ていた。クワイの形をした蓋付きの籠も干してある。水路に面した回廊には、百年を経ても朽ちない太い柱が立ち、そこにも苔が生えていた。廊下は店舗になっていて、居酒屋の献立を書いた板も百年を経ているようだった。

船旅の途中で、嫁取りの船に出くわすこともある。苫の上に、おめでたい「囍」の文字と赤や緑の絹布が飾られていた。嫁入り道具の籠や箱が積まれ、花嫁は泣いている。もちろん、うれし泣きだった。両岸に咲く黄色い菜の花は、緑の苗を背景に、白い蝶が舞い、美しい彩りを見せていた。そして、ついに鄔橋に到着した。

## 2　外祖母

鄔橋には、王琦瑶《ワン・チーヤオ》の外祖母の実家があった。外祖母が船を雇い、午前に蘇州を出発すると、午後には鄔橋に着いた。王琦瑶は紺色のサージとラクダの毛の袷《あわせ》の長衣を着て、カシミヤのマフラーを巻き、手を袖の中に隠して苫の中にすわった。外祖母は彼女と向かい合ってすわり、黄銅の小さい火鉢を持って、タバコを吸っている。外祖母は若いころ、蘇州で評判になるほどの美人だった。嫁入りの船が蘇州に着き、上陸したときの様子は、江南の絶景と言っても過言ではない。やはり、この水路を通ったが、小糠雨《こぬかあめ》の降る清明節のころだった。当時は景色もよく見えなかったし、世間のこともよくわからなかった。数十年が過ぎたいまは物事の本質がよくわかり、すべてを見抜くことができる。

外祖母は目の前の王琦瑶を見て、四十年後がわかるような気がした。この娘は、最初でしくじった。出だしでつまずくと、修正が難しい。王琦瑶が最初にしくじった理由はただ一つ、容貌が美しいからだ。これが美しさの不利な点である。美しさは人を騙《だま》す。他人を騙すのではなく、自分を騙してしまう。美しくても、自分がそれを意識しなければまだいい。数年のうちに、やり過ごすことができる。しかし、上海という場所では、みんなが先を争って伝え合うので、自分だけ知らないということはあり得ない。だから、自分で自分を騙すだけでなく、みんなが揃って騙そうとする。蝶よ花よと褒《ほ》めたたえ、いつまでも大騒ぎするのだ。夢の世界に誘い込み、行き詰まっても、まだ目を覚まそうとしない。王琦瑶は本来、あと数年は夢を見続けることができたはずだった。

その点を外祖母は残念に思っていた。王琦瑶の夢は早く覚めすぎた。まだ、十分に堪能していなかった。だが、どこまで行けば堪能したと言えるのだろう？　こうなった以上、現実を踏まえて考えるしかない。早く夢が覚めたのも、悪いことではないはずだ。まだ何年も青春が残っているのだから、もう一度やり直せばいい。だが、新たにスタートを切ったとしても、前回のようにはいかない。一度うまくいった経験が記憶に残っているので、やり直そうとしても、結局は元の軌道に戻ってしまう。

船を操る船頭は崑山《こんざん》（上海に隣接する江蘇省の都市）の出身で、地元の民謡を歌うことができた。ときどき聞こえてくる崑山の民謡は、物寂しい感じがする。日差しは弱く、晴れていても曇っていても大して変わりがないので、さらに物寂しさが増している。外祖母が持つ銅製の火鉢は、物寂しさの中の温もりだった。だが、煙で燻《いぶ》されると、頭が少し痛くなる。

外祖母は思った。この娘はしばらくの間、現実を受け入れられないだろう。夢の世界からいきなり現実に突き落とされたので、目覚めるのには時間がかかる。外祖母は上海に行ったことがなかった。だが、話を聞くだけで十分だ。そこは混沌とした世界で、様々な誘惑があった。人はそれに抗しきれずに心を動かす。そして動き出すと、引き返すことができなくなる。この娘の心はすでに、一度動いてしまった。いまは死んだように静かだが、痛みが過ぎ去れば、またじっとしていられなくなるだろう。これが上海の危険なところ、罪深いところだ。

しかし、上海はこの上なく美しいときもある。この世のものとは思えず、一日が二十年に当たるほどすばらしい。外祖母は、それがどの程度の美しさなのか想像できない。彼女が見た最も華やかな景色は、かぐわしいビャクランの花、クチナシの花が一斉に咲いて、雪原のように見えるというものだ。ホウセンカの赤が、その清らかな世界の中で唯一、俗気を感じさせた。

外祖母は、華やかな生活を味わってしまった人は月並みな生活に戻れない、ということがわかっていた。この娘は苦難に陥った。しかも、いまが苦難のどん底ではない。これからの一歩一歩は、苦難の連続なのだ。

小さい火鉢の煙、タバコの煙、そして船頭の歌う崑山の民謡が一緒になって、王琦瑶の頭をボーッとさせ、眠気を誘った。外祖母は王琦瑶のために、様々な前途を思い描いたが、最後の道は出家して尼さんになることだった。徹底的に気持ちを抑制し、平穏無事に暮らすことができる。だが、王琦瑶本人だけでなく、外祖母としても、そこまで人生をあきらめるわけにはいかなかった。

実を言えば、外祖母は王琦瑶よりも、人生の喜びを知っていた。王琦瑶の喜びは、虚と実が半分ずつだった。生き方へのこだわりが半分、華やかな生活へのこだわりが半分を占めていた。だが、外祖母の喜びは全部を兼ね備えている。外祖母は、女の美しさに喜びを感じていた。それは、どんな花よりも美しい。鏡の中の自分を見るたびに思うのだ。女に生まれてきて、本当によかった。

外祖母はまた、女の静けさに喜びを感じていた。男たちのように、騒々しく世間を渡り歩き、武器を振り回して、生きるか死ぬかの勝負をする必要がない。男たちは、家庭や事業という重荷を肩に背負っている。下手をすれば、家庭は崩壊し、事業は失敗する。まったく綱渡りのような人生で、困難と危険に満ちている。

外祖母はまた、女の出産と育児に喜びを感じていた。苦痛は一時的なもので、産み落とした我が子とは、心と心のつながりがある。男の人に、それが理解できるだろうか？ 外祖母は王琦瑶を見つめて思った。この娘はまだ、本当の女の喜びを味わっていない！ これらの喜びは平凡に見えるが、心の底から沸き上がり、ずっと持続し、名と実を兼ね備えている。だから、本当の喜びなのだ。平凡な心を持っていないと、それを得ることはできない。ところが、この娘は平凡な心をすでに失っている。形が崩れた心では、形が崩れた喜びしか得られない。

水鳥が数羽、船を追ってくる。ガーガーと鳴き声を上げたあと、飛び去って行った。外祖母が寒くないかと尋ねると、王琦瑶は首を振った。お腹がすいていないかと尋ねると、また首を振った。外祖母は、いまの彼女がまるで抜け殻だということを知った。魂がどこかへ行ってしまって、いつ戻ってくるかわからない。戻ってきたとしても、うらぶれた魂だろう。人も環境も昔とは違うので、安住の地が見つからない。

このとき、船は名もない小さな町に着いた。外祖母は、船頭に上陸して酒を買ってこさせ、火鉢で温めた。また、岸辺で売っている茶タマゴ（お茶や醤油で煮て味付けしたタマゴ）と豆腐乾《ドウフガン》（豆腐に圧力をかけて脱水したもの）を買い、つまみにした。外祖母は王琦瑶にも少し酒を注ぎ、飲まなくてもいいから手を温めなさいと言った。また、岸辺の人と車と家を指さし、鄔橋の縮図だと説明した。王琦瑶は、船着き場の石の壁だけを見ている。びっしりと生えた緑の苔に、何度も波が打ち寄せていた。

王琦瑶は、煙霧に包まれた外祖母の顔を見ながら思った。なんと年老いていることか。よそよそしくて、少しも親しみが湧いてこない。「老いる」というのは、恐ろしいことだ。逃れようもなく、身に迫ってくる。曲がりくねった水路を進む間、彼女は失意のどん底で、この「老いる」という言葉にだけ刺激を受けた。空も水も年老いている。石の上の苔も、歳月を感じさせた。崑山出身の船頭の年齢はよくわからないが、まるで時間の化石だった。彼女の心は、時間の深淵に落ち込んで行った。どこまでも落下し、すがりつく場所がなかった。

外祖母の小さい火鉢も、外祖母の布靴の模様も古めかしい。外祖母が飲んでいるのは、年代物の紹興酒だった。茶タマゴと豆腐乾は、代々受け継がれた煮汁で煮込んだものだ。この船も、あの車も、千里の道のりを走ってきた。時間の積み重ねによって頑丈な壁が築かれ、それを打ち破ることはできない。水鳥は何百年にもわたって、さえずりを続けてきた。畑では何百年にもわたって、作物の植えつけと収穫が繰り返されてきた。歳月とは、そういうものだ。

それは心の中に、畏敬の念を生じさせる。誰もが受け止められるものではない。それはホタルの短い命、一瞬の生涯を連想させる。百年単位で計算が行われ、人間は世代を基準として、魚がタマゴを産むように広がっていく。この船に乗っているのは旅人で、人生も束の間にすぎない。船は確かに年老いている。天地創造の昔から存在し、旅人を運んできた。外祖母が語る鄖橋も年老いている。外祖母が生まれる前から存在する。いったい、どれだけの歳月を経ているのだろう？

船は扉をくぐるように、橋を一つずつ抜けて行った。その扉の中の世界も、長い歳月を経た、閉鎖的な世界だった。もし王琦瑶がいま放心状態でなければ、悲しみと感動で泣いていただろう。この日、鄖橋の町は鉛色の線描画のようだった。葉がすっかり落ちた木の枝も、水路のさざ波も緻密な線を描いている。緑の苔は筆先で何百何千もの点を打ったかのようだ。家屋の板壁は、古い木目と新しい木目が混在し、数千年に及ぶ争いを演じているらしい。

炊事の煙と洗濯物を棒で叩く音は、古代から受け継がれている表現法で、長年の間にもう珍しいものではなくなった。洗濯をする女の前掛けと頭巾には、魚と蓮の図柄が染め出されている。それは鉛色の風景画の中で、最も目を引く。長い年月を経ても、新鮮さが失われていない。いつの時代でも通用する個性があり、生きた化石のようだった。それは最終的に得た悟りで、老いることがない。時間のトンネルを抜け、つねに現存する。時間の流れの上に浮かび、すべてが沈没しても、まだ残っている。まさしく、神仙と言っていい。それによって、この世界はますます年老いて見える。

数万年の昔に不老不死の丹薬を作った炉のようなものだ。

いくつもの橋をくぐるうちに、その古めかしい世界の中心が近づいてきた。炊事の煙がますます濃くなり、洗濯物を叩く音も激しくなり、歓迎の意を示している。外祖母は目を生き生きと輝かせた。タバコの火を消し、船室の外を指さしながら、王琦瑶にあれこれ説明をした。だが、王琦瑶は上の空で聞いていた。彼女の心は、どこに行ってしまったのだろう。心がバラバラになり、四方八方に飛び散ってしまったのだ。いつか取り戻せる日が来るとしても、一部は欠けたままになってしまう。

船頭は崑山の民謡を歌うのをやめて、外祖母にどっちへ進めばいいのかを尋ねた。外祖母は、行き先を指示した。船はまさに自分の家に帰り着いたかのように、自由自在に向きを変えて水路を進んで行く。その後、外祖母が着いたよと言った場所で、船は錨《いかり》を下ろした。そして、しばらく揺れながら、ゆっくりと岸に着いた。外祖母は王琦瑶の手を引いて船室を出た。思いがけず、外はもう晴れていて日差しがまぶしく、王琦瑶は目を細めた。

外祖母は船頭の手を借りて岸に上がると、小さい火鉢を手に持ったまま、蘇州に嫁入りした日の賑わいを王琦瑶に語った。河沿いの家の窓は全部開いて、人が首を伸ばしていた。嫁入り道具の箱や籠が先に船に積み込まれ、そのあとが花嫁の乗る駕籠《かご》だった。真っ白なクチナシの花が満開で、花嫁衣装だけが赤かった。木の葉は緑、水は青で、花嫁衣装だけが赤かった。家屋の瓦は黒、橋脚も黒で、花嫁衣装だけが赤かった。その赤は、永遠に変わらない古い世界に一瞬の転機をもたらす。同時に、古い世界を際立たせる。消えても、またよみがえる。古めかしい世界に彩りを与える力を持っていた。

## 3 阿二

王琦瑶は鄔橋で、大叔父の家に滞在した。大叔父は、醤園《ジアンユエン》（醤油や味噌の製造販売をする店）を経営していて、豆腐乾の醤油煮が町の名物になっていた。毎日、豆腐屋の店員が材料の木綿豆腐を届けてくる。豆腐屋には二人の息子がいて、長男の阿大《アーダー》はすでに妻子持ちだった。次男の阿二《アーアル》は崑山の学校に通い、当初は上海あるいは南京の師範学校を受験するつもりだったが、時局の混乱のため、夏休みのあと、見合わせることになった。

阿二の身なりは旧式のモダンで、メガネをかけ、髪を七三に分け、学生服の襟元に黄褐色のマフラーを巻いている。鄔橋の女には目もくれないし、男たちとも付き合わず、一人で部屋にこもって本を読んでいた。父親に頼まれて豆腐の配達に行くときも、不快な顔をして、気が進まない様子だった。月のある夜は、阿二の孤独な姿が際立つ。だが、そんな阿二も鄔橋の風景に欠かせない人物である。似つかわしくないようだが、実はそんなことはない。鄔橋の孤独者というイメージにぴったりだった。

鄔橋には、絶えず孤独者が登場する。いま、その役割は阿二に回ってきた。鄔橋の水路に浮かぶ泡沫のようなものだ。水路には水が流れ続けるが、泡沫は今日限りの命である。阿二は色が白く、目鼻立ちが整っている。しゃべり方も歩き方も弱々しかった。もし、彼がこれほどの美男子でなかったら、家族は彼を嫌い、鄔橋の人たちは彼を笑い者にしていただろう。通常、鄔橋の舞台に登場する孤独者のように。しかし、現状は違っている。みんなが彼を寵愛《ちょうあい》していた。家族は喜んで彼の面倒を見たし、何軒もの家が彼を娘婿にしようとした。

おそらく、時代の変化のおかげだろう。良い時代になって、孤独な男も世間に受け入れられた。人々の同情を集めるようになっている。だが、それは人々の片思いで、阿二自身はどれだけ鄔橋を嫌っていることか。それは顔に表れている。そして、彼はますますこの時代の特徴を体現するようになった。彼は、自分が世界を知っているつもりでいる。鄔橋を世界の切れ端、世界から忘れられた存在と見なしていた。彼はここを出て行きたかった。しかし、体が弱くて世界の激動に耐えられない。世界へ出て行ったとしても、いずれは鄔橋に戻ってくるに違いない。彼は、自分も世界の切れ端だと思った。しかも、うまく裁断できず、体はここに残っているのに、心は世界に飛んでいた。だから、阿二の心の中は分裂していた。人の影は人の魂だという伝説がある。阿二は、自分には影がないと主張していた。月の明るい夜、阿二は石橋の上で自分の影を見たが、心ではそれを拒否した。これは自分だろうか？　明らかに別人だ。

ある日、阿二は醤園の前を通り、店の中にすわっている王琦瑶を見た。そして突然、電気に触れたような衝撃を受けた。彼は思った。これこそが自分の影だ！　この日から、店に豆腐を届ける仕事は彼が引き受けた。豆腐屋から店まで行くには、三つの橋を渡らなければならない。橋を渡るたびに、彼の興奮は高まった。だが、阿二はそれを表情に出さなかった。興奮を隠すため、ことさらに難しい顔をした。彼は豆腐を届けると、すぐに引き返した。帰りは橋を渡るたびに、憂鬱な気持ちになった。だが、その憂鬱の中には興奮も含まれている。歩いているうちに、思わず飛び上がってしまった。

彼は思った。王琦瑶も、間違って世界から裁断された切れ端なのだろう。それでも、あの世界の華やかさが残っている。彼女はどうして、ここへやってきたのか？　阿二は感激のあまり、涙が出そうになった。彼女がいれば、この鄔橋にも日が当たり、埋没せずに済む。彼女がいれば、この鄔橋も世界とのつながりを保つことができる。彼女は鄔橋に、どんな変化をもたらすのか！　阿二は王琦瑶に関する噂を耳にした。噂がいかに常軌を逸《いっ》していても、阿二は驚かなかった。逆に、想像したとおりだと思った。王琦瑶の噂は、夢のような上海の繁栄を象徴していた。繁栄も夢も過去のものだが、輝きはまだ残っていて、あと半世紀は通用しそうだった。阿二の心は躍った。

王琦瑶もすぐに、この豆腐を届けにくる若者に気づいた。青白い顔と学生服が、古い写真の人物を連想させた。彼女は板塀を隔てて、中庭で彼が大叔父と話しているのを聞いた。鳥のさえずりのように、か細い声だった。ある日、彼女は針と糸を買いに出かけたとき、正面から彼がやってくるのを見た。彼は顔を赤らめ、向きを変えて橋を渡り、逃げるように立ち去った。彼女は面白がって、ますます彼に注目するようになった。

彼女は、彼が夜中に歩き回る癖があることに気づいた。夜が更けて人気《ひとけ》のない街を歩いて行く。

月光を浴びたその姿には、まだ異性を知らない少年の静けさと穏やかさがある。ときどき軽く飛び上がる仕草も、異性を知らない少年の喜び方だった。

ある日、彼女は豆腐を担いできた彼が店を抜け、奥の部屋へ行こうとするのを見て、後ろから「阿二」と声をかけた。阿二が振り返ると、彼女はわざと身を隠し、彼の興奮と当惑の反応を盗み見ていた。王琦瑶がいたずら心と余裕を見せたのは、鄔橋に来てから初めてのことだった。阿二が彼女をその気にさせたのだ。阿二はキョロキョロしたあと、空耳だったのかと思ったが、どうにも腑に落ちず、あてもなく叫んだ。ぼくを呼んだのは誰？　王琦瑶は、口を押さえて笑った。笑ったのも、ここへ来て初めてだった。阿二が彼女をその気にさせたのだ。

翌日、街で阿二に出会ったとき、彼女は阿二の行く手をふさいで言った。阿二、そんなに目が大きいのに、どうして相手が見えないの？　阿二はどぎまぎして、顔から首までが真っ赤になった。首の青筋がピクピクと動いている。視線を下に向け、手の置きどころに困っていた。そこで、彼女は尋ねた。阿二、何をしに行くところ？　阿二はしどろもどろに、豆腐の代金を集めに行くと言って、手に持っていた帳簿を見せた。王琦瑶は受け取って、小さい楷書の文字を見て尋ねた。これは阿二が書いた字なの？　阿二は、自分が書いた字もあるし、そうでない字もあると答えた。王琦瑶は、どれがそうで、どれがそうでないか、説明させた。阿二は少しずつ落ち着きを取り戻し、特に美しくて小さい字を指し示した。王琦瑶は、習字の知識がまったくなかったが、わかったふりをして言った。阿二は字がきれいね。阿二は平静に戻って言った。姉さんは、皮肉を言ってるんだろう。

王琦瑶は、真顔になって言った。私たちの学校の先生でも、こんなに小さくてきれいな楷書は書けなかったわ。阿二は言った。上海の教育は、科学と実用を重んじている。習字は遊びみたいなものだから、どうでもいいんだ。王琦瑶はそれを聞いて、なかなか見識があると気づき、彼を子ども扱いしていたことを反省した。そして、別の質問をした。阿二は、それぞれの質問にまるで優等生のように答えた。その後、王琦瑶はいつでも遊びにいらっしゃいと言って、彼と別れた。

翌日、豆腐を届けにきたのは、以前の店員だった。阿二は夜、やってきた。靴磨き用のパウダーをつけた白い運動靴を履き、マフラーを巻いて、本を何冊か手にしていた。彼は正式な客として訪れたようで、大叔父の家の子どもに、フルーツ味の飴を持ってきた。彼は王琦瑶に言った。姉さんの退屈しのぎに、小説をいくつか持ってきたよ。鄔橋には映画館もないから、夜はすることがないよね。本は様々で、『拍案驚奇』（明末の短篇小説集、凌濛初《りょうもうしょ》編著）、『施公案』（清代の裁判を主題とする通俗小説）、張恨水《ちょうごんすい》（一八九五～一九六七）の『夜深沈』（一九三七年、長篇小説）、ほかに『小説月報』（一九一〇～一九三一年、上海で刊行）、『万象』（一九四一～一九四五年、上海で刊行）などの雑誌があった。

王琦瑶は思った。これが阿二の持ち物のすべてなのだろう。やはり、鄔橋という町は純朴な気風に満ちている。もし上海だったら、この年ごろの若者はもうとっくに女の口説き方を熟知している。上海の若者は、なんと洗練されていることか！　王琦瑶は感慨を覚え、改めて阿二を見ると、ますます憐れみが湧いてきた。阿二の顔は電灯の下で、いっそう白く見える。額に垂れている髪は、真っ黒だった。

王琦瑶は尋ねた。阿二は、いつお嫁さんをもらうの？　阿二は、顔を赤くして言った。ぼくは、まだ十八歳だよ。王琦瑶は言った。お兄さんの阿大は、二十歳でもう奥さんと子どもがいるじゃないの！　阿二は言った。それは地元の人間だからさ。王琦瑶は、その言い方は自分を地元の人間から除外していると思った。阿二のプライドに気づき、彼の心情に配慮するつもりだったが、好奇心を抑えられずに尋ねた。姉さんが阿二に、上海の女の子を紹介してあげようか？　阿二は下を向いて言った。冗談はやめてくれよ！　その声には、悔しさがにじんでいた。

王琦瑶はもうからかうのをやめ、急に話題を変えて言った。阿二はいま、大事なときでしょう。何か計画はあるの？　阿二は、もともと南京の師範学校に進学するつもりだったが、時局の影響で見合わせていると告げた。それを聞いて、王琦瑶は顔を曇らせ、しばらく黙り込んだ。敏感な阿二は彼女が時局という言葉に反応したことに気づいたが、あえて追求せず、当たり障りのない慰めの言葉を言った。時局はいずれ安定するだろう。人生には浮き沈みがあり、不運が極限に達すれば、自《おの》ずと幸運が訪れる。

王琦瑶はこの辺鄙《へんぴ》な鄔橋までやってきて以来、世の中のことも人生のことも、わからないままだった。人間は取るに足らない存在だ。まして、人の心持ちには何の価値もない。しかしいま、彼女の気持ちには変化が生まれていた。

阿二の気持ちにも、変化が生まれていた。王琦瑶が鏡の作用を果たした。彼女を見ることで、阿二はようやく自分を知り、自分の気持ちを知った。彼は一日おきに訪ねてきて、あれこれ語った。あっという間に、月が沈んでしまった。寒くなければ、彼らは街を散歩することもあった。道端に水路があり、停泊している船の船室から明かりが漏れていて、両側に並ぶ人家の板壁の隙間からも明かりが漏れ、細い光が水路に反射して、水の流れが見える。二人の心は落ち着いて、清らかだった。

阿二が尋ねた。上海の月も、ここと同じなのかな？　王琦瑶は答えた。違うように見えるけど、実は同じよ。阿二は言った。いや、違う。一つは月で、一つは月の影だ。王琦瑶は笑った。阿二は詩人だったのね！　彼女は蔣麗莉《ジアン・リーリー》を思い出し、前世の人のように感じた。詩的才能について言えば、蔣麗莉のほうは偽物で、阿二のほうは本物だ。阿二は、急に照れ臭そうに言った。姉さんこそ詩人だよ！　王琦瑶は、笑いをこらえて尋ねた。聞かせてちょうだい。私のどこが詩人なの？　私は定型詩にしろ自由詩にしろ、一節たりとも覚えてないわ。阿二は、真面目な顔をして言った。詩というのは、何行かの文字を指すわけじゃない！　一部の人は、短い字句を縦に何行か並べたものを詩だと思っている。また一部の人は、心の内をさらけ出した言葉をつなげれば詩になると思っている。それじゃ、詩はまるで仰々《ぎょうぎょう》しさの代名詞になってしまう。

王琦瑶は、心の中で思った。阿二が言っているのは、蔣麗莉のことではないか？　阿二は続けて言った。詩は絵画と同じなんだ。例えば、「漢家秦地の月、流影明妃を照らす」（李白『王昭君』）は、一幅の絵じゃないか？　「千呼万喚して始めて出で来たるも、猶《な》お琵琶を抱きて半ば面を遮《さえぎ》る」（白居易『琵琶行』）、これもまた一幅の絵だ。「玉容寂寞として涙闌干《らんかん》、梨花一枝春雨を帯ぶ」（白居易『長恨歌』）、これも一幅の絵じゃないか？　「桃の夭夭《ようよう》たる、灼灼《しゃくしゃく》たる其の華」（『詩経』「桃夭」）、この絵はどうだろう？

王琦瑶は聞いていているうちに、うっとりしてしまった。もともと詩に興味はなかったが、阿二のおかげで詩情をそそられた。阿二が長い話をやめたので、彼女は慌てて尋ねた。どうして、やめてしまったの？　阿二は言った。もう証明できたからね！　王琦瑶は尋ねた。何を証明したの？　阿二は言った。姉さんが詩人だってことさ。王琦瑶は最初、意味がわからなかったが、その後ハッと悟って、思わず顔を赤くした。

## 4　阿二の気持ち

阿二の気持ちはどうなっているのか、それは本人にもわからなかった。どうして楽しい気持ちがわずか数日で、またつらくなってしまうのだろう。つらさは以前よりも激しく、胸がえぐられるようだった。以前のつらさは漠然としていたが、いまは原因がはっきりわかる。以前のつらさは目標が見えず、あてのないつらさだった。いまは目標が見えるのに、それが得られないというつらさだ。どうして得られないとわかっているのに、あこがれてしまうのかもわからない。まるで、石を自分の足の上に落とすようなものだ。

彼が「姉さん」と呼んでいる上海の女は、空の果ての夕焼けのように、すぐに消えて、跡形もなくなる。彼女自身がロマンスであり、阿二はそこに何かを書き加えることができるだろうか？　彼女が筆を執る前に、彼女は新しいロマンスを作り出す。彼女と鄔橋は、奇妙な対照を見せていた。鄔橋は明白なのに、彼女は測りがたい。鄔橋はあからさまなのに、彼女は霧に包まれていた。

阿二の若さでは、真理よりも謎を求めたがる。鄔橋は真理にほかならない。真理が得られれば、人生の目的は達せられる。さらに何を望むのか？　これは鄔橋が阿二をうんざりさせる理由であると同時に、王琦瑶が阿二を強く刺激した理由でもあった。阿二は毎日、醬園の部屋を訪れた。王琦瑶と向き合ってすわり、彼女が針仕事をするのを見ながら、おしゃべりをした。しかし、接近すればするほど、彼女は遠ざかって行く。遠ざかれば遠ざかるほど、彼は追いかけたくなった。そして、追えば追うほど、相手の姿は見えなくなるのだった。

阿二はときどき、詩について語った月夜を思い出した。引用した詩句が耳のあたりによみがえると、王琦瑶の姿もはっきり見えた。あのとき、これらの詩句はすらすらと口をついて出た。古人の作品ではなく、阿二がその場で感情を詠《よ》んだ即興詩のようだった。しかし、あとから詩の出典を思い出すと、急に不安な気持ちになった。

「漢家秦地の月、流影明妃を照らす」は、李白が王昭君を詠んだ詩だった。王昭君は都を離れ、はるか遠くの異郷に嫁いだので、確かに現在の王琦瑶の境地に近いものがある。故郷の月が、異郷の彼女を照らしていた。あとに続く二句は、「一たび玉関の道に上り、天涯去りて帰らず」である。まさか、王琦瑶は異郷に留まったまま帰らないのだろうか？　阿二は少し興奮したが、そんなはずはないと思った。なぜなら、王琦瑶は家を離れたが、国を去ってはいないから、王昭君とはまったく違う。

阿二はもう一度考えて、少し納得した。王琦瑶は国を去っていないが、国家体制が大きく変わった。かつての月の光が現在の彼女を照らしたとしても、時間を逆流させることはできない。その意味では、「天涯去りて帰らず」なのだ。そう考えると、これほどぴったりした詩句はない。しかも、昔の上海の明月の中に立っている王琦瑶の姿には、何とも言えない物寂しさがある。それは、阿二の心に突き刺さった。

そのあとに引用した詩句は、だんだん怪しくなった。「千呼万喚して始めて出で来たるも、猶お琵琶を抱きて半ば面を遮る」の出典は、白居易の『琵琶行』である。詩に描かれた琵琶を持つ女は天涯孤独の人物で、うるわしい光景は二度と戻らない。もう一句の「玉容寂寞として涙闌干、梨花一枝春雨を帯ぶ」は『長恨歌』からの引用で、楊貴妃の色香があせ、魂がすでにあの世をさまよっていることを述べている。阿二は思わず、悲しい気持ちになった。彼が思いついた美女の図は、すべて不幸な美女の図だった。まさに美人薄命である。

『詩経』の「桃の夭夭たる、灼灼たる其の華」だけは、おめでたい構図だ。だが、一連の物寂しい光景のあとに、桃の花が咲き誇る図柄が出てくると、不吉な感じがする。阿二は心が重くなった。これは本当に予兆なのだろうか？　彼は上海の女の身にまといつく不幸の匂いに気づいた。しかし、この匂いはなんと美しいことか！　その並外れた美しさに、阿二はすっかり心を奪われてしまった。

阿二が王琦瑶に心を奪われた理由は、愛情だけではない。平伏する気持ちがあった。王琦瑶は一人の人間というより一種の化身で、空気中に漂っている霊のような存在だった。朦朧とした境地の中にあり、情緒が乱される。鄔橋の上空に湧き上がった蜃気楼なのだ。阿二はときどき、自分も感化されて、小糠雨に姿を変えたと思った。

鄔橋という町では、幻覚も多く生じる。静かすぎて夜が長いために、幻覚が生まれやすい。密集している曲がりくねった水路、建ち並んだ家々の軒下、そして石畳の道は、幻覚が生まれるのに相応しい場所だった。王琦瑶は、阿二の幻覚に現実味を与える存在である。彼女が鄔橋の街を歩くと、その体から華麗な輝きが発せられ、歌舞の音楽も聞こえるような気がした。阿二は思った。この上海の女は、自分を誘惑するためにやってきたのだ。誘惑が強まると、前途はますます多難になる。阿二は、自分を犠牲にしてもかまわないと思っていた。彼が平伏するのは、不幸をもたらす宗教である。永遠の生のためではなく、束の間の生のために、目の前の幻覚や瞬間的な快楽を追い求めている。阿二の心は、呪われてしまった。

王琦瑶は、阿二の気持ちを少年にありがちな大人の女性に対する恋情だと思っていた。阿二を軽く見ていたわけだが、むしろ阿二にとってはそれが救いだった。なぜなら、この恋情から出発しなければ、王琦瑶に接近することはできないから。ほかのことは、よくわからない。この恋情だけが確実なもので、人間味が感じられた。王琦瑶と阿二の交流は、それによって成り立っていた。

阿二の恋情は純粋で、何の要求もなかった。自分が愛することを許してもらえれば、それで十分だった。王琦瑶が街へ買い物に行くとき、阿二は買い物籠を持った。よい天気の日に王琦瑶が屋外で洗髪するとき、阿二はやかんを持って彼女の頭にお湯をかけ、石鹸《せっけん》の泡を洗い流した。王琦瑶が豆の皮をむくとき、阿二は碗を持って豆を受け止めた。王琦瑶が裁縫をするとき、阿二は率先して針に糸を通した。王琦瑶は、彼が鼻先に視線を向けて針に糸を通す様子を見て、好感を抱いた。この好感は自然に心に湧いた単純なものだ。彼女は思わず手を伸ばして、阿二の頭をなでた。彼の髪はサラサラで、ひんやりしていた。さらに彼女は、メガネをかけている彼の鼻に触れた。鼻もひんやりしていて、子犬の鼻のようだった。阿二は感激のあまり、目がうるんでいた。

彼女は阿二に尋ねた。私と一緒に上海へ行く？　阿二は答えた。行く！　彼女は重ねて尋ねた。阿二はどうやって、姉さんを養ってくれるの？　阿二は答えた。働くよ。彼女は笑ったあと、当惑して言った。阿二が働いても、姉さんの髪につける油代しか稼げないわ。阿二も当惑して言った。姉さんは、ぼくをバカにしてる。王琦瑶は、彼の薄い耳をつかんで言った。冗談よ。どっちみち、上海に帰れるかどうかもわからないんだから。阿二は、真顔になって言った。ぼくが船を漕いで、姉さんを上海まで送って行くよ！　王琦瑶は笑って言った。阿二の船は、上海まで行ける？　阿二は言った。すべての河は海に通じているんだ。行けないはずはないさ。王琦瑶は沈黙した。

阿二のぼんやりした心に、かすかな光が見えた。彼には見通しがあるようだった。もちろん、かすかな見通しではあるが。彼は自分に向かって言った。ぼくはどうするべきなのか？　阿二は、行動すべきときが来たと思った。冬が過ぎ去り、迎春花（オウバイ）が咲いた。まばらな枝に点々と見える黄色い花は、阿二の心を象徴している。阿二は思った。ぼくはこのひと冬、待ち続けた。鄔橋の冬は、なんと長かったことか。阿二は河辺へ行き、船が出発を待っている様子を見て、心がまた少し明るくなった。彼は心から、鄔橋の水に感謝した。この水があるからこそ、阿二はどう行動すべきかを知った。いま、阿二は光に向かって歩いている。前途はかすかな光に照らされていた。阿二が勇敢になったのは、その光のおかげだった。だから勇気もすべて、かすかな勇気なのだ。阿二はもう、毎日王琦瑶を訪ねなかったが、むしろ王琦瑶がより切実な存在になった。王琦瑶は、彼の行動に力を与えていた。

阿二の心に突然、悲壮な思いが沸き上がった。重大な決別をしたようだが、この悲壮な思いの中には多少の喜びも含まれている。それを彼が感じているので、この決別は決別ではなく、出会いとなった。彼は心の中で歌を歌った。悲喜こもごもの童貞の歌を歌いながら、月夜の鄔橋を歩き回った。このとき、誰かが彼を見たら、彼のまなざしに感動したはずだ。それは、なんと穏やかなまなざしだろう！　彼の決心と信念も、水のように穏やかだった。

王琦瑶は、阿二が来ないのを不思議に思っていた。まさにそのとき、ノックの音がした。阿二は洗ったばかりの白い運動靴にパウダーをつけていた。マフラーも洗い立てで、アイロンがかけてあった。阿二の目はメガネの奥で、きらきらと輝いている。阿二は言った。姉さん、会いに来たよ。王琦瑶は言った。ずっと来なかったのは、姉さんを忘れたから？　阿二は言った。ほかの人は忘れても、姉さんだけは忘れないさ。王琦瑶は言った。お嫁さんをもらえば、お母さんのことだって忘れるわ。縁もゆかりもない私のことなんか、なおさらでしょう。阿二は言った。忘れないと言ったら忘れないよ。でもいつか、上海の大通りで出会ったら、ぼくだと気づかないだろうな。王琦瑶は笑った。気づいたらどうなの？　気づかなかったらどうなの？　阿二は悲しそうに目を伏せ、小声で言った。そうだね。ぼくのことを永遠に忘れないでと言うつもりはないよ。王琦瑶が慰めようとしたとき、彼は向きを変えて言った。姉さん、さようなら！　そして、部屋を出て行った。

彼の運動靴は音を立てることなく、石畳の道を去って行く。やがて鄔橋の宵闇に消え、彼の姿は見えなくなった。王琦瑶はまだ話したいことがあったので、追いかけようと思ったが、明日にしようと思い直して扉を閉めた。鄔橋の夜はどこまでも静かで、間もなく露が降りる音が聞こえてきた。

翌日、王琦瑶は阿二を待っていたが、彼は来なかった。三日目も来なかった。さらに次の日、豆腐を届けに来た店員の話で、阿二が町を出たことを知った。南京の師範学校を受験するのだという。王琦瑶は、阿二がやってきた夜のことを思い出した。ひと言ひと言に、気持ちがこもっていた。彼女は阿二の言葉をもう一度よく考えた上で、阿二は南京へ行ったのではないと断定した。上海へ行ったに違いない。彼女は思った。阿二が上海へ行ったのは、ほかでもなく彼女のためだ。阿二は上海で彼女を待っている！　だが、上海は人の海だ。もし彼女が上海に帰ったとして、阿二は見つけてくれるだろうか？

## 5　上海

上海への思いが阿二によってかき立てられ、あの不夜城が王琦瑶の目の前に現れた。なんと久しぶりだろう！　朝、彼女は鏡の前で髪をとかしているとき、鏡の中に上海を見た。だが、その上海は少しやつれて、目元に小皺があった。彼女は河辺へ行き、水に映った上海の逆さまの影を見た。その上海は色があせていた。暦《こよみ》を一枚めくるたびに、上海が年を取っていく気がする。上海を思うのはよくない。心が痛むから。そこで過ごした日々は、限りなく愛《いと》おしい。

鄔橋の空に浮かぶ雲は、上海の形をしている。刻々と変化し、晴れたり雨が降ったりするが、華やかで美しい。上海は不思議だ。その輝きを人は一生忘れないだろう。すべてが過ぎ去り、泥や灰、壁を伝うツタに姿を変えても、その輝きが失われることはない。輝きはより広範囲に及び、あらゆるものを貫通する。最初から知らなければそれまでだが、一度知ってしまうともう手放せない。

王琦瑶の目の前には、さらに阿二が船に乗って上海へ向かう姿が浮かんだ。風に乗って船は進んで行く。彼女は思った。阿二は実に勇敢だ。冗談を本気にするなんて。でも、あの冗談は、本当に冗談だったのか？　予言だったのではないか？　彼女は、さらに思った。鄔橋の阿二でさえ上海へ行くのだ。上海で生まれ上海で育った王琦瑶がなぜ、遠く離れたこの地で、心を半分に切り裂かれ、思いを募らせているのか？　上海が本当に恋しい。どんな苦しみや衝撃も、この思いを打ち消すことはできない。少し傷が癒えれば、またすぐに気持ちが動く。まるで恋人のような存在で、「望夫石」になって待ち続けてもいいとさえ思う。

阿二は町を出たあと、音信を絶った。豆腐屋の店員も連絡がないと言う。王琦瑶はますます、阿二は上海へ行ったと確信した。果てしない人の海の中で、阿二は自分の居場所を見つけられたのだろうか？　彼女は思わず、阿二の無謀さを嘆いた。しかし、阿二は自分の未来を切り拓《ひら》いたのだ。いつになったら、阿二に会えるのだろう？　王琦瑶は多少の喪失感を味わった。彼女は窓を開け、月明りに照らされた水辺にまた上海の影を見た。遠くから差し込む光の下で、その影は以前ほどはっきりしなかった。

鄔橋は上海と完全に隔絶しているわけではない。多少の情報は伝わってきた。龍虎《ロンフー》ブランドの万《ワン》金油《ジンヨウ》（軟膏）のポスターは、上海から来たものだ。美女の絵柄のカレンダーも、上海製だった。雑貨屋では、上海の双妹《シュアンメイ》ブランドのローション、老刀《ラオダオ》ブランドのタバコを売っている。上海の申曲《しんきょく》（上海一帯の地方劇、滬劇《こげき》の旧称）は、鄔橋の人でも歌えた。無関心ならよかったのだが、一度目が向くと、これらのものは心を挑発する。王琦瑶の心は、この挑発に耐えられるだろうか？　彼女はいま、どこにいても上海の呼びかける声が聞こえた。

上海を思う彼女の心には、傷ついたことに対する恨みが含まれていた。したがって、挑発は傷口を暴くことにつながり、えぐられるような痛みを感じた。しかし、その恨みには輝きがあり、痛みも甘受したいと思ってしまう。心の震えと恐怖が過ぎ去ってから振り返ると、すべては当然のことで、情理に合っていた。恨みも苦しみも、洗礼だったのだ。彼女はすでに、上海の息吹を感じていた。阿二が感じる上海とは違う。阿二は上海の中身を知らない。王琦瑶は上海の表も裏も知っている。クチナシの花は、上海の夾竹桃の匂いがした。水鳥の飛ぶ姿は、上海のビルの上を飛ぶハトの群れを思わせる。鄔橋の夜空の星は上海の街の灯で、鄔橋の水路の波は上海の夜市のネオンだった。

彼女の耳には、周璇《ジョウ・シュワン》の『四季の調べ』が聞こえていた。季節ごとの歌詞が、帰っておいでと彼女を誘うのだった。他人は口を揃えて、彼女を上海娘と呼ぶ。彼女を他郷の人と見なし、早く帰るように促す。彼女のチャイナドレスは古くなったので、新調しなければならない。彼女の靴は履き古されたので、新調しなければならない。手足にはひび割れができ、セーターには虫食いの穴があいた。満身創痍《まんしんそうい》の彼女は、どうしても家に帰らなければならない。

阿二からは依然として便りがなかった。物語はいつも、音もなく静かに始まるものだ。だから王琦瑶は、阿二が上海へ行ったことをもはや疑わなかった。阿二が上海にいると思うと、心が温かくなると同時に、負けたくないという気持ちもよみがえった。いま、王琦瑶はまだ腰を上げていないが、鄔橋は彼女に手を振り、別れを告げている。草木も、石やレンガも目の前にあるのに、すでに記憶の一つとなり、霧のようにぼんやりしてしまった。鄔橋の柳も夢の中の景色となって、ゆらゆら揺れている。王琦瑶は、船にも注意を向けた。一つまた一つと橋の下を抜けて、船はうれしそうに進んで行く。船頭はやはり、崑山の民謡を歌っていた。

あっという間に冬と春が過ぎ、蓮は実を結んだ。王琦瑶は蘇州に向かう船に乗った。両岸の家屋は石壁に変わり、千年万年の水垢と苔がこびりついている。鄔橋は長い絵巻物のように広がっていった。水力で米をつく臼《うす》の音が、ほかの物音を圧して空に響く。鄔橋の真実と空虚、鄔橋の情と理、霊と肉がすべて臼の音に吸い込まれた。それは悠久の音である。崑山の民謡は悠久の声で、船頭は悠久の人だった。

王琦瑶が鄔橋を出ると、絵巻物は水と岸の間に収まり、視界が広がった。水鳥が高く飛び上がり、黒い点に変わった。岸のほうから伝わってくるスズメを追い払うための銅鑼《どら》の音は、勝利を告げるリズムのように聞こえる。太陽は高い空に輝き、水面が鏡のように光っていた。人を照らすのではなく、天を照らしているのだ。空に雲はなく、これもまた大きな鏡のように、流れる水を照らしていた。無数の船が風に乗って進んで行く。多くの船が争うように進む光景は、心を揺り動かさずにはおかない！

蘇州に着く前に、もうビャクランの花の香りがしてきた。蘇州は上海人の思い出の地である。上海人は昔を思うと、必ずその気持ちを蘇州に向ける。上海人の心のふるさとは、蘇州だった。甘ったるい蘇州語は、上海に愛をささやいている。恨みも愛に変わり、石も金に変わる。上海の庭園は蘇州のものを踏襲していて、優雅な趣向に満ちていた。蘇州には、忘れられない上海の面影がある。船が蘇州に着けば、上海までの道のりはもう半ばを過ぎたようなものだ。

蘇州から上海まで、王琦瑶は汽車に乗った。船は遅すぎる。風向きも順風ではなかった。乗ったのは夜汽車で、窓の外は真っ暗だった。まばらな灯火が、ホタルのように車窓をかすめて行った。王琦瑶の心は静かで、何の音も聞こえず、風の音もしなかった。窓の外の黒は厚い幔幕のようで、その背後に上海があり、幕が開くのを待っている。窓の外の黒はトンネルで、それを抜けると上海だった。

上海の最初の光は、閘北《ざほく》の汚水処理場の灯火で、闇夜の中に現れた。王琦瑶の目に突然、熱い涙があふれた。灯火はしだいに密集し、光に吸い寄せられる蛾のように、車窓を照らした。汽車はかまわずに前進を続け、轟音が天地を覆った。往事は氷が融けた春の河の水となって、堤防を越えようとしている。考えないようにしようと思っても、考えてしまう。大河が東に流れるように、それを止めることはできない。懐かしい人たちの面影が、次から次へと車窓に浮かんできた。王琦瑶は思わず、顔じゅうを涙で濡らした。このとき、絹を切り裂くような汽笛の音がした。まぶしい明かりが窓から差し込み、そこに浮かんでいた面影は瞬時に消えてしまった。汽車はホームに滑り込んだ。

# 第二章

## 6　平安里

　上海という都市には、平安里《ピンアンリー》という弄堂《ロンタン》が少なくとも百か所はある。平安里と聞いただけで、奥が深くて薄汚れた弄堂が目の前に浮かんでくる。通り抜けて別の大通りに出ることができる場合もあれば、隣の弄堂とつながっている場合もある。まさしく網目のようで、よそ者がこういう弄堂に入れば、間違いなく迷子になり、どこへ行き着くかわからない。他人から見ると平安里は乱雑そのものだが、そこの住人に言わせれば整然としている。彼らは自分たちの流儀を守りながら、人生の荒波を何とか乗り越えているのだ。

　夜の帳《とばり》が下りて、ときには月も昇るころ、平安里は清潔で静かな一面を見せる。細密画の風景のように、生活の様子が隅々まで明らかになった。実際の平安里は、見かけによらず洗練されている。

朽ちかけた窓格子の中には、輝かしいとは言えないが情緒たっぷりの思い出や希望が隠されていた。「火の用心」を呼びかける鈴の音は、平安里の思いやりを感じさせ、心を温めてくれる。

平安里の一日の生活は、喧騒《けんそう》の中で幕が開く。肥え取り車の車輪の音、おまるを洗う音がする。数十個の豆炭コンロが煙を上げる弄堂に、昨晩洗った洗濯物を干す竹竿が交錯し、まるで煙幕の中に掲げられた旗のようだ。これらの光景は、多少わざとらしい。負けん気が強く、力を誇示している。強烈な勢いがあって、東の空に昇る太陽の光も覆い隠してしまう。そこには、当初からの住人がいた。彼らは平安里の生き証人であり、歴史を感じさせるまなざしで、新たに移り住んできた住人を観察している。一部の住人たちは頻繁に往来し、河の流れのような光景を作り出す。彼らの謎めいた行動は神秘的で、平安里の上空に疑惑の雲を生じさせていた。

王琦瑶は、平安里三十九号の三階に住み着いた。同じ部屋のかつての住人は、バルコニーに各種の草花を残してくれた。大多数は枯れていたが、二鉢だけ名前のわからない植物が新芽を吹いていた。同じ部屋のかつての住人は、台所に瓶や壺も残していた。カビが生えたり虫が浮いたりしているものもあったが、新しい落花生油が半分入っている瓶もあった。扉の後ろの壁には、メモが残っている。「一月十日、誕生祝いの準備」。誰の誕生日なのかはわからないが、大人が書いたに違いない。子どもの落書きもあった。私憤を晴らすもので、「王根生《ワン・ゲンション》、クソくらえ」とある。ほかはみな、時代も意味も不明だが、壁一面に貼り付けられている。古いメモの上に新しいメモが重なって、針も刺さらないほど分厚く固くなっていた。

王琦瑶は自分の荷物を運び込むと、ほかのものは放っておいて、まず何枚かのカーテンを取り付けた。そしてカーテンを閉め、電灯をつけると、部屋の印象が変わった。他人が住んでいた場所ではあるが、新しくなった気がする。電灯には笠がなく、光は部屋全体に広がっていた。明るくなったというより、すべてがむき出しになった感じがする。

窓の外は五月の空で、風が温かく、油煙と台所の汚水の臭いを運んできた。これが上海本来の匂いだ。嗅ぎ慣れると気にならなくなり、体に染みついてしまう。少し季節が進むと、桂花粥《グイホアジョウ》の匂いも漂ってくるようになる。いずれも馴染み深い。

カーテンも以前使っていたもので、彼女がよく知っている夜を遮断していた。熟知しているものの中に、わずかな隔たりがあり、無理につなぎ合わせようとすると不自然さが目立ってしまう。王琦瑶はカーテンの大きな花の模様に感謝した。時間と場所が違っても、変わらずに咲き誇り、忠実に寄り添っていてくれる。それは思い出のかけら、至福のときの名残《なごり》で、いくら歳月が流れても輝きを失わない。床板と窓枠からは、古びた木の温もりが伝わってくる。ネズミも音を立てないように、こそこそと動き回っている。これも一種の思いやりだろうか。それに合わせて、「火の用心」の鈴の音が聞こえてくる。

王琦瑶は看護師の訓練所で三か月学び、注射を打つ資格を得て、平安里の弄堂の入口に看板を掲げた。このような看板は、およそ弄堂の三つに一つはあった。それが王琦瑶のような女たちの仕事だった。彼女たちは朝起きると部屋を掃除し、小ぎれいな服に着替える。その後、アルコールランプに火をつけ、注射針を消毒した。陽光が前の家の屋根の上から差し込み、床板に四角い窓の形を映す。彼女たちはアルコールランプの火を消し、暇つぶしの本を広げ、注射を打ちに来る人を待った。人が来るのは、午前と午後の一定の時間に集中する。夜に一人、二人、やってくることもあった。注射の訪問サービスを依頼する人もいた。その場合、彼女たちはカバンに注射器と脱脂綿を入れて、白帽とマスクを身につけ、いかにも看護師という恰好で出かけた。

王琦瑶だけはいつも、単色のチャイナドレスを着ていた。一九五〇年代の上海の街角で、このようなチャイナドレスはだんだん見かけなくなった。残り少ないチャイナドレス姿は、追憶の対象となっていた。旧時代の遺産で、伝統とモダンを兼ね備えている。王琦瑶はチャイナドレスを着て、いくつかの大通りを抜けて、注射を打ちに行った。過去の光景が目の前に浮かんだが、もう昔の自分には戻れないのだった。

ある日、彼女は集雅《ジーヤー》アパートへ行き、薄暗い客間に入った。ワックスを塗った床板に、彼女の靴と靴下が映っていた。その家の使用人に案内されて寝室へ行くと、ベッドに若い女がいた。緑色の絹の薄い布団を掛けている。王琦瑶は、この女は自分の化身ではないかと思った。注射を打ち終わり、荷物をまとめてアパートを出たが、心は置き去りのままのような気がした。あの女が使用人を叱っている声が聞こえる。買ってきたエビが小さくて、新鮮でないと言っているのだ。今夜は旦那様が帰ってきて、夕食を食べるとわかっているのに。

王琦瑶はときどき、アルコールランプの青い火を見つめながら、華やかな光景を思い浮かべた。

そこは小さな世界で、天国にいるように、永遠に娯楽を楽しむことができた。彼女はたまに映画を見に行った。夜八時の回だ。街角は静かで、路面に街灯の明かりが反射していた。映画館の静けさの中の賑わいは、時間が逆流したような印象を与える。彼女が観るのは、周璇の『街角の天使』（一九三七年公開）、白楊《バイ・ヤン》（一九二〇〜一九九六、女優）の『十字路』（一九三七年公開）など、古い映画が多かった。これらの映画も古馴染みで、内容が自分とかけ離れていても身近に感じられた。彼女は夕刊を購読していた。黄昏どきは、夕刊を読んで過ごした。隅々まで読んだが、理解できる記事は半分で、残りの半分は理解できなかった。そのうちに夕食の時間になり、コンロのお湯も沸いた。

夜、注射を打ちに来る人は、いわゆる招かれざる客である。階段で足音がすると、誰だろうと推測した。彼女は少し陽気になり、口数も増える。注射を打つのが子どもの場合は特に、機嫌を取るために明るく振る舞った。改めてアルコールランプに火をつけ、針を消毒する。あれこれ尋ねながら注射を終え、患者が帰るときには名残惜しい気分になった。束の間の賑わいの余韻が残り、彼女は片付けを忘れてしまう。コンロのお湯がすべて蒸発しそうになって、ようやく我に返るのだった。このような夜があると、千篇一律の生活を変えることができる。何か結果が出るわけではないけれども、多少は動きが生まれ、期待が持てるようになる。漠然とした期待で方向は定まらないが、未知のものがしだいに大きく発展し、最後に実を結ぶのだ。

ある日、彼女は夜中に呼び起こされた。人々が寝静まっている中で、その騒がしい声は危険と恐怖を感じさせた。王琦瑶は胸がドキドキした。彼女はネグリジェに上着を羽織ると、階段を下りて戸を開けた。二人の田舎風の男が、重病人をのせた担架を担いで立っていた。王先生に助けてもらいたいと言う。彼らは看護師を医者だと思い込んでいた。王琦瑶は近くの病院へ行くように指図して、二階に上がったが、どうしても寝つけなかった。この都市の夜には意外なことが起こる。どんな出来事も普通とは違う。弄堂の入口に掲げられた「注射・看護師・王琦瑶」という看板は、街灯の明かりの下で人待ち顔をしていた。静けさの中、走り過ぎて行く車と風に舞う枯れ葉の音は、闇夜に動きを与え、一瞬の活気を生み出した。

注射を打ちに訪れる人は、絶えることがなかった。毎日のように通ってくる人もいるし、新たな人も次々にやってくる。王琦瑶はひそかに、その人の家庭や職業を想像した。そのあと雑談を通じて様子を探ると、十中八九、予想は当たっていた。乳母《うば》が子どもを連れてきた場合は、尋ねなくても家の内情を話してくれる。どの乳母もおしゃべりで、雇い主に対する不満を抱えていた。胸いっぱいの愚痴を誰かに聞いてもらいたいのだ。

定期的にやってくる患者もいた。しかし、実のところ患者とは呼べない。打ちに来るのは胎盤液などの栄養剤で、週に一回もしくは二回だった。そのうちに、何人かは注射目的ではなくやってきて、世間話をするようになった。これによって、王琦瑶は外に出かけなくても、世の中の出来事を知った。どうでもいい雑談だが、王琦瑶の時間の大半はそれで埋められた。朝と晩も忙しくなり、対応が間に合わないことさえあった。

平安里の騒ぎは伝染する。しかも、あらゆる隙間から入り込んで、広まっていく。王琦瑶も静寂を維持できなくなった。階段の足音が絶えず、扉の開閉も頻繁になり、路地裏では王琦瑶の名を呼ぶ声がした。とりわけ、のどかな午後に呼び声が聞こえると、切実な期待が感じられた。

夾竹桃の花が咲いた。平安里にも夾竹桃の株がいくつかある。バルコニーのレンガで囲まれた土の中に植えられたものが、鮮やかな花を咲かせていた。白昼に思いがけない出会いは期待できないが、できるだけ細かい情報を集めていけば、いずれは成果が出るだろう。

王琦瑶は周囲の人たちと、しだいに親しくなった。人々は彼女が未亡人だということを知って、当然のように再婚相手を紹介してくれた。王琦瑶は、そのうちの一人と会ってみた。教師で、三十歳だというが、すでに頭頂部がハゲていた。二人は映画館で会い、農民が共産党のおかげで生まれ変わるという内容の映画を見た。王琦瑶がいちばん苦手なジャンルだったが、最後まで我慢した。静かな場面になるたびに、その教師の荒い息遣いが聞こえた。胸がゼーゼーいう音も混じっていて、喘息の症状だった。王琦瑶はそれ以来、縁談は婉曲に断ることにした。今後、誰を紹介されたとしても、この教師の水準を超えることはないと思ったからだ。彼女は他人を責めることなく、ただ自分の不運を嘆いた。そして、油煙が立ち込める平安里の上空を見て思った。この先、何か楽しいことが起こるだろうか？

人々は彼女のことをプライドが高いと言ったり、操《みさお》が固いと言ったりした。しかし、彼女はどんな噂も気にせず、どんな慰めにも耳を貸さなかった。親しい相手でも距離を置くのは、正常なことだった。平安里の人たちの距離感は、よくわからない。濁った水の中に大きな魚が何匹いるのか、わからないのと同じだ。平安里の人たちの付き合いは表面的で、相手を深く理解することがない。うわべは賑やかだが、心の中は寂しかった。この寂しさは、他人にはわからないし、自分でも気づくことがない。ぼんやりとしたまま、歳月は流れて行った。

王琦瑶は、半分ぼんやりしていたが、半分は覚めていた。ぼんやりした時間は流れるに任せ、覚めている時間は考えることに費やした。昼間は各種の人付き合いと仕事をこなす。夜になって電灯を消すと、月光がカーテンに映り、大きな花柄が目の前に迫ってきて、あれこれ考えずにはいられなくなる。平安里の夜は、もともと考えごとに相応しかった。しかし、王琦瑶の部屋のカーテンに浮かび上がる大きな花がなければ、多くの思いは心の底に沈殿したままになる。それらは生活の中で蓄積され、しだいに水分が搾り取られて凝固し、どんなに激しく揺さぶられても動かなくなるのだ。王琦瑶はまだ、その境地に至っていなかった。彼女の思いは依然として華やかで、平安里の暗い夜の中でも光を放っていた。

## 7 馴染みの客

よく訪れる人たちの中に、厳《イエン》夫人と呼ばれる女性がいて、常連客となっていた。やはり平安里の住人で、弄堂の奥にある独立した棟に住んでいる。三十六、七歳だが、長男はもう十九歳で、同済《トンジー》大学の建築科の学生だった。夫は一九四九年まで電球工場を経営していたが、公私合営（社会主義改造の一環として行われた資本家と国家による共同経営）後に副工場長になった。厳夫人に言わせれば、それは形だけの職位にすぎなかった。

厳夫人は普段でも、眉を描き、口紅をつけ、青緑色の短い上着とフランネルのスラックスという恰好をしていた。彼女が弄堂を歩くと、人々は話をやめ、そちらに目を向けた。それでも彼女は毅《き》然《ぜん》として、他人の目を気にしていないようだった。彼女の息子と娘も、近所の子どもたちと遊ぼうとしなかった。厳氏に至っては、車で出入りしているので、これまで誰も彼の顔をはっきり見たことはない。厳家の女中は勝手に出歩くことを許されていない。しかも頻繁に人が入れ替わるので、厳家は女中までもが近寄りがたく、他人と馴染もうとしなかった。

厳夫人は、月曜日と木曜日に王琦瑶のもとを訪ね、風邪を予防する外国製の栄養剤を注射した。彼女は王琦瑶をひと目見て、ひそかに驚きを感じ、この女《ひと》には過去があるに違いないと思った。王琦瑶の一挙一動、服装や食事が、秘められた事情の存在を物語っていた。秘められた事情は、社交界に関係しているのだろう。それを見抜いた彼女は、王琦瑶と親しくなってもいいと判断した。

厳夫人は平安里で、ずっと居心地の悪さを感じてきた。ここに住んでいるのは、部屋代が安いからだ。厳氏は節約家だった。そのため、彼女はよく不満を漏らした。厳氏はベッドで、いろいろ約束した。ところが、思いがけない公私合営によって、資産は国家のものとなった。自宅を確保できただけでも、ありがたいことだ。庭付きの洋館は泡と消えてしまった。

厳夫人は平安里において、まさに鶏群の一鶴で、他人を見下していた。誰一人、同等の扱いを受けることはできなかった。そしていま、三十九号に王琦瑶が引っ越してきた。厳夫人は驚喜し、自分と同じ境遇の女だと思い込んだ。そして王琦瑶の同意を得ることもせず、勝手に常連客となった。

厳夫人はいつも午後二時過ぎに、王琦瑶のもとを訪れる。ビャクダンの扇子を手に持ち、化粧も濃いため、匂いが先に到着した。午後の注射の多くは三時か四時なので、この一時間は空いていた。彼女たちは二人きりで、向かい合ってすわった。夏の午後の気怠《けだる》さがまだ残っていて、あくびの連発は避けようがない。二人とも何とか気力を保ったが、自分が何を話したかは覚えていなかった。弄堂の入口にあるプラタナスの木の上でしきりに鳴いている蝉の声も、曖昧《あいまい》にしか聞こえなかった。

王琦瑶は、手製の烏梅湯《ウーメイタン》(梅の実を煮出した汁に砂糖を加えた夏の飲料)を客に飲ませた。客は一気に飲み干したが、それが何かはわからない。あくびの時間が過ぎ、意識がはっきりしてから、蒸し暑さで苦しかった胸がすっきりし、気分がよくなったことを知るのだった。

いつも厳夫人が語り、王琦瑶がそれを聞くという形で、どちらも話に陶酔した。厳夫人は長年胸に秘めてきたことが、山ほどあるようだった。実家の話から嫁ぎ先の話まで洗いざらい王琦瑶に語ったが、実は自分自身に聞かせていたのだ。王琦瑶はどうか？ 耳から入ってくるのは厳夫人の話だが、心に届いたときには自分のことになった。それは自分の心の声だと思われた。

厳夫人が王琦瑶に何か尋ねるときもあったが、王琦瑶は通り一遍の答えしかしなかった。相手がその答えを信じていないことはわかっていたが、推測してもらうしかない。推測の結果が正しいかどうかも、言えなかった。厳夫人は、ある程度の予想はついていたが、あえて質問した。王琦瑶の誠実さを確かめようとしているようだった。王琦瑶は誠実さを欠いているわけではない。どうしても言えないのだ。

二人は、堂々巡りを重ねた。追えば逃げるという関係で、わだかまりが生じた。幸い、女同士だから、わだかまりは恐れるに足らない。女同士の友情は、わだかまりで成り立っている。わだかまりが多ければ多いほど、友情は深まる。二人は気まずく別れる日もあった。だが、翌日はまた一緒になり、前日よりも打ち解けることができた。

ある日、厳夫人は王琦瑶に縁談を紹介すると言った。王琦瑶は笑いながら、その必要はないと断った。厳夫人はさらに、なぜかと尋ねた。王琦瑶は理由を言わず、学校の先生と映画を見に行った日のことだけを話した。夫人はそれを聞いて笑ったあと、真顔になって言った。私が紹介する相手はね、一に教師ではない、二にハゲていない、三に喘息持ちではない。そこまで言ったところで、二人は思わず腹がよじれるほど大笑いした。笑ったあと、厳夫人はもう縁談のことには触れなかった。もちろん、王琦瑶も話題にしない。お互いに相手の気持ちを理解し、成り行きに任せようと思ったのだ。

二人は賢いし、年もまだ若くて感覚が鈍っていないので、すぐに通じ合えた。十歳近く年は離れていたが、一人は気持ちが若く、一人は老成していたので、ちょうど釣り合いが取れた。彼女たちのように人生の途中で知り合いになった友人は、それぞれ口にできない苦悩を抱えている。厳夫人は開けっ広げのように見えるが、自分でも気づかない秘めごとが心の中にあった。お互いに相手を知り尽くすことができなくても、気持ちが通じ合えばいいだろう。そこで、王琦瑶は厳夫人に対して多少の不満があっても、そこは大目に見て、親しい友人になった。

厳夫人は時間があり余っていた。厳氏は朝早く出かけて、夜遅くまで帰ってこない。子どもが三人いるが、大きい子どもは手がかからないし、小さい子どもは乳母に任せておけばいい。商工業界の奥さんたちとの付き合いも、毎日あるわけではない。そこで、王琦瑶の家が、手ごろな訪問先となったのだ。毎日、時間どおりに訪れ、ときには王琦瑶と一緒に食事をすることもあった。王琦瑶が料理を何品か用意しようとすると、必死でそれを押しとどめ、あり合わせでいいと言った。彼女たちはよくカワニナ（巻き貝）をおかずにして、お茶漬けを食べた。この単純で苦行のような毎日に、王琦瑶は無欲の安らぎを感じ、閨閣《けいかく》での生活を思い出した。あれはもう、はるか昔のことに思える。

彼女たちが無駄話をしていると、注射を打つ人がやってきた。厳夫人は椅子の準備、代金の徴収、注射薬の手渡しなどを手伝った。きれいに着飾っている夫人を王琦瑶の妹だと思う人もいた。厳夫人は興奮して、子どもが大人に褒められたときのように顔を赤らめた。その後、夫人は献身の精神を発揮し、王琦瑶に髪にパーマをかけること、服を新調することを勧めた。夫人は、女の哲学を語った。青春は短いがゆえに美しい。青春と聞いて、王琦瑶は思わず悲しみを覚えた。彼女の二十五年の歳月は、ほの白い朝日と薄暗い夕日の中で過ぎ去った。それを引き留めることはできない。流れを止めようとすれば、むしろ逆効果になる。

厳夫人は、いつも最新のファッションを身につけていた。懸命に流行を追ったが、結局、つかめたのは青春の尻尾にすぎない。夫人の服装を見て、王琦瑶は驚き、感動すら覚えた。夫人の派手なファッションは、無邪気に見えるときもあれば、老成して見えるときもある。様々な要素が混じり合って、痛々しい美しさに結びついていた。

王琦瑶は厳夫人の誘導に逆らえず、髪にパーマをかけに出かけた。美容院に入ると、シャンプーとオイルの匂い、それに髪が焦げた臭いが襲ってきた。とても懐かしい匂いだった。ちょうど一人の女がパーマをかけている。片方の手に本を持ち、もう片方の手は美容師に預けて、ネイルの手入れをしている。これもまた、見慣れた光景だ。シャンプー、カット、パーマ、ドライヤー、セット、一連の工程が、考えなくても思い出せる。王琦瑶は、昨日も来たばかりで、周囲はみな顔馴染みのような気がした。

最後に、すべてが整った。鏡の中の王琦瑶は過去に戻り、これまでの三年の歳月が切り取られ、どこかに消えていた。背後に立っている厳夫人が呆気に取られている顔も、鏡に映っている。パーマをかけるように勧めたことを後悔しているらしい。美容師は、彼女の耳元の髪を整えている。指を彼女の頬に当て、細心の注意を払っていた。彼女は少し顔を横に向け、ドライヤーの熱風を避けた。このあどけない仕草も、過去の再現だった。

厳夫人は本心から言った。あなたがこんなに美しいとは思わなかったわ。王琦瑶も心を込めて言った。あなたの年齢になったときには、きっと足元にも及ばないでしょう。この言葉は褒めるつもりで言ったのだが、厳夫人の痛いところを突いていた。やはり年齢には勝てない。言ったあとですぐ、王琦瑶は失言に気づき、二人とも黙ってしまった。

王琦瑶は厳夫人に申し訳なくて、夫人と腕を組み、一緒に茂名路《マオミン》（旧フランス租界の風情のある通り）を歩いた。少し歩くと、厳夫人は急に笑って言った。共産党の政策で、私がいちばん賛成しているのは何だと思う？王琦瑶はこの質問が唐突だったので、何と答えればいいのか、わからなかった。厳夫人は続けて言った。それは共産党が妾《めかけ》を囲うのを禁止していることよ。王琦瑶は自分のことを言われたわけではないと知りながらも、胸が痛み、組んでいた腕を振りほどこうとした。厳夫人はかまわずに、自分の話を続けた。もし共産党が禁止しなければ、うちの人はきっと妾を囲っていたはずよ。王琦瑶は言った。それは気を回しすぎじゃないかしら。そのつもりがあれば、とっくに実行して、ここまでぐずぐずしなかったでしょう。厳夫人は首を振って言った。あなたは知らないけど、実は一歩手前まで行ったことがあるの。相手は仙楽斯《シロス》（南京西路にあったダンスホール）の踊り子だった。その後、共産党の勝利が確実になり、あの人は香港へ逃げるように勧められたり、上海に留まるように勧められたりして混乱し、結局、実行できなかったのよ。

王琦瑶は考えた。夫人はなぜ急に、こんなプライベートな話を始めたのだろう？　さっき、年齢のことを言ったからなのか？　二人は黙ったまま、またしばらく歩いた。王琦瑶はゆっくりと、慰めるように言った。でも、やはり正式な夫婦は、いちばん恩愛の情が深いでしょう。厳夫人は笑って、うなずきながら言った。そうね、恩愛の情は悪くないわ。でも、恩愛とは何か、あなたは知ってるの？　恩愛は苦しいものよ。楽しいのは情愛でしょう。恩愛は苦難をともにするもの、情愛は享楽をともにするもの、あなたはどちらを選ぶかしら？

王琦瑶は、夫人の話に一定の道理があることを認めざるを得なかった。同時に、満ち足りた生活を送っていると思われた厳夫人にも悲痛な人生経験があったと知って驚いた。厳夫人は、王琦瑶のほうに顔を向けて言った。やはり、情愛がいいわよね。一度それを味わったら、誰だって手放したくはないでしょう。私たち女性は、何のために生きていると思う？　もちろん、男性のためよ！

王琦瑶は、これには賛成できず、むきになって言った。私は自分のために生きています。厳夫人は、腕にからんでいる王琦瑶の手の甲を軽く叩いて言った。それは、もっと大変なことだわ。男性のために生きたほうが、気が楽でしょう。王琦瑶は口を閉ざした。秋の日のまだらな光の中を歩く二人の女は、体がガラスのように透明になり、相手の気持ちを垣間見ることができた気がした。

髪にパーマをかけてから、王琦瑶は生きることに改めて興味を抱くようになった。衣装箱の底から、以前着ていた上等の服を取り出した。少し手を加えれば、今風になる。化粧も再開した。眉毛を整えるピンセット、眉墨、パフを探し出して並べた。鏡の前にいる時間も増えた。鏡に映る自分は、古馴染みのようでもあり、新しい話し相手のようでもあった。

厳夫人は彼女の変化を見て、ひそかに自分も追いつこうと頑張った。しかし、明らかに王琦瑶のほうが着飾るのは上手だ。しかも若さに自信があるので、何事も控えめにして、余地を残す。厳夫人が外に向かって必要以上のアピールをするのとは対照的だった。一人は出しゃばらないのに対して、一人は虚勢を張っている。一人は悠然としているのに対して、一人は臨戦態勢に入っていた。厳夫人は頑張れば頑張るほどバランスを崩し、やり過ぎてしまう。

王琦瑶は当然、厳夫人の必死さに気づき、さらに本気を出した。彼女は賢いので、無理をしなくてもほどよくおしゃれができていたが、本気を出すと完璧な美女になった。厳夫人は負けを認めるしかなかった。悔し涙をこらえ、家に帰って女中に八つ当たりしたことが何度もあった。さらに、自分に対して復讐するように、セットしてもらったばかりの髪をくしゃくしゃにした。しかし、癇《かん》癪《しゃく》が収まると態勢を立て直し、再び王琦瑶と張り合おうとした。

厳夫人が王琦瑶の家を訪れるのは、挑戦するためにほかならなかった。すると、王琦瑶は余計に譲らず、機先を制して勝利を収めた。しかも、何の造作もなく、軽くやってのけるのだ。厳夫人は、悔しさをにじませながら言った。王琦瑶はもったいないわ。お化粧をしてもしなくても美人なのに、それを愛《め》でてくれる人がいないんだから。王琦瑶は、夫人が苛立《いらだ》ちのあまり心にもないことを言ったのだとわかっていたので、聞かなかったふりをした。ただ、次からは気をつけて、さらに高度な戦術を取り、夫人のはるか先を行くようにした。この二人の腹の探り合いは、衝突に至ることはなかった。不和が生じれば、別れればいいのだ。しかし、不和が生じると、ますます会いたくなった。敵同士が友だちになったようで、毎日会わずにはいられないのだった。

ある日、厳夫人は新調したばかりの玉縁《たまぶち》のついた錦織の上着を着て、王琦瑶の家を訪れた。王琦瑶はちょうど、患者に静脈注射を打っているところだった。医者のような白衣を着て、大きなマスクをつけ、目だけを出して、仕事に専念していた。厳夫人は白衣の中を見るまでもなく、負けたと思った。支えを失ったようで、体の力が抜けてしまった。

王琦瑶は注射を打ち終わり、患者を送り出すと、振り向いて厳夫人を見た。夫人は部屋の片隅で泣いていた。王琦瑶はびっくりして、慌てて駆け寄り夫人の肩を支えた。わけを訪ねようとしたとき、夫人が先に口を開いた。今朝、うちの人がね、なぜか機嫌が悪くて、何を聞いても返事をしてくれないの。人生って、本当につまらないわ。そう言うと、また涙を流した。王琦瑶は慰めた。そんな狭い考えを持っちゃいけないわ。夫婦の間に波風はつきものだから、真に受けちゃダメですよ。あなたは私より、よくわかっているはずでしょう。

厳夫人は、涙を拭いながら言った。なぜなのかわからないけど、あの人は最近、なかなか笑顔を見せないのよ。王琦瑶は再度、慰めて言った。いっそのこと相手にしなければ、向こうから機嫌を取りにくるんじゃないかしら。厳夫人は、思わず笑顔になった。王琦瑶は引き続き夫人をなだめながら、鏡台の前へ引っ張って行った。髪型と化粧を直すのを手伝い、メイクの秘訣を夫人に伝授した。互いに含みのある言葉の応酬を重ねるうちに、二人のわだかまりは解けた。

厳夫人は足繁く王琦瑶の家を訪れたが、王琦瑶は一度も厳夫人の家へ行ったことがなかった。厳夫人がいくら誘っても、王琦瑶は患者が注射に来るからと言って断った。あるとき、厳夫人は半分怒り、半分笑いながら言った。うちの人があなたを取って食うとでも思ってるの？　王琦瑶は恥ずかしくて首まで真っ赤になったが、やはり訪問を断った。

この日、厳夫人が感情を露《あら》わにしたので、王琦瑶は落ち度を反省した。あまりにも自分勝手で、思いやりに欠けていた。そこで何とか機嫌を取ろうとした。いつもは厳夫人が帰ろうとせず、食事をともにしていたが、この日は王琦瑶が強く引き留めた。さらに、衣装箱に仕舞ってあった服を取り出し、厳夫人の意見を聞いた。それでようやく、厳夫人は元気を回復した。

午後になって、厳夫人は自分がつらい目にあったことを逆に利用して、改めて王琦瑶を家に誘った。王琦瑶は少しためらったあと、うなずいて承諾した。善は急げということで、二人は戸締りをして階段を下りた。二時ごろで、隣の小学校から休み時間の体操の音楽が流れてきた。珍しく弄堂は人気《ひとけ》がなく、ひっそりとして、陽光が地面を照らしていた。二人はまっすぐ、弄堂の奥へ歩いて行った。どちらも口を開かず、かしこまった様子だった。裏門に回り、厳夫人は女中の張媽《ジャンマー》に声を掛けた。扉が開き、王琦瑶は厳夫人のあとについて、家の中に入った。

目の前が一瞬暗くなったあと、また少し明るくなった。廊下の先は、客間兼食堂の広間だった。廊下の片側には弄堂に面した窓があり、レースのカーテンが掛かっていた。広間には、楕円形のクヌギの木でできた大きなテーブルがあり、その周囲に革張りの椅子が並んでいる。天井から吊り下げられたレトロなシャンデリアの電球は、ロウソクの形をしていた。この部屋の周囲の窓にも、レースのカーテンが掛かっている。さらに房飾りのついたビロードの厚いカーテンもあるのだが、それは束ねられていた。

広間も暗く、ワックスをかけた床板はくすんだ光を放っている。広間を抜けて階段を上がると、また少し明るくなった。階段は狭く、薄茶色のペンキが塗られているので、やはりくすんだ光を放っていた。階段の踊り場の窓にも、レースのカーテンが掛かっている。

厳夫人が二階の部屋のドアを開けると、王琦瑶は驚いてしまった。この部屋は、手前と奥の二つに仕切られている。房飾りのついたビロードのカーテンが引かれ、ダブルベッドを半ば隠していた。ベッドを覆う緑色のカバーが、床まで垂れ下がっている。天井から吊り下げられた電灯の笠も緑色だった。

手前の部屋は豪華絢爛《けんらん》で、丸テーブルには刺繡入りのクロスが掛かっている。肘掛け椅子には、やはり刺繡入りの座布団とクッションが置いてあった。窓の下にある長いソファーはヨーロッパ風で、背もたれと脚の部分が流線形をしている。座面には、オレンジ色と深緑色を組み合わせた模様が描かれていた。丸テーブルの上の電灯の笠は、薄紅色のガラス製だった。テーブルの上には、爪を整えるための小刀、ほかにマニキュアがついたチリ紙が数枚、放置されていた。窓の厚いカーテンはサイドで束ねられ、内側のレースのカーテンは閉まっている。直接、目にしない限り、こんなに華麗な世界が平安里にあるとは信じられないだろう。

厳夫人は王琦瑶の手を引いて、すわらせた。張媽がお茶を出す。茶碗は金の縁取りのある上質の磁器、お茶は緑茶で、菊の花が浮かんでいた。陽光が窓のレースのカーテンを抜けて差し込んでいる。とても細い光だが、部屋全体を明るくしていた。窓の外は騒がしくなってきたが、その音も弱まっている。王琦瑶は意識が朦朧として、自分がどこにいるのかもわからなかった。

厳夫人は部屋の奥のタンスから深紅の生地を取り出してきて、王琦瑶の体に当てながら、秋物のコートを作ってあげるわと言った。さらに、彼女をタンスの前まで連れて行き、鏡に映して見せた。

彼女は鏡に映ったベッドの枕元の棚に、パイプがあるのを見つけた。すると、「アリス」の三文字が胸に浮かんだ。ここのすべては、なんと「アリス」に似ていることか。だが本当は、ここで何を目にするか、何を思い出すか、とっくに彼女は知っていた。だからこそ、ここへ来ようとしなかったのだ。

## *8* マージャンの友

その後は厳夫人が王琦瑶の家に来るだけでなく、ときには王琦瑶も厳家を訪れるようになった。留守の間に患者が注射を打ちに来ると、一階の住人が弄堂の奥の家に行きなさいと教えてくれた。間もなく、厳夫人の下の子どもが、はしかにかかった。すでに小学校の三年生だったので、はしかの年齢は過ぎていた。はしかはかかるのが遅いほど、症状が重くなる。高熱が数日続き、全身が赤く腫れ上がった。厳夫人は途方に暮れた。自分ははしかにかかった経験がなく、感染が恐ろしいので子どもに触れることができない。王琦瑶に助けを求めるしかなかった。

注射を打つ患者には直接、厳家に来てもらった。厳氏は朝から晩まで家を空けているし、お人好しで細かいことを気にしない。そこで、厳夫人と王琦瑶は、厳氏の寝室を診療所代わりに使うことにした。テーブルの上には一日じゅうアルコールランプが灯り、注射針の煮沸《しゃふつ》が行われた。子どもは隔離病室とされた三階の部屋で寝ていた。王琦瑶は一時間おきに様子を見に行き、注射を打ったり薬を与えたりした。その他の時間は、厳夫人と雑談をする。昼食と午後のおやつは、張媽が運んできてくれた。子どもがはしかにかかったおかげで、二人は正月のように楽しい時間を過ごすことができた。

この間、親戚や友人が果物やお菓子を持って、子どもの見舞いに訪れた。子どもの部屋には入らず、一階の客間にしばらくすわっただけで帰って行った。何度も訪れたのは、厳夫人の母方の叔父の息子で、夫人の従弟に当たるが、みんなが子どもの呼び方に従って彼を「毛毛《マオマオ》おじさん」と呼んでいる。毛毛おじさんは北京の大学を卒業後、甘粛《かんしゅく》省の職場への配属が決まったが、当然これを受け入れなかった。上海の実家に戻り、父親の受け取る利息（公私合営によって資産を没収された資本家に毎年支給される一時金）で暮らしていた。父親はもともと工場の経営者で、その企業規模は厳氏の数倍も大きかった。公私合営後は定年退職の手続きを取り、二人の妻と三人の子どもと一緒に、西地区の庭つきの洋館に住んでいた。

毛毛おじさんは第二夫人の子どもだが、唯一の男の子で、みんなに可愛がられて育った。同時に、周囲の反応に敏感にならざるを得ず、小さいころから大変聞き分けのよい子どもだった。それは大人になってからも変わらない。家でブラブラしているのだが、それを苦にする様子はなく、母親や姉妹たちのためなら、何でも自分のことのように奔走した。病院や美容院に行くときも、服を仕立てに行くときも、付き添いを求められれば応じるだけでなく、積極的に意見を出した。親戚や友人との欠かすことのできない面倒な付き合いも、彼がすべて引き受けた。厳家への訪問も、その中の一つだった。

毛毛おじさんが来た日は、昼に子どもがまた高熱を出したため、医者を呼んだ。薬の処方と注射に時間がかかり、午後一時にようやく昼ご飯になった。毛毛おじさんの来訪を告げにきた張媽に、厳夫人は二階に上がって待ってもらいましょうと言った。どうせ実家の親戚だし、夫人より年下だから。毛毛おじさんは、彼女たちが食事をしているテーブルの近くにすわった。アルコールランプは灯ったままだ。外は曇り空だが、室内はとても暖かい。食事が終わり、張媽が食器を片付けると、毛毛おじさんはテーブルのほうに移動し、三人で雑談を始めた。

毛毛おじさんと王琦瑶は初対面だったが、厳夫人が気を遣ってくれたおかげで、二人とも気まずい思いをすることはなかった。この部屋は夫婦が寝起きをする場所なので、自然に打ち解けた雰囲気になり、よそよそしさが消えた。しばらく談笑したあと、毛毛おじさんがトランプはあるかと尋ねた。厳夫人は笑って言った。ここに、あなたの相手になる人はいないわよ。そして、王琦瑶に説明した。毛毛おじさんはブリッジが得意で、毎週日曜日に国際クラブへ行き、対戦しているのだという。王琦瑶は慌てて手を振り、やめましょう、やめましょうと言った。毛毛おじさんは、笑い出して言った。ブリッジはやらないよ。三人ではできないだろう。厳夫人が言った。だったら、どうしてトランプが必要なの？　そう言いながら立ち上がり、引き出しを開けてトランプを探した。毛毛おじさんは言った。遊び方はブリッジだけじゃない。ほかにもいろいろある！　彼はトランプを受け取り、よくシャッフルしてから言った。でも、ブリッジだって難しくはないさ。しかも、すごく面白いんだ。そして、彼は四人分のカードを配り、「コール」の仕方などを説明し始めた。

厳夫人が言った。ほら、ほら。すぐに付け上がるんだから。そう言いながらも、夫人はカードを手に取った。王琦瑶は笑いながら言った。いくら教えてもらっても、私たちには理解できないわ。結局、毛毛おじさんが一人で遊ぶことになるんじゃないかしら。毛毛おじさんは言った。ブリッジは、そんなに恐ろしいものじゃないよ。落とし穴じゃあるまいし。言い終わるとカードを集めてシャッフルし、扇の形にしたり橋の形にしたりして、王琦瑶の目を楽しませた。

厳夫人が言った。すごいテクニックでしょう。「大世界」（上海の歴史ある遊技場）でマジックができるわね。毛毛おじさんは言った。マジックはできないけど、占いならできる。お従姉《ねえ》さんを占ってあげようか。厳夫人は言った。私を占っても、威張れないわよ。あなたは何でも知っているんだから。王琦瑶を占ってこそ、腕前が証明できるわ。毛毛おじさんは言った。王琦瑶とは初対面だから、みだりに過去や未来のことを言ったら、失礼じゃないか。厳夫人は言った。とうとうボロを出したわね。失礼になるというのは口実にすぎない。本物なら怖いものは何もないはずでしょう。あなたにはやはり、占いの才能がないのよ。毛毛おじさんはそう言われて、いよいよ占うしかなくなった。王琦瑶は断ろうと思っていたが、厳夫人に「大丈夫よ。あなたを占えるはずはないから」とそのかされ、占ってもらうことにした。

毛毛おじさんは、もう一度カードをシャッフルしてから、テーブルの上に並べた。一列並べ終えると、さらにもう一列、一人で占いをするときのように並べる。最後に数枚が残ったところで、カードを伏せて置き、王琦瑶に一枚を選ぶように言った。王琦瑶が選ぼうとしたとき、ベルの音がした。

子どもが呼び鈴を鳴らしたのだ。王琦瑶は急いで、三階に上がって行った。

その間に、毛毛おじさんは声を低くして厳夫人に尋ねた。教えてほしい。王琦瑶は結婚してるの？厳夫人は笑い出しそうになって、彼を非難した。私があなたは嘘つきだと言ったとき、認めなかったくせに。そして、やはり声を低くして言った。あのね、それは私にもわからないのよ。

この日の午後の時間は、知らず知らずのうちに過ぎた。あっという間に夕食の時間になり、厳氏の車が裏門でクラクションを鳴らした。だが、三人はまだ名残が尽きず、毛毛おじさんは後日また訪ねてくると約束した。厳夫人は、その日が来たら張媽に王家沙《ワンジアシャー》（南京路の老舗《しにせ》点心店）までカニ肉入りの小《ショー》籠包《ロンポー》を買いに行かせると言った。

毛毛おじさんは、翌々日にやってきた。やはり同じ時間だったが、彼女たちはもう食事を済ませ、布団針で蓮の実の胚芽をほじり取っていた。アルコールランプは消えていたが、匂いは少し漂っていて、清々しい感じがした。三人は代わる代わる話をした。しかし、前回の愉快さは戻らず、盛り上がりに欠けた。蓮の実の処理が終わると、ますます手持ち無沙汰になった。

毛毛おじさんはまたトランプを提案し、彼女たちは気が進まなかったが、結局同意した。あの日、見つけ出したトランプは片付けることなく、ソファーの上に放置されていた。毛毛おじさんは言った。「杜勒克《ドゥーローコー》」（「大富豪」「大貧民」に似たゲーム）のやり方を教えよう。トランプの中で、いちばん簡単な遊びだ。そう言いながら、カードを配り始めた。二人はカードの揃え方も知らない。彼は二人の手伝いを終えたあと、手の内をすっかり見てしまったことに気づいた。そこで、仕方なくカードを集め、もう一度シャッフルしてから配り直した。少し笑いを取ったことで、ムードが一気に盛り上がった。

この二人を相手に、この簡単なゲームをするのは、毛毛おじさんにとって朝飯前だった。厳夫人も、トランプをしながらマージャンの楽しさを思い出していたので、集中力を欠いていた。王琦瑶だけが真剣に取り組み、カードに目を光らせている。毎回カードを切るときには熟考したが、なかなか思いどおりにはならない。いつも強いカードより弱いカードが多く、負けてばかりいた。一方、あとの二人は交互に勝つ。王琦瑶は感慨深そうに言った。どうやら、勝敗は運勢で決まっているらしいわ。天意には逆らえない。毛毛おじさんは言った。王琦瑶は、宿命論者だったのか。

王琦瑶が答えようとしたとき、厳夫人が機先を制して言った。宿命のことはわからないけど、運勢は信じるわ。さもないと、多くの出来事の説明がつかないでしょう。例えば、うちの人の故郷に渡し船の船頭がいてね。ある晩、みんなが寝静まったあと、誰かが河を渡りたいと叫んだ。船頭は仕方なく船を出して、その人を対岸へ渡してあげた。すると、その人は岸に着いたあと、船頭に何か硬いものを手渡して立ち去ったの。手を広げてみると、なんと金の延べ棒だったので、船頭はそれで大量の穀物を買い入れた。思いがけないことに、翌年、飢饉《ききん》がやってきて、この穀物は高値で売れたんですって。お金持ちになったので、船頭は渡し船はやめて、上海に出た。ちょうどゴム会社が株式を公開したところで、持ち金をすべて株券に換えたら、三か月後にゴム会社は倒産してしまった。一銭も手元に残らず、故郷に帰って渡し船の仕事を再開するしかなくなったのよ。あとでわかったんだけど、船頭に金の延べ棒を渡した客は強盗で、殺人罪も犯していたんですって。あの夜は、逃亡の途中だったのね。

話すほうも聞くほうも、トランプのことは忘れていた。誰がカードを切る順番だったかもわからず、最初からやり直しとなった。

毛毛おじさんは言った。それは偶然だな。王琦瑶は同意しなかった。私は絶対、必然だと思うわ。厳夫人が、また口を挟んだ。偶然か必然かは知らないけど、どんな出来事にもそれなりの道理があるんだと思うわ。この道理は、相談しだいでどうにでもなる道理とは違う。ゆるぎのない鉄則なのよ。

王琦瑶も言った。天の恵みは七割ぐらいがちょうどいい。あとの三割は身に余り、災いの種になる。外祖母から、こんな話を聞いたことがあるわ。蘇州の閶門《しょうもん》の娼館に、器量は人並みの娼婦がいた。ある日、揚州から塩商人がやってきた。その富は王侯貴族にも匹敵する。ひと目で娼婦を気に入って、身請けした。間もなく正妻が病死して、後釜にすわり、翌年には息子を産んだんですって。おめでたいことのはずだったんだけど、三か月が経って、子どもの表情がおかしいことに気づいた。なんと、耳と口が不自由だったの。さらに三か月後、今度は彼女本人が病気になって何も食べられず、命を落としてしまった。幸福がむしろ寿命を縮めたのだとみんなは噂した。もともと彼女は、幸薄い人だったから。

厳夫人はうなずき、感慨に浸っていた。毛毛おじさんは言った。つまり、満月はいずれ欠けるものだし、満杯の水はいずれあふれ出すという道理だね。王琦瑶は言った。月は満ちれば欠ける、水も満ちればあふれるというのが、結局のところ運勢なんでしょう。誰にでも決められた定めがある。

ただし、その程合いが人によって違うのよ。毛毛おじさんは、もう反論しなかった。三人はトランプ遊びを続けた。

しばらくして、今度は毛毛おじさんがエピソードを語り始めた。彼の父親の友人が十年前に亡くなり、死の瞬間に壁の電気時計が止まった。それは古い時計で、壁の高いところに掛かっていたので、修理しなければならないと言いながら、一日延ばしにしているうちに、十年が経ってしまった。半年前、その友人の妻が、不治の病のために亡くなった。妻が目を閉じると同時に、その時計は動き出し、そのまま止まることがなかったのだという。

話が終わったあと、三人は沈黙した。太陽が西に傾き、屋内は少し暗くなった。だが、レースのカーテン越しに見える向かいの家の窓は、西日を受けて輝いている。心に不安が生じたが、何が不安なのかはわからない。このとき、張媽がやってきて、蓮の実のスープができたことを告げ、カニ肉入りの小籠包はいつ買いに行きましょうかと尋ねた。厳夫人はようやく正気に戻り、慌てて言った。いますぐ、買いに行ってちょうだい。そして、さらに付け加えた。帰りは輪タクに乗るのよ。バスは混んでいて、小籠包の汁が漏れてしまうから。張媽は、わかりましたと言って下がった。王琦瑶は、子どもに注射を打つ時間になったことに気づき、注射針を煮沸するため、アルコールランプに火をつけた。青い炎が揺らめいて、室内は急に暮色が深まった。

この日の午後は、前回ほどの興奮はなかったが、なにがしかの感動を覚えた。張媽が買ってきた小籠包はまだ火傷《やけど》しそうに熱く、汁もたっぷりだった。お茶をいれ直し、改めて「杜勒克」の遊びが始まった。あっという間に、午後の時間は過ぎた。厳夫人が言った。今日は短く感じたわ。始まったと思ったら、もう終わり。いっそのこと、明日、毛毛おじさんは午前中からいらっしゃいよ。昼ご飯は、ここで食べればいいわ。張媽に八珍鴨《バージエンヤー》（鴨の腹の中に山海の珍味を入れて蒸し焼きにした料理）を作らせましょう。張媽の得意料理で、お正月にしか作らないんだけど。

毛毛おじさんは言った。数年前に、うちの母がここで食べたって聞いたよ。帰宅後、料理番の李《リー》大《ダー》をよこして作り方を教えてもらった。だけど、いくら直伝《じきでん》と言っても、弟子は師匠に及ばないんだろうな！　厳夫人は言った。そうね。あれから、もう四、五年になるわ。あのころは親戚付き合いが盛んだったけど、いまは疎遠になって、なかなか会えない。おととい、あなたが来たときは驚いた。急に大人になっていたから。そして、王琦瑶のほうを見て続けた。この人の小さいころの恰好をあなたは知らないわよね。洋服に半ズボン、白い長靴下、髪は七三分けで、まるで結婚式の花嫁の後ろについて歩くベールボーイのようだったわ。

毛毛おじさんは言った。大人になって嫌われちゃったかな？　厳夫人は、思わず表情を暗くして言った。嫌いにはならないけど、その恰好はどう見ても気に入らないわね。毛毛おじさんは、きちんとアイロンのかかった紺色サージの人民服を着ていた。少し先のとがった革靴も、ピカピカに磨かれている。髪型は学生風で少し長め、前髪をサイドに寄せて、白い額を露出させていた。このスタイルは控えめで、かつてのモダンさの名残を感じさせる。王琦瑶は彼の洋服姿を想像し、胸がドキドキした。厳夫人もしばらく感慨に浸り、そのあと三人は解散した。

また別の日に小雨が降り、誰もが寒さを感じて重ね着をした。昼食には、温かい鍋物が追加された。炭火が盛んに燃え、スープが煮えたぎっていた。ホウレンソウの緑と春雨の白が、引き立って見える。ときどき、パチパチと音がして火花が散った。窓のカーテンを半分閉め、電気スタンドをつけると、何とも言えない温かさと親しみが生まれる。この世のすべての温もりがここに集まり、長いこと忘れていた情景がよみがえり、お互いを慰めているようだ。窓を打つ雨だれの音は天気が語りかける声に聞こえ、鍋のスープの煮えたぎる音は炭火の語る声に聞こえる。深緑の厚いカーテンは、薄紅色の照明の下で、声を上げずに何かを語っていた。

魚を食べていた王琦瑶は、鰓《えら》の下の三角形の骨を箸でつまんで捨てた。すると、捨てた骨がまっすぐに立った。厳夫人はすぐに、何か願いごとをしたかと尋ねた。王琦瑶は笑って答えない。厳夫人が重ねて尋ねると、願いごとは何もないと言った。厳夫人はそれを信じず、毛毛おじさんも信じなかった。王琦瑶は言った。信じないなら信じないでいいけど、本当に願いごとはないのよ。

厳夫人は言った。私をごまかすことはできても、毛毛おじさんをごまかすことはできないわ。毛毛おじさんは占い師なんだから。毛毛おじさんが言った。普通の占いだけでなく、文字判断もできるよ。信じないなら、何か漢字を一文字、挙げてみて。王琦瑶が文字を挙げようとしないので、厳夫人が代わりをすると言った。そして周囲を見回し、窓の外の天気を目に留めて言った。天気の「天」の字にするわ！　毛毛おじさんは箸にスープをつけて、テーブルに「天」の字を書いた。その後、二本の横棒の上に「人」の字を伸ばして言った。わかったぞ。高貴な「夫」に巡り会える運勢だ。

厳夫人が拍手をすると、王琦瑶は言った。「天」の字は厳夫人が挙げたものでしょう。高貴な夫も、厳夫人の夫よ。私に文字を挙げろと言うなら、むしろ天地の「地」の字にするわ。

毛毛おじさんは言った。「地」の字なら「地」の字でかまわない。そして、また箸に鍋の汁をつけて「地」の字を書いた。その後、左右に分解し、「也」の左側に「にんべん」を加えて言った。「他」（中国語で「彼」の意）の字だ。やはり、高貴な夫だよ。王琦瑶は、「地」の字の左側を指して言った。ほら、私の彼は「土に入ってしまった」という意味ね。思わず口をついて出た言葉だったが、胸がドキッとした。無理に作った笑顔は、ぎこちなかった。

ほかの二人も不吉だと思ったが、王琦瑶のただならぬ顔を見て、話を続けることができなかった。厳夫人は張媽を呼び、鍋のお湯と炭を追加させた。毛毛おじさんは、この機会に張媽の作った八珍鴨を褒めることで、話題を変えた。鍋が再び沸き立ち、炭火が火花を散らすときになって、ようやく王琦瑶は落ち着きを取り戻した。

スープを飲んでいる途中、王琦瑶はゆっくりと言った。この世の中に、願いごとはいくつあるか知れないわ。蘇州のあるお寺に池があって、銅貨を投げ入れて願いごとをするの。外祖母から聞いた話によると、お寺のお坊さんたちはみな、この池に投げ込まれた銅貨で暮らしているんですって。願いごとがどれだけあるか、想像がつくでしょう。でも、いったいいくつの願いがかなうのかしら？この話題は本来、もう触れないことにしたはずだった。思いがけず、王琦瑶がまた言及したので、あとの二人は話に乗るべきかどうか、当惑してしまった。鍋はまた煮詰まって、ぐつぐつ言いながらも沸き立つことができない様子だった。王琦瑶は笑みを浮かべた。自分の失態を笑ったのだ。彼女はまたスープを飲んだ。窓から見える空が、声を低くしたように暗くなった。心情を吐露するには、相応しい雰囲気だった。

しばらくして、毛毛おじさんが「吹牛皮《チュイニウピー》」（「嘘をつく」の意、「ダウト」に似たゲーム）というトランプの遊び方の説明を始めた。「吹牛皮」の遊び方はこうだ。プレーヤーは手持ちのカードを伏せて、テーブルに捨てる。その後、カードの種類を言うが、それが本当か嘘かはわからない。本当だと思うなら、そのままゲームは進む。嘘だと思った人は、カードを裏返す。そのカードが本当だったら、裏返した人がカードを引き取る。嘘だったら、カードを捨てた人が引き取り、裏返した人が次にカードを捨てる。

毛毛おじさんは言った。ゲームの名前は「吹牛皮」だけど、嘘をつかない人が勝つことが多いんだ。王琦瑶と厳夫人は彼を見つめたが、何を言おうとしているのかがわからなかった。毛毛おじさんは、続けて言った。嘘をつかない人は、カードを減らすのが遅いかもしれない。揃わないカードや弱いカードを一枚ずつ出していくから。しかし、嘘をつかなければ、カードを引き取ることはない。そうだ。もう一つ、嘘をつかない人は相手のカードを裏返すこともしない。裏返せば、カードを引き取る危険がある。他人に嘘をつかせ、カードを裏返しにさせることを続けるうちに、自分のカードは一枚ずつ減っていく。

彼女たち二人は、依然として彼を見つめていた。しばらくして、王琦瑶が何かに気づいた様子で言った。トランプの話をしているようで、実は人生を語っているのね。そうでしょう？　毛毛おじさんは笑い、厳夫人が言った。人生を語っているんだとしたら、消極的すぎるわ。マージャンのほうが、人生にぴったり当てはまるわよ。天の時、地の利に加えて知力が必要で、そのいずれが欠けても、うまくいかない。十三枚の「配牌《ハイパイ》」がとても大事になる。人にチャンスを与える場合もあるし、チャンスを制限する場合もある。すべてがうまくいって「聴牌《テンパイ》」しても、最後の一枚がまだ足りない。当たり牌が来なければ、上がることはできないのよ。これはまさに、「準備はすべて整ったが、東風だけが欠けている」（典故は『三国演義』）という状況じゃないかしら。これこそが、人生の道理でしょう。

マージャンの話を始めると、厳夫人は元気になった。彼女の頭の中には、多くのマージャンの名場面が浮かんでいた。危機一髪で苦境を脱して希望が見えてきたときには、どんなに興奮したことか！　彼女は毛毛おじさんに言った。トランプは、どうしたってマージャンにはかなわないわ。西洋のゲームは面白くない。例えば、私たちに教えてくれた「杜勒克」は、カードの強弱を比べるだけのものだった。さっき説明してくれた「吹牛皮」も、弱いカードを強いカードだと偽って、やはりカードの強弱で勝負が決まる。子どもの喧嘩、子どもの算数みたいじゃないの。マージャンは違うわ！　数の大小を比べることはない。どんな牌でも、自分が作る役やその局の状況によって価値が変わってくる。まさに人生と同じよ。人間と人間をどうやって比べるの？　年齢が上か下かでもないし、力が強いか弱いかでもない。だったら、何かしら？　私に言わせるつもり？　あなたたちは頭がいいんでしょう。

厳夫人は憤懣《ふんまん》やるかたない様子で、息巻いた。そして、残り少なくなった鍋のスープを飲もうとした。毛毛おじさんは納得せず、反論した。トランプの技も千変万化で、決して単純に優劣が決まるわけじゃない。相対的な部分もあるんだ。例えば、「吹牛皮」にしても、さっきは簡単な説明だけをしたけど、実は奥が深い。明らかに嘘だとわかっていても、あえて言わないときもある。自分が続けて、小さい数字のカードを大きい数字と偽って出すためだ。みんなが心の中で嘘だと知りながら、小さい数字のカードを捨てるために黙っているのさ。

厳夫人は軽蔑したように、口をへの字に曲げて言った。それこそ、道理に合わないわ！　マージャンはその点、道理に合わないところが何もない。毛毛おじさんは、不愉快そうに言った。そんなにマージャンが高尚なら、どうして国際大会がないんだい？　王琦瑶は二人が本気で喧嘩を始めたのを見て、おかしいような、またつまらないような気持ちになった。そこで、彼らを仲裁して言った。明日かあさって、厳夫人と毛毛おじさんを夕ご飯に招待するわ。八珍鴨は作れないけど、家庭料理をいくつか用意します。いかがですか？

翌日の午後、王琦瑶は厳家から戻ると、夕食の準備をした。厳家の子どものはしかはピークを過ぎ、熱が下がり、体の発疹も退《ひ》いた。子どもは階段を上り下りし、腕白ぶりを発揮し始めていた。

王琦瑶はあらかじめ、ニワトリを一羽買っておいた。胸肉を炒め物用に残してから、半分をスープに、半分を茹でて角切りにした。さらにエビの塩ゆで、ピータン、焼き麩の醤油煮込みを加えて、前菜四品が出来上がった。主菜は、鶏肉炒め、フナのネギ焼き、セロリと豆腐乾の炒め物、マテガイとタマゴの炒め物だった。どの料理も素朴で、あっさりしていて食べやすい。厳夫人の家の食事の上を行くこともないし、客人をがっかりさせることもない。

夕方、二人が一緒にやってきた。毛毛おじさんは初めての訪問なので、手土産《てみやげ》の果物を持っていた。階段を上る音が聞こえたとき、王琦瑶は心が躍った。この家で客人をもてなすのは初めてだった。もちろん、厳夫人とのあり合わせの食事は数に入らない。彼女は客人を部屋に招き入れた。テーブルには新しいクロスが掛けられ、自家製の瓜子《グワズ》（スイカやカボチャの種を炒ったもの）が置いてあった。まるで正月のようだ。忙しさと興奮で、彼女は顔をほんのり赤く染め、うっすらと汗をかいていた。

カーテンを閉めて電灯をつけると、カーテンの花柄が浮かび上がった。王琦瑶は目に涙をため、彼らをすわらせると、お茶を出してから台所へ戻った。目に浮かんだ涙が滴《したた》り落ちた。長いこと使わなかった鍋やかまどが、今日は熱気を帯びて復活している。コンロでは、鶏肉のスープが煮えていた。彼女は別の石油コンロに火をつけ、炒め物を作り始めた。鍋も生き返ったように、大きな音を立てた。部屋から客人の話し声が聞こえてくる。活気あふれる賑やかさではないが、気持ちがなごんだ。

料理がテーブルに運ばれ、紹興酒も温められると、室内は暖かくなった。二人は口を揃えて、彼女の料理を褒めた。どの料理も食べる人の気持ちを知っているかのようで、程よく、繊細で、あっさりした中に真心がこもっている。家庭料理と来客をもてなす料理の中間で、よそよそしさがないと同時に節度をわきまえていた。特にこの二人のような、ほぼ毎日会っている常連客を接待するのに相応しい。

厳夫人は、思わずため息をついて言った。四人目がいないのが残念ね！　ほかの二人は笑った。厳夫人は笑われても気にせず、周囲を見回して言った。マージャンをしても、誰にも知られないでしょう？　カーテンを閉めて、テーブルに毛布を掛ければ、誰も気づかないわ。彼女は自分の思いつきに興奮して言った。実は玉《ぎょく》のように上質なマージャン牌を持っているのよ。そのうちに一度、やりましょう！

王琦瑶はできないと言い、毛毛おじさんもできないと言う。厳夫人は、力を込めて言った。できないはずがない。簡単なんだから。「ブリッジ」や「杜勒克」よりも易しいわ。毛毛おじさんが言った。どうして？「ブリッジ」なんかは子どもの算数みたいなものなんでしょう？　これを聞いて厳夫人も笑い、彼を無視して勝手にマージャンのルールを説明した。東西南北、四人がそれぞれの方角にすわるのよ。そこで改めて、四人目が欠けていることに気づき、がっかりして言った。まさに天の時も、地の利も、人の和もないという状態ね。

二人は、厳夫人の落胆した様子を笑いの種にした。厳夫人も言い返さず、彼らにからかわれていたが、しばらくして言った。本当に、あなたたちのことを残念に思うわ。マージャンをしたこともないなんて。そう言うと、自分も笑い出した。

笑いが収まったあと、毛毛おじさんが言った。そんなにマージャンをやりたいなら、どうすればお従姉さんの願いが実現するか、相談しよう。ぼくが友だちを連れてこようか。王琦瑶が言った。

厳夫人さえよろしければ、場所はここを使ってくださいね。少し狭いですけど。厳夫人は言った。狭くてもかまわないわ。誕生パーティーを開くわけじゃないんだから。そして、毛毛おじさんに尋ねた。友だちというのは、信頼できる人なの？　毛毛おじさんは言った。来てくれるなら、信頼できるということですよ。彼女たちは一瞬、意味がわからなかったが、少し考えて理解した。

話がほぼまとまると、厳夫人は逆に不安になった。くれぐれも厳氏に知られてはならないと何度も念を押した。厳氏はとても慎重で、人民政府が禁止していることを絶対にやらない。マージャン牌も、彼の目に触れないように隠してきたのだ。ほかの二人は言った。あなた自身が話さなければ大丈夫ですよ。

マージャンの話が決まり、酒と料理も堪能した。茶碗に半分、ご飯が盛られ、王琦瑶がスープを温め直して出したが、みんなもう満腹だった。体の力が抜け、話すのも億劫《おっくう》になった。王琦瑶はテーブルを片付け、きれいに拭くと、再び瓜子を置き、熱いお茶をいれた。毛毛おじさんが持参した果物も切って、皿にのせた。三人とも頭がボーッとして、考えがまとまらない。話がいろいろ脱線して、つじつまが合わなくなった。

隣の家のラジオから、滬劇《こげき》の歌声が聞こえてくる。ひと言ずつ語りかけ、苦しみを訴えているようだ。それは日常生活の苦しみで、越劇《えつげき》の才子佳人の悲恋とも違うし、京劇の天下国家の物語の悲壮感とも違う。厳夫人は言った。ここは私の家より騒々しいけど、かえって気持ちが落ち着くわ。私の家はちょうど反対で、静かすぎて心が落ち着かない。王琦瑶は笑って言った。つまり、静けさと騒がしさのバランスを取ることが大事なんですね。

毛毛おじさんは彼女を見たあと、部屋を眺め回した。この部屋には心地よい美しさがあるが、同時に一種の哀愁も秘めている。クラシックなベッドカバーの刺繍とフリルは、夢の名残を感じさせる。窓の素朴な花柄のカーテンも、夢の名残を感じさせた。クルミの木で作られたタンスは、記念碑の意味合いを持っている。何の記念なのかは、タンス自身しか知らない。ソファーのクッションもクラシックで、哀惜の表情を浮かべていた。その哀惜の対象は、すくい取ることのできない水のように流れ去ってしまう。温かいムードの中に漂う哀愁は、人の胸を打つ。

毛毛おじさんは、王琦瑶が呼びかけたのに気づかなかった。彼女は酒醸圓子《ジウニアンユエンズ》（甘酒に小さい団子を浮かせたデザート）の入った碗を渡そうとしたのだ。団子はトウモロコシの粒ほどの大きさ、甘酒はもち米だけを使った自家製だった。

約束した日の七時に、まず厳夫人がやってきた。赤ん坊を抱くように、毛布でくるんだものを持っている。中身はマージャン牌で、確かに白玉《はくぎょく》のようにつるつるだった。どれだけ多くの手にもてあそばれてきたのだろう。牌がぶつかり合う音が聞こえた。しばらくして、毛毛おじさんが友だちを連れて現れた。初対面なので、王琦瑶と厳夫人は少し緊張した。しかも、来訪の目的がマージャンだから、余計に話がしにくい。毛毛おじさんと友だちだけがしゃべっていた。その友だちが口を開くと、流暢《りゅうちょう》な標準語だったので、彼女たちは驚いた。

毛毛おじさんは、彼のことを紹介した。サーシャという女の子のような名前で、容姿も女の子のようだった。顔は白く、あごがとがっていて、学生風のメガネをかけている。体が細く、髪は金色、瞳は青に近かった。二十歳を少し過ぎたところだろう。彼女たちは心の中で、どんな経歴なのかを想像した。誰もマージャンの話はしない。男たちも来訪の目的を忘れたようで、関係のないことばかり話している。彼女たちも、調子を合わせるしかなかった。

サーシャが突然、話題を中断し、にっこり笑って言った。そろそろ始めませんか？　こんなに急に、しかもストレートに提案されて、彼女たちは呆気に取られた。特に厳夫人は、賭博犯の摘発が身に迫っているかのように、顔を赤くし、しどろもどろになった。サーシャは毛布を開き、マージャン牌の山を崩して、テーブルの上に広げた。そして四人は、それぞれ東西南北の席についた。マージャンができないと言っていた人も、席につけば全員できることがわかった。洗牌《シーパイ》や摸牌《モーパイ》の手つきを見れば、それは明らかだ。牌に手が触れる軽やかな音を聞くと、厳夫人は涙が込み上げてきた。過去の歳月がよみがえったらしい。唯一の見慣れない人物はサーシャ、厳夫人の新しいマージャンの友である。

サーシャがいるせいか、あるいは緊張のためか、マージャンは予期したほどの楽しさをもたらさなかった。話をするにも声をひそめ、日ごろ雑談やトランプをしているときのような活気がない。みんなが深刻な顔をして、マージャンで遊んでいるのではなく、何か義務を果たしているかのようだった。毛毛おじさんはやむを得ず、厳夫人たちとサーシャの仲介をして、双方が打ち解けるように努め、すっかり疲れてしまった。

むしろ、サーシャのほうは新人らしからず、何の気兼ねもなく冗談を飛ばして、この夜の鬱々《うつうつ》としたムードに逆らっていた。彼の標準語が役人口調で、よそよそしさを感じさせることがなければ、状況はずっとましだったはずだ。彼の冗談も、彼女たちには受けなかった。人を見下した態度と押しつけがましい印象があり、相手は思わず引け目を感じてしまう。だが、紳士的な上品さがあるので、反発を買わずに済んだ。彼は一見すると弱々しい若者なのに、この場の空気を一変させるほどの元気さを発揮している。まるで、自分こそが主人だと言わんばかりだった。

王琦瑶は、毛毛おじさんがサーシャに気を遣っていると思った。彼女はそれが不快で、毛毛おじさんに同情した。このマージャンが早く終わることを願った。そうすれば、みんな家に帰ることができる。水果羹《シュイグオゴン》（果物を甘く煮たデザート）を夜食として出すつもりだったが、いまはその気がなくなってしまった。厳夫人はマージャン卓を前にして、不安に駆られていた。心臓がドキドキし、誰かが注射に来ないかと心配したり、夫が捜しにくるのを恐れたりで、気持ちが落ち着かない。最初から最後まで一度も上がれず、やる気も失せてしまった。

毛毛おじさんは、最初からお付き合いのつもりだから、どうでもよかった。みんなが乗り気でないので、やはり早く終わることを望んでいた。サーシャだけはやる気満々で、ほとんど彼の一人勝ちだった。ほかの人たちの点棒は、みんな彼の前に集まった。最終的には、毛毛おじさんがサーシャを見つけて彼女たちのマージャン仲間に引き入れたのではなく、三人がサーシャのマージャンに付き合っているような状況になった。

東南西北《トンナンシャーペー》と場の風が変わり、親が四周したところで、厳夫人が言った。もう帰らないと、うちの人が怒り出すわ！　毛毛おじさんも、同調して帰ると言った。王琦瑶は、口では客人を引き留めたが、内心ホッとしていた。サーシャは、未練たっぷりに言った。始めたばかりで、もう終わりですか？　このとき、ちょうど隣の家のラジオが十一時の時報を告げた。みんな、信じられない様子で言った。もう、こんな時間なの？　厳夫人が感嘆した。マージャンをしていると、時間を忘れてしまうわ。このときになって、名残惜しさが湧いてきたのだ。

来訪時と同じく、まず厳夫人が先に帰った。しばらくして、毛毛おじさんとサーシャが別れを告げた。弄堂はすでに静寂に包まれ、彼らの自転車のスポークが回る音が、遠ざかるまで聞こえていた。次に毛毛おじさんが来たとき、厳夫人と王琦瑶は彼がサーシャというマージャンの友を連れてきたことを責めた。私たちとは明らかに違う種類の人だけど、信用できるのかしら？　だが、それ以上、何も文句は言えなかった。毛毛おじさんは言った。サーシャはブリッジの仲間で、親しくしている。父親は高級幹部で、延安の共産党根拠地から、学習のためソ連に派遣された。そこでソ連の女性と結婚し、生まれたのが彼なんだ。だから、「サーシャ」という名前はソ連の子どもみたいでしょう？　その後、父親は革命の犠牲となり、母親はソ連に帰った。それで、彼は上海の祖母の家で育てられた。体が弱いので大学受験はあきらめ、ずっと家にいる。

サーシャの経歴を聞いて、彼女たちはますます怖気づいた。毛毛おじさんは笑って、それ以上の説明はせず、ただ心配はいらないとだけ言った。

次の機会にも、毛毛おじさんはやはりサーシャを連れてきた。警戒心はあっても、だんだんに慣れていくものだ。しかも、サーシャはユーモアがあり、見聞も豊富だった。異質な見聞ではあるが、視野を広げてくれる。彼の標準語にも異質な活気があり、偏見が消えたあとは、ますます面白く感じられた。性格は社交的で、その場を仕切りたがるが、友好関係を築こうという真心がある。マージャンも、かなりの腕前で潔《いさぎよ》さがあった。とにかく、マージャンの友としてサーシャは申し分なかった。

# 9

## 午後のお茶

その後、サーシャはマージャンをするために夜やってくるだけでなく、午後も毛毛おじさんと一緒に遊びに来るようになった。彼らが集まる場所も、厳家から王琦瑶の家へと移動した。一つ目の理由は注射を打ちに来る人がいるから、二つ目の理由は王琦瑶の家のほうがくつろげるからだ。厳家は格式が高く、堅苦しさを感じさせる。厳夫人でさえ、王琦瑶の家のほうを好んでいるようだった。いまや、サーシャは欠かせない存在になった。しばらく来ない日が続くと、どうしたのかと気になる。四人が揃えば、たとえマージャンをしなくても、楽しく過ごすことができた。テーブルの上のアルコールランプは、一日じゅう火が灯っていた。青い火が揺れる様子は、小さな妖精が踊っているように見えた。

毎回、王琦瑶は点心を用意した。餅菓子や団子など、簡単なものだが、とても口当たりがいい。

ときには、厳夫人が張媽を喬家柵《チアオジアシャン》（喬家柵食府、清代から続く老舗料理店）や王家沙まで買いに行かせることもあった。毛おじさんは、お茶とコーヒーを担当した。そのうちに、本来は集まりのための点心だったものが、点心のために集まるようになった。サーシャはいつも手ぶらでやってきて、満腹して帰って行った。みんな、それを当然のことのように受け入れて、特に気にしなかった。

だがある日、ほかの三人は揃ったのに、彼だけが現れなかった。急に用事ができて来られなくなったのだろうと思って、三人は飲み食いしながら世間話を始めた。最初は物足りなさを感じたが、しだいに忘れてしまった。気づかないうちに時間が過ぎ、あたりが暗くなった。そろそろ解散しようと思っていたとき、急に階段を上がるドンドンという足音が聞こえ、サーシャが息を切らして飛び込んできた。顔じゅうに大汗をかいている。彼は新聞紙で包んだものをテーブルの上に置いた。包みを開くと、大きな丸いパンが現れた。湯気と芳香を放ち、周囲がうっすら焦げている。明らかに焼きたてのパンだった。

サーシャは、喘《あえ》ぎが収まるのも待たずに言った。これはロシア人の友だちに頼んで、焼いてもらったパンだ。正真正銘のロシアパンだよ。午後のお茶に間に合うと思ったんだけど、意外にパン作りは複雑でね。ようやく焼き上がった。サーシャはまるで少年のようで、誠意にあふれ、無邪気そうだった。みんなが感動し、それ以降、サーシャとの距離が縮まった。午後のお茶は恒例となり、少なくとも一週間に二回、みんなが集まった。

約束した日になると、王琦瑶は部屋を片付けた。男性の目に触れるとまずいものは仕舞い、日ごろ買っておいたお菓子、サンザシやマンゴーなどのドライフルーツをテーブルに並べた。さらに、わざわざ茶器のセットを買い揃えた。金の縁取りがあり、蓋と茶托のついた茶碗で、それをテーブルの各辺に置いた。次回の点心を誰が用意するかは話し合いで決める約束だったが、ここで集まるようになってからは、いつも彼女が用意していた。出費が増えることになったが、彼女はむしろそれを喜んでいた。

毛毛おじさんはお茶とコーヒーの担当だったが、リュウガン、ナツメ、蓮の実を持参したことが数回ある。王琦瑶は彼の気持ちがよくわかり、驚くと同時に心遣いに感謝した。サーシャは一度ロシアパンを持ってきて以来、新たな貢献がなかった。厳夫人は何回か張媽に点心を買いに行かせたが、手間がかかるので面倒になった。しかし、王琦瑶だけに負担をかけるのはまずいと思い、各自が持ち寄ることを提案した。王琦瑶は、それを強く拒否して言った。そんなやり方をしたら、もともと楽しいことが義務みたいになって、つまらないわ。いっそのこと、集まるのはやめましょう。

そう言われると、厳夫人も提案を押し通すことができなくなった。このとき、毛毛おじさんが別の方法を思いついて言った。今後はマージャンの点棒を現金に換算しよう。負けた人が点心の費用を負担するんだ。こうすれば、マージャンにも刺激が出て、面白くなるよ。厳夫人とサーシャが賛同した。王琦瑶はみんなが賛成しているのに自分だけ反対するのはまずいし、毛毛おじさんの好意を無にすることになると思い、やはり同意した。

それ以来、マージャンをするたびに集まった一元あるいは二元の収益は、すべて王琦瑶が用意する点心の費用に充てられた。王琦瑶は曖昧にしておきたくないので、専用のノートに記録した。支出があるたびに、日付、金額、用途を詳しく明記した。誰も見ようとはしなかったが、自分の備忘録とするために必要だった。

それ以降、みんなは点心の準備に関与せず、王琦瑶が一手に引き受けることになった。彼女は知恵を絞り、あれこれと新しい趣向を凝らし、みんなの意表を突いた。どうしても献立を思いつかないときは、毛毛おじさんに相談した。そのうちに毎回、毛毛おじさんに教えを請うようになった。厳夫人と毛毛おじさんも快く相談に乗り、アイデアを出すだけでなく、実際に買い物も手伝った。サーシャは手ぶらで訪れ、おしゃべりと飲み食いで口を使うだけだった。

サーシャはロシアパンを持ってきたあと、そのパンを作ったロシア女性を連れてきた。彼女は格子柄のラシャのコートを着て、バックスキンの靴を履いていた。髪は後ろにまとめている。青い目と白い肌、まるで映画のスクリーンから抜け出してきた主演女優のようだった。彼女が大柄な美女なので、王琦瑶の部屋は狭く暗く感じられた。そばに立って肩を抱かれているサーシャは、彼女の息子のように見えた。彼女を見るサーシャのまなざしは、猫の目のように愛らしい。一方、彼女はサーシャをうっとりした目つきで見ていた。サーシャが手伝って彼女のコートを脱がせると、セーターに包まれた小山のような胸が現れた。

二人が並んですわったとき、彼女の顔に大きな毛穴があり、首には鳥肌が立っているのが見えた。彼女は、ぎこちない標準語を話した。発音も表現もおかしいので、みんなが笑顔を浮かべた。彼女の話が笑いを誘うたび、サーシャはみんなの顔を見て、得意げな様子を見せた。王琦瑶だけでなく厳夫人に対しても、彼女は「お嬢さん」と呼びかけるので、二人は顔を赤くして笑った。

彼女は食欲が旺盛で、砂糖を入れたお茶を何杯もお代わりした。モクセイと小豆のお粥も、何杯かお代わりした。テーブルの上のゴマの飴とキンカンの砂糖漬けを立て続けにつまんだ。顔の毛穴が赤くなり、目も輝き出した。口数が増え、おかしな表情を何度も見せた。みんなが笑えば笑うほど、彼女は調子に乗り、はしゃぎまくった。最後には踊り始め、テーブルと椅子にぶつかった。みんな大喜びで、腹を抱えて笑った。サーシャが手拍子を取ると、彼女は踊りながら彼に近づき、抱きついた。人目も気にしないほど熱中している。みんなは横を向いて、ゲラゲラと笑った。

日暮れまで大騒ぎしたが、それでも彼女は帰ろうとしなかった。椅子から立ち上がろうとせず、皿に残ったゴマの飴のかけらを食べ、指をしゃぶっていた。まだ食い足りないという卑しさが、目つきにあふれている。その後、ようやくサーシャに引きずられて帰って行った。二人が肩を抱き合いながら階段を下りるとき、ロシア女性の笑い声が弄堂じゅうに響き渡った。王琦瑶の部屋の中は散らかって、テーブルと椅子の位置が乱れ、テーブルクロスにはお茶とお菓子の染みがたくさんついていた。残った三人も笑い疲れ、ソファーから動くのが面倒になった。日が暮れたのに、明かりをつけることも忘れ、室内は暗くなる一方だった。

このように午後のお茶が盛り上がるのは稀で、ほとんどは静かなひとときだった。午後の太陽が少しずつ傾き、光が和らぐと、話も尽きる。お互いに顔を見合わせ、名残が尽きない様子を見せるだけとなるのだ。

散会後、王琦瑶は夕食を作る気が起きず、その味が甘くても塩辛くても、残り物を温め直して簡単に食事を済ませた。賑わいが去ったあとの夜は、言いようのない虚しさがあり、何をする気も起こらず、つまらないと思ってしまう。客が去ったあとの部屋は、ガランとして静かだった。針を一本落としても、音が聞こえるだろう。そこで、様々な思いが湧いてくる。実に悩ましい夜だ。眠ることができず、月の光までもが気持ちをかき乱す。

王琦瑶は、誰かが注射を打ちに来てくれることを期待した。アルコールランプに火をつければ、少しは活気が出るだろう。編み物でもしようかと思ったが、取り出してみたらやる気が失せていた。毛糸玉がソファーの下に転がったことにも気づかなかった。夕刊を手にしたが、いくら読んでも内容が理解できない。鏡に向かって髪をとかしても、鏡に映っている自分が誰なのかがわからない。心に浮かぶ思いは、とりとめがなく、意味をなさない。コインを取り出し、テーブルの上に投げてみた。しかし、表と裏のどちらが出ればいいのか、何を占おうとしているのかがわからない。トランプの一人占いもやってみたが、願いがかなうのかどうかはわからなかった。

窓の外から、弄堂を巡回する「火の用心」の声が聞こえてきた。かつての拍子木が、いまは鈴に変わっている。その鈴の音は寒々として、夜の平安里に鳴り響いた。この寂しさは、次の午後のお茶まで続くことになる。午後のお茶が賑やかであればあるほど、夜は耐えがたい。あの賑やかさを消し去ろうとしているのか。消し去るだけでは物足らず、もう一度取り戻そうとしているかのようでもあった。

寂しさを拭い去るために、彼女はまた映画のレイトショーに行くようになった。レイトショーは、この都市にわずかに残る夜の娯楽だった。この不夜城において、いまだ消えることのないかすかな光でもある。レイトショーは、もはや満席になることがない。半分ほどの座席が空いていて、やはり寂しさを感じさせる。帰り道も人気《ひとけ》がまばらで、ますます寂しさが募った。この不夜城にはいま、至るところに「夜」がある。プラタナスの樹影にも、路面電車を待つ人たちの顔にも、夜の気配が見て取れる。電車が停留所に入ってくるときの音は夜の音、街灯やネオンは夜の目だ。だが、この都市が夜に包まれても、何とか生まれ出ようとする光がある。それは目に見えない河の流れのようで、全神経を集中させなければ、察知することができなかった。

毛毛おじさんは、午後のお茶の前日に必ず訪れるようになった。王琦瑶と点心について相談したあと、毛毛おじさんが買い物に出かける。相談に手間取り、食事の時間になることもあった。王琦瑶は彼を引き留め、厳夫人も呼び、三人であり合わせの食事をした。その後、厳夫人は呼ばなくてもやってきて、さらにサーシャも参加するようになった。こうして、午後のお茶のほかに、食事の集まりが増えた。集まれば、必ずマージャンをする。賭け金も、少し高くなった。

ほかの三人は平気だったが、サーシャだけは足が遠のき、二回に一回は外せない用事があると言って欠席した。誰も口に出さないが、理由はわかっていた。王琦瑶は、毛毛おじさんがわざとサーシャに必要な牌を吃《チー》させていることに気づいた。わざと相手の当たり牌を捨てたり、自分の当たり牌を見逃したりすることもある。王琦瑶は、彼の意図を理解していた。お金を多めに出したいのだが、みんなに反対されるので、わざと負けようとしているのだ。それを考えると、サーシャを軽蔑すると同時に、毛毛おじさんに敬服した。

あるとき、彼女は毛毛おじさんがとっくに聴牌《テンパイ》していることがわかった。待ち牌が何かも想像がつく。ちょうど手元にあったその牌を捨て、彼の目を見た。毛毛おじさんは一瞬迷ったが、その牌で上がり、しかも役満だった。王琦瑶は読みが当たっていたこと、また彼が厚意を受け入れてくれたことで、自分が上がったよりもうれしかった。ところが、サーシャが彼女の手牌を見て言った。どうして、対子《トイツ》を崩して捨てたの？　わざと上がらせようとしたんだな！

王琦瑶は慌てて牌をかき混ぜて言った。清一色《チンイーソー》を作ることにしたから、対子はいらなくなったのよ。だが、心の中で思った。自分がどれだけ当たり牌をサービスされているか、知らないくせに、よく言うわね。厳夫人は、少し不機嫌そうに言った。マージャンをするときは、ルールを守らなくちゃ。私情を挟んじゃいけないわ。王琦瑶はそれを聞いて困惑し、再び弁明した。わざとじゃないわ。自分でも対子を崩したことを後悔しているのよ！

そのあとは、みんなが無口になった。腹立ちを隠しながら、何とか親が一周したところで、散会となった。

次に毛毛おじさんが点心の相談に来たとき、王琦瑶はまだ先日のことが心に残っていて、彼の顔を見るなり言った。サーシャっていう人は男のくせに、女よりも心が狭いのね。毛毛おじさんは言った。サーシャも可哀そうなんだ。仕事がないのに遊び好きで、烈士の遺族年金がド代にも足りない。王琦瑶は、まだ腹立ちが収まらずに言った。お金のことじゃなくて、公平性の問題よ。もともと、私は割り勘に反対だった。大した支出じゃないんだから。その後、ゲームを楽しむために、負けたらお金を出すというルールを作ったんでしょう。毛毛おじさんは笑って言った。どうして、そんなに怒ってるの。ぼくがサーシャに代わって謝るよ。王琦瑶は言った。腹立たしいのは、サーシャだけじゃないわ。毛毛おじさんは言った。お従姉《ねえ》さんのことも、ぼくが謝る。

王琦瑶はそれを聞いて、目の縁を赤くした。毛毛おじさんは、本当に思いやりがある。何もかも、わかっているのだ。何か言おうとしたとき、厳夫人が階段を上がってきた。彼女は部屋に入ると椅子にすわり、開口一番、こう言った。サーシャっていう人は、本当にどうしようもないわ！　やはり非難の口調である。王琦瑶と毛毛おじさんは思わず目を合わせ、一緒に笑った。

この日、毛毛おじさんは午後のお茶について、新しい提案をした。国際クラブへ行って、コーヒーを飲もう。ぼくのおごりだ。王琦瑶は、彼が関係を修復しようとしていることを知り、心の中で思った。どんなに苦心を重ねても、永遠に楽しい宴席を続けることは不可能ではないか？

翌日の午前、王琦瑶は暇を見つけて美容院へ行き、髪をセットしてもらった。昼食は早めに終えて、食器を洗うと、化粧をして服を着替えた。眉は薄く描き、ファンデーションを軽く塗った。頬紅は使わず、口紅を少しだけつけた。最初はチャイナドレスと秋物のコートを着ようと思ったが、大げさすぎるし、わざわざ厳夫人と張り合おうとするようでまずいと思い直した。そこで、薄手のスラックスとポプリンの厚い上着を選んだ。いずれも色は薄いグレーだった。首に巻いた花柄の絹のスカーフにだけ、控えめな華やかさがあった。

ちょうど準備が整ったとき、張媽の声が聞こえた。輪タクがもう厳家の前で待っているので、すぐに乗ってくださいという。彼女はハンドバッグを持って、階段を下りた。果たして、弄堂の奥に輪タクが停まっている。厳夫人も家から出てきた。夫人は黒い薄手のウールのコートを着ている。いかにも身分に相応しい服装で、化粧の濃さもちょうどよい。王琦瑶は近づいて行き、輪タクに乗った。車はゆっくりと平安里を出て行った。

太陽は赤く、プラタナスの木は葉を落とし、空が高く感じられた。王琦瑶は急に頭がぼんやりして、隣にすわっているのが厳夫人ではなく、蒋麗莉のような気がした。蒋麗莉の名前は、心の中に一瞬よぎっただけで消えてしまった。彼女は顔が乾燥し、皮が剥《は》がれるのではないかと思った。唇も乾いていた。太陽がまぶしく、まぶたが重くなり、眠り過ぎたあとのような気分だった。輪タクは街を通り抜けて行く。ショーウインドーが「のぞきからくり」のように、次々に現れては消えた。路面電車がレールに沿ってゆっくりとカーブを曲がり、鐘を鳴らして前へ進んで行った。

毛毛おじさんとサーシャは、一緒に国際クラブの前で待っていた。サーシャもホスト役のよう
顔を合わせるとすぐ、毛毛おじさんと二人で接待しますと言った。その後、彼らの
入った。床はピカピカに磨かれ、大きな窓の外は秋が深まり黄
まだ満開で、力強さとあでやかさを感じさせる。ホー

れ、周囲にソファーが置かれていた。

腰を下ろすとすぐ、スーツに赤いネクタイのボーイがやってきて、注文を聞いた。サーシャが勝手に決めて、あれこれ注文を告げた。毛毛おじさんは口を挟まず、ただ笑みを浮かべてうなずいた。二人とも、どうせ最後は毛毛おじさんが勘定を支払うことになるとわかっている様子だった。

王琦瑶は心の中で言った。サーシャのずる賢さは、こうやって甘やかされた結果なのね。そう思いながら視線をそらし、蓮の花の形をした壁の照明を見た。暖房が効いていて、顔が少し火照《ほて》っている。もっと薄着をして秋物のコートを羽織ってくれば、温度調節ができたのにと後悔した。どうして思いつかなかったのだろう。しばらく、こういう場所に来ていないので、すっかり田舎者になってしまった。

コーヒーとケーキが運ばれてきた。白磁のカップと受け皿、銀製のスプーンとフォーク、コーヒーポットも銀製だった。通りかかった男が毛毛おじさんとサーシャに気づいて、挨拶を交わした。毛毛おじさんは、厳夫人と王琦瑶をその男に紹介した。その男は厳夫人に言った。ご主人は最近、お元気ですか？　なんと、間接的な知り合いだったのだ。そうとわかると、彼らは近況を語り合い、王琦瑶だけが蚊帳《かや》の外に置かれた。彼女はまた視線をそらし、壁際の鉢植えに目を向けた。赤い実がついている万年青《おもと》だった。

このとき、ホールは満席で、ボーイが慌ただしく行き来していた。コーヒーの香りが立ち込め、熱気あふれる光景だった。王琦瑶は、熱気の中で冷めていた。時季外れの服を着ていて、会話に口を挟むこともできない。彼女は自分をあざ笑った。どうして、ここへ来たのだろう。まったく自業自得だ。

通りかかった男は、そのまま居すわってしまった。自分でボーイを呼んで、コーヒーとケーキを追加注文した。彼らは語り尽くせない話題があるようだった。毛毛おじさんが横を向いて、小声で王琦瑶に告げた。この男はブリッジの仲間なんだ。腕前はそれほどでもないから、決まったグループに所属していないけど、とにかく好きなのさ。一緒に遊んでくれる相手がいれば、食事をおごろうとする。今日も、おごってくれるらしいよ。王琦瑶は毛毛おじさんが気を遣って、彼女が寂しい思いをしないように話しかけてくれたことに気づいた。しかし、彼女は余計に自分が部外者であることを意識してしまった。

このとき、その男がこちらを向いて言った。みなさんを紅房子《ホンファンズ》（西洋料理の老舗）に招待します。どうか私の顔を立てて、フルコースを召し上がってください。厳夫人とサーシャは、もう同意していた。毛毛おじさんは意向を尋ねるように、王琦瑶のほうを見た。王琦瑶は少し腰を浮かせて言った。今日は注射の予約がいくつか入っているので、夕食前に帰らなければなりません。お許しください。

厳夫人が言った。注射の予約？　私は聞いてないわ。帰さないわよ。サーシャも言った。帰さないぞ。行くなら、みんなで行こうよ。毛毛おじさんは、誘うことはせずに尋ねた。予約の人たちの家に、電話はないの？　少し遅く来てもらうように伝えたら？　王琦瑶は、彼は逃げ道を作ってくれたが、引き留めたい気持ちもあることを知り、あとで決めましょうと言った。みんなは、彼女が承知したものと思った。ところが、しばらくすると彼女は立ち上がり、帰ると言った。決然とした態度で、誰も引き留めることができない。厳夫人は本気で怒り出して、付き合いが悪いわねと言った。王琦瑶は口では謝ったが、心の中で思った。厳夫人が本当に言いたいのは、身のほど知らずということに違いない。

毛毛おじさんは、彼女を外まで見送った。すでに日が暮れて、風も冷たかった。幸い、体じゅうがカッカしていて、寒さを感じない。毛毛おじさんは下を向き、口をきかなかった。そこで彼女が、話題を探して尋ねた。国際クラブにはどんな娯楽施設があるのか、料金は高いのか、などなど。通路を抜けて玄関に出たとき、彼女は言った。ここでいいわ、外は寒いから。毛毛おじさんは聞こえなかったらしく、突然こう言った。ぼくは、みんなを喜ばせたかったんだ。彼はそれ以上言わなかったが、王琦瑶はすべてを理解した。大いに感動し、この人はあらゆることを見通していると思った。このとき、輪タクが近づいてきた。彼女はその車を呼び止め、後ろを振り返らずに乗り込んだ。

## 10

### ストーブを囲んで

冷え込みが厳しくなると、王琦瑶と毛毛おじさんは相談して、部屋にストーブを設置して暖を取ることにした。みんながマージャンやお茶飲みに来ても、手足が凍える心配がなくなる。毛毛おじさんは大変乗り気で、すぐにストーブと煙突管を買いに行くと言った。王琦瑶はお金を渡そうとしたが、彼はどうしても受け取らなかった。みんなが恩恵を受けるのだから、彼女だけに負担させるわけにはいかないと言うのだ。

翌日、毛毛おじさんは作業員を連れてきた。その作業員は三輪車に荷物を載せていた。毛毛おじさんは、ストーブをどこに置くか、煙突管をどのように取り付け、どこから煙を出すかを指示した。半日もかからず、作業は終わった。煙突管がしっかり取り付けられたので、まったく煙は漏れない。あっという間に火が燃え出し、昼食の煮炊きはストーブで行った。部屋は暖まり、料理の匂いが漂った。王琦瑶がストーブの中にサツマイモを入れたため、しばらくするとイモが焼けた匂いもしてきた。

みんなが午後のお茶に集まったとき、点心の準備は不要だった。ストーブを囲んで、まるで子どものようにサツマイモを食べた。先を争って豆炭を入れたが、人手が多いと仕事は雑になる。危うく火が消えそうになった。慌てて薪を追加したので、再び火勢が強まった。しだいに日が暮れると、室内が暗くなり、ストーブの火が人の顔を照らし出す。少し形がゆがんで見え、夢のような、幻覚のような印象を与えた。

ストーブの設置が呼び水になったのか、翌日は雪が降った。江南地方でよく見られる、みぞれ混じりの雪ではなく、本物の乾いた雪だ。窓の庇《ひさし》に厚く積もり、平安里も純白になった。

それは一九五七年の冬で、外の世界では大事件が起きていたが、このストーブの周りの小天地とは関係がない。この小天地は世界の外れ、あるいは隙間にあり、互いに相手の存在を忘れているおかげで安全だった。窓の外では雪が舞っているが、室内にはストーブの火がある。これは、なんとすばらしい光景だろう！　彼らはみな頭を働かせて、このストーブで様々なことを楽しんだ。干し鱈《だら》を焼いたり、餅を焼いたり、羊肉のしゃぶしゃぶをしたり、麺を茹でたりした。彼らは午前中にやってきて、ストーブの周りにすわり、雑談をしながら飲み食いをする。昼食、おやつ、夕食が切れ目なく続いた。

雪の日の太陽は、顔を出しても出さなくても同じで、時間の感覚が失われる。時間も切れ目なく続いてしまうのだ。窓の外が暗くなると、ようやく彼らはのろのろと立ち上がり、帰って行く。このとき、気温はすでに零下まで下がり、道に氷が張っていた。彼らは身震いし、足を滑らせ、まだ夢から覚めていない様子だった。

ストーブを囲んですわると、お互いに親しみが湧いてくる。彼らは、まるで家族のようだった。王琦瑶と厳夫人が編み物を始めると、毛毛おじさんとサーシャは毛糸玉を持ち、糸を出すのを手伝った。女二人がそれぞれ散り蓮華を持って、ストーブでタマゴ餃子を作るときは、男二人が出来上がった餃子を大皿に並べ、花や宝塔の形にした。

会話も遠慮がなくなり、よく冗談を言った。からかわれる対象は、いつもサーシャだった。あのロシア女性を話のタネにして、一生ロシアパンを食べるつもりかと尋ねると、サーシャは言った。ロシアパンは、まだいいほうだよ。ロシアのタマネギとジャガイモ（ロシア女性を指す。特にタマネギは体臭が強いことを意味している）は、食えたものじゃない。その言葉に隠された意味を察して、みんなは大笑いしながらサーシャを非難した。サーシャは、面の皮を厚くして言った。みなさん興味があるなら、ロシアパンを提供しますよ。ただし、タマネギとジャガイモを添えてね。

彼らにまた非難されると、サーシャは、悔しそうに言った。これはブルジョアのプロレタリアに対する攻撃だ。王琦瑶は、不満を感じて尋ねた。誰がブルジョアなの？　プロレタリアと言うなら、私がいちばん資格があるわ。自分の稼ぎで食べているんですからね。サーシャは言った。だったらなぜ、ぼくの味方をしてくれないの。ぼくたちは仲間なのに！　厳夫人が言った。私の財産は、全部あなたたちに引き渡したから、いまは私が本物のプロレタリアよ。あなたたちこそ、ブルジョアだわ。王琦瑶は言った。私はブルジョアにせよ、プロレタリアにせよ、サーシャの味方にはならない。私たちは中国のご飯を食べるけど、あなたはロシアパンを食べる。まったく別の道を歩んでいるのよ。

厳夫人と毛毛おじさんは拍手をして、賛意を示した。サーシャは、哀れっぽい顔をしながら言った。みんなグルになって、両親のいないぼくをいじめるんだね。これを聞いて、三人は大いに恥じ入り、盛んに彼を慰めた。すると彼は王琦瑶の手を握り、厚かましい要求をした。お母さんと呼ばせて！　王琦瑶は手を振りほどき、軽蔑して言った。あなたは自分のお父さん、お母さんさえ笑いものにするのね。みんなは笑い、彼の平然とした態度を見て、冗談めかして追及を続けた。すると、サーシャは言った。別に、おかしなことじゃないさ。「雨が降ることと、母親が再婚することは止めようがない」って言うじゃないか。みんなは、ますます大笑いした。笑うと同時に、サーシャに対しては軽蔑の気持ちが湧き、まったくろくでなしだと思った。

サーシャはみんなが楽しそうにしているのを見て滑稽に思い、心の中で言った。おまえたちはブルジョア、社会のクズだ。全身から樟脳みたいな古臭い匂いを漂わせながら、どうでもいい生活を送っている！　しかし、サーシャは彼らが好きだった。まず、彼らは食べ物を提供してくれる。変化に富んだものが次々に出てきて、食べ飽きることがない。サーシャは食欲が旺盛だった。おそらく、それは肺結核の後遺症の一つだろう。とても食べることが好きで、いくら食べても満腹にならない。たくさん食べるうちに舌が肥えてきて、王琦瑶の用意する食べ物のよさがわかった。

サーシャが彼らを好きになった二つ目の理由は、暇つぶしの手伝いをしてくれることだった。お金がないのと反対に、彼には驚くほど多くの時間があった。朝、目を覚ましたとたん、どうやって時間をつぶそうかと考える。サーシャと同様に、彼らは暇を持て余していた。しかも面白い人たちで、種類の違う知識を持っているので、サーシャの社会経験を豊かにしてくれた。彼は経験を重視していた。経験は、この世界を理解し、世渡りをするための役に立つ。

二つの貴重な利点があるので、サーシャは彼らにからかわれても気にしなかった。もともと真剣な付き合いではないので、調子に乗って、でたらめな話を平気で口にした。それらの話の中には本音も隠されているのだが、まとめて全部相手に投げつけ、無理やり受け入れさせた。こんなにいい加減なやり方はないだろう。だが、毎日そんな生活を続けていると、本物と偽物の区別がなくなってしまう。知っていることを知らないふりをしたり、知らないことを知っているふりをしたりする。太陽は東から昇って西に沈んだあと、西から昇って東に沈む。月もまた同様だった。この都市の夜と昼は、このようにして過ぎて行く。

ある日、みんながまたサーシャをからかって、結婚相手を紹介しようとした。サーシャは、厳家の娘さんでなければダメだと言う。厳夫人が、うちの娘はまだ小さいわと言うと、サーシャはいくらでも待つ、髪が白くなっても悔いはないと言った。厳夫人は、私をお義母《かあ》さんと呼ぶ覚悟はあるのと尋ねた。サーシャは言った。あなたがお義母さんになってくれれば光栄ですよ。

みんなは大笑いした。鍋のスープが、グツグツと音を立てている。タマゴ餃子と肉団子が浮いたり沈んだりして、喜びを表しているかのようだ。突然、サーシャが真顔になって言った。実は、ぼくもある人に結婚相手を紹介したいんです。みんなが誰にと尋ねると、サーシャは言った。彼にですよ。毛毛おじさんを指さしている。女二人は、紹介する結婚相手は誰なのかを尋ねたが、心の中は穏やかではなかった。サーシャは、どんなバカげた話でも平気で口にするからだ。

サーシャは笑って答えなかった。彼女たちがさらに追及すると、彼は言った。言えば怒るでしょう。みんなはドキドキし、顔をこわばらせながらも、笑って催促した。サーシャは言った。怒らないって約束してくれますか？　このとき、すでに予想がついた三人の表情は異様で、笑顔には無理があった。王琦瑶が言った。当然、怒るわよ。ろくでなしは、ろくなことを言わないに決まってるから！　サーシャは言った。つまり、ぼくが言おうとしている相手が誰なのか、もうわかっているんだね。そうでなきゃ、怒ると決めるはずがないから。

王琦瑶は図星を刺され、顔をさっと赤らめた。笑顔が消え、真面目な口調で言った。あなたはいつも、怒られるようなことばかり言ってるじゃないの。サーシャは厚かましく言った。怒られるかどうか、言ってみようか？　王琦瑶は怒りと焦りが募って、持っていた散り蓮華を鍋の縁にぶつけてしまった。散り蓮華の柄の部分が折れ、気まずい雰囲気になった。

この日は、その後サーシャがいくら自らを卑下するようなことを言っても、また毛毛おじさんがいくら調子を合わせるようなことを言っても、局面を打開することはできなかった。我慢しながら夕方を迎え、室内が暗くなる前に解散した。

外は半分雪が融けていて、人が踏んだところに泥水がたまっていた。空はもう晴れて、不思議なほど明るく、お互いの顔の毛穴まで見えそうだった。王琦瑶はみんなを一階まで見送り、別れの挨拶をした。わざと元気そうに振る舞い、明らかに虚勢を張っていた。

その後のある日、厳夫人は二人だけのときに毛毛おじさんに言った。王琦瑶も気が利かないわね。サーシャは明らかに冗談を言ったんだから、何の問題もないでしょう。あんなにカッカして、みんな引っ込みがつかなくなってしまったわ。毛毛おじさんは、事態を収束させようとして言った。王琦瑶はカッカしていたわけじゃないよ。手を滑らせて散り蓮華を割ることなんて、よくあるだろう。厳夫人は言った。私は散り蓮華を割ったことを言ってるわけじゃないわ。サーシャは軽い冗談のつもりだったのに、王琦瑶のほうが重く受け取ったのよ。そう言うと、夫人は従弟の顔をじっと見た。

毛毛おじさんは、少し不自然な笑い方をして言った。従姉さんが余計な気を回しているんだと思うよ。何でもないことなのに。厳夫人は、フンと鼻を鳴らして言った。でも、心の中ではわかっているんでしょう。あなたは賢い人なんだから。これ以上は言わないけど、ひと言だけ伝えておくわね。いまはみんな退屈なので、集まって遊んでいる。仲良くするのは遊びのためだから、変な気を起こさないでね。毛毛おじさんは、笑って言った。従姉さんは、ぼくが変な気を起こすと思ってるの？　厳夫人は、また鼻を鳴らして言った。あなたは大丈夫だとしても、ほかの人はどうか、わからないわよ。

この言葉を聞いて、毛毛おじさんは厳夫人が王琦瑶を許そうとしていないことに気づいた。しかし、王琦瑶の弁護をするのも都合が悪いので、黙っているしかなかった。厳夫人は、彼が沈黙したのを見て、自分の忠告を受け入れたのだと思い、態度を和らげて言った。あなたがここへ遊びにきて、何か問題を起こしたら、私はあなたのお父さんやお母さんに申し訳が立たないでしょう。毛毛おじさんは言った。ぼくはもう大人だよ。どんな問題を起こすと言うの？　厳夫人は彼の額を突ついて言った。問題が起こったあとでは遅いわ。

二人が話を終え、階段を下りて王琦瑶の家へ行くと、サーシャが先に来ていた。ほっそりした白い手をストーブで温めている。お焼きを作るときのように、ストーブの上で手の向きを変えていた。王琦瑶は近くでお湯をポットに注いでいる。二人は何もなかったかのように、適当に会話を交わしていた。陽光が差し込み、室内は少し煙っている。無数の塵が舞っていた。厳夫人と毛毛おじさんも、ストーブを囲んですわった。あの日の不愉快な出来事はすべて忘れ、新しい一日を始めようとしていた。

正月が近づくと、王琦瑶はストーブのそばに小さい碾《ひ》き臼を用意して、もち米を粉にした。前の晩、水に漬けておいたので、もち米はパンパンにふくれている。サーシャが志願して、碾き臼の穴に米と水を注ぎ込む仕事を受け持った。毛毛おじさんは碾き臼を回し、王琦瑶は石のすり鉢でゴマをすりつぶした。厳夫人は何もせず、ただ口であれこれと指図した。部屋じゅうにゴマの香りが漂い、すぐに口に入れられないのがもどかしかった。

このとき、サーシャは洗練された人生の喜びを知った。彼の人生は貝殻の中、あるいは井戸の底に限られていた。遠くは見ずに近くだけを見て、時間を細かく砕いて過ごすことによって、短い人生を長続きさせようとしてきた。サーシャは感動し、真面目になった。もち米を水に漬ける理由、そして黒洋酥《ヘイヤンスー》（黒ゴマの飴）の作り方を謙虚に教えてもらった。女二人が詳しく説明すると、彼は聞き分けのよい子どものようになった。みんなは彼の過去の不始末を許した。

女たちは彼に、正月にはおいしいものをたくさん作って食べさせると約束した。砂糖入りの餅、揚げ春巻き、クルミや松の実の砂糖漬け、などなど。宝物を数え上げるように列挙した。サーシャは思った。これはまさにグルメの世界だ。毎日どんどん作って、どんどん食べるが、尽きることがない。彼は思わず感嘆した。皿の料理は、どれもみな苦労の結晶だったんだ！

厳夫人が笑って言った。これはまだ、苦労の半分にすぎないわ。残りの半分は着るものの苦労よ。

サーシャは聞いたこともないでしょうけどね。服のことになると、ますます話は尽きなかった。王琦瑶と厳夫人は、目の前に羽衣が舞っているかのように、それぞれ美しい服の話をした。サーシャは聞き入って手がおろそかになった。碾き臼が空回りしている。碾き臼を回していた毛毛おじさんも、聞き惚れていたのだ。

それは細い糸が織りなす世界で、細心さがあってこそ、全身を豪華に着飾ることができる。厳夫人は、限りない感慨を込めて言った。人間の生活は何よりもまず、着ている服に反映される。その人のセンスや本質を示すから、いちばん重要なものよ。サーシャが尋ねた。それじゃ、食べ物は？厳夫人は首を振って言った。食べ物は人の内面を作る。重要ではあるけれど、外面が全体を支えているのとは違う。外面は広告のようなもので、人を心服させ、重視してもらえる。もちろん、内面には実用的な価値があるけど、それは自分に見せるものでしょう。まったく他人に見せないのだとしたら、あまり意味がないわ。

そこまで言うと、厳夫人は悲哀を感じ、声を低くした。さっきまで盛り上がっていた仕事の熱気が失せ、碾き臼とすり鉢は虚《うつ》ろな音を響かせた。ゴマの強すぎる香りも、もち米の乳白色も、人に不快感を与えている。壁と床は煤《すす》で黒くなり、空気は汚れて乾燥していた。ストーブの火は陽光の下で見ると、暗く青白い。すべてが不潔に感じられた。ここが一面の泥沼なら、この不潔さも相応しいだろう。しかし、そこまで汚いわけではない。点々とした染みは、梅雨どきのカビのようだった。だが、日が暮れると、これらのものは目に触れなくなった。夕闇が窓から侵入し、温かくて希薄な液体のように、すべてに膜をかけた。物体、空間、音声、気体がみな、疎遠、曖昧、不確実なものになった。ストーブの火だけが急に鮮明になり、熱気を帯びて、人々を激励した。それはストーブの周りが最も恋しくなる時間だった。あらゆる欲望が、寄り添いたいという一つの願いに変わり、ほかのことはどうでもよくなる。たとえ空が崩れ落ち、大地が陥没しても関係ない。昨日のことも、明日のことも考えない。考えても仕方がないだろう。

彼らは焼き栗の皮をむいた。焼き栗の匂いが胸に染みる。彼らはどうでもいい雑談をしていたが、どの言葉もすべて心の中から湧いてきたもので、温もりがあった。彼らはストーブの上にフライパンを置き、夏場に乾燥させておいたスイカの種を銀杏《ぎんなん》と一緒に煎《い》った。銀杏の苦みを感じさせる香りは浸透力が強く、多くの匂いを圧倒した。驚くほど異様な匂いだったが、誰も気にしなかった。

彼らは以前のしこりを忘れ、とても親密そうだった。なぜ仲たがいしたのか思い出せず、かつてないほど仲良くなった。愛情を抱き合い、お互いのことを思いやった。いまは睦《むつ》み合うときだ。ほかに何ができるだろう？　外が寒くて暗いので、室内の温もりと光がいっそう際立つ。雪は融けないほうがいい。融けてしまえば、このストーブはお役御免になるだろう。

彼らは、くだらない話を続けた。語ったとたんに内容を忘れてしまったが、それは心の声なのだ！　痕跡は残さないが、いつまでも尽きることがない。彼らの話題は焼き栗の甘さ、スイカの種の香ばしさなどである。銀杏の苦みについては、簡単に触れただけだった。彼らはさらに、もち米団子の柔らかさ、甘酒の濃厚さ、そして甘酒の中に入れる溶きタマゴの滑らかさについて語った。

完全に日が暮れて、これ以上暗くなったら明かりをつけなければならない。親しみのこもった会話も尽きて、これ以上語り続ければまた距離が生じてしまう。彼らは口では帰ると言いながら、なかなか帰ろうとしなかった。足が動かないかのようだ。彼らは、また明日と言う一方で、今夜の集まりが終わることを惜しんでいる。明日はどうなるか、まだわからない。今夜はすぐ目の前、手の届くところにある。時間の経過が目に見える砂時計は、理にかなっている。時間は確かに、漏れるように流れていく。あっという間に、別れのときが来た。

彼らは昼間の時間を持て余していたが、夜は充実したひとときを過ごした。ストーブを囲んで、謎々を出したり、お話をしたりした。多くの謎々は答えが出なかったし、多くのお話は前後のつながりがなかった。王琦瑶は言った。まるで「守歳《ショウスイ》」（大晦日《おおみそか》の夜の年越し）みたいね。でも、いくら守っても、歳月は流れてしまう。毛毛おじさんは言った。我々は、夜を昼間のように過ごしている。しかし、昼夜を逆転させても、太陽と月の動きは変わらない。厳夫人は言った。「守霊《ショウリン》」（お通夜）みたいなものよ。ただし、亡くなったのは何世代も前の人なので、長寿を祝うような感じなの。サーシャは言った。シベリアの狩人みたいなものだな。結局、何一つ獲物を得ることはできない。

それぞれ形容の仕方は異なるが、全員がこのような夜を愛していた。たくさんの食べ物がストーブの上で、ささやかな音を立て、ささやかな香りを発して、この世界の隅々までを満たしている。この世界のレンガや石は、それらのささやかなものが充填されることによって堅固になるのだ。

彼らはストーブの周りで、簡単なゲームもやった。靴底を縫うための糸を使って、綾取りをした。

綾取りの糸は形を変えながら、彼らの手を伝わっていき、最後はからまったり、ほどけたりする。抜けた髪を結んだものをほどく遊びもした。結んだり、ほどいたりを繰り返すうちに、髪が切れてしまったり、ほどけなくなったりすることもあった。知恵の輪で遊ぶときもあった。順番に挑戦し、最終的にからまったままのこともあれば、はずれてバラバラになることもある。「七巧板《チーチアオバン》」（七枚の板片できた玩具、タングラム）でも遊んだ。組み合わせて、いろいろな形を作ったが、一定の枠を超えることはできなかった。

彼らは頭を働かせ、多くの知恵が生まれては消えた。このような小市民の生活は、大きな時代変動のための肥やしになる。大きな時代変動は、小市民の生活の死骸を栄養にして育つのだ。だから、小市民の生活をバカにしてはいけない。それらはこの世界の塵だとしても、太陽が顔を出せば、活発に舞い上がる。

# 第三章

## 11 康明遜

混沌とした夜が続くうちに、あやふやな感情が生まれた。毛毛おじさん、すなわち康明遜《カン・ミンシュン》は、王琦瑶にとってあやふやな存在だった。手が届かない相手だとわかっていても、思いを寄せずにはいられない。ある日、二人きりになったとき、王琦瑶は尋ねた。康明遜、あなたはいつ結婚するの？康明遜は笑って言った。どこのお嬢さんが、ぼくみたいな職のない遊び人の嫁さんになってくれるんだい？　王琦瑶も笑って言った。謙遜がすぎると、嫌味になるわよ！　あなたのように気品があり、家柄もいい人のお嫁さんなら、誰だってなりたいわ。康明遜は言った。それじゃ、誰か紹介してくれよ。王琦瑶は言った。あなたに釣り合うような相手が、私の知り合いの中にいるはずないでしょう。

康明遜は、先ほどの王琦瑶の口調をまねて言った。謙遜がすぎると、嫌味になるぞ！　きみの立ち居振る舞いを見れば、すぐに上流階級の出身だとわかる。ぼくなんか、及びもつかないさ。王琦瑶は言った。私たちのような貧乏人の娘をバカにしてるのね？　康明遜は言った。バカにしてるのは、きみのほうだよ。

こうして二人は舌戦を繰り広げた。康明遜は問われれば必ず答えたが、王琦瑶が望むようなことは言わないし、いつも肝心なところで人が来てしまった。

その後、また二人きりになったとき、康明遜が同様のことを尋ねた。王琦瑶、きみの結婚はいつなの？　王琦瑶も前回の康明遜の口調をまねて、「私なんか、誰もお嫁さんにしてくれないわ」と言おうとした。しかし、「私なんか」と言いかけたところで、急に口を閉ざしてしまった。重ねて尋ねようとした康明遜は、彼女の目に涙が浮かんでいるのを見て、慌てて言った。まずいことを言ってしまったかな。どうか許してほしい。ぼくは何も事情を知らないんだ。

王琦瑶は首を振って、しばらく沈黙したあと、改めて同じことを言った。私なんか、誰もお嫁さんにしてくれないわ。康明遜はすぐに言った。「私なんか」って、どういう意味？　王琦瑶は逆に問い返した。あなたは、どう思っているの？　康明遜は言った。「錦上に花を添える」っていう感じかな。王琦瑶は言った。また、バカにしてる。康明遜は言った。バカにしてるのは、きみのほうだよ。今回は康明遜からの問いで始まった話だったので、王琦瑶は彼のさらなる追及を期待した。だが結局、彼女が答えたかった問題に触れることはなかった。

王琦瑶と康明遜の問答は、かくれんぼのようだった。鬼は捕まえることだけを考えていたが、隠れるほうには二つの思いがあった。捕まるのを恐れる気持ちと、捕まえに来てくれないことを恐れる気持ちだ。そこで、逃げると同時に誘いをかける。みんなの前にいるとき、彼らの問答は掛け言葉になっていた。表の意味のほかに、裏の意味がある。これは人の多い場所でのかくれんぼで、お互いに暗黙の了解があってこそ、やり取りができる。そのうちに、二人だけが知っている用語が生まれた。ありふれた言葉だが、彼らの間ではまったく別の意味がある。以心伝心で、何も言わなくても相手の気持ちがわかった。他人には理解できず、彼らが種明かしをしなかったから、口にしたことでも帳消しにできた。

サーシャが冗談で康明遜に結婚相手を紹介すると言ったとき、二人は本当に驚いた。王琦瑶が取り乱し、散り蓮華を割ってしまったのも無理はない。その後、厳夫人から忠告を受けたときも、康明遜はすっかり慌てて、話がしどろもどろになった。だが、それは明らかに取り越し苦労で、以降は何も起こらず、二度と話題にならなかった。

むしろ、王琦瑶が自ら康明遜に尋ねたことがあった。サーシャがあなたに紹介しようとした結婚相手は、誰だったのかしら？　康明遜は言った。ぼくが知るはずないだろう。サーシャに聞けばいいじゃないか。彼女は言った。サーシャは、きっと誰かを想定していたはずよ。あなたも、そう思うでしょう。康明遜は言った。そんなに知りたいなら、あのとき、なぜサーシャに言わせなかったの？　必死で口をふさいだじゃないか。王琦瑶は、また焦って弁解した。サーシャの口をふさいだりしてないわ。サーシャが何を言おうと、私には関係ないもの。

そこで、康明遜は言った。関係ないんなら、どうしていまさら聞こうとするんだい？　王琦瑶はそれを聞いて、痛いところを突かれたようだった。恥ずかしくて、顔が赤くなった。しばらくこらえたあと、王琦瑶は言った。結局、あなたたちはグルなのね。一つ穴のムジナだわ。康明遜は言った。もし分類するなら、サーシャはぼくとは違う。ロシアパンを食べているんだから。王琦瑶は笑うしかなかった。二人は和解した。遠回りしただけで、また振り出しに戻った。一度遠回りしたおかげで、距離が縮まったような気がしたが、それは勘違いだった。

勘違いにも勘違いのよさがあり、虚構の一歩を進めることができる。この虚構の一歩を足掛かりに、現実の一歩を踏み出せるかもしれない。虚構の一歩は後退につながるだろうが、すでに現実の一歩があるのだから、完全な後退にはならないはずだ。虚構の二歩あるいは三歩が合わさって、現実の一歩になる。二歩進んで一歩後退するというわけだ！　これはダンスのステップに似ている。前進と後退を繰り返し、ホールのこちらからあちらへ行って帰ってくると、気持ちが新たになる。一曲踊り終えると、元気が湧き満足が得られるのだった。

康明遜とかくれんぼをしているとき、王琦瑶は勘違いをした部分もあれば、勘違いをしたふりをした部分もあった。明らかに勘違いだとわかっていても、そのまま押し通し、康明遜をいたたまれなくさせた。王琦瑶はときどき、自分と康明遜を合わせて「私たち」と呼び、厳夫人とサーシャを合わせて「彼ら」と呼んだ。呼び方は一定しておらず、特別な意味はなかったのかもしれない。それでも、康明遜はドキッとして、それがよいことなのかどうか、判断がつかなかった。

ある日、彼は言った。王琦瑶、きみはなぜ、ぼくの従姉さんをサーシャの仲間に入れるの？　従姉さんはロシアパンを食べていないのに。王琦瑶は笑って言った。あの二人は、義理の母親と娘婿の関係でしょう？　家族に決まってるじゃない？　二人は笑った。王琦瑶の説明が本音なのかどうか、康明遜にはわからなかった。このとき、二人はまた暗中模索を始めたらしい。相手を捕まえたい気持ちと、相手に捕まるのを恐れる気持ちが同居していた。彼らは暗闇の中を手探りで進み、やはり勘違いによって舌戦を繰り広げた。その舌戦は回りくどく、冗長だった。

その後、二人だけのときに、王琦瑶はまた同じ話を持ち出した。あなたはなぜ、私があなたのお従姉さんとサーシャを一緒にする理由を聞いたの？　康明遜は、一歩踏み込んで尋ねた。それを聞いてどうするんだい？　話がもつれて、面倒なことになるよ。問題が知恵の輪みたいに、全部つながってしまう。中国武術の組み手のように、押したり引いたりを繰り返す。循環運動に似ているけど、体内にある気の力を使っているんだ。そこにも勝ち負けがあるし、強弱と高低もある。

二人は積極的に午後のお茶などを準備することを通じて、個人の目的を果たそうとした。つまり、掛け言葉と暗中模索のゲームを楽しんでいたのだ。それは、濁った水の中の魚を捕まえるようなものだった。午後いっぱい、あるいは一晩じゅう、くだらない話をする中に、ほんの一言か二言、確かに実質的な意味のある言葉が混じっていた。それを聞き漏らさないようにすることが大切になる。だが、実質的な意味があるとしても、話の流れは速いので、それをとらえるのは難しい。だから、「濁った水の中の魚」なのだ。

二人はあれこれ語り合ったが、結局のところ話題は一つだった。お互いに気づいていたが、知らないふりをした。しかも、自分は知らないふりをするくせに、相手が知らないふりをするのを許さなかった。相手に気づかせようとすると同時に、自分が知らないことを認めさせようとする。まるで早口言葉を言って、罠《わな》を仕掛けているかのようだった。当事者の二人にしか理解できない。なぜなら、当事者たちは頭が冴えていて、決して気を抜いていないから。彼らは形勢を把握し、目標を明確に定め、必要なものと不要なものをしっかり区別していた。

この方面の能力において彼らは互角で、鋭く対立して絶対に譲ろうとしなかった。このゲームでは、双方の知能が試される。彼らはゲームの技術的な部分に熱中し、自分を称え相手を称える傾向にあった。しかし、熱中するのは一瞬で、すぐに冷静さを取り戻し、自分の目的を思い出す。この表面上は退屈で軽薄に見えるゲームの中には、二人の苦しみが隠されていた。この苦しみの原因は、自分だけにあるのではない。相手に対する理解と同情にも由来している。だが、自分の利益が大事なので、配慮する余裕はなかった。

実のところ、康明遜は早くから王琦瑶のことを知っていたが、それを言おうとしなかった。初めて会ったとき、顔に見覚えがあると思った。しかし、どこで会ったのかは思い出せない。彼女が世間の目を避けて質素な生活を送っているのを見て、疑念が湧いた。その後、彼女の家に行くと、部屋の家具が由来を物語っているように感じた。彼は若かったが、時代の変わり目を経験し、この都市の内情に通じていた。多くの人の歴史が一夜にして中断し、バラバラに崩壊するという現象が、至るところで見られた。

平安里という場所は都市の隙間にあり、断ち切られた人生を受け入れている。彼は王琦瑶の背後に、美しい光と色が蜃気楼のように広がっているのを見た気がした。しかし、目の前の彼女の背景にあるは、尼寺の灯明だと言っていい。

ある日、マージャンをしていたとき、上からの照明の陰になって、彼女の顔は暗かった。その中で、目だけが静かな光を放っていた。突然、彼女は眉を吊り上げて笑い、自分の牌を倒した。そのときの笑顔を見て、彼は一九三〇年代の映画スター・阮玲玉《ロアン・リンユイ》を思い出した。しかし、王琦瑶はもちろん阮玲玉ではない。王琦瑶は、いったい何者なのだろう？　彼はその答えをつかみかけては逃していた。

また、あるとき彼は写真館を通りかかり、ショーウインドーの中の結婚衣装を着た花嫁の写真を見て、心がときめいた。この写真の人物は、どこかで見たことがある。ずっと前に、やはりここで見た一枚の写真を彼は思い出した。そのとき、彼が王琦瑶を思い出していたら、おそらく謎は解けていただろう。しかし、そうはならなかった。こうしてまた、彼は謎の答えをつかみそこねた。

王琦瑶と会う機会が増えるにつれて、彼はますます頻繁に、この疑問に悩まされた。王琦瑶の素朴さの中には、あでやかさが隠れている。あでやかさは、彼女の周囲の空気を染め、煙となって漂っていた。彼女の素朴さの中には風情もあって、やはり周囲の空気に影響を与えている。彼女はいったい何者なのだろう？

　この都市に昔の情緒が多少残っているとすれば、それは路面電車のガタガタという音だろう。康明遜はその音を聞くたびに、胸がいっぱいになった。それと同じ情緒の名残が王琦瑶にもあって、見え隠れしていた。康明遜は心に誓った。何としても、彼女の過去を見つけ出さなければならない。しかし、どこへ行って探せばいいのだろう？

　だが、最終的には何の手間もかからず、真相が明らかになった。家で母親たちと雑談をしていたとき、十年前の上海の盛況に話が及んだ。例のミス上海コンテストである。母親はまだ、入賞者の名前を覚えていた。第三位は王琦瑶だった。それを聞いて、彼はようやく納得した。あの阮玲玉のような顔立ち、写真館の見覚えのある写真が思い浮かんだ。さらに、昔の雑誌『上海生活』に掲載された「上海の淑女」が、その後、ある要人の側室になったという噂も思い出した。すべての記憶がつながって、王琦瑶の歴史が目の前に出現したのだ。この歴史には、語り尽くせない波乱と悲哀が含まれている。

　いま、王琦瑶は疑惑の中から抜け出し、はっきりと姿を現した。声も笑顔も、生き生きとしている。それは新しい王琦瑶であると同時に、昔の王琦瑶の再来でもあった。彼女は見知らぬ存在のようでもあり、知り過ぎた存在のようでもある。彼は失ったものを取り戻したような感激と喜びを味わった。彼は思った。この都市は生まれ変わって、通りの名前も新しくなった。ビルや街灯は昔のままだが、それはうわべだけで、中身は変わっている。かつては、風が吹くだけでもロマンチックで、プラタナスが愛の使者だった。いまはどうか。風はただの風、樹木はただの樹木に戻ってしまった。彼は自分が年を重ねても、心は前の時代に残したままで、空っぽの状態だと感じていた。王琦瑶は前の時代の名残であり、彼の心を取り戻してくれた。

彼は何日も、王琦瑶の家に行かなかった。厳夫人が電話で誘っても、用事があると言って断った。彼は思った。王琦瑶に何と言えばいいのだろう？ その後、彼は何も言わず、これまでどおりに接することに決めた。王琦瑶と再会したとき、彼は何も起こらなかったかのような態度を取った。王琦瑶が、なぜ数日来なかったのと尋ねると、彼は用事があったと答えた。王琦瑶は言った。どんな用事なのかしら。きっと、ここよりも面白い行き先が見つかったんでしょうね。彼は笑っただけで何も言わず、持参した手土産をテーブルの上に置いた。彼が持ってきたのは、老大昌《ラオダーチャン》（淮海路《ホワイハイ》の老舗洋菓子店）のクリームケーキだった。王琦瑶は小皿を取りに行った。注射を打ったばかりだったので、王琦瑶の手にはアルコールの匂いが残っていた。彼女はチャイナドレスの上に、普段着のカーディガンを羽織って、紐付きの布靴を履いている。慌ただしく部屋を出入りして、お茶の用意をした。

彼は突然、思い出した。王琦瑶と知り合って間もなく、従姉の家で鍋料理を食べたとき、文字判断をして遊んだ。王琦瑶が「地」の字を挙げたので、彼は右側の「也」に「にんべん」を加えて「他」（「彼」）だと指摘した。彼女は左側の「土」にこだわり、「土に入ってしまった」のだと解釈した。そう言ったあとの彼女の悲哀に満ちた表情が、このときまた目の前に浮かんできた。あの言葉には、確かに理由があったのだ。彼の心に、憐れみと悲しみの感情が沸き上がった。その感情は、王琦瑶に対するものであると同時に、自分に対するものでもあった。

このとき、康明遜は憂いに沈んでいた。口数が少なく、放心状態で、話が噛み合わなかった。彼は窓の外を眺めていた。向かいの家の窓枠に生じた亀裂と染みの跡を見て、この世の事物はみな傷だらけだと思った。どこかが必ず欠けていて、一つとして完璧なものはない。この欠損は、月の満ち欠けとは違う。月は欠けても、循環してまた元に戻る。しかし、この欠損は、どんどん欠けていって、最後は廃墟になるのだ。月の満ち欠けに比べれば小さな欠損で、長い目で見れば、いずれ復興のときが来るのかもしれない。だが、残念ながら人生は短いので、もし不幸にして欠損が生じると、二度と復興の日を期待することはできなかった。

康明遜は第二夫人の子どもだが、ただ一人の男子だった。家族の正統な代表として、養母である正妻と生母である第二夫人の間のバランスを取る役割を担っていた。正式の場には、彼と養母が父親と一緒に出席した。親しい間柄の付き合いの場には、生母と父親が参加した。養母は恐るべき人で、もともと立場が強い上に、同情も集めていた。十分な立場に同情が加わって、養母の権力は鬼に金棒だった。生母は逆に、受けるべき同情を失った。父親は保守的で、妻たちへの寵愛が度を超すことはなく、上下関係や長幼《ちょうよう》の序《じょ》にもこだわりが強かった。

康明遜は康家の跡継ぎなので、幼いころから養母の部屋で過ごすことが生母のところで過ごすよりずっと多かった。彼は二人の異母姉妹と、母親が違うとは思えないほど仲がよかった。無意識のうちに、姉妹たちの機嫌を取ることもあった。まるで、彼女たちに排斥されるのを恐れるかのように。

彼は、何となく気づいていた。養母からの愛を得なければならない。生母からの愛は求めなくても得られる。彼は養母に全身全霊を捧げた。生母に対しては無関心で、ときには冷淡な態度を取って養母を喜ばせようとした。彼は幼いにもかかわらず、弱肉強食、適者生存という道理がわかっていた。

ある日、彼は姉妹とかくれんぼをした。声を追って三階に上がり、生母の部屋に入った。床まで垂れたベッドカバーが揺れていて、明らかに誰かが隠れている。彼は、そっと近づいて行った。ところが、ベッドの奥側の縁に生母が背を向けてすわっていた。うつむいて、肩を震わせている。彼は思わず立ち止まった。ベッドの下から妹がさっと飛び出し、風のように走り去ると同時に、甲高い歓声を上げた。彼は呪いをかけられたように体が固まって、追いかけることができなかった。

それは曇りの日で、室内のチーク材の家具が、くすんだ光を放っていた。ワックスを塗った床も、くすんだ光を放っている。生母は顔を窓のほうに向けていて、薄暗い光が後ろ姿をくっきりと浮かび上がらせていた。髪は乱れ、鳥の巣のようだった。肩はとても小さく、しかも厚みがなかった。彼女は背後に人がいることに気づき、泣きながら振り向こうとした。彼女と対面する前に、彼は急いで部屋を出た。胸がドキドキして、憐れみと嫌悪の感情が沸き上がり、何とも言えない苦しさを感じた。彼は大きな声を上げることで、その苦しさを打ち消そうとした。この目に余る行為のせいで、彼は養母から叱責を受けた。養母に叱られていたとき、生母が髪を振り乱したまま、三階の階段の上から頭を突き出した。このとき、彼は生母に対して、言葉にできない敵意を抱いた。その敵意は苦しみを消すために生じたもので、苦しみが強いほど敵意も強くなった。

大人になるにつれて、彼はこの複雑な環境に対応する方法を身につけた。何もかも、思いどおりの結果に導くことができた。あの苦しみと敵意も消えた。心の中に残っているのは、煙や埃のような印象だけだった。しかし、まさにその煙や埃のような印象が、運命を決定づけることになった。

康明遜は知っていた。王琦瑤がいくら美しくても、彼の懐旧の情にいくら合致していても、彼の沈んだ心をいくら慰めてくれても、結局は幻にすぎないのだ。彼は陶酔すると同時に、冷静さを保っていた。どうしても許されないこともある。ダメだとわかっていても、彼は簡単にあきらめる気になれなかった。ぎりぎりのところまで行ったあと、身を引くつもりだった。難しいのは、どこまで進んでよいのか、自分に何ができるのかがわからないことだった。

王琦瑤は、彼の母親より百倍も賢いし、百倍も芯が強い。そのせいで、彼は何度も手ごわさを味わった。しかし、王琦瑤の賢さと芯の強さのせいで、彼は愛着を募らせた。彼は深く理解していた。賢さと芯の強さは、孤立無援の状況から生まれたものなのだ。自己防衛の戦いのための手段で、実はより深い絶望が背後にある。

康明遜自身は認めたくないだろうが、彼は弱者の気持ちを理解していた。それは、彼に思いやりがあるからだ。全体のことを考えて自分を犠牲にするという知恵を彼は学ばなくても身につけていた。彼も王琦瑤も、定められた運命の中で生きている。ともに、どうしようもない苦しみを抱えているのだから、本来、手を携えることができたはずだ。だが、あいにく利害が対立して、相手を助けたいと思っても、それができない。しかし、同情する気持ちはとても強く、康明遜は心の奥底に秘めていた痛みを思い出してしまった。この痛みは、少年時代の曇りの日の午後に植えつけられたものだった。

康明遜は、すでに苦しみの予兆を見ていた。しかし、目の前にはまだ過去のものとなっていない快楽があり、彼が手を伸ばすのを待っている。康明遜がいくら先を読む能力を持っていても、生きているのは現実世界だ。しかも、この現実世界には快楽や希望がわずかしかない。希望がないのなら、目を遠くに向ける必要はなく、苦しみの予兆は見ないで済む。その結果、残るのは目の前の快楽だけだ。

康明遜は、王琦瑶の家を頻繁に訪れるようになった。ときには事前の予告なしに、突然やってきて、通りがかりに寄ってみたと言った。王琦瑶は彼が来ると思っていなかったので、着飾る余裕がなかった。髪は適当にハンカチで縛り、服も着古したもので、室内は散らかっていた。王琦瑶は困った顔をして、どうしたらいいのかわからず、物を適当にこちらからあちらへと移動させた。その様子を見て、康明遜はますます愛《いと》おしい気持ちになった。わざと突然やってきて、彼女の不意を突いた。その状況の中には、必ず意外な発見、すばらしい発見があった。

ある日、彼は昼食時にやってきた。王琦瑶は一人で、お茶漬けを食べていた。アサリをおかずにしていて、すでに貝殻が皿の横に山積みになっている。この光景は、何とも感動的だった。つつましく、浪費をしない生活を細々と続けているのがわかる。また別の日には、王琦瑶が洗髪をしていた。服の襟を折り曲げ、頭は泡だらけだった。顔は洗面器に突っ込んでいる。それでも康明遜は、彼女の耳とうなじが赤くなったことに気づいた。その瞬間、王琦瑶は純真な少女になった。彼女が洗面器から発する声は、ほとんど泣いているかのようだった。その後、彼女は洗髪を終え、慌ただしく髪をタオルで拭いたが、まだ水滴が落ちていた。服の肩と背中が濡れてしまい、彼女は何とも哀れな表情を見せた。

そのうち、彼女は不意の来訪に備えるようになった。とは言え、彼に悟られてはいけない。準備していたことに気づけば、彼は軽蔑するだろう。彼女は相変わらず普段着だったが、みすぼらしい恰好は避けた。室内もまだ散らかっていたが、見苦しさを与えないようにした。食事は依然として簡素だったが、間に合わせの簡素ではなく、精髄だけを残した結果の簡素だった。洗髪などは、康明遜が絶対に来ない朝早く、あるいは夜遅くに済ませた。こうして、康明遜の突然の来訪は、狙いどおりの効果が得られなくなった。彼は残念に思うと同時に、王琦瑶の自己防衛のための気遣いを察して、申し訳ない気持ちになった。

王琦瑶が偽装工作をしたのは、勝手に攻め込んできた康明遜との間に幕を下ろすためである。そして、王琦瑶が康明遜との間に幕を下ろしたのは、いずれ彼にそれを払いのけてもらいたいからだ。旧式の結婚で、花嫁がかぶった赤い絹布を新郎がみんなの前で取り払うのと同じだった。いまの王琦瑶は彼の前で慎み深く、以前よりもよそよそしかった。二人がいくらも言葉を交わさないうちに、日は西に傾いた。彼らの会話は様子を探ることの繰り返しで、ボロが出るのを恐れているようだった。

以前の彼らは話題を探しながら会話していたが、いまは話題があっても口を開かない。相手の出方をうかがっていた。二人の攻防は膠着《こうちゃく》状態に陥り、心身ともに緊張して、気が抜けなかった。だが、互いに離れられないので、毎日一緒に時間を過ごし、日差しがこちらの壁からあちらの壁に移動するのを見ていた。二人は気持ちが定まらず、現在についても未来についても確信が持てないのだった。

どちらかと言うと、王琦瑶のほうには、まだ望みがあった。なかなか行動に出なかったのは、自分の行動が必ず犠牲を伴い、献身に等しいとわかっていたからだ。一方、康明遜のほうは、何の望みもなかったが、つねに出撃する構えを見せていた。心配なのは出撃の結果、失敗して責任を取らされることだった。二人は沈黙を続け、心の中で苦笑していた。相手に自分の苦境を訴え、譲歩を求めているらしい。しかし、どちらも譲歩できなかった。人生は一度きりなのに、誰が甘んじて犠牲になるだろう?

ストーブは取り払われたが、床に台座の跡が残った。窓にあいていた煙突の穴は、紙を貼ってふさがれた。いずれも、冬の名残を感じさせる。春の太陽は明るく、いつも暇つぶしをしているように見えた。彼らは作り笑いを浮かべていたが、胸の中には苦い思いが渦巻いている。彼らの笑顔には哀愁が漂い、何かを誓っていた。しかし、それは相手が望むものではない。彼らは、お互いに譲ろうとしなかった。譲らないのは退路がないからで、仕方のないことだった。二人とも、自分を守ろうとしたのだ。しかし、自分を守りながらも、悲しみと喜びをともにしようという気持ちはあった。

ある日の夜、夕食のあと、前後して二人の静脈注射の患者がやってきた。二人を送り出したとき、また階段を上がってくる足音が聞こえた。王琦瑶は思った。三人目の患者だろうか？　今日は大繁盛だ。ところが、上がってきたのは康明遜だった。彼は初めて、夜に一人で王琦瑶の家を訪れた。しかも、突然に。二人とも、気まずい思いを抱いた。王琦瑶は、ドキドキしながら彼をすわらせた。お茶をいれ、お菓子と果物でもてなした。忙しく部屋を出たり入ったりして、落ち着かない様子だった。

康明遜は言った。友だちの家へ行ったら留守で、仕方なく帰宅しようと思ったけど、鍵を持って出るのを忘れてしまったんだ。今夜は父親以外の家族は、みんな越劇を見に行ってる。女中も一緒に出かけた。父親に門を開けてくれとは言えなくてね。ここへ来るしかなかったのさ。芝居が終わる時間まで待って、帰ることにするよ。彼は長々と語った。だが、王琦瑶は半分までしか聞かず、芝居の演目は何か、劇場はどこかと彼に尋ねた。康明遜は改めて最初から説明したが、一回目ほど話が明瞭でなかった。王琦瑶は、ますますわけがわからなくなった。それでも、理解したふりをした。

しばらくすると、彼女はまた心配そうに、芝居は何時に始まるのか、遅刻するのではないかと尋ねた。話がこじれてしまったので、康明遜は説明をあきらめた。王琦瑶は話題を探したが、彼が答えないので、問いかけることをやめてしまった。二人は沈黙を続けた。室内はとても静かで、隣の家の物音が聞こえてきた。テーブルの上のアルコールランプはまだ火がついていたが、間もなく燃え尽きて消えた。強いアルコール臭が空気中に漂い、鼻がツンとした。

このとき、また階段を上がってくる足音が聞こえた。王琦瑶は思った。誰だろう？　まったく今夜はどうかしている。何かが起こるに違いない。やってきたのは、弄堂の班長さんだった。町内会費を集めにきたのだ。彼女は室内には入れずに、支払いを済ませた。二人は階段を下りて行くトントンという足音を聞いていた。途中で一段、踏み外したらしい。二人は驚いて、顔を見合わせて笑った。

その瞬間、暗黙の了解が生まれた。雰囲気はますます緊張し、矢が放たれる直前のような状況になった。王琦瑶は康明遜が飲み干した湯飲みを持って台所へ行き、お茶を注ぎ足した。裏の窓から中ソ友好ビルが見えた。屋根の上にある赤い星が、闇夜に浮かんでいる。彼女は祈るような気持ちで考えた。何が起ころうとしているのだろう？　彼女は、お茶をなみなみと注いだ湯飲みを持って、部屋に戻った。康明遜も、ぼんやりした表情ですわっている。窓に顔を向け、何を考えているのかわからない。王琦瑶は湯飲みを彼の前に置いたあと、自分の席についた。彼女はわかっていた。今日は先送りにできない。先送りにできたとしても、いずれ逃れられない日がやってくる。

康明遜は、ずっと窓のほうを見ていた。窓にはカーテンが掛かっているので、壁を見ているのと同じだった。この姿勢は確かに、何か言いたいことがあるのに、どう口火を切ったらいいのかわからないという意味だ。彼らの沈黙の時間は長すぎた。これも話したいことがあるという証拠で、やはり口火の切り方がわからないのだった。

康明遜が、ついにひと言を発した。どうしようもないんだ。王琦瑶は笑って尋ねた。何がどうし

何もかもって、どういうこと？　王琦瑶は、本当は泣きたい気持ちだった。こんなに長く待ったのに、出てきた言葉はこのひと言なのか。彼女はむしろ冷静になり、落ち着きを取り戻した。わざと彼を困らせようとして、追及を続け、何かを聞き出そうとした。彼女が関わることはできないだろうが、はっきり言ってもらいたい。彼が困っているのを見て、王琦瑶は思った。こんなに長く待ったんだから、少しはお返しさせてもらうわ！

彼女は笑って言った。あなたは行動もできないし、何か言うこともできないの？　康明遜は振り返ろうとせず、王琦瑶に背中を向けていた。今度は王琦瑶が、彼のうなじが赤くなるのを見た。彼女は追い打ちをかけた。でも、本当は言ってもかまわないのよ。あなたに何かを要求するつもりはないから。そこまで言うと、王琦瑶は声を詰まらせた。目に涙が浮かんできたが、無理に笑顔を作って、また問い詰めた。ねえ！　どうして何も言わないの？　康明遜は振り向いて、許しを請うような目で彼女を見て言った。何を言わせたいんだ？　今度は王琦瑶が言葉を失った。彼に何を言わせようとしたのか、一瞬思い出せず、怒りが込み上げてきた。そして、涙が流れ出した。

それを見て、康明遜は心を打たれた。何年も前の曇りの日の午後のことが、また目の前に浮かんできた。背中を向けていた母親は、涙に濡れた顔を彼に見せようとした。彼は言った。王琦瑶、ぼくはきみを大切にするよ。この言葉は何の保証にもならないが、心の底から出たひと言だった。しかし、それが心の底から出たひと言だとしても、前途に希望はない。康明遜も涙を流した。

王琦瑶は泣きながら、彼を見た。彼もつらいのだということがわかると、心が少し穏やかになり、やがて泣きやんだ。彼女は顔を上げて周囲を見た。電灯は、明るさではなく暗さを部屋にもたらしているようだった。光よりも影の部分のほうが多い。今夜は二人でいるのに、彼女は一人のときよりも寂しさと孤独を感じていた。彼女は涙に濡れた顔に、笑みを浮かべて言った。口に出せないことなんてないのよ。私のような女は、平穏に暮らせるだけで十分幸せなの。それ以上の贅沢《ぜいたく》は望まないわ。天の神様のおかげで、今日はうまくごまかせても、明日はどうなるかわからない。いずれ真相が明らかになるでしょう。

康明遜は言った。きみの話によるなら、ぼくはいったい何者なんだろう。自分の産みの親を母さんと呼べず、肩身の狭い思いをしている。何でも自分でやらなければならないから、贅沢な望みなんか持てないさ。

それを聞いて、王琦瑶は思わず長いため息をついた。私だけが言ってる話じゃないわ。男の人は、欲張りすぎるのよ。エビで鯛が釣れればいいけど、その逆だったらどうするの?

康明遜も、ため息をついた。男が欲張りになるのは、女の要求に応えるためじゃないか? 女はひたすら男に要求するけど、男は誰に要求すればいいんだ? 言ってみれば、いちばん哀れなのは男だよ。王琦瑶は言った。あなたに何か要求したかしら? 康明遜は言った。もちろん、何も要求してないさ。言い終わると、口を閉ざした。

しばらくして、王琦瑶が言った。要求したいものは、私にもあるわ。あなたの心よ。康明遜は、うなだれて言った。心はあり余っている。力が足りないんだ。彼は本音を明かした。先に言っておくことで、予防線を張ったのだ。王琦瑶は、思わず冷笑して言った。安心してちょうだい！

その夜、二人の間に下ろされていた幕が払いのけられた。その後の展開は理想的ではなかったが、確かに新しい局面を迎えた。相手の反応を見ながら、一歩ずつ前進した。了承を得てから行動に移ることもあれば、行動を先にして了承を後回しにすることもあった。目標は明らかだが、成り行きに任せるしかなかった。二人とも自分をごまかして、難しい現実から目をそらした。意地を張らずに、妥協策を取った。同じように孤独で寂しい、将来の当てのない二人の男女は、相互に惹かれ合い、心が一つになった。先のことを考えて、距離を置いたほうがいいと思っていたが、実は目の前の快楽を手に入れてもかまわないのだ。人生は虚しく過ぎて行く。時間は水のように手からこぼれ落ちてしまう。永遠に続くものなどない。そう思えば、もう何も恐れるものはなかった。

王琦瑶の期待は外れたが、むしろ気が楽になった。八方ふさがりの中で、康明遜のささやかな愛は、残された救いだった。康明遜は王琦瑶の家を出ると、静かな大通りで自転車に乗った。王琦瑶の無償の愛を得たことは、負債のように彼の心を重くした。この夜は長い準備期間を経て訪れたのだが、いざとなると慌ててしまった。多くの予期せぬことが発生した。しかし、いまさら何を言っても遅い。起こるべきことは起きてしまった。

情を交わしたあと、王琦瑶は康明遜に尋ねた。どうして私の過去を知ったの？　康明遜は逆に問い返した。どうして、ぼくが知っているとわかったんだ？　王琦瑶は煩わしいと思いながらも、正直に言った。あの日、みんなでお茶を飲んでいたとき、あなたは突然、一九四六年のミス上海コンテストの話を持ち出した。ほかの人は気づかなかったみたいだけど、私はすぐにわかったわ。当時の様子をあれだけ詳しく話すのだから、ミス三女が誰なのか知らないはずはないでしょう。

王琦瑶は、さらに付け加えた。あのとき、私たちが結ばれることはないと悟ったのよ。康明遜は、彼女を抱き寄せて言った。こうして、結ばれたじゃないか。王琦瑶は冷笑した。これは野合でしょう。康明遜は負い目を感じて、彼女に背を向けた。王琦瑶は彼の背中に寄り添い、やさしい声で言った。怒ったのね！　康明遜は、しばらく黙っていたが、やがて生母の話を始めた。

彼は幼いときから、養母のもとで育てられた。生母に会うと気まずい雰囲気になる。特に、二人きりの場面が苦手で、すぐに逃げ出したくなった。あの心の痛みを彼は思い出した。生母は彼に、つらいとはこういう気持ちだと教えてくれた。最後に、彼は言った。二十数年の間に生母と交わした言葉は、ひと晩の間にきみと交わした言葉よりも少ないよ。

王琦瑶は彼の頭を胸に抱き、彼の髪の毛をなでた。憐れみの気持ちで、胸がいっぱいだった。彼女は彼に、愛情だけでなく同情を感じていた。康明遜は言った。きみ以上の人はいない。それはわかってる。でも、どうしようもないんだ！　この「どうしようもない」は、以前にも増して虚しかった。人生には越えようのない難関があるが、彼はそれがここに出現すると思っていなかった。本当に、どうしようもない。王琦瑶は彼を慰めた。私はずっと、あなたを大切にする。あなたが結婚する日までね。私は花嫁の介添え役を務めて、あなたと永遠にお別れするわ。康明遜は言った。それは、ぼくに死ねと言うようなものだよ。出会いと別れが同時に訪れるなんて。このとき、男女の睦《むつ》言《ごと》は悲しい話に変わり、涙があふれそうになった。

二人は、できるだけ人目につかないように、行動を慎んでいた。しかし、ほかの人はともかく、厳夫人の目をごまかすことができるだろうか？　彼女は早くから疑いを持って、まだ何もないうちにもう監視を強めていた。事が起こったあとは、気配でそれを知った。厳夫人はまずいと思い、自分が無意識のうちに二人を結び付けたことを後悔した。忠告を受け入れなかった康明遜も悪い。自業自得ではないか。いちばん悪いのは王琦瑶だ。いけないことだと知りながら、身を任せるなんて。厳夫人は思った。康明遜が王琦瑶のことを知らないのはやむを得ない。だが、王琦瑶は自分自身のことをわきまえるべきだ。

厳夫人から見れば、王琦瑶はダンスホールの踊り子、もしくは社交界の花だった。世の中が変わったので、やむを得ず身分を隠して暮らしているのだろう。当初、厳夫人は王琦瑶と友だちになって、昔を懐かしもうと考えていた。ところが、王琦瑶は分不相応な野望を抱いていたのだ。厳夫人は騙されたと思って、不機嫌になった。用事にかこつけて、二度と王琦瑶の家に行かなかった。マージャンの楽しみさえ犠牲にした。二人は理由を察したが、口には出さなかった。サーシャだけは、いつものようにやってきた。事情を知らないのか、知らないふりをしているのかはわからない。二人の間に挟まって、邪魔者であると同時に、人の目をごまかす役割を演じてくれた。

ある日、王琦瑶は康明遜に尋ねた。厳夫人はあなたの家族に、私たちのことを伝えるかしら？

康明遜は、彼女を安心させようとして言った。どっちにしろ、ぼくが認めなければ、家族はどうしようもないよ。王琦瑶はそれを聞き、しばらく沈黙したあとで言った。あなたが私に対しても認めなければ、私もどうしようもないわ。康明遜は言った。ぼくが認めるかどうかに関係なく、結局どうしようもないことさ。王琦瑶はそれを聞き、怒る気もなくなった。康明遜は、慰めるように言った。いつだろうと、どこだろうと、ぼくの心の中には必ずきみがいる。

王琦瑶は苦笑した。私は生身の人間だから、あなたの心の中では生きていけないわ。彼女は少しすねていたが、怒ってはいなかった。ただ、本当につらい。これは彼らが予想しなかったことだ。目の前の快楽を手に入れようと思っただけで、その快楽に半分つらさが含まれていることを考えなかった。思いがけないことに、目の前の快楽を得るためは将来を抵当に入れる必要があった。さらに、将来を手にするためには過去を担保にしなければならない。人生はまさに一本の鎖で、その一部分だけを取り出すことは容易ではなかった。

つらさが増せば、希望を抱いていなかった人も希望を抱くようになる。譲歩する気がなかった人も譲歩する。どちらも妥協である。二人は、ひそかに悩みが解決する奇跡を待っていた。ある日、康明遜が帰宅すると、家族全員が彼に冷たい顔を見せた。生母は泣いたあとで、鼻が赤く、唇が紫で、彼がいちばん見たくない表情をしていた。父親は部屋にこもり、夕食時になっても出てこない。彼は様子がおかしいと思った。応接間のテーブルにケーキが置いてあり、どうやら来客があったらしい。女中の陳媽《チェンマー》に尋ね、厳夫人が来たことがわかった。ケーキは誰も手をつけずに放置され、まるで身代わりで罰を受けているかのようだった。

翌日、彼は出かけないで各部屋を回り、機嫌を取ろうとしたが、依然として冷たくあしらわれた。父親はドアを閉ざしたままだった。生母は涙こそ見せなかったが、しきりにため息をついた。

三日目、彼は王琦瑶を訪ね、この状況を伝えた。王琦瑶は驚いたあと、意外にも喜んだ。彼女は思った。いっそ事を公《おおやけ》にすれば、予想外の結果が得られるかもしれない。あのような旧式の家庭はメンツを重んじる。もしかしたら、起きてしまったことには目をつぶり、恥だと思いながらも受け入れてくれるかもしれない。康明遜も気が晴れ、期待を抱くようになった。彼は思った。もし父親が激怒して、こんな息子はいらない、この家から出て行けと言うのなら、それでもかまわない。

この日、二人の心にはかすかな希望が生まれ、同じような興奮を感じていた。彼らはいつもより深く、愛を確かめ合った。サーシャが現れて、邪魔をすることもなかった。二人はソファーの上で寄り添い、一枚の毛布にくるまって、窓のカーテンがしだいに暗くなるのを見ていた。彼らは手をつなぎ合っていたが、言葉は交わさなかった。窓の外の弄堂のざわめきが、彼らの代弁者だった。スズメのさえずりも、彼らの代弁者だった。それらの小さな音は、長い愛と恨みの枝葉となって、人々の頭上に降臨し、全力を傾ける。室内が暗くなってきても、彼らは明かりをつけなかった。物の輪郭がぼやけ、時間と空間の認識もあやふやになった。二人の体の温もりだけが、確かな存在だった。

康明遜の期待は、当てがはずれた。その日、帰宅すると、和解の雰囲気が漂っていた。すでに十一時を過ぎていたが、誰も彼に遅くなった理由や行き先を尋ねなかった。父親の部屋のドアは少し開いていて、光が漏れている。近づいて見ると、父親は羽毛布団に入って、穏やかな顔で新聞を読んでいた。姉と妹の部屋からは、蓄音機の音が聞こえてくる。新歌曲の歌声で、リズミカルだが落ち着いた感じがした。

養母が彼に尋ねた。お腹はすいてない？　夜食を食べたらどう？　彼は空腹ではなかったが、好意を無にするわけにいかず、うなずいた。彼がナツメと蓮の実入りのお粥を食べていたとき、養母と生母は編み物をしながら新しい越劇の演目の話をしていて、彼に見に行く気はないかと尋ねた。彼は答えた。お母さんたちが見たいなら、切符を買ってきますよ。彼女たちは言った。もし暇があれば、買ってきてちょうだい。暇がなければ、別にいいから。

その後の三日は、何事もなく過ぎた。最初、彼は何か聞かれるのを待っていたが、やがて待つことをやめた。もう、聞かれることはないだろう。彼らはきっと相談して、「知らなかった」ことにすると決めたのだ。すべては以前と変わらず、何も起こらなかったかのようだった。あのケーキも、いつの間にか姿を消した。康明遜は、うれしいのか悲しいのか、わからなかった。まる一週間、王琦瑶のところへは行かなかった。彼は養母と生母に付き添って越劇を見た。姉と妹に付き添って香港映画を見た。さらに、父親に付き添って浴徳池《ユイドーチー》（天津路にあった高級銭湯）に行って風呂を浴びた。父と息子は風呂から出たあと、タオルを掛けて寝台に横たわり、お茶を飲みながら話をした。まるで、年の離れた親友のように。彼は子ども時代に戻った。当時の父親は壮年で、彼はまだ少年だった。彼は急に鼻がツンとした。顔をそむけて、父親の首のあたりの贅肉を見ないようにした。

王琦瑶は毎日、家で彼を待っていた。最初は焦りがあったが、その後はむしろ気持ちが落ち着いた。この騒ぎが収拾のつかない事態に拡大すれば、逆に転機が訪れるかもしれない。勝手に騒がせておこう！　厳夫人が一度、様子を探りに来たが、王琦瑶は尻尾を出さず、いつもどおりに応対した。厳夫人のほうが我慢できなくなり、康明遜はなぜ来ないのだろうと彼女に尋ねた。王琦瑶は笑って言った。あなたが来ないからマージャンができなくなって、それで康明遜も来なくなったんですよ。サーシャだけは、まだ私のことを覚えていて、ときどき来てくれるけど。ちょうどそのとき、階段を上がる足音がして、サーシャが現れた。彼女の話を証明するために、やってきたかのようだった。王琦瑶は厳夫人にかまわず、サーシャと談笑を始めた。それは、鬱憤《うっぷん》と恨みを晴らすためにほかならない。彼女は涙をこらえながら考えた。彼は、また来てくれるのだろうか？

康明遜が再び王琦瑶の家を訪ねたのは、別れてから八日目のことだった。二人とも、かなり憔悴《しょうすい》していた。王琦瑶はまず、ひと安心した。ハラハラしていた気持ちが落ち着いた。二人は黙ったまま離れてすわり、互いに目を合わさなかった。相手に嘲笑されるのを恐れるかのように。そのうちに、日が暮れてしまった。王琦瑶が立ち上がり、明かりをつけて尋ねた。食事にする？　部屋は明るくなったが、二人は少しよそよそしく、遠慮がちだった。康明遜は、帰ってから食べるよと言ったが、腰を上げなかった。王琦瑶は再び尋ねることなく、台所へ行って夕食の支度を始めた。一人で部屋に残された康明遜は、あちらこちらを観察して回った。向かいの家の窓にも明かりが灯り、人影が見えた。人影は忙しく動き回っていて、扉が開いたり閉じたりする音も聞こえた。

その後、台所から炒め物をする音が聞こえてきた。その賑やかな音は、温もりを感じさせる。続いて、よい匂いも漂ってきた。彼は気持ちが落ち着き、さらに喜びを感じた。王琦瑶が料理を運んできた。一汁一菜、ほかにカワニナがおかずとして小皿に盛られていた。二人は食事を始めたが、この八日間のことには触れなかった。この八日間は、存在しなかったかのようだった。食事のときに話題になったのは、その日の天気、新しい流行服、街角での見聞などだ。

食後、二人は『新民晩報』（上海の夕刊紙）に載っている映画の広告を見た。王琦瑶は封切り間もない香港映画を指して、これを見に行こうと言った。康明遜は、それが数日前、姉と妹と一緒に見に行った映画だったので、一瞬動揺したが、口ではいいよと言った。二人は支度を整え、出かけようとした。手がノブにかかったとき、王琦瑶は動きを止め、振り向いて彼の胸に顔をうずめた。二人は黙って抱き合い、時が経つのを忘れた。部屋の明かりは消えていたが、窓のカーテンが向かいの家の光を受けて、ぼんやりと室内の床を照らしていた。

その後、彼らはもう未来のことは考えなかった。未来はもともと、漠然としている。いくら目の前に迫る浸食に耐え、虚実を見分けようとしても、はっきりしない。未来がなくなったので、彼らは目の前の時間を惜しむようになった。一分一秒を大切にして、短い昼を長い夜のように過ごした。すると、時の流れが輪廻《りんね》のように感じられた。長い時間にも、短い時間にも、それぞれの長所がある。長い時間があれば情趣を味わうことができるが、つい浪費してしまう。短い時間は慌ただしいが、少数精鋭の効果が生まれるのだ。

彼らはもう、夫婦という名義にこだわらなくなった。夫婦という名義は結局のところ、他人のためのものだ。だが、彼らは自分のために生きている。彼らが愛するのも憎むのも自分で、他人が口を挟む余地はない。本当に二人だけの世界で、小さくて孤立しているが、自由だった。愛することも憎むことも自由で、他人の指図は受けない。大きい世界にも、小さい世界にも、それぞれの長所がある。大きい世界は、調節がきく。けれども、気の迷いや雑念が生じて、見せかけだけになりがちだ。小さい世界は純粋で、ありのままの姿でいられる。

二人はテーブルの前にすわり、アルコールランプの青い炎を見ていた。平穏の中に喜びがあり、哀愁もあった。ときには、子どもを連れて注射を打ちに来る親がいた。子どもは王琦瑶の膝の上に腹這いになり、親が手足を押さえた。康明遜は玩具を手にして笑い、子どもの機嫌を取った。この情景は微笑ましく感動的で、他人が見向きもしない温情を大切にしているのだった。

ヨメナ（野菊の一種、上海料理では若葉を和《あ》え物にする）の下ごしらえを一緒にやることもあった。軸の細い葉をいくつも根気よく処理して、しなびた葉をひと山に、若葉をひと山にした。この情景も感動的で、ありふれた日常だが、ほのぼのとして嘘偽りがない。彼らは利益を重んじる人生を歩んできたが、いまは利益を度外視して感情に身を任せたおかげで、愛を学ぶことができた。

一日また一日と歳月が過ぎていったが、「未来」はいつやってくるのかわからない。近づいては遠ざかり、永遠にたどり着けないようだった。時間はどこまでも続き、終わりがない。もし、その後の事件が起こらなければ、彼らはこのまま時が過ぎて、未来はどこまでも先延ばしされると思っただろう。目に見えない、穏やかな来世へ持ち越されると思ったに違いない。ところが、その後に起こった事件は、まさに未来への合図となった。その事件とは、王琦瑶の妊娠である。

彼らは最初、それが事実だとは信じられなかった。その後、確信してからは、八方ふさがりの状況に陥った。家の中で、この問題を相談する気にはなれなかった。壁に耳があることを恐れ、公園まで行った。顔がわかるのを恐れ、マスクをした。疑心暗鬼になって、多くの危険がひそんでいるような気がした。

冬を迎えて、公園の草木は枯れ、池のほとりには氷が張り、芝生は黄ばんでいた。太陽は雲に隠れて、力のない光を放っている。彼らは打開策が思い浮かばず、芝生の周囲を何度も歩き回った。空気が乾燥し寒いので、顔の皮膚が収縮し、髪からフケが落ちた。二人とも、追い込まれた気分になった。彼らは公園を出たところで別れ、見知らぬ者同士のように、それぞれの方向へ歩き出した。街の騒音が彼らの頭上に漂い、雨を降らせる雲を作った。彼らはそれぞれの道を行き、互いの姿を見失った。

翌日、彼らは相談を重ねる必要があり、さらに遠い公園へ行った。やはり草木は枯れ、人影はまばらだった。スズメが枯草の上で、足を揃えてぴょんぴょんと跳ねている。太陽が作る淡い影が移動して行くのを見て、彼らは時間が差し迫っていることを知った。イライラして気持ちが落ち着かなかったが、やはり打つ手が見つからない。そのうちに、些細なことから口論になった。

王琦瑶はつわりで体調が思わしくない上に、心配ごとが重なって苛立ち、怒りっぽくなっていた。

康明遜も、胸いっぱいの悩みを抱えていた。王琦瑶に気を遣い、心にもない慰めの言葉を口にしたが、本当は窮屈でならなかった。そして我慢が限界に達し、爆発した。彼らは公園の舗装された小道に立ち、最初は声を抑えて言い争った。その後、しだいに我を忘れ、声が大きくなった。しかし、いくら大きな声を出しても、広大な冬空の下では、ささやく程度の音量しかない。口に出した言葉は、すぐに風が砂を巻き上げるように運び去ってしまう。

鳥たちが空を飛んで行った。彼らは絶望した。だが完全な絶望ではなく、心のどこかで、どうにかなると思っていた。二人とも奮闘精神を持っていて、石にかじりついても生き延びようとする気概があった。八方ふさがりの状況の中で、互いに傷つけ合っているように見えるが、それは負けを認めずに頑張ろうとする気持ちの表れだった。

二人はひと回り痩せて、顔色も悪かった。王琦瑶の顔には、できものができていた。最初のイライラが解消したあとは、倦怠期がやってきた。二人は公園に行くことも、相談することもやめた。王琦瑶は湯たんぽを抱えて布団から出ず、康明遜はソファーにすわって毛布にくるまっていた。二人はこうしてタマゴを温めて、危険を産み落とす日を待っているかのようだった。太陽がソファーに当たる時間になると、康明遜は両手でガチョウ、犬、ウサギ、ネズミの形を作り、壁に影絵を映し出した。王琦瑶はベッドから、それを眺めていた。太陽がさらに移動すると、影絵の遊びは終わり、室内は暮色に包まれた。

この時期、食事は康明遜が作った。それまで彼は調理器具に触れたこともなかったが、いざやってみると才能があり、彼自身も驚くほどだった。彼は全神経を料理の技術に注ぐことで、悩みを棚上げにした。王琦瑶の花柄のエプロンをつけ、腕カバーをはめた。髪は乱れ、額に脂汗が浮かんだ。目に興奮の光を輝かせて、食事を王琦瑶の枕元に運んだ。王琦瑶は食べているうちに泣き出し、涙が食器の中に落ちた。康明遜は狼狽しながら、使用人のようにそばに立っていた。しばらくすると、彼の目からも涙が落ちた。

これ以上、先延ばしにはできない。決断が必要だった。王琦瑶は言った。明日、病院へ行って検査と手術を受けるわ。康明遜はすぐに、一緒に行くと言った。王琦瑶は同意しなかった。みじめな思いをするのは、一人で十分でしょう。私の人生はどうせこんなものだけど、あなたにはまだ果たしていない責任があるわ。王琦瑶は彼の髪をなでながら、涙と微笑を浮かべて言った。あなたが無事でいてくれたら、これからの生活はきっと何とかなるでしょう！

そのとき、王琦瑶は自分がこの男を心から愛していることに気づいた。彼のためなら、何でもできる。康明遜は言った。この子の父親のことを聞かれたらどうする？　王琦瑶は、確かにそれは問題だと思った。彼女が言わなくても、他人は推測するだろう。康明遜との関係を隠そうと思っても、つねに行き来があるのだから、疑いを免れることはできない。他人はともかく、厳夫人は気づくに違いない。突然、王琦瑶の頭に、一人の男が思い浮かんだ。それはサーシャだった。

# 12
## サーシャ

サーシャは革命の混血児で、共産主義インターナショナルの産物だった。この都市の新しい主人なのだが、サーシャは心の拠りどころを見出せずにいた。彼は自分が何者なのか、わからなかった。どちらの国にいても、よそ者なのだ。この都市には多くの混血児がいた。彼らの誕生は、偶然性の強い出会いに起因している。意外な事故の結果のようなものだった。彼らの表情には激動と漂流の運命、離合集散の運命が浮かんでいた。

彼らは言葉がごちゃ混ぜで、いずれもひと癖ありそうに見える。おそらく、それは二つの血筋がぶつかり合った結果、あるいは二つの生活様式が混合した結果なのだろう。彼らの行動は突飛で、常識を外れている。子どものころは可愛げがあるが、大人になると目に余る。彼らはいつも異様な雰囲気を持っていて、人混みの中にいても個性が目立つ。珍しいものを見るような、好奇の目で見られる。

彼らはこの都市の居候《いそうろう》で、仮住まいの感覚を持っている。しかし、仮住まいのつもりが、一生住み続けることになるのだ。彼らは、ほとんど長期の計画を立てない。細切《こまぎ》れの人生なので、蓄積するものがない。何を蓄積すればよいのか。すべて他人のもので、自分は何も持っていない。一部の混血児は、いつの間にか姿を消し、行方不明になる。しっかりと根を下ろし、地元の言葉を話す人たちもいる。やくざの隠語まで覚えて、街角に出没し、この都市に謎めいた雰囲気をもたらす者もいた。

サーシャは一見するとプライドが高く、革命の正当な継承者を自任している。しかし、それは内心の弱さを克服し、自分を励ますためのポーズだった。彼は両親がおらず、生計を立てるすべがないので、一日じゅう狂ったハエのように飛び回っていた。笑顔で歓心を買い、受け入れてもらおうと努めた。だが、嫌気がさすと、悪だくみをして相手を騙し、利益を得ようとする。いずれにせよ、彼には道徳観念もないし、人としての原則もない。必要に応じて態度を変えるので、ときには相手に便宜を与えることもあった。

王琦瑶は、彼こそ適任だと思った。ほかの人にはできないことも、彼にならできる。ほかの人には申し訳ないことも、彼に対してなら大丈夫だ。彼は、こういうときのために生まれてきたかのようだった。彼女は康明遜に言った。方法があるわ。康明遜は、どういう方法かと尋ねた。彼女はそれには答えず、いいから任せてちょうだいと言った。康明遜は少し不安で、何となく想像がついた。さらに追及する勇気はないが、聞かずにはいられないという心境だった。幸い、王琦瑶はどんな方法なのかを決して明かそうとせず、しばらくここへは来ないでとだけ言った。

この日の帰り際、彼はいつものように王琦瑶と抱き合っているうちに、胸が張り裂けそうになった。長い間、手を緩めることができなかった。胸に抱いている彼女の体には、自分の子種が宿っている。どうしても、離れるわけにはいかない。彼は涙が尽きて、声も枯れてしまい、何も言うことができなかった。

　最後に、彼はようやく家を出て、自転車を動かそうとした。何度か自転車を押したが、動かない。施錠を外すことを忘れていたのだ。彼は自転車に乗り、ふらふらと大通りを進んで行った。目の前が真っ白で、霧の中にいるようだった。しばらくして、彼は車道を逆走していることに気づいた。車のヘッドライトに、目がくらんでいたのだ。彼は、生死の境目をさまよった。体はまだ生きていたが、魂がもう抜けてしまっていた。

　その後の数日、彼は平安里の近くをうろついた。何かを待っているようだったが、それが何なのかは彼自身にもわからない。平安里はいつも騒がしく、人が出入りし、車が往来していた。彼は自問した。王琦瑶は、この中に住んでいるのだろうか？　答えはなかなか出なかった。彼は初めて、弄堂の入口にある王琦瑶の注射の看板に気づいたが、そこに書いてある名前と自分の関係がわからなかった。年越しが近づき、買い出しの人たちで街は賑わいを増していた。しかし、彼にとっては対岸の火事で、何の関係もなかった。

　数日間、彼は平安里を朝と夕方に通りかかったが、王琦瑶はおろか、厳夫人の家の人たちにも会えなかった。出入りするのは、見知らぬ人ばかりだった。王琦瑶は大海に落ちた針のように、姿を消してしまった。彼は虚しい気持ちで歩き回り、もう明日は来ないぞと思いながら、翌日もまたやってきた。

　ある日の午後三時ごろ、彼は平安里の前で、サーシャが荷物を手に提げ、急ぎ足で弄堂に入って行くのを目撃した。彼は近くの店をぶらつきながら、弄堂の入口を見つめていた。そのうちに日が暮れて、街灯がついたが、サーシャは出てこない。彼は疲れを感じ、自転車に乗って、ゆっくりと去って行った。その後、彼はもうここへ来なかった。

サーシャにとって王琦瑶は、自分を愛する多くの女たちの中の一人だった。彼は自分の容貌に自信があり、女はみんな愛情を捧げてくれると思っていた。その愛情の中には、母親が息子を可愛がるような気持ちが含まれている。そのうちに、サーシャはますます母性本能をくすぐる能力を身につけた。まさに、女たちが望むような男に成長していった。サーシャは生活の源だと思って、女たちに甘えていた。彼は素直で気前のいい女が好きで、単純ですぐ騙される女が好きだった。女は何かを与えれば、何かを返してくれる。また、女は虚しい情愛を不思議なほど重んじる。サーシャは何も持ち合わせておらず、正真正銘のプロレタリアートだった。しかし、情愛だけは求められるだけ与えることができた。

サーシャは、ロシア人の母親についての記憶がもう曖昧で、姉や妹もいない。彼の女性理解はすべて、自分の経験に基づいていた。彼と関係を持った女はみな少し年上で、自分自身より彼を大切にしていた。彼に情愛を求め、見返りとして慈愛を与えてくれた。彼はそれらの女性の胸に抱かれて子猫になり、この上ないやさしさを発揮した。女たちの溺愛を煩わしいと感じたとき、彼は少し反発したが、それもまた子猫がじゃれるような表現だった。

サーシャは女たちの中で、水を得た魚のように泳ぎ回った。しかし、やはり男なので、志は高く、多くの欲望があった。手に入らないとしても、一度は目にしたい。男の世界が彼を呼んでいた。ところが、サーシャはその世界を前にして尻込みし、手を伸ばすことができなかった。彼の美貌はまったく役に立たないし、共産主義インターナショナルの血筋という看板もただのコケおどしだった。

　彼は男性を尊敬すると同時に恐れてもいて、緊張を克服できなかった。自分がバカにされ、人に脅威を与える存在でないことを気にして、心の中で嫉妬と恨みを感じていた。女性は彼に慰めを与えてくれたが、それだけでは癒やされない。むしろ、劣等感をかき立てる場合もある。彼は、自分がダメな男だから、女たちに紛れ込んでいるのだとわかっている。したがって、サーシャは内心、女性を恨んでいた。女たちが鏡となって、彼の無能さを映し出すからだ。彼は機会をうかがって、復讐をしようとした。もちろん、やさしいやり方で、警戒されないように気をつけた。

　だが、王琦瑶に対するサーシャの感情は、また少し違う。その違いは、王琦瑶にあるというより、康明遜に起因していた。王琦瑶は自分に気があると確信していたが、康明遜のせいで形勢が変わってしまった。サーシャは敏感なので、とっくに二人の感情のもつれに気づいていた。彼は腹立ちよりも、興奮を覚えた。康明遜と対峙していると思って、平等な立場にあることの快感を味わった。

　サーシャは哀れだったが、自分ではそれに気づいていなかった。王琦瑶が好意を示してくれたし、康明遜も姿を見せなくなったので、戦いに勝ったと思い、虚栄心を満足させた。彼にとって王琦瑶は勝ち取った戦利品なので、ますます大切にした。王琦瑶が気怠そうで食欲がないのを見て、またロシアパンを人に作らせて持ってきた。脱脂綿を丸めたり、注射針を消毒したりすることを覚え、王琦瑶の助手を務めた。王琦瑶は思わず彼に同情した。自分の行為は道義に反するのではないか。しかし、すぐに康明遜の姿が頭に浮かんだ。頭に浮かぶ康明遜はいつもエプロンと腕カバーをつけ、額に脂汗をかいていた。プライドを捨てて、自分のために尽くしてくれたのだと思うと、彼女は心を打たれた。もう引き返せない。やるしかないのだ。

初めてサーシャと抱き合ったあと、彼女はサーシャの体をなでた。肌が透き通り、肋骨は華奢《きゃしゃ》だった。彼女は思った。まだ子どもなのね。サーシャは彼女の胸に顔をうずめて、熟睡している。彼女は、彼の髪をかき分けながら観察した。髪の根元から毛先まで、色が同じではない。鳥の羽根のようだ。笑おうとしたとき、涙が流れ落ちた。いつも彼はメガネをかけているので気づかなかったが、メガネをはずすと長い睫毛《まつげ》が扇のようにまぶたを覆っている。形のよい鼻が、ひくひくと動いていた。王琦瑶は、彼を傷つけてはいけないと思った。しかし、やむを得ないのだ。彼女は心の中で、彼に許しを求めた。彼は両親を亡くしていて、何の束縛もない。しかも革命家の血筋だから、面倒を引き受けてくれるだろう。そう思うと、気持ちが少し楽になった。

だが、サーシャには恐ろしい部分もあった。意外なことに、子どものように見えるサーシャは女の扱い方に熟練していた。彼女は思わず、我を忘れてしまった。王琦瑶の男性経験は、少ないとは言えない。しかし、李《リー》主任との情事は遠い昔のことだった。いつも慌ただしく、しかも当時はまだ若くて恥じらいがあった。体験と言えるほどの印象は残っていない。康明遜のときは、逆に彼女がリードした。サーシャだけが、女の喜びを与えてくれた。けれども、その喜びは彼女にとって、恨めしいものだった。そのとき、サーシャに対する疚《やま》しさは消え、代わりに復讐の快感が湧いてきた。彼女は思った。サーシャ、この報いを受けるに相応しいのは、あなただけよ。

妊娠したことを告げたとき、サーシャの目には一瞬、疑いの色が浮かんだ。その後、彼はいろいろと質問した。まるで産婦人科医のように、専門的な内容だった。質問には罠が仕掛けられ、王琦瑶が馬脚を露わすように仕向けていた。王琦瑶は彼が疑っていることに気づいていて、綿密な答えを用意し、ボロを出さないようにした。サーシャが落ち着いていることに、彼女は内心驚いた。康明遜とは比べものにならない。サーシャにこの一件を押しつけたのは、やはり正解だった。

サーシャは質問を終えたあとも、王琦瑶の話を信じたわけではなかったが、もう何も言わなかった。二人はいつものように食事をし、おしゃべりをした。ベッドに入り、愛の営みも続けた。行為のあと、サーシャは王琦瑶のお腹に耳を当てた。王琦瑶が何をしているのかと尋ねると、彼は笑いながら答えた。赤ちゃんに名前を聞いているんだ。王琦瑶は言った。赤ちゃんは返事できないわ。二人のやり取りには、口に出せない意味が隠されていた。

王琦瑶は、サーシャの行為が日増しに激しくなるのを感じた。それにつれて、彼女の快感も強まった。そして、彼が報いを受けるのは当然だと思い、心の中の鬱憤が晴れた。それから数日、サーシャは妊娠のことに触れなかった。まるで、そんな話はなかったかのように。王琦瑶は我慢できず、どうするのと尋ねた。彼は言った。何を焦っているの？　王琦瑶は、内心焦っていたが口には出せず、彼との付き合いを続けた。決心を固め、彼を放そうとしなかった。

恨みの気持ちが生まれたことで、事態はむしろ単純になった。彼女はサーシャに、冗談めかして言った。子どもを産むことにするわ。そのあと、あなたと一緒にソ連に行って、ロシアパンを食べようかしら。サーシャは、その冗談に便乗して言った。この子は、ロシアパンを食べるかな？　中国のお焼きと揚げパンしか食べないかもしれないよ。王琦瑶はゾッとして、悪い冗談をやめるしかなかった。サーシャに対する嫌悪が募り、彼に押しつけようという決心をさらに強めた。

数日後、サーシャは王琦瑶の家に来て昼食をとったあと、テーブルの前で楊枝《ようじ》を使っていた。陽光が窓から差し込み、彼の顔を照らしている。皮膚の下の毛細血管まで、はっきりと見えた。しばらくして、彼は明日、王琦瑶を連れて病院へ行くと言った。王琦瑶がどこの病院か尋ねると、徐家《シュージア》匯《フイ》（上海中心部の南西、現在の徐匯区内の地区）だという。ソ連留学の経験のある医者を見つけたらしい。懸案がようやく解決に向かい始めた。王琦瑶は長いため息をつくと同時に、一瞬めまいを感じた。

病院へは、バスに乗って行った。サーシャは意図的に二台を見送り、いちばん混んでいるバスに乗った。王琦瑶は滅多に出かけなかったし、バスに乗る機会はさらに少なかった。先を争おうとはせず、ほかの乗客に順番を譲った。彼女が乗り込むと、背後でドアが閉まった。かかとがドアに挟まれて痛かった。サーシャはすでに奥に進み、姿が見えない。彼女はドア口に立ち、動きが取れずにいた。乗り降りする人たちが彼女を押しのけ、罵声を浴びせた。

徐家匯に着いてバスを降りたとき、彼女の髪は乱れ、服のボタンが一つ取れていた。靴も踏まれて汚れている。目に涙があふれ、唇が震えていた。サーシャは最後にバスから降りてきて、どうしたのと彼女に尋ねた。彼女は歯を食いしばり、涙を飲み込んで言った。何でもないわ。そして、サーシャの案内で歩き出した。彼がいくら速く歩いても、王琦瑶は一歩先へ行こうとした。これ以上からかわないでと、背中で主張しているようだった。彼はもっといたずらをするつもりだったが、やむを得ず真面目になった。

二人はついに病院に着いた。赤十字の看板を掲げた立派な門が、目の前に現れた。サーシャは彼女を連れて病院内を歩き回り、知り合いの医者を探した。その医者は入院患者の回診を終えて、事務室で休憩しているところだった。サーシャは先に部屋に入ってしばらく話をしたあと、手招きして王琦瑶を呼んだ。部屋に入って見ると、その医者は男だったので、王琦瑶は顔を赤らめた。医者はいくつか質問したあと、まず尿検査をすると言った。

彼女は部屋を出て便所を探したが、なかなか見つからない。人に聞く勇気もなく、こそこそと歩き回った。その後、ようやく便所を見つけたが、中には清掃員がいた。掃除が終わるのを待って、彼女は個室に入った。消毒液の臭いが鼻を突き、吐き気がする。彼女は便器に向かって嘔吐した。すべて胃液で、掃除したばかりの便器が汚れてしまった。焦りと恐れで、涙が流れ出した。この涙が引き金となって、胸に溜まっていた鬱憤が爆発し、彼女は大声を上げそうになった。ハンカチで口を押さえ、腰を曲げて、すすり泣きしながら、彼女は便所の後方の窓に突っ伏した。

窓の外には、家々の屋根が連なっている。どこかの家では、瓦屋根の上にムシロを広げ、米を干していた。太陽が屋根を照らし、虫に食われた米も照らしている。ハトの群れが空を旋回し、チラチラと光を放ち、目がくらみそうになった。王琦瑶はすすり泣きをやめたが、涙がまだ静かに流れている。ハトの群れは屋根の上で輪を描き、高さを変え、距離を変えていた。連なる屋根が海だとすれば、ハトは海鳥だ。王琦瑶は腰を伸ばし、ハンカチで目を拭うと、便所から出て階段を下り病院を出た。

午後二時に、ようやくサーシャは王琦瑶の家に戻ってきた。彼女は注射を打っているところで、もう一人の患者が待っていた。テーブルの上にはアルコールランプが灯り、青い炎が注射針の入ったケースを熱している。ベッドの布団一式が窓辺に運ばれ、日干しされていた。床も家具も拭き掃除をしたばかりのようだ。王琦瑶は服を着替え、青地に白い水玉模様の上っ張りを身につけていた。髪も整え直し、後ろにまとめてゴムで束ね、まるで別人だった。

彼女はサーシャが入ってきたのを見て、素っ気ない挨拶をした。他人がいるので、サーシャは怒りを抑え、待つしかなかった。王琦瑶がどういうつもりなのか、さっぱりわからない。注射の患者が帰ると、彼は椅子から飛び上がり、無理に笑顔を作って尋ねた。あの医者が嫌いなのかい？　顔を見ただけですぐ、挨拶もなしに逃げ出すなんて。王琦瑶は言った。トイレに入ったら、部屋がわからなくなって、そのまま帰ってきたの。サーシャは言った。みんな、ぼくが悪いんだ。きみに付き添って、道案内をするべきだった。王琦瑶は言った。私が悪いのよ。方向音痴で、いつも道に迷ってしまう。サーシャは言った。道を間違えるのは、まだいいさ。人を間違えたら困るけど。

王琦瑶は、それには答えず、ただ笑っていた。しばらくすると、彼女は改めてサーシャに、何か食べるかと尋ねた。サーシャは背を向けて、食べないと言った。首の青筋が浮き出ている。それを見て、王琦瑶はやはり子どもだと思った。彼女と康明遜は四、五歳年上なのに、サーシャを騙そうとしている。彼女は歩み寄り、サーシャの背後に立ち、彼の髪の毛に触れた。鳥の羽根のような柔らかい髪を彼女は手のひらでなでた。

二人は沈黙した。しばらくして、サーシャは彼女の顔を見ずに尋ねた。いったい、ぼくに何をさせたいの？　この言葉には、胸を突くようなつらさが感じられた。哀願の気持ちも含まれている。王琦瑶は、自分のつらさはサーシャに及ばないと思った。しかし、彼女にはどうにもならないことをサーシャならどうにかできる。彼女は、サーシャの髪をなでていた手を止めた。この髪の色は、どこから来たものだろう。彼女は言った。サーシャ、「ひと夜の契《ちぎ》り、永遠《とわ》の恩」という言葉を知ってる？　サーシャは答えなかった。彼女は、重ねて尋ねた。サーシャ、私を助けてくれないの？　サーシャは何も言わず、立ち上がって部屋を出た。ドアをそっと閉め、階段を下りて行った。

サーシャは胸が痛かった。何が起こったのかわからないうちに、事態はここまで深刻になってしまった。混血児のサーシャに、真心がないと思ってはいけない。彼らにも、相手を思う感情と分別がある。王琦瑶に騙されていることに、彼は気づいていた。だが、恨めしさと同時に、憐れみも感じた。怒りをぶつける場所がなく、胸が苦しくてならなかった。

彼は街を歩いていても、行き先が見つからなかった。通行人はみんな、彼と違って楽しそうだ。目の前に、つねに王琦瑶の姿がチラついた。彼女の顔はむくみ、妊婦特有の色素斑がある。涙の跡も見られた。サーシャは、この涙の跡の中に、彼を陥れようとする悪だくみが隠されていることを知っていた。それでも、彼女を哀れに思った。彼の目にも涙が浮かんだが、必死でこらえた。

その後、彼は歩き疲れ、お腹がグーグーと鳴り出した。空腹だし、喉も乾いていた。彼はケーキとサイダーを買った。サイダーは瓶を返却しなければならず、店の前で飲み食いするしかない。食べながら、人々が彼を「外人さん」と呼んでいるのを聞いて、わけもなく得意になった。少しうれしい気持ちがする。彼はサイダーを飲み終わると瓶を返し、ロシア人の女友だちのところへ行くことにした。

路面電車に乗り、チンチンというベルの音を聞いているうちに、心が晴れてきた。天気もすばらしい。四時になっても、日差しは強烈だった。女友だちの住んでいるアパートに入ると、ちょうど床を磨く日で、建物の中はワックスの匂いが充満していた。女友だちの部屋もワックスを塗ったばかりで、家具を壁際に寄せ、椅子はテーブルの上にのせてある。床板は鏡のように輝いていた。

女友だちはサーシャを見ると、大喜びしてすぐに抱きつき、部屋の中央まで引っ張って行った。その後、ようやく手を放し、後ずさりして、顔をよく見せてと言った。ピカピカの床の上に立つと、サーシャは人形のように小さく見えた。女友だちは彼を立たせたまま、自分たちの国の歌を口ずさみながら、くるくると踊り出した。サーシャはそれを見ているうちに目が回り、我慢できなくなったので、笑いながら彼女を制止した。そして、ソファーに寝転んだ。すると急に疲れを感じ、目を開けていられなくなった。彼は目を閉じて、陽光に顔を照らされていた。気怠い温もりが感じられる。女友だちの指の感触もあったが、それに反応する余裕もなく、彼はあっという間に眠り込んでしまった。

目を覚ますと、室内はもう暗く、廊下の明かりが灯っていた。台所からは、ボルシチのタマネギの脂っこい匂いが漂ってくる。女友だちは自分の夫と話をしていた。声を押し殺し、彼を起こさないように気を遣っている。部屋の家具はすべて本来の位置に戻され、床板は暗い光を放っていた。サーシャは鼻がツンとして、大粒の涙が目元から流れ出した。

翌日、サーシャが王琦瑶の家を訪れたとき、二人は冷静さを取り戻していた。サーシャは言った。今度は女医さんを探してみるよ。王琦瑶は言った。男のお医者さんでも、かまわないわ。ここまで来て、男だ女だなんて言ってられないでしょう？　二人は笑ったが、つらさも感じていた。改めて日にちを決め、もう一度あの病院へ行くことにした。今回は、サーシャに一台、王琦瑶に一台、輪タクを呼んだ。

やはり、あの医者だったが、診察は外来で受けた。医者はもう王琦瑶のことを忘れたようで、前回と同じ質問をひと通りしてから、彼女を採尿に行かせた。診察室を出ると、サーシャがついて来たので、王琦瑶は笑って言った。本当に私が迷子になると思ってるの？　サーシャも笑ったが、診察室には戻らず、入口の前に立っていた。行き来するのは妊娠中、あるいはそうでない女性ばかりだった。王琦瑶のことがあるので、彼は女たちがみな、どうにもならない事情を抱えていて、それを口にできずに悩んでいるのだと思った。しばらくすると、王琦瑶は戻ってきて、自分で診察室に入った。またしばらくすると出てきて、検査室へ行くから、もう少し待っていてと彼に告げた。王琦瑶は、あっという間に廊下の先に消えた。すべてを受け入れる決心をした様子だった。

順調に話が進み、手術の日取りも決まった。病院を出たのは昼近くで、王琦瑶は外で食事をしましょうと提案した。サーシャも同意したが、二人は徐家匯あたりの土地勘がなかった。ぶらぶらと歩いているうちに、徐家匯天主教会の尖塔が青空の下にそびえ立っていた。それを見て、二人は厳粛な気持ちになった。さらに少し歩くと、ついにレストランが見つかった。彼らはドアを押して、店の中に入った。

席に着くと、サーシャが言った。今日はおごるよ。王琦瑶は言った。どうして？　当然、私がおごるわ。サーシャは、彼女を見つめて言った。なぜ、きみがおごるの？　明らかに、ぼくがおごるべきだろう？　王琦瑶はドキッとした。もう少しで、ボロを出すところだった。油断してしまった。そこで、もう彼と言い争うことはやめた。サーシャが支払えるのかどうかは、まだわからない。あとでまた考えよう。

二人は料理を注文し、しばらく雑談をした。突然、サーシャが意外なことを口にした。あの手術って、痛いのかな？　王琦瑶は、驚いて言った。私にもわからないけど、出産よりはましでしょう。サーシャは、さらに尋ねた。それじゃ、歯を抜くのに比べたら？　王琦瑶は笑って言った。比べるほうが、おかしいわ。サーシャが心配してくれたので、彼女は感動し感謝していたが、その気持ちを悟られるわけにいかず、嘲笑するしかなかった。歯を一本抜くのとは、わけが違うわよ。

このとき、料理が運ばれて来たので、二人は食事を始めた。サーシャは言った。いろいろ食べてきたけど、いちばんおいしいのはやはりきみが作った料理だな。王琦瑶は、お世辞が上手ねと言って笑ったが、サーシャは真剣だった。決して、お世辞じゃないよ。きみの作った料理がおいしいのは、特別な味付けのせいじゃない。家庭的な料理だからだ。普通の人たちが毎日三食、食べている。繰り返し食べても、飽きが来ない。

王琦瑶は言った。誰の家の料理だって、普通の人が食べているでしょう。他人の家から強奪してくる料理なんかないわ。サーシャは言った。「強奪してくる」とは、うまいことを言うね。信じてもらえないかもしれないけど、ぼくのような人間は、強奪で暮らしているようなものだよ。王琦瑶は言った。もちろん、信じないわ。

サーシャはかまわず、勝手に話を続けた。ぼくには自分の家がない。朝から晩まで、出歩いている。いくらでも行く先があるように見えるだろう。でも、それは自分の家がないからなんだ。ぼくはいつも落ち着かない。どこへ行っても長居はできず、すわっていると尻が熱くなってくる。すぐに立ち上がって、帰ろうとするんだ。王琦瑶は言った。おばあさんの家があるじゃないの？　サーシャは寂しそうに首を振り、返事をしなかった。王琦瑶は同情したが、慰めの言葉が見つからなかった。二人は、しばらく沈黙した。

食事が終わり、支払いのときが来た。王琦瑶が当然のようにお金を取り出すと、思いがけずサーシャは激怒して言った。王琦瑶、きみはぼくをバカにするつもりなのか？　ぼくは金持ちじゃないけど、女の人に食事をおごるくらいの財力はある。王琦瑶は戸惑い、顔を赤くして、口ごもりながら言った。これは私の責任だから。この言葉は、かなり際どかった。彼女の目には、申し訳ないという感情が表れていた。サーシャはお金を持っている彼女の手を押さえ、急に穏やかな表情になって、小声で言った。これは男の責任だよ。王琦瑶は、もう彼と争わなかった。ボーイを呼んで支払いを済ませ、彼らはレストランを出た。二人とも何も言わずに歩き、込み上げてくる涙を飲み込んだ。

手術の前日、突然また事件が起きた。サーシャの叔母がソ連から訪中したので、北京まで会いに行くことになったのだ。サーシャは言った。ぼくが帰ってくるまで、手術を延期しよう。どうせ、数日のことだから。王琦瑶は言った。大丈夫よ。かまわず出かけてちょうだい。自分で病院へ行けばいい。開腹手術のような大事じゃないんだから、歯を一本抜くようなものでしょう。王琦瑶は冗談を言った。サーシャは譲らず、いくら彼女が大丈夫だと言っても、聞き入れなかった。

その後、王琦瑶は嘘をついて、母親が付き添って行ってくれると言った。彼はその言葉を信じなかったが、彼女の意志が固いことがわかり、信じたふりをした。出かける前、彼は王琦瑶に無理やり十元を渡し、栄養をとるように言った。王琦瑶はそれを受け取ったあと、こっそり彼のポケットに二十元を入れた。階段を下りる足音のあと、裏門の開閉の音が響き、彼は去って行った。王琦瑶はしばらく放心状態で、すわったまま何も考えなかった。暮色が窓から忍び込み、煙のように王琦瑶を包み込んだ。

この日の夜はとても静かで、昔に戻ったかのようだった。サーシャも、康明遜も、厳夫人もいなかった昔だ。平安里のかすかな音が、また聞こえてきた。人が歩いて床がきしむ音、家の扉が開閉する音、大人が子どもを叱る声、さらには誰かの家でお湯が沸いて鍋からあふれそうになっている音など。向かいの家のバルコニーには、夾竹桃の植木鉢が見えた。清らかな月の光を浴びている。その横の鉢にはネギが育ち、やはり月光を浴びていた。心を込めて育てられたものなのだろう。雨どいの水は勢いよく流れ落ち、平安里と会話をしているようだ。苦境に負けない意気込みが感じられた。

平安里の空は、細長くて狭いが、高さを感じさせた。晴れた日には、平安里の建物をくっきりと際立たせる。月と星は隠れていても心配ない。光はさえぎられることがないし、空気の冷たさと温かさも伝わってくる。これはすばらしいことだ。例年どおりに四季がめぐり、生活もいつもと変わらない。

王琦瑶はリュウガンの袋を開けて、皮をむいた。誰も注射に来ない。無病息災の夜だ。鈴を鳴らして「火の用心」を触れ回る老人がやってきた。その声には説得力があった。ベテランの貫禄を感じさせるからだろう。皮をむいたリュウガンは茶碗に入れ、皮も一か所に集めて小山にした。花柄のカーテンは色あせていたが、はっきりと目に映る。ネズミが活動を始めてカサカサという音を立て、ゴキブリも目に見えないところで動き出した。ネズミやゴキブリは、人間と交代して夜の主役を務める。多くの虫たちが這い回り、スズメも集まってきた。

翌日は雨模様で、湿気が多く暖かかった。王琦瑶は傘を持って出かけた。鍵を閉めるとき、室内を見て思った。昼食までに帰れるだろうか？　その後、階段を下りた。雨は本降りで、排水溝の水が波立っていた。彼女は弄堂の入口で、輪タクを呼んだ。車の幌《ほろ》には防水シートが取り付けられていたが、それでも座席は濡れている。彼女は寒さを感じた。

細かい雨がシートの外から吹き込んできて、彼女の顔に当たった。シートの隙間から見えるプラタナスの枝は、ぼんやりした空を切り裂いている。彼女はお腹の子どもの父親、康明遜を思い出した。彼女は考えた。いま、厄介な存在となっているのは、お腹の子どもだ。しかし、この子どもは、もうすぐいなくなる。王琦瑶は背中に冷や汗をかき、胸がドキドキしてきた。彼女は突然、わけがわからなくなった。この子どもはどうして、いなくなろうとしているのだろう？　彼女の顔は、すっかり雨に濡れていた。雨粒が幌を打ち、耳が聞こえなくなるほどのパチパチという音を響かせている。王琦瑶は思った。私は何も持っていない。この子どもまで失ってしまったら、完全に空っぽだ！　気づかないうちに、涙が流れ出した。彼女は前代未聞の緊張を感じ、膝ががくがくと震えていた。瞬時のうちに、重大な決定がなされた。

彼女は防水シートの小さな穴を見つめていた。完全に破れてはおらず、少しだけ繊維が残っていて、光が透けて見える。彼女は思った。この穴は何を意味しているのだろう？　彼女はまた、灰色の空を見た。車の幌とシートのつなぎ目から見える細長い空だ。彼女は、自分の三十歳という年齢を思い出した。この三十年、手に入れたものは何一つなかった。これから先の三十年に、どんな望みがあるのか？　彼女は気持ちが暗くなった。だが、とことん暗くなったところで、ひと筋の光を見た気がした。

車は病院の正門わきの道端で停まった。王琦瑶は門を出入りする人たちを見て、突然、深淵の縁に立たされたような気分になった。彼女は座席の奥にすわったまま、身震いをして、手に汗を握っていた。雨が激しくなり、通行人はみな傘をさしている。輪タクの車夫はシートを掲げ、怪訝《けげん》そうに彼女を見た。この無言の催促は決心を迫るものだ。彼女は頭がぼんやりしてしまった。雨水と汗に濡れた車夫の顔が、遠くから彼女を見ている。彼女は自分の声を聞いた。忘れ物をしたから、引き返してちょうだい。防水シートが下ろされ、輪タクは向きを変えて走り出した。風を背中から受けることになり、雨はもう彼女の顔に飛んでこなかった。彼女は頭がはっきりし、心の中で思った。サーシャ、あなたが言ったとおり、一人で来るのは間違いだったわね。

家に帰ってドアを開けると、室内は元のままで、時間もまだ午前九時だった。彼女はテーブルの前にすわり、マッチを擦ってアルコールランプに火をつけ、注射針の入ったケースを置いた。間もなく、沸騰する音が聞こえてきた。もう一度時計を見ると、九時十分だった。いまから病院へ行けば、まだ間に合う。長いこと苦労を重ねてきたのは、この日のためだったのではないか？　彼女が気まぐれを起こさなければ、いまごろは無事に手術が終わって、帰りの輪タクに乗っていたはずだ。時計のチクタクという音を聞きながら、彼女は考えた。これ以上遅れたら、本当に間に合わなくなる。

ランプを吹き消し、アルコールの匂いがまだ漂っていたとき、誰かがドアをノックした。静脈注射を打ちに来た患者だった。彼女は仕方なく、注射針のケースを開けて、注射を打つことにした。すぐにでも病院へ行きたくて、気持ちが落ち着かなかった。焦れば焦るほど、静脈の位置が見つからなくなる。患者はいい迷惑で、何度も痛いと叫んだ。彼女は気を静め、何とか静脈の位置を見つけた。針を刺す瞬間、彼女は気持ちが落ち着き、注射液を少しずつ入れた。それにつれて、彼女の気分も穏やかになった。最後に、患者は脱脂綿で腕を押さえながら帰って行った。彼女は汚れた脱脂綿と注射針を片付けた。一時の焦りは治まり、残ったのは言いようのない疲れと怠さだった。彼女は運を天に任せ、どうでもいいという気持ちになった。いずれにせよ、どうにもならないのだから、成り行きに任せることにしよう。

すでに昼食の用意をする時間になっていた。台所に入ると、昨夜作った鶏肉のスープが冷めて、油膜ができていた。彼女はコンロの火をつけ、鍋を置いた。その後、米を研《と》ぎ、ガラス窓の雨を見ながら考えた。とにかく、サーシャに頼ることにしよう。産むかどうかにかかわらず、サーシャの子どもだ。最後まで、サーシャの手を借りよう！　鶏肉のスープの滋養に満ちた匂いが漂ってきた。その匂いは、彼女に希望をもたらした。だが、まずはこの事態を乗り越えることが先決だ。「案ずるより産むがやすし」と言うではないか。切羽詰まれば、逆に活路が開けるだろう。

そのころサーシャは北へ向かう列車に乗り、続けざまにタバコを吸っていた。叔母と会うのは初めてで、しかも数日前に降って湧いた話だった。母親でさえ記憶が薄いのだから、その妹の叔母はなおさらだ。叔母に会いに行くのは、ソ連に行く方法を相談するためである。彼は現在の生活にうんざりして、新しいスタートを切りたくて、ソ連に渡る決心をした。混血児に利点があるとすれば、それは脱出できることだと彼は思っていた。この脱出は追放と言い換えてもいい。要するに、会いたくないと思えば会わないし、出て行きたくなれば出て行くのだ。

## 13 再びの程さん

懐かしい程《チョン》さんと再会した場所は、淮海中路の中古品を扱う店だった。この年、副食品の供給がしだいに滞《とどこお》ったため、毎月の穀物の割り当て量は減っていないにもかかわらず、食糧が不足気味になった。政府は配給切符の種類を増やし、あらゆるものに制限をかけた。ひそかに闇市が開かれ、価格は数倍に跳ね上がった。社会の雰囲気は殺伐として、その日暮らしという状況だった。身重の王琦瑶は二人分の栄養をとらなければならず、やむを得ず闇市の世話になった。注射を打って得られる収入は、日常の支出で消えてしまい、闇市ではニワトリを二羽買うこともできない。

李主任がかつて、彼女のもとを去るときに残した小箱の中には、金の延べ棒が入っていた。万一のときの備えとして数年来、鍵をかけたままで手を触れずにおいた。どうやら、それを使うときが来たようだ。夜、人々が寝静まったころ、王琦瑶はタンスの引き出しから箱を取り出し、テーブルの上に置いた。電灯の光を受けて、マホガニーの木箱に彫られたスペイン風の模様は繁華な時代を思い出させる。触れてみると、ひんやりとした感覚があり、何千年何万年の歳月が過ぎたかのようだった。王琦瑶は箱を前にして、しばらくすわっていたが、やはり手をつけずに元の場所に戻した。まだ、これを使うべきときではない。この先、どれだけの困難が待ち受けているか、わからないのだから。

彼女は、着る機会のなくなった服を中古品の店に持って行って売ったほうがいいと思った。仕舞っておいても、ゴキブリに食われるだけだ。そこで衣装箱を引きずり出して、蓋を開けた。箱いっぱいの服を目にして、彼女は一瞬、目がくらんだ。気を落ち着かせたあと、まず目に入ったのは、あの薄紅色のチャイナドレスだった。持ってみると水のように滑らかな生地で、手の力を緩めたとたんに滑り落ちてしまった。王琦瑶は、それ以上見るに忍びなかった。彼女の目に映るのは衣服ではなく、蝉の抜け殻なのだ。彼女は適当に数枚の毛皮の服を取り出し、衣装箱の蓋を閉めた。

その後、衣装箱の服を引っ張り出すのは恒例行事になった。箱を開け閉めし、中古品の店へ持って行くのも恒例行事で、すっかり得意客になってしまった。その日は服が売れたという知らせが届き、店へ代金を受け取りに行ったのだ。帰ろうとしたとき、声を掛けられ、振り向くと程さんが立っていた。王琦瑶は一瞬、呆然として、時間が逆流したように感じた。程さんの白髪を見て、彼女は我に返って言った。程さん、どうしてここに？　程さんは言った。王琦瑶、夢かと思ったよ！　二人の目には涙が浮かび、様々なことがよみがえった。記憶が複雑にからみ合い、すぐには整理がつかなかった。

王琦瑶は二人がカメラ用品の売り場の前に立っていることに気づき、思わず笑って言った。相変わらず、写真を撮ってるの？　程さんも笑った。写真のことを思い出すと、複雑な昔の記憶が、解きほぐされたような気がした。王琦瑶は重ねて尋ねた。あのスタジオは、いまも変わっていない？

程さんは言った。まだ覚えているんだね。このとき、程さんは王琦瑶が身重で、顔がむくんでいることに気づいた。かつての面影とは、大きな隔たりがある。さっき声を掛けたときは、まるで変化がなく、昔の光景が再現したと思った。だが、いま面と向かってみると、あのころの面影は薄れてしまった。時の流れは、正視できないほど無情だ。彼は思わず王琦瑶に尋ねた。何年ぶりかな？指折り数えると、十二年が過ぎていた。別れの経緯を思い出し、二人は沈黙した。

昼近くになると店内は混み始め、買い物客が行き来して、立ち話をするのが難しくなった。王琦瑶は、外で話しましょうと言った。二人は店を出て道端に立ったが、人通りが激しいので、電信柱の下へ移動した。ようやく落ち着いたが、何を話せばいいのかわからない。二人とも顔を上げ、電信柱に貼られた広告に目を向けた。日差しはもう春の気配で、まだ綿入れを着ている彼らは、背中を火であぶられているような気がした。

しばらくして、程さんが言った。送って行くよ。もうすぐ昼ご飯だから、ご主人が待っているだろう。王琦瑶は言った。待ってる人なんかいないわ。でも、帰らなくちゃね。奥さんがお待ちかねでしょうから。程さんは、顔を赤くして言った。奥さんなんて、影も形もないよ。ぼくは独身だ。一生、奥さんは見つからないと思う。王琦瑶は言った。それは残念ね。世の中の女の人は、どうかしてるわ。幸せになる絶好のチャンスをつかもうとしないなんて。

二人の会話が、ようやく弾み出した。そのうちに太陽は中天に達し、お互いに相手のお腹がグーグー鳴っていることに気づいた。程さんが食事に誘い、二人は何軒かのレストランに行ってみたが、どこも満席だった。席が空くのを待つ客が行列している。ますます空腹が募り、我慢できなくなった。最後に、王琦瑶が言った。いっそ私の家に行って、麺でも食べましょう。すると、程さんが言った。それなら、ぼくの家に来たほうがいいよ。昨日、杭州から客が来て、ベーコンとタマゴをもらったから。そこで、電車に乗ることにした。昼の電車はガラガラで、二人は並んですわった。窓から見える街の風景が、「のぞきからくり」のように過ぎ去って行く。陽光がまぶしい。何一つ気がかりはなく、この電車がどこへ向かってもかまわないという心境だった。

程さんは昔と同じアパートに住んでいた。ただし、建物は老朽化して、外壁の水垢の色が濃くなり、全体的に暗く感じられる。ガラス窓は十二年間、一度も拭き掃除をしなかったかのようで、差し込む光が薄暗かった。エレベーターも老朽化して、手すりに錆が浮いている。昇降するたびに、ガタンガタンという音が反響した。王琦瑶は程さんのあとについてエレベーターを降り、彼が部屋の鍵を開けるのを待つ間に、天井の蜘蛛の巣を見た。巨大な半円形の巣は、十二年かかって張り巡らされたものなのだろう。

程さんがドアを開け、彼女は中に入った。一瞬暗さに目が慣れなかったが、すぐにカーテンで仕切られた小さな世界が見えた。この世界は時間の中に閉じ込められていたかのように、まるで変化がなかった。床板は褐色のワックスで光っている。照明機材やカメラのスタンドが林立し、踏み台の板の上には絨毯が敷かれていた。後方にあるセットの扉や窓は、古めかしいが玩具のように見えた。

程さんはすぐ台所に入り、忙しそうに食事の準備を始めた。包丁とまな板の音が聞こえてくる。しばらくすると、ご飯の炊けた匂いが、ベーコンの匂いと一緒に漂ってきた。王琦瑶は手伝おうとせず、一人でスタジオを歩き回った。ゆっくりと後方へ行くと、メイク室は昔のままだったが、鏡は曇っていた。映し出された彼女の姿はぼんやりとして、年齢がはっきりしない。化粧台の横の窓を押し開けると、風が入ってきて彼女の髪を乱した。太陽はもう西に傾き、路地は暗くなっている。地上の通行人はアリのように、忙しく動き回っていた。

彼女はメイク室を出て暗室に入り、手探りでスイッチを押した。赤いライトは一か所だけを照らし、その周囲は暗闇で、何か心配ごとを隠しているようだった。「うわべは変わっても本質は変わらない」というときの「本質」がそこにある。王琦瑶にはよくわからないが、大きい世界の激変は、このような小さい世界の不変によって際立つのだ。しばらくすると、彼女は明かりを消し、ドアを閉めて、さらに奥の部屋に入った。そこが台所で、ガスコンロのわきに小さいテーブルがある。テーブルの上には、すでに二人分の箸と食器が並んでいた。ご飯はまだ、火にかかっている。もう一つのコンロに、タマゴスープの鍋があった。

程さんが作ったのは、ベーコンと青菜の炊き込みご飯とタマゴスープだった。二人は向かい合ってすわり、茶碗を手にしたが、お腹がすき過ぎて胃の感覚が鈍くなっていた。一杯目のご飯を食べると、ようやく空腹を感じ、何杯もお代わりをした。きりがなくなり、いつの間にか通常サイズのアルミ鍋のご飯をすべて平らげてしまった。タマゴスープも鍋の底が見えたので、二人は笑った。

十二年ぶりに会ったのに、いくらも話をせず、食事に没頭するなんて。昔、何度も一緒に食事をしたことがあったが、それを全部合わせても、食べた量は今回に及ばないだろう。

二人は笑ったあとで、また少し気まずくなった。王琦瑶は、程さんが自分を見つめているのに気づいて言った。そんなに見ないで。あなたは一人だけど、私はお腹の中にもう一人いるのよ。それで、あなたと食べた量は同じなんだから。そう話したところで、二人は当惑し、先を続けられなくなった。しばらくして、王琦瑶が無理に笑って言った。あなたが私に何を聞きたいか、わかってるわ。でも、どう答えたらいいのかしら。とにかく、いまの私は見てのとおりよ。もうこれ以上、説明はいらないでしょう。

程さんはそれを聞いて、彼女の気丈で世慣れた態度の裏側に、どうしようもないつらさが隠れていることを知った。そして、時の流れを痛感した。だが、率直な話をしたおかげで、二人は気が楽になった。彼らは過去の話題を避けて、現在の状況について語り合った。程さんは言った。いまは、ある会社で会計の仕事をしている。給料は自分一人の生活費をまかなうのに十分だったけど、最近は少しきつくなってきた。それでも、所帯持ちの同僚に比べたら上等だと思うよ。

王琦瑶は言った。注射を打って得られる収入はもともとわずかで、いまは中古品のお店によくお世話になってるわ。程さんは、思わず同情して言った。古着を売るのは長続きする方法じゃないよ。売る服がなくなったら、どうするんだい？　王琦瑶は笑って反問した。長続きする方法って何？長続きって、どういう意味？　程さんが答えられないのを見て、彼女は語気を和らげた。目の前の難題をやり過ごすことが、長続きの方法じゃないかしら。程さんが尋ねた。目の前の生活はどうなの？　王琦瑶は、一日三回の食事の用意をどうしているか、調味料は何を使っているかまで、細かく説明した。程さんも王琦瑶に、自分の節約の方法、マッチ一本も大事にしていることを話した。二人は語り合ううちに、また話題が食べ物のことに戻ってしまった。語り尽くせない話の種がある。興に乗って、彼らはお互いを食事に招待した。挑戦状を交わしたようで、二人とも気持ちがワクワクしてきた。その後、王琦瑶は帰らなければならないと言った。午後、注射を打ちに来る患者がいるし、往診の約束もある。程さんは彼女を送り出し、エレベーターに乗るのを見届けて部屋に戻った。

一九六〇年の春は、誰もがみな食べ物のことを話題にした（全国的な「自然災害」による食糧不足があった）。夾竹桃の香りを嗅いだだけでも、お腹がグーグーと鳴った。床下のネズミが夜中に慌ただしく走り回るのも、スズメが渡り鳥のようにあちこち飛び回るのも、すべてエサを探すためだった。

この都市では「飢饉」という言葉は聞かれなかったが、食欲旺盛な人は多かった。体面を気にする人たちもレストランに行列を作り、席に案内されるのを待った。どれだけ多くの牛フィレ、トンカツ、舌平目が大食漢たちの胃袋に収まったか知れない。クリームケーキの匂いは犯罪的で、少なくとも人々の道徳心を失わせた。強奪事件が頻発《ひんぱつ》した。大きな事件ではなく、子どもが持っていたお菓子が奪われるという類のものだった。ケーキ屋は垂涎《すいぜん》の的《まと》で、一人が買い物をするのを万人が注視していた。窃盗事件も、しばしば発生した。夜、人々は心配ごとで目を覚ますのではなく、お腹がグーグー鳴って目を覚ました。どんな悩みも二の次で、そのうちに消えてしまった。誰もが正直になり、嘘を言わなかった。誰もが質素になり、うわべを飾らなかった。

明るい灯火の下で、この都市の人々は本来の姿に戻った。それは顔色が悪くなったとか、痩せたとか、礼儀知らずになったとかいうことではない。人間の原点に戻ったのだ。本性が明らかになる「飢饉」の段階よりはまだ余裕があったが、人々はかなり純粋になり、素顔を見せるようになった。「飢饉」というほどの深刻さがないので、人々の様子は少し滑稽に見える。嘲笑と諷刺の風潮も強まった。喜劇は無価値なものを引き裂いて見せると言うではないか？　この都市ではいま、まさに無価値なものが引き裂かれていた。大した価値はないとは言っても、徹底的に引き裂かれれば、それなりの傷が残る。

程さんと王琦瑶の再会は、食べることで始まった。食べると言っても、こちらは満腹になることが目的で、厳夫人たちとの午後のお茶や夜食が暇つぶしだったのとは違う。彼らはすぐに気づいた。二人のほうが、一人で食べるより節約になる。それに、共同作業をすると心も弾んだ。そこで彼らは毎日、一回は食事をともにするようになった。程さんは給料の大半を王琦瑶に食費として渡し、自分のために散髪代と会社での昼食代だけを残した。

彼は毎日、仕事が終わると王琦瑶の家を訪れ、二人で一緒に夕食の準備をした。日曜日には昼食前にやってきて、王琦瑶の食糧切符を持って出かけ、米屋の行列に並んだ。配給品として買ってくるのは、数十キロのサツマイモのときもあれば、数十キロの米粉のときもあった。懸命に担いで帰ってくる途中、彼はこの特別の食糧をどう消費しようかと考えた。

程さんの背広は古びて、裏地がすり切れ、袖口が綻《ほころ》びていた。頭頂部の髪も、少し薄くなった。メガネは相変わらず金縁で、色があせていた。古風で地味な恰好だが、身だしなみはきちんとしている。表情も爽やかで、落ちぶれた感じがしない。そのため、彼は一見すると、一九四〇年代の映画の登場人物のようだった。一九六〇年の上海の街角では、このような人物をまだ多少見かけることができた。彼らの姿には往事を偲《しの》ばせる風情があり、子どもたちの目を引きつけた。人民服を着るようになった康明遜とは違う。康明遜も古風だが、新しさも取り入れて、融通が利くように見せている。一方、程さんは頑《かたく》なで、古い時代と心中しようという決意を持っていた。

程さんはサツマイモの入ったバケツを手に提げ、道を歩いていた。持ち慣れないので、バケツが膝に当たり、何度も手を換えた。そのたびに大きく息をつき、街の風景を見た。プラタナスの葉が茂り、道に木陰ができている。彼は安らぎを感じ、自問した。これは、すべて本当のことなのだろうか？

程さんが王琦瑶の家に出入りするようになったことは、平安里の人たちにとって、別に目新しい話題ではなかった。康明遜とサーシャが相次いで入り浸り、相次いで姿を消した。さらに、彼女のお腹が日増しに大きくなることも、住人たちは目にしていた。平安里の人たちは開放的で、経験も豊富だった。王琦瑶はそういう女なのだと割り切れば、好奇心は満たされた。そういう女は、平安里の各棟に平均一人はいた。本来なら「アリス・アパート」に集まっているはずだが、時代の変化によってバラバラになったのだ。

　生活に汲々《きゅうきゅう》としている平安里の夫婦が日常の些細なことで喧嘩すると、妻は決まってこう言った。三十九号の王琦瑶みたいになりたいわ！　夫は嘲笑して言う。なればいいさ。でも、それだけの技量があるかな？　すると、妻は黙ってしまった。逆の場合もある。夫がまず、こう言った。おまえってやつは、三十九号の王琦瑶を見習ったどうだ！　妻は言う。あんたに養えるの？　養えるなら、王琦瑶になってやるわ！　すると、夫は黙ってしまった。こうして見ると、平安里の住人は決して王琦瑶を軽視していない。内心、羨ましく思っている。程さんが訪れるようになってから、王琦瑶の部屋からは食欲をそそる料理の匂いが漂ってきた。住人たちは、鼻をヒクヒクさせて言った。王琦瑶の家じゃ、また肉を食べてるよ。

　夜になると、王琦瑶は早々に布団に入った。程さんはテーブルの前にすわり、家計簿をつけ、翌日の料理について相談した。夕食を食べたばかりなのに、彼らはもう翌日の朝食のことを考えていた。楽しそうに語り合い、細かいところまで何度も打ち合わせをした。そのうちに夜が更けた。盛りのついた猫が、裏路地で鳴いている。王琦瑶はうとうとし始めた。程さんは立ち上がり、戸締りを確認し、カーテンを閉めた。散らかったものを片付けたあと、明かりを消して部屋を出ると、バネ錠を掛け、そっと扉を閉めた。

　程さんは、王琦瑶の家に泊まろうとしなかった。王琦瑶は引き留めようと思ったこともあったが、口に出さなかった。自分がほかの男の子どもを宿しているので、程さんはそれを望まないはずだと考えた。だが、程さんが口にしたら、自分は決して拒まないだろうと思った。程さんに対して、欲望や愛情があるわけではない。恩義に報いたいという気持ちだった。十二年前、程さんは王琦瑶の最後の砦《とりで》で、譲歩したときの対象にすぎなかった。当時の彼女は、この「砦」の貴重さと有難さを知らなかった。彼女が、ひたすら前進するような環境にいたからだ。譲歩なんかするものかと思っていた。いま、彼女は譲歩したわけではないが、前進できない状況で、「砦」が身近な存在になった。このところ、彼女は朝から晩まで程さんと一緒にいて、程さんが変わっていないことに気づいた。だが、彼女は変わってしまっている。今日の彼女は、昨日の彼女ではない。程さんも変わっているのなら、まだよかった。程さんが少しも節度を忘れないからこそ、彼女は疚しさを感じた。待ち続けてくれた程さんに、申し訳ない。何年も固く身を守ってきた程さんを待っていたのは、こんなみすぼらしい生活だった。彼女も無念でならなかった。だから、「最後の砦」に近づいたとき、彼女はそれを「最後の砦」だとは思わなかった。自分にはもう、そんなことを言う資格がない。残っているのは恩義を知り、それに報いる心だけだ。ところが、程さんは決して泊まると言わず、どんなに遅くなっても帰って行った。

何回か、王琦瑶は枕元に彼が立っているのをぼんやりと感じたことがある。今夜は帰らないのだろうと思ってドキドキした。しかし、しばらくすると、彼はやはり帰ってしまった。彼が扉を閉める「カタン」という音を聞いて、王琦瑶はホッとすると同時に、残念に思った。

彼らはときどき、懐かしい人を話題にした。例えば、蒋麗莉である。ここ数年、程さんはあの友人の映画監督を通じて、わずかながら蒋麗莉と音信があるという。映画監督と聞いて、王琦瑶は隔世の感を抱いた。いくつもの場面が、混沌とした往事の記憶の中から浮かび上がった。彼女は言った。監督はどうして、蒋麗莉を知ったのかしら？　程さんが答えた。蒋麗莉はぼくを捜すため、呉《ウー》佩珍《ペイチェン》の紹介で監督を訪ね、ぼくに連絡してきたというわけさ。呉佩珍もまた、懐かしい人だった。昔の情景が続々と目の前に浮かんできた。

程さんは言った。監督はいま、映画界で要職についている。当時は知らなかったけど、監督は共産党員だったんだ。その後、蒋麗莉も彼の影響で革命に参加した。上海解放（国共内戦の上海戦役に勝利した人民解放軍が上海を占領したことを指す）のとき、ぼくはこの目で、蒋麗莉がシンバルを鳴らして、女子学生の鼓笛隊を指揮しながら行進するのを見た。彼女は相変わらずメガネをかけていたけど、古びた軍服の袖をまくり、腰にはベルトを巻いていた。見違えるようだったよ。彼女はあと二年で大学を卒業できたんだけど、退学して紡績工場の労働者になった。教養はあるし、進歩的だったから、すぐに労働組合の幹部に抜擢された。その後、工場の軍代表（接収した工場の管理のために人民解放軍から派遣された軍人）と結婚した。軍代表は山東人で、解放軍の南下に伴って上海にやってきたんだ。いまは三人の子どもがいて、大楊浦《ダーヤンプー》（上海市北東部の住宅区）の新しい団地に住んでいる。

程さんの話を聞いて、王琦瑶は言った。蒋麗莉が労働組合の幹部になるなんて、思ってもみなかったわ。すごいわね！　程さんも、すごいねと言った。だが、二人とも心の中では、そう思っていなかった。蒋麗莉の経歴は、夢物語のように聞こえるが、どこかしっくりこない。しばらくして、王琦瑶は言った。監督は共産党員だったのね。ミス上海コンテストのとき、食事に誘ってくれて、私に辞退するように勧めたんだけど、あれは上からの指示だったのかもしれないわ。あのとき、監督の言うことに従っていれば、蒋麗莉じゃなくて私が革命に参加していたはずよ。そう言ったあと、二人は笑った。

王琦瑶と程さんは、蒋麗莉に会いに行こうと相談したが、なかなか決心がつかなかった。自分たちのような身分で、彼女と友だちになれるだろうか？ すべての上海市民と同様、共産党は彼らにとって、高嶺の花という印象だった。彼らは歴史の変化に翻弄され、前王朝の生き残りのような心境で、時代の落伍者を自任していた。また、彼らは現実社会の中で暮らし、生計を立てるのに必死で、自分の主張を持っていなかった。ましてや、国家や政権に対する意見などない。

だが、彼らの視野が狭いのは致し方ないことだった。この都市は巨大な機械のようなもので、独自のメカニズムに従って動いている。生きている実感が得られる範囲は、ほんの一部に限られている。それをつかんだ人だけが心の拠りどころを得て、抽象的な虚無に陥らずに済む。だから上海の市民は、人生設計を小型にする。政治とは距離を置いていた。彼らに対して、共産党は人民の政府だといくら言っても、敬して遠ざけようとする。それは自己卑下であると同時に、うぬぼれでもあった。自分たちこそが、この都市の主《あるじ》だと思っているのだ。王琦瑶と程さんは、蒋麗莉が違う世界の人になったと感じていた。わざわざ会わなくてもよいのだが、昔の経緯があるので、分不相応なことを考えたのだった。

王琦瑶と程さんの再会は、往時との再会だった。彼女は過ぎ去った時間を思い出し、経験したことの記憶をたどった。もう一度その場に戻り、夢の中にいるような感覚を味わった。彼女は思った。いったい、どれが過去のことで、どれが現在のことなのだろう? 彼女はしだいに体が重くなり、足がむくんで、動きたくなくなった。一日じゅうすわって、心は虚ろなまま、赤ん坊の毛糸のズボンを編んでいた。毛糸は彼女の古いセーターをほどいたもので、途中で切れてしまい、つなぎながら編むので時間がかかった。

程さんは出たり入ったり忙しく、夕食後、八時近くになってようやく一段落つき、すわることができた。王琦瑶はもう目を開けていられない状態で、まともな話ができなかった。程さんも、思わず眠気を催した。二人は一つのソファーに並んで、寒気を感じるまで居眠りをした。程さんが身震いして目を覚ましたとき、王琦瑶はまだ寝ていた。程さんが寝具を整え、ベッドまで連れて行くと、彼女は服を脱いで布団にもぐり込んだ。程さんはいつものように戸締りをしたあと、明かりを消して部屋を出て、そっと扉を閉めた。

まさに決心がつかず、蔣麗莉のところに行くかどうか迷っていたとき、思いがけないことに、蔣麗莉本人が程さんを訪ねてきた。その当時、程さんは寝るとき以外、ほとんど家にいなかった。彼女は何度、無駄足を踏んだかわからないが、最後にエレベーターから出てきた程さんを捕まえた。

その日も彼女は程さんの部屋を訪ね、またしても留守だったので、仕方なく帰ろうとして、エレベーターを待っていた。すると思いがけず、エレベーターから程さんが降りてきたのだ。二人は鉢合わせしたが、すぐには見分けがつかなかった。変わったと言えば変わったが、昔のままのようでもある。いずれにせよ、無理のないことだった。

蒋麗莉はレーニン服（襟つきでダブルボタンの藍色または灰色の服、建国初期に流行した）を着ていた。カーキ色のズボンは、膝の部分がふくらみ、裾の部分が短くなっている。革靴は埃をかぶっていた。メガネも曇っていて、しかも近視の度が進んだようだ。渦巻きの奥の小さな目は、輝きを隠している。

程さんが言った。偶然だね。蒋麗莉は言った。何が偶然よ。あなたにとっては偶然でも、私にとっては偶然じゃないわ。そう言われて、程さんは言葉を失った。蒋麗莉は続けた。朝来ても、夜来ても、昼に来ても、留守だった！　程さんは口では申し訳ないと言ったが、心の中では弁解した。こうして会えたじゃないか。そしてドアを開け、彼女を部屋に入れた。

それは日曜日の昼だった。彼は王琦瑶が昼寝をしている間に、シャワーを浴びようと思ったが、着替えの服がなかったので、取りに戻ってきた。そこで、思いがけず蒋麗莉に出会ったのだ。蒋麗莉は部屋に入ると、埃を照らし出している日差しの中に立った。顔に笑みを浮かべているが、目の光には明らかに怒りが含まれている。程さんは不安で、胸がドキドキした。困り果てて、何か話題を見つけようとしたが、口をついて出たのは、「何か用事？」というひと言だった。蒋麗莉はまた、怒りを爆発させて言った。用事がなかったら、来ちゃいけないの？　程さんは顔を赤くして、追従笑いを浮かべながら、「お茶をいれるよ」と言った。しかし、魔法瓶は空だった。湯飲みは汚れているし、茶筒は錆びていて開かない。

蒋麗莉は一緒に台所に行き、彼が慌ててお湯を沸かし、湯飲みを洗うのを見て言った。まるで鳥小屋みたいね。そして向きを変え、部屋に戻った。程さんが準備を終えて出て行くと、彼女は立ったまま放心していた。スタジオのカーテンは開いていて、照明機材は端に寄せてある。踏み台などのセットも片付けられ、とても広々としていた。程さんは蒋麗莉の後ろ姿を見たが、声を掛ける気になれず、また静かに台所に戻って、お湯が沸くのを待った。時間が止まったようだ。やかんだけが音を立て、最後に沸騰して蓋を持ち上げた。

程さんがお茶をいれて出て行くと、蒋麗莉は室内を歩き回っていた。両手を後ろに回し、男の人のような歩き方だった。程さんは、背景に使う丸テーブルの上にお茶を置いた。二人は、その両側にすわった。程さんは言った。ご主人は元気？　蒋麗莉は、眉をひそめて言った。誰のことを言ってるの？　張《ジャン》さんのこと？　それを聞いて程さんは彼女の夫の名前を知ったが、さらに質問を重ねようとはせず、子どものことを尋ねた。彼女はまた眉根を寄せて言った。子どもは騒がしいだけ、聞くまでもないでしょう。程さんは彼女の仕事のことを尋ねようとしたが、自分が聞くべき話題ではないと思い直し、言葉を飲み込んだ。それでもう、何も話すことはなくなった。

しかし、彼が黙ってしまうと、彼女はそれがまた不満で言った。久しぶりに会ったのに、ほかに聞きたいことはないの？　程さんはそう言われて、何を聞いてもダメだと思い、逆に開き直って笑いながら言った。きみが質問して、ぼくが答えるほうがよさそうだ。何を聞いても、ぼくはダメらしい。蒋麗莉は、きつい口調で言った。あなたがダメだなんて、誰も言ってないわ。だが、表情は少し緩んだ。きつい態度は、見せかけだったのだ。だが、程さんは意を決して、何も尋ねようとしない。蒋麗莉も仕方なく、それ以上彼を責めることはせず、下を向いてお茶を飲んだ。

窓の外から、抑揚のある船の汽笛が聞こえてきた。部屋の中は静かだったが、温もりが生まれていた。二人とも、過ぎ去った昔を思った。気まずかった出来事も、いまとなっては懐かしい。時代は前に進むものだが、後退しているように見えるときもある。人間はしだいに角が取れ、丸くなる。蒋麗莉は程さんに言った。あなたは昔のまま、住んでるところも変わらないのね。程さんは少し恥ずかしそうに、下を向いて言った。ぼくには、追い求めるものが何もないから。蒋麗莉は冷笑して言った。そんなことないでしょう。あなたは、必死に追い求めるものがあったはずだわ。程さんは言葉が出なかった。

しばらくして、蒋麗莉が尋ねた。王琦瑶は、どこに住んでいるの？　程さんは、驚いて言った。彼女に会いたいのかい？　蒋麗莉は、イライラして言った。知ってるの、知らないの？　知らないなら、それでいいわ。程さんは慌てて、「知っている」と言った。蒋麗莉は、立ち上がって尋ねた。どこなの？　すぐにでも訪ねて行きそうだった。程さんも、立ち上がって言った。ちょうど、これから行くところなんだ。一緒に行こう。ここ数日、きみの噂をしていたんだよ！　彼は張り切って、着替えを取るために帰ってきたことも忘れていた。出かけようとして戸口まで行き、振り返ると、蒋麗莉はその場を動かず、彼を見つめている。少し距離があったが、程さんは彼女の目に浮かんでいる恨みに気づいた。まるで、二人がまだ若かったころに戻ったかのようだった。二人はしばらく見つめ合い、相手の気持ちが変わっていないことを知った。その後、彼らは一緒に出かけた。

蔣麗莉は入党申請書を記入していたとき、学歴を証明してくれる人が必要になり、王琦瑶を思い出した。王琦瑶のことは、はるか昔の出来事で、思い浮かぶのは疑わしいことばかりだ。すべて作り話で、真実ではないような気がした。この十数年、蔣麗莉が過ごしてきたのは、まったく違う生活だった。彼女は持ち前の情熱で、その生活における耐えがたい部分も受け入れた。かつての気まぐれな衝動を全部、自分を律することに費やした。彼女の積極性を見て、周囲の人たちはついていけないと思った。

どんなことでも、彼女の行為は度を越していた。彼女は反動的な落伍者だと自覚していたので、自分の願望とは反対の行動を取った。やりたくないことをあえてやろうとした。張さんとの結婚もそうだし、楊樹浦《ヤンシュープー》（楊浦地区の地名、黄浦江北岸の工場地帯）の紡績工場への就職もそうだ。彼女は、しだいに自分らしさを失った。生活そのものが、芝居を演じているかのようだった。

彼女の入党問題は、党組織にとって頭痛の種だった。彼女が革命的であろうとする気持ちはわかるが、そのやり方が過激すぎる。ほぼ半年に一度、組織に提出する入党申請の文面は、やたらに熱がこもり、過激な言葉が並んでいた。いくら組織に提出するものとは言え、見え透いた感じがした。一九六〇年当時は、このような熱狂が蔓延していた。プチブルというレッテルを貼られた人が多かったが、実際は階級の問題というより、それぞれが抱える心の闇によるものだった。ただ、本人でさえそれに気づいていなかった。

アパートを出ると、蒋麗莉と程さんは路面電車に乗った。車内では二人とも沈黙し、電車のベルの音を聞いていた。その音だけは、万物が変化する中でも昔どおりで、時空を超えた存在のようだった。大通りの上を走るレールも、時間のトンネルを抜け、どこまで行っても変わらぬものを守っていた。午後三時の陽光は、馴染み深い感じがする。過去、現在、未来を問わず、一万年が過ぎても同じなのかもしれない。数十年の人生においては、なおさらだ。

電車を降りて、通りを二本抜けると、平安里に着いた。平安里の光と音はバラバラで、外の世界から切り取った端切れのようだった。いろいろなものの寄せ集めで、雑然とした印象を与える。二人は弄堂に入っても、沈黙を守っていた。彼らの頭上でガラス窓が聞く音がして、洗い立ての洗濯物の水滴が彼らの首筋に落ちてきた。裏門に着くと、程さんはポケットから鍵を取り出した。蒋麗莉のまなざしは、鍵を見ると急に鋭くなった。だが、程さんがそれに気づくと、すぐに目をそらした。程さんはばつが悪くなり、弁解しようと思ったが、蒋麗莉はもう中に入り、先を歩いていた。

王琦瑶は目を覚ましていたが、まだ布団の中で体を休めていた。カーテンが閉まっていて、室内が薄暗いので、彼女はすぐに蒋麗莉だとわからなかった。気づいたときには、もう蒋麗莉が目の前にやってきて、彼女の顔をのぞき込んだ。二人は目を釘付けにして、顔を見合わせた。実際はほんの一瞬のことだったが、その間に十数年の歳月が逆流した。頭がくらくらして、わけがわからなくなった。

その後、王琦瑶はベッドから起き上がり、「蒋麗莉」と呼びかけた。蒋麗莉の目はすぐに、王琦瑶の盛り上がっているお腹に向けられた。そのまなざしも鋭かった。王琦瑶は本能的に身をすくめたが、それは余計な動作だった。蒋麗莉はさっと顔を赤らめ、後ずさりした。ソファーにすわり、顔を窓の外に向け、何も言わなかった。

この部屋の三人は気まずく別れ、気まずく再会した。まだ未払いの借金があるかのようだった。カーテンに当たる日差しも、窓の外の騒音も少し弱まった。蒋麗莉は帰ると言った。あとの二人は、彼女を引き留めようとしなかった。引け目を感じていたのか、衝突を避けたかったのかはわからない。程さんは彼女を下まで送り、また戻ってきた。二人は視線を合わせようとしなかった。蒋麗莉が誤解したことは明らかだったが、その誤解は二人にとって、望むところでもあった。

夜、二人はテーブルを挟んですわり、クルミの殻をむいた。隣のラジオから滬劇の歌声が途切れ途切れに聞こえてきて、気持ちが穏やかになった。彼らはもう、心に決めていた。この先の人生に、求めるものは何もない。いまの状態で十分だ。理想的な生活ではないが、足るを知り、小さな幸せを積み重ねていこう。彼らは一人がクルミの殻を割り、一人が実を出した。きれいに取れた実は残し、崩れた実は口に入れた。

王琦瑶は珍しく居眠りをせず、腰のだるさも感じなかった。程さんは彼女のために、枕を椅子に置いて尋ねた。いつごろ生まれるの？　王琦瑶は指折り数えてみた。なんと、あと十日のうちには生まれてくる。程さんは少し緊張したが、王琦瑶は逆に彼を慰めて言った。子どもを産むこと以上に、自然な成り行きはないわ。いま、道を歩いている人は、みんなそうやって生まれてきたんでしょう。

程さんは言った。ほかのことはともかく、産気づいたとき、身近に誰もいないのが心配だ。病院へ連れて行ってくれる人が必要だよ。王琦瑶は言った。そんなに急に生まれるわけじゃないわ。どうしたって、一日や半日はかかるでしょう。

彼女が落ち着いた様子で、そう言うのを聞いて、程さんは少し安心したが、またしばらくして言った。男の子だろうか、女の子だろうか？　王琦瑶は言った。男の子がいいわ。程さんが「なぜ」と尋ねると、王琦瑶は言った。女は思いどおりに生きられないから。二人は沈黙した。まだ生まれてこない子どもに言及したのは、これが初めてだった。タブーに属する話題で、お互いに用心して避けてきたのだ。いま、その話をしたことで、一つの障害が克服された。より深い心の交流ができて、ますます二人の距離が縮まった。クルミの殻をむき終わると、もう十時だった。王琦瑶は程さんを帰した。彼が階段を下り、裏門が閉じる音を聞いたあと、王琦瑶は戸締りを確認し、歯を磨いて寝た。

# 第四章

## 14 出産

ある日、程さんは退勤後に王琦瑶の家へ行った。彼女は顔色が悪く、痛みでじっとしていられないようだった。横になったり立ち上がったりを繰り返し、ガラスのコップを落として割ってしまったが、それを片付ける気力もなかった。程さんは輪タクを呼び、彼女を支えて階段を下り、病院へ行った。病院に着くと痛みが少し引いたので、程さんは夕飯として食べるものを買いに出た。病院に戻ってみると、彼女はすでに分娩室に入っており、夜八時に女の子を出産した。生まれたばかりでも髪がふさふさで、手足が長いという。程さんは思わず考えた。いったい、誰に似たのだろう？

三日後、程さんは退院する王琦瑶と娘を迎えに行った。弄堂に入ると当然、多くの人の注目が集まった。程さんは前日、王琦瑶の母親を迎えに行き、ソファーで寝られるようにしただけでなく、洗面用具まで準備した。王琦瑶の母親はずっと無言だったが、程さんが忙しそうに立ち働くのを見て、急にぽつりと言った。程さんが子どもの父親だったらよかったのに。程さんは荷物を持っていた手を震わせ、何か言おうとしたが、喉がつかえてしまった。ひと呼吸置くと、今度は何を言えばいいかわからなくなり、やむを得ず聞こえなかったふりをした。

王琦瑶が家に着いたとき、母親はすでに鶏肉のスープ、ナツメとリュウガンのお茶を作っていて、有無を言わせず飲ませようとした。赤ん坊を見ようともせず、その存在を忘れているかのようだった。しばらくすると、来客が押しかけた。いずれも弄堂の住人で、いつもは挨拶を交わす程度で付き合いがないにもかかわらず、好奇心に駆られてやってきたのだ。赤ん坊を見て、口々に王琦瑶に似ていると言ったが、心の中では思っていた。あとの半分は誰に似ているのだろう?

来客にお茶を出すため、魔法瓶を取りに台所へ行った程さんは、王琦瑶の母親が一人で窓辺に立ち、静かに涙を拭っているのを見た。程さんはこれまで、この母親が財力や地位で人を判断し、自分のことを見下していると感じていた。あの当時、彼が王琦瑶を訪ねて行くと、母親は門も開けてくれず、女中が窓から顔を出して応対した。ところがいま、母親は彼との距離を縮め、娘の王琦瑶よりも心が通じ合う気がした。彼は立ち止まり、少し口ごもってから言った。おばさん、安心してください。ぼくが面倒を見ますから。言い終わると、彼は自分も泣き出しそうになり、慌てて魔法瓶を持って部屋に戻った。

翌日、厳夫人が王琦瑶に会いに来た。彼女は長い間ここを訪れなかったが、女中の張媽から王琦瑶が妊娠したことを聞いた。大きいお腹で弄堂を出入りし、恥じらう様子もないという。当時は、康明遜とサーシャも姿を消していた。一人は家に閉じこもり、一人は遠くへ行ってしまった。ところが、入れ替わりに程さんが現れ、一日に何回も、王琦瑶の家を訪れていた。厳夫人は何が起こったのか知らなかったが、どうせ王琦瑶はその類の女だと思っていたので、あまり驚かなかった。ただ、程さんは彼女に特別な印象を与えた。程さんの旧式のスーツの生地が上質なこと、彼の立ち居振る舞いが旧時代のモダンであることは見ればわかる。彼はどこかの御曹司で、昔ダンスホールで知り合いだったかもしれない。厳夫人は、様々な想像をふくらませた。

　厳夫人は何回か、弄堂の入口で彼を見かけたことがあった。彼は油で揚げた臭豆腐《チョウドウフ》（豆腐を発酵させた食品）などを捧げ持ち、冷めるのを心配して急いで歩いていた。油が紙に浸透して、いまにも滴り落ちそうだった。厳夫人は思わず感動した。忘れていた世間の温もりを感じて、王琦瑶が羨ましいと思った。さらに王琦瑶が出産したと聞くと、憐れみの感情も湧いてきた。女に共通するつらさを感じ、会いに行こうと決めたのだ。

　王琦瑶の母親は厳夫人の貫禄を目にして、慰めを得たようだった。顔をほころばせ、お茶をいれて、一緒にすわって世間話をした。程さんが出勤したあと、残った女三人は、出産の苦しみについて語り合った。どちらかと言うと王琦瑶は聞き役で、あまり話をしなかった。公明正大な出産ではなかったため、威張れない気がした。厳夫人と彼女の母親は、しだいに話に熱が入った。何年も前のことだが、少しも記憶は薄れていない。母親は王琦瑶を産んだときの苦労を語るうちに感極まって目を赤くし、慌てて理由をこじつけて、台所へ逃げ出した。

残された二人は、しばらく沈黙した。赤ん坊は乳を十分に飲んで眠っている。ロウソクの光に包まれ、姿がよく見えなかった。王琦瑶は下を向いて爪をいじっていたが、急に顔を上げて微笑みを浮かべた。この微笑みは少し痛ましく、厳夫人は胸が苦しくなった。王琦瑶は言った。厳さん、見捨てずに会いに来てくださって、ありがとうございます。厳夫人は言った。王琦瑶、そんなこと言わないで。あなたを見捨てるはずがないでしょう。今度は、康明遜を連れてくるわ。

その名前を聞いて、王琦瑶は顔をそむけた。厳夫人に背中を向けたまま、しばらくして彼女は言った。そうね。もう長いこと会っていないから。厳夫人は疑念を抱いたが、それを口に出すわけにいかず、適当に言葉を濁した。また集まりましょう。ただ、残念ながらサーシャはいないわ。ロシアパンを食べに、シベリアへ行ってしまったから。でも、あの人を新しいメンバーにすれば、マージャンができるわね。

話をそこまで進めてから、厳夫人は程さんに関することを王琦瑶に尋ねた。名前、年齢、出身地、職業など。王琦瑶が一つずつ答えると、厳夫人は単刀直入に言った。あんなに思いやりがある人だし、二人とも若くないんだから、結婚してしまえばいいじゃないの。王琦瑶はそれを聞いてまた笑い、顔を上げて厳夫人を見ながら言った。私のような女に、結婚を口にする資格はありません。

その翌日、果たして康明遜がやってきた。王琦瑶はある程度覚悟していたが、いざとなるとやはり意外だった。二人とも戸惑ってしまい、言葉が出てこなかった。彼女の母親は勘がいいので、気配を察して席をはずした。ドアをバタンと閉め、悔しい気持ちを示した。だが、二人の耳には何も聞こえなかった。あの別れのあと、初めての再会で、何千年何万年ぶりのような気がした。お互いに何度も夢を見たが、夢に現れる相手はあまり似ておらず、夢など見ないほうがましだった。もう忘れようと決心し、思い出さなくなっていたけれども、いざ目の前に現れると、やはり忘れられないことに気づいた。

戸惑いを覚えたあと、康明遜はベッドの反対側に回って、赤ん坊を見ようとした。しかし、王琦瑶はそれを許そうとしなかった。康明遜がなぜかと尋ねると、王琦瑶は言った。ダメなものはダメなの。康明遜が重ねて尋ねると、王琦瑶は言った。あなたの子どもじゃないからよ。また、沈黙がしばらく続いたあと、康明遜が言った。ぼくじゃないなら、父親は誰なんだい？　王琦瑶は言った。サーシャよ。

それから、二人は泣き出した。当時は気づかなかった多くの悲しみが、いま胸に込み上げてきた。これまで、どんなに我慢してきたことか！　康明遜は、しきりに謝った。済まなかった、済まなかった。一万回謝っても、取り返しがつかないことはわかっている。しかし、口にできるのは謝罪の言葉だけだ。王琦瑶は首を振るばかりだったが、心の中ではわかっていた。この謝罪の言葉を受け入れなければ、すべてを失ってしまう。しばらくして、王琦瑶が先に泣きやみ、涙を拭って言った。確かに、サーシャの子どもなの。彼女の言葉を聞いて、康明遜も泣きやみ、椅子にすわった。二人はもう子どもの話をやめて、その存在すら忘れたかのようだった。

　王琦瑶は彼に、自分でお茶をいれるように言ってから、質問を始めた。これまで何をしていたのか、ブリッジはやっているか、仕事先はまだ決まらないのかなど。彼は答えた。この数か月、列に並ぶことしかしていない気がするよ。午前九時半から中国料理屋の前で行列してご飯を食べ、午後四時から西洋料理屋の前で行列してご飯を食べる。ときには行列してコーヒーを飲み、行列して咸《シエン》肉菜飯《ロウツァイファン》（ベーコンと菜っ葉の炊き込みご飯）を食べる。いつも一人で列に並び、あとから家族全員がやってくるんだ。飢饉だっていう話だけど、実際は朝から晩まで、ずっと食べている。

　王琦瑶は、彼を見ながら言った。食べ過ぎで白髪が増えたようね。康明遜は言った。食べ過ぎのせいじゃないよ。ある人を思いこがれた結果だ。王琦瑶は、彼をにらんで言った。あなたと一緒に「楼台会」（越劇の演目『梁山泊と祝英台』の一節）を演じるつもりはないわ。かつての時間が、また戻ってきたかのようだった。ただし、ベッドには赤ん坊がいる。窓辺からスズメが何かをついばむ音、誰かが日干しした布団を叩く音が聞こえてきた。

　程さんが戻ってくるのと同時に、ちょうど康明遜は出て行った。二人は階段ですれ違ったが、相手をチラッと見ただけで、特に気にしなかった。程さんは部屋に入ったあと、王琦瑶から聞いた。あの人は、この弄堂の奥に住んでいる厳夫人の従弟で、以前よく一緒に遊んだの。程さんが、もうすぐ夕食なのになぜ引き留めなかったのかと尋ねると、王琦瑶は言った。お客さんに出すような料理はないから。王琦瑶の母親は何も言わず、仏頂面をしていた。しかし、程さんに対しては、いつもより気を遣っている。程さんは、母親の機嫌が悪いのは自分のせいではないとわかったが、誰のせいなのかはわからなかった。

夕食後は、いつものように赤ん坊をあやし、王琦瑶が授乳するのを見た。赤ん坊が拳を口に入れて、満足そうに熟睡したので、程さんは暇《いとま》を告げて家を出た。時間は八時ごろで、大通りは人や車の往来があり、街灯も明るい光を放っていた。程さんは電車に乗らず、秋物のコートを羽織って、ぶらぶらと歩いて行った。この夜の空気の中に、彼は慣れ親しんだ匂いを感じた。街灯の光は懐かしく、体の中に染み込んでくるような気がする。程さんはいま、気持ちが落ち着いていた。ようやく肩の荷が下りて、王琦瑶と娘はともに元気だ。心配したように、赤ん坊に嫌悪を感じることもない。むしろ、不思議な興奮を覚えていた。新たに生まれてきたのは赤ん坊ではなく、彼自身であるかのようだった。

映画館は四回目の上映中で、この夜に活気をもたらしている。この都市は相変わらず夜更かしで、あの当時の精力がまだ衰えていない。理髪店の前では三色のサインポールが回転していて、これも眠らない夜を象徴していた。老大昌の店内からは、濃厚なブラジルコーヒーの匂いが漂ってきて、時間が逆戻りしたかのようだ。なんと賑やかな夜だろう！　至るところに欲望と満足がひそんでいる。束の間の快楽だとしても、それは真剣な努力の結果で、この人生は無駄ではなかったと思える。程さんは目をうるませていた。胸がワクワクする。こんな気持ちは久しぶりだった。

康明遜が再び訪れたとき、王琦瑶の母親は台所へ退避することなく、ソファーにすわって漫画本の『紅楼夢』を読んでいた。康明遜と王琦瑶は気まずくて、当たり障りのない天気の話をするしかなかった。子どもが目を覚まして泣いたので、王琦瑶は康明遜に新しいオムツを一枚取ってくれと頼んだ。すると思いがけず、彼女の母親が康明遜の手からオムツを奪い取って言った。どうして男の人に、こんなことをさせるの。康明遜は言った。大丈夫、ぼくは気にしません。王琦瑶も言った。別にいいじゃない。母親はムッとして、不満を爆発させた。礼儀をわきまえたらどうなの。男の人に、汚れ物を触らせるなんて。おまえのことを心配して、わざわざ来てくださったんだよ。なのに、おまえは思い上がって、厚かましいことをしている。恥を知りなさい！

　王琦瑶は頭ごなしに母親に叱られ、その言葉の一つ一つが胸に刺さった。悔しいやら、きまりが悪いやらで、すぐに泣き出してしまった。彼女が泣いたことで、母親はますます怒りを募らせた。持っていたオムツを顔に投げつけ、彼女を罵倒した。気を遣ってやれば、付け上がって。自業自得だね。自分で自分を踏みにじってる。自分から卑しいまねをするなら、誰も助けてくれないよ。そう言いながら、自分も泣き出してしまった。

　康明遜は当惑した。どうしてこんな事態が生じたのか理解できなかったが、何も言わないわけにはいかない。そこで、仕方なく仲裁に入った。おばさん、怒らないでください。王琦瑶はバカ正直なんですよ。母親はそれを聞いて笑い、康明遜のほうを見て言った。あなたは物分かりのいい人ね。この娘《こ》がバカ正直だということを知っている。確かに、この娘はバカ正直です。でも、仕方なくバカ正直でいるのよ。もし、バカ正直じゃなかったら？　どうなっていたかしら？　康明遜はようやく、すべての言葉が自分に向けられていたことに気づいた。思わず後ずさりして、口ごもってしまった。

　このとき、放っておかれた赤ん坊が大泣きを始めた。部屋にいる四人のうち、三人が泣いている。ひどい混乱状態だった。康明遜は、我慢できずに言った。王琦瑶は産後間もないんだから、つらい思いをさせちゃいけません。母親は冷笑して言った。この娘が産後間もないことなんか、私は知りませんよ。夫もいないのに、どうしてなの？　ちゃんと説明してちょうだい！

　こう言われてしまうと、王琦瑶はもう泣いている場合ではなくなった。彼女は赤ん坊のオムツを換え、乳を飲ませてから言った。お母さんは私が礼儀をわきまえてないと言うけど、自分自身はどうなのかしら？　お客さんの前で、そんな明け透けな話をするなんて。この人に何の関係があるの？私を踏みにじってるのはお母さんよ。自分のことも踏みにじっているわ。私はお母さんの娘ですからね。

　これを聞いて、母親は言葉を失った。反論が来る前に、王琦瑶は話を続けた。確かに、この人は私を心配して来てくれた。私は思い上がったりしてないわ。だから、お母さんも思い上がらないでね。私は、ほかに自慢できることはないけど、これからも自分の力で生きていくつもりよ。今回は出産でお世話になって、お母さんを巻き込んでしまったけど、必ず恩返しをするわ。

　この話は、母親に聞かせると同時に、康明遜にも聞かせるものだった。二人は、しばらく沈黙した。母親は涙を拭ったあと、悲しそうに笑って言った。どうやら、余計なお世話だったようね。もうすぐ出産から一か月になるから、私がここにいても邪魔になるだけだわ。そう言うと、母親は荷物をまとめ始めた。二人は引き留めることもできず、呆気に取られて見ていた。母親は荷造りを終えると、赤ん坊の胸元に祝儀袋を残し、部屋を出た。その後、階段を下りる音、裏門を開け閉めする音が聞こえた。赤い祝儀袋の中には、二百元と金鎖片《ジンスオピエン》（南京錠の形の金のアクセサリー）が入っていた。

程さんがやってきたとき、王琦瑶はもうベッドを下りて、台所で夕飯の準備をしていた。母親はどこへ行ったのかと尋ねると、王琦瑶は言った。お父さんの体調がよくないようだし、もうすぐ出産から一か月になるので、帰ってもらったの。程さんは、彼女の目が腫れていることに気づいた。どうやら泣いたらしいが、理由を聞くわけにもいかず、そのままにするしかなかった。

その夜は、一人欠けたせいか、雰囲気が暗かった。王琦瑶は口数が少なく、何を聞いてもまともな答えが返ってこない。程さんは興ざめして、一人で新聞を読んでいた。しばらくすると、室内が静まり返ったので、王琦瑶は寝たのだろうと思った。ところが振り返ると、彼女は枕を背中に当て、両目でじっと天井を見つめている。何を考えているのだろう。彼はそっと近づき、何か尋ねようとした。彼女はびっくりして、逆に程さんに何か用かと聞いた。彼女の目に警戒の色が浮かんでいたので、程さんは自分が余計者のような気がして、ソファーに戻り新聞を読み続けた。

突然、外で騒がしい音がした。窓を開けてみると、誰かがニワトリ小屋でイタチを捕まえたのだった。その人はイタチを手にぶら下げて、文句を言っている。野次馬が集まってきた。その後、人々はその人を囲んで、弄堂の入口のほうへ移動して行った。

程さんは窓を閉めようとしたとき、空中に漂っているモクセイの匂いを嗅いだ。決して強烈ではなく、胸に染み入る匂いだった。平安里の上空の狭い空が青く澄みきっていることにも気づいた。彼は胸を躍らせ、振り向いて王琦瑶に言った。赤ん坊が満一か月になったら、お祝いの酒を飲もう！王琦瑶はすぐには答えず、しばらくしてから笑いながら言った。お祝いの酒だなんて。程さんは、さらに積極的に言った。満一か月は、おめでたいことだよ。王琦瑶は反問した。何がおめでたいの？

程さんは答えられなくなってしまった。冷や水を浴びせられた形だが、むしろ彼女を哀れに思った。王琦瑶は寝返りを打ち、顔を壁に向けた。そして、少し間を置いてから言った。満一か月はどうでもいいから、料理をいくつか作って、お酒を買って、厳夫人と彼女の従弟を呼んで食事をしましょう。二人とも私のことを心配して、会いに来てくれたから。程さんは、また気分が高揚してきて、いくつ料理を作るか、どんなスープにするかを考えた。王琦瑶はその提案にいちいち反対し、彼は計画を練り直した。二人の話し合いは、しだいに熱気を帯びていった。

その日の午後、程さんは早めに退勤し、食材を買って王琦瑶の家へ行った。二人は赤ん坊を寝かしつけ、一緒に料理を作りながら話をした。程さんは王琦瑶の機嫌がよいので、自分も機嫌がよくなり、前菜をきれいに盛り付け、紫ダイコンで縁取りをした。王琦瑶は言った。程さんは写真だけじゃなく、料理も上手なのね！　程さんは言った。ぼくがいちばん得意なものを忘れてるよ。王琦瑶は尋ねた。いちばん得意なものは何？　程さんは言った。鉄道工事さ。王琦瑶は言った。程さんの本職を忘れていたわ。長い間、ずっと副業のほうで私たちを煙に巻いて、本当の腕前を隠していたのね。程さんは、笑って言った。隠していたわけじゃない。見せ場がなかっただけだ。

二人がふざけているところに、客が訪れた。厳夫人と従弟が一緒に、それぞれ贈り物を持ってやってきたのだ。厳夫人はカシミヤの毛糸、康明遜は一対の金元宝《ジンユエンバオ》（馬蹄銀の形をした金のアクセサリー）を持参した。王琦瑶は、金元宝は高価すぎると言おうと思ったが、厳夫人の贈り物が安価だという意味に誤解されることを恐れ、どちらも受け取った。あとでまた考えればいい。みんなは赤ん坊を改めて見て、顔立ちがしっかりしていると褒めた。その後、テーブルを囲んですわった。

程さんは、二人と初めて顔を合わせた。厳夫人は彼を見かけたことがあったが、程さんは初対面だった。康明遜とは階段ですれ違っただけで、お互いの顔を見ていない。いま、王琦瑶の紹介によって知り合いになった。厳夫人は以前から程さんに好感を抱いていたので、知り合いになるとすぐ、親しげに接してきた。程さんは応対に困ったが、彼女の好意を受け入れ、嫌がってはいないようだった。どちらかと言うと康明遜は気づまりな様子で口数が少なく、食事も進まなかった。ひたすら温めた紹興酒を飲み、ボトルを一本空け、二本目に手をつけた。

次の料理を作りに行こうとして立ち上がった程さんは、体がふらついた。それを見て、王琦瑶は、私が行くわと言って彼をすわらせた。肩を押さえた王琦瑶の手に、程さんが自分の手を重ねようとしたとき、王琦瑶は本能的に手を引っ込めた。向かい側にすわっていた康明遜が鋭い目でそれをチラッと見たので、程さんは動揺して酔いが醒めてしまった。

王琦瑶は炒め物を作ってきて、席に戻った。厳夫人も少し酔って、顔が赤くなり胸がドキドキしていた。彼女は人情に篤《あつ》い程さんを褒めたたえ、乾杯しましょうと言った。大金を手に入れることよりも、心の友を得ることのほうがずっと難しいわ。少しピントがずれているが、酒の勢いを借りて本音が言えた。普段はなかなか言えることではない。厳夫人はそれだけでは気が済まず、康明遜にも程さんと乾杯することを強要した。康明遜は仕方なく盃を手にしたが、何のために乾杯すればいいのかわからない。みんなが待っているので気持ちが焦り、口をついて出た言葉はさらに場違いだった。程さんに良縁がありますように。

程さんはその言葉を素直に受け入れて感謝したあと、王琦瑶に尋ねた。きみからも、何かひと言あるかい。王琦瑶は、彼の目つきが普段と違って、不気味だと感じた。酒のせいだろうか、それとも別の理由があるのか。彼女は不安に思いながらも、やさしい笑みを浮かべて言った。最初に程さんと乾杯しなくちゃならないのは当然、私でしょう。厳夫人が言ったように、大金を手に入れることよりも、心の友を得ることのほうがずっと難しい。私にとって、程さん以上の心の友はいないわ。程さんは、私がいちばん苦しいときに助けてくれた。私に山ほど過失があっても許してくれた。この恩義を私は絶対に忘れない。一生かけても、恩返しすることは難しいけど。

彼女は「恩義」を強調し、「情」に触れようとしなかった。それで程さんは、彼女が乾杯の機会を借りて本心を伝えようとしたことを知り、複雑な気持ちになった。悲しくて、涙がこぼれ落ちそうだった。彼は下を向き、しばらくしてから無理に笑顔を作って言った。今日はぼくの満一か月のお祝いじゃないのに、どうしてみんなが乾杯したがるんだろう。王琦瑶と乾杯するべきじゃないか。

そこで、また厳夫人が音頭を取って、王琦瑶と乾杯した。しかし、お祝いの言葉はさっき言い尽くしてしまったので、もう話が弾まず、ただ酒を飲むだけだった。飲み続けるうちに、再び程さんと康明遜の視線がぶつかった。まなざしから何かを読み取ることはできなかったが、相手に対する疑念が生じた。

この日はみんな飲み過ぎた。程さんは、どのように客を送り出したか覚えていない。食器を洗ったかどうかも覚えていなかった。気がつくと、王琦瑶のソファーで寝ていた。体に薄い布団がかかっている。テーブルの上には食器と食べ残しの料理がそのまま置いてあり、部屋じゅうが紹興酒の甘い匂いに包まれていた。月の光がカーテン越しに、彼の顔を照らしている。冷たい水のように清々しい。穏やかな気持ちで、カーテンの光を見つめたまま、程さんは何も考えなかった。

突然、小さな声が聞こえた。お茶でも飲む？　声のしたほうを見ると、王琦瑶が部屋の反対側のベッドで起き上がっていた。顔は暗くて、はっきり見えない。輪郭だけが、ぼんやりと浮かんでいた。程さんは、いつものぎこちなさがなく、とても落ち着いていた。彼は言った。すっかり恥をさらしちゃったね。王琦瑶は、くすっと笑って言った。テーブルに突っ伏して寝てしまったから、三人でソファーまで運んだのよ。彼は言った。飲み過ぎた。うれしくてね。静寂のあと、王琦瑶が言った。あなたは、うれしくないでしょう。程さんは、笑って言った。どうして？　ぼくは本当にうれしかったよ。

二人は沈黙し、月の光がまた少し移動した。程さんは、水の中で横たわっているような気分だった。しばらくして、王琦瑶はもう寝たと思ったとき、程さんは自分を呼ぶ声を聞いた。彼は尋ねた。

何か用？　王琦瑶は、少し間を置いてから言った。眠れないんでしょう？　程さんは言った。さっき、ぐっすり寝てしまったから。王琦瑶は言った。私の気持ちがわからないのね。程さんは言った。わかってるさ。王琦瑶は言った。やっぱり、わかってないわ。程さんは微笑んで言った。当然、わかってるよ。王琦瑶は言った。わかってるんだったら、言ってみてよ。程さんは言った。だったら言うよ。きみはいま、すぐ近くにいる。ぼくがこの一線を越えようとしても、きみは「いや」とは言わない。

王琦瑶は驚いた。でくの坊みたいに見えた程さんは、意外にも女心を深く理解している。彼女はバツの悪さを隠すため、自嘲的に言った。あなたに相応しい女じゃないことはわかってるから、誘ってくれるのを待っていたのよ。程さんは、また微笑んだ。体が軽くなり、浮き浮きした気分だった。自分が別人になったように感じながら、彼は本音を語り始めた。この一線を越える日をぼくはずっと待っていた。でも、ただ越えればいいというものじゃない。近くて遠い関係もあるんじゃないか。何事も、強引に求めようとしてはいけない。

何の反応もなかったが、程さんは彼女が聞いているかどうかを気にせず、ひたすら話を続けた。十数年にわたって蓄積してきた話を一気に吐き出しているようだった。彼は言った。ずっと前から、無理だってことはわかっていたよ。そして、心に決めていた。最高の友だちでいようと。それだけでも、ぼくは一生満足だ。でも、男と女が一緒にいると、流れに逆らって船を漕いでいるような気持ちになる。漕ぎ続けて前進するか、漕ぐのをやめて後退するか。この一線を越えて前進したくないと言えば嘘になる。でも、それが無理だとわかったら、身を引くしかないのさ。

そこで間を置いたあと、彼は突然尋ねた。康明遜は、この子の父親なのかい？　王琦瑤は笑い声を上げて言った。そうだったら、どうなの？　そうでなかったら、どうなの？　程さんは、逆に困ってしまって言った。聞いてみただけだよ。二人はそれぞれ寝返りを打ち、間もなく眠りについた。やがて、軽い鼾《いびき》が聞こえてきた。

翌日、程さんは退勤後、王琦瑤の家へ行かず、蔣麗莉に会いに行った。事前に彼は蔣麗莉の職場に電話して、提籃橋《ティーランチアオ》（虹口区《ホンコウ》にある地名）で会う約束をした。程さんが到着したとき、蔣麗莉は先に来て、しきりに腕時計を見ていた。明らかに自分が早く着き過ぎたのに、彼女は程さんを責めた。程さんは言い争うことなく、近くの小さなレストランに入り、席につくと料理を注文した。ボーイが下がったあと、程さんはテーブルに覆いかぶさって泣き出した。涙がハラハラと、白茶けたテーブルに落ちた。

蔣麗莉はうすうす事情を察したが、慰めることはせず、向かい側の壁を見ていた。漆喰が塗られた壁は白っぽい。程さんは、自分のつらさを訴えることしか考えておらず、他人の気持ちに無頓着だった。程さんのように温厚な人でも、恋に落ちると自分勝手になり、公平さを失ってしまう。愛する人の前では真面目で慎重なのに、彼を愛する人の前では配慮を欠き、傍若無人に振る舞う。まるで子どもが駄々をこねているようだ。だからこそ、程さんは蔣麗莉に会いに来たのである。

蔣麗莉はしばらく黙っていたが、視線を戻すと彼がまだ泣いていたので、嘲笑して言った。どうしたの？　失恋した？　程さんはしだいに泣きやみ、何も言わずにすわっていた。蔣麗莉はさらにいじめてやろうかと思ったが、可哀そうなので、口調を改めて言った。どんな物でも、欲しいと思えば思うほど手に入らない。逆に、あきらめたら自然に転がり込んでくるかもしれないわ。程さんは小声で言った。あきらめても手に入らないときは、どうすればいい？　蔣麗莉はそれを聞いて腹を立て、大声で言った。世の中の女がみんな死に絶えたとでも言うの？　ここに蔣麗莉が生きてるじゃないの？　私は、あなたが泣いているところを見るために生まれてきたわけじゃないのよ。

程さんは失言に気づき、下を向いて黙った。蔣麗莉も口をつぐんだ。にらみ合いが続いたあと、程さんが言った。もともと、きみに頼みごとをするつもりだった。それがなぜか、泣き出してしまって。本当に申し訳ない。彼の言葉を聞いて、蔣麗莉も機嫌を直して言った。どんなこと？　言ってちょうだい。程さんは言った。あれこれ考えたんだが、きみに頼むしかない。お門《かど》違いのことかもしれないが、ほかに頼む相手がいないんだ。蔣麗莉は言った。お門違いでも何でもいいから、早く話してちょうだい。

程さんは言った。今後、できるだけ王琦瑤の面倒を見てやってほしい。ぼくはもう、彼女のところへ行けなくなるから。蔣麗莉は彼の話を聞いて、怒っていいのか、恨んでいいのか、わからなかった。しばらく悩んだあげく、ようやく言葉を絞り出した。どうやら、世の中の女はみんな死に絶えたらしいわ。私も一緒にね。程さんは、彼女の皮肉を必死でこらえた。だが、蔣麗莉もそれ以上は何も言わなかった。

王琦瑶は程さんの来訪を何日も待ったが、やってきたのは蒋麗莉だった。彼女は退勤後、楊樹浦からバスを乗り継いで来た。髪は乱れ、靴は埃だらけ、声がかすれている。手には網状の袋を持ち、果物、ビスケット、粉ミルク、それに使い古しのシーツも入っていた。部屋に入るとすぐシーツを取り出して、王琦瑶の制止も聞かずに引き裂き、布オムツを作った。

## 15 昔人は已《すで》に黄鶴に乗りて去る

その後、王琦瑶も蒋麗莉の家へ行った。当時、蒋麗莉はすでに大楊浦の団地から淮海坊《ホワイハイファン》（淮海中路にある新式の弄堂）に引っ越していて、王琦瑶の家からはバス停二つの近距離だった。その日は日曜日で、子どもを昼寝させたあと、王琦瑶は水道代と電気代の支払いのために外出した。天気がよく、時間もまだ早かったので、彼女はゆっくりした足取りで、大通りのショーウインドーを見て歩いた。

突然、誰かに呼び止められた。見ると、それは蒋麗莉で、紺色の布地を手にしている。これから仕立て屋に行って、ズボンを作ってもらうのだという。その布地は普通の化学繊維だったので、王琦瑶は言った。仕立て屋に頼む必要はないわ。私が作ってあげる。蒋麗莉は言った。本当？　それじゃ、あなたの家へ行って採寸してもらうわ。二人は向きを変えて、少し歩いた。すると、蒋麗莉が足を止めて言った。うちへ来て、採寸すればいいじゃない？　まだ、うちに来たことがないでしょう。そこで、二人はまた向きを変えて、淮海坊へ行った。蒋麗莉の家は一階で、南向きの大きい部屋が二間、北向きの小さい部屋が一間あった。さらに手前に庭があったが、何も植えていない。横に渡した竹竿に、洗濯物が干してあるだけだった。

壁には漆喰が塗ってあり、白いことは白いがムラがあり、まだ湿っているかのようだ。床は管理部門が定期的にワックスをかけるそうだが、ワックスが多すぎた上に水をこぼしたせいで、やはりまだ湿っているように見えた。家の中のドアは、いずれも大きく開いている。部屋と部屋がつながり、戸口に階段があって人が頻繁に往来するため、彼女の家そのものが一つの弄堂のようだった。風通しがよいにもかかわらず、ネギやニンニクの匂いが染みついている。すでに十月だが、ベッドには蚊帳が吊ってあった。家具も質素で、一見すると彼女の家は寄宿舎かと思われた。

乳母と女中が雇われていた。二人は裏口のあたりに立ち、どちらも作り笑いを浮かべているが、心の中で何を考えているかはわからない。客が来たのを見ると、一緒に部屋に入り、それぞれ片隅に立って王琦瑶をじろじろと見た。年上の二人の息子は七、八歳で、やはり何を考えているかわからない。互いに耳打ちをしながら、クスクス笑っている。その後は、もったいぶって部屋を出たり入ったりしていた。蔣麗莉の夫の張さんは不在で、壁に写真も貼っていないから、どんな人なのかわからない。

家に巻き尺がなかったので、蔣麗莉が隣へ行って借りてくるように言うと、乳母と女中は互いに押し付け合い、最後にこう言った。お隣にもないと思います。仕方なく、毛糸玉を代用にして採寸した。王琦瑶は、どの毛糸が股下で、どの毛糸がウエストとヒップかを記憶して、慎重に布地の間に挟み込み、帰ると言った。蒋麗莉が戸口まで見送り、二人の使用人もあとに続いた。王琦瑶は終始、わけがわからず、狐につままれたような気分だった。弄堂を出ようとしたとき、背後で子どもの声がした。イケてる！　振り返ると、蒋麗莉の二人の子どもが逃げて行く後ろ姿が見えた。それで、王琦瑶はますます呆然としてしまった。

二日後、蒋麗莉は約束の時間にズボンを取りに来た。王琦瑶が試着させてみると、前後左右ともにぴったりだったので、蒋麗莉は満足した。だが王琦瑶は、どうして寒くなってから化学繊維の布でズボンを作るのかがわからなかった。蒋麗莉は言った。化学繊維のズボンが好きなの。寒くなっても、綿のズボン下を穿けば大丈夫よ。王琦瑶は、ますます理解できなくなった。どうして綿のズボン下の上に、化学繊維のズボンを穿くのか。

ズボンを片付けたあと、二人はすわって世間話をした。夕食のあとだったので、子どもは勝手にベッドの上で、人形で遊んでいる。王琦瑶は蒋麗莉にお茶をいれ、瓜子をお茶うけに出した。蒋麗莉がポケットからタバコを取り出したとき、王琦瑶は初めて気づいた。蒋麗莉の指が黄ばんでいたのは、タバコのせいだったのだ。どうしてタバコを吸うようになったのかと尋ねると、蒋麗莉は逆に問い返した。一本どう？　王琦瑶が断わっても、蒋麗莉は無理やり吸わせようとする。押し問答を続けるうちに、二人は笑顔になった。まるで女学生の時代に戻ったかのようだ。王琦瑶が最後まで断ったので、蒋麗莉は仕方なく自分だけタバコに火をつけた。

王琦瑶は彼女がタバコを吸う様子を見て、蒋麗莉の母親を思い出して尋ねた。お母さんは元気？

蒋麗莉は言った。相変わらずよ。旧社会の秩序にしがみついて、放そうとしない。自分で自分を苦しめてるわ。王琦瑶は、蒋麗莉の弟のことも尋ねた。あの部屋に閉じこもっていた少年を思い出したのだ。その顔をまともに見たことは一度もない。蒋麗莉は言った。やはり、相変わらずよ。でも、何とか自立することを覚えて、中学の教師になったの。バイクに乗って通勤しているのが、気に入らないけどね。私の家庭は、樟脳の匂いに包まれたままで、時代から取り残されているわ。

王琦瑶は、自分も蒋麗莉の言う対象に含まれていると思い、少し気が引けて、意味ありげな質問をした。入党申請の証人に、私なんかを選んで、役に立つのかしら？　蒋麗莉はそれを聞いて笑い、そのあと王琦瑶に共産党の規則を説明した。王琦瑶は説明を聞いてもチンプンカンプンで理解できず、改めて尋ねた。それで申請は通ったの？　そう言われて蒋麗莉は一瞬顔を曇らせたが、その後、寛大さを見せて笑った。王琦瑶の無知を笑って許したのだ。彼女はさらに辛抱強く説明した。申請は長い時間をかけて審査されるのよ。たゆまぬ努力と無条件の信頼が必要で、換骨奪胎して生まれ変わらなければならない。誰かに許可を得るという問題じゃないわ。共産党は救世主ではなく、自分の力で自分を救うのよ。本人の忠誠心と努力が大事なの。

彼女の話を聞いて、王琦瑶はぼんやりと、月に向かって詩を吟じていた蒋麗莉を思い浮かべた。あのときは風月を吟じていたが、いまは全身全霊を傾けて、理想と熱意を語っている。どちらも誇張された演技に見えて、本心だとは思えない。だが、疑いの目で見られても、蒋麗莉自身は完全に陶酔していた。話を聞き終わった王琦瑶は、黙り込むしかなかった。

蒋麗莉は十日か半月に一度、王琦瑶の家を訪れるようになった。彼女は自分に対して、人に頼まれたからだと言い聞かせたが、それは理由の半分でしかなかった。残り半分の理由は、過去を懐かしむ気持ちだった。懐かしさのあまり、彼女は王琦瑶が「恋敵《こいがたき》」だったという事実さえ忘れた。それは彼女が正視できない感情だった。彼女は過去と決別し、新しい人間になろうとした。

心の中の矛盾のために、蒋麗莉はいつも王琦瑶の家で不機嫌な顔をしていた。本当は来たくないのに、やむを得ず来ているかのようだった。ひと言も口をきかないこともある。王琦瑶に何か聞かれると、不愉快そうに返事をした。比較的気持ちが穏やかなときも、王琦瑶と世間話をしているうちに突然、真顔になり、王琦瑶を困惑させた。彼女が来ると王琦瑶は緊張し、何とか話題を見つけて彼女と話そうとする。同時に、彼女に皮肉を言われ、冷たい顔を見せられることを覚悟した。それでも、王琦瑶は蒋麗莉の来訪を嫌がらず、むしろ歓迎していた。蒋麗莉は過去の象徴であり、王琦瑶は過去を懐かしむことをやめられないのだった。

最も重要で、最も微妙なのは、王琦瑶は蒋麗莉の前で勝利者の心情を持ち続けられるということである。王琦瑶の人生は完全な敗北だったが、蒋麗莉には一つの点で勝利していた。ほかでもなく、程さんのことだ。この勝利があるので、蒋麗莉からどんな忍耐を強いられても、悔しくはなかった。だから、王琦瑶が本意を曲げて迎合しているように見えても、実際は蒋麗莉のほうが譲歩していた。蒋麗莉にしてみれば、実に腹立たしい。王琦瑶は勝利を得て、得意になっている。だが、王琦瑶は哀れでもあった。何もかも失ってしまったのだから、その勝利をひけらかすのも無理はないだろう。

しかも、全面的に得意がっているわけではなかった。蒋麗莉は負けを認めて、譲歩してくれた。だったら、得意がるわけにはいかない。二人は一進一退を続けるうちに、お互いを理解し、思いやるようになった。二人とも、それを自覚してはいなかったが。

冷淡な蒋麗莉が顔をほころばせるときがあった。それは王琦瑶の娘に対してだ。蒋麗莉自身の三人の息子は、張さんのミニチュアだった。生半可な標準語をしゃべり、いつもネギやニンニクの匂い、それに足の臭いを漂わせていた。礼儀作法を知らず、言葉は荒っぽく、身なりが薄汚れている。口論や喧嘩が絶えなかった。蒋麗莉は、彼らを見ると不愉快になる。叱るとき以外は口をきかない。彼らは母親をバカにして毛嫌いし、父親とだけ仲良くしていた。

夕方になると、三人の男の子は手をつなぎ、弄堂の入口に立って、徐々に暗くなる空を眺めた。その後、宵闇の中に父親が現れたとき、彼らは躍り上がって出迎えに行った。最後は、一人が父親の肩に乗り、一人が懐に抱かれ、一人が手をつないで帰宅するのだった。このとき、蒋麗莉はすでに一人で夕食を済ませ、ベッドで新聞を読んでいた。父と息子たちがどんな騒ぎを起こそうと、彼女には関係ないのだ。

半年に一度、張さんの母親が山東の実家からやってきて、子どもの世話や家事を手伝ってくれる。その期間、ますます蒋麗莉はのけ者にされた。老婦人は社交好きで、いつも来客が絶えなかった。実家の親戚もいれば、近隣の住人もいる。蒋麗莉が昂然《こうぜん》と彼らの前を通り過ぎても、彼らは見て見ぬふりをした。三人の男の子に至っては、まるで赤の他人のように無反応だった。

蒋麗莉は、王琦瑶の娘がクリーム色のウールのロンパースを着て、帽子の下から柔らかい前髪を少し出しているのを初めて見たとき、なんて可愛い子だろうと思った。彼女が指を伸ばして、ふっくらした赤ん坊のあごをなでると、小さな顔に笑みが浮かんだ。まるで花が咲いたかのような笑顔だった。赤ん坊は温もりと純粋な気持ちを喚起する。一方、人の世は混乱に満ちていた。蒋麗莉は混乱に巻き込まれ、あがけばあがくほど深みにはまってしまった。人の寿命を縮めるのは疲れではなく、煩わしさなのだ。

赤ん坊の世界は単純明快である。赤ん坊が笑顔を見せたとき、その世界の窓が開く。蒋麗莉は王琦瑶の娘を見て、確かに心の安らぎを感じた。だが、彼女はいつも気持ちが乱れ、怒ったような難しい顔をしているので、赤ん坊は彼女を恐れて、泣いてしまうこともあった。あやそうとしても、逆効果だった。彼女は手立てがなくなり、すっかり気落ちしてしまった。

王琦瑶は、彼女が困り果てたのを見て、ようやく助けてくれた。赤ん坊は母親に抱かれ、二、三度あやされると、すぐに落ち着いた。王琦瑶は、蒋麗莉をからかって言った。三人も子どもを産んだのに、抱いてあやすこともできないの？ 蒋麗莉は言った。三人産んだけど、抱っこするのは、これが初めてなのよ。王琦瑶は心を動かされ、思わず言った。あなたの娘にしてくれてもいいのよ！口にしたあとで、まずかったと思った。蒋麗莉を傷つけてしまった。そこで、急いで付け加えた。この子は、そんな幸運に恵まれてないけどね。蒋麗莉は、気にしない様子で言った。キリスト教徒なら、代母になれるわ。王琦瑶は、また口を滑らせた。だったら、程さんに代父になってもらいましょう。

蒋麗莉は、さっと顔を赤らめた。王琦瑶は彼女を怒らせてしまったと思ったが、そうではなかった。顔の赤みが徐々に消えたあと、蒋麗莉は急に笑みを浮かべ、皮肉と感傷を込めて言った。程さんは代父じゃなく、父親になりたいはずよ。今度は王琦瑶が顔を赤らめた。赤みが消えるのを待って、王琦瑶は言った。この子は、本当に幸運に恵まれてないのね。

二人はしばらく沈黙し、赤ん坊を見ていた。赤ん坊はたっぷり乳を飲んだばかりで、目をパチクリさせ、とても穏やかな様子だった。多くの不都合なことは、赤ん坊の穏やかなまなざしによって、すっかり緩和された。

あるうららかな春の日曜日に、蒋麗莉は程さんを無理やり引っ張り出し、王琦瑶親子と一緒の写真を撮ってもらった。みんな、時間が逆流したように思ったが、子どもの存在がその幻想を打ち破った。大人三人は子どもを連れて公園を散策し、のびやかな気持ちで草花や樹木に感動した。草花や樹木は強い日差しを浴びて元気を失い、弱々しく見えた。大切に育てられてきたらしいが、むしろ必死に抵抗しているようで痛々しかった。

元気を与えてくれるのは、芝生をよちよち歩く子どもの姿だ。小さな足の可愛い動きが、枯れた芝生の寂しさを覆い隠している。様々な玩具が芝生の上を転がって、子どもたちはそれを追い回して遊んでいた。王琦瑶も、子どもを芝生に下ろした。大人たちは、子どもが立ったり転んだりを繰り返すのを見ていた。

康明遜と王琦瑶は、途切れ途切れの付き合いを続けた。子どもの問題にカタがついた以上、付き合いをやめる理由はないだろう。だが、以前のような生きるか死ぬかの情熱は薄れていた。一緒にいても、衝動に駆られることはもうない。枕をともにすることがあっても、恒例行事のようなもので、習慣的な行為にすぎなかった。

二人は、まさに古馴染みになった。お互いのことをよく知っていたが、別々の道を歩んでいる。だから、王琦瑶は康明遜が誰かとデートしたと聞いても、あまりショックではなかった。せいぜい、彼をからかう程度のことだ。康明遜も、彼女が気にしていないことを知っていた。行き来が自由なので、彼は急いで帰ろうとしなくなった。ゆっくりと時間をかけ、細かいところにこだわった。そのため、いろいろな相手とデートを重ねてはいたが、特定の相手ができることはなく、そのうちにデートの回数も少なくなった。

いま、二人の間に燃えるような情熱はない。しかし、とても落ち着いていて、むしろ関係は深まったと言える。もし子どもが邪魔に入らなければ、康明遜はもっと頻繁に訪れていただろう。子どもは彼を気まずくさせた。多くの記憶がよみがえり、落ち着いていられなくなった。子どもは言葉を覚えると、彼を「毛毛おじさん」と呼んだ。そう呼ばれて彼は驚き、子どもの目をのぞき込んだ。借りを返せと言われているようで、戸惑いと嫌悪を覚えた。王琦瑶はそれに気づいたので、彼が訪れると、子どもを隣の家に預けたり、弄堂の中で遊ばせたりした。彼が気まずい思いをしないで済むように。

蒋麗莉も、康明遜を不安にさせた。初めて彼女を見たとき、彼は派出所の戸籍担当の警官だと思った。紺色の制服を着て、ズボンがダブダブで、女学生が履くような留め金付きの革靴が埃だらけだったからだ。彼女の話を聞いて、康明遜はさらに驚いた。大半が新聞に書いてあるような内容だった。王琦瑶から蒋麗莉という名前は聞いていて、経歴や家庭環境も知っていたのだが、目にした相手は予想外で、本当はどんな人物なのかわからなくなった。彼女に見つめられると居心地が悪く、何か追及されているような気がした。彼女は大体、平日の夜か日曜日に来ると知り、康明遜はその時間を避けたので、王琦瑶の家を訪れる機会が減った。だが、訪問が多くても少なくても、別に大した影響はない。二人にとって、それぞれの生活も、お互いの関係も、すでに揺るぎのないものだった。

こうして時間が過ぎていった。子どもの日々の成長がなかったら、歳月の移り変わりに気づかなかっただろう。王琦瑶は注射を打つほかに、弄堂が経営するセーター工場から編み物の仕事をもらった。タンスの中に仕舞ってあった金の延べ棒は、一度だけ使った。子どもがはしかにかかったとき、康明遜に頼んで現金化してもらった。だが、受け取った現金は結局、必要なかった。編み物の仕事で意外な収入があったからだ。彼女は何日か徹夜して、子どもの薬代を稼いだ。過労で倒れそうになったが、あの財産に手をつけなかったと思うと、気持ちが慰められた。

もう結婚の望みはないと悟ってから、金の延べ棒は王琦瑶の後ろ盾になった。夜、人が寝静まったころ、彼女は李主任のことを思い出そうとしたが、どうしても思い出せなかった。李主任の顔は、まとまりを欠いてしまう。目や鼻ははっきりしているのに、きちんと並べることができないのだ。

あの年、李主任は事故を起こした飛行機と一緒にバラバラになり、王琦瑶の記憶もまとまりを欠いてしまったらしい。

李主任と枕をともにした夜の記憶も曖昧になった。初めての夜の激痛でさえ、経験を重ねるうちに薄れてしまった。いま思うと、李主任との永遠の別れは悪夢のようだったが、現実によってかき消された。その後、様々な人生経験が積み重なって、李主任との思い出は記憶の最下層に沈んでいる。存在することはわかっているが、何も感じなくなっていた。いま、唯一目に見えて、触れることができるのは、スペイン風の彫刻のある木箱だけだ。それだけが、王琦瑶の心を落ち着かせてくれる。王琦瑶は思わず、感傷的になった。彼女の人生で、夫と呼べる人物は李主任しかいない。正式な夫婦関係ではないし、長続きしなかったが、恩義を感じていた。

つましい生活が続いていた。上海の庶民の暮らしには、つましさとやり繰りが欠かせない。神経を集中し、細々とした日常に注意を払わないと、生活が破綻してしまう。だが、このようなつましい生活は、全体を考えて設計されたものではないので、表面的なつましさの根底に辛抱強さが隠れている。それは嵐に耐える辛抱強さではなく、江南特有の梅雨の季節をしのぐ辛抱強さなのだ。外では小糠雨が降り、室内の床と壁はジメジメして、カビが生えている。そんな日に、スープを煮込んだり、薬を煎じたりするために燃えている小さな炎が発する熱気こそが、その辛抱強さなのだ。その辛抱強さは、倹約の原則を守っている。光と熱には限度があり、倹約して長持ちさせなければならない。少しずつ切り分けて、庶民に分配される。人々はささやかな目標を立て、ささやかな日々を送っている。

奥深い弄堂の夜の細々した音に、ささやかな日々の動きが反映されている。それは一秒よりも小さな単位の動きで、取るに足らないものだが、確実に一歩ずつ前に進んでいた。歌声と泣き声は腹の中に収められ、外には聞こえない。弄堂の上の霞がかかった空を見たとき、初めてその哀愁と甘美に気づくのだ。

一九六五年は、この都市にとって好ましい時代だった。安定と余裕が生活に豊かな資源を与え、人生の理想がほぼ達成できる環境が整った。一九六五年の都市の上空は、満ち足りた温かい空気に包まれていた。決して派手さはなく、質素で堅実な享楽の雰囲気だった。春の街角には鮮やかな色彩が戻り、常識を失わない程度の虚栄心が芽生えていた。通りには目に見えない活気が生まれ、静けさの中に動きが感じられた。夜の街灯はきらびやかとは言えないが、等間隔に並んでいて、一つとして無駄はない。この都市の情景と人間模様を映し出していた。この都市は洗礼を受けたように、平常心を保っている。それが一九六五年のこの都市の内実、浄化された心だった。

程さんはスタジオを再開し、休日をそこで過ごした。ライトをつけると、彼は気持ちが落ち着き、旅人が久しぶりに帰郷したような心境になった。最も得意としていた人物撮影という当初の趣味が復活したのだ。まず、近所の理髪店が彼に髪型モデルの撮影を依頼し、評判が次から次へと伝わっていった。しだいに、年若い美女たちがスタジオを訪れるようになった。

このとき、程さんはすでに四十三歳で、若い人から見れば初老の男だった。もともと謹厳実直な性格で、気移りしない。人生の大半を王琦瑶に捧げ、精根を使い果たしてしまった。いまはもう、愛に溺れるような気持ちは少しもなかった。彼から見れば、スタジオを訪れる美女たちは人形と同じで、鑑賞する価値しかない。ただ、年を重ねたおかげか、王琦瑶に鍛えられたおかげか、彼は以前よりも的確に女性の最も美しい瞬間をとらえられるようになった。しばしば相手の意表を突き、ありふれたところに魅力を発見した。

程さんは、写真撮影を簡単に引き受けなかった。だが、いったん引き受けると、最善の努力をした。数は少なくても、手がけた写真はみな天下一品だった。夜、彼は一人で暗室にすわった。赤いライトだけが灯り、彼自身も含めて、すべてが暗闇に沈んでいる。薬液の中から浮かび上がってくる顔の画像が唯一の存在だった。しかし、それは蝉の抜け殻と同じで、中身がない。彼は美しい顔の明暗の比率に全神経を集中させ、最も調和の取れた頃合いを見定める。すべての作業が終わると、彼はフーッと息をつく。そばに置いてあったコーヒーは、とっくに冷めていた。彼はコーヒーを残したまま、ライトを消して暗室を出て、寝室に入り、ベッドに横たわった。彼はベッドで葉巻を吸った。これは最近覚えたたしなみで、衣食が豊かだった一九六五年の恩恵だと言える。葉巻の煙で気持ちが静まり、程さんは眠りについた。

この年は、あらゆることが元の軌道に戻った。それまでの紆余曲折は何の結果ももたらさず、夢だったかのように雲散霧消してしまった。上海の空は相変わらず、建ち並んだビルにさえぎられ、光や雨はその間から降り注ぐ。上海の大通りの喧騒も、昔のままだった。

ここに住んでいない人のほうが、昔ながらの街の様子に気づくだろう。壁を厚く覆うツタは、繁茂して日差しをさえぎっている。蘇州河の水は深く、長年にわたって汚物を沈殿させていた。建物の間から見上げる狭い空は、日夜吐き出される二酸化炭素で汚染されている。プラタナスの葉も、しだいに新鮮さと潤いを失っていた。しかし、毎日ここで生活している人は、これらのことに気づかない。彼らも一緒に年を重ねているからだ。彼らが目を開けても、目を閉じても、見えるものは同じだった。

ときどき程さんは、暗室の中で時間を忘れた。静けさの中で、時間は姿を消してしまったかのようだった。しかし、時間が意識されず、何の音もしないとき、余計に時間は早く過ぎてしまう。その後、裏通りで牛乳屋の車の音がして、程さんは我に返り、もう朝だと気づいた。だが、少しも眠くない。彼は最後の一枚の写真を処理して、暗室の窓の厚いカーテンを開けた。朝日を浴びている黄浦江が見える。久しぶりだったが、見慣れた景色でもあった。ずいぶん長い間、目にしなかったが、その景色はずっと変わらず、彼を待っていてくれた。程さんは胸が詰まった。このとき、ハトの群れがビルの間から空に向かって飛び立った。程さんは思った。ハトの群れを見るのも、何年かぶりだ。やはり、ずっと待っていてくれたのだろうか?

程さんは、しだいに友だちとの付き合いを絶った。王琦瑶や蔣麗莉とも、連絡を取らなくなった。上海のアパートの最上階には、こういう世捨て人がよく住んでいる。彼らの生活は一つの謎で、彼らの経歴はさらに謎だった。彼らは、いつも一人で行動する。彼らの家は大きな貝殻のようで、その中でどんな軟体動物が育っているのかわからない。一九六五年は、このような自分の殻に閉じこもっている人にとって好都合だった。自由とも言えるこの年に、すでに多くの不思議な出来事が始まっていた。それを察知しているのは、屋上のハトたちだけだった。

ある日の夜、呼び鈴が鳴ったとき、程さんは不快な気分になった。今日は写真撮影の約束をしていない。誰が勝手にやってきたのか？　ドアを開けに行く間、彼はうまく断る方法を考えた。彼は独りよがりになっていたが、それでもまだ温厚さと礼儀正しさを忘れていなかった。しかし、ドアを開けたとき、彼が用意した言葉はまったく不要になった。戸口に立っていたのは、王琦瑶だったのだ。

王琦瑶が訪ねてくるとは思ってもみなかった。彼はもう長い間、王琦瑶のことを忘れていた。意外であると同時にうれしかったが、冷静さは失わなかった。ずっと彼が抱いていた激しい感情は、すべて過去のことになっていた。彼は王琦瑶を部屋に入れ、お茶を出した。このとき、彼は気づいた。王琦瑶は動揺している。湯飲みを強く握りしめ、熱さも感じていないようだ。彼女は、だしぬけに言った。蒋麗莉が死にそうなの！　程さんは、驚いて身を震わせた。王琦瑶は、すぐに続けて言った。悪性の腫瘍が見つかったのよ。

当時、「癌《がん》」はまだ一般に認知されておらず、人々の知識も不足していた。「癌」と呼ぶこともせず、「悪性の腫瘍」という言い方をした。めったに耳にしない恐ろしい病気で、それが自分の身や近くの人の身に降りかかるとは思いもしなかった。ひとたび現実になれば、恐怖のあまり震え上がってしまう。

実はずっと前から、蒋麗莉は肝臓を患っていた。しかし、誰もそれを知らなかった。彼女はもともと顔が黒ずんでいたし、好き嫌いが激しく、怒りっぽい性格だった。それで、周囲の人は彼女の病気の兆候を見逃した。彼女自身も気づかなかった。子どものころから食生活は豊かだったから、体力があり、抵抗力も強かった。だから、症状が出るのも遅かった。食欲がなかったり、疲労を覚えたり、肝臓のあたりに不調を感じたりしたが、我慢できる範囲なので、大したことはないと思っていた。

ところがある日、彼女は突然、起き上がれなくなった。紙を一枚持つ力も出ない。夫の張さんが彼女を背負って、病院へ連れて行った。ほどなく診断がついた。ブドウ糖の点滴を三日間受けて、また張さんが彼女を背負って帰宅した。蒋麗莉は張さんの背中で、頭の匂いを嗅ぎ、やさしい気持ちになった。彼女は張さんの首のあたりに顔をうずめ、何か言おうとしたが、言葉にならなかった。異常なほどのやさしい気持ちを抱いたことで、彼女は不吉な予感がした。

張さんが彼女のためにできたのは、山東の実家から親族を呼び集めることだった。それは、この世で最も純朴な人が示した最も純朴な感情だったが、蒋麗莉との間には深い溝があった。親族たちはみな、心の底から哀れに思い、蒋麗莉の寝室の外の部屋で車座になり、ときどき小声で言葉を交わした。彼らはまるで通夜の客のようで、この部屋に早くも弔《とむら》いの雰囲気をもたらしていた。

蒋麗莉の心に急に沸き上がったやさしい気持ちは、重苦しい雰囲気のせいで、跡形もなく消えてしまった。病気に抵抗しようという忍耐力も、跡形もなく消えてしまった。彼女は毎日、ずっと部屋にこもって寝ていた。ドアを開ければ見知らぬ人たちがいて、聞き慣れない言葉を話している。何度か、彼女は大声で親族たちを罵倒した。私が死ぬのを待っているのね。この罵声を彼らは病人の苦しみの表現だと思い、甘んじて受け入れた。

王琦瑶は、蒋麗莉の病気のことをまったく知らなかった。この時期、蒋麗莉は川沙《チュワンシャー》（上海の東郊にある町、現在は浦東新区に属する）で社会主義教育運動に参加していて、一か月に四日しか家に戻らなかったので、ほとんど会う機会がなかったのだ。

ある日、王琦瑶は蒋麗莉の家がある弄堂を通りかかり、張さんの母親がウドンを買いに出てきたのを見かけて声をかけた。張さんの母親は、王琦瑶のことを思い出せなかった。だが、この老婦人は世話好きで、人なつこい性格だし、しかも気の晴れない日々が続いていたので、話し出すと止まらなくなった。王琦瑶は病気のことを聞き、驚いて顔が青ざめた。涙を流している老婦人を慰めることも忘れ、弄堂の中の蒋麗莉の家へ向かった。

王琦瑶は家に入ると、静かにすわっている人たちの前を通り過ぎ、そのまま蒋麗莉の部屋のドアを押し開けた。室内はカーテンが閉まっていた。ライトの下で、蒋麗莉は枕にもたれて『党支部の生活』（一九五六年創刊、中国共産党山東省委員会発行の雑誌）を読んでいる。王琦瑶を見て、笑顔を浮かべた。王琦瑶は、めったに蒋麗莉の笑顔を見たことがない。彼女はいつも眉をひそめ、怒ったような表情をしていた。いま見せている笑顔は哀れで、許しを求めているかのようだった。王琦瑶は鼻がツンとした。ベッドの縁にすわり、心を震わせながら、王琦瑶は思った。しばらく会わなかっただけなのに、こんなにやつれてしまうなんて。

蒋麗莉は本当の病名を知らず、ただの肝炎だと思っていた。王琦瑶に心配をかけまいとして、慢性の肝炎は伝染しないから隔離入院の必要もないと説明した。さらに、彼女は王琦瑶に、子どもは元気かと尋ね、今度連れてきてちょうだいと言った。そこでもう一度、慢性肝炎は伝染しないことを説明した。王琦瑶は、悲しくて言葉が見つからなかった。蒋麗莉は言いたいことがあるのに会話がままならない。それを見て王琦瑶はたまらなくなり、早々に暇《いとま》を告げた。

日の当たる大通りを一人でぶらつき、必要のない買い物をしてから、家に帰った。もう昼食の時間だったが、空腹は感じない。残りご飯をチャーハンにして子どもに食べさせ、自分は毛糸で冬用の帽子を編んだ。編み物をしているうちに気持ちが落ち着き、真っ先に考えたのは程さんを訪ねることだった。

その日の夜、程さんは王琦瑶を見送りに出たあと、そのまま一緒に外灘《ワイタン》を歩いた。二人とも途方に暮れて、蒋麗莉の話題は避けるしかなかった。水鳥たちが黄浦江の上空を低く飛び、浦東へ向かうフェリーの汽笛の音がかすかに聞こえてくる。河を背にして見上げると、植民地時代にイギリス人が建てたビルがそびえ立っていた。これらのビルのルーツをたどれば、ローマ時代にまでさかのぼることができる。帝国の風格は、ほかの追随を許さない。すべてを圧倒する専制時代の趣《おもむき》がある。ただし、ビルの背後の狭い路地は弄堂の家々に通じていて、民主的な雰囲気も感じられ、黄浦江は自由の象徴となっていた。海風は呉淞口《ウーソンコウ》（黄浦江の支流、蘇州河の河口付近）を通って河伝いに吹き寄せるが、高いビルにさえぎられ、引き返すしかなくなる。そこで力が加わって、風は激しさを増す。幸い、広い川面があるので、ぶつかり合って突風になる心配はないが、外灘は昼も夜も風が強かった。

程さんは河辺を歩きながら、王琦瑶に尋ねた。子どもは元気？ 王琦瑶は答えた。元気よ。もし、私に万一のことがあったら、あの子の面倒を見てちょうだいね。程さんは、思わず苦笑して言った。不治の病にかかったのは蒋麗莉なのに、どうしてきみが、あの子をぼくに託すんだ？ 二人は蒋麗莉のことを思って、また気が重くなった。しばらくして、王琦瑶が言った。早めに頼んでおくほうがいいでしょう。程さんは言った。ぼくが断ったら？ 王琦瑶は、すぐに言った。あなたに選ぶ権利はないわ。私はあなたに賭けると決めたんだから。その言葉には真剣さと悲壮感がこもっていて、決して軽い冗談には聞こえなかった。程さんは視線を暗い川面に向けた。かすかな光が輝いていて、目の前に昔の光景が浮かんだ。彼らは男一人、女二人で、一緒に国泰映画館へ行った。あれから、いくらも歳月は流れていないのに、もう結末が見えてしまったのか？ こんな結末であるはずはない。何もケリがついていないのに、すべてが終わろうとしている。

この日、王琦瑶はさらに程さんと相談した。実家に帰って療養することを蒋麗莉に勧めるべきではないか。静かだし、飲食の質も上がるだろう。ところが、彼らが蒋麗莉のところへ行く前の日に、すでに蒋麗莉の母親は娘を訪ね、追い返されていたのだ。

このとき、蒋麗莉の父親はすでに上海に戻り、正式に離婚していた。家屋と株の配当の一部を蒋麗莉の母親に譲り、自分はあの重慶の女と愚園路《ユイユエン》に家を借りて住んだ。蒋麗莉の弟はずっと結婚せず、人付き合いもなかった。毎日、仕事を終えて家に帰ると、部屋に閉じこもってレコードを聞いていた。母親と一つ屋根の下で暮らしていたが、赤の他人のようで、何日も顔を合わせないことすらあった。普段、母親と一緒に過ごすのは一人の家政婦だけだった。家政婦は母親が無力でお人好しなのに付け込んで、完全に存在を無視して、一日の半分は外へ遊びに出ていた。だから家政婦も、あまり顔を合わせる機会がなかった。その屋敷は人が少ないため、ガランとして物寂しかった。中庭の草花も枯れて、わずかに枝葉を残すだけだった。その後、枝葉も姿を消し、ゴミと土だけになって、ますます荒涼としてしまった。

幸い、母親は生まれつき鈍感で、悲嘆に暮れるような人ではない。そのおかげで、心身ともに大きな打撃を受けずに済んだ。ただ、時間の経過が遅く感じられ、暇つぶしの方法が見つからなかった。蒋麗莉の病気を知って、彼女はまず家で大泣きした。彼女のように頭が単純な人は、いつも涙を流すことで苦境を脱し、心を慰めようとする。しかも、その試みは効果を得るのだ。ひとしきり泣くと、果たして多少の希望が生まれ、気持ちが明るくなった。彼女は顔を洗い、外出着に着替え、戸口まで行った。しかし、この恰好はまずいと思い直した。共産党を信奉している娘や娘婿に嫌われるのではないか。そこで部屋に引き返し、もっと質素な服に着替え、改めて出かけた。

娘の家まで行く途中、彼女は気分が重かった。日ごろ、彼女は娘の家へ行くことを恐れていて、まだ二、三度しか行ったことがない。三人の外孫は、まるで怪物を見るような目で彼女を見る。娘も冷淡で、歓迎もしなければ、見送りもしない。口の利き方も乱暴だった。娘婿は温厚な人で、唯一礼儀正しく接してくれたが、彼女のほうが好きになれなかった。彼が話す山東方言は理解できないし、ネギとニンニクの匂いをプンプンさせているので、適当にあしらった。娘婿は口出しできず、彼女も冷淡な扱いに甘んじるしかなかった。

いま、彼女は蒋麗莉の病気に後押しされるように、堂々と娘の家に入った。他郷の人たちには目もくれず、蒋麗莉の部屋に直行した。すわって五分もしないうちに、彼女は批判と提案の言葉をいくつも口にした。批判はすべてを否定する内容で、提案は明らかに実現不可能なものだった。蒋麗莉が黙って聞いていると、しだいに母親は調子に乗って、すぐに行動に移そうとした。シーツと布団を交換し、体も髪も洗ってあげると言って、すべての世話を引き受ける構えを見せた。蒋麗莉は言葉で反論する忍耐力もなく、いきなり枕元の電気スタンドを投げつけた。

部屋の外にいた山東の姑《しゅうとめ》は、その物音を聞き、勇気を出して駆けつけた。部屋の中は、めちゃくちゃになっていた。水差しが割れ、薬が散乱している。蒋麗莉の母親は青ざめた顔をして、相手が病人だということも忘れ、娘に道理を説いていた。蒋麗莉は物を投げるばかりで、手元に何もなくなると、枕や布団を投げつけた。姑は床に落ちていた布団を拾い、蒋麗莉の体を包んで、激しい震えを抑えようとした。そして、蒋麗莉の母親に言った。今日のところはお帰りになって、また日を改めて来てください。蒋麗莉は母親が出て行ったあと、体の力が抜けてしまった。それ以降、姑は蒋麗莉の部屋に勝手に人が入ることを禁じた。事前に声をかけ、蒋麗莉が許可した人だけを中に入れるようにした。

蒋麗莉を見舞いに行った程さんと王琦瑶は、面会を拒絶された。あの山東の老婦人が出て来て、彼らに告げた。蒋麗莉は体が弱っていて、安静が必要で、誰にも会いたくないと言っています。老婦人は自分が悪いことをしたかのようで、彼らと目を合わせようとせず、何度も謝った。二人は、蒋麗莉が自分たちに会いたくない理由が何となくわかったが、それを認めるわけにもいかず、当惑してしまった。蒋麗莉が会おうとしないのは、彼らに対する一種の譴責《けんせき》のようでもある。この状況で譴責を受けた二人は、永遠に立ち直れないだろう。彼らも老婦人と目を合わすことができなかった。二人はお互いに視線を避け、すぐに別れて、それぞれ帰宅したのだった。

その後、二人は別々に蒋麗莉を見舞いに行った。程さんはまた追い返され、とぼとぼと淮海路を東に向かって歩いた。そして、一軒の居酒屋の前を通りかかった。店内は賑やかで、労働者風の男たちが白木のテーブルを囲んでいる。店先の大きな鍋で臭豆腐を揚げていて、油の匂いと酒の香りが押し寄せてきた。彼は店に入り、テーブルのわきの席にすわると、紹興酒と百葉絲《バイイエスー》（牛や羊の胃袋を細切りにしたもの）を注文した。同じテーブルの人たちは、いずれも知り合いではなく、それぞれ小皿料理をつまみに酒を飲んでいる。隣のテーブルは仲間が集まっているようで、大きな声が響いていた。程さんは酒が腹に収まると、胸も目頭も熱くなり、思わず涙をこぼした。幸い、それに気づく人はいない。鍋から上がる熱と蒸気が店内に充満して、人の姿はぼんやりと霞んでいる。程さんは思う存分、感傷に浸ることができた。

そのころ、王琦瑶はすでに蒋麗莉のベッドの縁にすわっていた。彼女は程さんと相前後して蒋麗莉の家を訪れたのだ。程さんが弄堂を出てすぐに、王琦瑶はやってきた。蒋麗莉は彼女を部屋に入れた。

王琦瑶は部屋に入ってすぐ、蒋麗莉が前回よりも元気になったように感じた。髪をきちんと整え、耳の後ろになでつけている。白いシャツに着替え、顔を少し紅潮させて、枕にもたれかかっていた。王琦瑶を見ても挨拶をせず、顔をそむけて背中を見せた。王琦瑶はベッドの縁に腰を下ろしたが、何を言えばいいかわからなかった。蒋麗莉は背を向けて泣いているらしい。カーテンが半分開いていて、黄昏近くの陽光が差し込み、彼女の髪と服と布団を照らしている。何とも言えない哀愁を感じさせた。

しばらくして、蒋麗莉は笑いながら言った。私たち三人って、おかしいと思わない？　王琦瑶はどう答えたらいいかわからず、ただ釣られて笑った。その笑い声を聞いて、蒋麗莉は向き直り、王琦瑶の顔を見て言った。さっき彼が来たけど、私は部屋に入れなかった。王琦瑶は言った。あの人も、つらいのよ。蒋麗莉は顔をこわばらせ、怒りを爆発させた。私には関係ないわ！　王琦瑶は、それ以上何も言わなかった。彼女は、蒋麗莉が発熱していることに気づいた。顔がますます赤くなり、異様なほど目を引く。額に手を伸ばすと、蒋麗莉は激しく押しのけた。額は火傷しそうに熱かった。

蒋麗莉は起き上がり、伸びをしてから枕元の机の引き出しを開けた。そして、バインダーを取り出し、王琦瑶のほうに投げてよこした。開けて見ると、それは手書きの詩を集めたものだった。蒋麗莉の作品に違いない。女学生だった十数年前に戻ったかのようだ。わざとらしい詩句は、灰になっても蔣麗莉のものであり続ける。どんなにわざとらしくても、その中には無邪気さと誠実さがあふれていた。花鳥風月を詠んだ詩は、人をいたたまれない気持ちにさせる。真実と誇張が入り混じり、泣くことも笑うこともできなくなる。

王琦瑶は、こういう詩を読むのが苦手だった。そのせいで、蔣麗莉と打ち解けることができなかった。だが、いまはそれを読み、涙が湧いてきた。彼女は思った。まるで、芝居を演じているみたいだ。でも、命懸けだから、芝居も本物になる。彼女は気づいた。これらの詩の奥底には、一人の男の影がある。見事な詩でも、まずい詩でも、つねに程さんの姿がチラついていた。

蔣麗莉は王琦瑶の手からバインダーを奪い、パラパラとめくって、いちばん奇妙な詩を選んで音読した。読み終わらないうちに、自分で笑い出してしまった。笑い声が大きかったので、姑がドアを少し開けて、中をのぞき込んだ。蔣麗莉は布団に顔をうずめ、笑い続けながら言った。ねえ、王琦瑶、ひどい詩でしょう? 彼女のまなざしは鋭くなり、声も調子が変わって鋭くなった。王琦瑶は恐ろしさを感じて、バインダーを取り上げ、読むのをやめさせようとした。蔣麗莉は放そうとせず、奪い合ううちに、王琦瑶の手の甲を引っ掻いた。王琦瑶も手を緩めず、強引にバインダーを奪い取り、蔣麗莉を押し倒した。

蔣麗莉が抵抗しているうちに、笑い声は泣き声に変わり、メガネの奥から涙が流れ出した。彼女は言った。あなたたちはグルになって、私を傷つけようとした。お見舞いだと言いながら、実際は私を苦しめに来てるのよ！　王琦瑶は取り乱し、相手が病人だということも忘れて、大声で叫んだ。安心して、あの人とは結婚しないから。蔣麗莉も取り乱し、大声を上げた。結婚すればいいじゃない。私は平気よ。私をなんだと思ってるの？　王琦瑶は、涙を流して言った。蔣麗莉、あなたは無駄なことをしている。一人の男のために、一生を棒に振るなんて、愚かなことだわ！　蔣麗莉は、涙を泉のようにあふれさせて言った。王琦瑶、言っておくけど、私の一生はあなたたちに台無しにされたのよ。あなたたちが私を傷つけた。

王琦瑶は、思わず彼女を抱きしめて言った。蔣麗莉、私が知らないと思ってるの？　彼が知らないと思ってるの？　蔣麗莉は一度彼女を押しのけ、その後また引き寄せて抱き合い、むせび泣いた。蔣麗莉は言った。王琦瑶、私って本当に、本当に運の悪い女ね！　王琦瑶は言った。蔣麗莉、あなたが運の悪い女だとしたら、私はもっと運の悪い女よ。どんなにつらいことも、ずっと我慢してきた。それがいま、込み上げてきたの。でも、仕方ないわ。いまさら、取り返しはつかないから。

彼女たちはどれだけ長い間、抱き合って泣いていたのだろう。まさに断腸の思いだった。その後、蔣麗莉の息を嗅いで、王琦瑶は我に返った。甘さと生臭さが入り混じって、何かが腐敗したような匂いを漂わせている。王琦瑶は彼女が病気であることを思い出し、悲しみをこらえ、涙を飲み込んだ。手の力を緩め、蔣麗莉の頭を枕にのせると、熱いタオルを絞ってきて、彼女の顔を拭いた。蔣麗莉の涙は河の流れのようで、止まることがなかった。

このとき、外はもう暗くなっていた。居酒屋の程さんは酒が回り、テーブルに突っ伏している。

耳元で汽笛の音がして、自分は汽船に乗り、岸を離れようとしていると思った。周囲は広大な水面で、どこまでも果てしない。

一九六五年の悲しみは、些細であると同時に偉大でもある。コップ一杯の水に立つ波にすぎないが、始めと終わりがあり、人間の一生に相当する。これらの悲しみは小人物の胸に生じたもので、いくら頑張っても大きな声にはならない。息をひそめて、ようやく聞こえる小さな音だ。だが、その小さな音の中に、人間の一生が隠されている。これらの悲しみは蓄積されて、この都市の上空に集まり、「沈黙の音」を形成する。地上の賑やかな音とは対照的である。「沈黙の音」と呼ばれているが、密度と体積はとても大きい。その密度と体積において、「静けさ」を超越する。もしくは、肩を並べる。それは、中国画の皴法《しゅんぽう》にも通じるものだ。だから、「沈黙の音」は実のところ、最大の音であり、あらゆる音に勝っている。

わずか一週間後、蒋麗莉は脾臓が破裂し、大量出血で死亡した。最期を看取ったのは張さんと三人の息子で、山東からやってきた親族も周囲に立っていた。蒋麗莉はずっと意識が戻らず、何も言い残さなかった。彼女の工場は追悼会を開いた。弔辞によれば、彼女は搾取階級の家庭と一線を画し、生涯にわたって共産党に加入することを目指していたという。

彼女の父親、母親、弟は追悼会に参加しなかった。彼らは自分たちが参加すれば、蒋麗莉の人生の理想を汚すことになると思ったようだ。だが、彼らは自宅で蒋麗莉のために、初七日から四十九日まで、完全な葬礼を行った。この四十九日間、家族は一か所に集まり、沈黙したり小声で言葉を交わしたりして、打ち解けた雰囲気が生まれた。しかし、蒋麗莉本人は永遠に帰ってこない。この静かな集まりに加わることはできないのだ。

　程さんと王琦瑶も、追悼会に参加しなかった。実を言うと、彼らは追悼会のあとで蒋麗莉の死を知った。大きな悲しみはもう過ぎ去ったあとで、知らせを聞いた彼らはむしろホッとした。蒋麗莉が解脱《げだつ》を得たと思ったからだ。もちろん喜ばしいことではないが、彼らは現実に合わせて妥協する性格だった。蒋麗莉のように、一生抵抗を続け、協調を拒み、最後まで自分の意見を押し通すことはしない。彼らはそれぞれのやり方で、蒋麗莉の供養をした。お互いに連絡はしなかったが、期せずして翌年の清明節には同様の行動を取った。程さんは一人で、龍華《ロンホア》寺（徐滙区にある古刹《こさつ》）の納骨堂へ参詣に行った。王琦瑶は深夜にそこを訪れ、紙銭（死者を祭るために焼く紙で作った銭）を燃やした。彼女も蒋麗莉も、そんな風習を信じているわけではない。だが、どうしようもない状況の中で、少しは慰めが得られるだろう。ほかに、どんな方法があると言うのか？

　追悼会で、山東の姑はずっと泣き続け、工場の幹部たちの弔辞を読む声を圧倒するほどだった。その泣き声は、参列者の涙を誘った。田舎の婦人の泣き方は独特で、追悼会全体を終始、悲しみに満ちたものにしていた。

## 16 此の地、空しく余す、黄鶴楼

程さんは一九六六年（文化大革命開始の年）の夏の自殺者たちの中の一人だった。この夏の時点で振り返ると、一九六五年の日々は不吉なお祭り騒ぎで、楽しみが極まって悲しみが生じる前触れだったと思えた。だが、それは内情を知らない庶民の考えである。少し地位の高い人たちは前兆に気づき、心理的な準備を整えていた。だから、一九六五年の享楽は庶民の享楽で、まったく危険を察知していなかったと言える。彼らにとって、この夏の衝撃は天から降ってきたものだった。

不思議なことに、弄堂の夾竹桃は依然として色鮮やかだった。クチナシ、モクレン、オシロイバナ、コウシンバラも、それぞれの場所で満開になり、芳香を漂わせていた。ハトの群れだけは、ときどき驚いたように屋根から飛び立ち、上空を旋回した。その後、戻ってきて羽を休めるが、また驚いて飛び立つのだ。翼は折れそうになり、目からは血が出そうになる。ハトの群れは多くのものを見た。いずれも悲惨な出来事で、その一部始終を目撃したのだった。

一九六六年の夏、この都市の大小様々で長短様々な弄堂の赤や黒の瓦、天窓やバルコニーがある屋根は、すべて引き剥がされた。知られていなかった多くの秘密が、白日の下にさらされた。弄堂の中の男女の秘密は陰湿で、ネズミの小便の臭いがする。本来はそのまま腐敗して、新しい人生の肥やしになるはずだった。ちっぽけな人生でも、それなりの犠牲を代価として支払う必要がある。人生の秘密は、たくさんあるが軽いので、壁や瓦の隙間から流出し、この都市の空気の中に漂っていた。これまで腐敗臭に気づかなかったのは、それが生まれ変わって、新しい生命を得ていたからだ。

いま、屋根が引き剥がされ、さらけ出された光景は痛ましい。気味の悪い話が、この都市の空気を汚している。例えば、こんな話だ。家庭のしきたりを守らない娘が、二十年間部屋に監禁された。自由の身になっても歩くことができず、髪は真っ白、明るいところでも物が見えなくなっていた。これらの屋根の下には、監禁用の部屋がある。ネズミの巣のように、ひっそりして動きが感じられなかった。

一九六六年の大革命は、上海の弄堂において、このような様相を呈していた。それは確かに、あらゆる勢力を一掃した。魂に触れる革命という特徴を持っていた。それは、この都市の隠されていた心を直撃し、逃げることも隠れることもできなくさせた。隠されていた心の一部は、暗闇のおかげで存続してきた。それは誰にも気づかれないうちに、この都市の生命力の大半を占めていた。海中の氷山の水面より下の部分に当たる。

この都市の光あふれる夜も、活気に満ちた昼も、隠された秘密によって成り立っていた。鍋から上がる湯気は見えても、下で燃えている薪は見えないのと同じだ。それは、それでよかった。いまは、さえぎるものがなくなって、隠されていた心は半ば死んでしまった。その心は暗くて陰気臭いが、恥じらいを失っていない。痛めつけられても平気だが、秘密を明かされることは耐えがたい。それをプライドと呼んでもいいだろう。

その夏、この都市の秘めごとは街じゅうに暴露された。人口が多く、変化も激しかったので、この都市が百年間にわたって蓄積してきた秘めごとは、ほかの地方に比べて千年分も多かった。これらの秘めごとは個別に見れば問題ないが、全部合わせると大変なことになる。大きな秘めごとだ。

それは、この都市が泣くことも語ることもできない内緒話で、多くの悲しみの起点でもあり、終点でもある。

粉々になったガラスの器、明代清代の磁器、燃やされた本、レコード、ハイヒール、引きずり下ろされた店の看板、一夜にして古道具屋に積み上げられた高級家具、男女の衣服、ピアノやバイオリン、これらはみな秘めごとの残骸であり、化石のようなものだ。さらに、ちぎれた写真がゴミ箱の周囲に捨てられた。バラバラになった写真の顔は、無念な死を遂げた幽霊たちのようだった。最後には、人通りの多い路上に放置された本物の死体さえ、目にするようになった。

秘めごとが暴露され、沈殿していたものが空中に撒《ま》き散らされるとき、デマも広まった。耳にする秘めごとの半分は本当で、半分は嘘だった。半信半疑でも、情報の伝播《でんぱ》は止まらない。汚れた空気が、この都市の大通りにも路地にも立ち込めた。口づてに広がっていく噂話は、秘めごとの暴露と同時に形を変え、似ても似つかないものになってしまう。だから、全面的に信じてはいけないのだが、信じないわけにもいかない。人騒がせな情報の中に含まれている真相は、ほんの少しだけだ。真相と言ってもごく単純で、当たり前の人情の一種である。問題は、それをどう受け止めるかだろう。

奇妙な人物や出来事が、一夜のうちに誕生する。昨日までは何でもなかったことが、今日は世間を驚かせる大事件に発展した。道端の壁新聞は、白い紙が黒い文字で埋め尽くされている。ビルの屋上から撒かれた宣伝ビラは、五色の紙に黒い文字が印刷されていた。これらの文字を読むと、頭が混乱してしまう。この都市は、すでに心が捻じ曲げられた。目もゆがんで、正確に物が見えなくなっていた。

程さんの最上階の部屋も、秘密を暴かれた。彼は特殊技術を持ったスパイだと見なされた。カメラは彼の武器で、写真を撮りに集まってきた女たちは彼が育てた色仕掛け専門の密偵なのだ。その夏、人々はどんな作り話も信じ込んだ。彼の部屋の床は剥がされ、壁も崩され、程さんをめぐる疑惑はますます強まった。彼は毎日毎晩、自白を迫られたが、何の証拠も見つからなかった。やむを得ず、彼は一か月間、職場の便所に監禁された。

その一か月、彼は生ける屍《しかばね》のような状態で、日々を過ごした。食べることも、眠ることも、書くことも、話すことも、すべて他人の指図に従った。頭の中が空っぽになった。人々が寝静まったあとも、夜通し水の音が聞こえていた。それは水洗便所の漏水の音だったが、時間の移ろいを示しているかのようだった。

一か月が過ぎ、程さんは釈放されて家に帰った。すでに深夜二時で、バスは動いていなかったので、歩いて帰宅した。大通りにも、外灘の河沿いの道にも、人影はなかった。アパートに入ると、玄関ホールもひっそりしていた。エレベーターは一階で停まり、鍵がかかっている。天井の電灯が薄暗い光を放っていた。彼はエレベーターを取り巻く螺旋階段を一階ずつ上がって行った。足音が天井にこだました。窓の外からは、黄浦江の水が岸壁を打つ音が聞こえてくる。真っ暗な川面に点滅する航路標識の光も見えた。

彼は最上階に着くと、ドアを押し開けて家の中に入った。室内は意外に明るい。月明りが床を照らしている。窓のカーテンがすべて、引きちぎられていたのだ。彼は電灯をつけることなく、部屋の奥に進んだ。月明りの中でしばらく立っていたが、その後、床に腰を下ろした。

この夜の月明りは多くのカーテンのない部屋に差し込み、部屋の床に影を落とした。これらの部屋は、人がいてもいなくても、ガランとしていた。部屋の隅には先祖代々受け継がれてきた古い品々が、忘れられたまま山積みになっている。そのせいで、部屋はまるで廃墟のように見えた。

部屋は虚ろで、人も虚ろな革袋だった。中身はすべて抜き取られてしまった。とは言え、すでに数十年にわたる試練を経てきたのだから、今回の苦しみも気にならないのではないか？　今日の月は、多くの虚ろな部屋と虚ろな革袋を照らし、床板の隙間にまで届いている。その後、風も吹き込んできた。最初はそっと壁の下に忍び込み、やがて動き出して、ヒューヒューという音を響かせた。ときどき、しっかり閉まっていない戸や窓がバタンと音を立てる。風に拍手を送っているかのようだ。室内の紙切れや布切れが風に吹かれ、床の上を転がった。これらは古い家財道具の切れ端で、ゴミ箱に捨てられる前に、最後のダンスを踊っているのだった。

このような夜は、本当に物寂しい。何も考えられず、夢もなく、死んでしまったかのようだ。朝まで待てば、少しはましで、見たり聞いたりできるようになる。だが、いまは何も見えないし、何も聞こえない。街には多くの野良猫が出没し、群れを成して歩き回っている。その目は人間の目と同じで、追放された魂がさまよっているかのようだった。野良猫たちは暗闇に隠れ、虚ろな部屋のほうを見ながら、悲し気な鳴き声を上げている。どんなに高い場所から飛び下りても、音一つ立てない。ひとたび暗闇に入ると姿を消し、まさしく体から追い出された不幸な魂となる。

ほかに、やはり革袋から抜け出したと思われるのは、下水道にひそむドブネズミだ。夜も昼も活動し、この都市の地下道を抜けて、黄浦江のほうまで走って行く。目的地に着くまでに死んでしまうことが多い。だが、いつの日か、死体は黄浦江に流れ込む。その姿を目にする人は少ない。しかし、たまたま見かけた人は驚くだろう。今日、この月の夜、下水道の中は賑やかで、ドブネズミの大行進が繰り広げられていた。

この夜、いちばん哀れで、いちばん行動が不自由なのは人間たちだった。本来、最も自由であるはずの魂は追放され、遠くへ行ってしまった。幸い、みんな眠ることができて、すべてを忘れているが、目が覚めれば、また騒々しい一日が始まる。見たり聞いたりしなければならないものが、たくさんある。やらなければならないことも多かった。

程さんは目を開けたまま横になっていた。月光と風がまぶたをかすめて行ったとき、彼は夢の世界が去来しているのだと思った。家の様子が変わり果てていたにもかかわらず、彼は周囲の環境に反応を示さなかった。だが、黄浦江から聞こえてくる朝いちばんの汽笛が、彼を目覚めさせた。月光が去り、朝日が昇ることによって、彼は目覚めた。顔を上げると、声が聞こえた。行くのだったら、早くしなさい。もう、こんな時間だ。彼はこの言葉の意味を吟味することなく、すぐに立ち上がって窓枠を乗り越えた。窓はもともと開いていて、程さんを待っていたらしい。風の音が、さっと耳元を通り過ぎた。体が木の葉のように軽くなり、空中を旋回していた。

このとき、ハトは目を覚ましていなかった。朝いちばんの牛乳配達の車も、まだ出発していない。一隻の汽船だけが岸壁を離れ、呉淞口のほうへ向かっていた。程さんの空中飛行を目撃した人はいなかった。彼の虚ろな革袋は、音もなく落下した。空中を飛行した時間が長かったので、彼は大切な問題を考えることができた。窓を乗り越えたとき、彼の思考力がよみがえった。彼は思った。実はもう、すべてが終わっていたんだ。その後は、エピローグを演じていたにすぎない。しかし、このエピローグはあまりにも長かった。

体が着地した瞬間、彼はついに幕が下りる音を聞いた。

壁が崩された部屋を見たことがあるだろうか？ 部屋はむき出しで、人は姿を消してしまった。部屋は格子状の単なる仕切りとなった。その格子の中に、かつて賑やかな光景があり、生死を分けるような大事件があったことは想像できない。それらの格子は小さくて、粗末なので、日常生活が営まれていたとは信じられなかった。薄っぺらな部屋にある螺旋階段は、ネズミの巣のようで、足で踏むと崩れそうだった。裏窓はあってもなくても、外には青空が広がっている。ドアも余計なものに見えてしまう。だが、この木材とレンガを積み上げた小さな格子の中に、人々の楽しみや悲しみがあったのだ。

あの壁を再建しよう。さもないと、過ぎ去った日々を思って泣く声を聞くことになる。格子状になった部屋を元の形に戻し、大きな家、弄堂を再建しよう。手前に大通りがあり、裏には路地がある。車や人が盛んに往来する。この都市に空っぽの部屋がいくつあっても、そのすべてに再び人が住み着くだろう。この都市の人たちは水のように、空間を見つけて割り込もうとする。ここでは、失われたものを哀悼する余裕はない。割り込むことに必死だから。それは百年を一年に、一年を一日に縮める物の見方である。人の一生で埋めようとしても、歴史の隙間をふさぐことはできない。どうしても哀悼したいなら、一生を捧げることになるだろう。しかし、たとえ百年の人生を哀悼に捧げたとしても、百一年目には跡形もなく消えてしまうのだ。

この都市で生活するなら、あまり遠くを見てもいけないし、あまり近くを見てもいけない。百一年目までを視野に入れれば十分だろう。その後はレンガと木材の格子の中で、自分の生活を送る。生活レベルに多少の違いがあってもかまわない。その日暮らしになるとしても、仕方のないことだ。そうでなければ、この一生をどうやって過ごすのか？　どうやって幸福を得るのか？　密集する格子の中で暮らす人たちは、みんな実用主義を信じている。たとえ格子が空っぽになっても、その信念は揺るがない。窓辺にも、床板にも、壁の上にも、階段の踊り場にも、子どもがチョークで書いたような「××を打倒せよ」という落書きがあった。これもその信念の産物だった。

# 第三部

The Song of Everlasting Sorrow

# 第一章

## 1 薇薇

薇薇《ウェイウェイ》は一九六一年の生まれで、一九七六年には十五歳の年ごろの娘に成長していた。母親の王琦瑶が美人だったから、彼女も美人だろうと思ったら、それは大間違いだ。薇薇は美しいとは言えない。王琦瑶《ワン・チーヤオ》の顔立ちを受け継いでいることは確かだが、色気と気品が足りないため、平凡で趣のない女になってしまう。薇薇が生まれ育った時代は、色気や気品が磨かれるような状況になかった。そのため彼女は、うるおいに欠け、顔にもがさつさが表れていた。その時代の美人は掛け値なしに美しく、少しもごまかしがきかない。明らかに、薇薇はその水準に達していなかった。

彼女は、人々がよく口にするのを聞いた。娘は母親ほど美人じゃないね。それを聞いて、彼女は母親に嫉妬した。特に、年ごろの娘になってからはそうだった。彼女は母親がまだ若くて美しいのを見て、自分の美しさを母親が奪ったのだと思った。人々の評価は、母親にも影響を与えた。王琦瑶は心理的に優位に立ち、日々成長する娘に余裕を持って接し、年齢による衰えをまったく感じなかった。

薇薇は王琦瑶の服を着られる年ごろになると、母親とファッションの競争を始めた。王琦瑶がよかれと思って、この服はあなたにはまだ早いわと言うと、彼女はどうしてもその服を着ようとした。まるで、母親が悪意を抱いているかのように。家族が女二人だけで、間に入る男がいないため、事は厄介だった。

この父親のいない家庭は様々な苦難があるだろうと思うなら、それも大間違いだ。人々はあれこれ取り沙汰したが、二人を困らせることはなく、むしろ同情を寄せ、気を遣った。二人の苦難はすべて、自分たちが招いたものだった。あらゆる敵《かたき》同士となった女たちと同様、二人は暗闘を繰り広げた。

一九七六年、王琦瑶は四十七歳だったが、少なくとも十歳は若く見えた。娘と一緒に歩いていると、姉妹のようで、姉は妹よりも美しかった。だが、美しさと若さは別物で、どうやっても埋め合わせることはできない。結局、若いほうが得で、行使できる多くの権利があり、争うまでもなく勝利する。だから、王琦瑶も娘に嫉妬していた。薇薇も、優位に立つことができた。とにかく、この母娘の優劣は逆転可能で、どの角度から見るかが決め手だった。

毎年、夏の盛りに王琦瑶は衣服の虫干しをした。衣装箱を開けて、取り出した服を何本もの竹竿に全部掛け、窓辺に色とりどりの革靴を並べた。室内には細かい塵が漂い、日差しの中で浮き沈みを繰り返していた。薇薇は竹馬に乗るように、一足ずつ革靴を履いて、あたりを一周した。最初は彼女の足が小さすぎて、二、三歩進むと転んでしまった。その後、足が大きくなるにつれて、ハイヒールがぴったり合うようになった。

衣装箱の底にあった伝線したストッキングも、薇薇を驚かせた。彼女は手を突っ込み、広げてから日に透かして、蝉の羽根のような素材を観察した。彼女の手も年々大きくなり、とうとうストッキングを突き破ってしまった。そのほか、ビーズをあしらったハンドバッグ、糸が切れた真珠のネックレス、人造ダイヤが取れてしまったブローチ、虫に食われて穴があいたベレー帽もあった。すべて衣装箱の片隅に残された細々とした品だが、寄せ集めれば神秘的な魅力を放つ光景となる。まばゆい日差しの下で、陰気臭さと失望落胆を感じさせるが、古い油絵のように、絵の具が剥《は》がれていても、まだ華やかさが残っている。

薇薇はこれらのものを全部身につけ、鏡の前に立った。鏡の中の彼女は、化け物のようだった。彼女は自分が思う悪女のポーズを取りながら、お腹を抱えて大笑いした。かつての母親の姿を想像することはできない。その時代の様子を想像することもできなかった。いまの光景に面白みはないが、自分の時代だから、やはりいまがいい。

薇薇はときどき、こうした母親が保管していた品々に、わざと損傷を与えた。毛皮の襟の毛をむしり取ったり、絹のチャイナドレスに引っ掻き傷を付けたりして、母親に叱られたら、反抗するつもりだった。しかし、夕方になって箱に仕舞うとき、母親は気づかない場合もあった。気づいても、反応はあっさりしていた。日差しの下で傷をよく見たあと、畳んで仕舞いながら言った。着られる日がやってくるかどうか、誰にもわからないわ。

薇薇も悲しくなり、母親を可哀そうに思って、自責の念が湧いてきた。この気持ちは同情や理解ではなく、若さゆえの傲慢さに由来するものだった。この世界は自分たちのものだから、人生の晩年を迎えている年寄りをいじめてはいけない。若い人たちから見れば、十歳年上の相手でも老人なのだ。三十過ぎの人を「じいさん」「ばあさん」と呼ぶときがある。四十過ぎの人に対しては、なおさらだった。

しかし、薇薇はよく自分が優位であることを忘れ、引け目を感じた。若い人にはありがちだが、経験が不足しているため、自分の有利な条件を生かせない。簡単に他人の影響を受け、自信を失ってしまう。だから、薇薇は母親と一緒に出かけるのを嫌うようになった。母親がいると浮かない表情になり、平凡な顔のレベルがさらに低下する。幼いころは、母親に頼る気持ちのおかげで敗北感は生まれなかった。だが、成長するにつれて、いわゆる翼が硬くなり、頼る気持ちが消え、敗北感が強く激しくなった。

一九七六年、薇薇は高校一年生だった。彼女は例によって、勉強に興味がなく、政治にも関心がなかった。典型的な淮海《ホワイハイ》路の少女で、ショーウインドーが彼女たちにとって身近な日常風景だった。ショーウインドーの中には、「空論」ではない切実な人生がある。日常より一歩先の生活風景で、物質的要求に精神的要求が加わっている。生活の美学と言っていいだろう。

薇薇のような少女はみな、生活の美学の薫陶《くんとう》を受けていた。上海という都市において、淮海路の少女に勝るおしゃれ上手はいない。どんな服を着て、どんな帽子をかぶるかが、まさに生活の美学の実践だった。彼女たちが質素な紺色の上着をおしゃれに着こなしている姿を見たら、誰もが驚嘆するだろう。

人生の楽しみが著しく欠乏していたあの時代において、彼女たちはわずかな工夫でおしゃれを演出した。彼女たちは、時代の変化に逆らう「英雄たち」に負けていない。しかも、言葉ではなく、積極的な行動で、人間の本来あるべき姿を追求した。六〇年代末から七〇年代の中ごろまでの淮海路を歩けば、無意味な政治スローガンがあふれる中で、活発な心の動きを感じることができたはずだ。もちろん、細部まで見なければ気づかない。毛先だけパーマをかけたり、紺色の上着からブラウスの襟をのぞかせたりする。さらに、スカーフの巻き方を工夫したり、靴の紐を花結びにしたりした。巧みで涙ぐましい演出が、言葉にできないほど感動的だった。

薇薇は高校を卒業したら、セーター売り場の店員になることを目指していた。実際、当時は選択の幅が狭く、薇薇も決して高望みをしなかった。また、頭を働かせることが苦手だったので、自分の将来を考えるに当たって、型どおりの選択をした。この点でも、彼女は王琦瑶に及ばなかったが、時代の制約もあった。とにかく、薇薇は淮海路の少女の中で、最も平凡な一人だった。エリートでもなければ、落ちこぼれでもない。最大多数のグループに属していた。

一九七六年の歴史の変化（文化大革命の終結）が薇薇たちにもたらしたのは、やはり生活の美学に属する情報だった。昔の名画の再上映、ハイヒール、パーマなどである。王琦瑶は当然、パーマをかけに行った。美容師の腕が落ちたのか、ストレートヘアを見慣れたせいか、美容院から戻ってきた王琦瑶は大いに後悔していた。パーマをかけた髪は鳥の巣のようで、見苦しいし、年齢を感じさせる。どう取り繕ってもダメで、余計なことをした自分を責めると同時に、能力がないくせに間に合わせの仕事をした美容院にも腹を立てた。

そのとき、薇薇も同級生と一緒に、お下げの毛先と前髪にパーマを当てに行った。こちらのパーマはうまくいき、清潔感とあでやかさが増した。薇薇はうれしそうに帰宅したが、思いがけず母親から「蘇州の家政婦」みたいだと言われた。薇薇は冷や水を浴びせられても、落胆しなかった。母親はここ数日、パーマを失敗して機嫌が悪い。言わせておこうと思って、やり返さず、王琦瑶が髪を直すのを手伝った。鏡に映った自分を見て、薇薇は優越感に浸った。王琦瑶は思い出した。仏教では、髪の毛のことを煩悩《ぼんのう》の糸と呼ぶ。まったく、そのとおりだ。ごちゃごちゃして、実に悩ましい。

数日後、王琦瑶はまた美容院へ行き、思い切って髪をショートにした。新しい髪型は、とてもユニークだった。美容院を出た王琦瑶は、青空と太陽、心地よいそよ風に気づいた。薇薇は母親の髪型を見たあと、改めて自分の髪型を見て、なるほど「蘇州の家政婦」だと思い、すっかり落ち込んだ。今度は、王琦瑶が彼女の髪を直してくれた。しかし、彼女は先入観を持っていて、母親の提案は間違っている、わざと自分を不細工に見せようとしているのだと思った。王琦瑶が何か言うと、彼女は必ずそれに反対した。最後に王琦瑶は腹を立て、彼女を残して立ち去った。薇薇は一人で鏡の前に立ち、思わず泣き出した。この衝突のため、母と娘は三日間、口をきかなかった。すれ違っても、お互いに相手を無視した。

翌年になると、ファッションの世界は華やかになり、多くのニュースタイルが街にあふれた。ベテランから見れば、これらのニュースタイルは、いずれもオールドスタイルにルーツがあった。そこで、王琦瑶は自分の衣装箱を憐れんだ。もう着られないと思っていた服が、いま再び日の目を見ることになった。ところが、すでに売ってしまった服もあれば、傷んでしまった服もある。王琦瑶が嘆くのを薇薇は不快に思わず、辛抱強く耳を傾けた。母親は服の素材やデザイン、着るべき場面について、一着ずつ細かく説明した。虫干しの日が、また間近に迫っていた。

薇薇は母親の栄光の日々がすでに終わり、自分が栄光の日々を迎えようとしていることを悟った。彼女は同級生たちと一緒に、この都市の衣料品店の常客となり、仕立て屋の常客にもなった。勉強する時間よりも、ファッションを語る時間のほうが長かった。さらに、ファッションの参考にするために、外国映画を繰り返し見た。

ところが、選択の余地がなかった単純な服飾の世界を抜け出し、豊富多彩で複雑なファッションの時代を迎えて、彼女たちは戸惑いを感じてしまった。生まれつきセンスがあれば、すぐに傾向をつかみ、流行の先端に立って、みんなをリードできるだろう。一方、薇薇のような凡人は試行錯誤を繰り返し、高いツケを支払うことになる。

薇薇がもし、素直に母親の意見を受け入れていれば、正しい道を歩み、流行について行けたかもしれない。ところが、彼女はことごとく母親に逆らった。母親が東と言えば、彼女は西を向いた。ファッションに関して、薇薇は最大限の力を注いで研究したが、それでも失敗は避けられなかった。

薇薇は頻繁に服を作るようになり、母親に費用を要求するたびに喧嘩になった。作った服の出来栄《ば》えがよくなくて、また母親ともめた。さらに、母親がいとも簡単に、衣装箱の中の古着を作り直して流行の服を作ったのを見て、彼女は再び不機嫌になった。流行を追い求める過程で、彼女はお金と感情を代価として支払いながら、一歩ずつ前進して行った。

だが、何事も努力が肝心で、さらに一年が経つと、薇薇はファッションのコツを身につけていた。彼女を見れば、街で何が流行っているのかがわかった。流行の波に乗った彼女は、気持ちにも余裕が生まれた。どれが見かけだけの流行で、どれが追いかけるべき本物なのか、識別できた。この一年を振り返ると、万感胸に迫るものがある。本当に大変だった。流行を追う心情をバカにしてはいけない。当たり前のことで、日ごろの生活はそれによって成り立っている。この都市の繁栄も、それによって成り立っていた。この当たり前の心情には、時流を的確に判断する洞察力がある。常緑樹のように、永遠に枯れることがない。

高校を卒業した薇薇は、セーター売り場の店員にはならず、看護学校に入った。学校は郊外にあり、寄宿生活で、週に一度だけ家に帰れる。女子学生が多く、男子学生は少なかった。女が集まると、ファッションを競い合うようになる。お互いを意識しながら、服や靴を買った。毎週土曜日に都心に戻り、大通りを歩くのが補習の時間だった。

当時、王琦瑶はもう「注射」の看板を下ろし、セーター工場の編み物の仕事だけをしていた。当初は人手が少なかったが、農村に「下放《かほう》」していた青年たちが都会に戻ると人手が過剰になり、当然収入が減った。薇薇のファッションにかかる費用のほか、自分の服飾にもときどき支出があり、やむを得ず李《リー》主任が残した財産に手を付けた。

薇薇がいないとき、箱を開けて金の延べ棒を取り出し、外灘《ワイタン》の中国銀行へ持って行って現金に換えた。彼女は、しみじみと思った。食べるものに困っていたときも、これには手を付けなかった。衣食に不自由がなくなったいま、これを使うなんて。一度使えば、二度目を免れることはできないだろう。歯が一本抜けたら、二本目も抜ける可能性があるのと同じだ。それを考えると、ぞっとした。しかし、街じゅうの店が手招きして、彼女を誘惑している。今日はやり過ごせても、明日はもう逃れられない。

王琦瑶の目に映る今日の世界は、薇薇が見ている新世界ではなく、昔の夢がよみがえった旧世界だった。過ぎ去った多くの快楽が、いま再び戻ってきた！　彼女の心の中の喜びは、薇薇をはるかに上回っていた。なぜなら、彼女はその価値と意味を薇薇よりもよく知っていたからだ。

王琦瑶は、金の延べ棒のことを薇薇に隠していた。娘がそれを知ったら、どれだけ服を買うかわからないと思ったのだ。だから、薇薇にお金を要求されても、決して財布の紐を緩めなかった。このとき、薇薇はようやく父親の存在を気にし始めた。彼女は思った。もしも父親がいて、お金を稼いでいれば、たくさん服が買えたのに！　それ以外のことで、父親が必要だとは思わなかった。王琦瑶は、彼女が小さいころから、父親は死んだと言っていた。彼女自身も、他人にそう話した。

薇薇が物心ついてから、この家に男の客が訪れたことはない。弄堂《ロンタン》の奥の七十四号棟の厳《イエン》夫人を除くと、女の客も稀《まれ》だった。外祖母の家族はいたが、行き来が少なく、せいぜい一年に一回程度だ。だから、薇薇の生活はとても単純だった。彼女の外見は実際の年齢より成熟して見えたが、心の中はまだ子どもだった。ファッションのほかは、何も世間のことを知らなかった。それは彼女の責任ではない。教える人がいなかったのだ。この点は、淮海路の少女としては例外だった。

淮海路の少女には野心があった。この都市の華麗さを目にしているが、中流の家庭に生まれたため、それを享受できないのが不服で、何とか勝ち取ろうという意欲にあふれていた。淮海路の中ほどの繁華な通りに住む人たちはみな、まずまずの生活を送っている。さらに西に行くと、商店がまばらで閑静な一帯になり、喧騒《けんそう》が消えると同時に、高級アパートと庭付きの洋館が現れた。そこは別世界だった。実際は、ここに住んでいる人が淮海路の主《あるじ》で、ここに住むことは淮海路の中ほどに住む少女たちの夢である。

だが、薇薇にそんな大それた望みはない。彼女は単純なので、考えるのはただ一つ、家に帰って王琦瑶にお金を要求することだ。彼女は、自分が母親にお金を要求するばかりで、母親が誰にお金を要求すればいいのか、考えてもみなかった。母親が家計の苦しさを語ると、彼女は涙を流し、自分が貧しい家に生まれたことを嘆いた。しかし、その後は忘れてしまい、また王琦瑶にお金を要求した。お金が手に入ると、彼女は喜びで我を忘れ、どこから来たお金かを考える余裕などなかった。だから、王琦瑶が自ら言わない限り、薇薇は金の延べ棒のことを知るはずがなかった。

いま、また虫干しの季節になり、薇薇の服もたくさん並べられた。赤ん坊のころのウールのケープから昨年流行したラッパズボンまで、まるで蝉の抜け殻のようだった。この都市の女の衣服は、みんな蝉の抜け殻だ。彼女たちの年齢は衣服で示される。だが、衣服に包まれた心は、成長していない場合もあった。

王琦瑶はカビが生えていないか、これらの衣服を丹念に調べた。大部分の衣服は、ほとんど着ないうちにデザインが古くなったため、放置されていた。王琦瑶は薇薇に代わって、これらの服を保管した。古くなったデザインは、さらに時間が経過すれば、また新しいデザインとなることを知っていたからだ。それは循環の理論に基づく、ファッションの鉄則である。ファッションについて、王琦瑶は長年にわたる経験を持っていた。どんなに服装が変化しても、襟は一つ、袖は二つに決まっている。襟が二つ、袖が三つということはあり得ない。要するに、スタイルはいくつかに限られていて、順番に流行の主役を務めているだけだ。

ときには、循環の周期が長すぎると感じることもある。順番が来るのを待つ気があっても、年齢は待ってくれない。彼女は、あの薄紅色の絹のチャイナドレスを思い出した。当時は、あんなに気合を入れて身につけ、なまめかしさを発揮した。長年、衣装箱の底に仕舞ったままで、彼女は再びそれを着る機会を待っていた。いま、その日が近づいたが、彼女はもう着られない。こういうことを考えるのは、やめるべきだ。考えると泣きたくなる。女の人生は、時間の経過に耐えられない。気づかないうちに歳月が過ぎて、振り返ってみると十年、二十年が経っている。虫干しの日は、どうしても感傷的になってしまう。古着の一つ一つがみな、過去の歳月を象徴していた。衣服が虫に食われ、傷み、カビが生えるにつれて、歳月もしだいに遠ざかっていった。

ある日、王琦瑶はこのチャイナドレスを薇薇に着せて、髪をアップにしてやった。当時の自分を再現しようとしたのだ。薇薇が準備を整え、目の前に立ったとき、王琦瑶はがっかりしてしまった。彼女が見たのは、当時の自分ではなく、大人になった薇薇だった。薇薇は自分より体格がよく、チャイナドレスは窮屈で、丈も短かった。年月を経て生地は黄ばんでおり、ひと目で古着だとわかる。薇薇が着ても、しっくりこない。薇薇は鏡の前で、左を向いたり右を向いたりしながら、お腹を抱えてゲラゲラ笑った。この古いチャイナドレスを着ても、彼女は淑女に見えなかった。むしろ、自由気ままな若さと華やかさが際立った。それはドレスのひだの間から、にじみ出たものだ。薇薇はおかしなポーズを取りながら、一人で楽しんでいた。彼女が満足してドレスを脱ぐと、王琦瑶はそれを無造作に、衣装箱に放り込んだ。その後、何度か服を整理するときに見かけても、無視して押しのけ、そのうちに存在を忘れてしまった。

## 2
## 薇薇の時代

薇薇の目に映る上海は、王琦瑶からすると、すでに元の姿を失っていた。路面電車はこの都市の心の声を伝えるものだったが、いまは消えてしまった。現在は街の喧騒の中に、あのベルの音は聞こえない。路面電車のレールは撤去された。南京路の路面は、敷かれていたクスノキの板を二十年前に剥がし、舗装道路になった。黄浦江沿いのジョージアン様式の建物は、石壁が黒ずみ、窓が埃で覆われている。黄浦江の水は年々濁り、防波堤を打つ波の音も、心なしか元気がない。蘇州河は論外だ。バス停一つ先まで、悪臭が漂ってくる。そのまま、肥やしにしてもいいくらいだった。

上海の弄堂は、ますます陰気になった。地面や塀に亀裂ができ、電灯は腕白な子どもたちに割られ、排水路は詰まって汚水があふれていた。夾竹桃の葉も、埃をかぶっている。塀の上にエノコログサが生え、地面に敷いたレンガの隙間からスイカの種が芽を出していた。これらはまだ、大したことではない。より重大な変化は建物の内部にあった。

まず、大きなアパートについて述べよう。千軍万馬が駆け抜けたかのように、大理石の階段は摩耗していた。数十年の歳月が流れたのだから、雨だれが石をうがつように、階段が踏まれてすり減ってもおかしくない。大理石の階段でさえそうなのだから、弄堂の住宅の木の階段は言うまでもないだろう。アパートの天井の電灯は、少なくとも笠が壊れていた。ローマ調の彫刻は、埃がたまり蜘蛛の巣が張るだけなので、ないほうがましだった。エレベーターはワイヤーが錆びて、機械部分の動きも悪く、昇降するたびにガタガタという音がした。階段の手すりに触れてはいけない。数十年分の埃が積もっているからだ。

最上階まで行けば、給水タンクのトタン板が錆びついているのが見える。屋上に敷かれている牛毛フェルトは、雨に打たれて穴だらけだった。最上階のテラスは風が強く、土が舞い、砂や小石が飛んでくる。そこには、どこから持ち込まれたのかわからない正体不明のものが散らかっていた。こうしたガラクタの間をすり抜けて、石の欄干につかまって下を見ると、この都市のあらゆる家のバルコニーと屋根がボロボロになっているのがわかる。さらに天窓から家の中をのぞくと、板壁はすでにシロアリに食われていた。

最も奇妙なのは、庭付きの洋館の光景である。室内に入らなくても、庭を見ただけでその変貌ぶりがわかった。庭の中に、たくさんの物干し棚が作られている。洗濯屋でも、こんなに多くはないだろう。花壇のあたりには、かまどが築かれていた。半円形の大きなバルコニーを二つに分けて、それぞれが台所になっているのだ。さらに奥に進めば、迷宮に踏み込むことになる。特に夜になると、目の前は真っ暗だが、耳元で様々な音が聞こえた。鍋で調理する音、お湯が沸く音、子どもの泣き声、ラジオの音楽が、四方八方、上下左右から押し寄せてきた。動けば壁にぶつかるし、曲がろうとしても壁にぶつかる。壁の隙間から、油煙の匂いが漏れてくる。壁に触れてもいけない。触れれば、手が油だらけになる。ここに、かつての洋館の面影はない。最も豪華だった場所が、いまは最も窮屈な場所になった。当時、心を込めて設計された建築様式、装飾の風格が、まったく失われてしまった。

弄堂の建物は昔のままで、基本的に様子が変わっていないように見える。しかし、よくよく見るとやはり変化があった。どの建物も、共用廊下と階段の踊り場に古い家財道具が放置されている。ずっと使う機会がないにもかかわらず、捨てるのは自分の身を切られるようにつらいので、残されてきた品物だった。これらの古い家財道具は、生命が宿っているかのように、ゆっくりと成長していく。平面的に広がったあと、しだいに天井まで伸びて、壁に貼りついているものもあれば宙に浮いているものもある。安定性に欠けていて、運の悪い人は頭をぶつけてしまう。これらの放置された家財道具を見るだけで、どれだけの歳月が流れたのかがわかるだろう。

床板もすり減って、ぐらついていた。水洗トイレの大半は漏水したり、詰まったりしている。電線は壁の中から何本も露出し、ぶら下がっていた。ドアノブも壊れている。何度試みても、空回りしてしまう。窓の木枠はゆがんでいて、ぴったり閉まらない。閉めると、今度は開かなくなる。すべては、歳月のなせる業《わざ》だ。弄堂の建物は、疲れ切っていた。忍耐力と自制心があるので、感情を爆発させずに済んでいる。それに、いったい誰に感情をぶつければいいのかも、わからないのだった。

王琦瑶の目から見ると、薇薇たちの時代の老朽化と混乱はまだ許せるが、我慢ならないのは人々が粗野になったことだった。汚い言葉を使う人たちが街にあふれ、所かまわず痰を吐く。日曜日の繁華街の様子は恐ろしい。人の波が押し寄せ、うっかりすると喧騒の海に沈んでしまいそうだ。道を渡るのも命懸けで、自転車や自動車が行き交い、なかなか足を踏み出せない。この都市は暴風雨のような状態になってしまった。かつての優雅さは、まったく感じられない。バスに乗るときも、買い物、入浴、散髪に行くときも、必ず押し合い圧《へ》し合いで先を争う。罵声が飛び、殴り合いが始まることもあった。そんな光景を見ると、本当にハラハラしてしまう。わずかに残された静かな並木道を歩くときも、気持ちは落ち着かなかった。この穏やかさがいつまで続くかわからないからだ。

西洋レストランの料理も、大幅に質が落ちた。グラスや皿は縁が欠けているし、フォークやスプーンは二十年も洗っていないようで、分厚い焦げがこびりついている。シェフの白衣も、少なくとも二十年は洗っていないらしく、油染みがついていた。生クリームは昨日からの作り置きだし、ポテトサラダはすえた臭いがする。ボックス席のソファーはレザークロスのものに変わり、花瓶の花も造花に変わった。ケーキはレシピが流出し、どこでも見かけるようになったが、どれも味が中途半端だった。

中国料理屋は、ラードと化学調味料が主役になって、旨味が不自然だった。温かいおしぼりも、ウエイトレスの笑顔も料金のうちだ。栄華楼《ロンホアロウ》は猪油菜飯《ジューヨウツァイファン》（ラードを使った菜っ葉入りのチャーハン）の火加減をいつも間違えている。喬家柵《チアオジアシャン》は湯団《タントワン》（もち米の団子、「湯圓《タンユエン》」とも）の餡の量が一定していない。中秋の月餅は種類が何倍にも増えたが、基本中の基本である豆沙《ドウシャー》月餅が、本来はこし餡なのに粒餡になっている。

男物のスーツは、なぜか肩と背中が体にフィットしない。ネクタイの裏地は間に合わせのものだ。街を歩く男たちのスーツの生地は、三種類の化学繊維を混ぜ合わせた安物である。女たちのロングヘアは手入れを怠っているため、ボサボサだった。ハイヒールのかかとは高さだけにこだわり、力学の法則を無視して作られているため、ほとんどまっすぐ歩くことができず、竹馬に乗っているようにふらふらしていた。どんなによい物でも、濫造《らんぞう》されるとどうしても品質が落ちる。王琦瑶は思った。街じゅうの人たちがいま、おしゃれをしようとして失敗し、風変わりな服装をしている。むしろ、「文化大革命」中の紺色の人民服のほうが、まだましだった。ワンパターンではあったが、少なくとも素朴さが感じられた。

上海の街の様子は見るに忍びない。数年前まで抑圧されていた心が解き放たれ、こんな大騒ぎを始めた。よほど鬱憤《うっぷん》が溜まっていたのだろう。すべてが回復し、すべてが戻ってきたのだと言うが、戻ってきたのは本来とは違う別物で、おおよその形が似ているだけだった。ネオンが再び輝いても、あの夜は帰らない。老舗《しにせ》の看板が再び掲げられても、あの店とは違う。街路の名前も元に戻ったが、歩いている人は別人だ。

しかし、そうであっても、薇薇はこの時代が好きだった。自分の時代を好きにならない人がいるだろうか？　選択の余地はない。嫌っていても好きになる。それを逃したら、もう代替はきかないのだ。薇薇は異端の思想に染まることなく、型どおりにこの時代を追って生きていた。この都市の住民は、ほとんどみな時代を追って生きている。時代とともに、バカ騒ぎをすることさえあった。だからこそ、時代の潮流は力を増し、大きな勢いとなる。

王琦瑶がときどき嫌味を言わなかったら、薇薇はどこまで浮かれていたかわからない。彼女は大通りの群衆の中で、幸運の喜びに浸り、自分はよい時代に生まれたと思った。彼女はショーウインドーのガラスに映った自分の姿を見た。そのシルエットは、とてもモダンだった。彼女は上機嫌で、不愉快になるのは母親と衝突したときだけだ。家で腹を立てていても、出かければ元気いっぱいになった。彼女はこの都市の大通りの主人で、最大の発言権を持っているかのようだった。

大通りで目障りなのは地方出身者だ。薇薇はいつも白い目で彼らを見た。彼女からすると、地方出身者は最も悲惨な運命にある。だから、彼女は時代に満足するのと同時に、自分が都会に暮らしていることを誇りに思った。彼女は街で流行の言葉をよく口にした。王琦瑶には理解できなかったが、粗野な感じがして、耳をふさぎたくなった。

薇薇が街でバカにされることは決してない。誰かが彼女の足を踏んだとしたら、相手のほうがひどい目にあうだろう。足を踏んだのが地方出身者だったら、もっと悲惨なことになる。一般の人は、彼女のような年ごろの娘を敬して遠ざけた。彼女たちは傍若無人で、うぬぼれが強く、言葉がきつい。しかし、悪意を持ったやくざ者にからまれると、すごすごと引き下がる。だから、彼女たちは通常、四、五人で一緒に行動した。もし、その中に誰かの男友だちがいれば、彼女たちの意気はさらに揚がり、怖いものなしになった。

大通りを闊歩する薇薇の世代のモダンガールは、歴代の女性にはなかった性質を持っている。食いしん坊なのだ。よく観察すると、ほとんど例外なく、彼女たちはつねに何かを食べていて、満足そうな表情を浮かべている。唇と歯がとても器用で、瓜子《グワズ》の実を皮から見事に剥がす。彼女たちは舌が肥えていて、あらゆる食品の味がわかった。胃腸は丈夫で、一日三食以外にも多くの間食をするが、不思議なことに、いくら胃に負担をかけても平気だった。実を言えば、昔のお嬢さんたちも食いしん坊だった。ただ、それを恥じていた。いまは、まったく遠慮がない。そして、食いしん坊の彼女たちは可愛く見えた。映画館の中でネズミがガサゴソと夜食を食べる音が、現在のモダンガールの音なのだ。

現在のモダンガールは虚礼を拒否し、ごまかしを許さない。性格がさっぱりしていた。プライドを捨てて、彼女たちの冷たい顔をしばらく我慢すれば、すぐに友だちになれる。その後、モダンの心得について語り合えるだろう。

この世代のモダンガールのもう一つの特徴は、賑やかなことだ。彼女たちは、どこへ行っても打ち明け話があるらしく、おしゃべりが止まらない。まるで、巣で大騒ぎしているカササギのようだ。澄んだ声をしていて、笑うのが好きだった。彼女たちは、打ち明け話を家ではなく、外でする。人に聞いてもらいたいからだろう。彼女たちの唇や舌は、物を食べるときだけでなく、話をするときも器用に動く。

昔の女中たちも、彼女たちのようにおしゃべりではなかった。彼女たちは、食べながら話をする。舌がよく動くおかげだ。だが、ほとんどがくだらない話で、言ってても言わなくてもかまわない。聞いたほうも、何一つ記憶に残らなかった。現在のモダンガールは、意外に素朴な心を持っていた。それは田舎者の一途さに近いものだ。モダンに通じる道を歩み、目的を達するまであきらめなかった。

社交ダンスのブームも始まった。当初のダンスパーティーの光景を見たら、誰もが感動するだろう。参加者たちは、恥ずかしいけれども踊りたい、踊りたいけれども恥をかきたくないと思っていた。ダンス音楽が何曲か流れたのに、誰も踊ろうとしないこともあった。全員が壁際にすわり、真剣かつ興奮した顔で、空っぽのホールを見つめていた。誰かが踊り出すと、周囲から笑い声が起こる。笑い声で羨ましい気持ちを隠しているのだ。

その当時のダンスパーティーは主に職場単位で開催されるので、たくさん参加したければ、自分の職場以外に人脈を持つことが不可欠だった。そのうちに、ダンスの愛好者が集まってくる。当時流行のラジカセ一台と空いている部屋さえあれば、パーティーを開催することができた。この種のパーティーに参加する人は純粋にダンスを踊りたいだけで、ほかの目的は少しも持っていなかった。真剣にステップを踏む様子を見れば、それがわかるだろう。

七〇年代末から八〇年代初めにかけて、流行を追う人々の心は純粋そのものだった。

## 3　薇薇の女友だち

薇薇には仲のよい女友だちが数人いた。彼女たちは同級生で、一緒に街をぶらつく仲間でもあった。淮海路の新しい動向について、彼女たちは情報を交換した。励まし合い、助け合い、一人も流行の波に乗り遅れないようにした。当然、競い合う気持ちがあり、嫉妬心も生じる。だが、それが友情の妨げになることはない。むしろ、進取の精神を育てる効果があった。彼女たちが何の考えもなく、ただ流行を追っている少女だと思ってはいけない。長年の努力を経て、彼女たちは自分なりのファッションに関する見識を身につけていた。

　彼女たちは、集まるとよく議論をした。そうでなければ、あんなに話が尽きないはずはない。彼女たちの雑談の記録を整理すれば、流行を予測するガイドブックが出来上がるだろう。その本には、素朴な弁証法が反映されているはずだ。「相手とは逆の方法を取る」という原則に基づき、流行の行方を推測する。例えば、いま黒が流行っているなら、次の流行は白だ。いま丈の長い服が流行っているなら、次は丈の短い服だろう。つまり、極端から極端に推移する。「極端」というのも、彼女たちがまとめたファッション理論の一つだった。

　ファッションは、人々の注目を引くため、つねに主義主張を鮮明にする。だから、独特の理論を持たなければならない。その後、矛盾が生じた。潮流の中で、どうやって独特の個性を保てばいいのか？　彼女たちの議論は深まりを見せ、ねばり強く続けていけば、哲学者になれそうだった。

　女友だちの中で、薇薇が最も崇拝していたのは、高校の同級生の張永紅《ジャン・ヨンホン》だ。張永紅はファッションにおいて、すでに独特の境地に達していた。女友だちの中のアイドルである。いつも最新の流行を敏感にキャッチするので、誰もが彼女の卓越したセンスを認めざるを得なかった。彼女は最新の流行に自分の個性を加えて、おしゃれを演出している。何百人何千人のモダンガールの中に置いたとしても、彼女の着こなしがやはり一番だ。彼女は決して常識を覆《くつがえ》そうとしないし、自分だけ目立とうともしない。流行に順応しつつ、それを最大限にまで高めていく。張永紅のような少女がいるおかげで、この都市のファッションは最高の水準を維持することができる。流行を追う人たちの大半は着こなしに失敗し、ファッションを台無しにしてしまう。

張永紅は当然、女友だちの間で嫉妬を買った。女友だちは張永紅が人気を独り占めしていると思ったが、一方で内心、敬服せざるを得なかった。確かに、彼女から多くのことを学んだからだ。そこで、やはりうわべでは友好関係を維持した。張永紅はこれらの事情をすべて知り、鼻高々で、他人を寄せ付けなかった。ところが、彼女は薔薇だけは受け入れ、おべっかを使うことさえあった。もちろん、おべっかを使う場合にも傲慢さが感じられたが。

張永紅の意図は単純だった。どんな人気者でも、孤独は恐ろしいので、相棒が欲しくなる。張永紅は薔薇を選んだ。正確な比較検討を行ったわけではないが、本能的な判断があった。薔薇が単純な性格で、自分にとって脅威とならないので、張永紅はすぐに最高の相棒だと思った。薔薇は張永紅が好意を示してくれたことに驚き、有頂天になった。彼女はとても心の弱い少女で、敵対しているのは母親だけだ。家を出れば、みんなが友だちであり、誰にでも迎合した。まして、抜群の人気者の張永紅に対しては、なおさらだった。張永紅と一緒にいると、思わず「虎の威を借る狐」の心境になる。張永紅が目立つ存在になれば、彼女も目立つ存在になれるのだ。

ところが、張永紅のようなアイドルがどんな家庭に育ったのか、誰にも想像できないだろう。それは淮海路の中ほど一帯における、驚くべき奇跡だった。この繁華な大通りの両側には、多くの細い裏通りがあった。中には思南路《スーナン》のようにすばらしい裏通りもある。そこは静かな並木道で、喧騒の中の静寂が感じられ、一日じゅう門を閉ざした小さな二階家が並んでいた。誰も住んでいないと思ったら、大間違いだ。それは見せかけで、屋内には俗人の想像が及ばない生活がある。表通りの騒音や繁栄とは比較のしようがない。繁栄は虚勢を張っているとしか思えず、うわべだけのものだ。だからこそ、淮海中路はどう見ても庶民的で、大衆路線を歩んでいた。

そのことを念頭に置いて、改めて複雑に入り組んだ裏通りを見れば、もう驚くことはないだろう。このような裏通りの典型が、南北方向に長く伸びる成都路《チョンドゥー》である。この都市の大通りは、ほとんどが東西に走っている。それらの有名な大通りを貫いているのが成都路なのだ。にもかかわらず、成都路は華やかな大通りの虚栄に染まっていない。堅固な意志を持ち続けていた。そこに盤石のように揺るぎのない人生があることは、匂いを嗅いだだけでわかる。それは、小さな食品市場の匂いだ。魚や肉の生臭さ、菜っ葉の腐った臭い、棚に並んだ豆製品の発酵した匂い、竹箒で掃除をしたあとに残る竹の香りなどである。

顔を上げて再び沿道の家を見ると、大多数が板壁で、二階の窓に手が届きそうだった。軒先は雨で腐食し、黒ずんでいる。一階には小さな店もあった。俗に「雑貨屋」と呼ばれ、裁縫用の針や糸などを売っていた。弄堂があることは言うまでもない。いずれも曲がりくねっていて、道に石を敷いたり、アンペラ小屋を建てたりしていた。こんな貧民街にあるような建物が都会の真ん中にあるとは、誰も想像がつかないだろう。このような家は薇薇の時代になると、セメントで補強された結果、ますます雑然とした状態になった。弄堂の道幅が狭まり、体の向きを変えることさえ容易でない。誰にも予想できないだろうが、淮海路の華やかさは、こうした地道な生活を営む人たちに支えられているのだ。

延々と続く成都路の淮海路と長楽《チャンロー》路に挟まれた一帯の道沿いに、小さな家の扉があった。いつも扉は開いていたが、誰も気に留めない。理由は小さいから、そして暗いからだ。何気なく扉の前で立ち止まると、鼻を突く異臭に襲われる。複雑な異臭の中で、はっきりわかるのは芒硝《ぼうしょう》（硫酸ナトリウムの水和物、皮をなめすのに用いられる）の匂いであり、なかなかわかりにくいのが結核菌の匂いだった。扉の中の部屋は真っ暗で、奥に窓はない。手前の窓も変色した布で覆われ、かすかな光が差し込むだけだ。明かりをつければ、この部屋があり得ないほど狭いことに気づく。古い革靴や靴の部品が山積みになっていた。中央にすわっている靴の修理屋が、張永紅の父親だった。

室内に入ってすぐのところに、手すりのない狭い階段があり、二階に通じていた。二階と言っても、屋根裏部屋にすぎない。部屋の中央まで行くと、ようやく立ち上がることができる。この屋根裏部屋に、二人の病人が寝ていた。一人は張永紅の母親、もう一人は張永紅の上の姉だ。二人とも結核を患っていた。

張永紅も病院で検査を受ければ、もう一人の結核患者になるかもしれない。彼女は驚くほど色白で、ほとんど肌が透き通っていた。午後の二時か三時になると、肌に桃の花のような赤みが差した。幼いころから食べ物に不自由して、食欲を抑えてきたので、彼女は拒食症になってしまった。毎食の量は猫の食事程度で、特に魚や肉は胃が受け付けなかった。

彼女が着ている新しい服は、すべて自分で稼いだお金で買ったものだった。彼女は、布をほどいて糸にする仕事をした。さらに、小学生の登下校の送り迎えをしたあと、子どもの親が帰るまで、宿題を見てやった。彼女はお金に困ることがなかったが、決して買い食いはしなかった。

薇薇が初めて張永紅を家に連れて行ったとき、王琦瑶はひと目で、この娘は病人だと見抜いた。そして薇薇に、伝染する恐れがあるから、付き合いをやめなさいと言った。しかし、薇薇が母親の言うことを聞くはずがない。言っても無駄なことだった。張永紅は美しく、結核菌のせいで上品さが増して、困窮生活による粗野な部分が覆い隠されているように見えた。王琦瑶も同情を寄せ、「美人薄命」という言葉を思い出した。張永紅が服を見事に着こなしていたので、王琦瑶はますます好感を抱いた。同じファッションを薇薇が身につけると、いかにも「受け売り」という印象を与えるが、張永紅が身につけると趣がある。そこで、王琦瑶はもう二人の交際に干渉しなくなった。ただし、決して張永紅を食事に引き留めようとはしない。当然、張永紅が薇薇を食事に引き留める心配もなかった。

張永紅は王琦瑶に強い関心を抱き、薇薇に母親の職業を尋ねた。薇薇は答えられなかった。続けて、張永紅は薇薇に母親の年齢を尋ねた。薇薇は、張永紅が他の人たちと同様、母親が若く見えることに驚き、まるでお姉さんみたいだと言うと思った。ところが思いがけず、張永紅はこう言った。お母さんの綿入れの上着は、男物のスタイルで作ってあるのね。スリットが入って、前合わせが逆で、なんてモダンなんでしょう！

薇薇は母親が褒《ほ》められても、以前のように嫉妬せず、むしろうれしかった。張永紅が親しくしてくれることに恐縮し、どうやってお返しをすればいいのかわからなかった。いま、張永紅が彼女の母親に敬服し、着こなしを学びたいと考えていることを知り、薇薇は多少なりとも申し訳が立ったと思った。母親が二人の交際に反対しているので、張永紅を家に連れて行くのは難しかった。だが、恩に報いたい気持ちは強いし、気にしてもいられない。そこで、頻繁に張永紅を遊びにくるように誘った。

張永紅は誘われると必ず応じ、一度も断らなかった。そのうちに、王琦瑶とも親しくなった。張永紅と王琦瑶は、知り合ってみると共通点が多く、もっと早くに出会わなかったことを悔やむほどだった。お互いに暗黙の了解があるかのように、ほんのひと言で気持ちが通じ合う。傍らで聞いていた薇薇は、目を丸くした。例えばある日、張永紅は王琦瑶に言った。薇薇のお母さん、あなたこそが本物のモダンで、私たちは偽物です。王琦瑶は笑って言った。とんでもない。私は古い物をリメークしているだけよ。張永紅は言った。そのとおり。古い物をリメークするのがモダンなんです。王琦瑶は、思わずうなずいて言った。確かに、モダンと呼ばれている物は、みんな古い物のリメークね。薇薇は笑って言った。二人とも、早口言葉を言ってるみたいだわ。薇薇は張永紅を崇拝していたので、母親に対しても敬意を抱き、以前のように楯突くことがなくなった。

張永紅の審美眼は、誰かに教わって身につけたものではない。大通りで見かけるファッションが彼女の唯一の教科書であり、流行の中でトップを占めることが望み得る最高の成果だった。彼女はまだ若く、流行の波を何回も体験していなかった。だから、才能は抜群でも限度があった。流行の最後尾になる心配はないが、せいぜい流行の先端グループの中の一人にすぎなかった。

ところが、いまは状況が変わった。王琦瑶が彼女のために、新しい世界を切り拓《ひら》いてくれた。張永紅は思ってもみなかった。彼女たちが生まれる前に、華やかで輝かしい時代の流行があったのだ。どの時代の若者も、歴史は自分たちから始まると思っている。だが、張永紅は薇薇のように頑《かたく》なな態度を取らず、良いものと悪いものの違いを理解している王琦瑶にすっかり心服していた。王琦瑶の時代のファッションは、天女の羽衣のように美しい！

張永紅は自分が王琦瑶と巡り会ったことを喜び、人生の恩師だと感じていた。王琦瑶も張永紅との出会いを喜んでいた。こんなにたくさん話をしたのは、いつ以来だろう？　あまりにも長い年月が経ってしまって、思い出せない。しかも、話題はほかでもなく、ファッションのことだった。数十年にわたるファッションの歴史を、王琦瑶はすべて覚えている。思い出すまでもなく、自然に目に浮かんできた。ファッションは、虚栄だと言ってしまえばそれまでだが、決して軽視してはいけない。それは時代精神でもある。ファッションが口を開くことはないが、もし会話ができるなら、多くの道理を説くに違いない。

王琦瑶は張永紅に、歴代の衣服、靴、帽子について細かく語った。目の前に、着飾った美人の姿が次々に浮かんでくるようだった。張永紅は思わず、恥ずかしくなった。彼女たちの時代の流行は、前の時代の残りかすにすぎない。まだまだ勉強しなければならないことが、たくさんある。

薇薇も一緒に聞いていたが、張永紅のような感動は受けなかった。彼女はやはり、自分たちの時代がいいと思った。母親が語るファッションは彼女の頭の中で、古い芝居の衣装のようで、滑稽に思われた。流行がひと巡りして、目の前に戻ってきて初めて、彼女は受け入れる気持ちになれる。「棺桶を見なければ涙を流さない」というタイプなのだ。頭を使うことをせず、目先だけを見る。彼女にとって過去や未来は、何の意味も持たなかった。

八〇年代の初期、この都市のファッションにはひたむきな努力が感じられた。過去を振り返ることと未来を展望することを両立させていた。歪曲《わいきょく》と抑圧の時代を経て、初めて思想解放のときを迎え、どこへ向かえばいいのかがわからない。そこで、模索しながら前進した。街では、奇妙な光景が見られた。気持ちと実力、理論と行動がかけ離れている。だが、懸命な努力をしていることに気づけば感動するだろう。

王琦瑶の影響を受けてから、張永紅は流行を抜け出す姿勢を示すようになった。一見すると、流行遅れのようだが、よく観察すれば、彼女が流行のはるか先を行っていることがわかる。しかし、張永紅のような見識の持ち主はごく少数だった。親友の薇薇でさえ理解してくれず、彼女は孤立した。女友だちはみんな、大いに喜んだ。競争相手が脱落し、自分たちが主役になれると思ったのだ。だが、本当は嘆くべきだった。リーダーを失ったため、平凡な彼女たちは、どんな流行からも締め出されてしまった。

本来、流行はすばらしいものだ。しかし、エリートたちがそれを放棄すると、人材が失われ、しだいに通俗化する。いま、張永紅は完全に孤独で、王琦瑶だけが理解者だった。薇薇がいないときにも、彼女は訪ねてきて王琦瑶と雑談をした。その最中に薇薇が帰ってきたとき、薇薇を見る二人の目つきは、薇薇が部外者で二人が身内であるかのようだった。

その後、高校を卒業した薇薇は看護学校に進学した。極貧の張永紅はガス会社に配属され、検針員の仕事に就いた。しばしば王琦瑶に会いにきて、二人の仲はますます深まったが、薇薇とは疎遠になった。薇薇は、ときどき王琦瑶に言った。張永紅を娘にしなさいよ！　だが実際のところ、王琦瑶と張永紅は母と娘と言うより、一人前の女同士の関係だった。年齢と経歴の違いを乗り越え、親密になった。

この二人の女は、それぞれ老いることのない心と生まれつき賢い心を持っていた。どちらも年齢を超越した、本物の女の心だ。外見がどのように変化しても、心は永遠に変わらない。深く己を知ると同時に、夢を持っている。ファッションだけに心を捧げていると思ってバカにしてはいけない。ファッションは、彼女たちの人生そのものだった。虚栄心ではないかと言われるが、しっかりした基盤がある。それが表面の華やかさを支えているのだ。

二人とも自分の運命をわきまえていた。この世界の栄光と無縁だということも知っている。ささやかな勝利を収めたとしても、世界の栄光の引き立て役にしかならない。彼女たちは、高望みをしなかった。だが、要求がないわけではない。彼女たちは、珍しいほどこだわりが強い。服やスカートの裁断や縫製に関しては、ひだ一つ、縫い目一つに至るまで手を抜かなかった。色合いに対する要求も、とても細かい。表面上は何気なく見えても、実は意匠が凝らされている。これを「天衣無縫」と言うのだ。

　新しいデザインを考え始めると、彼女たちはワクワクして、行動が積極的になった。店へ行って布地を買うときは、表地に裏地を合わせる。ボタンの種類も、釣り合いを考えて選んだ。その後、型紙が出来て、仮縫いのときが最も大事だった。針の先ほどの誤差も、彼女たちは見逃さない。大仕事が完成し、試着して鏡に映して見ると、すべてが思いどおりに出来ている。ところが、彼女たちは虚しい気持ちになった。鏡の中の姿を誰が見てくれるのだろう？

　このような虚無感に襲われたとき、彼女たちはお互いを必要とした。二人はあか抜けた服装で出かけた。張永紅は王琦瑶と腕を組み、賑やかな淮海路を歩いた。二人の姿は拭いようのない哀愁に満ちている。一人は夕暮れの哀愁、一人は明け方の哀愁で、どちらも薄暗い世界の中にいた。一人は終わりに近づき、もはや前途がない。もう一人は前途があるが、より好ましい結果を得られるかどうか、まったく見当がつかない。だから、年齢を度外視すれば、二人はまさに姉妹のようだった。

　だが、二人は内輪話をしなかった。衣服や帽子について語るのが、彼女たちの内輪話だった。ただし、ある事件が起きてから、状況に変化が生じた。その日、張永紅は王琦瑶の家を出て、弄堂の出入口まで来たところで思い出した。前日、王琦瑶から借りた二元をまだ返していない。そこで引き返し、王琦瑶の家に入ると、さっき自分がお茶を飲んだコップがテーブルの脇に片付けられていた。コップには紙切れが突っ込んである。これは明らかに、飲食店のやり方をまねたものだった。レストランのテーブルの上には、赤い紙切れをのせた皿が置いてある。伝染病を患っている客は食事のあと、紙切れを一枚取って自分が使った食器に入れ、特別な消毒をしてもらうのだ。張永紅は何も言わず、王琦瑶に二元を返して帰ったが、その後の一週間は姿を見せなかった。

土曜日、学校から戻った薇薇は、「張永紅はどうして来ないのかしら？」と尋ねた。王琦瑶は「知らないわ」と答えたが、心の中では思い当たる節があった。薇薇が張永紅の家を訪ねると、彼女の姉が屋根裏部屋の窓から顔を出して、「妹は残業で、帰ってきていない」と言った。薇薇はほかの女友だちを誘って、週末の時間をつぶすしかなかった。

二日後、張永紅は突然やってきて、何も言わずに王琦瑶の目の前に診断書を置いた。医師が乱れた字で、診断結果を記載している。「肺に病巣と結核菌の所見を認めず」とあった。王琦瑶は困って顔を赤くし、とっさに言葉が出なかった。しかし、すぐに落ち着きを取り戻して言った。張永紅、あなたは行動が早いわね。前から検査に連れて行こうと思っていたのよ！　これで私も安心した。だけど、あなたは肺病じゃないとしても、肺の機能が衰えていると思うわ。今度、一緒に漢方医のところへ行きましょう。張永紅は呆気に取られ、その後、顔をそむけて泣き出した。

張永紅の年ごろの内輪話と言えば、当然、異性に関することだった。張永紅には、男友だちがいない。彼女に好意を示した男子の話になると、いつも嘲笑するような口ぶりになった。王琦瑶は知っていた。張永紅のような少女は、「帯に短し、たすきに長し」の状態に陥りやすい。彼女たちは見た目が美しく、服装もモダンで、複数の男子から同時に求愛され、男友だちは自分で選ぶものだと思っている。お高くとまっていて、ほとんどの男子に忍耐力がなく、すぐに気が変わることを知らない。じっと待っていてくれる相手もいるが、それは得てして彼女たちが最も軽蔑しているタイプの男子だった。だから、自分をわきまえている少女のほうが、状況判断が的確で、チャンスを逃さない。

王琦瑶は、そのような道理を張永紅に説く責任を感じると同時に、傲慢さを取り除いてやろうと思った。誰だって、与えられた時間は限られている。しかし、張永紅はその考えに同意せず、自分が過小評価されたと思って不満だった。そこで彼女は、王琦瑶に男子たちについて語るとき、自然に話を誇張して、本当は自分に求愛していない相手まで数のうちに入れた。これらの嘘に自分も騙《だま》され、話しているうちに真実だと思ってしまった。

王琦瑶はもちろん、真偽を見分けることができた。張永紅は夢を見ていると思った。それは、どんな結果をもたらすだろう？　張永紅が自分の忠告を受け入れないので、ときどき王琦瑶は懐疑的な態度を見せた。すると張永紅は腹を立て、あれこれ説明するのだが、その話の内容はますます疑わしい。面白いことに、内輪話をしないころは本当のことしか言わなかったのに、内輪話を始めたら嘘を交えるようになった。内輪話をしないころは和気藹々《あいあい》だったのに、内輪話を始めたら行き違いが生じてしまった。

この時期、王琦瑶と張永紅の間には、緊迫した雰囲気が漂っていた。どちらかと言うと、王琦瑶は大人なので悠然と構えていたが、張永紅はいつも喧嘩腰だった。彼女はまだ若いし、王琦瑶の弱点が見つからないため、一歩も譲ろうとしなかった。王琦瑶を納得させようとして、ある日、彼女は男友だちを連れてきた。

その日、薇薇も家にいた。張永紅が男友だちを連れてきたのを見て、口数が多くなり、過剰に反応した。王琦瑶は思わず歯ぎしりし、心の中で薇薇の品のなさを責め、白い眼を向けた。ところが、薇薇はまったく気づかず、ずっとしゃべり続けている。張永紅は静かにすわって、余裕のある表情を見せていた。その男子は、確かにカッコよかった。色白で、礼儀正しい。それを見て、王琦瑶はますます腹が立った。だが、その男子は相手の機嫌を取るのがうまく、話も面白い。薇薇とのやり取りは、まるで漫才のようで、王琦瑶は我慢できずに笑ってしまった。

王琦瑶は台所へ行き、彼らのために軽食を用意した。悩みを知らない彼らの笑い声を聞いていると、しだいに気分がよくなった。やはり、若い人たちは違う。一緒にいると打ち解けて、楽しむことだけを考えるから幸せだ。大人が邪魔をしてはいけない。王琦瑶は軽食をいくつか作り、食べさせたあと、映画を見に行く彼らを送り出した。

彼らが出かけると、王琦瑶は急に静かになった部屋に一人ですわり、春の日の午後の日差しが西側の壁の上を移動して行くのを見ていた。この光景は懐かしい気もするし、以前とは違う気もする。壁に映る光と影は王琦瑶が熟知しているもので、百年千年経っても失われることがない。だが、人間の一生ははかないものだ。彼女が目で追っていた光と影は、あっという間に姿を消して、室内は暗くなった。

薇薇はまだ帰ってこない。どこを遊び歩いているのか？　日曜日の夕方は、規則を守ろうとしない。あらゆる物事が予定どおりに進まなかった。もう夕食の用意をすべき時間だが、あまりにも静かだ。しばらくすれば、明かりが灯るだろう。その後、夜がやってきて、遊びに出かけた人たちは、ますます帰宅を急がなくなる。

王琦瑶は薇薇が帰ってくる前にベッドに入り、寝てしまった。夜中に目覚めると、明かりがついていた。薇薇は明日、学校の寮に戻るので、荷物の整理をしている。勉強を忘れたわけではないと知り、王琦瑶はまた目を閉じた。半分眠った状態のとき、隣の家のバルコニーのハトの声が聞こえてきた。クークーと、寝言を言っているようだ。また、しばらくすると明かりが消え、薇薇も眠りについた。

次に張永紅が訪れたとき、王琦瑶は彼女の男友だちを褒めた。ところが思いがけず、張永紅は言った。男友だちじゃありません。一緒に遊んでるだけです。王琦瑶は面食らい、言おうとしてた言葉を飲み込んだ。だが、しばらくすると笑いながら言った。でも、時間を無駄にしないでね。遊んでばかりいると、あとで後悔することになるわよ。張永紅は言った。大丈夫です。時間は遊ぶためにあるんですから。王琦瑶は言った。たっぷり時間があると思っているでしょうけど、実際はあっという間に過ぎてしまう。楽しく遊んでいても、ハッと気づくときが来るわ。張永紅は言った。そのときは、そのときですよ。二人は、気まずい思いで別れた。

その次に訪れたとき、張永紅はまた別の男友だちを連れてきた。前回とは違って、色黒で背が高く、口数の少ない男子だった。背筋を伸ばして張永紅の隣にすわり、彼女が談笑するのを聞いている。前回の男子とは好対照をなしていた。王琦瑶は「遊び」だとわかっていたので、まともに相手をせず、軽食を用意することもなかった。二人は夕食の前に帰って行った。翌日、張永紅がやってきて言った。あれは本当の男友だちです。まだ、付き合い始めたばかりですけど。王琦瑶は、依然として本気にしなかった。

ところが、次回も張永紅はその男子を連れてきた。しかも、それ以降は常連客となった。最初の男子のように人なつこくはないが、とても器用で、水道の蛇口、水洗トイレ、電灯のスイッチ、ミシンのベルト、何でも修理できた。しかも、作業が早くて正確だった。張永紅に対する忠誠心も固いようだ。薇薇が家にいたとき、三人は一緒に西洋レストランへ食事に出かけ、彼が支払いを引き受けた。

しかし、ある日突然、張永紅は彼と別れると宣言した。理由はとても奇妙で、彼に水虫があり、しかもそれが手にできているからだと言う。その男子は一度、王琦瑶を訪ねてきて、恥ずかしさと憤《いきどお》りのあまり、涙を流した。彼だけでなく、王琦瑶もバカにされた気分だった。彼女は張永紅に言った。これからは、遊び相手を連れてこないで。おもてなしする暇はありませんから。

張永紅は果たして、誰も連れてこなくなった。ただ、ときどき話の途中で立ち上がり、約束があるからと言って帰ってしまう。そのあとすぐ、裏窓のあたりで自転車のベルの音がした。張永紅が出て行くと、王琦瑶も好奇心を抑えられず、急いで階段の踊り場まで行き、窓から下を見た。張永紅は自転車の後ろの荷台に乗り、ゆっくりと弄堂から出て行った。自転車をこぐ男子は、後ろ姿しか見えなかったが、また別の相手だった。薇薇の話によれば、張永紅は次々に新しい男友だちを作っているらしい。

張永紅は走馬灯のように、男友だちを何度も換えていた。知り合った経緯は、それぞれ異なる。職場の同僚、高校の同級生、同じ町内の隣人のほか、ガスの検針を担当している地域の顧客もいた。彼らのことをどれくらい好きか、言うのは難しい。付き合うようになった理由はただ一つ、自分に惚れてくれたからだ。彼らが惚れてくれたことで、張永紅は自信がつき、強気になれた。あんな家の出身だから、ずっと肩身の狭い思いをしてきた。彼女は自分の力だけを頼りに生きていくしかないのだ。

彼女は身なりがモダンで、容貌が並外れている。まるで下男のように何でも言うことを聞く男子たちに取り巻かれているので、嫉妬の目で見られた。これは彼女が自ら描いた人生の設計図だった。稚拙なところがあるとしても、自分で考えたものだから、仕方がない。彼女は自分に向けられている視線があると、すぐに気づき、ちょっとした手を使って相手を惚れさせた。そして、また次のターゲットを探すのだ。

こうして多くの男子が集まり、さらにいくらでも志願者が現れて、義勇軍のような一団が形成された。彼らは張永紅の果てしない計略に引っ掛かり、一瞬見た夢を永遠に忘れない。彼らのほとんどは人生を歩み出したばかりなので、第一印象に強く左右される。彼らは一生、女は謎だと思い続けるだろう。

張永紅はどうか？　男友だちは、「のぞきからくり」のように目の前を通り過ぎて行った。表面だけの付き合いで、深入りすることがない。感覚が麻痺していて、何の刺激も受けず、まるで殻をかぶっているかのようだった。だから、表面上は活発そうに見えても、心の中は淡々としていた。張永紅は男友だちとデートするとき、必ず薇薇を巻き込んだ。薇薇は俗に言う「添え物」だった。この「添え物」は観客の役割も果たす。デートが見世物に変わるのは、張永紅の望むところだった。ほかの女友だちは、絶対に「添え物」になろうとしない。薇薇は気が回るタイプではないし、楽しいことが好きで、しかも張永紅に呼ばれることを喜んでいた。

薇薇も男子に興味を持つ年ごろになった。学校では男子学生と女子学生の間に会話はなく、わざと慎み深い態度を取っていたが、誰もが心の中では男女交際を望んでいた。張永紅のデートに付き合うとき、彼女は内心の興奮を抑えられなかった。「添え物」の立場をわきまえず、やたらに口数が多くなった。だが、張永紅はそれを責めることなく、むしろ満足そうだった。

その男友だちは当初、薇薇がおしゃべりで主客転倒していると思った。しかも、しばしば張永紅は自分の身代わりとして薇薇をよこし、彼の好意を無にした。彼は口に出せない苦しみを味わった。しかし、張永紅への求愛が報われず、挫折の痛みを感じるうちに、情熱的な薇薇に目を向けるようになった。目標を下げたという印象は免れないが、若者は長所を見つけることが得意だ。それで、主客の間に微妙な変化が生じた。張永紅が、それに気づかないはずはない。兆《きざ》しが表れた段階で、すぐに彼を振った。先手を打ったほうが勝者になれる。薇薇の男友だちは自分のお下がりだと思うと、張永紅は慰めを感じることができた。

その男友だちから単独でデートに誘われたとき、薇薇はもちろん驚き喜んだが、気が進まないような表情を見せた。張永紅のお下がりだから体裁が悪いという理由ではない。男子から誘いを受けたときは、そうするべきだと彼女は考えていた。それは張永紅の受け売りだった。ほかに張永紅から学んだのは、男友だちを頻繁に換えることだ。当然、これらの男友だちはみな、張永紅のお下がりである。

薇薇は内心ずっと張永紅を羨ましく思い、何でも彼女のまねをした。彼女が男友だちと付き合う様子を見聞きして、自分が腕を振るう日を待ち望んでいた。しかし、いくら張永紅のまねをしても、それはうわべだけで、形を借りているにすぎず、彼女には彼女の考えがあった。彼女は他人からの好意を無にできない。生まれつき情が深くて他人を大切にする性格だったから、次々に男友だちを換えることが心苦しかったし、お高くとまることもできなかった。また、いつも傍観者の立場にいたので、冷静に人を観察できた。したがって、自分なりの好き嫌いの原則を守っていた。

そのうちに、彼女には特定の男友だちができた。燃えるような恋というわけではなく、少しずつ仲が深まったのだった。毎週一、二回会い、映画を見たり街をぶらついたりする。別れるときも、「十八里の道を送って行く」（越劇『梁山泊と祝英台』の名場面の一つ）ようなものではなく、また会おうと約束するだけだ。純粋な関係が結婚まで続くというタイプの交際だった。平凡と言えばそれまでだが、多くの幸福で穏やかな結婚生活は、そのようにして始まる。

このとき、薇薇はすでに、市街地の区立病院で、手術室の看護師になるための実習をしていた。

## 4 薇薇の男友だち

薇薇の男友だちは林《リン》君で、三歳年上だった。父親はガス会社の技術者で、さほどの年齢ではなかったが、文化大革命中に苦労したため、体がボロボロになり、早期退職した。そこで息子が職位を引き継ぎ、現場の修理担当になった。林君は昼間働き、夜は独学で勉強をしている。彼は大学を受験したが、残念ながら落第してしまった。そこでいま、来年に向けて準備しているのだ。大学受験に失敗し、張永紅との初恋にも失敗したため、彼は憂鬱な表情で、口数も少なかった。薇薇とは好対照と言える。

薇薇の単純な快活さは、間違いなく彼に好影響を与えた。彼の寡黙さは逆に、薇薇の浮ついた気持ちを落ち着かせた。とにかく、二人は理想的なカップルで、相性がとてもよかった。薇薇のように素直で、駆け引きをしない少女は、まったく本能に任せて行動する。本能は彼女を裏切らないし、損もさせない。最終的に、予想もしなかった好結果をもたらす。一方、張永紅のように賢い少女は、本能に頼ることをしない。だが、賢さがまだ不十分なので、どうしても間違いを犯してしまう。本能の知恵があれば、本能を理性的に処理することができる。本能に従うなら、二度の否定を経て理性とのバランスが取られなければならない。だったら、やはり薇薇のような少女のほうがいい。回り道をする必要がないから。王琦瑶は初めて林君に会ったとき、こう思った。「犬も歩けば棒に当たる」というのは、まさにこのことだわ！

薇薇が言わなくても、王琦瑶は林君がもともと張永紅の男友だちだったことを察知していた。だが、王琦瑶はそれを気にしなかった。むしろ、張永紅に見る目がなかったことを残念に思った。林君は新楽路《シンロー》のアパートに住んでいた。そこは静かな並木道で、この都市では珍しく、鳥の声が近くの公園から聞こえてくる。昔の上海の顔役の別邸があった場所だ。そのためか、林君はいつも爽やかで落ち着いていた。繁華街の喧騒に影響されず、良家のお坊ちゃんの風格があった。

王琦瑶は彼が住むアパートの様子を、中に入るまでもなく知っていた。門に掲げられている番地表示の銅板を見ただけで、生活の重みが感じられる。まるで、難攻不落の城のようだ。それでも、時の流れや世事の移り変わりに抵抗できず、内部は瓦解し始めている。一つは外的な圧力で、文化大革命中の強制的な家屋差し押さえがあった。もう一つは内的な要因、例えば兄弟の不和による分家などである。この二つの災難を免れれば、何とか平穏な日々を送ることができた。穏やかで、楽しく豊かな、誰にも邪魔されない生活は、多くの人が一生頑張っても得られないものだった。

ある日、王琦瑶は林君について聞きたいことがあると言って、わざわざ張永紅を家に呼んだ。しかし、本当の理由は別のところにあった。林君の身の上なら、口の軽い薇薇に尋ねれば、あっという間にすべてがわかる。王琦瑶の狙いは、張永紅に釘を刺し、薇薇と林君の交際を邪魔させないことにあった。彼女は張永紅が林君を振ったことを後悔して、二人の間に割り込んでくるのではないかと警戒していた。薇薇は張永紅に敵《かな》うはずがないし、若い人の恋愛感情は簡単に再燃するものだ。それで、張永紅を呼び、判断が正しかったことを納得させるつもりだった。

張永紅は事前におおよそ、王琦瑶の意図を察していた。話題が出たとたん、自分は二人の仲を取り持ったのだという態度を見せた。王琦瑶はひそかに、張永紅の賢さとプライドに舌を巻いた。しかし、結局のところ張永紅はまだ子どもで、大人のような狡猾《こうかつ》さがない。演技が大げさすぎて、不自然さを露呈してしまった。王琦瑶はその失意の様子に気づいた。また、彼女を陥れる大人はいるのに、彼女を支える大人はいないことを考え、申し訳ない気持ちになった。そこで話題を変えて、付き合っている男友だちはいるのかと尋ねた。

張永紅は戸惑い、沈黙してしまった。王琦瑶は言った。たくさん男友だちがいるのに、特定の相手は一人も出来ないの？　張永紅は相変わらず何も言わなかったが、目の縁が赤くなった。痛いところを突かれたようだ。王琦瑶は、ため息をついて話を続けた。月並みな言い方になるけど、ちやほやされるのはいまだけよ。あっという間に、誰もいなくなる。花の盛りは短いもので、最後に取り残されるのは決まって、あなたのように美しくて賢い娘さんなんだから。

張永紅はうつむいたまま、しばらくして言った。どの男の子がいいですか？　王琦瑶は、彼女の子どもっぽさを笑って言った。どうして、私に聞くの？　自分が決めることでしょう。張永紅も笑って、少し甘えるように言った。あなたに決めてほしいの。王琦瑶は言った。ダメよ、できないわ。すると、張永紅は言った。薇薇の相手は決められるのに、私の相手は決められないのね。何気ないひと言に王琦瑶は面食らい、しばらく間を置いてから言った。こんな話、薇薇にはしたことがない。あなたはあの娘より賢いから、それで逆に失敗するんじゃないかと心配なの。張永紅は沈黙し、二人は無言のまま、すわっていた。しばらくすると、張永紅は暇《いとま》を告げた。

そのころ、薇薇の男友だちの林君は受験勉強の大事な時期に入り、薇薇と会う機会もしだいに減っていた。王琦瑶は毎晩、退屈そうな薇薇の様子を見て、不安を抱かざるを得なかった。「受験勉強」というのは、言い訳ではないだろうか。薇薇はまだ若いから、嫁入り先が見つからないはずはないと思い直したが、それでも懸念は消えなかった。

夜の十時になり、薇薇がもうシャワーを浴びてベッドに入ったとき、思いがけず林君が弄堂の窓の下で何度も薇薇の名前を呼んだ。薇薇はパジャマのまま出て行き、なかなか帰ってこない。王琦瑶は、パジャマのままで遠くへ行くことはないだろうと思ったが、蚊取り線香を買いに行くという理由をつけて、戸締りして弄堂の入口まで捜しに行った。家を出てすぐ、前方の電灯の下に立っている二人の姿が見えた。自転車を間に挟んで、話をしている。薇薇はいつものように、身振り手振りを交えてしゃべりまくり、遠くまで笑い声が聞こえていた。

王琦瑶はそっと引き返し、家のドアを押し開けた。ホッとしたとたんに、心にぽっかり穴があいてしまった。ガランとした部屋の中には、自分とその影しかなかった。化粧台の鏡は、さらに耐えがたい。鏡の中も外も一人ぼっちで、見ないほうがましだ。立ち尽くしていたとき、階段を上がってくる薇薇のスリッパの音が聞こえた。王琦瑶は尋ねた。こんなに遅く、林君は何の用事だったの？

薇薇は答えた。勉強に疲れて、気晴らしに雑談しに来たのよ。王琦瑶は言った。今度からは、上がってスイカでも食べてもらいましょう。薇薇は言った。スイカなんか、どこにでもあるわ。

次に林君が来たときも、薇薇は呼ばれて外に出て行き、街灯の下で立ち話をした。王琦瑶は理由をつけて二人に近づき、薇薇に言った。買い物に行ってくるわ。家のドアは鍵が開いているから、中に入って留守番していてちょうだい。薇薇は「どうして、お母さんは鍵もかけないで出かけちゃうんだろう」と文句を言いながら、林君を連れて家に帰るしかなかった。

二人は家に上がり、あれこれ話をしたが、王琦瑶はなかなか帰ってこない。そのうちに母親のことは忘れ、自由を楽しんだ。林君は部屋の中を歩き回り、クルミ材のタンスを指さして言った。これは年代物だね。次に、化粧台の鏡についても同じことを言った。これも年代物だね。しかも、掛け値なしの本物だ。薇薇は言った。本物じゃない鏡なんてあるの？　林君は笑うだけで弁解はせず、今度は玉ラシャのベッドカーテン見て、やはり年代物だと結論づけた。薇薇は彼を問い詰めた。あなたは私の家を骨董屋だと思ってるの？　林君は、まるで見当違いの反応に対して、あえて弁明しなかった。

このとき、王琦瑶が階段を上がってきた。アイスクリームを手にしている。彼女は台所に入り、皿とスプーンを持ってきて、二人に分け与えた。彼らは少しかしこまって、もう会話をやめた。王琦瑶は林君に、勉強ははかどっているか、受験会場はどこか、などの質問をしたが、十中八九は薇薇が先回りして答えた。林君は口を挟むことができず、うつむくしかなかった。皿の模様や金の縁取りを見て、このような上質の磁器はいまどき珍しいと考えていた。

　林君は若いのに懐古趣味の傾向があり、何でも古いものがいいと思っている。だが、使った上でよさを理解したわけではない。むしろ逆で、触れる機会がないからこそ好きになったのだ。昔の生活の話は、両親から聞いていた。あのようなアパートで暮らした人はみな、よい思い出を持っている。林君は薇薇の家で、昔の生活の名残《なごり》を目にした。細々とした物ではあるが、本物に間違いない。

王琦瑶は彼に言った。これから薇薇に話があるときは、遠慮せずに上がっていらっしゃい。街灯の下に立って、蚊の餌食《えじき》になりたいの？　林君は笑ったが、薇薇が言い返した。遠慮してるわけじゃないわ。お母さんの知り合いじゃないからよ。王琦瑶は、ひどい言い方だと思って娘を相手にせず、皿を片付けて台所に入った。林君も立ち上がり、暇を告げた。

　それ以降、林君は窓の下で叫ぶのをやめ、階段口まで上がってきて薇薇を呼んだ。王琦瑶はいつも理由をつけて外出し、二人が自由に家で過ごせるようにした。しばらくすると帰ってきて、彼らのためにお菓子を作る。

　お菓子を作ったり食べたりしているうちに、林君の帰宅時間になった。

　このような夜を過ごすと、気持ちが穏やかになる。特に、運命を決める大学入試を控えている林君は、細やかな気遣いによって緊張感がほぐされた。こうした日常の暮らしは、運命に直接関係しているわけではないが、運命の土台を形成している。普段は誰も気にしていないものだった。王琦瑶は平凡な日常を特別なものに変えて、人をもてなす能力を持っていた。相手は、きっとこう思うだろう。どんなに惨敗しても、ここに帰ってくれれば慰められる！　薇薇のような凡人は、この恩恵を受けられない。もともと、勝負するつもりがないから。しかし、人生の勝者を目指している林君にとっては、間違いなく最高の栄養剤になる。

受験前の数日、林君はほとんど毎日やってきた。緊張のため、また緊張を克服するため、林君は口数が多くなった。薇薇は見当違いなことを言ったり、知ったかぶりをしたりするので、林君は主として王琦瑶に語りかけた。

彼は王琦瑶に告げた。彼の父親はもともと孤児で、徐光啓《じょこうけい》（明末の学者、政治家。マテオ・リッチに学び、キリスト教徒となる）が設立した天主教の学校に収容されていた。ある日、老人が学校にやってきた。孤児たちに『聖書』を暗唱させ、いちばん上手だった子どもを引き取って養子にするという。こうして選ばれたのが、彼の父親だった。彼の父親はよい教育を受け、アメリカに留学したこともある。いま、その父親の望みは息子たちが大学に入り、事業を成功させることだ。ところが二人の兄のうち、一人は農村へ送られ、一人は工場で働いていて、勉強と縁がない。期待は彼の身にかかっていた。

王琦瑶は話を聞いて、笑いながら言った。世間の父親や母親はみんな、子どもへの期待を大げさに語るけど、それは結局、幸せを願うからなのよ。だから、あなたもご両親の期待を重荷にしないで、自分の力を尽くすだけでいい。それに、ご両親があなたを大学に入れようとするのは、あなたに素質があるからよ。あなた自身の希望をかなえるためでもある。ご両親のことばかり気にしていたら、自分を見失ってしまうわ。

王琦瑶の話は、彼の責任感を免除するものではない。彼が重荷を下ろし、身軽になって出陣するためのものだった。それを聞いて、林君は心が晴れ、落ち着きを取り戻した。だが、話し出すと歯止めがきかず、今度は母親のことを王琦瑶に語り出した。中流家庭の出身で、親は生活費を切り詰め、娘を中西女子中学（一八九二年創立のミッション系女子校）に入れて教育を受けさせたのだ。

そばで聞いていた薇薇は、もう我慢できなくなり、街へ出かけようと騒いだ。林君は仕方なく話を中断したが、残念そうな様子だった。薇薇はトントンと階段を下り、林君があとに続いた。弄堂に出ると、薇薇は言った。お母さんと話が合うのね。林君は言った。それは、よくないことかい？　薇薇は言った。よくない！　絶対よくない！　林君は何を言っても無駄だと思い、向きを変え自転車を押して去って行った。二人は、気まずく別れた。

こうして、試験の日がやってきた。午後に試験が終わると、林君は自宅に戻らず、試験場から直接、薇薇の家を訪れた。王琦瑶は暑気払いに、緑豆と百合根の冷製スープを出す一方、公衆電話のところまで行き、薇薇に早退して帰ってくるように言った。一連の試験を受けて、林君はひと回り痩せていたが、気力は充実していた。「試験はどうだった？」と尋ねると、「まあまあです」という返事だった。控えめな口ぶりから、彼は薇薇が帰ってきてから話そうと思っていることがわかった。それで、王琦瑶も多くを尋ねることをせず、新聞を持ってきて彼に渡した。

間もなく、薇薇が帰ってきた。ハイヒールを脱ぎ捨て、熱さを嘆き、喉が渇いたと叫んだ。まるで、彼女が試験を受けてきたかのようだった。林君は試験のことを聞かれるのを待っていた。だが、彼女はその質問をせず、今夜どんな映画が上映されているかと尋ねた。彼女は、しばらく映画を見ていないと言う。そして、最新のファッションについて語り、早くしないと流行に乗り遅れてしまうと言った。

王琦瑶は見かねて、薇薇に代わって林君にいくつか質問した。どんな問題が出て、どのように答えたか、などなど。林君は、それでようやく試験の様子を報告した。淡々とした口調だったが、それでも興奮は伝わってくる。特に外国語の試験は、彼が予習した内容の三分の一程度の易しい問題で、当然、すらすら解答できたという。薇薇もそれを聞いて喜び、林君に紅房子《ホンファンズ》の洋食をおごってくれと騒いだ。王琦瑶が、それを制して言った。林君はまだ家に帰っていないのよ。ご家族がお待ちでしょう。それに、合格通知が届いたわけじゃないいんだから、まるで「たかり」じゃないの。しかし、林君は言った。別にかまわないよ。家には電話をすればいい。合格通知が届くかどうかも、ぼくが決めることじゃない。「人事を尽くして、天命を待つ」というわけさ。とにかく、ぼくの心には一点の曇りもないんだ！

太っ腹な言い方だが、それだけ自信があるのだろう。王琦瑶は、彼らの勝手にさせることにした。二人は戸口まで行ったが、林君が振り返って言った。お母さんも、一緒に行きましょうよ！　王琦瑶は当然、辞退したが、なかなか断りにくい。しかも、薇薇がまたいろいろ文句を言い出したため、場がしらけてしまった。そこで、王琦瑶は言った。いいわ。でも、私がご馳走する。林君の慰労会だから！

その後、王琦瑶は二人を先に送り出し、自分はあとから行くことにした。服を着替え、お金を持ってレストラン紅房子に着いたのは、七時ごろだった。夏の夕暮れは遅く、太陽が沈んでも、光はまだ街にあふれている。このような黄昏の風景は、千年が過ぎても変わらず、誰もが思わず時間を忘れてしまう。この茂名路《マオミン》にも長い歳月が流れ、プラタナスの並木が両側から握手できそうなほど伸びていた。フランス式の建物は、古びてはいるが、基本的に本来の姿を保っている。この通りに入り、曲がり角にある劇場を目にすると、祭りのあとのような寂しさを感じてしまう。だが、豪華絢《けん》爛《らん》な賑わいのあとには、夢の名残も漂っていた。この通りは、永遠に上海の心であり続ける。その空の光も、上海の心なのだ。王琦瑶は緑の並木の先にある紅房子を見て、この店の名前はすばらしい、若々しさを感じさせると思った。このとき、黄色い街灯がついて、霞のかかった空は夜色が濃くなった。

王琦瑶は、レストランのガラス扉の中にいる薇薇と林君の姿を目にした。二人は向かい合って、メニューを見ている。店内の照明が彼らを包んでいた。王琦瑶は思わず立ち止まり、心の中で考えた。数十年の歳月が、なぜ一瞬のように思えるのだろう？　彼女はドアを押して店に入り、二人のテーブルの前まで行った。薇薇は彼女を見て、まずこう言った。来ないのかと思ったわ！　明らかに母親が来たことが気に入らないような口ぶりだった。王琦瑶は、その嫌味に気づかないふりをして言った。ご馳走するって約束したんだもの、来ないわけにはいかないでしょう。

そのあと、薇薇が注文を一手に引き受け、高級な料理ばかりを頼んだ。林君にいいところを見せると同時に、母親にたかってやろうという意図があった。王琦瑶は娘に任せておくつもりだったが、あまりにもひどいので、こらしめてやろうと思った。そこで、薇薇が注文した料理を取り消し、安くておいしいものに換えた。

薇薇が反発すると、王琦瑶は言った。値段の高いものがいいと思うのは間違いだわ。もちろん、テールスープは高級で有名だけど、それはフランスの話よ。専門に飼育されている牛を使ってるんだから。ここには、そんな牛はいない。だから、オニオンスープに及ばない。同じ食材が手に入る料理なら、本場の味を再現できるでしょう。

そう言われて、薇薇は黙ってしまった。それ以降は口をきかず、不機嫌な顔をしていた。林君は、王琦瑶の話の意図を理解した。これも、昔の生活習慣に関連がある。そこで彼はいろいろ質問し、王琦瑶が逐一答えてくれた。

あっという間に、目の前に大皿小皿が並んだ。白い磁器は照明の下で、柔らかな光を放っている。うっすらと湯気も漂って、目にうるおいをもたらした。窓の外はすっかり日が暮れて、街灯が星のようにまたたいている。車と人が静かに通り過ぎて行った。夜風に吹かれて、木々の枝の影が揺れている。いかにも幻想的な風景だった。この街角は、いま最もロマンにあふれている。ロマンが打ち砕かれたあとのかけらも、ここに堆積していくのだ。

王琦瑶はしばらく沈黙し、窓の外を眺めていた。馴染みのある人や物事を探すかのように。だが、窓ガラスに映るのは、無声映画のように動く彼ら三人のシルエットだった。彼女が向き直ったとき、すべてが色と音を取り戻した。目の前の二人は、まさに理想のカップルなのに、当の本人たちは気づいていない。王琦瑶は静かにすわったまま、ナイフとフォークを動かすこともなく、気持ちが沈んでいた。あの時代がまた戻ってきたのに、自分はもう傍観者になってしまったのだ。

# 第二章

## 5 ダンスパーティー

ダンスパーティーの会場で、静かに片隅にすわり、寂しさに甘んじている女が王琦瑶だった。彼女は服とバッグの山の番をしながら、顔に余裕の笑みを浮かべ、踊っている人たちを眺めていた。彼女は、こう言っているようだった。みんな、ダンスが下手ね。でも、かまわないわ。彼女も、ひと晩のうちに数回はダンスに参加した。一緒に踊るのは、数人の若い男女だった。近くへ行くと、彼女が彼らに小声で指図していることがわかる。彼女はダンスを教える立場なのだ。

彼女のダンスを評価するに足る経験を持ち合わせている人はいない。ただ、何となく余裕と落ち着きがあると感じるだけだろう。若い人たちが集まっている場所で、この風格を維持するのは確かに貴重なことだ。彼女のような年齢の人が、男女を問わず、ダンスホールには必ず一人もしくは数人いて、ダンスパーティーの歴史をさかのぼる役割を果たしている。彼らはダンスホールに紳士淑女の雰囲気をもたらす。それは三、四十年前からあるもので、目立たないがダンスホールの正しい伝統だった。

彼らはホールに登場するとき、真剣な表情で、一つの動きもおろそかにしない。初めて見た人は、彼らがダンスを仕事として責任を負っていると思うだろう。しかしよく観察すると、彼らの一挙一動に心からの喜びが見て取れる。若い人の喜びは気ままなものだが、この喜びは決められたルールに従っていた。控えめだが、余韻が残る。それに比べると、若い人の喜びはバカ騒ぎにすぎない。それがわかれば、ラテンダンスの真髄に気づくはずだ。ラテンダンスは種々の規則を厳守しながら、人間の情熱を理性的に表現する。哲学的な境地に近いので、なかなか理解者がいない。そのため、現在ダンスホールにいる彼らは、例外なく孤高の人に見えた。

それはディスコが流行する前の時代だった。しかし、若い人たちは先取りして勝手な踊り方をした。ほとんどの動きが自己流で、いい加減だった。若い人はテンポの速い曲を好む。うまく踊れているように見えて、他人の目も自分の目もごまかすことができるからだ。彼らは、とにかくダンスの快感を味わおうとする。踊れるかどうかを考える前に、まず試してみようとした。

若い人たちは「節度」ということを知らない。それによって、喜びは細く長く続くし、どんどん増殖するのに。彼らは時間を惜しげもなく使う。ひと晩じゅう踊り続けても気が済まない。来る日も来る日もダンスを楽しみ、未来の喜びと情熱を先に消費してしまう。しかし、その熱狂ぶりは感染力が強い。そばにいる人は、じっとしていられなくなる。胸が高鳴り、血が騒ぐのだ。

ある日、区の政治協商会議（中国共産党指導下の民主諸党派の連合組織）が主催するダンスパーティーの入場券を林君が入手し、数人で参加することになった。そこで、王琦瑶は本物のラテンダンスを見た。以前のダンスパーティーと違って、参加者の半数は五十過ぎの年配の人たちだった。彼らはグレーや紺色の普段着姿で、仲間同士で一つのテーブルを囲んでいた。食堂をダンスホールとして使っているので、油煙の匂いが漂っている。薄汚れた床は掃除して、滑り止めの粉を撒《ま》いたが、かえって汚れが目立っていた。黄ばんだ天井の周辺には、ルネサンス風の装飾がある。柱もローマ調で、花園に面したところにはアーチ形の大きな窓があった。照明はとても明るかったが、古さを隠すためにはもう少し暗いほうがいい。明るいので、何もかもはっきり見えてしまう。顔や手の染みも、すべて露呈されていた。


その後、四スピーカーのラジカセから音楽が流れ出した。かすれたような音で、広いホールに比して弱々しい。二、三小節のあたりで、数組がホールに出て踊り始めた。高い天井の下で、誰もが小人の国の住人のように小さく見える。しかし、この小さい人たちはみな舞踏家で、数十年の経験を持っていた。その踊りは、まさに熟練の域に達している。彼らは平然としているが、すべてを心得ていて、自信にあふれていた。三十年ぶりでも踊りを忘れていない。学習と訓練を重ねて身につけたものだからだ。小人のように見えても、その表情は厳粛で、生き生きとしていた。

彼らは心の中で、何を考えているのだろう？　彼らの目には、何が見えているのだろう？　うかがい知ることはできない。悲喜こもごも至るという表情に見えるが、どんな悲しみ、どんな喜びなのか？ 若者たちは畏縮して、踊りに行こうとしない。すでに踊っていた人たちも、手足の動きが止まった。今夜のダンスホールは、重々しい雰囲気に包まれている。髪が半分白くなった人たちはみな年齢を忘れ、いまと昔の区別がなくなっていた。このホールも、いまと昔の区別がない。ラテンダンスは本当にすばらしい。時間のトンネルを抜ける力を備えている。古くなっても、年老いても、落ちぶれても、変化があっても、基本さえしっかりしていれば、陳腐なものが神秘的で高尚なものになるのだ。

王琦瑶は薇薇たちを踊りに行かせ、自分は片隅にすわっていた。大きな窓から風が吹き込んでくる。彼女は目の前の光景を見て、三十年前が再現されたように思った。三十年分の手垢で、少しぼやけて見える。古い窓のカーテンからは、ゆっくりと埃が舞い落ち、この光景のアングルに入り、また消えて行った。

若い人たちが加わると、この光景の色合いが鮮明になる。盛装している者も数人いた。現在の状況に合っていないし、ダンスも大したことないが、服の袖やスカートの裾の美しさは目を引く。若さも魅力的で、それだけで華やかなムードになった。少し乱雑で、リズムが崩れていたけれども、何とかダンスは曲の終わりまで続いた。ダンスのステップを誤解して、ホールを縦横に歩き回っている人もいた。

ダンスの最中に、サイダーの箱を担いだ人が現れ、入場券を持っている人たちにサイダーを配布すると呼びかけた。すると、踊っていた人も待ちきれず、人垣をかき分けてサイダーをもらいに行った。蓋を開ける音が、連続して聞こえた。ラジカセのところに押しかけ、いまかかっている曲を止めて、自分が持ってきたカセットテープに換える人もいた。踊っている人たちは、途中でやめるわけにも、続けるわけにもいかなくなった。もういい、どんな曲でもかまわない。たとえ民謡がかかっても、クイックステップで踊ることにした。さっきまでのクラシックなムードは吹き飛び、バラバラになってしまった。

すわっていた王琦瑶のところに突然、一人の老紳士がやってきて、ダンスに誘った。このとき、ダンスパーティーはすでに終盤を迎え、大いに盛り上がり、お互いに打ち解けて、仲間意識が芽生えていた。王琦瑶は手を引かれて、ゆっくりと踊りの輪に加わった。前後左右に人がいたが、お互いのことは目に入らず、自分のダンスに夢中になっていた。同じ曲なのに、それぞれ自分の解釈で、いろいろな踊り方をした。老紳士のステップはためらいがちだが、時間がたつうちにリズムが伝わってくる。ホールの賑わいの中で、このステップは海の中で微動だにしない岩礁のようだった。

王琦瑶はすでに、この老紳士のステップから、彼がどういう人なのか識別できていた。真面目で品行正しく、事業に成功し、家庭には賢妻がいる。仕事上の付き合いで、ダンスホールにやってきた紳士に違いない。かつて年ごろの娘を持つ親たちは、このタイプの紳士に強い関心を抱いただろう。いま、彼はもう髪が白くなり、着る服も以前とは違っていた。曲が終わると、老紳士は王琦瑶を元の場所まで送り届け、軽く彼女の手を握ってから放し、わずかにうなずいて立ち去った。その後、最後の一曲がかかった。映画『哀愁』の劇中曲『別れのワルツ』だった。

職場主催のダンスパーティーのほかに、家庭で開くダンスパーティーもあった。少し広めの部屋とラジカセがあれば開催できた。張永紅の新しい男友だちの沈《シェン》君はよく、このようなダンスパーティーを開いた。場所は彼の家ではなく、彼の友人の家だった。ある日、王琦瑶も招待されて出かけた。みんなにダンスを教えてほしいと頼まれたのだ。王琦瑶は、教えることは何もないわと言ったが、やはり一緒に出かけた。

沈君の友だちはなんと、アリス・アパートに住んでいた。同じく一階で、かつての王琦瑶の家の二軒先だった。夜だったし、周辺がすっかり変わっていたが、王琦瑶は敷地内に入ったとたん、ここがアリス・アパートだということに気づいた。長い間、一度もここを訪れなかったのが不思議だった。もし今夜、ダンスに来なければ、おそらく一生、足を踏み入れることはなかっただろう。わずかバス停、三つか四つの距離なのに、山河を隔てているかのようだ。アリス・アパートを思い出すと、前世のことのような気がした。

沈君の友だちの家も同じ一階だったが、間取りは違っていた。寝室が二つあり、客間に拳銃のグリップの部分のようなコーナーが付設されている。彼の両親と姉妹は次々に香港へ移住し、上海には彼一人だけが残って、この家に住んでいた。ガスも水道も完備しているのに、炊事をした気配がない。客が来ても、お湯さえ沸かさず、テーブルにビールとサイダーを並べるだけだった。

王琦瑶たちが着いたとき、すでに何組かの人たちは先に来ていて、音楽を流し、ゆっくりと踊っていた。誰が主人で誰が客なのか、はっきりしない。お互いに親しい間柄のようで、冷蔵庫から自分で氷を取り出している。玄関のベルが鳴れば、ドアを開けに行き、入ってきた人も我が家に帰ったかのようだった。ダンスに興味がなく、そのまま寝室に直行して寝てしまう人さえいた。

王琦瑶にダンスを教えてもらいたいという話だったのに、誰も彼女に学ぼうとせず、勝手に踊っていた。王琦瑶は最初、少し戸惑ったが、その後みんなが自由に振る舞っているのを見て、気が楽になった。そこで、自分が主人であるかのような顔をして、台所に行ってお湯を沸かし、ポットに入れた。さらに、茶葉を見つけてお茶をいれ、部屋の片隅にすわった。すると、数人が続いてお茶をいれた。誰がお湯を沸かしたのかと尋ねたりせず、まるで最初からポットがあったかのようだった。

このとき、室内には二十人ほどの客が集まっていた。誰かがライトをいくつか消して、電気スタンドの明かりだけを残した。薄暗い光が壁に映し出した人々の影は、黒い森のように見えた。王琦瑶は暗がりにすわっていた。人に注目されないほうが、気が楽だからだ。彼女は思った。ついに、アリス・アパートに帰ってきた。でも、アリスはかつてのアリスではない。王琦瑶も、かつての王琦瑶ではなかった。

王琦瑶がソファーにすわっているうちに、持っていたお茶は冷めてしまった。彼女の影はたくさんの影に飲み込まれ、彼女自身も自分の存在を忘れていた。だが、彼女こそがダンスパーティーの中心人物なのだ。彼女は今夜、一曲も踊らなかったが、それでもダンスパーティーのメインテーマだった。今夜のメインテーマは、すなわち追憶である。

踊っている人たちは手足を動かし、床を鳴らしてステップを踏んでいるが、まるでダンスと呼べるようなものではない。音楽も、うわべだけのものにすぎなかった。せっかくのヨハン・シュトラウスの曲は百年後に、抜け殻の山と化していた。ドレスの裾を何百回、蓮の花のようにひるがえして踊っても、無駄だった。ドレスに包まれているのは風だけで、ロマンのかけらもない。

ロマンはとっくに姿を消し、ごくわずかな人たちの心の中に、記憶として残っているだけだ。王琦瑶は、その一人だった。ロマンは懐かしさにほかならず、この大時代の荒波に耐えられない。痛めつけられて、消滅してしまった。このダンスパーティーも、開催しないほうがましだ。どうやっても、元どおりにはできないのだから。古い墓のようなもので、埋もれたままならいいが、出土したとたんに風化が始まる。曲と曲の合間に、王琦瑶は窓の外のトロリーバスの音を耳にした。ダンスホールがあった百楽門《バイローメン》のあたりから聞こえてきたので、彼女は思った。これがアリス・アパートの夜なのかしら？

## 6 旅行

林君が大学の合格通知を受け取ったあと、王琦瑶は提案した。お祝いに費用を出すから、薇薇と数日、杭州へ遊びに行ってきたらどう？　だが、林君は言った。どうして、お母さんは行かないんですか？　それを聞いて、王琦瑶は考えた。杭州は上海から近いのに、まだ行ったことがない。そこで、一緒に行くことにした。

出発前、薇薇が仕事に出ている間に、王琦瑶は林君を家に呼んで金の延べ棒を渡し、外灘《ワイタン》の中国銀行で現金化してくるように頼んだ。合わせて、薇薇には内緒にしてほしいと言った。いまや、王琦瑶は薇薇よりも林君を信用していた。何かあると彼に相談し、意見に従った。一方、林君も王琦瑶と相談する機会が多かった。薇薇とは楽しいことだけを分かち合い、悩みごとは王琦瑶に話して、癒やしを得ていた。林君の心の中で、王琦瑶は将来の義母というより友だちだった。王琦瑶も彼を半分、友だちと見なしていた。ときには彼が年下であることを忘れ、心のうちを打ち明けることさえあった。

金の延べ棒を林君に渡すとき、彼女は少しためらった。この財産の由来を話そうか？　だが、これは大きな秘密だ。王琦瑶はこの数十年、多くの秘密を抱えてきた。林君が階段を下りて、門を出て行く音が聞こえた。彼は昼前に戻ってきて、彼女に札束を手渡した。すると、秘められた過去も兌換《だかん》されたような気分になった。事情を説明しなくてもいいだろう。林君も、多くを尋ねようとしなかった。この都市で財産のことはプライバシーと同様、秘密にしなければならない。林君は生粋の上海育ちだから、そういう礼儀は当然、わきまえているはずだ。王琦瑶は引き留めて昼食をともにしたあと、すぐに彼を家に帰した。

杭州での三日間、王琦瑶はできるだけ「気を利かせる」ことに努めた。朝は先に起きて、ホテルを出て散歩した。泊まったホテルは西湖の西側にあったので、彼女は湖畔をまっすぐ白堤（白居易《はくきょい》が建設したとされる堤《つつみ》）まで歩いて行った。太陽の光で湖水が輝いている。彼女は、うっすら汗をかいた。帰る途中、薇薇と林君に出会った。彼らも散歩に出てきたのだ。彼女は二人に声を掛けた。あなたたちを待って、朝ご飯にするわ。そう言うと、ホテルに戻った。バスルームはその時間、まだお湯が出たので、彼女はシャワーを浴びて服を着替えた。レストランへ行き、しばらく待っているうちに、二人もやってきた。

昼間の行き先が三つあれば、そのうちの一つは同行しないようにした。夜の時間はすべて、二人の自由にさせた。薇薇は十二時にようやく部屋に戻ってきた。王琦瑶はドアの音を聞くと、すぐに目を閉じて眠っているふりをした。薇薇があちこちぶつかりながら、シャワーを浴びている音がする。歯を磨き、一度つけた電灯を消してからベッドに入ったらしい。あっという間に熟睡して、軽く鼾《いびき》をかき始めた。そこでやっと王琦瑶は寝返りを打ち、目を開けた。無理に目をつぶっていたので、疲れてしまった。部屋の中は意外に明るく、すべてがはっきり見えた。かすかな光が揺らめいている。どうやら、湖面に反射した光のようだった。

王琦瑶は、昼間に行った九渓十八澗（杭州市九渓村の谷川の美しい観光地）の景色を思い出していた。大自然の中で鳥の声を聞いているような境地になった。あの村で、女の隠者になったらどうだろう？　諸々の雑事を見ないで済めば、心も休まる。すばらしいことだ！　あのような人跡稀《まれ》な場所では、百年が一日と同じで、過去も未来も区別がない。それでいい！　だが、いまさら隠者になるのは、遅すぎるかもしれない。すでに支払った半生の代価が、無駄になるのではないか？　結果にこだわらないということか？　バカを見ることにならないか？　途中であきらめるのか？　もう一度、どんな結果を望んでいるのか考えたが、頭が混乱して、答えが見つからなかった。あれこれ思ううちに、彼女も眠りについた。

翌朝、目が覚めたとき、室内は明るかった。もう薇薇の姿はない。王琦瑶は自分が寝過ごしたことを知った。だが、急ぐ必要はないので、ゆっくり休むことにした。しばらく目を閉じてから、起き上がって顔を洗い、レストランへ行って二人を待った。しかし、いくら待っても二人は現れなかった。もうすぐ朝食の時間が終わるので、急いで少しだけ食べた。ロビーまで歩いて行ったが、まだ二人は帰ってこない。玄関の外に出て、待つことにした。湖畔はすでに蒸し暑くなってきた。遠くの蘇堤（蘇軾《そしょく》が建設したとされる西湖の堤）と白堤にはもう、ゆっくりと動く人影があった。空には雲が浮かんでいたが、しばらくすると消えた。蝉が鳴き出しても、二人は現れなかった。

この日の朝、薇薇と林君は六公園（西湖東岸の南山路にある公園）へお茶を飲みに行った。その後、船に乗って西湖を遊覧し、昼の十二時にようやくホテルに帰ってきた。レストランで王琦瑶に会えるだろうと思ったが、姿がなかった。自分たちだけで食事を済ませてから、部屋へ荷物を取りに行った。林君は他人と相部屋だったので、荷物は王琦瑶親子の部屋に置いていたのだ。

ドアを開けたとき、王琦瑶はベッドの上で漫画本を読んでいた。すぐそばに、さらに漫画本が積み重ねてある。室内には誰もいないと思っていたので、林君はまず驚き、それから尋ねた。お母さん、お昼は食べたんですか？　王琦瑶は聞こえなかったかのように返事をせず、漫画本に目を向けて、ゆっくりページをめくっている。顔には微笑みを浮かべていた。

薇薇が服を着替えるため浴室に入ると、林君はさらに尋ねた。午後は一緒に、黄龍洞（西湖北岸の景勝地）の竹林を見に行きませんか？　王琦瑶は言った。行かない！　顔の微笑みも、さっと消えた。林君は、間を置いてから釈明した。今朝は薇薇と蘇堤を散歩しているうちに遠くまで行って、朝食に間に合わなくなってしまったんです。王琦瑶はそれを聞いて、思わず悔しさで胸がいっぱいになり、目の縁を赤くした。そしてようやく、ひと言絞り出した。私も散歩に行ったのよ。そう言うと、また怒りがこみ上げてきた。自分の哀れさが情けなくて、さらに言葉を付け加えた。わざわざ報告しなくてもよかったのに。

そのとき、薇薇が浴室から出てきて、林君に言った。行くの？　行かないの？　王琦瑶には目もくれない。まるで、そこに母親がいないかのようだった。王琦瑶は視線を漫画本から娘に移して言った。誰に向かって話してるの？　薇薇はそう問われて驚き、目をむいて言った。お母さんに話してるわけじゃないわ。王琦瑶は冷笑して言った。私に話すんじゃなかったら、誰に話すというの？　自分に男ができたら、人を無視してもいいと思ってるのね？　男があてになるかしら？　そのうち男とうまくいかなくなったら、私のところに帰ってくることになるのよ。私の言葉を信じなくてもいいけど、覚えておきなさい。

このわけのわからない話を聞き、薇薇はかっとして言った。誰に男ができたの？　誰が人を無視したの？　今日こそ、はっきり話をつけましょう。私も黄龍洞へは行かないから！　そう言うと、向かい側のベッドにすわり、足を組んで王琦瑶を見つめ、談判を始める姿勢を見せた。この母と娘は、普段から上下関係の区別がない。人から姉妹のようだと言われていた。それは、王琦瑶が若く見えることだけが原因ではなかった。いつも口喧嘩が絶えず、部外者の林君でさえ何度か目撃していた。しかし、今日の事態はいつもと違う。わけもなく言いがかりをつけているように見えるが、そこには深い理由があった。タブーに触れてしまった以上、修羅場は避けがたい。

林君は危険を察知し、薇薇の腕を引っ張って連れ出そうとした。薇薇は林君の手を振りほどいて言った。いつも、お母さんの肩を持つのね。いったい、どういう関係なの。言い終わらないうちに、王琦瑶のびんたが飛んできた。薇薇は口答えはできても、殴り返すことはできない。気が動転し、泣くしかなかった。林君に引きずられて行く途中、彼女は泣きながら言い返した。あなたたちはグルになって、私をいじめるのね！　この日の午後は、誰も出かけなかった。空は晴れ渡り、山紫水明の景色が広がっていたのに、怒りと涙の中で時を過ごすことになった。

林君は薇薇を自分の部屋に連れて行った。相部屋の男はちょうど不在だったので、言葉を尽くして慰め、説得した。薇薇はしばらくすると、しだいに落ち着きを取り戻し、涙に濡れた顔を上げて言った。ねえ、はっきり言ってちょうだい。今日は私が悪いの？　それとも、お母さんが悪いの？林君は薇薇の涙を拭ってから言った。自分の母親を悪いとか言っちゃいけない。たとえ非があったとしても、自分の母親なんだから。

薇薇はまた腹を立てた。そんな言い方をしたら、この世界じゅうに是非は存在しないことになるわ。林君は笑いながら言った。ぼくは、「世界じゅう」の話なんかしてないよ。その後、彼はしばらく間を置いて言った。きみのお母さんは、可哀そうな人だ。薇薇は言った。可哀そうなもんですか！

林君は言い争うことなく、窓の外を見て放心していた。しばらくして、薇薇は彼の顔を引き寄せ、問いただした。あなたの目当てはお母さんなの？　それとも私なの？　薇薇が真顔だったので、この荒唐無稽な質問は深刻さを増した。林君は薇薇に口づけし、問い返した。きみに答える必要があると思う？　薇薇も微笑み、そのうちに恥ずかしくなって枕に顔をうずめ、林君に見られないようにした。

二人がこうしているうちに、あっという間に時は過ぎた。夕食の時間になったので、林君は薇薇に言った。お母さんを誘って、食事に行こう。きみも笑顔にならなくちゃいけないよ。薇薇はわざと仏頂面をして言った。笑顔になんかなれないわ。部屋を出ようとしたとき、ノックの音がした。ドアを開けると、王琦瑶が立っていた。彼女は服を着替え、ハンドバッグを持って、冷静な表情をしている。そして、楼外楼《ロウワイロウ》（杭州の老舗レストラン）へ食事に行きましょうと言った。二人は身支度を整え、王琦瑶と一緒にホテルを出た。

太陽が上空から照りつけ、杭州の町全体を金色に輝かせていた。走り抜けて行く自転車は、金色の水の中を泳ぐ魚のようだ。一方、西湖の湖上はひっそりしている。ほとんどの旅行客は岸に上がり、水上に浮かんでいる船はわずか数艘だった。湖岸に近い船の乗客は、湖畔を歩く人たちと目が合い、お互いに意外そうな顔をしている。このとき、空は夕日に染まり、きらびやかな雲が果てしなく広がっていた。林君が、写真を撮ろうと言った。一人で撮ったり二人で撮ったりしているうちに、空は単色に変わった。

楼外楼に着き、三人は席にすわった。王琦瑶は二人に注文を任せ、自分は口出ししなかった。薇薇はしだいに機嫌が直り、活発になって、あれこれ話をした。ときどき王琦瑶も相槌を打ち、みんな午後の出来事を忘れた。この半日、ずっと気をもんでいた林君はようやく安心し、ホッと息をついた。彼は母と娘にビールを注ぎながら、感慨深そうに言った。薇薇、お母さんに感謝して、乾杯しなくちゃいけないよ。大変な苦労をして、ここまで育ててくれたんだから。薇薇は、とぼけて言った。それは、お母さんが望んでしたことでしょう。私が産んでくれと頼んだわけじゃないわ。王琦瑶は、笑って言った。私が頼んだことにする。それでいいでしょう？　林君が言った。ぼくが、お母さんと乾杯します。ぼくたちの旅行費用を出してくれたことに感謝して。

それを聞くと、王琦瑶は顔色を変えた。まだ微笑んではいたが、興ざめしてしまった。ビールをひと口飲むと、何も言わずに、ひたすら料理を食べ続けた。薇薇はもちろん、何も気づかない。林君は不安を感じ、自分が失言したことにうすうす気づいたが、どの言い方がまずかったのかはわからなかった。この半日、彼は母と娘の仲裁で疲れ切っていた。いま、この状況を見ると、すべては徒労だったらしい。思わず意気消沈して、彼も悶々としながら酒を飲み、料理を食べた。薇薇だけが興に乗ってしゃべり、その場の空気を読もうとしなかった。食事の間じゅう、彼女だけが上機嫌だった。

夜、王琦瑶は一人で部屋に戻った。することがないので、ゆっくりと明日の帰り支度をした。だが途中で突然、笑い出し、心の中で言った。私は銀行として利用されただけなのね！　しばらくして、彼女は自問した。いったい、私を何だと思ってるのかしら？　彼女は片付けをやめて、入浴することにした。だが、まだお湯の供給時間になっておらず、蛇口からは空気の音がするだけだった。彼女は蛇口を開けたまま部屋に戻り、ベッドに横たわると、思いがけず居眠りしてしまった。目が覚めたとき、お湯の音が聞こえた。浴室から蒸気が湧き出し、部屋じゅうに広がっていた。

翌日、彼らは午後の列車で上海に戻った。北駅に着いたのは夜の十時だったが、広場には人声があふれていた。縦横に並んだ街灯が薄暗い光を放ち、うごめく人たちの頭上に漂っている。薇薇と林君が前を歩き、王琦瑶は半歩遅れていた。林君は絶えず振り返り、彼女に尋ねた。荷物を持ちましょうか？　歩きにくくないですか？　王琦瑶は、大丈夫と答えたが、心の中で思った。年寄り扱いしないでよ。彼らは広場を横切り、大通りに出た。そこも人であふれていた。ついに、家にたどり着いた。わずか三、四日、留守にしただけなのに、部屋には埃が積もり、米虫から羽化した蛾が飛び回っていた。

## 7　クリスマス

この年、上海の一部の家庭の客間では、クリスマスを祝うようになった。クリスマスイブに、これらの家庭では明かりが十二時まで灯っていた。さらに、ピアノが奏でるクリスマスソングが、翌朝まで聞こえた。こうした夜に、飲み食いは付きものだ。ただし、ロウソクの光や聖歌のおかげで、ただの飲み食いではなくなる。クリスマスツリーは入手困難で、普通は用意できなかった。

教会の鐘の音の代わりになるのは、ラジオから聞こえてくる時報だ。静かな夜に響くその音は物寂しいが、この都市のクリスマスを独特なものにしていた。だが、クリスマスを祝う家庭の人たちがキリスト教信者とは限らないし、キリストについて質問しても、答えられることはわずかだろう。彼らのほとんどは、外国から届いたクリスマスカードによって、この祭日を知った。ずっと前に、正式な布教活動によって信者になった人たちは、おそらくもうクリスマスを祝うことを忘れている。彼らは年老いて、信仰から脱落し、俗世にまみれてしまった。

クリスマスを祝う主体は、この都市のモダンな人たちである。彼らの鋭い視線は、この都市の隅々にまで注がれる。この都市に何が欠けているかも、彼らは見逃さない。この都市を積極的に時代の潮流に乗せ、孤立の歴史に終止符を打とうとしていた。今年のクリスマスイブは少し寂しいが、誠意を尽くそうとしている様子が感じ取れるだろう。いちばん高級な食器を使い、新しいテーブルクロスを敷き、バラを花瓶に挿している。客もやってきた。最新の流行を身につけ、この都市の主役という風格を見せている。彼らは室内に入るとすぐ、「メリークリスマス」と言う。クリスマスの主役でもあるのだ。

気温が低く、暖房もないのだが、興奮しているので気にならない。着ているのは春物の服だった。何か少し食べて、しばらくダンスをすると、体が温まり動きが自由自在になった。クリスマスパーティーは夜九時に始まる。このとき、多くの人たちは寝ようとしていて、外出中の人も帰宅を急ぐ。ダンスパーティーも、後半に入る時間だ。しかし、ここはようやく客を迎えたところである。隣近所の窓が次々に暗くなると、ここの明るさは航路標識の役割を果たした。そのおかげで、この都市は方向を見失わずに済む。

その時代、この都市は干からびた巨大なスポンジのように、すべての穴を広げて、あらゆる娯楽を吸収した。いくら吸い取っても、まだ物足りない！　街の明かりはまばらで、かつてのように夜空を輝かせることができていなかった。家々の戸や窓は固く閉ざされ、ほとんどの人はもう眠っている。娯楽は少なすぎて、人々に行き渡っていない。街をさっと通り抜けて、地面にうるおいを与えた程度だった。

この都市の娯楽に対する需要は、なんと大きいことか！　家々の客間は時代を経ていたが、まだ役に立つ。ここでクリスマスイブを過ごし、快楽を得ることができる。ピアノは音程が狂っていたが、どれも「シュトラウス」のブランド品だ。かつての調律師たちは、どこへ行ってしまったのだろう。何とか彼らを一人ずつ見つけ出して、昔の仕事を復活させなければならない。この都市のピアノの運命は、すべて彼らに委ねられている。彼らがいないと、聖歌はどうなる？　さらに、多くのソナタやセレナーデはどうなる？

薇薇が林君と一緒に、彼の友だちの家でクリスマスを過ごしていたとき、王琦瑶は一人で自宅にいた。彼女は思った。この真っ暗な夜に、クリスマスを祝って何になるのかしら？　彼女は灯下にすわり、赤ん坊のウールのロンパースを編んでいたが、あたりが異常に静かなことに、ふと気づいた。みんな、クリスマスパーティーに出かけてしまったのだろうか？　このとき、時計が鳴り出した。鐘の音を数えると、十回鳴ったので、もう夜が更けたことを知った。クリスマスパーティーは、本当につまらない。一緒に集まって、時計が十二時の鐘を打つのを聞くなんて。十二時の鐘は毎日、鳴っているではないか。王琦瑶はベッドに入り、眠りについた。夜中に薇薇が帰ってきたことには、まったく気づかなかった。

朝起きて、買い物に行こうとしたとき、薇薇はまだ寝ていた。ベッドの前に、新しく買ったブーツが投げ捨てられていた。服も散らかっていて、熱狂的な夜を過ごしてきたことがうかがえる。そっと階段を下りて外に出ると、街灯が消えたばかりだった。雪を降らせようとしている曇り空は、ひと晩じゅう眠らなかった様子で、疲労を感じさせた。王琦瑶は、足早に通り過ぎて行く人々の顔を見て思った。彼らはみな、クリスマスの夜を祝ったのだろう。自分だけが例外なのだ。しかし、彼女は気にしなかった。

食材と牛乳を買い、さらに豆乳と揚げパンも買って、帰途についた。大勢の通学途中の生徒たちが、寒さで顔を赤くして、冷たくなったパンをかじりながら歩いている。彼らの両親も、クリスマスパーティーから帰宅したばかりで、朝食を作る時間がなかったのだろう。太陽は雲の向こうから、鈍い光を放っていた。

王琦瑶が家に戻ると、部屋の中の様子は出かけたときと同じで、薇薇はぐっすり眠っていた。すえたような宵越しの臭いが室内に充満し、不快な気持ちにさせる。王琦瑶は思い出した。薇薇は今日、仕事が休みだった。何時まで寝ているかわからない。そこで台所へ移動し、自分だけで朝食を済ませた。向かいの家の窓の中で、住人が慌ただしく部屋を片付けている。別の窓からは、洗濯物を干す竿が突き出していた。この天気では、洗濯物は永遠に乾きそうになかった。その後、朝刊の配達に来た自転車のベルが聞こえた。弄堂は賑やかになり、一日の生活が始まった。

この日、薇薇は昼になっても起きず、朝と昼の食事もとらなかった。王琦瑶は口論になるのが嫌なので、放っておいた。一時すぎに張永紅がやってきた。薇薇は寝返りを打ち、目を開けたが、寝たままで二人の話を聞いていて、口を挟まなかった。薇薇がこんなに静かなのは珍しいので、王琦瑶は尋ねた。ご飯を食べないの？　薇薇は、食べないと答えた。たっぷり寝たため、顔に赤みが差し、髪はボサボサで、猫のように動きが鈍い。

王琦瑶は張永紅に尋ねた。ゆうべは、クリスマスイブのお祝いをしなかったの？　張永紅は、不可解そうに言った。クリスマスイブって何ですか？　聞いたこともありません。王琦瑶はゆっくりと、クリスマスについて説明した。張永紅は真剣に聞き、いくつか初歩的な質問をして、王琦瑶が答えた。薇薇も聞いていたが、何も言わなかった。空が曇っているので、室内も薄暗い。夜の暗さとは違って、密封されている感じで、温かみがあった。

張永紅は、しばらく説明を聞いてから言った。私たちの世代は、楽しいことをたくさん見逃してしまったんですね！　王琦瑶は言った。あなたたちは、まだこれからよ。私には時間がないけどね。張永紅は同意しなかった。あなたは、もう経験したじゃないですか。私たちとは比べ物になりません。王琦瑶は彼女を慰めた。お芝居と同じで、前半が終わったあと、しばらく休憩があって、ようやく後半が始まるというわけね。張永紅は言った。休憩時間が長すぎるのは困りますよ！　王琦瑶は言った。長い休憩はあり得ないわ。もう開幕の銅鑼《どら》が鳴っているんだから。この人を見てちょうだい。ゆうべは、ひと晩じゅうバカ騒ぎをやったのよ。彼女は薇薇を指さした。薇薇は布団をかぶり、両目だけ出していたが、やはり何も言わなかった。王琦瑶は張永紅に告げた。薇薇はゆうべ、林君とクリスマスパーティーに出かけたの。いったい、何時に帰ってきたのやら。張永紅は薇薇をチラッと見たが、何も言わなかった。

室内はまた少し暗くなると同時に、暖かくなった。王琦瑶は立ち上がり、台所へ湯を沸かしに行った。部屋に残された二人は口をきかず、一人はすわり、一人は横になっていた。薇薇は目を閉じて、眠っている様子だった。張永紅は下を向き、何を考えているのかわからない。王琦瑶が戻ってきたとき、室内はさらに暗くなったようで、人の姿もはっきりしなかった。しばらくの間、三人はまったく声を出さず、自分の考えごとにふけっていた。突然、布団の中から短い笑い声が聞こえた。王琦瑶と張永紅はそちらのほうを見たが、薇薇は頭をすっぽり布団の中に入れてしまった。王琦瑶が尋ねた。何を笑ったの？　しばらくして、ようやく返事があった。笑いをこらえているような声だった。笑っちゃいけない？

王琦瑶はもう薇薇を相手にせず、張永紅のほうを向いて尋ねた。ボーイフレンドとの関係はどうなの？　張永紅は、いかにも話題にしたくないという表情で言った。もう別れました。王琦瑶は、そんなことだろうと思っていたが、やはり驚いて見せた。何か言おうにも、言うべきことはもう言い尽くしている。幸い、張永紅が話を続けてくれた。あの男友だちの欠点を数え上げ、いずれも我慢できないと言う。王琦瑶はそれを聞いて、思わず笑って言った。張永紅、あなたは人を見る目を鍛えたようね。よく観察しているわ。

張永紅は、その言葉に含まれているトゲに気づかず、憂鬱そうに言った。ええ。たぶん、それが私のよくないところなんでしょうね。情熱がわずか十分後には冷めて、何もかも気に入らなくなるんです。王琦瑶は言った。経験が豊富すぎるのよ。薬と同じで、飲み続けるうちに抗体ができて、効かなくなる。交際も続けるうちに、深い付き合いができなくなるのね。張永紅は言った。結局、私が気まずくさせてしまうんです。

そうは言っても、言葉の中に得意さが感じられた。いずれにせよ、選ぶ権利は彼女にあって、相手にはない。気まずくなるのも相手のほうで、彼女には余裕があった。王琦瑶は彼女の気持ちを読み取り、心の中で言った。いつか、風向きが変わる日が来るでしょう。張永紅の血色の悪い顔には、やつれた表情が浮かんでいる。それはすべて、人生経験を物語る烙印だった。恋愛は終わるたびに、顔に痕跡を残す。人はそうやって、年老いていくのだ！　化粧をしても、隠すことはできない。歳月が顔に刻まれ、風雨に耐えた美しさが生まれる。隠そうとすればするほど、それは露呈されてしまう。

王琦瑶は見た。編み物を手伝ってくれている張永紅の十本の細い指の爪に、貝殻のような光沢のあるマニキュアが塗られている。皮膚の下には、青い静脈が浮き出ていた。必死で頑張っている張永紅の顔を見て、王琦瑶は同情した。張永紅は街の噂を語り始めた。不倫の話か殺人の話に決まっている。薇薇は布団から頭を出して、目を丸くして聞き耳を立てていた。王琦瑶は、それを見て叱責した。クリスマスパーティーで徹夜したくせに、夜勤明けみたいに振る舞って、私たちに面倒を見させるつもり？　薇薇はそう言われても、口答えしなかった。王琦瑶は不思議に思い、娘をじっと見た。薇薇は気怠《けだる》そうで、まったく身動きしなかった。

このときには、すっかり日が暮れていた。電灯をつけると、室内はパッと明るくなった。張永紅が帰ると言っても、薇薇は起き上がらなかった。王琦瑶が階段口まで見送り、戻ってくるとそのまま台所に入り、夕食の支度を始めた。北側の窓の外は、霧に閉ざされている。サラサラという音がするので、よく見ると、雪が降っていた。王琦瑶は窓の外を見ながら思った。これでクリスマスらしくなったわ。

突然、部屋のほうから薇薇が呼ぶ声が聞こえた。最初は無視したが、やはり様子を見に行き、どうしたのと尋ねた。ご飯をベッドまで運んでくれとでも言うの？　薇薇は問いかけに答えず、布団をあごのあたりまで引き上げて言った。林君にプロポーズされた。王琦瑶は、ゆっくりと椅子にすわってから尋ねた。結婚式はいつ？　薇薇は顔をそむけて言った。春節にする。薇薇と林君の関係は安定していたが、これまで結婚の話は出ていなかった。いつかはその日が来ると思っていたが、いざとなると意外な気もした。王琦瑶は思った。薇薇がもうすぐ結婚する。本当に月日の経つのは早いものだ！　うれしいのか悲しいのか、よくわからない。しばらく無言でいるしかなかった。

どれくらい時間が過ぎたのだろう。耳元で薇薇の焦った声がした。彼の両親が来週、私たちと食事をしたいって。賛成してくれる？　王琦瑶はハッと我に返って言った。賛成するもしないもないわ。あなたたちは勝手に付き合い始めて、私の意見なんか聞いたこともないくせに。薇薇はそれでも、重ねて賛成かどうかを尋ねた。王琦瑶はそこで、ため息をついて言った。賛成するに決まってるでしょう。おめでたいことなんだから。薇薇は言った。別に、おめでたいことじゃないわ！　王琦瑶は何も言わずに立ち上がった。部屋の隅へ行き、クスノキの箱の上の物をどけてから、箱の蓋を開けた。中に入っていたウールの毛布、羽毛の布団、枕を一つずつ取り出して、並べてから言った。何年も前から、あなたのために用意していたのよ。言い終わると、涙が流れ出した。薇薇も泣いたが、意地を張って、最後まで感謝の言葉はひと言も口にしなかった。

## 8　婚礼

王琦瑶は自分の嫁入り道具を揃えるかのように、薇薇の嫁入り道具の準備をしていた。一点一点揃えるごとに、幸せな未来への期待が高まる。幸せは求めて得られるものではないが、それを期待する権利は誰にでもあるはずだ。緞子《どんす》の布団表に同色の糸で刺繍された龍や鳳凰や牡丹、蓮の葉の形のフリル、カットワークで仕上げた草花やツタの模様には、幸せを願う気持ちが込められていた。デパートの寝具売り場には、女たちがひしめき合っている。ほとんどが自分のため、あるいは娘のために嫁入り道具を買いに来た客だった。彼女たちは、品定めのためにデパートを十軒ほど回る。一つ選んだだけでも、偉業を成し遂げたかのようだった。この意気込みは、他人には理解できない！

王琦瑶は、自分の嫁入り道具を買ったことがなかった。彼女は幸せな未来につながらない道を歩み始めた。かなり進んだところで周囲を見回し、ようやく違う場所に来てしまったことに気づいた。それでも、薇薇のために嫁入り道具を買うことはできる。ただし、彼女はときどき自問した。娘の嫁入り道具を買う義務が、自分にあるだろうか？　そのため、彼女の嫁入り道具選びの情熱は、高まったり冷めたりした。とは言え、断続的に買い揃えた品々は、すでに衣装箱三つを占めていた。

虫干しの日に、箱を開けたことがある。真新しい品々は夏の日差しを浴びて、まぶしい輝きを放っていた。買った理由も根拠もはっきりしないが、幸せな未来が期待できた。しかし王琦瑶は、それらの品々をじっくり見る気になれなかった。娘の幸せな未来に、自分の居場所がないことを知っていたからだ。彼女は窓を開け、日差しと風を室内に入れた。部屋の中には、人肌に触れたことのない新品特有の匂いが充満していた。王琦瑶も一瞬、心が躍るときがある。それは、持ち主が誰なのかわからなくなるためだった。新しい品々は人を喜ばせ、まだ何も始まっていないという気分にさせてくれる。

いま、薇薇は王琦瑶から嫁入り道具を受け取った。一瞬にして財産の所有者となり、豊かな気持ちになった。毎日、それらの品々を手に取って見て、王琦瑶と語り合った。品質に疑いを抱き、意見が対立したときは、すぐ一緒に実験をした。毛糸を引き抜いて火をつけ、燃え方を見ることで、純毛かどうかがわかる。頭を寄せ合って注視している二人は、まるで少女のようだった。

張永紅も、薇薇の嫁入り道具を見学に来た。そして、ひそかに自分のものと見比べた。張永紅はいつからか、服を買うお金を節約し、嫁入り道具を買っていた。男友だちは走馬灯のように次々と変わったが、嫁入り道具は月日が経つにつれて着実に増えていった。張永紅は嫁入り道具を買いためることで、ようやく自分の未来が見えた気がした。その他のことは、すべて漠然としていた。

薇薇の嫁入り道具の中に、網目織りの蚊帳《かや》があった。王琦瑶がそれを広げ、四隅を張永紅と一緒に持ち上げると、薇薇は中に潜り込んだ。ベールを被っているようで、薇薇はいかにも花嫁らしく見えた。王琦瑶と張永紅は顔を見合わせた。お互いに一種の同情が生じたが、二人はすぐに目をそらした。

さらに、薇薇は洋服を新調することになった。王琦瑶が選んだのはワインレッドの純毛の生地で、厳夫人に頼んで仕立て屋を紹介してもらった。ある日、仕立て屋が採寸にやってきた。王琦瑶、張永紅、それに仕立て屋を連れてきた厳夫人がそばに立って、あれこれと注文をつけた。仕立て屋が言った。どっちが仕立て屋なのか、わかりませんね。すると、彼女たちは笑って言った。わかった、

わかった、もう口を出さないわ。しかし、しばらくすると、また我慢できなくなった。

薇薇だけは何も言わず、すべてを委ね、ぎこちなく立っていた。彼女は、今日の主役なのだ。思いがけず巡ってきた主役で、どうすればいいのかわからない。彼女は、結婚に関して鈍感だった。ところが、こういう鈍感な人に限って良縁に恵まれる。あの手この手を使えば使うほど、うまくいかない。「心を込めて植えた花が咲かず、何気なく植えた木が育つ」というのは、よくあることだ。

洋服に合わせる革靴にも苦労した。最初は当然のように白い靴を買ったが、履いてみると足元が軽く見え、田舎臭い感じがする。そこで黒い靴に換えると、重みは出たけれども、度が過ぎた。洋服のあでやかさを足元が一気に打ち消してしまった。そこで考え直して、もう一度上海じゅうを駆け回り、ついに見つけてきたのは同系の赤色の革靴だった。ワインレッドより赤みが少し強いが、同系色なので、よいアクセントになると同時に、全体的なバランスも取れていた。

次の問題はヘアスタイルだが、これは王琦瑶の得意分野だった。彼女に言われて、薇薇は一か月前倒しでパーマをかけ、大きなウェーブを作った。その後、週に一回のペースで髪型を調整した。そのおかげで、挙式が近づくころには程よい抜け感が出て、自然なウェーブになった。髪をアップにしても下ろしたままでも、よく似合う。

これまでに何度、薇薇は鏡の前で花嫁衣裳を身にまとったことだろう。そのたびに、王琦瑶はひそかに驚嘆した。人並みの容貌の娘でも、花嫁の恰好をすれば、こんなに光彩を放つものなのか。それは、まさに花が咲こうとする美しい一瞬だった。ほかの美しいものはすべて鳴りをひそめ、晴れの場を譲っている。女として、こんなに幸福なことはない。これまでの日々は準備期間で、いま結果が出ようとしている。その一身に精華をすべて集めているのだった。

布団表を縫い付けるときがきた。王琦瑶は厳夫人を訪ねて言った。私のような幸薄い女は、オシドリの柄の布団表を縫う資格がありません。あなたは息子さんと娘さんに恵まれて、裕福な家庭を築いている。百分の一でいいから、薇薇に幸せを分け与えてくださいよ。

厳夫人は二つ返事で、家政婦を連れて王琦瑶の家へ行った。家政婦に手伝わせて布団を広げ、ひと針ひと針、布団表を縫い付けた。王琦瑶は離れてすわり、まったく手出ししない。厳夫人が糸を引っ張ってほしいと頼んでも断った。厳さん、私が手伝えないことはわかってるでしょう。厳夫人は冗談を言った。なまける口実を見つけたのね。内心では王琦瑶に同情していたが、家政婦がいるのでそれ以上何も言えず、仕事に専念しているふりをした。

昼になると、家政婦を先に帰し、自分は残って王琦瑶と食事をすることにした。台所から漂ってくる料理の匂いを嗅ぐと、時間が逆流し、昔に戻ったような気がする。聞きたいことが山ほどあったが、ずっと口に出すことができなかった。料理がテーブルに並び、向かい合ってすわるとすぐ、厳夫人は尋ねた。薇薇が結婚するんだから、父親に知らせなきゃならないでしょう？　この話題はタブーだったが、二十年の時間の経過のおかげで唐突さがかなり薄れていた。王琦瑶は笑って言った。あの娘の父親は死んだのよ。その後、ひと言付け加えた。シベリアでね。二人は笑い出し、ご飯を噴き出しそうになった。

厳夫人は話題を変えた。あなたも服を新調しなくちゃね。薇薇の結婚当日に着るために。王琦瑶は言った。もうこの年だから、いくら服を新調しても新婦みたいにはなれないわ。厳夫人は言った。あなたも新婦になればいいじゃない。そう言ったあと、二人はまた笑った。笑いが収まると、厳夫人は真面目な顔で言った。だけど、まんざら冗談でもないわ。薇薇が出て行ったら、あなた一人じゃ寂しいでしょう。いい人を探さなくちゃ！　王琦瑶は尋ねた。どこに、いい人がいるの？

布団表の縫い付けが終わり、一日が過ぎて、薇薇の結婚がまた近づいた。春節前なので、人々は年越しの買い物をして、新しい年を迎えようとしていた。それによって、婚礼のムードも高まった。林君は冬休みに入ると、英語のセミナーに参加した。父親の旧友がアメリカにいて、彼の保証人を引き受けてくれた。彼はこの学年を終えたら、大学二年までの単位を取得して、アメリカに留学しようと考えていた。

結婚も、渡米へのワンステップだった。配偶者がいれば、入国ビザが取りやすい。それを考えると、王琦瑶は不安を感じた。しかし、薇薇本人は逆で、林君の渡米を結婚よりも喜んでいた。結婚は誰でもするが、アメリカへは誰もが行けるわけではない。いずれ林君が彼女をアメリカに呼んでくれるかどうかも考えなかった。林君一人が渡米するだけで、彼女は興奮していた。

渡米を予定しているので、新居は間に合わせでいい。実家の西向きの小部屋が用意され、家具も既存のものを使うことになった。とは言え、結婚前はやはり幸せの絶頂で、その喜びはどんな状況でも色あせなかった。林君は英語の勉強がないとき、薇薇と一緒に出かけ、街をぶらついたり、食事をしたり、映画を見たりした。もうすぐ結婚するのだから、多少ハメをはずすことがあっても仕方ない。人家の門の前や公園の片隅で、できることは限られている。

王琦瑶の家で、時間を過ごすこともあった。彼らはアメリカの話をした。まだ渡米前なのに、心はとっくにアメリカに飛んでいた。王琦瑶もアメリカが好きだった。彼女が好むアメリカは、ハリウッド映画の中にあった。好きではあるが、そこは夢の世界で、手の届かない場所だとわかっている。しかし、若い二人は現実世界のアメリカが好きで、そこで実現しようとしている多くの計画があった。王琦瑶は口を挟むことができない。ただ、彼らのアメリカはつまらない、ハリウッド映画には及ばないと思うだけだった。

ある日、林君が訪ねてきたが、薇薇は留守だった。王琦瑶は言った。林君、すわって。昼ご飯を食べたら、薇薇は帰ってくるはずだから。そこで、林君は腰を下ろし、昨日の夕刊をパラパラとめくった。王琦瑶はセーターを編みながら尋ねた。披露宴の席は予約した？　場所はどこ？　林君は言った。ちょうど、うちの母から聞いてくるように言われていたんです。お母さんの関係者の席は何卓になりますか？

王琦瑶は考えた。実家に声をかけても、誰も来ないだろう。ほかには、厳夫人しか思い当たらない。大の仲良しというわけではないが、ずっと付き合いがある。長年の友に違いないだろう。そこで言った。一卓も必要ないわ。厳夫人だけ追加してちょうだい。林君は言った。厳夫人は、お招きします。でも、彼女は友だちでしょう。親族は呼ばなくていいんですか？　王琦瑶は、しばらく沈黙してから言った。私の親族は薇薇だけ、それをいま、あなたに託すのよ。

　この言葉は、双方に感動を与えた。林君は言った。いずれ、お母さんも一緒に暮らしましょう。王琦瑶は立ち上がり、持っていたカシミヤの毛糸を置いて言った。それはダメよ。あなたのご両親もいるんだから！　そう言うと、彼女は台所に入った。林君は突然、つらくなり、間近に迫った祝いごとも悲哀の影に覆われたように思った。

　このとき、林君は気づいた。この部屋のタンス、鏡台など、彼が賛嘆した「年代物」はすべて、同様の影に覆われている。ただ「古い」だけでなく、「悲しみ」が染みついているのだ。薇薇がいるとき、彼はそれに気づかなかった。薇薇は時間をふんだんに使って生活していた。一方、この「悲しみ」は手を伸ばして、流れ去った時間をつかもうとしている。

　そこに、この母と娘の違いがある。薇薇は、すぐに事を済ませ、それでよしとする。王琦瑶は物事の過程に気を遣い、終わったあとも未練を残す。別に未練を残しても、かまわないだろう。やむを得ない事情があり、結局のところ苦しむのは自分なのだから。

　結婚の日が、ついにやってきた。朝、新郎新婦は王開《ワンカイ》写真館（南京東路の老舗写真館）へ行き、写真を撮った。王琦瑶も付き添って行った。ウエディングドレスは写真館で借りた。どれほど多くの人が袖を通してきたのかわからない。最大のサイズに合わせて作られているので、頭からかぶったあと、体のラインに沿ってピンを留める。ドレスを新調するとしても、こんなに手間はかからない。だが、白いウエディングドレスには花嫁の初々《ういうい》しさがある。たとえどんな体型でも、着れば様になった。

薇薇はすっかり大人しくなり、王琦瑶が着付けを直すのに任せていた。ドレスの裾は積雪のように、足元に山を作っている。王琦瑶はその中に手を差し入れたとき、湿気を感じた。ピンの先の滑りが悪く、なかなか突き通せない。間もなく、彼女は手のひらに汗をかき、額にも汗をかいた。目の前がボーッとして、白いドレスに包まれているのが誰なのか、わからなくなった。

彼女は顔を上げ、前方の鏡を見た。鏡の中には美しくて傲慢なお姫様が映っていた。鏡の上のライトがつき、窓はカーテンで閉ざされている。鏡台の上には、髪の毛がからまったヘアーブラシが置いてあった。写真館のメイク室には、秘密めいた雰囲気がある。人知れぬところに、小細工がたくさん施されていた。例えば、ウエディングドレスの脇の下にも、スカートのひだの部分にも、多くのピンが留めてある。髪の毛にも、工夫が凝らされていた。床に散乱するヘアピンが、それを物語っている。いま、このウエディングドレスは完全無欠だった。さらにベールをかぶり、まっすぐ滝のように垂らせば、まるで天女のようになる。

ライトが全開になったとき、王琦瑶は暗がりにすわり、身を隠して誰にも見られないようにした。ライトが当たる場所は別世界で、はるか遠くに感じる。王琦瑶はふと思った。今日はついてくるべきではなかった。どうせ見物しているだけだ。しかも、見たくないものを見せられる。彼女は、写真館が人を騙す場所だということを明らかに知りながら、数十年にわたって騙されてきた。ライトがパッと消えてパッとつくたびに、彼女の心も明るくなったり暗くなったりした。このライトは彼女が最も慣れ親しんだものなのに、いまは遠い存在だった。彼女はカメラマンの口が動くのを見たが、声はまったく聞こえなかった。新郎新婦の声も聞こえなかった。

その後、ついに彼らの撮影が終わり、次のカップルの順番になった。彼女が薇薇のベールをはずすと、ピンが床に落ちて、静かな音を立てた。ドレスを脱ぐとき、薇薇の口紅が白い絹地につき、ウエディングドレスに新たな歴史の痕跡を与えた。床に脱ぎ捨てられたドレスは、蝉の抜け殻のようだった。

写真館を出ると、もう昼だったので、国際飯店の十一階で食事をした。三人とも疲れていて、口数は少なかった。窓の外の空は、風もなく雲もなく、果てしない。だが、目を下に向ければ、起伏する屋根が視界に入り、騒音が耳に入ってきた。この空とこの都市は、何の関係もないかのようだ。それぞれ、勝手に行動している。黄浦江も勝手に流れていた。いったい、何が正しいのだろう。

午後は王琦瑶の家で過ごした。林君もついてきた。旧暦の正月二日だったので、弄堂では絶えず爆竹が鳴っていた。正月二日は親戚や友人を訪ねる日だ。平安里でも、人々は盛んに客を出迎えたり見送ったりしている。それが途絶えると、急に物寂しくなった。若い二人は沈黙していた。連日の興奮と苦労で、身も心も消耗しているのだろう。新婚生活の正式なスタートを前にして、思わず気後れしているのかもしれない。

二人はテーブルの前にすわり、瓜子を食べ始めた。あっという間に吐き出した殻が山積みになり、彼らの唇は黒ずんでいた。太陽が床に格子状の影を落とし、新郎新婦の顔は青白く見えた。瓜子を食べるのは、最高の時間つぶしだった。

王琦瑶はいくつか話題を振ってみたが、二人とも反応を見せなかった。彼女は台所へ湯を沸かしに行った。北の窓から陽光が差し込んでいる。それは幾度となく見てきた風景だった。北の窓から差し込む陽光は、一日旅をして見聞を広めたおかげで、寛大さと同情心を持っている。窓辺でエサを探していたスズメは、何度かついばむ動作を見せたあと、飛び立った。王琦瑶は窓を開けて、残りご飯を少し撒いた。明日、スズメがまたやってきて食べるだろう。

彼女が部屋に戻ると、若い二人はそれぞれベッドで寝ていた。もう時間が迫っていたので、彼女は二人を起こし、早く身なりを整えるように言った。間もなく、予約してあったタクシーが弄堂の裏でクラクションを鳴らした。

彼らはタクシーに乗り込んだが、まだ表情はぼんやりして、眠気が残っていた。この一日は、ずいぶん長く感じられる。最後まで頑張れるかどうか、自信がなかった。間もなく訪れる盛大な場面を想像して、三人とも怖気づいた。新郎新婦は不安だった。一生に一度の晴れの舞台が始まろうとしている。まだ準備が十分でないことに気づき、彼らは慌てた。言うべきセリフも、ほとんど忘れてしまっていた。

王琦瑶も不安だった。観客の一人となるための準備ができていない。演じられようとしているのは、すべて新しい出し物だ。しかも、人生最後の輝かしい一幕が自分の目の前で終わりを迎えようとしている。いま、ホテルの玄関のライトがもう見えた。ライトは地面を照らし、そこに人が現れるのを待っている。タクシーが近づくと、暇人が足を止め、新郎新婦の登場を見守った。王琦瑶が先に降り、二人が降りてくるのを待った。彼女は林君の手を引いて、薇薇と腕を組ませ、後ろから二人をそっと押した。彼らは肩を並べて歩いて行く。その後ろ姿は、まさにお似合いのカップルだった！

## 9 渡米

薇薇は結婚し、自分の服をすべて持ち去った。洋服ダンスも引き出しも、半分空になってしまった。王琦瑶は思った。薇薇を育てた二十三年の歳月は、あっという間だった。彼女の髪は白くなり、白髪染めを使い始めた。だが、肌や体つきはまだ若々しい。成人した娘がいなければ、誰も彼女がそんな年齢だとは思わないだろう。彼女も娘がいることで、年齢を自覚した。そうでなければ、自分でも自分の年が信じられなかったかもしれない。

染めた髪は以前よりも黒々として、ますます若返った。王琦瑶は鏡の中の自分を見ているうちに、感覚がおかしくなった。いまはいったい、何年何月なのだろう？　薇薇が家にいないため、王琦瑶は一日一食で済ませるときもある。午後に寝てしまって、目が覚めたら翌日の午後だったこともあった。寝つくのも目を覚ますのも午後の一時二時で、太陽は同じ位置にあり、ずっと動かなかったのかと思われた。

日曜日が来たことはわかる。薇薇が林君と一緒に実家に帰ってくるから。彼らは朝やってきて、夕食後に帰った。おかげで、規則正しい生活のリズムが戻った。だが、翌日からはまた、すべてが散漫になってしまう。明らかに、規則正しい生活を維持する力が足りないのだ。とは言え、散漫な生活にリズムが生まれることで、混乱状態に陥らずに済んだ。

結婚後の薇薇と林君は、お客さんに変わった。王琦瑶は料理と酒を用意し、スープを作りご飯を炊いた。そして、彼らが帰ったあと、残されるのは使用済みの食器の山だった。王琦瑶は流しで食器を洗いながら、これで何とか一日を終えることができたと思った。後片付けが終わると、テレビのスイッチを入れ、引き出しからタバコを取り出して火をつけた。椅子にすわり、テーブルに肘をついて、ゆっくりと煙を吐き出す。目の前が煙霧でかすみ、心の中も煙霧に閉ざされた。

タバコは一本だけで十分だった。彼女はタバコを仕舞い、改めて腰を下ろし、季節の移り変わりを告げる窓の外の音に耳を傾けた。それはコンクリートの壁の隙間から聞こえる音で、静けさの中でなければ気づかない。音のかけらにすぎず、煙霧に覆われていた。

王琦瑶以上に時間を意識している人がいるだろうか？　彼女は闇の中で生活し、無意味な時間を過ごしているように見えるが、それは何かに翻弄された結果だった。カーテンを揺らしたのは風なのに、王琦瑶はそれを時間のせいだと思う。床や階段の板に穴をあけたのはシロアリなのに、王琦瑶はそれも時間のせいだと思った。日曜日の夜、王琦瑶がなかなか寝ようとしないのは、孤独な夜を耐えているのではなく、時間の流れに身を任せているのだ。

このような日々は、数える必要がない。冬服を脱いで春服に着替えたと思ったら、すぐに春服でも汗ばむようになった。林君のビザが下りた。八月に渡米し、秋には新学期が始まるという。王琦瑶の生活のリズムがまた乱れ始めた。二人は何週間も続けて日曜日に来ないこともあれば、毎日やってくることもある。毎日やってきたのは、王琦瑶に紳士服の選び方を教わるためだ。国を出たことがないので、アメリカのすべては想像するしかない。あの国へ行くのは盛大なパーティーに参加するようなもので、それなりの服を何着か用意しておかなければならないだろう。

王琦瑶は、林君を連れて培羅蒙《バラモン》（一九二八年創業の紳士服店）へスーツを作りに行った。その途中、彼女はスーツの着こなしを伝授した。ファッションの話になると、王琦瑶は熱が入る。彼女は言った。ファッションとは何か？　それは証書のようなものよ。人間の内面を証明し、結論を埋もれたままにしない。林君はそれを聞いて、新鮮さと面白さを感じた。王琦瑶は言った。笑わないでね。でも、決して過言ではないわ。少なくとも、女にとっては証書なの。しかも、この証書は卒業証書よりも重要だわ。林君はますます面白がって、薇薇のほうを向いて言った。きみは証書を持ってるの？

王琦瑶は、冷笑して言った。卒業証書は何年か勉強すればもらえるけど、この証書を得るには生まれてからずっと努力を重ねなければならない。薇薇に聞いても無駄よ。この娘《こ》は、思いがけない幸運に恵まれたんだから。張永紅なら、わかるでしょう。薇薇が言った。張永紅は「証書」を持っているけど、いまだに「就職」できてないじゃないの！　この冗談は、ひどすぎた。幸せで舞い上がっている女でなければ口にできない。王琦瑶でさえ、それを聞き、胸を痛めて言った。あなたが心配するには及ばないわ。あの娘はあなたよりも上手《うわて》よ。

話をしているうちに、店に着いた。まず生地を見て、それからデザインを選んだ。そこで、また意見が衝突してしまった。薇薇は、最新流行の襟のとがった、ダブルボタンのスーツが好みだった。一方、王琦瑶はオーソドックスなデザインにこだわって言った。これは正統派だから、いつの時代でも通用する。流行のスタイルは一時的なもので、少しでも旬を過ぎると、すぐ時代遅れになってしまう。まして、上海の流行はアメリカの流行とは違うでしょう。

薇薇に十分な論拠はなかったが、その態度は強硬だった。彼女は伝統的なものを一切排斥した。新しいものを好み、短絡的で、将来を見ていなかった。ひたすらモダンを追求し、背景を無視して問題を考えていた。喧嘩腰で、話にならない。王琦瑶は、仕方なく言った。林君に決めてもらいましょう！　なんと、林君は王琦瑶の意見に従った。薇薇は腹立ちのあまり、向きを変えて店を出て行った。林君はあとを追い、王琦瑶一人が店に取り残された。帰るわけにもいかず、帰らないわけにもいかず、しばらく立っていたが、思い切って店をあとにした。

バスに乗る途中、彼女は思った。三人で出かけてきたのに、一人で帰るなんて、本当に情けない。南京路の賑わいは、彼女を嘲笑しているかのようだ。家に着いたのは、昼近くだった。若い二人は午後になって、ようやく姿を現した。ニコニコ顔で、手に大小の包みを提げている。午前中の不快なことは、もうきれいに忘れていた。王琦瑶もスーツの話は持ち出さず、無関心を装った。だが、林君は薇薇に気づかれないように王琦瑶に目配せをした。暗黙の了解を示し、彼女の機嫌を取ろうとしたのだ。それを見て、王琦瑶はますます不愉快になった。あなたたちがどんなスーツを作ろうと、私には関係ないわ。

林君の渡米のために用意した服は、すべて最高級のものだった。少しでもランクを下げたら、アメリカに失礼になるかのようだ。いままでの服はどれも使い物にならないので、すべて新しいものにした。品質のよいものを大量に買った。何でも一ダース購入して、十二枚揃えた。その荷物の量からすると、とてもアメリカへ行くようには見えない。まるで、文革期に辺境の農村に移住する人のようだった。

渡米する人は少なかった。いいところだとは聞いていたが、何がいいのかはわからない。とにかく、できるだけの準備は整えた。嫁入り道具のようなもので、漠然とした未来の拠りどころになる。実際に使い道があるかどうかは別問題だった。二つの特大のスーツケースがいっぱいになると、気持ちが落ち着いた。

ある日、薇薇は一人でやってきて、手際よく家事を手伝った。王琦瑶が盥《たらい》に漬けておいた二枚の服も洗濯した。王琦瑶は気づいた。薇薇は何か頼みごとがあるのだろう。おそらく、お金のことに違いない。以前、王琦瑶に服を買ってもらいたいときも、こんな態度を見せた。だが、今回はもっと心がこもっていて、ためらいがちな口調だった。嫁入りした娘は、母親にお金を要求するのが後ろめたいのだ。王琦瑶は初めて、娘を哀れに思った。林君が渡米したら、いつ夫婦が再会できるかわからず、薇薇は夫の実家で暮らすことになる。嫁ぎ先も自分の家ではあるが、やはりお互いに他人同士で気を遣う。先のことを考えると、つらくなった。

薇薇が洗濯物を干して戻ってくると、テーブルの上にお金が置いてあった。王琦瑶は言った。林君に靴でも買ってあげて。私からのプレゼントよ。薇薇はお金を受け取らず、春夏秋冬の靴は全部揃えたからいらないわと言った。王琦瑶は額が少なかったのだろうと思って言った。靴がいらないなら、別のものを買って。これ以上は出せない。私のささやかな気持ちだから。薇薇はやはりお金を受け取らず、下を向いていた。

王琦瑶は落胆し、もう何も言わず、立ち去ろうとした。ところが、薇薇が話を始めた。かつて、ある男が何も持たずに、外祖母からもらった金のネックレスだけを持って渡米した。アメリカに着いたあとは、そのネックレスを元手に、最初の時期を乗り越え、足場を築くことができた。その話を聞いて、王琦瑶は意表を突かれた。どういう意味だろう？　それから、林君に金の延べ棒の換金に行ってもらったことを思い出し、胸がドキドキして、顔が赤くなった。

彼女は震える声で言った。あなたたちを冷たくあしらった覚えはないわ。薇薇は驚いた様子で、眉を吊り上げた。誰が私たちを冷たくあしらったなんて言った？　私たちは、借りたものは必ず返すわ。王琦瑶は涙を流しそうになった。薇薇、あなたの目は節穴だったわね。あんな男と結婚するなんて！　薇薇は機嫌を悪くして言った。私は独断で相談に来たのよ。あの人は知らないわ。私も指輪をいくつか持ってるけど、みんな十四金で、デザインに価値があっても、お金にならない。外国の人は金の含有量だけを評価する。もしよければ、私の指輪を預けるから、お母さんのと交換してくれない？

王琦瑶はようやく、薇薇が自分の宝石のついた指輪に目をつけていることを知った。それは李主任と知り合ったころに、老鳳祥《ラオフォンシアン》宝飾店で買ってもらった、婚約指輪のようなものだった。王琦瑶にも結婚生活があったとするなら、それは記念品である。だが、記念品だとしても、激しい世の移り変わりには勝てない。譲り渡してもかまわないわ！　王琦瑶は動きを止め、引き出しを開けて指輪を取り出し、薇薇に手渡した。そして、ひと言だけ言った。男に尽くし過ぎると、ろくな結果にならないわよ。薇薇は彼女を相手にせず、指輪を持ち去った。

出発前、林家は錦江《ジンジアン》飯店（茂名南路の高級ホテル）で宴会を開いた。親戚や友人が四つのテーブルにすわり、結婚式よりも盛大だった。王琦瑶は、喜色満面の薇薇を見て思った。海外留学の踏み台にされたのに、何を喜んでいるのかしら。彼女は見知らぬ林家の親戚や友人に囲まれ、一人ですわっていた。誰も相手にしてくれなかったが、顔には微笑みを浮かべていた。林君と薇薇が酒を注ぎに来たとき、彼女は本当に笑おうとしたが、なぜか涙を流して、その場を白けさせてしまった。その後、涙は止まったが、胸の中が苦しかった。理由はわからないが、とにかく情けないと思った。

華やかな酒席が涙で煙っている。何かを哀悼しているようで、人々の笑顔も作り笑いに見えた。若い人たちのテーブルは楽しそうで、耳が聞こえなくなるほどの賑わいを見せている。しかし、王琦瑶にしてみれば、それは空騒ぎで、どの顔にも哀愁を感じた。隣の席の子どもが大人のワイングラスを倒し、テーブルクロスが真っ赤に染まった。王琦瑶はそれを見て、血の色だと思った。彼女はもう我慢できなくなった。胸が苦しい。だが、何が原因なのかわからないので、どうしようもなかった。

この宴会は、まるで最後の晩餐だった。すべてが終わりに近づいているかのようだ。絶望が突然、激しい勢いでやってきて、この場で表舞台に立っている。輝かしい場面であればあるほど、悲哀の感情も強くなった。テーブルを一つ隔てて、林君と薇薇の歌声が聞こえてきた。この歌で彼女の最後の防衛線が崩れそうになったが、歓声が上がったせいで何とか持ちこたえた。みんなが立ち上がり別れを告げているとき、王琦瑶は声が詰まって話ができず、ただうなずくだけだった。幸い、知り合いはいなかったので、彼女は離れて立っていた。握手をして別れを惜しんでいる人たちの間を抜けて、彼女は家に帰った。

場違いな悲痛を味わったあと、しばらくは平穏な日々が続いた。林君が行ってしまうと、薇薇はしばしば実家に帰ってきた。張永紅がいるときもあり、まるで昔に戻ったかのようだった。新しい生地をテーブルに広げ、あれこれデザインを考えるが、なかなか鋏を入れることができなかった。

そのころ、淮海路にはより若くて大胆なファッションリーダーが現れ、張永紅たちは保守派になっていた。だが、保守派と言っても、かつての保守派とは違う。守ることによって攻め、退くことで進むという流儀だった。一連の流行を経験して、彼女たちはしだいに個性を身につけた。他人の意見に左右される段階を抜け出し、ファッションの最前線の位置を譲った。つまり、彼女たちは流行の波の中で足場を固め、大黒柱の役割を受け持つようになったのだ。彼女たちは流行を追わないが、まさに流行の中心にいて、流行の盛衰を決めていた。

街の流行は華やかに見えるが、根拠を欠いていて、あっという間に消えてしまう。薇薇はいつも張永紅より一歩遅れていた。彼女にはリーダーが必要で、張永紅や王琦瑶の導きがないと、一生流行の奴隷になってしまう。いま、彼女たち三人はまた一緒に、生地の裁断の仕方を熱心に相談した。彼女たちが新調する服はみな、知恵を集めて研究し、出来上がったものだった。試着のときには、一人が鏡の前に立ち、あとの二人が前と後ろからじっくり観察した。体を回転させたとき、たまま鏡に映った顔には寂しさが浮かんでいる。慌てて話をすることで、その寂しさは覆い隠すことができた。

この年のクリスマスを三人は一緒に過ごした。彼女たちは新調したコートを着て、薄化粧をして出かけた。事前に、虹橋《ホンチアオ》の新開発区にあるホテルのクリスマスディナーの席を予約してあった。彼女たちはタクシーを呼んだ。ホテルに着く前から、あたりが華やかになった。タクシーを降りたとき、彼女たちは呆然として立ち尽くした。イルミネーションが頭上から網状に広がり、光り輝いている。

彼女たちは歩き出し、ホテルに入った。サンタクロースの恰好をしたボーイが駆け回り、客がごった返している。彼女たちは上の階のレストランへ直行し、自分の席を見つけた。二十人はすわれる長いテーブルの席だった。前後左右はほとんどカップルで、子ども連れの若い夫婦もいた。みんな周囲を気にせず、ぺちゃくちゃとしゃべっている。彼女たちも普段は口数が多かったが、このような席では何を話せばいいのかわからず、かしこまってすわっていた。

クリスマスディナーと言っても、大したことはない。大勢が並んで食べるので、接待の定食のようだった。クリスマスソングがずっと流れ、同時に繰り返しアナウンスがあった。十二時の鐘が鳴ったら、サンタクロースがプレゼントを持ってくるという。プレゼントは、食事券の番号による抽籤《ちゅうせん》で決まるのだ。

三人とも、場違いなところに来てしまったと感じていた。こんなところは、三人に似つかわしくない。恋人たちの熱々ぶりは、見て見ぬふりをした。子どものほうがまだましだ。みんな人見知りせず、彼女たちに話しかけ、ムードが盛り上がった。だが、親たちは厳《いか》めしい顔をして、視線を合わせようとしないので、あまり親しくするわけにもいかない。いずれにせよ、彼女たちはここで見えない圧力を受け、窮屈な思いをしていた。十二時を待ちきれず、もう帰ることにした。三人が立ち上がって席を離れても、気にする人は誰もいなかった。出入り口まで行くと、ちょうどウエイトレスたちがトレイを捧げ持って入ってきた。まだ、デザートのアイスクリームがあったのだ。しかし、引き返す気にはなれない。

廊下は静かで、ボタンを押すとエレベーターが音もなく上がってきた。乗り込むと、ドアが閉じた。三面が鏡になっていたが、そこに映った顔を見るのは忍びない。みんな押し黙って、表示ランプを見ていた。数字が次々に変わり、ついに一階に着いた。彼女たちはホールを出た。タクシーに乗ることも忘れ、大通りを歩いて行った。新開発区の道路は広くてまっすぐで、人通りが少ない。空港のほうからやってくる静かな車の流れだけがあった。

しばらく歩いたあと、彼女たちはようやくタクシーに乗ることを思いついた。王琦瑶が言った。

私の家に行きましょう。どこだって、クリスマスを過ごすことはできるわ。二人もそれがいいと言ったので、ホテルの前に戻り、タクシーに乗った。十一時のこの都市は静まり返っていたが、いくつかの扉や窓の中には熱気が満ちていた。中にいた人だけが、それを知っている。中から出てきた人は活気を帯びていて、その活気を種を蒔《ま》くように道に落としていった。

クリスマスイブの終盤は、王琦瑶の家で過ごした。あの賑やかな会場を出て平安里に着くと、まるで息をひそめているような、これ以上ない静けさを感じた。この静けさの中で、彼女たちはいつもの活発さを取り戻した。さっきまで抑圧され、会話もまともにできなかったが、いまは彼女たちの世界となった。彼女たちはお菓子を食べながら雑談をした。普段は言えないようなことも、調子に乗って口にした。

張永紅は最近、男友だちともめたという話をした。些細なことが原因だったが、結婚する気はすっかりなくなったらしい。王琦瑶はそれを聞いて、彼女が結婚を真剣に考えていることを知り、ハードルを高くしすぎてはいけないと忠告した。ありふれた言い方だったが、この夜の雰囲気のせいで、心に染みる助言となった。張永紅は聞き入れただけでなく、苦衷《くちゅう》を語り出した。

彼女は言った。別に、お高くとまってるわけじゃないんです。でも、結婚は第二の人生のスタートだから。私の家のことは、知ってるでしょう。結婚は歴史を書き換えることにもなります。薇薇が言った。玉《たま》の輿《こし》を狙う必要はないわ。歴史は二人で書き換えていけばいいじゃない。張永紅は言った。玉の輿を狙うつもりはないの。でも、元手は必要よ。ゼロから始めたら、光を見る前に年老いてしまうわ。薇薇、玉の輿はあなたのほうよ。アパートの部屋に住んでいるし、旦那様はアメリカに行ったし。薇薇は言った。私はアメリカに行ってほしくなかった。最近、私がどんな生活を送ってるか、他人にはわからないでしょうね。

王琦瑶は初めて、薇薇が愚痴をこぼすのを聞いた。少し意外だったが、考えてみると、娘の気持ちも理解できた。張永紅が言った。いまはつらいでしょうけど、辛抱すれば幸せになれるわ。薇薇は言った。このつらい毎日は、誰も肩代わりしてくれない。私がしょっちゅう実家に帰ってくる理由がわかる？　彼の家族のインテリ面《づら》を見たくないからよ。張永紅が笑って言った。インテリ面がどうしたの？　私なんか、見たくても見られないのに！　三人とも笑った。この夜、張永紅も家に帰らず、ソファーで寝ることにした。彼女たちは時間を忘れ、カーテンに朝日が当たるころになって、ようやく眠りについた。

この夜に深まった相互理解を彼女たちはしばらくの間、共有した。一週間に数回、三人で集まり、薇薇はほとんど半分、実家に戻った形になった。張永紅がその場にいれば、母と娘は相手を受け入れ、寛大な態度を取ることができる。張永紅は、二人の間の潤滑剤だった。しかし、間もなく張永紅は新しい男友だちと付き合うようになり、訪れることが稀になった。

さらに半年が過ぎ、林君は薇薇のために配偶者を呼び寄せる手続きを進め、薇薇も渡米することになった。一年あまり待っただけとは言え、薇薇の我慢は限界に達していた。自分で旅装を整える気力もなく、普段着をスーツケースに詰めただけだった。別のスーツケースは、ほとんどが炊事道具などの日用品で、ほかに華亭《ホアティン》路で買った一つ二角（〇・二元）の十字架のついたネックレスがひと箱入っていた。林君からの手紙によれば、そのネックレスはアメリカで、少なくとも一つ二ドルで売れるという。王琦瑶は迷った。金の延べ棒を一つ持たせようか？　だが、最終的に薇薇は林君に頼ればいいが、彼女自身は誰にも頼れない。そこで、その考えを捨てた。薇薇は普段着と古い靴のまま、サンフランシスコ行きの飛行機に搭乗した。

# 第三章

## 10

## 老克臘

いわゆる「老克臘《ラオコーラー》」とは、ある種の粋《いき》な男を指す。特に、一九五〇年代から六〇年代にかけて流行した言葉だ。すべてが新しくなった社会において、彼らは上海のオールドファッションを頑なに守っていた。「克臘」という言葉は、英語の「colour」に由来し、植民地文化の時代の特徴を示している。英語をはじめとする外来語は、その後この都市の方言の中に広がり、ニュアンスも変化した。時の流れにつれて、当初の意味とはかけ離れた言葉になった。

「老克臘」と呼ばれる男たちは、八〇年代にほとんど絶えてしまった。何人か残っていたとしても、みんな年を取り、容貌が変わっていた。しだいに人々も、この名前を忘れてしまったようだ。しかし、不思議なことに、八〇年代の中ごろになって、ひそかに若い世代の老克臘が誕生した。彼らは上の世代の老克臘よりも孤独に甘んじていて、見かけは穏やかだった。派手な行動で、注目を引こうとはしない。人が大勢集まっている中で、彼らの姿を見つけることは難しい。どこへ行けば、彼らに会えるのだろう？

人々がステレオの購入に夢中になっているとき、いつも古いレコードを聞いている男。人々が「ニコン」や「ミノルタ」のオートフォーカスのカメラに興味を示しているとき、「ローライフレックス」の中判カメラ（一二〇フィルム用）をいじっている男。機械式腕時計をつけ、サイフォンでコーヒーをいれ、シェービングクリームをつけて髭を剃り、旧式のスライドを映し、革靴を履いている男。それは、間違いなく「老克臘」だ。

その男を見つけたあと、視線を現在の流行に移すと、いかに粗雑で俗っぽいかがわかる。わっと流行に飛びつき、センスを磨く余裕がない。誰かに追い立てられているかのように、次々にやってくる波に乗ろうとする。急いで大量に生産しようと思えば、手抜きをするしかない。粗製濫造の結果、製品はひどいものになった。衣料品店へ行けば、すぐにわかる。壁や棚やカウンター、そして入口の平台に特売品が置いてあるのは、流行の商品が売り尽くせないからだろう。次の流行、そのまた次の流行がやってきているのだから、投げ売りしないわけにはいかない。

「老克臘」は、こうした粗製濫造の流行の中で、精密さが際立っていた。彼らにはこだわりがあり、宣言もしないし理屈も述べないが、着実に一歩ずつ自分の足跡を残し、論評は他人に任せる。彼らには名前すらない。「老克臘」と呼ぶのは昔を知っている人たちで、一般には広まらなかった。別の一部の人たちは、西洋の「ヤッピー」という呼び方を使ったが、これも普及しなかった。名前のない彼らは、黙々と自分の世界を築いている。

私たちは彼らを「レトロ派」と呼んでいい。みんな新世代だから、懐かしむべき過去はないが、外灘には行ったことがある。フェリーに乗り黄浦江の中ほどで振り返ると、まるで障壁のようなジョージアン様式の建物が見えた。ゴシック様式の時計台もある。窓のくぼみは、こちらを注視している目のようでもあり、時間を通り抜けるトンネルのようでもあった。彼らは屋上のバルコニーに登ったこともある。そこでハトを飛ばしたり、凧《たこ》を揚げたりした。見渡す限り屋根の海で、尖った屋根は船の帆のようだった。やはり時代の激流を乗り越えてきたのだろう。さらに、壁を伝うツタ、隣の洋館から聞こえるピアノの音も、レトロ感覚を養う材料になった。

王琦瑶が知り合ったのは、そのうちの一人で、年は二十六歳だった。みんなが彼をからかって「老克臘」と呼んだのは、いちばん年下だったからだ。彼は中学校の体育教師で、いつもジャージーの上下を着て、髪はスポーツ刈りにしていた。屋外での活動が多いので、肌は日焼けして黒い。学校では寡黙で、同僚との私的な付き合いはなかった。彼がスペイン風のギターの名手であること、百枚以上のジャズのレコードを所蔵していることを知る人はいない。

彼の家は虹口《ホンコウ》（上海市北部の区、かつて日本の租界だった）の旧式の弄堂にあり、両親は謹厳実直な事務員だった。姉はもう結婚して家を出ている。彼は三階の屋根裏部屋に住んでいた。シュロ縄を張ったベッドとレコードプレーヤーを床に置き、部屋に入るときは靴を脱ぐ。床にすわると、そこは自分の天下だった。

天窓の外には、傾斜した瓦屋根がある。夏の夜は瓦の上にムシロを敷き、腰につないだ紐を窓枠にくくりつけ、這い出して行って寝そべった。目の前には紺色の空が広がり、星が浮かんでいる。遠くの工場からサイレンの音が聞こえてきた。煙突から夜空に白い煙が立ち昇っているのも見える。細々した夜の物音が静まると、彼は空気に溶け込んだような気分になった。何かを考えることすらない。

彼にはまだ女友だちがいなかった。一緒に遊びに行く男女の中に、お互いに好意を抱く相手はいたが、仲の良い友だちという段階から発展しない。それ以上の関係を望む気持ちがなかったからだ。彼は人生に対しても、特に理想がなかった。することがあるだけでいい。それは自分で見つけるしかないので、前向きな姿勢は保っていた。遠い目標はないが、近い目標ならある。だから、彼には大きな悩みがなかった。ときどき、理由のない憂鬱に陥るだけだ。その憂鬱も、癒やす方法がある。それは、一九二〇年代のジャズだった。サックスの音色の途中に、レコード針の擦れる音が入り混じるとき、身に染みるような味わいを感じることができた。

彼は懐古趣味で、新しいものには関心がなかった。新しいものは成金が好みそうで、底が浅いと思ってしまう。しかし、古すぎるのもよくない。時代遅れで、落ちぶれた印象を与える。百年そこその歴史があれば十分だ。いま必要なのは、まだ珍しい限られた人たちの華やかさ、真っ暗な夜空を明るくする輝き、平坦な石ころ道にある洋館、そして静けさの中に流れる音楽である。言い換えれば、それはまさにオールドジャズに代表されるものだった。

老克臘の仲間たちは、みんなモダンボーイ、モダンガールだ。老克臘とは正反対で、流行の最先端を走っていた。この都市にテニスコートが出来たとき、最初の客は彼らだったし、あるホテルにボーリング場が開設されたときの最初の客も彼らだった。彼らは老克臘と同じ大学の体育学部の同窓生で、スポーツマンの魅力によって人気を独占していた。身につけるのは、当時の世界のトレンドファッションだった。ブランドで言えば、ナイキ、プーマなど、ほとんどがスポーツメーカーのものである。一方、昔からの洋服のブランド「ピエール・カルダン」は人気が衰えた。

彼らの一団が大通りに現れるとき、多くの場合はバイクにまたがり、後部座席に女の子を乗せている。ヘルメットからはみ出した長い髪が、風にたなびいていた。ディスコで踊り狂っている一団も彼らだ。いろいろな方法を使って、彼らは外国人と知り合った。それによって彼らは国際化し、外国人の社交場にも自由に出入りできるようになった。

その中で、老克臘は唯一の目立たない存在で、仲間に対して何の貢献もできなかった。みんなが盛り上がっているとき、彼は蚊帳の外で、いてもいなくてもよさそうだった。彼は寂しそうに見えた。だが、その寂しさのおかげで、この若者たちのグループに深みが生まれた。その意味で、やはり彼がいるかいないかの違いは大きい。

一方、老克臘にとっても、モダンな若者たちと一緒にいることが必要だった。縁もゆかりもない人の群れの中に投げ込まれてしまえば、彼の懐古趣味は完全に埋もれてしまうだろう。時代遅れの烙印を押され、世間の人に受け入れられない。新しいものと対比されてこそ、古いものの価値が明らかになる。例えば、骨董品は華やかなビロードの敷物の上に置かれなければ、ゴミ箱に捨てられてしまうだろう。だから、彼もこのモダンな若者のグループから離れられないのだ。寂しくても仕方がない。もし離れてしまえば、世俗に流されて、寂しさも感じられなくなる。

老克臘の両親は、彼を大人しい子どもだと思っていた。タバコも吸わず、酒も飲まず、真面目に働き、真面目な趣味を持ち、女遊びなどしない。両親も若いころ、遊び人ではなかった。週に一回映画を見るのが、彼らの唯一の娯楽だった。母親はかつて、映画のパンフレットを集めることに夢中になったが、「文化大革命」の時代に自主的に焼き捨てた。その後、映画館もパンフレットの販売をしなくなった。毎晩、食事のあとはテレビをつけ、十一時まで見る。テレビがあるだけで、彼らの晩年は充実していた。

息子が屋根裏部屋でかける昔の音楽は、両親が聞き慣れたものだった。それで、ますます彼らは息子を大人しい子どもだと思った。口数が少ないことも、彼らを安心させた。食事中も最初から最後まで、交わされる会話はほんのわずかだ。お互いのことをよく知らないのに、ずっと一緒にいるので、何の問題もないと思って平気でいた。結局のところ、三人とも本当に大人しく、行動を慎み、自制心を持っている。物質生活も精神生活も、狭い範囲に限られていたが、それで満足していた。

上海の弄堂の屋根の下には、一生このような隠忍自重《いんにんじちょう》の生活を送る人たちがひしめき合っていた。そこは騒がしく、窓を開けると耐えがたい喧騒が耳に飛び込んでくる。だが、それを責めてはいけない。禁欲的な生活をしている人たちが、狭い空間に押し込まれているのだから。彼らには活気があるので、多少の生活音が出るのはやむを得ない。夏の夜、屋根に上がって寝そべって、星空を眺める少年は一人ではなかった。彼らは焦燥を抑えきれず、どこへ行けばいいのかわからなくなって、屋上にやってきた。そこは視界が広がって、自由が感じられる。ハトが休息したあとは、少年が屋上の主だった。下界の騒音は、ここまで上がってこない。少年たちは屋上にしばらくいると、心が落ち着いた。このような天窓のある弄堂は独特の音楽を胸に秘めている。絞り出された歌声が天窓から漏れてきた。

老克臘と気持ちが通じ合っているのは上海の西地区の大通りである。彼はいつも街路樹に覆われながら、そのあたりを行き来していた。この街路樹には歴史があり、すでに百年にわたって日差しをさえぎってきた。茂名路は賑わいと静けさを経験し、どちらにも年季が入っている。彼はそこを歩いて、時間が逆流する感覚を味わうのが好きだった。彼は思った。ここを路面電車が走ったら、どんな情景が見られるのだろう。車内の向かい合った木製の座席の間では、白黒の無声映画の一場面が演じられる。古いホテルの建物のレンガの隙間や石の角には文字が刻まれていて、注意深く判読すると、旧時代の激動が明らかになる。

上海の東地区の大通りも、老克臘と気持ちが通じていた。どの通りも黄浦江の河畔に至る。西地区に比べると度量が広く、思い切りがいい。白黒の無声映画で演じられるのは、叙事詩的なドラマだった。旧時代の激動も、疾風怒濤のように描かれる。飛翔するカモメはハトと同様、歳月を超越していた。老克臘が必要としているのは、まさに歳月を超越することだった。過分な要求ではないだろう。大昔に戻る必要はない。五十年ほど、さかのぼるだけでいい。この都市の日の出と同じだ。水平線や地平線からではなく、屋根の上に日が昇る。結局、頭の部分は切り捨てられ、必要最小限のものしか与えられていない。

言ってみれば、この都市はまだ若いのだ。振り返るべき日々は決して多くない。だが、老克臘は若いのに若さを失っている。生まれつき懐古趣味で、旧時代の情景の中でしか本音を語ろうとしない。幸い、あの税関ビルの鐘の音は雲散霧消する事物の中でも不滅だ。彼が聞く音は、昔と変わらない。老克臘が大通りを歩くと、向かい側から風が吹いてきた。ビルの間を抜ける、行儀の悪い風である。彼の顔には活気が見られなかったが、歌やダンスを楽しんでいるかのように、胸が高鳴っていた。彼はこの都市の日暮れが好きだった。日暮れの街は色あせた油絵のようで、この都市の心境に最も相応しい。

ある日、友だちが知り合いの家でホームパーティーがあると言った。参加者の名前を挙げ、かつてのミス上海も来るらしいと言う。老克臘は友だちのバイクの後部座席にすわり、西へ向かい、空港の近くの新開発区の住宅地に着いた。その知り合いは、華僑の出資で建てられたマンションの十三階に住んでいる。海外に移住した親戚が買った物件で、彼が管理を任されているのだ。普段はここに住んでいないが、頻繁にパーティーを開き、いろいろな友だちを集めて、楽しい夜または楽しい昼を過ごしている。彼のパーティーはしだいに有名になり、参加者が増えた。参加者はさらに知り合いを連れてきたが、彼は誰でも歓迎した。

来客が多くなると玉石混淆《ぎょくせきこんこう》で、怪しい人間も紛れ込む。窃盗などの不愉快な事件も起こった。だが、確率から言えば、人が増えるとその中にエリートも現れてくる。したがって、ときどき彼のパーティーには有名人が登場した。例えば映画スター、楽団の首席バイオリニスト、記者、共産党や国民党の将校の子孫などである。彼のパーティーは、さながら小さな政治協商会議だった。多くの古い話題、新しい話題が客間を飛び交い、大いに盛り上がった。

この新開発区では、窓を開けると林立する高層住宅が見える。明かりがついている窓もあれば、消えている窓もあった。空は広々として、月や星が遠く感じられる。下を向くと、幅が広くてまっすぐな道に、豆粒のような車が数珠つなぎになって走っていた。どこかが必ず工事中で、夜通しライトがつき、規則正しい電気ドリルの音が夜空に響いている。空気中にセメントの粉が漂い、強い風が建物の間を吹き抜けていた。

ホテルが集まっている地区の街灯は周囲の建物が大きくて高いため、少し寂しく見える。しかし、きらびやかな寂しさで、歓楽を秘めているようだった。これが、まさしく新開発区だ。開けっ広げで、旧市街の謎めいた複雑さがない。新開発区に来ると、郊外に出たという感覚がある。道路もマンションも様式がまったく違う。整然として筋道が通っている。旧市街のように、感情をさらけ出すことがない。

新開発区の夜空の下、この華僑のマンションの十三階から聞こえる談笑の声は、あっという間にかき消された。音楽もかき消されてしまった。この程度の歓楽は、新開発区では取るに足らない。

高層住宅の蜂の巣のような窓の中には、新鮮な歓楽があふれていた。

四つ星、あるいは五つ星の高級ホテルはなおさらだ。そこでは毎晩、立食パーティー、ダンスパーティー、レセプションが開催されていた。ロマンスも生まれる。部屋のドアに「Don't disturb」のプレートを掛ければ、正々堂々と楽しむことができた。ホテルの歓楽には、いろいろな人が参加するので、みんなで喜びを分かち合うという雰囲気がある。特にクリスマスには聖歌が歌われ、ここが中国なのか外国なのか、わからなくなった。この場所には、最初から気兼ねも遠慮もない。思い出を蓄積するほどの歳月がまだ経っていないからだ。頭の中は空っぽで、まったく記憶力を使う必要がない。

これが新開発区の特徴である。十三階のバカ騒ぎは、大海の一粟《いちぞく》にすぎない。不満そうなのは、エレベーターガールだけだ。次々に人の群れが押し寄せ、手に酒や花束を持ってエレベーターを乗り降りする。しかも、それは様々な見知らぬ人ばかりなのだった。

老克臘たちのグループは、十何番目かにパーティー会場に到着した。ドアは半分開いていて、部屋の中は人でいっぱいだった。彼らが入って行っても、誰も気に留めない。ステレオから大音量の音楽が流れていた。バルコニーに通じる部屋には、ドアをふさぐようにすわっている人たちがいて、テレビの連続ドラマを見ている。バルコニーの扉は開いていて、風がカーテンを激しく揺らしていた。

部屋の隅にすわっている女は、色白で薄化粧をしていた。薄紫色の麻のツーピースを着ている。

彼女は腕を抱え、体を少し前に乗り出して、テレビの画面を見ていた。ときどきカーテンがスカートに当たるが、彼女は気にしていない。テレビ画面が明るく光ったとき、彼女のまぶたが少したるんでいるのが見えて、年齢が明らかになった。しかし、それは一瞬のことで、彼女はしっかり年齢を隠し通してきた。それでも、歳月は音もなく忍び寄ってくる。いくら恐れても、痕跡が残ることは避けようがなかった。それが一九八五年の王琦瑶だった。

当時、昔の上海を回想する文章の中で一九四六年の盛況が描かれ、王琦瑶の名前も当然出てきた。すると物好きな人がいて、わざわざ王琦瑶を訪ねてきて、埋め草的な文章を書いた。だが、まったく反響はなく、その記事は世間から忘れられた。年月が経っているので、いくら輝かしい栄誉でも、時間の暗闇の中に飲み込まれてしまう。その後は、わずかな光が当たれば幸運だと思わなければならない。

四十年前の栄光も、王琦瑶本人と同様に、老い衰えていた。あの栄光は、王琦瑶に年齢を加え、歴史を刻んだ。衣装箱の中の古い衣服のように、品質はいいのだが時代遅れで、身につけると歳月の重みを感じさせてしまう。だから、やはり過去の栄光は王琦瑶に古めかしさを与えたと言える。

張永紅だけは感動を覚えた。最初は、そんな過去があったことが信じられなかったが、信じたあとは次々に疑問が湧いた。王琦瑶は最初は慎重だったが、しだいに昔話を解禁し、張永紅が多くの質問をするのを待ち受けた。多くのことをもう忘れていると思っていたが、意外にも話し始めると、細々とした記憶が大河の流れのように押し寄せてくる。それは女の勲章だった。淮海路の美を競う少女たちは、それを目指していた。次々にやってくる流行の波に煽られて、誰もがその勲章を得ようとしたのではなかったか？　張永紅は、その栄光の重みを理解して言った。本当に羨ましいわ！

張永紅は知り合った男友だちのすべてに王琦瑶を紹介し、彼らが王琦瑶を各種のパーティーに誘うように仕向けた。多くは若い人たちのパーティーで、王琦瑶はいつも控えめな態度で片隅にすわっていた。それでも、彼女の栄光によってパーティーは特別な輝きを放った。参加者の多くは彼女を見ようとしなかったし、見る暇もなかった、しかし、今夜のパーティーに「ミス上海」が来ているということは知っていた。ときには、王琦瑶の登場を心待ちにしている人もいたが、彼女が会場の隅にすわっていることに最後まで気づかなかった。彼女は場所柄に相応しい服装で、優雅な態度を見せ、まったく人を興ざめさせることも、人の邪魔をすることもなかった。彼女は置物や壁画のように、客間を飾っていた。この置物あるいは壁画は、落ち着いたセピア色で、本物の華麗さがある。色はあせても、価値は失われていない。その他すべてが、はかない影のような印象を与えていた。

老克臘は、このような状況の中で王琦瑶に出会った。彼は思った。噂の「ミス上海」は、こんな人なのか？　彼が立ち去ろうとしたとき、王琦瑶は視線を上げて周囲を見渡し、また視線を下げた。彼女のまなざしには恐れと戸惑いの色が浮かんでいた。だが、決して誰かに何かを哀願したり、許しを求めたりする表情ではない。老克臘は、それを見て自分の評価が不当だったことに気づいた。「ミス上海」は、四十年近く前のことなのだ。

改めて王琦瑶を見たが、目の前がぼんやりして、焦点が定まらない。彼は三十数年前の姿を見たそ、しかし、細部も見えるようになった。その後、少しずつ容貌がはっきりして、細部も見えるようになった。しかし、その細部は現実味が薄く、顔にマッチしない。それが老克臘の心を打った。彼は残酷な事実に気づいた。時間による腐蝕の力である。二十六歳という年齢で、彼は本来、時間の重みを知るはずはなかった。時間はまだ、彼に道理を教えていない。だからこそ、彼は昔を懐かしむのだ。だからこそ、時間はすばらしいと思うのだ。

オールドジャズにおける時間は、確かにすばらしい。どんな物でも磨きがかかって、堅固かつ繊細になる。つるつるした表面に細かい筋が刻まれ、試練を経て明らかになった真価を感じさせた。しかし、彼がいま見たのは、オールドジャズのような昔のものではなく、生身の人間だった。彼は何を語ればいいのか、わからなくなった。これは深刻な事態だ。彼は初めて、旧時代の核心に触れた。以前の彼は、旧時代の表面をなぞっていたにすぎない。老克臘は、立ち去ることができなかった。何かが彼の足を引き留めた。彼はグラスを持ったままドアの枠に寄りかかり、テレビに目を向けた。その後、王琦瑶は部屋の片隅から洗面所へ行こうとした。すれ違いざまに、彼は軽く微笑んだ。彼女はこの微笑みを受け止め、感謝の気持ちを示し、笑顔を返した。彼女が戻ってきたとき、彼は声を掛けた。何か飲み物を差し上げましょうか？ 彼女は、部屋の隅を指さして言った。あそこにお茶があるから、結構です。さらに彼がダンスに誘うと、彼女は少しためらってから承諾した。

客間には、ディスコミュージックが流れていた。だが、彼らが踊ったのは四拍子の「ブルース」で、テンポがゆっくりしている。激しく踊っている人たちの中で、彼らだけが止まって見えて、荒波の中に浮かぶ孤島のようだった。彼女は、申し訳なさそうに言った。どうぞ、ディスコを踊ってちょうだい。無理に私に合わせる必要はないわ。彼は言った。これが好きなんです。

彼は王琦瑶の腰に手を当てていたので、彼女の体の微妙な動きを感じ取っていた。どんな変化にも応じ、どんなリズムにも自分なりの動きを見つけることで、時間を超越している。彼は感動し、沈黙した。突然、彼女が口を開いた。彼のダンスを褒め、正統なラテンダンスだと言った。次の曲が始まると、別の男たちが王琦瑶をダンスに誘った。彼らはそれぞれ悠然とステップを踏み、パートナーとときどき目を合わせた。そして巡り会えたことを喜んで、会心の笑みを浮かべた。

この夜は国慶節で、どこかのビルの屋上から花火が打ち上げられた。漆黒の空にパッと一つ、大輪の花が咲き、その後はしぼんで流星のように散って行った。空中には白い影だけが残った。しばらくすると、ようやく闇夜が戻ってきた。

そのパーティー以降、王琦瑶はほかのパーティーで何度か、老克臘に会った。彼らは徐々に親しくなった。ある日、老克臘は王琦瑶に言った。ぼくは自分が四十年前の人間じゃないかと疑っているんです。おそらく非業の死を遂げて、現代に転生したため、前世の縁が尽きず、昔のことが忘れられないんでしょう。王琦瑶は尋ねた。何か証拠があるの？

彼は言った。証拠は、ぼくがわけもなく、四十年前の上海を追想することです。ぼくとあの時代は、何か関係があるのかな？　あるとき、ぼくは街を歩いているうちに、いつの間にか過去に戻ってしまった。女の人はみんな洋服やチャイナドレスを着て、男の人は背広に礼帽という恰好だった。

路面電車がベルを鳴らし、「モクレンの花を買ってください」という花売りの美しい声が聞こえてきた。街の絹織物屋の店員が布地を裁つ音も、耳に心地よい。ぼく自身も、その時代の男になっていた。髪を七三に分け、書類カバンを持ち、外国商社に勤めていて、家には賢妻がいる真面目な男なんです。

王琦瑶はそこまで聞くと、笑い出して言った。家にどんな賢妻がいるのかしら？　彼は王琦瑶にかまわず、自分の話を続けた。ある日、ぼくはいつものように、電車に乗って出勤しました。思いがけないことに、車内で銃撃戦が始まったんです。汪精衛《おうせいえい》政府のスパイが、重慶政府の男を殺そうとして追いかけ回した。不幸なことに、ぼくは流れ弾に当たって、死んでしまいました。王琦瑶は言った。テレビドラマの見過ぎね。彼は、それでもかまわずに話を続けた。ぼくはみじめな死に方をしたため、悔いが残り、現代人に生まれ変わっても、心はあの時代のままなんでしょう。ぼくは年上の人と一緒にいるのが好きです。昔からの知り合いのような気がするから。

このとき、ダンスの曲が始まったので、二人は踊りに行った。ダンスの途中で、王琦瑶は急に笑い出して言った。私こそ四十年前の人間だけど、昔に戻ろうとしても戻れないわ。なのに、あなたは簡単に戻れるのね。それを聞いて、彼は心を打たれ、返事ができなかった。王琦瑶が続けて言った。夢だとしても、それは私の夢よ。あなたの見る夢じゃないのに、本気にするなんて！　そう言うと、彼も一緒に笑った。

別れ際に、老克臘は言った。今度、食事をご馳走させてください。王琦瑶は彼が紳士的に振る舞おうとしているのを見て、微笑ましく思い、同時にときめきを感じて言った。やはり、私がご馳走しましょう！　外で食べるんじゃなくて、うちで手料理を用意するわ。来たければ、来てちょうだい。

約束の日、老克臘は早々にやってきた。ソファーにすわり、王琦瑶が豆苗の下処理をするのを見ていた。王琦瑶はほかに、張永紅と彼女の新しい男友だちを招いた。その男友だちは、みんなから「足長」と呼ばれている。彼らは、食事の始まる直前にやってきた。そのとき、すでに料理は食卓に置かれ、老克臘が半ば主人のように、食器や箸を並べていた。来客がみな年下なので、王琦瑶はあまり順番にこだわらず、前菜と炒め物を同時に出した。スープだけは、ガスコンロにかけたままにした。

張永紅たちは、老克臘をよく知らなかった。会ったことはあるが、名前と顔が一致しない。お互いによそよそしく、会話も弾まず、王琦瑶が間に入るしかなかった。食事をしながらなので、話題は料理のことだった。王琦瑶は、いまは見かけなくなった料理の話をした。例えば、インドネシアの椰汁鶏《イエジージー》（鶏肉をココナッツジュースなどで煮込んだ料理）は、椰醤《イエジアン》（ココナッツクリーム）が入手できないので作れない。広東風チャーシューも、五香粉《ウーシアンフェン》（五種類の香辛料を粉にしたもの）を売っていないので、やはり作れない。さらに、フランス風のフォアグラ料理、ベトナムの魚醤など……。

王琦瑶は彼らに言った。それが四十年前の食卓だったのよ。どこの国の料理でも、食べることができた。まるで、料理が国連の会議を開いているみたいにね。当時の上海は世界の縮図だった。どんな景色でも、見ることができた。でも、景色はしょせん窓の外のもの、大切なのは窓の中、それこそが生活の基本でしょう。ところが、四十年前の基本は出しゃばらない。自己宣伝をしない。一粒のお米、一本の菜っ葉も清々しい。それがいまは大ざっぱで、でたらめになってしまった。食堂の大鍋で作った料理みたいにね。四十年前は、麺を茹でるのも一人前ずつだったわ。

老克臘は、王琦瑶が自分に聞かせようとしていることに気づいた。彼が四十年前の真髄だと考えていたものは、上っ面にすぎないと言っているのだ。彼は王琦瑶に嘲笑されたのがわかったが、恥ずかしいとは思わず、むしろこのような批判を歓迎した。それは彼を導き、仲間入りさせてくれる。彼は王琦瑶の知恵を知った。だが、その知恵は四十年前のものだ。出しゃばらず、可哀そうなほど控えめだった。とげとげしさもないし、力の限り叫ぶこともない。いつも他人を優先させて、自分を後回しにする。四十年後の知恵には見られない、思いやりもあった。

それ以来、彼は頻繁に王琦瑶の家を訪れるようになった。ある日、彼が来たとき、王琦瑶は張永紅にコートの作り方を教えていた。そばで聞いているうちに、彼は悟った。洋裁についてはよくわからないが、その話に含まれている抽象的な道理は多くのことに応用できる。彼はもともと、あの時代のことを何も理解していなかった。レコードで聞いていたオールドジャズは伴奏曲、あるいはナレーションにすぎない。あの時代の主旋律、本物はまさにここにあるのだ。サックスは多種多様な音色を駆使して、派手な演奏を繰り広げるが、しょせん、カッコよさで注意を引こうとしているだけではないか。本物は淡々として、素朴と言っていいほど単純で、つねに平常心を保っている。

彼はふと窓の外を見た。向かいの家の窓は閉まっていて、何を隠しているのかわからない。彼は思った。きっとロマンスが展開しているのだろう。ゆっくり部屋を歩き回ると、足元の床がギシギシと音を立てた。この音も、ロマンスを感じさせる。彼は不思議でならなかった。あの四十年前のロマンスは、すぐ目の前にあるのだ。それは、この部屋の随所に染み込んでいた。

老克臘は飲み込みの早い青年で、あの時代の雰囲気をすぐに理解した。彼は何が本物で何が偽物か、見極められるようになった。いま、彼はあの時代の空気を嗅ぎ取った気がした。その空気の中には、モンパリの香水の匂いとモクレンの花の香りが混じっている。モンパリの香水の高級感に対して、モクレンの花の香りには庶民的な素朴さがあった。少し俗っぽいが、大切に育てられてようやく花を咲かせたのだから、それも一種のロマンスだろう。一方、モンパリの香水は平凡な日常を超越しようとする意志と同時に、堅実な姿勢も感じさせる。それは現実世界のロマンスなので生命力が強く、形が崩れても魂は不滅だった。

彼は王琦瑶に言った。あなたの家に来ると、本当にあの時代に戻ったような気がします。王琦瑶は、彼をからかった。あなたはいったい、何年生きてきたの？　お母さんのお腹の中に戻るつもり？彼は言った。いや、前世に戻るんです。王琦瑶は、彼の輪廻転生の話がまた始まったので、慌てて手を振り、笑いながら言った。あなたの前世がすばらしいのは知ってるわ。家に賢妻がいて、外国商社に勤めている紳士なんでしょう。

彼も笑い、しばらくして言った。ぼくは前世で、あなたに会っていると思いますよ。あなたは女子高生で、チャイナドレスを着て、蓮の葉の縁飾りのついたカバンを持っていました。王琦瑶が、その先を続けた。あなたは、私に後ろから声を掛けた。お嬢さん、映画を見に行きませんか。ヴィヴィアン・リーが主演ですよ。二人は、腹を抱えて笑った。

こんな会話は一度始まると、もう止まらなくなった。その後はいつもこの設定で、ハリウッド映画のような話を展開させた。当然ながら、すべて恋物語だったが、最初から作り話だとわかっているので、お互いに遠慮がなかった。一人は過去の自分を思い出し、一人は自分の理想をふくらませるうちに、すっかり話に没入してしまった。ときには現実を忘れ、夢を本気にした。作り話に感情移入しすぎて、感傷的になった。王琦瑶が、それに気づいて言った。もうやめましょう。真に受けちゃダメよ。すると、彼は言った。ぼくは本当であってほしいな。

この言葉のあとは、しばらく沈黙が続いた。二人とも気まずくなり、ようやく調子に乗り過ぎたことに気づいた。彼はやはり若さゆえ、社交辞令が下手で、ひと言だけ弁解した。ぼくは、あの時代の雰囲気が好きなんです。王琦瑶はすぐに口を開かず、しばらくしてから言った。そうね。雰囲気はよかったわ。でも、あの時代の人間はもう老いぼれだけどね。彼はさっきの発言が不都合だったことに気づいたが、もう一度弁解しようにも言葉が見つからず、思わず顔を赤くした。王琦瑶は手を伸ばし、彼の髪をなでながら言った。本当に、子どもみたいね！

彼は喉が詰まり、顔を上げることができなかった。何か誤解があるように思ったが、はっきり説明できない。確かに彼自身にも過失があったが、それもはっきり説明できなかった。王琦瑶の手が髪に触れたとき、彼はこの女の無念さと思いやりを感じた。そこで、心の中に同情心が湧き、彼と王琦瑶の距離が縮まった。

その後、彼らは一緒にいるとき、あの時代の話をする必要がなくなった。当たり障りのない世間話をするだけでも楽しかった。会話は少なくなったが、気づまりには感じない。黙っていても、通じ合うものがあった。それは、あの時代のことを語り合ったときのひと言ひと言で、あえて思い起こそうとしなくても忘れることはない（蘇軾「江城子」の一句、「思量せざるも自ら忘れ難し」を踏まえている）。

ある日、老克臘はまた王琦瑶を食事に誘った。王琦瑶は困ってしまった。行きたくても、行くとは言えない。彼女は心の中で言った。世間に、どう思われるかしら？　四十年前だったら、よかったのに！　彼女は微笑んで言った。その必要はないでしょう。外の食事のほうがおいしいとは限らないから。話をそらされてしまったので、彼もそれ以上は誘わなかった。

それ以降、彼は三日に一度やってきて、その都度食事をした。半分、家族であるかのように。ときどき、張永紅もやってきて、食事に加わった。さらに、張永紅が足長を連れてくることもあったが、食事をすることは稀で、しばらくすると帰って行った。残った二人は、静かな雰囲気の中で、情緒を感じていた。この当時、彼らは期せずして同じように、パーティーを敬遠していた。パーティーは人が多くて、話もできない。むしろ、家にいたほうがいい。少し寂しいが、この寂しさは充実していて、話したいことが話せる。気心の知れた者同士には好都合だった。一方、パーティーは赤の他人のためにある。

王琦瑶は新しい料理を作るたび、彼に尋ねた。お母さんの料理と比べてどう？　最近、また王琦瑶にこう尋ねられたとき、彼は言った。ぼくは一度も比べたことがありません。王琦瑶が理由を聞くと、彼は言った。あなたは年を取らないから。王琦瑶は言葉を失ったが、少ししてから言った。人間は誰だって年を取るでしょう。老克臘は、きっぱりと言った。あなたはわかっているはずです。王琦瑶は言った。意味はわかるけど、同意しないわ。老克臘は言った。同意してもらうつもりはありません。

そう言うと、彼は憂鬱そうな表情で、下を向き沈黙した。王琦瑶も彼を相手にせず、心の中で苦笑した。この人は本当に変なことを言う。だが、それが悲しいことなのか、うれしいことなのかはわからない。彼女は台所の窓の前に立ち、やかんのお湯が沸くのを待ちながら、窓の外の景色を眺めていた。夕闇が迫り、最後の陽光が去りがたい様子を見せている。これは何年も前から目にしてきた、心に染みる光景だった。一分ごとに景色が変わっていく。

王琦瑶は部屋に戻り、いれたばかりのお茶をテーブルの上に置いた。そして、彼がまだ顔を曇らせているのを見て言った。余計なことをしないでよ。せっかく、うまくいっていたのに台無しでしょう。彼は不服そうに、顔をそむけた。王琦瑶は続けた。私は、あなたみたいに物分かりがいい子が好き。余計なことを考える子は好きじゃない。

彼は突然、顔を上げて感情を爆発させた。子ども扱いするのはやめてくれ！　王琦瑶は、「どうかしてるわ！」と言うと、すぐに立ち去ろうとした。彼は言った。なんだよ。逃げるのかい？　ちゃんと説明してくれよ。王琦瑶は、立ち止まって言った。何を説明しろと言うの？　あなたに説明することなんてないわ。彼はますます怒りを募らせた。説明できないんだね。逃げるが勝ちだと思ってる！　王琦瑶は笑って、引き返してくると、すわって言った。だったら、あなたの説明を聞きましょう。さあ、話してちょうだい！　彼は引き続き、王琦瑶を責めた。あなたは現実を見ようとしない。王琦瑶は、うなずいて同意した。その先を聞こうとしたが、彼は黙ってしまった。王琦瑶は、冷笑して言った。立派な道理を説明してくれると思ったのに！

彼はそれを聞いて激怒し、口を開けて何か言おうとしたが、言葉が出てこなかった。なんと王琦瑶の胸に頭を埋め、彼女の腰に抱きついた。王琦瑶は内心びっくりしたが、動揺を見せなかった。彼を押しのけることも、怒りをぶつけることもせず、彼の髪をなでながら慰めの言葉をかけた。彼は起き上がろうとしない。しばらくすると、王琦瑶の慰めの言葉も尽きた。そのあと、二人は黙ったままでいた。

夕闇が深まり、すべてを暗い影で包んだ。物体の輪郭は逆に明確になり、動きの止まった影絵のような光景を作り出した。彼らも動かなかった。彼らに前途はない。この一瞬の中に身を置き、少しでも時間を長引かせるしかないのだ。彼らは、沈黙するしかなかった。何を話せばいいのだろう？　さっきまでのように言い争うのか？　あれは無意味な言い争いで、話が噛み合わず、どんどん脱線してしまった。

静かにしているうちに、二人はようやく事態が飲み込めた。時間は止まることなく過ぎてしまう。彼らは、このままで年を重ねていくわけにはいかない！　あたりが暗くなり、お互いの顔も見分けがつかなくなったころ、二人はそっと立ち上がり、身を離した。その後、電灯がついた。平安里で最後に明るくなったのが、この窓だった。

その日は、こうして過ぎ去った。二人とも、その日のことは忘れてしまったかのようだった。だが、王琦瑶は二度と「お母さんと比べてどうか」という質問をしなくなった。いまの状況でそれを言えば、相手を挑発することになる。年齢の話も口にできず、タブーになった。あの日から、一部の話題は削除された。しかし、削除されたのは枝葉の部分で、根幹は残っていた。

彼らの関係はますますシンプルになった。ときには言葉も交わさなかったが、むしろ無言でいるほうが充実していた。もちろん、話が止まらないときもある。その場合の話題は大切なこと、例えば王琦瑶の往時の追憶だった。このような話題はきらびやかで、目の前にあるものが色あせて見える。きらびやかなものは、哀愁も帯びていた。ネオンの光を浴びた、美しい肩掛けのようだ。

王琦瑶は彼に、四十年前のスペイン風の彫刻のある木箱を見せた。蓋を開けることはせず、表面の模様だけを見せた。中身は彼に不似合いであるかのように。箱の表面の模様も鍵の様式も時代物で、彼を四十年前のドラマの世界に浸らせるには最適の小道具だった。一方、彼は王琦瑶をハリウッド映画のヒロインと見なしていた。だが、彼自身は相手役ではなく、熱烈な観客である。ドラマと現実の区別がつかない観客なのだ。彼はあの時代のドラマが大好きだった。いくら見ても、飽きることがない。見ているだけで、いま自分がどこにいるのかも忘れてしまった。

王琦瑶の昔を妄想することから抜け出して、目の前の現実に向き合ったとき、彼は映画を見終わったあとのような喪失感を味わった。彼自身が実際に経験したシーンではないが、あまりにも真剣にのめりこんで見ていたため、王琦瑶本人よりも感動していた。王琦瑶は相手の気持ちの変化に対応しつつ、自分を守らなければならなかった。

彼はまた天窓の外の屋根に寝そべって、空を見上げた。すると、往時の場面が一つずつ、家々の暗い屋根の波の向こうに浮かんでくる。ああ、この都市はまるで沈没船のようだ。電信柱は沈没船のマストだ。そのマストの上に、帆の切れ端が掛かっている。それは子どもが遊んでいて引っ掛けてしまった凧だった。彼はつらくて、涙が出そうになった。沈没船の上に浮かんでいる雲は、幻覚を託した蜃気楼だ。

耳元で聞こえるのは、杭を打つ音だった。空にこだましていた。その音は、この都市を地下に埋めようとしているかのようだ。彼は屋根の振動を感じた。彼の体の下で、瓦がきしんでいる。いまはオールドジャズも彼を慰めることができない。レコードには埃が積もり、レコード針も劣化してしまった。しゃがれ声のような音がして、ますます悲しそうに聞こえる。

彼はいつの間にか眠っていた。空には星が出て、幻覚を追い払った。杭を打つ音は、ますます元気さを増している。あちらこちらで湧き上がり、大合唱のようだった。この合唱は、この都市の夜の新しい出し物で、夜通し朝まで続く。夜が明けると、ようやく音は終息し、朝露が降りてくる。彼は思わず身震いをして、目を見開いた。ハトの群れが一瞬、バタバタと彼の目の前をかすめて行った。彼は思った。何時だろう？　彼はぼんやりと、空の中の斑点になったハトの姿を見た。自分も、その中の一つのようだった。太陽が昇り、屋根瓦を一列ずつ照らしていく。彼も起きなければならない。

彼は王琦瑶に尋ねた。この都市は古くなったと思わない？　王琦瑶は笑って言った。ずっと古くならないものなんかあるかしら？　そこで間を置いて、さらに続けた。私みたいに古くなった人間が、とやかく言う資格はないわ。彼はつらくなって、王琦瑶を見つめた。若く見えても、まぶたのふくらみや小皺は隠しようがない。彼は思った。時間というものは、どうしてこんなに無情なんだろう？　憐憫《れんびん》の情が急に沸き起こった。

彼は王琦瑶の髪をなでた。年上の友人であるかのように。王琦瑶はまた笑い、そっと彼の手を払いのけようとした。彼は抵抗を示し、逆に彼女の手を握って言った。あなたはいつもぼくをバカにしてる。彼女はもう片方の手で、彼の髪をなでながら言った。バカになんかしてないわ。彼は言い張った。バカにしてるよ。王琦瑶も言い張った。バカにしてないわ。彼は言った。実際、年の差なんか関係ないんだ。王琦瑶は、少し考えてから言った。それは問題によるでしょう。彼は尋ねた。どんな問題？　王琦瑶は答えなかった。彼がさらに追及すると、王琦瑶はようやく答えた。時間に関係する問題よ。この言い方はずるい。二人とも笑った。手はつないだままだった。この状況は少し滑稽で、しっくりこない。だが、滑稽でしっくりこないことの裏には重大なものが隠れていた。それは突き詰めてはいけないものだ。突き詰めれば、悲惨なことになる。

こんなカップルを見たことがあるだろうか？　年の差が四半世紀以上ある。時代もタイミングも、まったく違っていた。その背後に何かがなければ、気恥ずかしいことになる。彼らは手をつないだ状態で、また動きを止めた。幸い、二人とも気が長かった。しかも、特別な狙いはない。何を慌てる必要があるだろう？　そこで、ゆっくりと手を緩めた。すべては、いつもどおりに進行した。唐突な言葉が飛び出すことがあっても、対処の方法はいつもどおりだった。

あるとき、彼は言った。ぼくを責めないでくれ！　王琦瑶は答えた。私は責めてないわ！　彼は言った。心の中で責めている。ぼくが遅れてやってきたことを。王琦瑶は笑って、しばらくしてから言った。私たちは、来世のために修行を積むべきよ。彼は尋ねた。修行をして何になるんだい？　王琦瑶は問い返した。この諺《ことわざ》を聞いたことがないの？「百年修行すれば、船をともにすることができる。千年修行すれば、枕をともにすることができる」（出典は、古今の諺を集めた明代の啓蒙書『増広賢文』）。「枕をともにする」という言葉に、二人は心を動かされ、静かになった。

王琦瑶は顔を赤らめ、まずいことを言ってしまったと思った。変な気を起こしたと疑われそうだ。彼はまた下を向き、沈黙している。不快にさせてしまったことを悔やみ、王琦瑶は思わず涙を流した。彼に見られることを恐れ、向きを変えて台所へ行った。しばらく何か片付けものをして、部屋に戻ると彼の姿はなかった。テーブルの上に、置き手紙が残っていた。「今生があれば、来世はいらない」という文字を見て、むしろ彼女は気持ちが落ち着き、滑稽に思った。これは何？　まさか、本気にしたんじゃないでしょうね？　そして、置き手紙を丸めてしまった。

その日を乗り越えると、以降は何度も同じような危機一髪の場面を無事にやり過ごすことができた。だが、考えてみれば恐ろしいことだ。薄氷を踏む思いだった。一歩間違えれば、転落してしまう。

だが、立ち止まることもできない。綱渡りのような遊びは刺激的だが、少しだけでいい。機会が多くなれば、足を踏み外す危険が増す。二人だけで会うときには、一触即発の緊張した空気が流れた。

そんなとき、張永紅の到来を彼らは心から歓迎した。第三者がいれば、彼らはひとまず綱渡りを免れることができる。三人は、とりとめのない話をした。どんなに話題が飛躍しても、二人にとっては同じことだった。張永紅という他者の存在によって、二人は身内になった。無関係な張永紅のおかげで、二人は関係の深さを確かめた。そこで、暗黙の了解が生まれた。張永紅の加入で、進退窮まっていた彼らの苦悩は緩和された。しだいに、張永紅は彼らにとって、欠かせない存在になった。

ある日、彼はまた王琦瑶を食事に誘った。張永紅も含めてだったので、王琦瑶は断ることができなかった。翌日、張永紅は足長も連れてきたので、四人で錦江飯店一階の西洋レストランへ行き、ステーキを食べた。足長はあとから加わったのに主役を演じ、口数が最も多かった。現在の流行語や街の噂などについて語ったが、いずれも人を驚かせるような奇想天外な話ばかりだった。老克臘と張永紅は別に新鮮味を感じなかったが、王琦瑶は大いに目を開かれた。夜も昼も平凡だと思っていたこの都市の生活の中に、放火、強盗、殺人などが発生しているとは知らなかった。彼女は半信半疑で、物語として話を聞いていた。

賑やかな食事が終わると、足長が支払いを買って出た。どうしても譲ろうとしない。老克臘が何度か伝票を奪おうとしたがダメで、仕方なく任せることにした。張永紅は、誰が支払うかに関心がない。老克臘と王琦瑶は、不本意な食事をした気がして、納得がいかなかった。もともと張永紅をダシに使って、自分たちの願いをかなえるつもりだったが、当てが外れた。その日を楽しみにしてきたのに、肩透かしを食ってしまった。

張永紅と足長はホテルを出るとタクシーに乗り、次の目的地へ向かった。残された二人は道端に立ち、呆然として、どこへ行けばいいのかわからなかった。ホテルの外廊下を歩くうちに、二人は少し気持ちがほぐれた。老克臘が言った。本気で食事をご馳走しようと思ったんだけど、うまくいかなかった。王琦瑶は笑った。まだ、誠意が足りなかったのね。彼は言った。もっと頑張るよ。そう言うと、手をズボンのポケットに突っ込んだまま、腕を王琦瑶のほうに向けた。王琦瑶は手を伸ばし、腕を組んだ。

茂名路の並木道は、ロマンスにあふれている。街路樹は、日をさえぎるためのものだろうか？いや、違う。それは夢の世界を作り出す。人をその中に包み込み、この世のものとは思えない輝きを与えるのだ。

## 11 足長

張永紅と足長の付き合いは、比較的長く続いていた。一つ目の理由は足長が彼女のために散財することを惜しまなかったから、二つ目の理由は足長に代わる男友だちが現れなかったからだ。足長は、張永紅に言った。ぼくの祖父は、上海で有名な醤油メーカーの社長だ。しかも、ぼくがたった一人の孫で、法律上の継承者になっている。彼は続けた。祖父の醤油工場は東南アジアの各地に分布し、欧米にもいくつかある。祖父の事業は、醤油作りだけじゃない。ほかにゴム園、開拓地、原始林を持っている。メコン川の河畔に専用の港を所有し、ニューヨークのウォール街で会社の株が取引されているんだ。

まるで『千一夜物語』の話を聞いているようだった。張永紅は真に受けなかった。だが、彼が金持ちだということだけは嘘ではない。足長の金遣いの派手さは、驚くほどだ。彼の影響で、張永紅は金銭感覚が大きく変わった。王琦瑶に彼のお金の出所を聞かれ、張永紅は『千一夜物語』のような話をひと通り語った。話しているうちに、自分も信じ込んでしまった。しかし、王琦瑶は信じようとしない。疑いを口にするわけにはいかなかったが、ときどき冷静に足長を観察すると、いくつか破綻《はたん》が見つかった。

こういう渡世人が、上海には昔からいた。彼らは正式な職業に就いていないが、着るものや食べるものはすべて最高ランクだった。昼間はホテルのバーで、酒を飲みながら談笑している。夜の存在感は言うまでもない。彼らがいなければ、この都市の夜の生活は始まらない。しかし、彼らが遊んでばかりいると思ったら大間違いだ。彼らも自分なりの仕事で稼いでいる。例えば、外国人のテニスの相手をしたり、バイクの乗り方を教えたり。ツアー客を店やホテルに連れて行くついでに、外貨の両替でひと儲けすることもある。

彼らは道端やホテルで、国内外の人たちと人脈を築いている。彼らのほとんどは片言だが英語ができる。なれなれしく声を掛けたり、両替をしたり、臨時のガイドを務めたりするのは十分可能だった。外国人を相手に仕事をしているうちに、彼らの見聞は広がって、身なりも立ち居振る舞いも世界の流行に追いついた。当時の社会には、配慮の足りないところが多かった。彼らは腕前を発揮して、その隙間を埋め合わせていた。だから、彼らは誰よりも忙しい。タクシー業界も飲食業界も、彼らに頼らないと商売が成り立たない。そのおかげで、この都市の繁栄があるのだ！

足長は身長が百九十センチ。面長の顔は少ししゃくれていた。受け口で、メガネをかけている。痩せて見えるが、体はたくましく、筋肉が発達していた。受け口なので、多少舌足らずな話し方をする。しかし、別に支障はなく、むしろ節度を感じさせた。彼は話し好きで、知り合いであろうとなかろうと、顔を見たとたんにしゃべりまくる。それで、性格が明るいという印象を与えた。

彼は他人のためにお金を使うことも好きだった。レストランで食事をしていて、別のテーブルに知り合いがいるのに気づくと、勘定のときにはその人の分まで支払う。張永紅の買い物に付き合うときは、いつも最高級のものを選んだ。王琦瑶の家に行くときも、手ぶらということはなく、必ず手土産《てみやげ》を持って行った。手土産は優雅で、いつもバラの花束だった。寒い冬の時期、そのバラは南方からの空輸品で、一輪十元はした。暖房のない王琦瑶の家に置くと、すぐに枯れてしまった。

彼は朝から晩まで走り回り、必死になってお金を使った。彼のお金は他人のために使われ、自分は一年じゅうボロボロの汚れたジーンズを穿いていた。スニーカーも、ボロボロで汚れていた。自分の恰好を気にしないのも、一つの流儀である。特に冬、彼は決してダウンを着ようとしなかった。

単衣《ひとえ》の服を着て、寒さで顔が青ざめ、体を丸めていた。それでも、気分は上々で、いつもニコニコして笑みを絶やさない。

彼は楽天家で、人が集まって賑やかにしているのが好きだった。みんなの機嫌がよければ、彼の機嫌もよかった。楽しい雰囲気を作り出すため、彼は進んでいじられ役を演じることもあった。彼は自分を犠牲にすることができた。彼のように私欲のない人は珍しい。しだいに、彼は人々の心をつかんでいった。人々はどこかへ行くとき、必ず彼を誘う。姿がないと、彼を探して言った。足長は？　どこへ行ったんだろう？　こうして彼は努力を重ね、少しずつ人脈を築いていった。

彼ら渡世人は、気まぐれに行動しているように見えるが、意外にしっかりしていた。仲間内のルールがあり、勤め人の出退勤のように、集合と解散の時間が決まっている。行動パターンは、三交替制の準夜勤に最も近い。昼ごろに集まり、深夜の十二時すぎに解散する。解散後は、それぞれ異なる方向へ歩き出し、しだいに街灯の光が届かない暗闇の中へ姿を消した。

足長はオンボロ自転車に乗り、上海の南西部へ向かった。ゆっくりペダルを漕いでいる。道を行く人影は、ほとんどない。最初、彼は歌を口ずさんでいたが、やがて声を発しなくなった。自転車の金具のきしむ音だけが聞こえていた。市街地を外れると、街灯がまばらになり、足長の弾んでいた心も元気を失った。このときの彼の顔を誰かが見たら、まるで別人だと思うだろう。彼は憂鬱そうで、苛立《いらだ》ちのあまり凶悪な顔になっていた。表情は暗く、輝きがない。

このとき、彼は団地に到着した。両側の家は一九七〇年代の造りで、ずさんな工事と安い材料のため、かなり古ぼけて見えた。急に輝き出した月の光の下、コンクリートの箱のように並んでいる家には、まったく明かりが見えない。真っ暗で、中に悪夢がひそんでいるかのようだ。目を覚ましているのは、足長だけだった。彼はコンクリートの箱の間を抜けて行った。上空から俯瞰《ふかん》すれば、墓穴の間を抜けて行く虫けらに見えただろう。彼はあるアパートの前で自転車を停め、壁に立て掛けた。その後、真っ暗な入口の中に飲み込まれた。

階段を上がるのは至難の業だった。階段にはガラクタが山積みになっていて、人が通れる隙間は一尺半ほどしかない。だが、このとき足長は、すばしこい猫に変身した。音も立てずに、一段飛ばしで階段を上がって行く。彼がここで、どれだけ長く生活しているかがわかるだろう。彼が部屋の扉を開けると、光が見えた。通路の窓から差し込む光だ。何か音も聞こえる。トイレの水漏れの音だった。ここは各階に二世帯が住むアパートで、部屋の隅の蜘蛛の巣が長い歴史を証明していた。

足長はまず台所へ行き、食品戸棚の網戸を開けて中を見た。何か食べたかったわけではなく、習慣的な動作にすぎなかった。食品戸棚の中には残り物のおかずがあったが、どれも表面に膜が張っている。彼は網戸を閉め、ガスコンロの下にあった魔法瓶のお湯を持ってトイレに行った。しばらくすると、盥の中で足を動かすトントンという音が聞こえてきた。足長が足を洗っているのだ。これらの動作は、すべて窓の外のおぼろ月の光の下で行われた。電灯をつける必要はまったくない。目をつぶっていても、できることだった。彼は便器にすわり、足を盥の中に浸していた。雑巾をつかみ、膝の上に置いて、前方を見つめている。湿ったコンクリートの床には、小虫が這っていた。

足長は何を考えているのか？

自分の目で見なければ、こんなベッドに足長が寝ているなんて、とても信じられないだろう。ベッドは二間しかない家の手前の部屋に置かれていた。ベッドの前は食卓で、いつも脂っこい匂いが漂っている。ベッドのすぐ上に細長い棚があり、夏には布団綿、冬にはゴザ、それに一年じゅう使いそうもない、わけのわからない品々が積み重なっている。だから、足長は洞窟の中に潜り込んで寝ているかのようだった。そこに潜り込んで、布団に頭を突っ込むと、あっという間に睡魔に襲われ、暗闇の中に沈んでいく。この部屋の最後の動きが停止して、何とも言えない静けさと重苦しさに支配された。

団地の夜は正真正銘の闇夜だった。コンクリートの建物を包み込んで、圧力をかけている。華やかな世界からやってきた足長には、とても耐えられないだろう！　だから、布団に頭を突っ込んで寝ている彼は、泣いているように見えた。まるで泣いているダチョウだ。彼は体を曲げて長い足を縮め、自分の存在を消したいのだが、それができない。その哀れな姿を見たら、誰もが涙をこぼすだろう。

しかし、昼間になると、この光景はむしろ滑稽に思えた。足長のように寝るのが遅い人は、通常起きるのも遅い。それに、早起きしたとしても、どこへ行けばいいのか？　夜の生活を送っている人たちは、この時間、みんなまだ寝ている！　だから、彼も寝ているしかない。出勤や通学をする家族たちは、彼のベッドの前を行き来し、大声でしゃべっている。ベッドの縁にすわって食事をする者もいて、箸が食器に当たる音がした。

ドアと窓が開いて、朝の光が足長の体に降り注いだ。これは白昼夢だ。夢は闇夜に見るものだろうか？　一部の夢は、そうではない。わざと昨日の静けさと対比するかのように、いまは騒がしく、様々な音がする。なんと賑やかなことか！　しかし、足長は寝ていた。万物が音を立てているときに、彼一人だけが眠っていた。

このような騒がしさが、少なくとも一時間は続いた。ドアの開閉の音、階段を下りる足音、窓の外の自転車のベル、それらはしだいに遠ざかり、やがて消えた。静寂が訪れようとしたとき、遠くから音楽が聞こえてきた。小学校の朝の体操の曲だ。このリズミカルな曲が、足長の耳に届いた。このとき、足長は子どものころに戻ったような気分になった。

足長が子どものころによく聞いた音がもう一つある。午後四時ごろ、踏切に遮断機が下りるときの警報音だ。警報音が聞こえるとすぐ、彼は二人の姉に手を引かれながら、踏切に駆けつけた。当時住んでいた家のことも、ぼんやり覚えている。一面のバラックの中の一軒だった。彼ら姉弟三人は約束の場所へ急ぐかのように、乱立しているバラックの間を抜けて行った。

彼らが踏切に到着すると、すでに赤いランプが点滅し、歩行者と車両に警告を与えていた。警報音も相変わらず鳴っている。その後、汽笛が響いて、列車が近づいてきた。最初は軽やかに走っているように見えたが、近づくと急にスピードが増して、客車が次々に目の前を通り過ぎた。車両の窓の中に大勢の人の姿があったが、顔ははっきり見えなかった。足長は思った。みんな、どこへ行くのだろう？　車両が通過すると、しばらくして遮断機がゆっくりと上がった。歩行者と車両がレールの上にあふれ出す。足長はよく知っている顔を見つけた。彼らの母親である。

彼はたった一人の男の子で、二人の姉のうち一人は七歳年上、もう一人は六歳年上だった。二人は彼の子守り役のようなものだ。姉たちは門の前の木にロープを吊るし、小さい腰掛けをくりつけた。ブランコが出来上がり、彼だけの児童公園となった。レンガ敷きの地面を這うアリや泥の中に潜り込んだミミズは、彼の友だちだった。あの当時の楽しさも、彼はおぼろげに記憶していた。

その後、彼らはいまの労働者住宅に引っ越した。このコンクリートの箱のような住宅は、足長に苦悶だけをもたらした。彼は本来、性格のいい少年だったが、成長するにつれて苦悶を抱くようになった。部屋の隅やベッドの埃、壁の染み、天井の亀裂、そしてどんどん増えるガラクタは、いずれも彼が日々積み重ねてきた苦悶を象徴している。彼はそれをうまく表現できず、ただつまらない、つまらないと思った。

中学を卒業したあと、彼は染料を扱う化学工場に配属され機械操作を担当した。二年目に肝炎を患い、自宅療養となり、そのまま職場復帰しなかった。長期にわたる病気休暇の間、彼は毎朝、自転車に乗って遊びに出かけた。そして、いつの間にか苦悶は解消された。

彼は自転車で大通りを走りながら、街の風景を見ているうちに、生まれつきの快活さを取り戻した。街の日差しは美しく、景色も美しかった。足長は背中を丸め、ゆっくりペダルを漕いだ。陽光の河の中の魚になったような気がした。足長が市街地に着くのは、いつも十一時半ごろだった。彼は道端に自転車を停め、呆然とした表情を浮かべる。しかし、すぐにまた目的を定め、ある方向へと自転車を走らせた。

太陽がビルの上から放つ鋭い光は、人を興奮させる。そこは武康路《ウーカン》と淮海路が交わるあたりだ。繁華街の中の静寂が訪れる一角であり、また静寂が訪れる時間帯だった。息をひそめていた快楽と自尊心が動き出す。足長は気持ちが明るくなり、眠気がほとんど覚めた。心が軽く、広々した気がする。足長を見かけた人はみな、彼を人生の成功者だと思った。重要な仕事を抱えているように見える。足長はどこへ行くのだろう？　彼は友だちを誘って、食事に行くのだ。

足長は他人のために尽くしたいという気持ちが強かった。近くにいても遠くにいても、相手が他人であれば、彼は愛を捧げた。なぜなら、彼が愛する上海を形成しているのは、それらの人たちだから。上海の美しい街の主人公は、まさにその人たちだった。彼と彼の家族は田舎者で、足元にも及ばない。

いま、彼は自身の努力によって、その仲間入りを果たした。大通りを歩いているとき、彼は自分の居場所を見つけた気がした。街を行く人たちは、みんな彼の身内で、彼と同じことを考えている。大通りの両側のショーウインドーの品々は手に入らないが、そこにショーウインドーがあることが重要だった。街を歩いている一万人の中に、このようにショーウインドーに愛着を抱いている人はほかにいない。この一万分の一の人が、上海の街の土台であり魂である。こうした軽々しい、深みのない理由によって弾みがついたエネルギーは、ほかに匹敵するものがない。無鉄砲ではないかと言われるかもしれないが、それはとても純粋なものだ。その純粋さこそ、人間が本来あるべき姿なのではないか。

しばらくの間、足長は外貨取引の仕事に従事していた。外貨取引という仕事を見くびってはいけない。正規の職業として成り立っていて、自分の名刺を持っている人もいる。彼らは正義感が強い。調べればすぐにわかるだろう。人を騙すようなことを彼らはやらない。すべて、飛び入り参加したチンピラたちの仕業なのだ。どの業界にも、玉石混淆の現象が見られる。彼らは得意客を確保していた。これらの得意客が、彼らの真面目さを証明してくれる。この種の商売はリスクが高く、景気がいいときもあれば、悪いときもあった。悪いとき、彼らは自重し、事態が好転するのを待つ。足長も人情を重んじながら、この商売を続けてきた。客が訪ねてくれれば、儲けを度外視して、高いレートで両替した。それによって、彼は実力があると思われた。彼の名刺は飛ぶように流通し、誰もが一枚持っていた。ある人が言った。足長、もっと大きな商売をやるべきだよ。足長は、はっきり答えず、ただ笑っていた。それで、ますます客は彼の実力を確信した。

張永紅が彼と知り合ったとき、外貨取引の商売はまさに順調だった。足長は派手にお金を使うので、誰もが驚いた。お金を使うと達成感が得られる。まして、女のために使うとなればなおさらだ。足長は、もともと人なつこい性格の上、女性経験が少なかったので、気前よくお金を使っているうちに本気になってきた。その後、彼はほかの人や仕事に向けていた情熱をすべて張永紅に捧げ、仕事も友情もおろそかになった。

彼は穏やかで誠実な男になり、目にやさしさがあふれていた。誰もが、それを見て感動した。彼は完全に我を忘れ、心をすべて彼女に傾けた。張永紅に山ほど流行の服を買ってやる一方、自分の汚い恰好は気にしなかった。彼の目には、張永紅が完璧な女性に見えた。それに比べて、自分はどうでもいい男だ。価値のあるものが自分に一つもないことを申し訳なく思っていた。自分の本当の気持ちをたくさん彼女に語りたかったが、いざとなると、口から出るのは真っ赤な嘘ばかりだった。足長が王琦瑶の家を訪ねるようになったのは当初、張永紅のためだったが、その後は状況が少し変わった。彼はこの場所が気に入り、王琦瑶のことも気に入った。一世代上の人だが、彼らと一緒にいても年の差を感じさせない。旧時代の人なのに、新時代の精神と距離を置くことがなかった。足長は老克臘と違って、旧時代の人や物についての知識も思い入れもない。彼は前向きで、できるだけ先のことを考えようとした。老克臘のような論理がないので、何かを決めるときも自分で選択をせず、流れに身を任せる。波は先へと進むから、自分も前向きになるのだ。このように成り行き任せの彼にも、一種の直感はあった。ときに直感は論理よりも素早く、物事の本質に迫ることができる。

彼は王琦瑶の家で、心の安らぎを感じた。この安らぎは、慌てて前進する必要はないということを彼に教えた。一種の精神安定剤のようなものだ。彼は、ぼんやりと理解した。すべてのことは繰り返される。そして、すべてが変化しても揺るがないものがあるのだ。上海の街じゅうの虚飾と繁栄は、最終的に王琦瑶の家に帰着する。王琦瑶の家の食卓に並ぶ料理は、高級レストランの献立よりも本物だった。王琦瑶が着ている服は、ショーウインドーに飾られたファッションよりも本物だった。王琦瑶の簡素な暮らしは、本物の豊かさなのだ。とにかく、ここには確かなものがある。足長は王琦瑶の家で、この都市の真髄を見つけた。この都市を愛するという点で、彼と老克臘は一致していた。一人はその古さを愛し、一人はその新しさを愛していた。違うように見えて、実際はどちらもその輝きと美しさを愛している。一つは理性的な愛、一つは衝動的な愛だが、愛の深さは同じだった。二人とも、全身全霊を捧げていた。王琦瑶は彼らを導く先生であり、彼女のおかげで、夢と幻が手で触れることのできる世界に変わる。それこそが、王琦瑶の魅力なのだ。

足長も王琦瑶に質問をしたが、その内容は老克臘に比べると百倍も幼稚だった。思わず笑ってしまう質問もあったが、王琦瑶は一つ一つ丁寧に答えた。彼の愚かさを可愛いと感じ、心の中で思った。張永紅の手にかかったら、何でも言うなりなのではないか？　それは張永紅にとって、幸せなことかもしれない。しかし、すぐにまた冷笑した。足長のお金はいつまで続くのかしら？　彼女は考えた。自分のお金をあんな風に使うはずはない。わけありのお金は、わけありの使われ方をするものだ。足長が大盤振る舞いしているお金は、いったい誰のものなのだろう？

彼女がそのように考えるのは、足長を理解していないからだった。足長は自分のお金を平気で他人のために使う。そうすることが、お金を稼ぐ動機づけになっていた。そうでなければ、手元にお金がないとき、彼があんなに苦悩し、不安になるはずがない。また、彼自身はまったくお金を必要としていなかった。先に述べたように、彼は着るものにこだわりがない。食べるものは、なおさらだ。お茶漬けと漬物があれば十分だった。宴会に参加しても、他人に料理を勧めるばかりで、自分はなかなか箸を動かさない。

彼個人は最低限のものしか求めなかった。他人に食べたり飲んだり遊んだりしてもらうことが、彼の楽しみなのだ。どちらが勘定を持つかで何度も相手と争い、彼は本気で腹を立てた。彼は真剣だった。相手に自分の楽しみを奪われると思ったからだ。しかし、彼は確かに資金不足に苦しんでいた。為替取引は浮き沈みの大きい商売で、収入がまるで安定しない。ときどき家族に融通してもらったが、焼け石に水だった。

友だちが海外の華人のためのガイドの仕事を紹介してくれたこともあった。遊びや買い物に付き添い、使い走りをした。だが結局、彼が飲み食いに支出したお金のほうが、報酬よりも多かった。友だちは彼に言った。そんなことをしちゃダメだ。相手には、飲食代も出すように伝えてある。彼は答えた。だって、友だちになったんだから！　彼はそれほどまでに人情を大切にした。

豪快さの裏で彼が日夜お金に困っていることは、誰も知らなかった。実際、二人の姉からの借金は、すでに大きな額になっていた。彼はなるべく、そのことを考えないようにした。為替取引のための資金を流用したこともある。顧客に現金化を数日待ってもらい、時間稼ぎをした。幸い、彼は信用を得ていたし、友情を大切にすることを誰もが認めていたので、数日引き延ばしても問題なかった。

だが、彼自身、こんなことはできるだけ避けるべきだとわかっていた。度重なるうちに、歯止めがきかなくなる。どうしようもなくなったとき、彼はやむを得ず嘘をついた。数日、海外から来た親戚に会うためによその町へ行くと言って、身を隠した。その数日間、賑やかな宴席に彼の姿はなく、彼が勘定を払うと言う声も聞こえなかった。

なんと彼は、この都市の北東部にある小さな公園でベンチにすわり、目の前の滑り台を見つめていた。滑り台を上り下りする子どもたちの甲高い声が、郊外の広々とした空にこだまし、遠くまで伝わっていった。スズメが彼のお供をして、足元で砂をつついている。彼は一日じゅうそのベンチにすわり、夕方、公園が閉まるとき、ようやくのろのろと帰宅した。そして、家族が食卓に残し、ハエよけの網をかぶせておいた食べ物を口にした。このとき、彼のポケットには、外でワンタンを一杯食べるお金も残っていなかった。

上海の繁栄は、徹底的な功利主義で成り立っている。権力や財力のない人は、お呼びでない。足長が友だちのためにお金を使うのは、この功利主義に納税するようなものだ。点滅するネオン、めまぐるしく移り変わるニューカルチャー、さらに現在は流行歌やディスコが加わり、この都市は賑わいを増している。その中に身を投じようとしない人がいるだろうか？

足長のような渡世人は、昼も夜もこの都市の繁華街に出入りしている。毎日、クリスマスパーティーをしているようなものだから、何のイベントもない平凡な日々が耐えがたい。彼らは目を閉じれば、どこに賑わいがあるか見当がつく。同じように暗い通りを歩いていても、鼻を利かせて、どの塀の向こうにオールナイトのダンスパーティーがあり、どの塀の向こうは寝静まっているか判断できた。彼らは目立ちたがり屋だから、ありふれた日常に甘んじることができない。こうしたことを踏まえれば、一人で小さな公園のベンチにすわっている足長の悲しみがわかるだろう。彼が心の中で何を考えているかも、わかるはずだ。

自転車で数十分の距離だが、そこはまるで別世界だった。風も寂しく、空も寂しく、人の気配がない。彼は思った。仲間たちは何をしているだろう？　張永紅は何をしているだろう？　張永紅と一緒にいるとき、彼は彼女を喜ばせることしか頭になかった。いまは一人なので、もっと先のこと、彼と張永紅の将来を考えた。それは新しい問題だ。彼のような渡世人は、ほとんど将来のことを考えなかった。将来は考えなくてもやってくるのだから、考える必要はないと思っていた。一度考えてみれば、何も見えてこないことに気づくはずだ。自分は何も知らないし、何の心づもりもない。

足長はそこまで考えたところで、我に返った。彼は自分と張永紅に語るべき将来がないことに気づいた。あるのは目の前の毎日だけだ。その毎日は、食事、ダンスパーティー、ショッピングの繰り返しである。いずれも人生の楽しみで、最高のものを選んできた。そして、この最高のものは金銭が裏付けになっている。だから、ひと通り考えた結果、やはり問題はお金なのだった。

足長は仲間の前に再び現れたとき、以前にも増して元気そうだった。清々しい表情で、満面に笑みを浮かべている。髪を整え、清潔な服に着替え、財布もふくれていた。ずっと曲がっていた腰もピンと伸びた。彼は仲間たちを呼んで、焼き肉パーティーをすると言った。場所は錦江飯店に新しくオープンしたビアガーデンだった。

初秋の夜、風がテーブルの上のロウソクの光を揺らしている。コンロの炎、グラスのビールが美しい色に輝いていた。淡い煙が風に運ばれて行く。足長は目に涙を浮かべ、心の中で思った。これは夢だろうか？　頭上のテントは風をはらんだ帆のようで、彼らをどんな楽しい場所へ連れて行くのかわからない。これこそが上海の夜だ。ほかのものは、この夜の残りかすでしかない。

足長は戻ってきたあと、家族の物語に新たな尾ひれを加えた。竜宮殿のような上海の夜なら、人は何を言っても信じるし、想像をたくましくする。芝生の中に小虫がいて、軽く人の足を噛んだ。四方を取り囲むのは欧風建築で、プラタナスの木の葉の間に見え隠れしている。心地よい音楽も流れていた。

これらのことは二の次だ。重要なのは気持ちである。いま彼は、どんな気持ちになっているのだろう。まるで仙人になったような気分だ。足長は、その気持ちを言葉にすることも、歌にすることもできなかった。彼は膝を小刻みに震わせていた。指先で膝を打って、リズムを取ろうとしたが、調子が外れている。まさに彼は陶酔していた。わずか数日の間に、足長は以前の自分と別れを告げたようだった。

足長がしばらく家に来なかったので、王琦瑶は彼がペテン師であることをほぼ確信した。だが、彼がこうして再登場すると、王琦瑶はまたわけがわからなくなった。足長は何も説明せず、手土産の紙袋を無造作に置いた。紙袋には免税店の英語と中国語の文字が印刷されている。王琦瑶は心の中で思った。彼はどこからやってきたのだろう？　だが、それを口にすることはなく、ただ張永紅は一緒じゃないのと尋ねた。その言葉が終わらないうちに、張永紅が階段を上がってきた。弄堂の入口で、電話をかけていたのだ。

ちょうど老克臘も来ていたので、四人ですわって雑談を始めた。足長はしばらくぶりの王琦瑶の家を見回し、何も変わってないことに感動した。自分は長い間、ここを離れていたのに、この部屋の人も物も以前のまま、彼の帰りを待っていてくれたようだ。そう思うと、やさしさが身に染みた。

今回、このすばらしい毎日を取り戻すために、足長はついに詐欺を働いた。三日前の夜、彼は浦東の陸家嘴《ルージアズイ》路の弄堂で取引をした。そのとき、彼はすり替えという手を使った。一ドル紙幣十枚を二十ドル紙幣の代わりにしたのだ。すり替えという手は珍しくないが、足長にとっては初めての経験だった。彼の外貨取引の歴史に恥ずかしい記録を残すことになった。

浦東から浦西に戻るフェリーの上で、足長は雲に隠れる月を見て、胸がふさがれる思いだった。窮地に陥らなければ、彼は決してこんな危ないまねはしなかっただろう。足長の性格のよさの一つは純粋であることだが、いま、その純粋さが汚れてしまった。彼は心が痛んだ。そのとき、河畔の明かりが見えた。そびえ立つ山のようなビルが、都市の輝きに彩られ、目の前に迫ってきた。夜が彼に手招きしている。彼は魂を奪われそうになった。

# 第四章

## 12 内輪もめ

この都市の喧騒の中で、平安里の祈りに誰が耳を傾けるだろう？　成功を求めるのではなく無難に過ごしたいという生き方に誰が目を向けるだろう？　ここの住人はバルコニーを半分に仕切り、屋根をつけて台所にしている。この都市を上空から見れば、老朽化した屋根が複雑に並び、建て増しされて隙間がなくなっているのがわかる。特に平安里のような古い弄堂は、倒壊しないのが不思議なくらいだ。瓦は三分の一が剥がれ落ちていて、部分的に牛毛フェルトを貼っている屋根もある。扉や窓は腐蝕し、黒ずんでいた。

しかし、形は崩れても精神は健在で、抑圧された者の心の声を秘めている。とは言え、この都市の賑わいの中では、心の声は響かない。この都市には静けさが訪れず、昼には昼の音、夜には夜の音があった。だから、心の声は埋没してしまう。それでも、その声は存在していて、消えることがない。賑わいの裏付けになっているからだ。その声がなくなれば、賑わいも虚しく響くだけになるだろう。

心の声とは何か？　すなわち、生活の二文字である。どんなに賑わいの音が大きくても、日夜続いても、生活感はない。生活の二文字には重みがあって、どんどん沈み込んでしまう。表面に漂っているのは、煙や霧のようなものだけだった。だから、心の声は届かない。もし、その声を聞けば、泣いてしまうだろう。

平安里の祈りには、昼と夜の区別がない。常夜灯のようだが、燃料は油ではなく、人々のささやかな思いだった。空中に漂っている賑わいは、結局のところ生活の上っ面にすぎない。だからこそ、つつましさがなく、大げさなのだ。上海の数十万、数百万の弄堂の中に隠されている祈りを集めれば、ヨーロッパの都市の寺院の鐘よりも大きな音が耳に響くだろう。それは地鳴りのようで、山崩れや地割れをもたらす。残念ながら試すわけにはいかないが、祈りが作り出した溝や谷を見るだけでも十分驚きだった。祈りは、この大地をどのように変えてしまうのだろう？　それは建設なのか、破壊なのかわからないが、大変な力を持っていた。

平安里が願うのは、ただ平安であることだけだ。それは毎晩聞こえる「火の用心」の鈴の音に示されていた。平安は当たり前にあるものではない。平安里の願いはささやかなものだが、このささやかな願いでさえ、求めるのは難しい。長年、大きな事故はなかったけれども、小さい事故は絶えず起こっていた。洗濯物を取り込むときに足を滑らせてバルコニーから落ちたり、濡れた手でスイッチを触って感電したり、圧力釜が爆発したり、殺鼠剤を誤飲したり、無念の死を遂げた人は少なくない。世の無常を訴えればきりがないから、平安を願うしかない。

明かりがつく時刻になると、ずらりと並んだ窓が人間の目のように、危険な兆しがないか警戒し始める。しかし、本当に危険が近づくとき、その足音は誰にも聞こえない。つまり、平安里は感覚が麻痺すると同時に、経験主義に頼っているのだ。身近な危険に対する準備ができていない。火や電気のことなら知っているが、その他については想像力が働かなかった。だから、平安里の祈りが聞こえるとしても、それは子どもが教科書を暗唱するようなものだ。ただ、繰り返し口を動かすだけで、頭が働いていなかった。

窓辺の植木鉢はいまにも落下しそうなのに、誰も手を伸ばそうとしない。シロアリが床板を食い荒らしているのに、誰も気にしない。建て増しを続けてきた結果、建物の土台が沈んでいるのに、さらに屋上に新しく部屋を作ろうとしている。夏の台風の季節、平安里の家はいまにも倒壊しそうになった。しかし、人々は部屋の中で身をすくめながら、急に涼しい風が吹いたことで、安堵していた。

つまり、平安里が求める平安は形だけにとどまっていて、現実から目をそむけ、深く追求しない。朝、空を飛んで笛の音を鳴らすハトが平和の使者と呼ばれているのは、よい知らせだけを伝えるからだ。しかし、悪い知らせを伝えられたとしても、どうにかできるわけではない。災難は逃れようがないのだ。だから、平安を願うのは自分を知ることであり、悟りに到達することでもある。それ以上は何も望まない。平穏でありますようにという毎日の祈りは、まったく素直な言葉だった。

風が街角を吹き抜け、サラサラという音を立てながら、落ち葉を吹き溜まりに集めた。ところどころに出来た落ち葉の小山に、日差しが当たっている。このような光景が、曲がりくねった弄堂のあちこちに見られた。裏路地の扉と窓は、ぴったりと閉ざされている。夾竹桃は枯れ、語ろうとして語れなかった話を胸に秘めているようだった。この季節、上海の弄堂は比較的厳粛な表情を見せる。この厳粛さには重みがあり、時間の圧力を感じさせた。

弄堂はすでに歴史を重ねている。歴史はつねに厳粛な顔をしているから、弄堂も軽薄さを隠すしかないのだ。もともと、弄堂は風紀が乱れていた。あちこちに色っぽい目つきが見られ、その罠《わな》に落ちる危険があった。いまはまた、物語がクライマックスを迎えたので、どんなに笑顔を浮かべていた人も真面目な表情に変わった。曖昧《あいまい》だった部分も、真相が明らかになろうとしている。指折り数えてみると、上海の弄堂の歴史も決して短くはない。いくら耐久性があっても、終わりが近づいていた。

また高いところに登って都市の風貌を眺めれば、縦横に交錯する弄堂は少し物寂しい。広大な弄堂なら、この物寂しさも様になり、壮観と言えるだろう。しかし、狭苦しい弄堂の凡人の生活は、この物寂しさと釣り合わない。滑稽に見えると同時に、感傷的な気持ちにさせる。失礼な言い方だが、それは瓦礫《がれき》の山に近い。木々が葉を落とす初冬のようなものだ。目に入るのは、ボロボロのレンガや瓦だけである。美しい輪郭は残っているのに、人は晩年を迎え、見る影もない。風の中にまだ、あの時代の余韻が残っているだろうか？　何もないはずはないだろう？　曲がりくねった弄堂こそが、あの時代の名残にほかならない。右に左に曲がっているのは、あちこちに目を向けているからだ。その視線も年齢を重ねて、焦点が定まらず、何も見えていない。続いて、雨混じりの雪が降った。厳しい時期の記憶は、すでに何世代にも及んでいる。雪は地面に落ちると、すぐに融けて水になった。

平安里の内部をのぞいてみよう。まず、弄堂の入口の通路の二階には、山東省出身の老人の家族が住んでいた。弄堂の清掃員だった老人は昨年亡くなり、壁に木炭画の遺影が掛かっている。遺影の下のテーブルで、孫が宿題をやっていた。漢字を二十回ずつ書かなければならないのだが、もう眠くて目を開けていられない。一階の脇部屋の家族は、夜の宴会をまだ続けている。酒の量は決して多くない。竹葉青酒（竹の葉などの生薬を漬け込んだ薬酒）を一本空けただけで、ちびちびと味わいながら飲んでいた。

さらに奥に進むと、台所の裏の窓から女同士の会話が聞こえてくる。互いに目配せをしながら話をしているのは母親と娘で、嫁の悪口を言っているのだった。番地表示にしたがって行くと、一軒先の家では手前の部屋でマージャンをやっていた。牌を混ぜるジャラジャラという音と、「イーピン」「リャンゾー」など牌の名前を叫ぶ声が聞こえる。家族マージャンらしいが、実の兄弟でも容赦しないという意気込みが感じられた。

その隣の夫婦は、いがみ合っている。売り言葉に買い言葉で、お互いに強烈に相手を罵倒し、今夜じゅうに決着はつきそうにない。終わりのない持久戦のようだった。さらに隣の窓は真っ暗だ。寝ているのか、まだ帰宅していないのか。十八番地には定年退職後に仕立て屋を開業した夫婦が住んでいる。夫は生地を裁断し、妻はボタン穴を糸でかがっていた。目の前にテレビがついているが、二人ともそれを見る暇はない。

そうだ。それぞれの家にそれぞれの活動がある中で、共通しているのはテレビだった。マージャンをしていても、酒を飲んでいても、喧嘩をしていても、勉強をしていても、見ているか聞いているかは別にして、テレビがついていた。選択されているチャンネルもほぼ同じで、多くはくだらない連続ドラマだった。夜の時間は、そういう番組に支配されている。

ついに王琦瑶の家の窓が見えてきた。そこは寂れているだろうと思っていたが、意外にも人であふれている。ソファーにも、椅子にも、さらには床にも、人がすわったり、寄りかかったり、立ったりしていた。サイフォンでいれたコーヒーの香りも漂っている。ここでパーティーが開かれているのだ。なんと賑やかなことだろう！

王琦瑶の家にはいま、多くの人が集まっていた。しかも、ほとんどが若い友だちだった。みんな美男美女で、あか抜けていて、賢そうで、モダンなので、見ているだけで楽しい。彼らが平安里に現れるなんて、鳥の巣に金の鳳凰が舞い降りたかのようだ。住民たちは、彼らの後ろ姿が王琦瑶の家の裏口に消えるのを見送った。王琦瑶は大したものだ。上海の風雲児たちを集めることができるなんて。住民たちはもう、王琦瑶の年齢を忘れていた。平安里の年齢を忘れているのと同様に。彼女に娘がいることも忘れ、彼女は子どもを産んだことのない女だと思っていた。

彼女は永遠に若さを保ち、歳月の影響を受けることがない。いまでも、あんなに多くの若くてあか抜けた友だちがいて、自分の家のように王琦瑶の家を出入りしている。ここは、まるで青春の楽園だった。王琦瑶自身も不思議に思うことがある。時間が四十年前で止まってしまったかのようだ。そんなときは、確かに頭がくらくらしたが、楽しいことだけを考えて、事実を追求しないようにした。

実際のところ、王琦瑶の家を訪れる客は、その辺でよく見かける若者だった。ところが、なかなか両者を関連づけてみようとはしない。例えば、十六舗《シーリウプー》（黄浦江沿いの旧問屋街、船着き場がある）へ行けば、カニの仕入れをしている男たちの中に一人や二人はいるだろう。どこかの小さい市場へ行けば、コオロギを売っている（中国ではコオロギを闘わせる遊びがある）男たちの中に、知り合いが見つかるだろう。映画館の前にいるダフ屋、証券取引所で株の購入券を我先に手に入れようとしている男たちなど、あらゆる職業に彼らの仲間がいて、活躍する姿が見られた。

彼らは王琦瑶の家で、自分たちの暇な時間を過ごした。サイフォンでいれたコーヒーを飲み、王琦瑶の手作りのお菓子を食べ、ここは最高だと思っていた。彼らは次々に友だちを連れて、王琦瑶の家を訪れた。王琦瑶がまったく名前を知らない客、あだ名しか知らない客、さらには顔も見たことのない客もいた。あまりにも人が多く、雑然としていたが、気にしていられなかった。王琦瑶のサロンは、上海でも有名な場所になった。その名を慕って人が集まり、さらにその名が広まっていった。

とは言え、常連客は相変わらずの顔ぶれだった。老克臘、そして張永紅と足長のカップルである。いま、彼らはますます親しくなり、いつも誘い合って行動していた。どこかへ食事に行くときも、お茶を飲みに行くときも、映画やダンスに行くときも一緒だった。冬が来ると、王琦瑶は家で火鍋パーティーを開いた。テーブルを囲み、食べながら話をした。いつの間にか時間が過ぎて、あたりが暗くなるにつれて、鍋の温かさが際立った。

王琦瑶はふと、この情景は見覚えがあると思った。あれは、いつの日のことだったろう。メンバーだけが入れ替わっている。彼女は感傷的な気分になった。鍋の下で炭が跳ねて赤い炎が燃え上がり、王琦瑶の顔を照らした。ほんの一瞬だったが、彼女の顔の皺が、くっきりと浮かび上がった。向かい側にすわっていた老克臘はそれを目にして、まず驚いたあと、痛ましく思った。王琦瑶はもう「おばさん」なのだ。

火鍋をつつく手が止まり、沈黙が訪れた。張永紅と足長も静かで、それぞれ物思いにふけって、心が遠くに飛んでいる。しばらくして、王琦瑶が軽い笑い声を上げた。ほかの三人は驚き、もう日が暮れたことに気づいた。王琦瑶は立ち上がり、電灯をつけたあと、火鍋にお湯を足して言った。どうして、みんな黙ってしまったの？　誰かがすぐに言った。自分だって黙ってるじゃないですか。王琦瑶はまた笑った。何がおかしいのかと問われても、答えようとしない。もう一度問われると、彼女は言った。あなたたち三人を見ていたら、思い出したことがあるの。どんなことかと聞かれると、あなたたちとは関係ないわと答えた。

わざと彼らをからかっているようだ。三人は不満で、どうしても理由を言わせようとした。しばらく追及を受け、ようやく王琦瑶はこう言った。あなたたちは将来、どんな運命が待っているか、わからないわよね！　そう言われて、三人は驚いた。間もなく、張永紅が言った。あなただって、わからないでしょう？　王琦瑶は言った。私に将来なんてないわ。いまが将来だもの。みんなは、それは謙遜でしょうと言った。王琦瑶は微笑んで、話を続けた。あなたたち三人の今日の関係はこんな風だけど、明日はどんな展開になるか、まだわからないわ。

三人は顔を見合わせ、急に気まずさを感じた。特に老克臘は、このカップルの間に割り込んだ邪魔物にさせられてしまった。王琦瑶はなぜ、わざわざ三人の関係を混乱させたのか、その狙いがわからない。だが、彼は王琦瑶の発言が自分だけに向けられたものであることをうすうす感じていた。探りを入れるような意味合いを帯びている。それで気まずくなり、話題を変えようとした。ところが、王琦瑶は譲歩せず、運命の無常を語り続けた。時は移ろい、山河は不変だとしても、人は同じではない。

張永紅と足長は何のことかわからず、呆然としていた。老克臘は聞いていられなくなり、皮肉っぽく笑いながら言った。あなたの説にしたがえば、この二人は別れ、ぼくと張永紅が仲良くなるのかな。これを聞いて、みんなが笑った。王琦瑶がまず、そういう意味じゃないでしょう？　王琦瑶は言った。あなたの話をこの三人に当てはめたら、ほかに組み合わせはないと弁解した。老克臘は何も言えず、笑うしかなかった。足長も顔では笑っていたが、心の中で怒っていた。怒りの対象は王琦瑶ではなく、老克臘だった。彼に権利を侵害されたように思ったのだ。張永紅も口では老克臘をバカな人ねと罵ったが、心の中は穏やかではなかった。王琦瑶は笑いながら、老克臘に向かってうなずいて言った。まったく口が悪いんだから、あなたには負けたわ！

火鍋パーティーの数日後、老克臘はまた王琦瑶の家を訪ねた。まっすぐ階段を上がって、ドアを開けると、王琦瑶はポツンとソファーにすわっていた。膝にウールの毛布かけて、セーターを編んでいる。彼は指でドアをノックしたあと、室内に入った。王琦瑶は視線を上げようとしない。まったく彼の存在を無視している。老克臘は彼女が怒っているのを知ったが、気にしないで部屋の中をゆっくりと歩き回った。

この日、彼は人民服を着て、白い絹のネッカチーフを首に巻いていた。両手をズボンのポケットに突っ込み、まるで五・四運動のころの青年のようだ。彼はしばらくうろつきながら、足元を見た。床板の日が当たっている部分から出たり入ったりして、また冬が来たと思った。突然、背後で王琦瑶が冷ややかな言葉を発した。うろうろしないでよ。うっとうしいわね。老克臘は椅子を引っ張り出してすわり、窓辺でスズメがエサをついばんでいるのを眺めた。窓枠にさえぎられて、スズメの頭しか見えなかった。

間もなく、王琦瑶がまた口を開いた。今日は気分が悪いから、食事を作らないわよ。あなたに食べさせるご飯もないわ。老克臘は言った。ぼくは食事をしに来たわけじゃないよ。王琦瑶は、ようやく視線を上げて言った。それじゃ、何しに来たの？　老克臘は、逆に問い返した。何しに来たと思う？　王琦瑶は視線を再び編み物に移し、彼を相手にしなかった。老克臘も気分を害し、悶々としていた。手は依然としてポケットに突っ込んだままだ。いかにも無念そうな様子だった。わけもなく不当な扱いを受け、申し開きもできないのだ。

しばらくすると、王琦瑶はソファーから立ち上がり、お茶をいれて彼に差し出して言った。何を怒ってるの？　それから向きを変えて台所へ行き、昼食の用意を始めた。今度は老克臘が彼女を無視した。引き続き椅子にすわって、むかっ腹を立てていた。なぜかまた、王琦瑶に言い負かされ、主導権を奪われてしまった。こういうとき、人生経験の差が出るのだ。経験は時間をかけて蓄積されるもので、どんなに賢くても年の差を逆転させることはできない。一日や二日、一年や二年ならともかく、十年二十年となると対抗できるはずがなかった。

この日の昼食はむしろ、いつもより豊富で手が込んでいた。王琦瑶はすっかり機嫌が直り、彼に対して至れり尽くせりだった。いままで語ったことのない面白い話をたくさんした。老克臘も、しだいに気が晴れて、不愉快な記憶をほとんど忘れかけた。ところが、王琦瑶がまた、そのことに言及した。火鍋パーティーのとき、理由もなしに私があんな話をしたと思ってるの？　私はそんな野暮じゃないわ。老克臘は彼女が何を言おうとしているのかわからず、箸を持つ手を止めた。

彼女は続けた。昔のことを思い出したの。やはり、うすら寒い日だった。同じように、四人の男女が鍋を囲んでいた。女の一人は無関係だったけど、あとの男二人と女一人の間には、その後、夢にも思わなかった出来事が起こった。間を置いて、彼女はひと言、付け加えた。その女が私なの。

老克臘は箸を置き、視線を上げて彼女を見つめた。王琦瑶は平気な顔で、まるで他人のことを語っているようだった。

二十数年前、彼女と毛毛《マオマオ》おじさんとサーシャの間に生じた波乱は、いま思い返すと遠い昔のことで、何の痛みも感じない。細かい部分は忘れたのか、忘れたふりをしているのか、前後のつじつまが合わなくなっていた。あまりにも淡々とした話だったので、この悲劇は余計に衝撃的だった。

彼は初めて、王琦瑶が自分の身の上を語るのを聞いた。これまでの話は、多くが情景描写で、人物はぼんやりとした影にすぎなかった。いま、その人物がクローズアップされ、生身の人間になった。彼は逆にわけがわからなくなり、五里霧中の心境だった。王琦瑶の顔が、水に映った影のように揺れている。彼は自分が涙をこぼしていることに気づいた。半分は同情の涙、半分は感動の涙だ。王琦瑶は言った。私が泣いてないのに、どうしてあなたが泣くの？　彼はテーブルに突っ伏して言った。わからない。

このあと、王琦瑶は数十年にわたる隠された過去を彼に語った。数日間、彼らは、一人が語り一人が聞くという毎日を過ごした。聞くほうも語るほうもタバコを吸ったので、室内には煙が立ち込めた。お互いの顔がぼやけ、声もぼやけて聞こえた。それは四十年前から始まる、華やかだが埃をかぶった物語だった。いま、どこへ行けば、こんな古い物語が見つかるだろう？　物語の始まりは悲劇、やはり華やかな悲劇だ。では、物語の結末はどうなるのか？　王琦瑶が声をひそめると、何の音も聞こえなくなり、煙だけが自由気ままに漂っていた。

その後、軽く三回、手を叩く音が聞こえた。王琦瑶自身が発した音だ。彼は驚いて、顔を上げて彼女を見つめた。彼女は煙の中で、笑いながら言った。このお芝居はどうやら、終幕が近づいたようね。彼は恐怖を感じ、身を震わせた。彼女は続けて言った。人生は、お芝居のようなものでしょう？　彼は答えなかった。彼女は立ち上がり、煙とともに近づいてきて、彼の頭に触れた。彼は肝を冷やした。彼女は手で彼の髪をとかしている。彼女の声が聞こえた。可愛い坊や。彼は彼女の手をつかもうとしたが、空振りしてしまった。王琦瑶はすでに、部屋を出て行った。彼は彼女が姿を消した扉を見ているうちに、体が熱くなった。

王琦瑶が戻ってきたとき、彼は椅子の上で、歯をガチガチ鳴らして震えていた。王琦瑶は運んできた料理をテーブルに置き、彼の額に手を当てた。すると彼は、藤が樹木にからまるように抱きついてきた。どうしたのと尋ねたが、彼はひと言もしゃべらない。目を閉じたまま、彼女に身を寄せた。彼の体は燃えるように熱い。何とかベッドまで連れて行き、彼を寝かせようとした。だが、彼は両腕を彼女の腰に回し、彼女も一緒に引き倒した。彼女は彼の体の上に覆いかぶさってしまった。

王琦瑶が放して、放してと叫ぶと、彼はますます強く抱きしめた。彼女は焦って、彼の顔を叩いた。彼は目もつぶらず、手も緩めず、彼女に叩かれている。彼女は手が痛くなった。彼の顔に赤い手形ができたのを見ると、哀れに思えてきて、彼女は彼の顔をそっとなでた。彼は自分の顔を押しつけてくる。こうして長い時間が過ぎた。彼女はため息をつき、彼の胸に顔をうずめた。すると、彼はさっと体を反転させ、王琦瑶を押さえつけた。

彼の体の熱は退《ひ》いた。しかし、冷や汗をかき、まだ震えている。何かうわごとを言っていたが、聞き取れなかった。王琦瑶はあれこれ言葉をかけ、子どもをあやすように彼を慰めた。何でも彼の言うとおりにした。彼は何度も焦って、何かしようとしたが、やり方がわからなかった。そのたびに、王琦瑶が手でリードした。彼は哀れな泣き声を発することもあった。なぜか、すっかり自信を失っていた。王琦瑶は彼を慰め、励ました。

それは本当に長くて、波乱に満ちた夜だった。予想外のことが次々に起こった。部屋の明かりはついたり消えたりして、二人は寝たり起きたりを繰り返した。その夜、平安里はなぜかとても静かで、何の物音もしなかった。彼らの声だけが響いていた。その声も、やがて消えてしまう。声を上げれば、ますます寂しさが募った。

二人とも悪夢を見てうなされ、呼吸が荒くなり、目が痛くなった。夜を明かすのが大変で、重圧を身に受けている気がした。彼らは心の中で、早く朝が来てほしいと願った。だが、カーテンに光が差したとき、二人は恐れを感じた。どのように、この朝を迎えればいいのだろう？　彼はもう疲れ切って、手足が動かなかった。彼女は力を振り絞り、夜が明ける前に起床した。顔を洗い髪をとかすとき、彼女は鏡に映る自分を見ようとしなかった。急いで身支度を整え、買い物籠を提げて、こっそりと家を出た。

外はまだ真っ暗で、街灯がついていた。通行人はまばらだった。彼女は市場へと向かった。そこではもう人声がして、空も少し明るくなっていた。彼女はようやく、ひと息つくことができた。その後、街灯が一つずつ消えたが、空にはまだ星がかすかに残っている。王琦瑶は思った。いま、何時かしら？　彼女が帰宅したとき、ベッドは空っぽで、老克臘は立ち去っていた。

彼はもう二度と現れないだろうが、王琦瑶はそれでもいいと思った。その日の朝、王琦瑶は彼が立ち去ったことを知ると、まずカーテンを開けた。まるで陽光が差し込めば、昨夜の出来事は消え去るかのように。彼女は頭を切り替え、何も起こらなかったことにしようと思った。その後の毎日は平穏で、夜も平穏だった。来客も少し減った。それぞれに忙しいらしい。王琦瑶は新たにカシミヤのセーターを編み始めた。とても編み方の難しいセーターだった。彼女は朝から晩まで、食事の時間を除いて、その仕事を続けた。テレビは朝から「おやすみなさい」の表示が出るまで、つけっぱなしにしていた。その後、彼女は編み棒を片付けて眠った。

彼女は、彼の名前さえ忘れようとした。それによって、彼という人の存在が否定できるかのように。ときどき、彼女は不思議に思った。生活はまるで変わらないではないか？　ある日、足長が来て、何気なく尋ねた。老克臘はいつ帰ってくるのかな？　王琦瑶は当惑した。彼がいつ出かけたのかも知らなかった。足長が続けて尋ねた。無錫に行ってるんじゃないの？　王琦瑶は何も言わず、わけもなく心の中で自分を嘲笑った。

この日、彼女は多くの料理を作って足長をもてなした。花彫酒《ホアディアオジウ》（高級な紹興酒）を温めて、彼のホラ話を聞いた。最近、足長は景気がよかった。いくつかの商売が、うまくいっている。当然、話題も多くなり、それを一つずつ王琦瑶に語った。王琦瑶は話に耳を傾け、ときどき質問した。足長は彼女が関心を寄せてくれたことに感激し、また酒のせいもあり、目をうるませて言った。王さん、あなたでも、あなたの友だちでも、外貨両替の必要があるときは、ぼくに任せてください。中国銀行のレートより、ずっとお得ですよ。彼は自分のレートを示し、試算の結果を彼女に告げた。

王琦瑶は言った。私は外貨なんて持ってないから。そこで間を置いて、さらに続けた。金製品の買い取りは、やってないの？　足長は言った。やってますよ！　そして、金相場の闇の価格と銀行の価格を比較して、どれだけの差が出るかをすぐに計算した。また、取引の実例を彼女に紹介した。だが、王琦瑶は言った。私は金も持ってないのよ。足長は最後に、「とてもお得なんだけどな」と言っただけで、別の話題に移った。

食事を済ませて足長が王琦瑶の家を出たのは、すでに午後三時ごろだった。日差しはまだまぶしかったが、太陽は西に傾いていて、大きなことを企《たくら》む余裕はもうない。足長は千鳥足で、目も大きく開けられなかった。彼は人と車の往来の激しい道端に立って考えた。いまから、どこへ行こうか？

夜、王琦瑶はソファーにすわって編み物をしながら、テレビの騒がしい音を聞いていた。少し疲れを感じて目を閉じると、思いがけず居眠りしてしまった。目を覚ましたとき、テレビの画面は真っ白で、ザーザーという放送休止中の音が部屋じゅうに響いていた。目を開いた彼女は、この部屋がだだっ広いように感じた。電灯も普段より明るく、部屋を青白く照らし出している。彼女は何とか立ち上がり、テレビのスイッチを消した。その後、電灯も消してベッドに入った。電灯が消えたことによって、月光がベッドの前まで差し込んできた。

彼女は急に頭が冴えて、眠気が吹き飛んだ。月光に照らされた花柄のカーテンを見て思った。今日は何日だろう。こんなにすばらしい月が出ている。彼女は、さっきひと眠りしたことを後悔した。そのせいで、いま眠れなくなってしまった。この夜をどうやって過ごせばいいのだろう？　静かな夜に一人で目覚めていると、昔のことがよみがえる。しかし、不思議なことに、脳裏に浮かぶのは重大な出来事ではなく、どうでもいい一夜のことだった。何年も前、二人の田舎風の男が病人を担いで医者を探しに来て、間違って彼女の家の戸を叩いた。静かな夜だったので、戸を叩く音は耳元で、はっきりと聞こえた。それがよいことなのか悪いことなのかは見当がつかなかった。

いま、王琦瑶は耳ざとくなっていて、この広い弄堂のあらゆる音を聞き取ることができた。戸を叩く音すらなく、弄堂は静まり返っている。野良猫が塀から飛び下りる、かすかな音でも耳に入った。王琦瑶は、これらの小さな音をすべて集めて、細かく分析した。これは静かな夜の遊びの一つで、時間つぶしになる。この夜、王琦瑶はほぼ目を開けたまま、朝を迎えた。何度かうとうとすることはあったが、浅い眠りだった。寝たかと思うと、すぐに目を覚ました。次の日の夜は、また眠れなくなることを恐れ、わざと遅くまで起きていて、我慢できなくなったところでベッドに入った。おかげで、横になるとすぐに眠りについた。

どれくらい時間が過ぎたかわからないが、ガラス窓が音を立てたので、彼女は急に目を覚ました。そのあと、もう一度、同じ音がした。誰かが小石を投げたらしい。彼女は起き上がって窓の前まで行き、カーテンをめくり上げた。月明りに照らされたアパートの下の路地に、人の姿はない。しばらくして、彼女がカーテンを下ろそうとしたとき、塀のかげから人が出てきた。月光の下で、上を見ながら立っている。上と下の二人は、じっと見つめ合った。王琦瑶はベッドの前に引き返し、服を羽織ってから階段を下りた。裏門を開けると、男が入ってきた。二人は黙ったまま、前後して階段を上がった。

部屋の電灯はつけなかったが、月明りがあった。しかし、二人は月光に背を向け、相手に顔を見られたくない様子だった。一人はベッドの縁にすわり、一人は立ったままで、腕を抱えていた。また少し時間がたち、立っているほうが言った。帰ってきたのね。すわっているほうは、うなだれたままだった。立っているほうが、また言った。どうして逃げたの？　私がつきまとうとでも思った？そう言うと、すぐに冷笑を浮かべ、ソファーに戻ってタバコに火をつけた。

このとき、月明りが彼女の顔を照らした。青白い顔で、髪が乱れている。タバコの煙が、再び彼女の顔を隠した。彼は何も言わず、服を脱いでベッドにもぐりこみ、頭から布団をかぶった。彼女はタバコを吸いながら、顔を窓に向けた。月の光を浴びて、彼女の横顔のシルエットが浮かび上がった。煙がまとわりつき、この世のものとは思えない。夜中の何時なのだろう。野良猫でさえ眠りについていた。彼女はタバコを吸い終わり、吸殻を灰皿に投げ込むと、立ち上がってベッドまで行き、布団に入った。この夜は静かで、すべてが沈黙の中で進行した。泣き声も、うわごとも聞こえない。息をする気配さえなかった。

その後、月が西の空に移動して、室内は暗くなった。ベッドの上の二人は、地の底に落下したかのように、まったく動きがない。暗闇と静寂の中で発生したのは、予想もできないことだった。いわゆる秘めごとである。聞くに堪えず見るに堪えず、考えるのも恥ずかしいことだが、当人たちはどうしようもない。その夜を騒がせたのは、最上階のバルコニーのハトだけだ。ひと晩じゅう、クークーと鳴いていて、誰かに小屋を荒らされたかのようだった。

朝の九時ごろ、冬の日には珍しい日差しの下、老克臘は自転車で街を走っていた。彼は自問した。これは夢ではないのか？　周囲の景色は鮮明で、生き生きとしている。夜の出来事は漠然としていて、彼に恐怖を抱かせた。どこから始まって、どこで終わったのかも思い出せない。彼はいま、人がたくさんいる場所へ行って、勇気を得たかった。昼間が好きになり、太陽が昇ると気持ちが楽になった。いちばん恐ろしいのは、あたりが薄暗くなる黄昏どきだった。恐怖が胸の底から沸き上がり、いても立ってもいられなくなるのだ。彼はしばしば事前に予定や約束を入れておいたが、夕食後の七時八時になって、夜の行動に移ろうとしたとき、無意識のうちに自転車の向きを変えた。魔が差したように、王琦瑶の家に向かってしまった。

彼はもう長い間、レコード店を訪れていない。音楽を聞くこともなく、家のレコードは埃をかぶってしまった。意地を張って自分の屋根裏部屋に帰った夜は、ほとんど朝まで眠れず、目が冴えていた。天窓の外に見えるのは寂しい空で、見ていると心が折れそうになった。そのとき、悪夢がはっきりと意識の中に復活する。ことのほか鮮明で生々しく、彼一人ではとても受け止めきれない。そこでやむを得ず、王琦瑶の家へ行くが、また新しい悪夢を見る結果を招く。どうせ平穏な日々は取り戻せないので、開き直ってやろうと思った。

ある日、彼は王琦瑶のベッドから早々に逃げ帰ることなく、朝日が部屋を少しずつ照らし出すのを待っていた。隣には王琦瑶がいる。王琦瑶も彼を見ていた。二人は互いに微笑み合った。

朝ご飯は何を食べる？　しばらくして、王琦瑶が尋ねた。まるで、長年の夫婦のようだ。彼は黙って王琦瑶の体越しに手を伸ばし、枕元の棚からタバコを取ろうとした。王琦瑶は彼にタバコを渡して、自分も一本取ってから、それぞれのタバコに火をつけた。その様子も、長年の夫婦のようだった。このとき、朝いちばんの陽光が窓枠のあたりまで差し込んできた。朝の陽光の中に漂うタバコの煙は、倦怠と失意を感じさせる。一日が始まったばかりなのに、もう終わりに近づいたかのようだ。何時に出勤するの？　王琦瑶は重ねて尋ねた。彼は答えた。仕事には行かない。冬休みになったんだ。

王琦瑶は思った。そうだ、春節が間近に迫っているのに、まだ何も準備していない。そこで尋ねた。今年の春節は、どう過ごしましょうか？　彼は言った。いつもと同じさ。王琦瑶は言った。いつもどう過ごしているのか、私は知らないわ。その言葉にはトゲがあったが、彼は相手にしなかった。王琦瑶も口調を改め、微笑みながら言った。お正月の二日目に、張永紅たちを食事に呼ぶのはどうかしら？　彼は、いいねと言った。二人はもう話をせず、タバコを何本も吸い続けた。すでに太陽はカーテンを赤く染め、部屋じゅうに光があふれ、光の中に煙が立ち込めていた。

昼になって、彼はようやく起床した。軽く麺を食べたあと、王琦瑶は彼に大掃除を手伝わせた。

布団を干し、シーツを石鹸水に漬け、タンスを開けて、埃を払った。二人とも、気合が入っている。昨夜から朝にかけての気まずさは一掃され、心が晴れ晴れしてきた。掃除が終わると、王琦瑶はシーツを洗っている間、彼を入浴させ、さらに年越し用の燻製、塩漬け、乾物を買ってくるように頼んだ。彼が体じゅうさっぱりして、買い物を終えて王琦瑶の家に戻ってきたのは、明かりがつくころだった。日は暮れても、部屋がきれいになったことはわかる。空気も新鮮で、テーブルの上には料理が並んでいた。王琦瑶はテレビを見ながらセーターを編んでいたが、彼が入ってきたのを見て言った。ご飯にしましょう！

この夜は比較的、平穏だった。彼は、これこそが人生で追い求めているものだとさえ思った。彼は王琦瑶に、子どものころの話をした。塀を乗り越えようとして頭を怪我したとか、悪巧みがバレてひどい目に遭ったとか、取るに足らない失敗談ばかりだった。王琦瑶は顔に笑みを浮かべて、静かに聞いていた。すると、彼の話はどんどんどくなったので、彼女はテレビの音に耳を奪われてしまった。路地裏では気の早い人が、この冬最初の春節を祝う爆竹を鳴らした。この人騒がせな音にも、彼女は耳を奪われた。それは甘い夜で、悪夢を見ることも、眠れなくなることもなかった。彼らは寝言も言わずに、深い眠りに落ちている。室内は静かで、軽い鼻息しか聞こえない。彼らは様々な葛藤を乗り越えて、ついに平安里の平穏な夜を迎えていた。

春節はこのように平穏な雰囲気の中で訪れた。一九八六年の春節は和やかな春節で、至るところに変化の兆しが見えていた。大晦日《おおみそか》にあちこちで絶え間なく響く爆竹の音を聞けば、それがわかる。

特に十二時の鐘が鳴ると、街じゅうが爆竹の音に包まれ、空が赤く染まった。はじけ飛んだ火薬の紙が花のように乱れ散り、地面に降り敷いた。これも、吉兆に違いない。こんなに賑やかな大晦日があっただろうか？　新しい世界を生み出すかのように、大晦日の爆竹が鳴りやむとすぐ、新年を祝う爆竹の音が聞こえた。

朝霧の中の最初の爆竹は、オンドリが時をつくる声のように、空に鳴り響いて新しい時代の幕を開けた。それに呼応する音が、あちらこちらから聞こえてくる。昨夜のような激しさはないが、いつまでも絶えることなく鳴り響く。しだいに音が密になるが、ごた混ぜではなく、大小の真珠が玉の皿に落ちるような音だった。合唱の声に似ている。その楽曲は複数の主題からなるフーガで、変化することなく、いつの間にか曲が進んで行く。対位法による楽曲で、いくつかの声部が組み合わさっていた。カノンの楽曲もある。一つの声部を他の声部が追いかけて行った。まさに、この都市の大合唱だ。あらゆる隙間、隅々からの声部が、この合唱に参加している。誰かが疲れたら、誰かが引き継ぎ、途絶えることがない。この合唱を聞けば、この都市の人たちが心を一つにしていることがわかるだろう。

王琦瑶の提案どおり、正月二日に張永紅と足長がやってきた。いつもと違って、この日は老克臘が大活躍だった。王琦瑶のエプロンと腕カバーを身につけ、前の日から準備を始めた。王琦瑶は彼を手伝いながら、からかって言った。誰があなたを補佐してると思ってるの？　彼は言った。あなたのような人でなくちゃ、ぼくの補佐役にはなれませんよ。王琦瑶はうなずいて、笑いながら言った。なるほど。でも、あなたの広げた大風呂敷が破れなければいいけどね。彼は言った。破れたら、繕ってもらいます。王琦瑶は尋ねた。誰に？　彼は言った。あなたですよ！

前の晩と当日の朝から午後二時まで頑張って、すべての料理の下ごしらえが出来た。王琦瑶は意外だった。どこで覚えたのかと尋ねても、彼は笑って答えない。重ねて聞くと、自分で覚えたのだと言った。そんな話をしているところに、来客が到着した。足長は当然、たくさんの手土産を持ってきた。バラの花束もある。王琦瑶は、口ではこんな高価な花を買わなくてもいいのにと言ったが、心の中では喜んでいた。これも吉兆のしるしだ。

張永紅はテーブルに並んだ料理を見て、すぐにいつもと違うと気づいて尋ねた。新しいコックさんを頼んだんですか？　王琦瑶は口を突き出して、老克臘を指し示した。老克臘は笑って答えない。張永紅が言った。大金を払っても、なかなか呼べないコックさんね。老克臘は、ようやく口を開いた。恐れ入ります。それから、また忙しく働いた。時間はまだ早かったが、ほかにすることもないので、四人はテーブルを囲んだ。どうせ正月は生活のリズムが乱れているから、少し早めに夕食にしてもかまわなかった。

テーブルにつくと、張永紅と足長が招待してくれた王琦瑶と料理を作った老克臘に感謝を示して乾杯し、お互いに新年を祝った。その後、老克臘の説明を聞きながら、料理を味わった。どの料理にも謂《いわ》れがある。老克臘が語り始めると、すぐに張永紅が痛烈な皮肉を言った。老克臘は抵抗せず、すぐに事実を認めた。事実には重みがあったので、張永紅は心の中で感服したが、口ではなおも逆らった。

老克臘は彼女がまだ減らず口を叩くので、負けずに言い返した。そこで、お互いに譲らず、舌戦が展開された。二人とも頭がいいし、王琦瑶の薫陶《くんとう》を受けているため、話術が巧みだった。意外な言葉が飛び出すと、残る二人の聴衆は喝采を送った。それを聞くと、当然、感情が高ぶり、頭も舌も回転がよくなる。何度も応酬があったが、まだ言い争いは終わる気配がない。そのうちに、聴衆の二人が耐えられなくなった。相変わらず声を上げてはいたが、笑顔に冷淡さがうかがえる。言い争っていた二人は、後ろ髪を引かれながらも矛《ほこ》を収めた。

この言い争いによって、二人はお互いの手ごわさを知って闘争心が湧き、興奮を抑えられなくなった。論争はやめようと思うのだが、やめられない。口を開けば挑発的になり、言い返せば応戦したことになる。食事の間に少なくとも二、三回、二人の間でやり取りがあった。二人の議論は白熱した。論戦が続くことを願っていて、すぐに勝負をつけようとしない。模範試合のように、論戦を楽しんでいた。彼らが試合に夢中になっていたとき、王琦瑶が口を挟んだ。もういいわ。しばらく休んで、果物を食べてから続ければいいでしょう。それで二人はようやく目が覚めて、あとの二人が無視されていたことに気づいた。足長は退屈そうに、気抜けした様子で部屋の中を歩き回っていた。

王琦瑶は笑顔で、果物をみんなに配っている。果物鉢を老克臘に手渡すとき、彼女は目を合わせなかった。その後、彼に何か言われて答えるときも、彼女は別の場所に関心があるかのように、視線をそらしていた。老克臘は自分が彼女の機嫌を損ねたことを知った。しかし、彼自身は興ざめすることなく、むしろ面白がっていた。得意になって、張永紅の言葉尻をとらえ、また論争を仕掛けた。彼は楽しそうで、元気がよく、とても機知に富んでいる。みんなが驚いて、彼を見ていた。

王琦瑶だけは、彼を見なかった。手にしている編み物だけに目を向け、顔には笑みを絶やさなかった。足長にはそんな忍耐力がないので、しきりに帰ろうと言った。時計を見ると、もう十一時だった。張永紅も立ち上がった。老克臘は言った。ぼくも一緒に帰るよ！　そして、一緒に部屋を出た。

三人の足音が階段に響いたあと、あたりはまた静かになった。王琦瑶は台所に入り、食器を洗おうとした。三人は窓の下の裏門のところで、自転車を出そうとしている。誰かが自転車の鍵がないと言い、しばらく捜したあと、見つかったようだ。カチッと音がして自転車の鍵が開き、一台ずつ裏口から出て行った。王琦瑶は流しに山積みになっている食器を前にして、どこから手をつけたらいいのかわからなかった。しばらく汚れた食器を見つめたあと、彼女は電灯を消して部屋に戻った。

だが、老克臘は彼らと別れたあと、一人で街をぶらつき、またゆっくりと王琦瑶の家へ向かった。人通りはほとんどなく、ごく稀に、空っぽのバスが明るい光を放ちながら通り過ぎて行った。彼は自分の自転車のスポークの音を聞いているうちに、興奮が収まってきた。遊び飽きて家に帰ろうとしている子どものようだ。十分に満足して、気持ちが落ち着いている。彼は建物が道に落とす影、プラタナスの枝の影を見ながら、意味のないことを考えた。あの見慣れた弄堂が、しだいに近づいてくる。弄堂の奥の電灯が見えた。野良猫がしなやかな足取りで、彼の自転車の車輪をかすめて走り去った。

彼の自転車は、音もなく王琦瑶の家の裏口に停まった。その後、彼は鍵を取り出して裏門を開けた。階段を上がると、別の鍵を取り出し、ドアを開けようとしたが開かない。彼はドアに耳を押し当てた。室内はひっそりしている。王琦瑶はドアの内側のロックを掛けていた。彼は静かに階段を下り、裏門のほうへ回った。門前払いを食らったにもかかわらず、彼は気を悪くしていなかった。「ぼくのせいじゃない！」と自分に言って、弄堂を出た。

路地から大通りに出ると、自分の影が足元に現れた。これは気分がいい。彼は片手をハンドルから離し、立ち上がって空を見た。まさに静かな夜だ！　彼は風のように、自分の家へ向かった。遠くから、あの天窓が屋根の上に見えた。耳元でオールドジャズのメロディーとサックスの演奏が聞こえた気がした。

正月の三日と四日、彼は外へ出なかった。屋根裏部屋にすわって、二日間、レコードを聞いていた。まるで数か月前に戻ったかのようだった。レコード針がレコードの溝をこする音が、帰ってきた彼を歓迎すると同時に、戸惑っている様子だった。彼は念入りに刷毛《はけ》でレコードの埃を払い、これらの収蔵品をひと通り点検した。一日三食を彼はすべて家で食べた。家の料理の味は久しぶりだった。両親は彼が家にいてくれることに対して、子どものような恥じらいと喜びを示した。父と子は差し向かいで酒を飲んだが、お互いに目を合わせようとしなかった。友人が訪ねてくることもない。彼がしばらく家に帰っていなかったからだ。彼はベッドに横たわり、梁の上の三角形の屋根を見つめた。依然として、気持ちは落ち着いていた。すべてが終わったあとの落ち着きではない。漠然とした期待が含まれていたが、何を期待しているのかはわからなかった。

子どもが窓の下で爆竹を鳴らしている。隣人たちが客を迎えたり見送ったりする声も聞こえた。これこそが年越しの風景だ！　親しき中にも礼儀がある。正月の五日と六日も、彼は家で過ごした。両親は出勤し、爆竹の音もまばらになった。弄堂に静けさが戻り、また通常の生活が始まる。この通常の生活は正月を経て、一度リセットされた。それで、ますます落ち着きを増し、過去のことは忘れて、新たなスタートを切ろうとしていた。

正月の七日は日曜日で、春節の余韻が小さな波のように押し寄せた。彼は出かける決心をした。自転車に乗り、ゆっくりと街を走った。一部の商店は営業していたが、一部の商店は正月の振替で休みだった。道に敷かれたレンガの隙間に、爆竹の燃えかすが残っている。木の枝には、割れた風船が引っ掛かっていた。前方に平安里の入口が見えた。陽光を浴びていたが、この弄堂の落成した年を表示した部分が剥がれ落ち、いかにもパッとしない。入口の通路は薄暗く、やはり元気がなかった。

彼の自転車は平安里の前を通り過ぎた。わざと、理屈に合わない行動を試してみたのだ。自転車のスピードを上げ、かすかに体を揺らし、まるで老克臘らしくない。むしろ、勇敢に前進する現代的な青年のようだった。

数日後、学校の冬休みが終わったので、彼は出勤した。朝早く出かけて、夜遅く帰ってくる。暇な時間はなかった。毎日、早く寝て、気持ちは落ち着いていた。天窓の外の黒い瓦屋根も、春の到来を感じさせる。瓦の隙間に、名もない雑草が繁茂していた。陽光は暖かく、少し湿気を含んでいる。鳥のさえずりも多様になり、語り尽くせない話があるようだった。朝、起きると考える。今日は何かいいことがあるのではないか？　世渡りの経験が豊富な人たちも、このような理由のない希望を抱いてしまう。それが春の利点で、誰もが善と美を追求し、心が軽くなった。

その週の日曜日、ついに彼は王琦瑶の家へ行った。裏路地に入ると、彼は急に呆然としてしまった。ここはどこだろう？　来たことがある場所か？　しかし、彼はいつものように自転車を王琦瑶の家の裏門の前に停め、まっすぐ階段を上がった。ドアは閉まっていた。ノックをしても反応がない。そこで鍵を取り出し、鍵穴に挿したとき、ドアが開いた。部屋にはカーテンが掛かっていたが、それでも昼の陽光が差し込んでいた。タバコの煙が入り混じって、光はぼんやりとしている。ベッドには布団が敷きっぱなしだった。ネグリジェ姿の王琦瑶は起き上がってドアを開けたあと、すぐベッドに戻った。

彼は言った。具合が悪いの？　返事はない。彼は近づいて行って、彼女を慰めようと思ったが、枕がヘアマニキュアで汚れているのを見て、すっかり気分が落ち込んだ。室内には、昨夜からの空気がよどんでいる。これも元気を失わせた。彼は「空気が悪いね」と言って、窓を開けに行った。カーテンをめくると、陽光がまぶしかった。

彼は気を取り直して言った。昼ご飯の時間だよ。思いがけないことに、これには反応があった。王琦瑶は小声で言った。あなたはずっと、私を食事に連れて行くって言ってたわね。今日、お願いできない？　これは彼女の最後の切り札だった。彼女を食事に連れて行くことの意味は、お互いにわかっている。しかし、これまでは片方が望んでも片方は望まなかった。時間が経ち状況が変わって、二人の立場は逆転した。やはり、片方は望んでも片方は望まない。彼はしばらくカーテンのほうを見て立っていたが、やがて向きを変え、部屋を出て行った。

## 13
## 大空の果て、黄泉《よみ》の国

前に述べたように、足長は夜の仙人で、真夜中を過ぎても家に帰らない。ある日、彼は夜の活動を終えたが、時間がまだ早く、興奮も冷めていなかった。自転車で平安里を通りかかり、無意識のうちに弄堂に入って行った。王琦瑶の家の窓は明るかった。人が集まって、楽しい時間を過ごしているのだろう。そう思うと気持ちが落ち着かなくなり、急いで裏門へ向かった。ふと見ると、誰かが裏門の前に自転車を停めている。それは老克臘だった。足長が声を掛けようとしたとき、老克臘は中に入り、そっと裏門を閉めた。足長は考えた。あいつはなぜ、裏門の鍵を持っているんだろう？いくら鈍感な彼でも、やはり何かおかしいと気づき、呼びかけることはせずに裏路地を出た。

表に回って再び見上げたとき、王琦瑶の家の窓は暗くなっていた。腕時計を見ると、ちょうど十二時だった。平安里にもう明かりは灯っていない。家屋のでこぼこしたシルエットが夜空に浮かんでいた。今夜は何か気味が悪い。この都市の夜のことを熟知しているつもりだった足長も、底知れぬ闇に気づいた。何かに押しつぶされそうで、気持ちが動揺した。建物の間に見える狭い夜空に、化け物がひそんでいる。不吉な予言の言葉も聞こえた。足長は、この都市に違和感と戸惑いを感じた。

車も人も通らない十字路で信号が点滅しているのは、誰かに操られているからだ。たまに道を急ぐ人がいると、かえって恐ろしくなり、すぐに立ち去ろうとした。足長は思った。自分はこの夜という網に捕らえられた魚だ。逃れようとしても逃れられない。それは悪夢のような記憶だが、足長は忘れっぽいので、朝起きたときには跡形もなくなっている。次の夜は、いつものように楽しかった。友だちと一緒にいるのはすばらしいことだ。ネオンまでが歌いながら踊っていた。

これは春節前のことだった。正月の二日、彼らは王琦瑶の家に集まった。老克臘と張永紅の舌戦に気を取られ、足長はあの日に目撃したことを忘れてしまった。この春節は足長も大変で、それどころではなかった。正月二日に食事をしたあと、正月三日に彼は姿を消した。みんなには、香港へ行き従兄弟たちと会うと伝えた。張永紅は、彼が香港で最新流行の服を買ってきてくれるのを期待していた。ところが、実際はどうだったのか？

足長は寒風の中、三輪トラックに乗って、洪沢湖《ホンゾー》（江蘇省北西部の淡水湖）へ水産物の仕入れに向かっていた。工場から支給されたコートを羽織り、手は袖の中に突っ込んでいる。ほかの車が次々に追い抜いて行き、大きなヘッドライトの光が、荷台でうずくまっている男たちを照らし出した。トラックのエンジンの音に、甲高いクラクションの音が混じる。道端に横転した車が現れ、無表情の男がそばに立っていることもあった。

ここはまったく別世界だ。空は広大で、大地も広大だった。人間は天と地の間を這い回る虫けらで、すぐに踏みつぶされる。人間はこのような環境の中で、簡単に亡命したくなり、人生の目標を失ってしまう。水産物の仕入れはリスクの高い商売で、一寸先は闇だ。足長は最後の持ち金をこれに賭けた。まさに背水の陣である。もし失敗すれば、上海に帰って仲間たちに会うことも、張永紅に会うこともできなくなる。

このとき、上海では彼が香港へ行ったという噂で持ち切りだった。噂は広まるにつれて尾ひれがつき、事実と違ってしまうところが恐ろしい。足長はもう帰ってこないだろうと言われていた。従兄弟が彼の移民手続きをしているらしい。彼が正式に遺産を相続すると言う者もいた。だとすれば、帰ってきたとしても、彼は別人になってしまうだろう。張永紅は少し不安になり、彼がいなくなってからの日にちを数えた。彼女はふと、自分の年齢を考えた。とっくに結婚適齢期を迎えている。この一年、しだいに足長だけを唯一の候補者と考えるようになっていた。彼女は自分の将来を思い、足長のことを心配した。

数日が過ぎても音信はなく、デマが飛び交ったため、彼女はいても立ってもいられなくなった。ある日、彼女は気晴らしに、王琦瑶の家へ行った。裏門に着いたとき、ちょうど老克臘が出てきたので、彼女は尋ねた。王琦瑶さんはいる？　老克臘はいるともいないとも言わず、逆に尋ねた。もしよかったら、一緒に食事をしないか？　張永紅は思った。気晴らしになれば、それでもかまわない。それで、彼のあとについて弄堂を出た。

二人は遠くへは行かず、隣の弄堂の「夜上海《イエシャンハイ》」（茂名路にあるレストラン）に入り、店の隅の静かな席にすわった。張永紅は、老克臘に足長のことを聞かれると思った。どう答えればいいだろう。ところが、老克臘は聞こうとしない。彼女は心の中で感謝したが、不服でもあった。一歩譲られたような気がして、わざと足長のことを語り始めた。彼は香港で忙しいみたい。はがきが一枚来ただけよ。老克臘は、それを聞いて言った。足長は香港へ行ったのかい？　老克臘は知らなかったのだ。張永紅は余計なことを言った自分を責め、ばつが悪くなった。

老克臘はそれに気づかず、何を注文しようかと彼女に相談した。そのとき、いくつものテーブルを越えて、誰かが彼らの席の前までやってきた。顔を上げると、それは王琦瑶だった。彼女は髪を整え、薄化粧をしていた。髪を後ろにまとめ、緑色の薄手の綿入れを着て、見るからに若々しい。彼女は、ニコニコして言った。偶然ね！　ここで、あなたたちに会うなんて。張永紅は事情を知らなかったが、何となく不都合を感じ、胸がドキドキした。老克臘は狼狽し、顔色が変わった。一瞬言葉に詰まったあと、彼は言った。どうぞ、すわってください。王琦瑶は言った。お邪魔するつもりはないわ。そう言うと、反対側の窓に面した一人掛けの席にすわった。そして振り返り、二人に微笑みかけた。

こうして、彼らは別々の席についた。しだいに客が増え、彼らの間のテーブルも埋まって、視線がさえぎられた。だが、それは関係ない。お互いに、他人は目に入っていなかった。反対側のテーブルの相手のことだけが気がかりだった。

このときの食事について、彼は何も覚えていない。何を食べたのか、何を話したのか、店の人たちが何をしていたか、まったく記憶になかった。「夜上海」を出て、大通りに出ると、車も人も往来が激しく、ますます呆然としてしまった。張永紅とどのように別れたかも思い出せない。それぞれ、別の方角へ向かった。彼はしばらくぶりに、仲間たちのところへ行くことにした。日曜日の午後に仲間がどこで何をしているか、彼は知っていたので、その場所へ自転車を走らせた。案の定、仲間たちがいた。どこかのホテルの温水プールへ遊びに行くところだった。彼も仲間に加わった。若い男女、五、六人が一緒に出かけた。

プールには霧が立ち込めていて、人も物もぼんやり霞んでいる。声もはっきりせず、屋根に反響していた。彼はプールで何往復か泳いだ。水中メガネを通して、青い水の流れが見える。体が水を切って行く感覚は気持ちよかった。自分の体のエネルギーと弾力を実感できる。彼は仲間たちから離れ、一人で深いプールで泳いでいた。楽しそうな声が聞こえてきたが、自分とは無縁の世界のようだった。体の中の不純なものが、泳ぐことで浄化され、精神も浄化された気がした。

プールから出て観光エレベーターに乗ると、もう外は夕暮れで、ちらほら明かりが灯っていた。上空から見たこの都市の表情は穏やかで、すべてを包み込んでいる。夕霞は光を失いつつ、温もりを振り撒いていた。彼は感動し、喜びの気持ちが沸き上がった。いくら四十年前にあこがれているとは言え、やはり老克臘の心は現代人の心なのだ。エレベーターが降下するにつれて、彼は落ち着きを取り戻し、わずかに親しみの感情だけが残った。このとき、彼は王琦瑶のことを思い出した。

彼女があの店の片隅にすわっていた姿が目に浮かんだ。彼の心は、わずかに震えた。彼は思った。そろそろ、ケジメをつけるときだ。

再び王琦瑶の家を訪れたのは、夕食のあとだった。王琦瑶は彼が来たのを見ると、立ち上がってお茶をいれた。湯飲みを彼の前に置いたとき、王琦瑶は穏やかな表情で、何もなかったかのようだった。彼はそれを見て半分安心したが、半分怪しいと思った。どこから話を始めようかと考えていたとき、王琦瑶はタンスの前へ行き、引き出しの鍵を開けて、中から彫刻のある木箱を取り出し、彼の目の前に置いた。彼はこの箱を見たことがあった。彫刻の模様を覚えていたし、その来歴も知っていた。ただ、いま木箱を取り出した意図はわからない。

しばらくして、王琦瑶は語り始めた。あれから歳月を経て、私は何もかも頼りにならないことがよくわかったわ。唯一の頼りはこれだと言って、彼女は木箱を指し示した。どうしようもないとき、これの存在を思うと安心できる。彼女は言った。この箱をあなたに預けようと思うの。私に残された人生は長くない。終わりがもう見えている。心配しないで。あなたに何年も迷惑をかけることはないから。ただ、そばにいてほしいの。それも、ほんのしばらくの間よ。あなたとのことがなければ平気だったけど、こうなった以上は、あなたを失うわけにいかない。心が空っぽになって、私には何も残らなくなるから。

彼女の話は、しだいに支離滅裂で早口になった。顔に笑みを浮かべたまま、涙を流していた。涙の量はわずかで、左目だけ、あとは涸《か》れてしまったようだ。彼女は語りながら、木箱を彼のほうに押しやった。彼はそれを押し戻した。彼女の力を感じて、やむを得ず彼も手に力を込めた。彼女は言った。いらないの？　この中に何が入っているか、知らないんでしょう。開けて見せてあげるわ。そして、蓋を開けようとした。彼は王琦瑶の手を押さえつけた。彼女の手は冷たかった。彼は思わず、その手を握りしめ、涙を流した。胸が張り裂けそうだった。どうして、こんな展開になってしまったのだろう。

王琦瑶は手を振りほどき、どうしても箱を開けようとする。彼女は言った。中身を見たらきっと喜んで、私の提案はもっともだと思うはずよ。これは私の誠意なの。すべてをあなたに捧げるわ。ほんの数年の時間を私にくれてもいいでしょう？　王琦瑶の言葉は刃物のように、彼の胸に突き刺さった。彼は何も言えず、ただ涙を流していた。

彼は思った。今日はもう来るべきではなかった。王琦瑶の哀れさは、彼の想像を超えていた。四十年にわたってロマンスを求めたあげく、このように哀れな結末を迎えている。彼は、彼女が最も輝いていた時代に間に合わず、彼女の人生の終盤に立ち会うことになった。何という運命のいたずらだろう。最後に、彼はどうにか逃げ出した。たった一日のうちに、彼は二度、ここからやむを得ず逃げ出した。彼の手にはまだ、王琦瑶の手の冷たさが残っていた。死が間近に迫っているような感覚だ。彼は思った。もう決して、ここへ来てはいけない！

春が容赦なくやってきた。春雨が降りしきり、暖気が霧となってこの都市を覆った。街にあふれる傘は、雨の中に咲く花だ。傘をさして歩く人たちの足取りは慌ただしかった。ようやく足長が帰ってきた。今回はすいぶん長く留守にしたので、すでに彼に関する噂も終息していた。張永紅は待ちくたびれて、もし老克臘が暇つぶしに付き合ってくれていなかったら、どうやって日々を過ごすか、途方に暮れていただろう。

張永紅は多少なりとも、老克臘に気持ちが傾いていた。だが、彼女は賢いので、老克臘の本当の気持ちを見抜いた。彼は難しい悩みごとを紛《まぎ》らわすために、彼女を誘っているにすぎない。彼女は、それを口に出さなかった。こういう彼女の察しのよさに、彼は好感を持った。ただし、それは男女間の好感ではない。だから、彼女も早々に変な考えを起こすことはやめた。

ある日、彼は彼女に頼みごとがあると言った。彼女がどんなことかと尋ねると、彼は二本の鍵を取り出して言った。今度、王琦瑶の家へ行ったら、これを渡してほしい。張永紅は言おうとした。なぜ、自分で渡さないの？　口元まで出かかった言葉を飲み込み、彼女は推測した。老克臘と王琦瑶の間に、何かあったのではないか。だが、勝手に想像をたくましくするわけにはいかないし、どう考えてもあり得ない話だ。その上、自分もいま悩みごとを抱えていて、他人の心配をする余裕はなかった。彼女は鍵を受け取ってバッグに入れ、老克臘と食事をしたあと別れた。

張永紅は帰りに平安里を通りかかり、弄堂に入って鍵を届けようかと思ったが、王琦瑶の家の窓が暗かったので、また日を改めることにした。その後の数日は、鍵のことを忘れていた。思い出した日には用事があり、翌日行くことに決めた。ちょうどその翌日、足長がひょっこり現れた。

足長は張永紅にフランスの化粧品、それにつばの狭いフェルトの帽子を持ってきた。二人は「夢《モン》咖啡《カフェ》」（錦江飯店内のカフェ）へ行き、ロウソクが灯っているテーブルについた。張永紅は留守中の話をたくさんしたが、足長は無口で、少し上の空だった。彼の目に映る張永紅は、山河を隔てているかのようで、現実の人間とは思えない。ロウソクの光を見ても、おしゃべりを聞いても、酒を少し飲んだせいで、すべてが虚《うつ》ろだった。光と色が混じり合い、ぼんやりと輝いている。足長自身は、その輝きからはずれた暗がりにいて、どうしても姿が見えない。自分を見失ってしまったような気がした。ここは「夢咖啡」という名に相応しい、我を忘れる場所なのだ。

足長はしだいに興奮してきて、香港のことを語り始めた。頭が冴えて、目の前に香港がはっきりと浮かんだ。彼は張永紅に、あれこれ説明した。ここ数日、たくさん貴重な経験をしたよ。すばらしい将来も、目の前に浮かんできた。彼は結婚という、めでたい言葉も口にした。彼は言った。ぼくたちの結婚式は、タイのバンコクで挙げよう。あるいは、アメリカのサンフランシスコでもいい。どちらにも、ぼくの父親の豪華な別荘があるから、好都合だ。

張永紅も胸がときめいて、目に涙を浮かべた。現実的な考え方をする彼女でも、このカフェの夢のような雰囲気には勝てなかった。ロウソクは水の上を漂っていて、沈まないし、燃え尽きることもない。融けたロウが一か所に集まり、固まって、夢のような炎の燃料となる。

その夜、この久しぶりに再会した二人は、どれだけ酒を飲んだかわからない。最後に勘定を済ませ、席を立とうとしたとき、張永紅はふと思い出し、バッグから二本の鍵を取り出すと、笑いながら言った。おかしいと思わない？　老克臘がこの鍵を王琦瑶に渡してほしいって、私に頼んだのよ。自分で行くのが都合悪いみたいなの。足長は鍵を手に取って見て、ハッと思い、酒が半分醒めた。張永紅は言った。私もあの人の家には行きたくない。あの人が機嫌を悪くしてるのかどうか、知ったことじゃないわ。そして、「夜上海」での出来事を足長に語った。足長は話に耳を傾けず、ひたすら鍵を観察していた。すると、張永紅が言った。あなたから渡してちょうだい！　彼は承諾し、鍵をポケットに入れた。その後、二人は「夢咖啡」を出た。

張永紅を家まで送ったあと、彼は一人で自転車を走らせ、気がつけば王琦瑶の家へ向かっていた。弄堂に入ったとき、あの日のことを思い出した。前方にまた老克臘が現れ、裏門の中に消えた気がした。足長は裏門の前で自転車を下りず、足を地面につけた状態で鍵を取り出した。そのうちの一本を鍵穴に入れると、すんなりと回転した。その後、彼は鍵をまた逆回転させて抜き出した。星も月もない夜だったが、どこかに光がある。彼は古びた扉の木目と亀裂をはっきりと目にした。この都市は、真っ暗闇になることがない。夜通し消えない明かりがあることは、想像がつくだろう。ひと晩じゅう眠らない人たちも、たくさんいる。だから、どこかに光があるのだ。彼は鍵を手にして、弄堂を出た。王琦瑶の家の窓は暗かった。

翌日の午後三時ごろ、足長は化粧品をひと箱持って、王琦瑶の家を訪れた。階段を上がると、強烈な漢方薬の匂いがした。その後、彼は台所のコンロに薬を煎じる土瓶がかかっているのを見た。王琦瑶は昼寝をしていたが、彼がやってきたので起き上がった。足長は彼女の青白い顔に気づき、どこか具合が悪いのかと尋ねた。王琦瑶は、胃の調子と肝機能がよくないのと言いながら、お茶をいれに行こうとした。足長はそれを押しとどめ、自分でいれると言った。そして、漢方薬の土瓶を運んでこようかと尋ねた。王琦瑶があと十分ほど煎じなければならないと言ったので、足長はようやく腰を下ろした。

しばらく健康の話をしたあと、香港の話をしているうちに、十分が経過した。彼は立ち上がり、台所へ行って火を止め、薬を茶碗に注いだ。あやうく火傷しそうになりながら、真っ黒な液体の入った茶碗を捧げ持ち、王琦瑶の枕元まで運んだ。彼女は薬を飲んだあと、口直しに飴をなめた。そこで足長は、二本の鍵をテーブルの上に置いて言った。老克臘に頼まれて、届けにきました。その鍵を見て、王琦瑶は「あっ」と声を上げ、飲んだ薬を飴と一緒に茶碗にもどしてしまった。

足長は慌てて立ち上がり、駆け寄って彼女の背中をトントンと叩き、横になるのを手伝った。王琦瑶は、笑みを浮かべて言った。まったく、お恥ずかしいわ。ごめんなさいね。今日はお相手できないから、また来てちょうだい。足長は言った。他人行儀なことを言わないでください。こんなに具合が悪いんだから、付き添いが必要でしょう。足長はそばにいて、彼女の話し相手になった。

夕方になると彼は台所へ行き、食事の用意をしようと思った。だが、ガスコンロの前に立ったままで、どうすればいいのかわからない。そのとき、王琦瑶が無理してやってきて言った。やはり、私がやるわ。足長は、気持ちはあっても力が及ばない。仕方なく、そばで助手を務めた。間もなく、麺が二人前と足長のための鯗魚肉餅《シアンユイロウビン》（魚の干物と豚肉を細かくして小麦粉などと混ぜてこね、蒸した食品）が出来上がった。

王琦瑶は麺だけを食べた。半分まで食べたところで、彼女の顔色は少しよくなった。元気も出たようで、部屋を見回して、苦笑しながら言った。ねえ、見てよ。私が病気になったら、部屋じゅうに埃が積もって、私を埋めようとしてるみたい！　足長は言った。埃なんか、すぐに払えますよ。そう言ったあと、本当に布巾を持ってきて埃を拭いた。ひと通り拭くと、部屋はピカピカになった。さらにテレビをつけ、音楽が流れ出したので、部屋は活気を取り戻した。

その後の数日、足長は朝早くやってきて、心をこめて王琦瑶に奉仕した。彼が頑張っている様子を見て、王琦瑶は思った。どうして、こんなに尽くしてくれるのだろう。いや、理由などないはずだ。そして、彼女は自嘲気味に思った。理由はどうでもいい。いずれにせよ、気分がすぐれないときに、足長がやってきて付き合ってくれることに彼女は感謝した。そこで、彼が退屈しないように、適当な話題を見つけて雑談をした。足長は話に引き込まれ、ますます機敏にあれこれ仕事を片付けながら、もっと聞きたいという様子を示した。彼女は話し疲れたので、今度は足長に最近の話題を聞かせてほしいと言った。

足長はいろいろ話すうちに、闇の金相場のことに言及した。いま、闇の金相場は高騰し、国の公定価格の何倍にも跳ね上がっている。王琦瑶は言った。でも、それは違法でしょう？　五〇年代なら、個人が金の取引をすれば銃殺だったわ。足長は笑って言った。役人は放火してもかまわないけど、庶民は明かりを灯すことも許されないってわけですね。ダフ屋にしても、国家がやるのは大っぴら、個人ができるのはささやかなものでしょう。王琦瑶も笑った。あなたの言うことには、一理があるわね。

足長は言った。何事も時代によりけりです。いまは自由化の傾向にあるけど、いつまた国家が引き締めに転じるかわからない。王琦瑶は尋ねた。あなたは、どうすればいいと思ってるの？　足長は言った。ぼくが言いたいのは、もし手元に金があるなら、いま現金化するのがいちばんだということです。王琦瑶は言った。そのとおりだけど、いま金を持っている人なんているかしら？　足長は言った。ぼくに言わせれば、百人に一人が金製品を持っている。「文化大革命」で家宅捜索が行われたとき、人力車の車夫でさえ少しは金を隠し持っていたんだから！　王琦瑶は笑って言った。私も人力車夫だったらよかったわ。それを聞いて、足長も笑った。この話題はそこまでで、別の話が始まった。

数日のうちに、王琦瑶の体は徐々に回復し、元気も出てきた。彼女は足長に言った。しばらくパーティーを開いていなかったから、土曜日の夜に集まることにしない？　足長は、それはいいと言った。香港から帰ってきたあと、仲間たちと会っていないから、この機会は好都合です。王琦瑶は言った。食べるものは私が用意するから、あなたはみんなに連絡してちょうだい。足長は承諾して出て行ったが、階段口で振り返って尋ねた。老克臘にも声を掛けますか？　王琦瑶は言った。当然でしょう。まず彼に、声を掛けるべきよ。

その後、二人はそれぞれ準備を進めた。王琦瑶は体が弱っていたため楽をして、自分で料理を作らず、弄堂の入口に新しくオープンした個人営業のレストランで料理を注文し、届けさせた。自分で用意するのは飲み物と菓子類だけでよかった。その日になると、家具を少し移動させ、テーブルクロスを交換し、生花を飾ったので、部屋は見違えるようになった。王琦瑶は、ふと思った。この部屋では、もう長いことパーティーを開いていない。その間に、出入りしていたのはあの人だけだ。今日はまた賑やかになる。

すべての準備が整っても、まだ午後三時だった。客も来ないし、料理も届かない。整頓した部屋は、ガランとしていた。一人ですわっている彼女の心の中も空っぽだった。太陽がガラス窓の外で、明るく輝いていた。土曜日の午後は子どもたちが休みで、弄堂の中で遊んでいる。歌声が聞こえてきた。新しい歌だけでなく、数十年にわたって歌い継がれている懐かしい歌もある。向かい側の家のバルコニーには、鉢植えの夾竹桃があり、緑の葉を伸ばしていた。ついに春が来たのだ。日が長くなり、太陽はなかなか沈まない。階段は静かで、人の気配がなかった。だが、弄堂の中では足音が響き、近づいてきたり、遠ざかって行ったりする。慌てる必要はない。賑やかな夜が待っていて、もうすぐやってくるのだ。

老克臘は来なかった。彼は理解していた。王琦瑶は、このパーティーを彼一人のために開いたのだ。行けば、耐えがたい思いをすることになるだろう。心が傷つくことになるだろう。これこそが、王琦瑶が彼のために用意した特別料理だった。彼はそれでも夜の十時ごろ、自転車に乗って平安里の近くをひと回りした。彼は知っていた。いまごろパーティーは最高に盛り上がっているはずだ。彼は弄堂の中に自転車を乗り入れ、王琦瑶の家の窓に揺れる明かりを見上げた。彼は知っていた。あれは電灯ではなく、ロウソクの明かりだ。彼はその窓を見つめたまま、数分間、ぼんやりしながら思った。これは、いつの光景なのだろう？　音楽も聞こえてきたが、やはり年代は不明だった。

彼は向きを変え、弄堂を出るときに思った。とにかく、自分はここへやってきた。これが彼女の求めに対する回答になるだろう。これは正式な別れだ。パーティーの賑わいが引き立て役となっている。彼は感情を表すことなく、その賑わいに背を向けて立ち去った。その賑わいの中心にいる彼女は鏡花水月のように、手を伸ばしてもつかめない。あの過ぎ去った美しい日々は、彼がいくら頑張っても永遠にたどり着けないのだ。

実を言えば、王琦瑶も彼が来ないことはわかっていた。今回の招待は言付けのようなものだ。彼を失うわけにはいかないこと、彼がいなければ、ほかの誰がいても意味がないことを示したかった。あれこれ忙しくして、いろいろな人と挨拶を交わしたのは、心の空虚を埋めるためだった。電灯を消してロウソクをつけると、華やかな時代がゆっくりと戻ってきた気がした。室内にいるのは若い人たちばかりで、歌ったり踊ったりしている。彼女も、時間が流れ去ったことを忘れた。みんなが、今日は本当に楽しいと言っている。いつの間にか夜が更け、十二時の鐘が鳴った。酒は飲み尽くされ、大きなケーキも切り刻まれた。仲間たちは別れを告げ、名残惜しそうに話をしながら、ぞろぞろと階段を下りて行った。

室内は静まり、最後に残った足長が後片付けを手伝おうとした。王琦瑶は言った。明日にしましょう。今日はもう疲れたわ。足長が出て行くと、王琦瑶はロウソクの火を吹き消した。屋内はシーンとして、階段も真っ暗になった。足長は「さようなら」と言って、そっと階段を下り、裏に回って門を閉めた。急に身震いして、彼は空を見上げた。いくつか星が出ていて、かすかな光を放っている。風はまだ冷たかった。彼は少し震えながら、自転車の鍵を開け、ふらふらと弄堂から出て行った。

その夜の賑わいは平安里に強い印象を残した。早寝を習慣にしている人たちは、夜通し明かりがついていたのだろうと思った。それは平安里において、尋常なことではない。夜の平安里に輝きが増した。目を覚ました人たちは、王琦瑶の部屋の窓を見た。準夜勤から帰宅した人も、夜勤に出かける人も、王琦瑶の家の窓を見て思った。まだ騒いでいるのか！　その後、眠る人は眠り、出勤する人は出勤した。

だが、それはまだ十二時のことだった。夜中の一時のことは誰も知らない。深夜二時、三時のことは言うまでもないだろう。二時、三時は最も平穏なときだ。虫けらでさえ、夢を見ている。この時間の眠りは充実していて、まったく外界の影響を受けない。一日の疲れが癒やされるときだった。淮海路の街灯は、ガランとした大通りを静かに照らしている。平安里の奥には、鉄製の覆いのついた街灯しかない。歳月を経て錆びつき、薄暗い光を放っていた。

まさにこの静まり返った時刻に、長々とした人影が平安里に現れた。それは足長の影だった。音もなく自転車を王琦瑶の家の裏門に停め、ポケットから鍵を取り出した。鍵が開いたとき、カチッという音がしたが、この世界の静けさを打ち破る心配はなかった。彼はつま先立ちして、猫のように一段ずつ階段を上がった。踊り場の窓から差し込む外の光が、彼を照らし出した。それはまるで、もう一人の足長だった。自分でも驚くほど敏捷で、積み上げられているガラクタにぶつかることなく角を曲がり、さらに階段を上がって行った。

彼はいま、王琦瑶の家のドアの前に立っていた。台所の戸が半分開いていて、光が漏れている。その光は、彼の影をドアの上に映し出した。これも別人の影のように見える。彼は立ち止まり、二つ目の鍵を取り出した。

ドアを押し開けると、床一面に月光が降り注いでいた。カーテンの花柄が光の中に浮かび上がっている。足長の気持ちは明るく、穏やかだった。月光に照らされたこの部屋を見るのは初めてだ。まるで別の場所のようだったが、彼は間違いなくここに足を踏み入れていた。壁際に置かれたクルミ材のタンスが目に入った。月光を浴びているタンスは、結婚を控えている花嫁のように見える。足長は喜びを感じた。まさにこれだ。このタンスは高貴さと神秘さをたたえて、自分を待っていてくれた。まるでデートのように、彼は感激し、胸が苦しくなった。

足長はドキドキしながら、タンスに近づいて行った。同時に、ズボンのポケットの中のドライバーに手を伸ばした。活躍の場を待ちかねていたドライバーがタンスの鍵穴に差し込まれた瞬間、パッと電灯がついた。足長は自分の影が壁に映るのを見て、不思議に思った。続いて、周囲のすべてが目に入った。それは見慣れた光景だった。彼はまだ、何が起こったのかを理解していなかった。ただ、不思議でならなかった。さらに彼は成り行きで、ドライバーをねじって、引き出しをこじ開けようとした。その音が尋常ではなかったので、彼はようやく驚いて振り返り、事態を確認した。

王琦瑶が服を着たまま、枕にもたれていた。彼女はずっと起きていたのだ。彼女にとって、それは耐えがたい夜だった。彼女は夜が明けるのをひたすら待っていた。空が明るくなれば、転機が訪れるかもしれない。さっき足長が入ってくるのを見たとき、彼女は少しも驚かなかった。どんなに奇妙な出来事も、夜間は目立たなくなる。どんなに怪しいことも、普通になってしまうのだ。だから、足長が引き出しをこじ開けようとしたのを見ても、彼女は別に何とも思わなかった。真夜中は異常なことが起こる時刻であり、経験を積んできた彼女は動じることなく、沈着冷静だった。

王琦瑶は、彼を見つめて言った。私は金製品を持っていないって言ったでしょう。足長は少し恥ずかしそうに笑い、彼女の視線を避けて言った。でも、みんなが言うんです。王琦瑶は尋ねた。みんなは何て言ってるの？　足長は言った。あなたは昔、ミス上海で、一世を風靡《ふうび》したそうですね。その後、お金持ちといい仲になって、全財産を譲られた。その男の人は台湾に渡ったが、いまだに毎年、アメリカドルを送金してくる。

王琦瑶は興味深そうに自分に関する噂話を聞き、先を促した。それから？　足長は続きを語った。あなたは、箱いっぱいの金製品を持っている。数十年間に使ったのは、そのうちのほんの一部にすぎない。定期的に中国銀行へ行き、現金化している。そうでなければ、どうやって生活を維持しているんですか？　足長は逆に尋ねた。王琦瑶は答えようがなく、しばらくしてから言った。まるで作り話ね。

足長は彼女に近づくと、ベッドの前にひざまずき、震える声で言った。助けると思って、少し貸してください。このどん底から這い上がったら、倍にして返すから。王琦瑶は、笑って言った。あなたでも、どん底に陥るときがあるの？ 足長は思わず、悲痛な声で言った。こうしてお願いしてるんだから、あなたを騙すわけがないでしょう？ おばさん、助けてください。おばさんが心やさしい人で、気前がいいことは、みんなわかっています。

王琦瑶は、さらに彼をいたぶるつもりだったが、何度も「おばさん」と呼ばれて思わずムッとした。彼女は顔を曇らせ、叱責した。誰があなたのおばさんなの？ 足長はベッドの縁に身を伏せ、王琦瑶の足をつかんで、もう一度懇願した。助けてください。借用書を書きますから。王琦瑶は、彼の手を押しのけて言った。私に頼まないで、あなたのお父さんに頼めばいいでしょう。みんなが言ってるわよ。あなたのお父さんは億万長者だって。あなたは香港から帰ってきたばかりじゃないの？

この言葉は足長の胸に刺さった。彼は顔色を変え、手を引っ込めたあと、立ち上がって膝の埃を払って言った。おやじは関係ない。貸してくれないなら、それでもかまわない。言い終わると、彼は戸口へ向かった。だが、王琦瑶が呼び止めた。このまま帰るつもり？ それは甘いわ。こんなお金の借り方はあり得ない。夜中に、こっそり忍び込むなんて。彼は仕方なく立ち止まった。

あたりが寝静まった深夜に、人の考えは少し異常になる。話す言葉も、つじつまが合わない。まるで茶番劇のようだった。もともと今回の事故は、何とか危機を脱したかに見えた。ところが、収束しかけたところで王琦瑶がストップをかけたため、また事態は継続することになった。足長は言った。どうしろと言うんだ？ 王琦瑶は言った。派出所に行って、自首しなさい。足長は、切羽詰まって言った。もし、行かなかったら？ 王琦瑶は言った。あなたが行かないなら、私が行くわ。足長は言った。証拠がない。王琦瑶は得意げに笑った。証拠はあるでしょう？　あなたは引き出しをこじ開けた。至るところに指紋がついてるはずよ。

足長はそれを聞いて、頭がガーンと鳴った。めまいがして、冷や汗がにじみ出た。彼はしばらく立っていたが、やがて顔に凶悪な笑みを浮かべて言った。どうやら、犯罪に手を出しても出さなくても結果は同じらしいな。それなら、いっそやってしまおう！　彼はすぐにタンスの前に戻り、引き出しから木箱を取り出した。王琦瑶は寝ていられなくなり、起き上がって木箱を奪いに行った。足長は身をかわし、木箱を背後に隠して言った。おばさん、何を焦っているんだ？　金製品はないって言っていたじゃないか。

今度は王琦瑶が慌てることになった。彼女は、汗を流しながら叫んだ。箱をよこしなさい。強盗！　足長は言った。強盗と呼ぶなら、強盗でもかまわない。彼の表情は厚顔《こうがん》無恥《むち》、そして残忍になった。王琦瑶が彼の手をねじると、彼はねじられたままで、決して箱を渡そうとしない。このとき、彼はすでに箱の重さを感じ取り、内心喜んでいた。やはり、無駄足ではなかった。王琦瑶は怒りで顔をゆがめ、血相を変えていた。彼女は、歯を食いしばって罵倒した。人でなし、この人でなし！　私があなたの本性を知らないと思ってるの？　これまでは、言わずにおいただけよ。足長はそれを聞いて心の中の喜びが消え、箱を置いて王琦瑶の首をつかんだ。彼は言った。もう一度、言ってみろ！　人でなし！　王琦瑶は罵倒した。

足長は大きな両手で王琦瑶の首を絞めた。彼は思った。なんと細い首だろう。ひからびた皮に包まれていて、まったく気持ちが悪い！　王琦瑶は抵抗し、また「人でなし」と叫んだ。彼は手の力を強めた。このとき、彼は王琦瑶の顔を見た。とても醜くて、うるおいがない。髪もパサついている。根元は白いのに毛先が黒々していて滑稽だった。

王琦瑶は口を動かしていたが、声は聞き取れなかった。足長は、何か物足りない気がした。手の力を少し使っただけで、まだ首を絞めた感覚がない。心の中に快感が沸き上がり、彼は再び手に力を加えた。首はぐんなりして、弾力を失った。彼は少し残念そうにため息をつき、手を緩めて、彼女をそっと寝かせた。

彼女をひと目見る気もなく、彼は向きを変えて箱を手に取った。彫刻の模様は富貴を象徴しており、高級品に違いない。彼はドライバーで、簡単に鎖をはずし、蓋を開けた。少しがっかりしたが、収穫がなかったわけではない。金製品を取り出し、ポケットに入れると、重みを感じた。彼はさっき王琦瑶が指紋のことを言っていたのを思い出し、すべての家具を布巾できれいに拭いた。その後、電灯を消し、そっとドアを出た。この大騒ぎにもかかわらず、月は位置を少し変えただけだった。まだ、二時か三時だろう。誰にも気づかれずに済んだ。ここで何が起こったか、知る人はいない。

ハトだけが見ていた。四十年前のハトの群れの子孫は、何世代にもわたって繁殖を続けてきた。その目に、すべてを収めている。クークーという鳴き声を聞いた人たちは夜、悪夢を見るのだ。この都市の多くの迷宮入り事件は、二時から三時の間に、この細長い弄堂の中で起きている。永久に解決することはない。

朝になり、ハトの群れは高く飛び立つとき、驚きの表情を浮かべていた。これらの無口な証人は両目を赤くして、心の中に事件の真相を仕舞い込んだ。ハトが鳴らす笛は明らかに、悲しみの叫びだった。だが、空が広大なので、さほど耳ざわりではない。ハトが鳴らす笛は明らかに、悲しみの叫びだった。抑揚のある歌声のように聞こえる。ハトが上空を旋回し、よそへ飛んで行かないのは、この都市の老化を憐れんでいるからだ。新しいビルが林立する中で、古い弄堂はまるで、海の水が退いたあと残骸をさらしている沈没船のように見えた。

王琦瑶が最後に見たのは、揺れる電灯だった。足長の腕がぶつかって、揺れ始めた。この光景は、どこかで見たことがある。彼女は必死で思い出そうとした。最後の一秒で、思考は時間のトンネルを抜け、目の前に四十年前の映画製作所が現れた。そうだ、映画製作所だ。三方に壁がある部屋に大きいベッドが置かれ、一人の女が横たわっている。頭上で電灯が揺れて、三方の壁に波紋のような影を投げかけていた。

彼女はようやく理解した。あのベッドの上の女は、殺されようとしている自分だったのだ。その後、ライトが消え、あたりは真っ暗になった。あと二、三時間で、ハトの群れが飛び立つ。ハトが小屋から空へと解き放たれたとき、彼女の窓のカーテンに躍動感あふれる影が映った。向かいの家の鉢植えの夾竹桃が、花を咲かせている。草花たちはまた、新たな栄枯盛衰を繰り返そうとしていた。

# 二十八年を振り返って——日本語版後記

『長恨歌』を書き上げたのは、一九九四年の年末だった。翌一九九五年、三回に分けて江蘇省の文学雑誌『鍾山』に連載された。同時に単行本も、簡体字版は北京の作家出版社、繁体字版は台北の麥田出版から刊行されている。しかし、期待したような反響はなかった。比較すると、台湾文学界のほうが好意的だった。『中国時報』文学賞を受賞し、『聯合報』年間優秀作品ランキングに入選した。これは、王徳威《ワン・ドーウェイ》（ハーバード大学教授）が「もう一人の張愛玲《ジャン・アイリン》」というタイトルの序文を書いてくれたおかげである。海外では、張愛玲作品がすでに何世代にもわたって読み継がれていた。また当時は、彼女の死を契機に新たなブームが起こったところだった。一方、内地ではまだ、張愛玲の名はほとんど馴染みがなかった。

二〇〇〇年に至って、『長恨歌』は再登場し、評論家や一般読者の目に触れるようになった。今度は、好調が持続した。私はひそかに、その要因は二つあると考えた。一つは、やはり張愛玲のおかげだ。中国大陸の人口は多い。何にせよ、知らなければそれまでだが、一度知ってしまうと大変なことになる。張愛玲人気は、あっという間にそれまでの海外での評価を上回った。もう一つは、中国作家協会の「茅盾文学賞」（長篇小説に与えられる賞）を受賞したことだ。「茅盾文学賞」の読者は、娯楽作品と純文学作品の中間を好む。映画のジャンルで言えば、「文芸映画」のような作品である。

このようにして、『長恨歌』は幸運に恵まれてきたのだった。

それ以前もそれ以後も、私の小説は映像化とほとんど無縁なのだが、『長恨歌』だけは例外だった。最初に舞台劇への脚色のオファー、続いて映画化やテレビドラマ化の話があった。何年かのちに、北京舞踊学院からラテンダンスの舞踊劇に脚色したいという相談もあった。この脚色は、思いのほかうまくいった。ラテンダンスは、もともと愛情を表現するために生まれたものだ。もちろん、『長恨歌』のテーマを愛情だけと解釈すれば、この作品を単純化してしまうことになる。しかし、舞踊劇は直観的な芸術なので、複雑な内容を取り入れるのは相応しくない。惜しいことに、このラテンダンスの舞踊劇は商業的な上演がかなわず、北京舞踊学院の学生たちの卒業発表という形で数回、上演されただけだった。

総じて言えば、ジャンルの異なる芸術形式で、小説の味をそのまま再現するのは不可能である。原作者と脚本家の違いのほか、機能面だけ見ても、小説はほかのジャンルより叙述性が強い。だから、脚色されるたびに、作者としては理解の「ずれ」を受け入れる覚悟をしなければならない。とは言え、脚色にもメリットがあり、作品の知名度を上げてくれる。私の全作品において、『長恨歌』はいちばん売れ行きがよかった。完成から今日までの二十八年間、読者の需要は衰えていないようだ。ベストセラーではないが、ロングセラーではある。時間は、ものを前へ推し進める力を持っている。二十八年間、この作品の名は絶えず多くの人に知られ、多くの人の印象に残ってきた。

しかし、言語の隔たりは大きな壁である。その壁を乗り越えるには、翻訳の力を借りなければならない。翻訳家は、無数の言語が交錯しているこの世界をつなぐ使者だ。彼らは、私たちが知らないことを教えてくれる。理解できないことを説明してくれる。はるか遠くにあったことが、翻訳家のおかげで身近な存在になる。

『長恨歌』の最初の翻訳はフランス語版だった。二人の訳者は師弟関係だという。私はフランス語がわからないので、訳文の質を判断できない。だが、出版後の反響からして、きっとすばらしい翻訳だったのだろう。まず、二人は翻訳賞を受賞した。次に、フランス語版の好評を見て、スペイン、イタリア、セルビアの出版社から版権のオファーがあった。さらに、何人かの旅行客が中国を訪れ、わざわざ私に会いにきた。これ以上、うれしいことはない。彼らは、ひと組の親子とその友人だった。父親と友人はラテン語の教師、息子はまだ大学生で中国語を勉強していた。彼らは、『長恨歌』と『長恨歌』が描く上海が大好きで、作品に登場する場所を巡回したと言った。

フランス語版のあと、アメリカでの翻訳出版は紆余曲折を経ることになった。当初、いくつかの商業出版社から出す可能性を探ったものの、難色が示された。分量が多すぎて、読者が最後まで読んでくれないことを懸念したのだ。冒険してみようという出版社もあったが、小説の冒頭の情景描写を削除するのが条件だった。冒頭の描写はまさに、フランスの読者が好んだ部分なのに。さらに、書名を改めることを要求された。例えば『ミス上海』などで、少なくともタイトルにセンセーショナルな言葉を入れたがった。さんざん回り道をしたあげく、結局ある大学の出版社から出すことになった。

さすがに英語人口は多いので、『長恨歌』の海外での知名度はますます上がった。しかし、やはり分量のせいで、ほかの言語の多くの翻訳家や出版社が計画をあきらめた。途中で放棄して、出版に至らなかったケースもある。二十八年が、あっという間に過ぎ去った。『長恨歌』という作品はとっくに過去のものとなり、私の手を離れ、独立した存在になった。

このたび、『長恨歌』は飯塚容先生によって日本語に翻訳され、間もなく日本の読者の目に触れる。そこで思い出したのだが、舞台劇『長恨歌』が初演されたころ、日本の前進座の一行が上海を訪問し、この作品を観劇した。二百分ほどの上演時間だったにもかかわらず、まったく退屈しなかったようだ。だから、私は期待をふくらませている。『長恨歌』は日本でも、きっと幸運に恵まれるだろう。

王安憶

二〇二二年九月　上海

## 『長恨歌』と王安憶について——解説

『長恨歌』は南京の文学雑誌『鍾山』の一九九五年第二期から第四期に連載、翌年二月に作家出版社から単行本が刊行された。その後は、南海出版公司版を経て、人民文学出版社版が版を重ね、現在も読み継がれている。王安憶《ワン・アンイー》は、これ以前に五本、これ以降に九本の長篇小説を発表しているが、その中で誰もが必ず代表作に挙げるのが『長恨歌』なのである。

### 王徳威の評価

『長恨歌』をいち早く評価したのは、王徳威《ワン・ドーウェイ》（当時はコロンビア大学教授、現在はハーバード大学教授）である。「上海小姐之死（ミス上海の死）」（香港天地図書版『長恨歌』序文、一九九六年）および「海派作家又見伝人（「海派」作家に継承者現る）」（『読書』一九九六年第六期）で、この作品を論じた。王徳威は、『長恨歌』を清末の長篇小説『海上花列伝』（韓邦慶《ハン・バンチン》著、上海の花柳界を描く）、民国初期に流行した通俗小説の「鴛鴦蝴蝶派」（張恨水《ジャン・ヘンシュイ》、周痩鵑《ジョウ・ショウジュエン》ら）、一九三〇年代のリアリズム作家・茅盾《マオドゥン》の長篇小説『子夜』（国際都市上海を舞台に民族資本家の台頭と没落を描く）、同じく一九三〇年代に「新感覚派」と呼ばれた作家たち（モダン上海を描いた劉吶鴎《リュウ・ナーオウ》、穆時英《ムー・シーイン》ら）、そして一九四〇年代に日本占領下の上海に登場した女性作家たち（張愛玲《ジャン・アイリン》、蘇青《スー・チン》ら）など、いわゆる「海派」（上海派）の伝統を受け継ぐものとして高く評価している。「上海小姐之死」から引用してみよう。

このような伝統の下で、『長恨歌』を書いた王安憶の抱負は容易に推察できる。生まれたのが遅く（一九五四年）、上海が最も輝かしかった時代には巡り会えなかったが、上海で生まれ育った彼女は、有利な条件を持っていた。一九四〇年代の繁栄に対する追想は、世紀末を迎える上海人を嘆かせると同時に、喜ばせるものだった。王安憶がミス上海コンテストを描いたのは、『海上花列伝』の妓女のランキングや名妓選出などの場面に対する敬意の表れにとどまらない。彼女が当時の上海の娯楽の魅惑的な風情を幅広く再現すると同時に、どんな華やかさも瞬時に消え失せてしまうことを示したのは、先見の明（あるいは後見の明？）があったと言うべきだろう。確かに、今日の上海はいかに化粧を施し着飾っても、それは過去の踏襲と名残にすぎない。

そして、王徳威が特に強調したのは、張愛玲との関連性だった。

王安憶の努力は、先輩である張愛玲への挑戦とならざるを得なかった。張愛玲文学の繊細さと

> 辛辣さ、華麗さと荒涼感は、一九三〇、四〇年代の海派のトレードマークである。『長恨歌』の第一部は、若き王琦瑶の成功と失敗を描いているが、張愛玲の影から抜け出すことができなかった。
> （中略）
> 『長恨歌』の第二部は、作品全体の精華と言っていい。解放後、王琦瑶は上海に戻り、平安里に身を寄せた。かつての佳人は落ちぶれたが、依然として限りない風情をたたえている。弄堂の奥、小楼の一角で、無私無我であるはずの社会主義体制下にもかかわらず、情欲のドラマが進行していた。（中略）
> 　小説の最後で、王琦瑶は情愛のためではなく、財産を守るため、非業の死を遂げる。この凶行の場面は衝撃的である。犯人が誰であるかは、ここでは伏せておこう。強調したいのは、情欲と物欲のもつれを処理する際、王安憶の手法は起点が張愛玲に近いのに、結論はまったく違うということだ。引き起こされる「悲しみ」は、読者に一銭の価値もない無念さを残す。

王徳威の評論は、あまりにも「海派」と張愛玲に寄せすぎた嫌いがあるが、『長恨歌』という小説を幅広い読者に喧伝する効果があったことは疑いようがない。

このあと、中国国内ではおびただしい数の『長恨歌』論が書かれ、現在に至っている。任于欣《レン・ユイシン》「二十一世紀以来王安憶『長恨歌』研究綜述」（『四川省幹部函授学院学報』二〇二〇年第四期）によれば、近年の研究は、海外における翻訳状況、海派文学としての特徴、叙述方法の分析、国内外の文学作品との比較、そして作品のテーマ（懐旧、宿命、女性）に関するものが多いという。

## 文学史上の位置づけ

発表から四半世紀を経て、『長恨歌』は文学史上においても重要な位置を占めることが公認されるようになった。例えば、洪子誠《ホン・ズーチョン》（北京大学教授）の『中国当代文学史』（邦訳は東方書店、二〇一三年）は、一九九〇年代の「長篇小説の隆盛」について述べる中で、余華《ユイ・ホア》『許三観売血記（血を売る男）』、林白《リン・バイ》『一個人的戦争（たったひとりの戦争）』、陳忠実《チェン・チョンシー》『白鹿原』、賈平凹《ジア・ピンアオ》『廃都』、張承志《ジャン・チョンジー》『心霊史』、張煒《ジャン・ウェイ》『九月寓言（九月の寓言）』、王安憶『長恨歌』、莫言《モー・イエン》『豊乳肥臀』、韓《ハン・》少功《シャオゴン》『馬橋詞典』、李鋭《リー・ルイ》『無風之樹（無風の樹）』、格非《ゴー・フェイ》『欲望的旗幟』、阿来《アーライ》『塵埃落定』、史鉄《シー・ティエ》生《ション》『務虚筆記』、閻連科《イエン・リエンコー》『日光流年』の十四作品を列挙した。遅ればせながら、『長恨歌』はこの中で九番目の邦訳刊行となる。

洪子誠は『長恨歌』について、以下のように述べている。

> 「長恨歌」は上海の路地裏に生きる少女王琦瑶の四〇年の運命の浮き沈みを描いたものだ。彼女の経歴はこの都市の特殊な風情とその変化の盛衰とに繋がっている。この小説は以下のような時代に「生長して」いる。それは、上海が多国籍市場の資本主義のグローバリゼーションの波にの

まれようとしている時代である。そこでは上海の旧時代の物語が再発見され語られ、また同時にかつて上海を語った張愛玲も発見される。退廃と衰敗、繁華の後の物淋しさ——それがまた多くの人々を魅了する美的経験となりはじめているのである。「長恨歌」の中で、王安憶は「通俗的」恋愛小説に近い語りの方式を用いたが、悲劇的結末と作品をおおう運命の悲劇の雰囲気は、頑として「情愛」の物語と距離を置いていることを示している。(岩佐昌暲、間ふさ子編訳)

さらに、近年は許子東《シュイ・ズードン》(香港嶺南大学教授)が『重読二十世紀中国小説』(上海三聯書店、二〇一二年)という著書の中で、『長恨歌』を取り上げている。この著書は、一九〇二年から二〇〇六年までの中国小説史に残るべき重要作品を論じた概説書で、一九九〇年代の小説は、陳忠実『白鹿原』、余華『活着(活きる)』、賈平凹『廃都』、王小波《ワン・シアオボー》『黄金時代』、王安憶『長恨歌』の五作が選ばれた。

許子東はまず、「これは一九四九年以降において最も著名な大都市を描いた文学作品であると同時に、中国当代の女性文学の代表作の一つである」と述べた上で、『長恨歌』の文体の特徴を指摘する。彼はこれを「評論叙事文体」と名付けた。

王安憶の小説、とりわけ『長恨歌』は独特な叙述文体で書かれており、大部分の同時代の小説、さらには「五四」〔中華民国初期〕や「十七年」〔中華人民共和国建国期〕の小説とも異なっている。このような「評論叙事文体」には、三つの特徴がある。第一、人物の対話や動作を通じた叙述を中心としない。むしろ、叙述者が直接、人物の状態を評論する。第二、「評論叙事文体」は、人物の境遇の矛盾を特に強調する。第三、「評論叙事文体」は、抽象から具象へ至るために、何度も言葉を重複、旋回、並列させる。

第一部冒頭の上海の町の描写で明らかなように、このような叙述法によって、『長恨歌』は単に王琦瑶という女性の一生を描くだけではない、スケールの大きい小説となった。続いて許子東は、一九四〇年代の繁華な上海を描いた第一部、一九五〇年代の日常生活を描いた第二部、一九八〇年代のオールド上海の夢を描いた第三部の内容を簡単に紹介している。中でも第二部については、「小説の第二部には旧社会のようなきらびやかな繁栄はないが、『長恨歌』の中の精髄であると同時に、ヒロインの生活が最も安定していた時期である」と述べており、王徳威と同様に第二部に高い評価を与えた。最後に、許子東は『長恨歌』のテーマについて、以下のようにまとめている。

伝統的な文学理論に照らせば、王琦瑶の性格は内的矛盾にあふれているだけでなく、物語と時代の進行とともに変化している。一九四〇年代の虚栄の繁華、一九五〇〜六〇年代の困窮と苦難、一九八〇年代のロマン的悲劇、このうち少なくとも前の二つの時代は、明らかに上海の町を描いている。虚栄の繁華は中国における資本主義の脆弱さを暗示した。困窮と苦難は解放後の小市民たちの上海が、依然として国家経済の支柱であったことを象徴している。最後の結末は経済の復興なのか、それとも文化の衰退なのか？　現代性の悲劇的予言なのか、それとも上海が女性的な退廃、頑強、ロマンに運命づけられていることを強調しているのか？　当然、そこには異なる読み方をする余地が残されている。

このような評論家の解説に導かれながら、『長恨歌』は今後も新たな読者を得ていくのだろう。

## 日本における研究

さて、『長恨歌』に関しては、日本の研究者による論文も、合わせて四本発表されている。阪本ちづみの「王安憶『長恨歌』――可愛的上海小姐」（『季刊中国』第五三号、一九八八年六月）は、この小説に描かれる「上海ノスタルジア」を象徴するアイテムについて具体的に検証する一方、王徳威の評論を引きながら、本作が「海派」文学の系譜に連なることを確認している。そして、最終的に以下のような結論にたどりついた。

伊藤整は、近代日本の作家が個人の人間性を重んじるひとつのあらわれとして、会話文を地の文と区別した点が重要だと指摘しているが、その点からいうと、王安憶は、文体の上からは王琦瑶の無名性をきわだたせたといえるのだろう。そして、王琦瑶の無名性を描いたということは、近代の自我、個人とは無関係な女性を描いたといえるのではないだろうか。近代的個人が登場しないことによっては近代的《ママ》恋愛、今世紀の小説家が追い求めてきたロマンチック・ラブの神話はここにみごとに解体されるのではないだろうか。『長恨歌』という題名を、この小説はみごとにうらぎったのである。この小説は脱恋愛小説であり、「モダン上海」を描いたポストモダン小説なのかもしれない。

劉怡《りゅうい》の「王安憶の描く上海―『長恨歌』を中心に―」(『人文学報』第三三一号、二〇〇二年三月)は、上海を舞台とする『長恨歌』の物語の中に、「女性」と「都市」というテーマを中心に小説を創作しようとする王安憶の意志を読み取り、時代を追いつつ作者の上海と女性に関係する認識を解明した。以下のような指摘は、いずれも妥当なものだと思われる。

物語は抗日戦争の終結直後の一九四五年から始まり、一九八六年に主人公の王琦瑶が殺される悲劇的な場面で結ばれている。その四十年の間、上海では様々な大きな事件と変動が発生したが、王安憶は歴史的な事件を表に出さず、王琦瑶の一生を通して上海の変遷を語っている。彼女は歴史的な事件と「距離」をおきながら、淡々とした口調で一人の女性の一生と彼女の生きた都市上海を描き出している。(中略)

深層の社会構造を表層的な世界から捉えることが『長恨歌』の方法であろう。王安憶は『長恨歌』の中で細部の描写に力点を置き、都市の微妙な変化を通して時代の変遷及びその変遷の中で生きている人々を描き出そうとする執着を示している。（中略）

一般的に、建築からみたモダン上海の象徴はバンド（外灘）の建築であり、旧フランス租界の高級住宅である。しかし、王安憶はこの上海における特有な弄堂とその風景を小説の大きな背景として設定している。恐らく王安憶は、弄堂生活を特徴とする市民文化を上海文化の最も代表的な部分として見なしている。

杉江叔子の「王安憶『長恨歌』――ユゴー『ノートル＝ダム・ド・パリ』の影響を中心として」（『多元文化』第六号、二〇〇六年三月）は、タイトルにある通り、王安憶作品とユゴー作品を場所愛という観点から比較して論じた。王安憶自身、『長恨歌』はよく張愛玲からの影響を指摘されるが、その事実はないと述べた流れで、「実際のところ、誰の小説に似ているかというと、『長恨歌』は多少、ユゴーが描くパリをまねています。私は『ノートル＝ダム・ド・パリ』が大好きなのです」と語っている（「王安憶説」『南方週末』二〇〇一年七月一二日）。したがって、この比較は根拠のないことではない。次のような分析には一定の説得性がある。

ノートル＝ダム大聖堂が、時代の変遷を経て外見がめまぐるしく変わろうとも、内なるものは変わらないという点に、王安憶は上海の弄堂を重ね合わせ、『長恨歌』を描く際に、ユゴーの描くノートル＝ダム大聖堂の描写に影響を受けたのではないだろうか。

松村志乃の「王安憶の「上海」――『長恨歌』を中心に」（『中国研究月報』第七六五号、二〇一一年一一月）は、作品発表から比較的長い時間がたったあとの論考なので、『長恨歌』の読まれ方を視野に入れたテクスト分析になっている。結論は二つある。一つは、都市化現象の進む上海で失われつつある王安憶の「原風景」としての上海が、王琦瑶の生活を通して描かれているということだ。

『長恨歌』の「王琦瑶」は、あくまで「女性の形象」によって表現される作者王安憶の「心の中の上海」なのだ。「光」と「闇」に彩られた上海を生きる王琦瑶は、「心の中の上海」を体現した人物である。「典型的な上海弄堂の娘」でありながら、上海の「光」とされる「老上海」時代の華やぎを生き、後には上海の「闇」とされる上海の弄堂で生活する。

もう一つは、一九四〇年代の「老上海」を象徴する王琦瑶の死は、一九九〇年代に広く流行した「老上海」ブームのあり方に警鐘を鳴らすものであったという分析である。

『長恨歌』は「老上海」の美しい物語が、最終的に悲惨なまでに打ち崩される姿を書くことで、「老上海」ブームに一石を投じたのみならず、平板化した上海イメージを定着させる「老上海」ブームに対し、奥行きを持つ「上海」を展開して見せた。

なお、松村には、王安憶の創作の全体像に迫る著作『王安憶論　ある上海女性作家の精神史』（中国書店、二〇一六年）もある。

## 王安憶が語る『長恨歌』

以上、中日両国の研究者による『長恨歌』批評を見てきたが、王安憶本人はこの小説について、どんなことを語っているのだろうか。

まず、この作品のテーマについては、「都市」を描いたのだと断言している。

『長恨歌』は、とてもとても写実的な作品です。その中で私は、一人の女性の運命を描きましたが、事実上、この女性は都市の代弁者にすぎません。私が描いたのは、実のところ、都市の物語なのです。（斉紅《チー・ホン》、林舟《リン・ジョウ》によるインタビュー、『作家』一九九五年第一〇期）

「女性を通して都市を表現するということですか?」という問いかけに対しては、さらに次のように答えている。

そんなに簡単なことではありません。私たちは「~を通して~を表現する」という言い方に慣れてしまっていますが、そんなものではないのです。私は直接、都市の物語を書きました。この女性は、この都市の影なのです。だから、みなさんはこの小説を読むと奇妙な感じがするでしょう。私は飽きることなく、この都市を描写しました。この都市の街道、雰囲気、思想と精神を書きました。女性を通して描いたわけではなく、直接表現したのです。

いわゆる「上海ノスタルジー」についても、明確に否定している。

『長恨歌』がノスタルジーに最も多くの資料を提供するのは、一九四〇年代を描いた第一部でしょうが、それはすべて虚構です。私はその時代を実際に経験したことがありません。心理的にノスタルジーを抱くこともありません。私はただ、王琦瑶のわずかな幸せの日々のために、華やかな舞台を作っただけです。(王雪瑛《ワン・シュエイン》によるインタビュー、『新民晩報』二〇〇〇年一〇月八日)

したがって、張愛玲の影響を指摘されることに対しては、当惑を感じているようだ。

似ているところはあると思いますが、それほどでもありません。似ているのは二点です。一つは上海を書いているからで、誰もが容易に私と張愛玲の関係を連想します。もう一つは写実的な手法で、やはりみんなが私たちを結び付けようとします。私個人が好きなのは、張愛玲の世俗性です。（劉金冬《リウ・ジンドン》によるインタビュー、『鍾山』二〇〇一年第五期）

むしろ、『長恨歌』執筆の直接の契機は、新聞の三面記事だったという。

ずっと前に、私は小型新聞で、ある記事を読みました。かつてのミス上海が若い男に殺されたというのです。若い男がなぜ彼女を殺したのか、私はもう覚えていません。けれども、その記事を読んだときに感じた物寂しさは、まだ記憶に新しいのです。私は、いつかそのことを書こうと思いました。『長恨歌』の執筆当初、私はこの都市に秘められた話をたくさん書くつもりで、散文的にちりばめる手法を取ろうとしました。そして最後に、何年も前に読んだ例の記事を思い出したのです。私はその人物を書くことに決めました。それが王琦瑶なのです。（王雪瑛によるインタビュー）

『長恨歌』というタイトルについては、同じインタビューで以下のように語っている。

『長恨歌』のタイトルを私は一日じゅう考え、思いついたあとは大変満足しました。『長恨歌』は、数十年にわたって演じられた悲劇という意味で、とても相応しいものです。

こうして本作が完成してから二十八年、現在の王安憶の心境は今回執筆してもらった「日本語版後記」に述べられている。その文中に言及のある舞台化、映画化、テレビドラマ化について補足しておこう。

舞台化は二〇〇三年、上海話劇芸術センターが手がけた。脚本は趙耀民《ジャオ・ヤオミン》、演出は蘇楽慈《スー・ローツー》が担当している。主演は張璐《ジャン・ルー》だった。その後、再演を重ね、二〇一八年からは主演が朱杰《ジュー・ジエ》（二〇一九年版は沈佳妮《シェン・ジアニー》）、演出が周小倩《ジョウ・シアオチエン》に交代した。コロナ禍を挟んで、二〇二一年にも再演されているから、興行的には大成功と言える。

映画版は二〇〇五年、上海電影集団公司と香港成龍英皇影業有限公司の共同制作。脚本はエルモンド・ヨン、監督はスタンリー・クワン、主演はサミー・チェンだった。第十八回の東京国際映画祭で上演されている。

テレビドラマ（全三十五集）は二〇〇六年、映画と同じく上海と香港の共同制作である。脚本は蒋麗萍《ジアン・リーピン》、監督は黒丁《ヘイ・ディン》、主演は黄奕《ホアン・イー》（少女時代）と張可頤《ジャン・コーイー》（中年以降）が務めた。

こうした改編は『長恨歌』の人気の高さを象徴しているが、大長篇を映像等に移し変えることは難しく、まったく別の作品と考えたほうがよいだろう。

## 王安憶の経歴と創作

最後に、王安憶の経歴と創作の概略を紹介しておきたい。

王安憶は一九五四年、南京生まれ。父は舞台演出家の王嘯平《ワン・シアオピン》（一九一九〜二〇〇三）、母は「百合花（百合の花）」（一九五八年）、「剪輯錯了的故事（ちぐはぐな物語）」（一九七九年）などの小説で知られる作家の茹志鵑《ルー・ジージュエン》（一九二五〜一九九八）である。一歳のとき上海に移り、旧フランス租界の典型的な「弄堂（横町）」で育った。一九六九年に中学を卒業、翌年、志願して安徽省五河県の農村に下放。一九七二年からは江蘇省徐州地区の文芸工作団で、アコーディオンを担当する一方、散文などの創作を始めた。文化大革命終結後の一九七八年、上海に戻って雑誌『児童時代』の編集者となる。児童向けの作品「誰是未来的中隊長（誰が未来の中隊長か）」（一九七九年）で、全国児童文学賞を受賞した。

一九八〇年には中国作家協会上海分会に加入。また同年、北京の中国作家協会第五期文学講習所で学び、本格的な作家としてのスタートを切る。短篇小説「雨、沙沙沙（雨のささやき）」（一九八〇年、邦訳は佐伯慶子訳、『早稲田文学』）などで、その才能が認められた。この時期の創作は、下放先から上海に戻った知識青年（中学以上の教育を受け、文革中に下放した青年）の戸惑いと再出発を描くものが多く、王安憶は「知青（知識青年）作家」「知青文学」の代表と見なされた。

このあと、王安憶は中篇小説「小鮑荘《シァオバオジュアン》」（一九八五年、邦訳は佐伯慶子訳、徳間書店）で一つの転機を迎える。変わりゆく農村を描いたこの作品は、当時の中国で隆盛を見せていた「尋根《シュンゲン》文学（ルーツ探究の文学）」（伝統文化に根ざした創作によって中華民族のアイデンティティーの確立を目指す文学流派）の成果の一つとして、高い評価を得たのだった。

一九八七年に上海作家協会（中国作家協会上海分会から改称）の専業作家となった王安憶は、その後も新しい創作スタイルの模索を続けた。「小城之恋（小さな町の恋）」（一九八六年）、「荒山之恋（荒山の恋）」（一九八六年）、「錦繍谷之恋（錦繍谷の恋）」（一九八七年）の中篇三部作は性愛を題材として取り上げ、賛否両論を呼んだ。

次の転機は天安門事件の翌年、中篇小説「叔叔的故事（叔父さんの物語）」（一九九〇年、邦訳は田畑佐和子訳、『季刊中国現代小説』）によってもたらされた。右派分子として断罪された過去を持つ作家の「叔父さん」の人生を「私」（作者）の視点から描く。王安憶は「叔父さん」の世代（すなわち茹志鵑や王嘯平の世代）と「私」（王安憶）の世代の相違を分析することで、自分の足元を見つめ直そうとした。これに続く長篇は「紀実与虚構（ノンフィクションとフィクション）」（一九九三年）である。虚構部分では母方・茹家の祖先の歴史をたどる一方、王安憶自身の生い立ちや「弄堂」に暮らす近隣の人々のエピソードがリアルに語られる。

このあと、王安憶は創作の中心を上海という都市を描くことに置くようになった。その代表作が『長恨歌』なのである。この作品は長篇小説に与えられる栄誉・茅盾文学賞を受賞した。それから五年後に発表され、『長恨歌』に引けを取らない高い評価を得たのが『富萍《フーピン》』（二〇〇〇年、邦訳は飯塚容訳、勉誠出版）である。田舎から出てきて住み込み家政婦となる少女の視点から、上海の別の側面を描いている。

王安憶は二〇〇一年に上海作家協会主席に就任、二〇〇六年からは中国作家協会副主席も兼任している。また、二〇〇四年からは復旦大学中文系教授として、授業で文学創作を教えるようになった。この方面の仕事にも一定の時間を取られる状況にもかかわらず、創作意欲はまったく衰えていない。その後も、文革中の上海の中高生の日常生活を描く『啓蒙時代』（二〇〇七年）、精巧な刺繍の技術を伝承した一族の物語『天香』（二〇一一年）、上海の名門の子弟が新中国成立後にたどった孤独な生涯を描く『考工記』（二〇一八年）などコンスタントに作品を発表してきた。近作は長篇『一把刀、千個字（一本の包丁、一千の文字）』（二〇二〇年）と中篇『五湖四海』（二〇二二年）。前者は、中国からアメリカへ渡った揚州料理のコックが振り返る波乱の人生を描く。後者は改革開放の時代を背景に、水上生活から身を起こして財を成した若夫婦の立志伝風の小説である。

二〇一二年に勉誠出版から刊行した「コレクション　中国同時代小説」の第六巻に収録する王安憶作品を選ぶとき、当初はこの『長恨歌』を考えた。しかし、紙幅の関係から結局のところ断念したのだった。それから十年後に、こうして出版の機会が得られたのは望外の喜びである。

翻訳を始めてみると、本作のテクストは『富萍』以上に手ごわかった。不明箇所に関する質問に快く答えてくれた原作者の王安憶さん、全篇にわたってネイティブチェックに付き合ってくれた友人の魏《ぎ》名《めい》婕《しょう》さん、そして本書の出版をコーディネートしてくれたアストラハウスのみなさんに、心より感謝申し上げたい。

二〇二二年十二月

飯塚 容

## 王安憶　おう・あんおく／ワン・アンイー

一九五四年南京生まれ。父は劇作家・演出家の王嘯平、母は作家の茹志鵑。一歳で上海に移り、旧フランス租界の弄堂で育つ。中学卒業後、志願して農村に下放。文化大革命終結後の一九七八年、上海に戻り雑誌『児童時代』の編集者となる。一九八〇年から本格的に作家活動を開始。代表作『長恨歌』は一九九六年に刊行され、中国の長編小説を対象とする茅盾文学賞を受賞し、現在も多くの読者に愛され続けている。二〇〇一年より上海作家協会主席、二〇〇六年より中国作家協会副主席。二〇〇四年より復旦大学中文系教授として学生に文学創作を指導しながら執筆を続ける。『長恨歌』を含む十五本の長編小説をはじめ、著書多数。主な邦訳作品に『終着駅（80年代中国女流文学選2）』、『小鮑荘・他（現代中国文学選集）』、『富萍　上海に生きる（コレクション中国同時代小説6）』など。

**飯塚 容**　いいづか・ゆとり

一九五四年生まれ。中央大学文学部教授。専門は中国近現代文学および演劇。訳書に、高行健『霊山』『ある男の聖書』『母』、余華『活きる』『血を売る男』『ほんとうの中国の話をしよう』『死者たちの七日間』『世事は煙の如し』『雨に呼ぶ声』『文城　夢幻の町』、鉄凝『大浴女』、蘇童『河・岸』、閻連科『父を想う』『心経』、畢飛宇『ブラインド・マッサージ』、方方『武漢日記』（共訳）など多数。王安憶作品として『富萍　上海に生きる』（共訳、勉誠出版）がある。二〇一一年に中華図書特殊貢献賞を受賞。

長《ちょう》恨《ごん》歌《か》

二〇二三年九月一日　第一刷　発行

著　者　王《おう》安《あん》憶《おく》
訳　者　飯塚《いいづか》容《ゆとり》

発行者　林　雪梅
発行所　株式会社アストラハウス
〒一〇七－〇〇六一
東京都港区北青山三－六－七
青山パラシオタワー11階
電話〇三－五四六四－八七三八
印　刷　株式会社光邦
DTP　蛭田典子
編　集　和田千春


ISBN978-4-908184-46-8 C0097

・・・アストラハウスの中国文学シリーズ・・・

『活きる』『血を売る男』『兄弟』に連なる、幻の長篇第一作

## 雨に呼ぶ声

余華　飯塚容 訳

ISBN 978-4-908184-01-7

世界を騒然とさせた大傑作、悲劇と喜劇の全一巻

## 兄弟

余華　泉京鹿 訳

ISBN 978-4-908184-24-6

江南の地を舞台に主人公の数奇な運命を美しく描く

## 桃花源の幻

格非　関根謙 訳

ISBN 978-4-908184-32-1

極寒の中国アルタイ地区から届いた極上の紀行エッセイ

## 冬《ふゆ》牧《まき》場《ば》 カザフ族遊牧民と旅をして

李娟　河崎みゆき 訳

ISBN 978-4-908184-30-7

名もなき人々の百年は中国社会の大きな変化を物語る

## 申《シェン》の村の話 十五人の職人と百年の物語

申賦漁　水野衛子 訳

ISBN 978-4-908184-36-9

迷宮のようなプロットと東洋の美学が織りなす至高の作品集

## 夜の潜水艦

陳春成　大久保洋子 訳

ISBN 978-4-908184-43-7